[上册]

公 爵

燕子回时

作 品

青岛出版社
QINGDAO PUBLISHING HOUSE

图书在版编目（CIP）数据

公爵 / 燕子回时著. — 青岛：青岛出版社，
2018.4

ISBN 978-7-5552-6645-7

Ⅰ. ①公… Ⅱ. ①燕… Ⅲ. ①言情小说－中国－当代
Ⅳ.①I247.5

中国版本图书馆CIP数据核字（2018）第025192号

书　　名	公　爵	
著　　者	燕子回时	
出版发行	青岛出版社	
社　　址	青岛市海尔路182号（266061）	
本社网址	http://www.qdpub.com	
邮购电话	010-85787680-8015　13335059110	
	0532-85814750（传真）　0532-68068026	
责任编辑	郭林祥	
责任校对	耿道川	
特约编辑	李文峰　孙小淋	
装帧设计	千　千	
照　　排	梁　霞	
印　　刷	三河市航远印刷有限公司	
出版日期	2018年4月第1版　　2018年4月第1次印刷	
开　　本	16开（700mm×980mm）	
印　　张	33.5	
字　　数	450千	
书　　号	ISBN 978-7-5552-6645-7	
定　　价	59.80元	

编校印装质量、盗版监督服务电话　4006532017　　0532-68068638

建议陈列类别：畅销·青春小说

目 录 [上]

目 录 [下]

第一章

公 丨 爵

华灯初上，五彩的霓虹灯下是来去匆匆的行人。

青城某条知名的小吃街上，熙熙攘攘，大排档的摊点陆续摆出，三五成群的年轻人一路逛着，随性而为。

宫五坐在油乎乎的长凳上，觉得有点烦，直接抬起一条腿搭在凳子上，眼睛盯着对面的"蓬莱国际会所"彩灯招牌。

巍峨又金碧辉煌的酒店矗立在略显破旧的广场上，与周遭的环境格格不入。

斑马线被附近的摊点污染得早已看不出原本的白线，宫五站在旁边，左右一看，在车来车往中快速地跑了过去。

一辆白色的轿车急刹车，司机气得骂了一句："不要命了？赶着投胎啊！"

宫五头也不回："赶着捉奸呢！"

司机："……"

过了马路，她往地上一蹲，从一片油污的地上抠起一枚一毛钱硬币，拿给罗小景看，显摆："我捡的！"

罗小景叹气："五啊，你这抠门的性子啥时才能改改？一毛钱发不了财啊。"

宫五对他一脸嫌弃："一万块少一毛也不是一万块，哼。走，对面打台球去！"

她又噌噌噌快速穿过马路，又惹来过往司机一阵叫骂。

罗小景陪着打了一盘，输得内裤都差点被扒了，最后宫五自己跟自己打，也没打的兴致了。

"哎哎……"旁边的人突然从凳子上站起来，指着一辆刚刚在门前停下的黑色轿车说，"看那车！看那车！"

罗小景嗑着瓜子："爆胎了？"

"爆什么爆。看那车标……少说也要一千万元，怎么停在这种地方？"

一听价格，罗小景瓜子也不嗑了，紧接着就掏手机。

驾驶室的位置出来一个中年男人，他下车以后绕到后面，伸手把车门拉开，身体微微前倾，车后座上下来一个人。

就普通一破车，有什么好看的。宫五跷着二郎腿坐着，手里捏着一瓶水，正仰头灌了一口，眼角无意中一瞅，借着昏黄的路灯，瞥到一个近乎完美的侧影。

她忍不住多看了两眼，那人衣着一丝不苟，发型纹丝不乱，极高的身形，极佳的体形，以及两条大长腿，他的服饰是金色的扣子，在灯光下时不时折射出耀眼的光辉，身上处处透露出精致优雅的贵族气质，彰显着成熟男士的荷尔蒙气息。

天色太暗，昏黄的灯光模糊了他的眉眼，却也温柔了他面部的线条。他站在一家百年老店的门口，微微弯腰，和里面的人说着话，姿态优雅又谦逊。

宫五不由自主地拿他和步生比。

虽然步生让她"绿帽"满天飞，但是他长得好看是真的，算是清风朗月的类型，不管是脸还是身材，都是那种可以待在画里贴墙上、天天对着都看不腻的好看。

步生是人中精英，商界新秀，但要是论贵公子的气质，显然是眼前这个人更胜一筹。

其他人都在围观车，宫五的眼睛却是偷偷摸摸地朝那个男人身上瞟。

罗小景颠儿颠儿地跑过来，把照片拿给宫五看："五啊，你看这车，他们说值一千多万元呢，你看看，这里面的人是不是喘口气都值五十块钱啊？"

宫五拿过来看了一眼："他说你就信啊？我看这车值十五万元还差不多。"

对她来说，外观好看、颜色鲜艳才最重要。

罗小景一边感慨一边惆怅地道："这车掉块绿豆大的漆都得赔四五十万元。"

宫五对别的没概念，超过三十万元她就觉得是天文数字了，她咂嘴："这么贵？"

围观的人慢慢少了，又不能开回家，拍完发个朋友圈过过瘾就该干吗干吗去。

宫五转移注意力，把汽水往旁边一放，对着手心呸呸两下，手握球杆，练起了金箍棒，一根球杆被她耍得虎虎生风，转得像模像样。

罗小景在旁边竖大拇指，夸奖："五啊，比孙猴子耍得好！"

宫五斜眼，对他抬了抬下巴，得意："那是……"

话没说完，她的手一滑，正旋转的球杆突然脱手，咻咻咻旋转着飞出去，然后在所有人的注视下，球杆粗的那一头，嘭的一声直接砸在路边那辆豪车的引擎盖上。

刚刚还喧嚣异常的环境突然没了声响。

周围死一样寂静，所有人都呆呆地站在原地。

罗小景机械地回头："五啊……"

宫五半张着嘴，表情呆滞，慢慢抬脚，朝罗小景靠过去，问："小景啊，刚刚你说，掉块漆要五十万元，还是五十块？"

"五啊，别问了，钱就是你的命根子，跑吧！"罗小景一脸同情。

宫五动了下身体，咻的一下调整身形背对刚刚那位车主，慢慢移动脚步，选了个最佳位置，撒丫子就跑。

众人就看到一个穿白裙子的女孩子，跑得一阵风似的，嗷嗷嗷地从眼前掠了过去，留下吃瓜群众一阵风中凌乱。

宫城山下，隔着老远就能看到宫家别墅大门上的灯，足能照亮两里路。

宫五摇摇晃晃地朝山上走着，前方是个大转弯，迎面传来发动机强烈的轰鸣声，还没看到车，声音已传出二里路，紧接着一辆金黄色的张扬跑车咆哮着从她身边经过。

宫五贴着路边站，两只手按着自己脏兮兮的小裙子，不让跑车带起的风掀起裙子露出她的小内裤。

那车疯跑过去，后面接二连三有车跟过去，速度都很快，只是再快也比不上第一辆车。

宫五站在路边掐着腰，对着那些车大骂："一个个的赶着去捉奸呢？"

她掐在腰上的手还没放下，后面又来了一辆车。

黑色的车身，流畅的线条，即便是在昏黄灯光的折射下，也处处彰显了它的尊贵不凡，车速依旧很快。

只是这辆车完全没有声响，悄无声息地疾驰而来，掠过宫五身边，车身带过一阵强劲的风，飘飘然掀起宫五的裙子，她白色的小内裤招摇地露了出来，掀起的裙摆随风飘扬。

一身白裙子的小姑娘，与宽阔的山间大路比，渺小又脆弱。

意外地很显眼，一眼就能让人识别到。

"有车了不起啊？！"宫五伸手按下裙子，追了几步，后面跟着又有车开来，喇叭声此起彼伏。

她赶紧退到路边，按着小裙子，对车尾们喊道："开车注意安全不知道？小心我告你们危害公共安全！"

车很快开下山去，留给宫五一个冒着尾气的车尾，气得宫五捡起路边的石头，对着已经开远的车掷过去。

白天做了坏事，她在外面磨蹭了很久才回去，回去的时候宫家的人大部分都睡了，也没人知道她回去，她偷偷摸摸地溜回自己的卧室，再没出来。

次日一大早，宫五美美地醒来，至于昨晚砸到别人的车的坏事，她已经忘得差不多了。

她打了个哈欠，赖在被窝里不想动，房门突然被人敲响："小五醒了没？爸找你，快起来。"

宫五听出声音了，是宫言庭。

宫言庭是宫五同父同母的亲哥哥，是宫家"言"字辈里年纪最小的男丁，也是宫五的母亲岳美娇跟宫传世离婚前在宫家生的儿子。当年岳美娇离婚后才发现怀了宫五，宫家给的分手费还算大方，她又想念留在宫家的儿子，为了有个心灵寄托，干脆自己在外把宫五生了下来，根本没通知宫家，直到几个月前，宫家不知怎的知道了宫五的存在，直接找上门，把宫五强行带回了家。

宫家的孙辈对于这个突然冒出来的妹妹没什么好感，一个上不得台面的野姑娘，有没有真没人在意。

至于宫言庭，他自己也不知道是为什么，或许真的是多了一点母系血缘的关系，他不由自主地关注宫五，见不得她在家里被冷待，三天两头找她，跟她说话聊天，有时候给她送吃的、用的，时间一长，宫五也发现宫言庭似乎是真的想对她好，慢慢地就拉近了距离。

宫言庭以为她没醒，还在敲门，宫五盯着门应了句："知道了。"

对于这个便宜哥哥的时不时关心，算是她在宫家的唯一安慰吧。

她爬起来，洗脸刷牙，顺手把包背上，待会儿肯定是要出门的，回宫家几个月，宫家的人不习惯，她也不习惯，能不待在这里就不待在这里。

她拉开门，宫言庭站在门外，提醒她："爸一大早心情不好，你待会儿不要跟他顶嘴。"

"哦。"宫五应了一句。

会客厅内，宫传世绷着一张满是皱纹的老脸，威严地坐在会客厅长方形的会议主座上，宫言庭领着宫五进去："爸，小五来了。"

他对宫五使了个眼色，宫五翻了翻眼皮表示自己知道了："爸。"

"坐下。你还有脸叫我爸？"宫传世突然拍了下桌子，"你干了什么好事？！"

宫五把包放到旁边的椅子上，屁股刚挨到一点椅子，就被吓得一激灵站了起来。

宫传世看她一脸茫然，重重地把一份报告砸到她面前，咬牙切齿地说："昨天晚上你在外头，是不是砸了人家一辆车？人家当天晚上就找上门了，这个钱，你自己负责！"

她拿起来，一眼扫到上面的数字，以为自己看错了，认真数了数后面的零，一下跳了起来："怎么可能要这么多钱？这是穷疯了吧？"

"你什么话都敢说！"宫传世觉得自己要被她气死了，怒道，"你砸了人家的车还逃逸，你有什么话说？"

宫五指着报告上一长串的零，说："我就砸坏了一点，可这钱都够买一辆新车了！这不公平！"

"公平？"宫传世咬牙切齿地道，"你以为什么是公平？你以为这世上有多少公平？没有钱，什么都是狗屁！你惹的祸，别指望别人给你收拾烂摊子！"

宫五一脸震惊："那现在，要我赔这么多莫名其妙的钱吗？"

"这是你搞出来的事、惹出来的祸，什么莫名其妙？"

"就算我应该赔钱，那也是赔修车的钱，可这些钱都够买一辆那样的车了！我还在上学，哪有这么多钱赔？"

宫传世冷哼一声："你是没钱，但是步家有！"

宫五明白了，这是当她冤大头，指望步生出钱。

"既然让我赔钱，这东西我拿走。至于赔多少，是我的事。"她冷着小脸，拿起报告，直接冲了出去。

宫言庭跟在后面喊："小五！"追了两步他又回头："爸！小五还小，不该让她承受本该宫家承受的压力。"

宫传世说："她自己惹的祸，当然要她自己承担！这件事跟你没关系，你少管，昨天晚上那样装英雄的事以后少做，你当那个姓燕的什么事做不出来！"

"爸！"宫言庭抬头，"我不说不代表我不知道。燕家这么多年没找上宫家，突然借着这样的小事闹上门，究竟是为什么，您心里不是应该更清楚吗？"

宫传世面皮抖了抖："你胡说什么？"

宫言庭沉默了一会儿才开口："三个月前宫家竞标一个价值五亿元的项目工程，那时候我听说没什么指望，后来步生出现，接着小五被接了回来，他们以最快的速度订婚，再然后项目就拿下了。"他抬头看着宫传世，"爸，我能不能理解为，小五的出现是拿下那个项目的关键？"

宫传世坐着没动，抬眼看了宫言庭一眼，说："言庭，你大学刚毕业，很多事不是你想的那么简单，以后宫家的生意你参与进来，慢慢就会知道，也会理解的。"

"爸，你只要告诉我，小五跟那个工程项目有没有关系？"宫言庭抬头看着宫传世，"有没有？"

宫传世严厉起来："言庭！"

"有是不是？"宫言庭摇了摇头，"既然那个五亿元的工程项目跟小五有关，那宫家就不能还拿小五当替死鬼。"

"言庭！"宫传世厉声打断，"就你知道？难道我们不懂？谁让小五惹了谁不好偏偏惹了他们家的人？小五现在是宫家在养，她是宫家的女儿，不为宫家做事就算了，还净惹事，这点事步生能做到，小五有什么不满的？何况步生指名要小五，我们满足他的要求，他难道不应该付出点代价？他想要女人就要有所付出，宫家这样做是人之常情！"

"所以你们就牺牲小五！"宫言庭突然吼了出来，"宫家这么大的家业，就是靠牺牲家里的女儿换来的？爸不觉得用钱的时候手抖吗？"

啪——

宫言庭的脸被打得歪到一边。

宫传世气得瑟瑟发抖，打完宫言庭的手都在哆嗦："这一巴掌让你冷静一下，你暂时还在生产线待着，等你什么时候想通了，再去管理层学习！"

宫传世沉着脸，两步走到门边，伸手拉开门，顿住。

宫五站在门口，伸手指了指会议桌，说："我忘了拿我的包！"

她面无表情地侧身挤进去，拿起椅子上的包背在身上，又侧身挤了出去。

宫言庭站着没动，宫传世也没动，宫五的脚步声很快消失。

灰色的墙体布满了生机勃勃的爬山虎，绿色的青苔远远看去犹如贴了加绒的青色墙砖，玻璃窗的图案艳丽又繁复，灰色的罗马柱烘托着欧式的巍峨大门，带着浓郁的欧洲风情。

阳光大片地铺洒在别墅上，彩色的玻璃折射出斑斓洒落下去。茂密树木中静静屹立的建筑，带着属于那个特殊年代特有的庄重和优雅。门廊的上方，隔了老远就能看到一块巨大的牌匾，黑底金字，大气磅礴。只是，牌匾上的"燕府"二字歪歪扭扭，少了霸气，反倒多了几分王八之气。

房子的前方有个圆形的喷泉池，一只丑巴巴的大白鹅站在水中央，睁着一大一小的斗鸡眼，摆着要倒不倒的诡异姿态吐着水。

宫五手里拿着鉴定书，呆呆地看着那幢看起来古老又神秘的别墅，琢磨着自己是进去还是不进去。

房子就在眼前，她看看手里的鉴定报告，又看看房子，深吸一口气，终于金钱战胜了理智，她鼓起勇气打算去敲门。还没走到门前，就听到房子的后方传来一阵狗叫，宫五止住脚步，然后就看到三条威猛雄壮的大狗朝着她汪汪叫着冲过来。

宫五后退一步，汗毛都竖了起来，转身撒腿就跑，身上背着的包吧嗒吧嗒打在屁股上，配合着她奔跑的节奏。

路边来往的车就看到三条狂叫的大黑狗追着一个漂亮的女孩子，竟然没人过来帮忙。就在宫五要被狗咬到屁股的时候，突然一声响亮的哨声响起，三条狗先后停了下来，紧接着掉头就往回跑。宫五扶着树弯腰喘气，扭头就看到路边的一个休闲广场旁边有个人走了过来，那三条狗立刻围着那人打转。

有人递给他牵引绳，他弯腰慢条斯理地把牵引绳套在三条狗的脖子上，递给身后的人，抬头看了过来。

宫五想了一下，突然意识到他应该就是狗的主人，同时也是那幢别墅的主人。见狗被人牵着离开，她赶紧跑过去，走近了才看清他的面容，宫五的视线落在他的脸上，怔了怔。

即便昨天晚上没看清，可在看到这个人的时候，她还是一眼就认了出来，跟昨晚不同，他穿得闲适，就连发型也多了几分凌乱和桀骜不驯。他站在那里，慢慢地转身看向她，体态修长，身姿卓然，他的动作和身姿似乎自带时间轴，每一步都慢条斯理，犹如进入了一个慢镜头的世界。

他有双深邃的眼，琥珀色的眼眸泛着宝石般的色泽，一眼望去，让人忍不住想要沉溺其中。

宫五觉得自己的心跳好像漏了几拍，接着又加速跳动起来，扑通扑通，像战场上的鼓点，一声接着一声，越来越紧张，越来越密集。

他有着无可挑剔的五官，有着柔和的表情，他不是最帅的男人，但一定是最有气质的男人，慢条斯理的言行，举手投足之间宛如古希腊艺术家手下的雕塑般完美。

走近了，宫五才发现他比自己目测的更高，她的视线刚好看得到他胸前银色的扣子，看似休闲的服饰，却无一不精致得让人自惭形秽。

"抱歉，我的狗好像吓到你了。"他抬眸，视线落在她身上。

低沉的嗓音，犹如被人拨动了大提琴的琴弦，绵长又带着磁性。他的视线落在她手里揉皱的报告上，温和地问："你是来找我的？"

7

他靠得近了，有种干净又清冽的气息灌入她的鼻中，宫五蓦然回神，有些慌乱，却又很快冷静下来。她抬头挺胸把鉴定报告展开给他看："那个……你看，我那天就轻、轻碰了下你那辆车的引擎盖，就让我赔这么多钱，我觉得很不像话，这么多钱都能买一辆新车了。"

长身玉立的男子面带笑容，身体微微倾着，似乎想听清她说的内容。听到她一口气说了这么多，他伸手把鉴定报告拿过去，一点一点地看那份报告。宫五觉得他看鉴定报告的时间能用"地老天荒"来形容。

然后他说："不像话。"

宫五立刻附和："就是啊！"

他低笑了一声，抬头对上她的眼睛，问："如果一个人犯了错不愿承担责任还逃逸，是不是也不像话？"

宫五僵住。半晌，她嗫嚅着："对不起。"低头用自己的左脚踩右脚。

过了一会儿她又抬起头，理直气壮地说："可是，就算我逃跑不对，那也不能讹我呀！"

他的脸上依旧带着微笑。

对上他的视线，宫五顿时又有点心虚："我的错误我应该承担，但是你也不能讹我的钱。"

他又低笑了一声，伸手接过身后的人递过来的笔，在鉴定报告上快速地写着："我想应该有什么误会，抱歉，你只需要赔偿定损的钱，至于其他的，你不用管。"他把要赔偿的额度写在上面，"这么多。"

宫五拿过来认真看了看，用手指挨个点着零，发现比打听到的钱还少一点，松了口气。

可是一想到自己的情况，她又鼓起勇气问："那个，我今年刚上大一，没有那么多钱，我能不能分期付款？"

他顿了顿："分期付款？"

宫五立刻掏出手机，又从包里掏出一个本子，把自己的手机号码和学校地址写在上面，说："我已经知道错了，我保证不会赖账，我一定从我的生活费里把钱省出来还给你。我按月偿还，可以吗？"

他捏着她从本子上撕下来的一个角，扫了眼上面的地址，说："可以。我给你一个账户，你可以按月打进去。"

宫五先是一呆，随后一阵大大的惊喜，没想到对方这么轻易就答应了，她立刻说："我在青城大学读英语系，今年九月份刚入学，你要是担心我骗你，你可以到我学校去看一下。"

他依旧笑着，说："我相信你。"

宫五顿时有点高兴，抬头又看了他一眼，说："谢谢你，先生。我现在可以走了吗？"

他点头，说："可以走了。"

她转身走了两步，然后弯腰在背包底捞了一枚硬币握在手里，兴高采烈地蹦跶着离开了。

中午跑去把这个好消息跟罗小景分享，然后又在外面玩了一下午，晚上才回家，宫五在房间门口看到了宫言清。

宫家子孙众多，宫传世在宫家排行老四，他有三男两女，宫言清上面还有两个哥哥，她排第三，接下来就是宫言庭，最后是宫五。宫言清是宫传世的长女，也是宫五的姐姐，自打宫五回来她就没给过宫五一个好脸色。

看到她站在门口，宫五挽袖子："干吗？想打架？"

宫言清冷笑一声："你有病吧，看到人就想打架？"

宫五把自己的脖子扬得比她还高："对啊，我就是有病，给钱买药才是好姐姐！"说着伸出手，"拿钱来！"

"神经病！"宫言清觉得宫五就是个二百五，气得转身要走，走了两步又站住，差点忘了自己过来的目的，转身看着她，说，"我来找你是有话要说。"

宫五抱着胳膊，学着她看自己的样子："说吧。"

"你知不知道自己做了什么？爸现在愁得头发都白了，要不是因为你，他至于这样吗？"

宫五觉得莫名其妙："他头发白了关我什么事啊？又不是我染的。"

宫言清被气笑："你还装不知道？你是不是觉得少了债务一身轻？你知不知道你的债务转嫁到我们家身上来了？本来有步生出这笔钱，现在你倒是能干，竟然直接把钱转到爸身上。你真是个扫把星，你根本就配不上步生，你根本就不配回宫家！"

"注意你的遣词造句啊。"宫五伸手指着宫言清，"你这言论搞笑。你们这帮人，想要通过我用步生的钱买你们的面子讨你们的好，你们想利用我好歹也对我好点，结果呢？一边骂我、不管我的死活，一边还利用着我。早上爸说了，我惹的事我负责，还多少是我的事，我凭本事谈的价，凭什么认错？"

宫言清瞪着她："你说话小心点！你现在可不是个市井小人，你回了宫家就要注意宫家的形象……"

"我觉得我的形象很好很完美，像我妈一样聪明、美丽。"宫五伸手去拧自己

9

的房门。

宫言清被她气得脸发青："就你这样的德行，真不知道步生瞎了什么眼，偏偏看中你了……"

宫五回头："步生双眼视力五点二，一点都不瞎。再说了，步生看中我，我一点都没看中他。要不然，三姐，咱肥水不流外人田，我把步生让给你？"

宫言清瞪着眼，宫五以为她还能说出些什么，没想到最后她落荒而逃。

周一清晨，青城大学门口，急匆匆赶去上课的学生犹如归巢的蚂蚁，纷纷朝着各自的教室走去，宫五夹在人流中朝十号楼的阶梯教室走去。

教室里差不多坐满了人，宫五有点惆怅，她宁愿逃课也不要站着上课，然后她就听到有人对她喊："小五！"

宫五抬头一看，燕大宝正睁着一双大大的漂亮眼睛，摆着小手，使劲儿朝她挥："小五！"

宫五赶紧过去："燕大宝，还给我占座了，果然咱俩是好朋友。"

燕大宝眯起大大的眼睛，笑成了弯弯的月牙，凑到她耳边小声说："对了小五，我告诉你一个好消息，哥哥今天中午请我们吃饭，说要谢谢你一直照顾我，还陪我玩。"

听说有人请吃饭，宫五立刻答应下来，想了想又矜持一下："你不是说你哥一直在国外？我又不认识他，去蹭饭是不是不太好？"

"我哥哥一周前就回来啦，他说这次要住得久一点，妈咪想他他才回来的。"燕大宝喜滋滋地踢腾着小腿，说，"你是我的好朋友，当然也就是哥哥的好朋友啦。我哥哥又高又帅又有钱又大方，你一看就会喜欢上他的。"

说完，燕大宝小奶狗望食似的看着宫五，等着宫五再问。

这话燕大宝说过很多次，但是偏偏她只有她哥小时候的照片，宫五看照片里规规矩矩的小男孩，一点都想象不出燕大宝她哥能帅成什么样。宫五说："我见过更高更帅更有钱更大方的人。"

燕大宝顿时有点不高兴了："我哥哥最好看！"她瞪着一双纯真的大眼睛，说，"我哥哥是全世界最好看的人！"

宫五只好敷衍："嗯嗯，我错了，大宝的哥哥最好看。"

燕大宝还是不高兴，瞪圆了眼，说："我哥哥住在安享小镇，是爱德华家族的大公爵，他是伽德勒斯王室最后一个异姓公爵哦，厉害吧？"

宫五只好认真脸配合："这么厉害啊。燕大宝，老师朝你看了。"

燕大宝赶紧坐好。

10

燕大宝学名叫燕破晓，是个啥都不懂的富二代。宫五第一天搬到宿舍的时候，发现燕大宝的床铺、衣物之类的都是她家里雇佣的阿姨收拾的，那夸张的阵势看得宫五目瞪口呆。

　　一间宿舍住四个人，宫五最早和燕大宝建立起友谊的小船，主要是燕大宝又热情又主动，让宫五有些招架不住，她就没见过这么喜欢交朋友的人。

　　其实宫五自小女生缘并不好，跟她玩的都是男孩子，她自己也不知道为什么，跟女孩子玩不到一块，跟男孩子一起打架斗殴的事没少做，结果到了大学以后，竟然有个嗷嗷叫着倒贴也要跟她做朋友的燕大宝，还是个娇滴滴的小公主。

　　自从住到宿舍后，宫五耳朵里最常听到的就是燕大宝的声音。

　　"小五我们逃课吧！"

　　"小五我们去听艺术学院的课吧！"

　　"小五，今天有个什么讲座，我们去听吧！"

　　"小五，我们去食堂吃饭！"

　　……

　　燕大宝对外面所有的一切呈现出常人没有的热情和好奇。比如去食堂吃饭这件事，她喜欢拿着餐碗，从第一个窗口挨个看到最后一个窗口，然后再回头打菜，每回捧着满满两碗饭菜回来，她都能乐得大眼睛眯成缝，一脸的满足，虽然很多时候她吃不完。

　　当然，宫五和燕大宝也有共同的爱好。比如她们从来不去上自习，主要是上自习不能讲话，不管是宫五还是燕大宝，都受不了自习室里咳嗽一声都有人注目的沉闷氛围。每到晚上，她们俩要么窝在宿舍里打游戏，要么去东校门的小吃一条街买好吃的，反正有伴，干啥都觉得好玩，毕竟这年头想找个志同道合的人不容易。

　　上课的时间有些漫长，好不容易熬到下课铃响，燕大宝带着宫五去学校门口，宫五确认似的问："燕大宝，你真要让我去蹭饭啊？"

　　燕大宝回答："昨天晚上就说好了，哥哥说一定要感谢一下在学校里一直照顾我的好朋友。"

　　这素未谋面的人，虽说是好朋友的哥哥，但是跟她关系不大。不过免费的饭不吃是大傻瓜。短暂的不好意思过后，她便兴高采烈地跟着燕大宝去蹭饭。

　　校门口两边的停车位上停满了车，一辆黑色的轿车低调地隐没在众多轿车中，燕大宝撒腿就跑过去，大喊："哥哥！"

　　车门被打开，一个身高腿长的男人从车上下来，转身接住了炮弹似的冲过去的燕大宝，低着头，眼中含着笑，温柔地摸了摸燕大宝的小脑袋。

燕大宝仰着小脸蛋，笑眯眯地看着他："哥哥，那是我的好朋友小五！"又回头对宫五喊："小五你快点过来！"

男人抬头看过来，对上宫五的视线，宫五呆若木鸡。

宫五磨磨蹭蹭地走过去，一脸心虚。

燕大宝兴高采烈地说："小五，这是我哥哥。"然后等着看宫五的表情，满脸都写着"快说我哥哥超级帅"。

宫五呆呆地看看燕大宝，再看看她那个跟她长得一点都不像的哥哥，然后表现出超常的热情："大宝哥哥好！"

燕大宝赶紧纠正："不对不对！不是大宝哥哥，是小宝哥哥！"

宫五眯眼："你改叫小宝了？"

燕大宝连连摆手，说："我叫大宝，我哥哥叫小宝！"又赶紧强调，"但是我哥哥是伽德勒斯的公爵，是大公爵哦！"

宫五立刻抬头看向那位大公爵，改口："小宝哥好！"

公爵对她浅浅一笑："小五你好，我们又见面了。"

宫五有点讨好地笑："对啊，我们又见面了！"

燕大宝的大眼睛瞬间在宫五和公爵之间摇摆："小五你认识我哥哥吗？"

虽然有点纠结，但宫五觉得有熟人在中间当中间人，肯定比没有熟人要保险。再说了，她欠的钱不能让她妈知道，宫家又不管她，她只能自己还，关系好了才不会被催债。她凑到燕大宝耳边，小声说："你哥是我的债主，我欠他很多钱。"

她这话一说，燕大宝一下跳了起来："我知道了。小五你这个坏蛋！你砸坏了我哥哥的车，我妈咪还以为有坏人要欺负他。"

宫五赶紧反驳："我已经认错了，而且我跟小宝哥说好了我会赔钱的，分期付款。"她急忙对公爵说，"小宝哥你放心，我已经准备好这个月的钱了，很快就能还给你一点。"

公爵微笑着说："好，我等着。"

燕大宝幸灾乐祸："让你不跟我多要两块钱电费，我不就是在宿舍里摆了两个电柜子吗？你现在欠钱了吧。"

宫五："……"

皇朝是青城最著名的综合一体娱乐场所，门廊跟名字一样颇有皇家威仪，"金碧辉煌"四个字用在这青城著名的销金窟上完全贴合，就算扔古代这幢巍峨雄壮的建筑也能让最挑剔的贵族称赞。

宫五呆呆地站在皇朝门口，一脸的震惊："燕大宝，我们真的要在这个地方吃饭？"她担心地问，"我听说这个地方贵死人啊。"

燕大宝拍了拍她的肩膀说："没关系，这是我爸爸开的，赚来赚去还是我们家的钱。"

宫五发现自己无言以对。

皇朝内帅气的服务生热情地招呼着客人，引领三人就座，宫五和燕大宝坐一起，对面坐着公爵。

宫五不喜欢冷场也不喜欢尴尬，于是主动开口："小宝哥，我听燕大宝说你是在国外的呀？国外是不是很好玩啊？空气比我们这边好吗？月亮真的更圆吗？"

燕大宝像看白痴一样看着她："小五，你这个崇洋媚外的家伙。"

宫五瞪她一眼："我是好奇才问小宝哥的。"

公爵笑着说："和国内一样，没什么特别的，不过那边的人大多是金发碧眼，还有很多黑皮肤的人，说着不一样的语言……"

他表情温和，脸上带着微笑，慢条斯理地说着话。

宫五第一次见到他时就觉得他的动作很慢，就像是活在电影慢镜头里的人似的，周围来去匆匆的人在他的衬托下，犹如快镜头一般说话、做事，滑稽得像是喜剧演员。

宫五睁大眼睛，认真地听着，觉得很有意思。他用手指蘸了水，在桌子上画了一个形状，说："伽德勒斯的形状像是一颗宝石，岛上也盛产宝石，非常漂亮。"

他的手指修长，骨节分明，指甲圆润富有光泽，每片指甲都带着意味着健康的弯弯月牙，手指点在桌上，慢悠悠地说着话。宫五的视线盯着他的手，眼都直了，为什么会有手长得这么好看的人？

"我没听过这个名字。"

"欧洲有很多小的王国我们都不知道，小五没听过也正常。"他笑着说。

"这是我的名片，以后有机会小五可以来伽德勒斯，我给小五当导游。"他说。

宫五接过名片，看着上面的名字，眼睛一下睁得老大，除去精致的设计和漂亮的中英文印刷体外，名片上最显眼的位置用中文印着一个长长的名字：凯尔特·爱德华。不同于她经常见到的名字，她一下就记住了。

燕大宝睁着一双大眼睛，看看宫五，又看看公爵，歪着小脑袋问："哥哥，你今天是不是说了很多话啊？"

公爵微笑着，慢条斯理地往燕大宝面前的杯子里添了一点水："大宝喝水。"

燕大宝乖乖地捧起杯子喝水，旁边宫五喜滋滋地把名片收了起来。

她觉得这顿饭蹭得非常值，回去之后跟燕大宝说，以后再有这样的机会，一

13

定要带着她，便于她和自己的债主加深了解，增进感情，同时还能让他不好意思催债。

当然，公爵也给了她好几回这样的机会，因为之后的时间里，他经常来青城大学带燕大宝去吃饭，而燕大宝每次都带着她。

从最初的生疏到慢慢熟悉，这都是宫五在蹭饭的过程中锻炼出来的，她经常跟公爵汇报她的赔偿进展，虽然她省吃俭用外加把她家里存钱罐里的钱都取了出来，才往公爵给的账户里打了一千零九十三块钱，但言而有信比什么都重要。

周五晚上，宫五打算回她妈那边，到公交站台查了车次，便坐在站台的椅子上等公交。她正歪着头盯着站台乱看，旁边的大妈推了推她："小姑娘，是不是叫你呀？"

宫五扭头，看到站台前面刚好有三排车在等红灯，最靠近她的车道上停着一辆车，后车窗的位置，公爵的脸正对着她，微笑的眉眼看起来十分俊朗。

宫五一见，瞬间蹦了起来，脸上绽开花儿一样的笑容，使劲对着车摆手："小宝哥！"

前方红灯，所有的车都停下不动，公爵对她笑，勾了勾手指："小五上车。"

宫五左右一看，快速跑过去，车门被人推开，她顺势坐了上去，扭头对公爵说："小宝哥你去哪啊？你是不是要去接燕大宝啊？"

"燕叔去接大宝了，我去见个朋友，路过这里刚好看到小五。"他的声音一如既往地低沉有力，带着好听的磁性。

宫五听得小心肝都跟着荡漾起来："真巧。"

宫五手心里抓着一枚一块钱硬币，说："我要回我妈那。小宝哥，我们是不是不顺路啊？"

她趁机扭头看了他一眼，大眼珠子瞟啊瞟，不好意思看他的大眼睛，她就假装垂眸，往他手上瞟，公爵有一双手形优美、手指修长的手。

公爵笑着说："没关系，反正我现在也没有事，就当顺路送小五一程好了。"

不知道是她的视线太炽热，还是公爵自己觉得需要调整姿势，他原本搁在腿上的手突然动了动，宫五的眼珠子也跟着动了动，公爵的手交叠到膝盖下。

她一脸惋惜，咂咂嘴，只好移开眼。

车里一时安静下来，气氛突然变得有些奇怪，宫五耐不住性子，便扭头朝他看去，不防公爵正好把视线慢悠悠地挪到她身上，跟她对了个正着。

她顿时有种干坏事被人捉到的错觉，立刻毕恭毕敬地坐着，腰板儿挺得笔直，眼珠子朝前看，正襟危坐："我出来的时候燕大宝还没走呢。"

"是，她在等燕叔。"公爵回答。

气氛又沉闷下来，想了想，她主动问："对了，小宝哥跟燕大宝不是兄妹吗？为什么一个姓燕一个是外国的姓啊？"

"哦，"公爵回答，"爱德华是我家族的姓氏，我和大宝不是一个父亲。大宝跟她父亲的姓，"他脸上带着淡淡的笑，说，"我跟随了我家族的姓氏。"

宫五的好奇心得到满足，又看了他一眼，说："原来是这样啊。小宝哥是外国人啊？"

公爵笑着回答："我祖母是伽德勒斯皇室的成员，我祖父是东方人，祖姓是费。"

宫五觉得大开眼界，这样算起来的话，他是有四分之一伽德勒斯血统的人。

"小五呢？"他突然问。

宫五脸蛋抽了抽，觉得自己的事不光彩，说起来也不大好听，但是公爵都跟她分享了秘密，她不说好像说不过去。她清了清嗓子，说："我爸妈离婚，我跟着我妈生活了十八年，半年前我爸突然找到我带我回家。我以前是跟我妈的姓，现在是跟我爸的姓。我原来的名字就是前头加个'岳'，我妈说她就是故意这样加的，想要压死'宫'这个姓，没想到怎么也压不死，还被我爸把她的姓给去掉了。"

公爵笑："原来是这样。"顿了下，他又说，"我很高兴在国内的这段时间认识小五，希望小五以后有时间去伽德勒斯。"

宫五干笑："有机会一定去。"她抬头看到眼熟的建筑，急忙说，"就是那个小区！我妈住的小区！"

她下车的时候伸手拿包，手心里一直抓着的那枚一块钱硬币一下滑出了手，当啷一声掉了，只听到声音，不知滚在哪里了。

宫五赶紧弯腰去摸："我的钱！"

她找得急，身体弯下的时候需要找支撑点扶着，顺手就撑到公爵的腿上，一只手在地上乱摸。

公爵身体一僵，看向宫五，小姑娘正一脸焦急地在车上摸她的钱。

细细软软的触感落在腿上，少女的手指滑过他的腿，隔了衣裤的碰触带起一阵阵的痒，他突然伸手抓住她的胳膊，把她拉了起来。宫五一脸茫然地扭头看他："小宝哥？

他挪开脚，捡起硬币递给她，说："这是小五的钱，还给你。"

硬币递到面前，宫五呆了呆，公爵把硬币放在她掌心里，指尖碰触到她的手心，突然让她有些不好意思，有种触电的感觉，不但让她觉得手痒痒的，还让她的心也痒痒的。

15

她握起拳头，不知道是想要握住那枚硬币，还是想握住他指尖带着的那点温度，她莫名地觉得有些羞涩："谢谢小宝哥。"

公爵对她笑了下，从另一侧下车，绕过车头走到她面前，说："再见，小五。"

下车说再见还那么正式，宫五虽然觉得没必要，不过还是对他笑得露出洁白的牙齿："小宝哥再见。"

她把包背到身上，倒退两步，对他摆了摆手，然后转身朝小区的大门跑去，跑了一半，她又回头看了一眼，公爵还站在那里，一只手扶着车，另一只手闲适地插在裤兜里，悠悠然像个欣赏风景的路人。那等身姿，又有豪车衬托，在这个显露年份的陈旧住宅小区附近，显得和周围格格不入。

宫五回头的时候，似乎看到他对自己笑了下，她快速转身跑进小区，走了一段路后，她又站住，鬼使神差地往回跑，藏在一片树丛后头小心翼翼地伸头看，结果那人还站在那里。

宫五犹豫了一下，又噌噌跑出去，在公爵面前站定，歪着脑袋问："小宝哥，你怎么还不走啊？"

公爵看到她，有一丝诧异，慢慢地站直身体，问："小五为什么回来？"

宫五伸手指了指车："我看你一直在呢，跟你打个招呼，你快走吧。"

公爵抬眸，黑漆漆的眼眸看人的时候总会让人的心跳漏一拍。

宫五对他摆手："小宝哥拜拜！"

他点头说"好"，然后上车离开。汽车的后视镜内，小姑娘微微晃着身体，站在原地眺望着，像只可爱的小企鹅，等车开远，她的身影越来越小，直至消失不见。

宫五敲开家门，对岳美娇龇牙一笑："妈，我回来啦！"

不等岳美娇开口，她已经一头扎到了自己的房间，在床上打滚，都要笑出声来了，任凭岳美娇在外面敲门她也不开。

她躺在床上翻来覆去地看捡回来的一块钱硬币，一会儿爬起来，一会儿又直直地倒下，小心肝不停地蹦跶，压根平静不下来。岳美娇在门外敲门："小五，你干什么呢？这刚回来什么德行？周五你不去你爸那边，到这里来干什么？"

宫五也不理她，一个人在屋里美滋滋的。

周六下午，燕大宝给宫五打电话："小五，我们待会儿要去千岁山吃烧烤，你也来吧！千岁山有好多烧烤的食材，天上飞的，地上跑的，水里游的，要什么都有，连海里的动物都有哦！"

16

宫五问："千岁山是哪啊？我怎么不知道？"

"你那么土，哪里会知道？"燕大宝鄙视她，"千岁山是一个专门吃烧烤的地方，就算到了晚上，也是灯火通明的，冬暖夏凉。我小时候爸爸经常带我去，好多好吃的呀，后来我妈咪不让我去了。"

"既然这么好，你妈咪为什么不让你去吃？"宫五问。

燕大宝惆怅："因为我爸爸不会烤，每次都烤得半生不熟的，我吃了几次以后拉肚子，我妈咪知道后就不让他带我去了。"

宫五："……"

"小五，晚上我去接你啊，哥哥说要先去，我们俩一起去，你晚饭不要吃啊！"

宫五一听公爵也去，一口答应："好！"

烧烤店在千岁山的半山腰，从山脚看上去一片灯火通明。

车盘旋着上山，宫五和燕大宝坐在车后面，都有点兴奋，小姑娘就喜欢人多热闹的地方，宫五又是第一次过来，看到什么都发出哇的声音。

找到包间，燕大宝带着宫五去挑选食材，后面跟着服务员，手里推着车，指什么服务员就拿什么。宫五一直在那哇哇叫，低头看一只张牙舞爪的大章鱼，惊讶还有这么大的章鱼，不小心踩到身后的人，她头也没抬地说了句："对不起啊！哇，好大的章鱼啊，燕大宝，我想吃章鱼的爪子！"

被踩了一脚的年轻男人看她一眼，突然发现是个小美人，热情地搭讪："妹妹第一次来？那边还有更大的章鱼，我送妹妹一条腿啊。妹妹叫什么？认识一下……"

宫五刚要说话，冷不丁身后伸出一条胳膊，直接把宫五跟年轻男人隔开，公爵出现在宫五的视线里。他笑盈盈地对公子哥儿点头致歉："抱歉。小五过来，我有个礼物送给你和大宝。"

宫五惊讶地问："小宝哥，你从哪里冒出来的呀？"

公爵不说话，直接揽着她的肩膀朝一个房间走去，还回头对燕大宝说："大宝，你也过来，你们俩都有！"

燕大宝欢呼一声，跟着跑了过去。

宫五被动地被公爵推到屋子里，燕大宝也跟了进去，这才发现里面是个糕点房。

桌子上摆放着两个漂亮的盒子，公爵把宫五推到一个糕点前，把燕大宝推到另一个糕点前，笑眯眯地说："送给小五和大宝的礼物，打开看看。"

宫五回头看了他一眼，伸手打开盖子，顿时哇了一声："大元宝！"

桌子上摆放着一块小小的、精致的蛋糕，花边和装饰一样都不少，最让宫五喜欢的是蛋糕的造型——一锭金闪闪的大元宝！

燕大宝一见，赶紧伸手把自己那个打开，顿时也哇了一声，她的小蛋糕造型是一只绿色的小鳄鱼，胖乎乎的大脑袋，小尾巴，超级可爱。

燕大宝蹦跶："我喜欢小鳄鱼蛋糕！"说这话的时候，她已经低头，张大嘴巴，啊呜一口咬掉了鳄鱼的脑袋，就留下一个鳄鱼的身体趴在那。

宫五扭头看看她，又看看可怜的小鳄鱼，赶紧伸手捂住自己的大元宝："不准你咬我的蛋糕！"

"我吃自己的。"燕大宝嘴里吃着，还在蹦跶，"哥哥做的蛋糕，超级好吃！"

宫五立马抬头，震惊："这是小宝哥做的蛋糕？骗人！"

燕大宝拿毛巾擦嘴巴上的奶油，睁着圆溜溜的大眼睛问："你不知道吗？我哥哥会做很多好吃的糕点！"

宫五一脸怀疑地看了眼打扮得衣冠楚楚的公爵，绝对不相信这些蛋糕是他做的。

公爵看着她微笑："等下次可以做给小五看。"

宫五呆呆地看着他，有点不好意思，把蛋糕盖起来塞回盒子里，嘴里说："我要留着肚子吃烧烤，现在不吃蛋糕！"

燕大宝一见，也赶紧把她的只剩身体的小鳄鱼蛋糕装起来，嘴里说："我也要留着肚子吃烧烤。"

宫五收了一半蛋糕，又忍不住抽出来看了看。

公爵笑："小五喜欢吗？如果喜欢，我以后可以经常做。"

宫五哼唧，有点不好意思："我还没吃呢，等我尝过才知道喜不喜欢。"

宫五提着小蛋糕又跑去看海货，眼珠子盯着玻璃缸里的生物，又开始惊叹起巨大的章鱼。

公爵站在后面问："小五要不要那条大大的鱿鱼腿？"

宫五立刻举手："要！"

燕大宝也蹦跶："哥哥我也要！"

选完食材，几人回包厢，开始是燕大宝和宫五好奇想要烤，结果烤了没几分钟觉得不好玩，不烤了，于是整个烧烤就是公爵全程负责烤，她俩负责吃。

最后，宫五捧着肚子哼哼："我太饱了，小宝哥，你也吃啊，你都没有吃东西。"

公爵对她笑笑，继续把剩下的食材都烤好后，才坐过去用餐。

宫五坐在旁边偷眼看着，觉得一个人长得好也就算了，吃饭的模样还这么优雅，真是怎么看都让人觉得赏心悦目。

　　"小宝哥多吃一点。"宫五殷勤地把堆满食物的餐盘拿到他面前，说，"小宝哥辛苦了，要多吃。"

　　发现燕大宝变得很安静，她一回头，只见燕大宝正缩着脖子偷偷摸摸地要拿她的大元宝蛋糕，宫五立刻大吼："燕大宝，不要觊觎我的大元宝！"

　　燕大宝被吓得一缩脖子，赶紧过来，嘀咕："我就是看看又没有偷吃。"

　　宫五跑过去护自己的蛋糕，两个小姑娘在那边叽叽喳喳吵架，公爵抬头看过去。他单手托腮，盯着那个生龙活虎义正词严地教训燕大宝的姑娘，忍不住低笑："大宝，你自己的小蛋糕呢？"

　　燕大宝哼哼唧唧："我就是看看。"

　　宫五抿嘴盯着她："看你自己的，不许惦记我的！"

　　烧烤结束，回去的路上宫五和燕大宝瘫在车后座，燕大宝嚷嚷着要睡觉，公爵扭头看了她一眼："那我们先送大宝回去睡觉，然后我再送小五回去，可以吗？"

　　燕大宝困得直打哈欠："哥哥你真好。"

　　公爵笑了下，宫五翻了翻眼皮，总觉得这送人的流程有点不对，不应该是先送她回去，然后他们兄妹俩再一起回去吗？不过看到燕大宝的眼皮子都打架了，她没开口。

　　燕大宝被送回去后，公爵又送她回去。

　　少了燕大宝，车内的空间一下显得更大，原本很轻松的气氛，不知为什么一下变得有点尴尬。

　　宫五使劲清了清嗓子，想要开口说点什么，突然公爵的脸靠到她面前，就算是在昏暗的车里，她也能感觉到他的眼睛正看着她的脸。

　　宫五的视线在他的脸上来回地荡，眼神直打飘，不知为什么，整个人紧张得呼吸都不畅了。

　　公爵又往她面前凑了凑，宫五咕咚咽了下口水，声音大到她自己都听得一清二楚。他一直盯着自己，宫五舔了舔嘴唇，他是不是想亲亲？她要不要顺水推舟？

　　结果她等了半天都没等到，她清清白白的初吻还在，他到底要不要亲亲啊？她都等得不耐烦了，要亲就快点亲，亲亲都这么磨叽，以后滚床单可怎么办啊？

　　宫五被自己的想法吓到，为什么会想到滚床单这件事？

　　"小五……"公爵终于开口了，声音有些嘶哑，就像是刚刚睡醒后的嗓音，表情有些纠结。

　　他继续看着她的眼睛，宫五紧张地点头，然后听到公爵继续说："你脸上是不是沾了东西？"

宫五石化中，所有的旖旎瞬间烟消云散。

公爵笑了一声，宫五抬眸看他，结果眼前一花，脸上一热，就看到公爵的手轻轻摸在她的脸上，他的手温暖宽厚，温柔地抚摸过她的脸颊。

公爵从她脸上抹下了什么东西，说："好了，擦掉了。"

宫五："……"

他说话的时候，脸上带着淡淡的笑意，一张好看的薄唇配在他的脸上简直无可挑剔。一个人怎么可以这么好看呢？

她的视线落在他的唇上，不知道为什么，好想亲一口，只亲一口就满足了。

她心里一直在纠结，不住地提醒自己：他的嘴巴就在面前，看着那么性感，她只要噘一下嘴唇就能碰到……

那张脸慢慢地从她眼前往后退去，眼看着就要远离她噘一下嘴就能亲到的距离。

她全身都在沸腾，小心肝跳得越发欢快，怎么办？她今天要是不亲上一口，肯定会死不瞑目。

然后宫五就不记得了。

反正，当她的嘴巴有触感的时候，脑袋里一片混沌，全身的血液都往大脑涌。似乎有什么东西一触即发，有点一发不可收拾的架势。

等她回过神来，人已经站在小区门口，呆呆地看着公爵的车离开她的视线。

宫五站在原地，伸手摸了下嘴巴，又心虚又害怕，小宝哥被她非礼了，是不是很生气？他是被气走的吧？怎么开始又怎么结束的，她已经完全不记得了。

次日上课的时候，宫五手托腮坐在燕大宝旁边，神情茫然，眼神呆滞，满脑子都回荡着亲亲的瞬间，就跟电影画面似的，循环播放，放一次她的小心肝就激动一次，放一次她就脸红一次。

她已经失眠了一晚上，后遗症到第二天下午还没消失。

燕大宝很担心："小五，你是不是生病了？"

宫五不理她，继续傻笑："嘿嘿。"一会儿又叹气，"唉——"

燕大宝愁死了，小五傻了，可咋办啊！

好不容易熬到下课，完全不知道老师讲了什么，宫五又飘飘忽忽地跟着燕大宝出了教室，燕大宝好担心她，还怕她摔跤，抱着她的胳膊走路。到了学校门口，老远就看到公爵等在那里，燕大宝赶紧挥手："哥哥，小五傻了！"

宫五一听，立马抬头，精神也来了："小宝哥！"

燕大宝目瞪口呆，她还想让哥哥看看小五半死不活的样子呢，怎么一眨眼小五就生龙活虎了？

乍一看到公爵宫五很兴奋，但是几秒后立马蔫了，心虚得不行。自己那样算不算强吻？一想到这个，宫五立马觉得有点闹心，小心地看了他一眼："小宝哥，你昨晚过得好吗？"

公爵回答："还好。小五呢？"

宫五立马松了口气："我也很好，嘻嘻。"

燕大宝瞪着大眼睛，看看宫五，又看看公爵，总觉得有哪里不对劲，但是又不知道哪里不对劲。

去停车场的路上，宫五的小嘴就没合拢过，满心愉悦，一路上都伸着脖子跟公爵说话："小宝哥，你什么时候回伽德勒斯啊？"

原本记不住那个国家的名字，但是不知怎的，自打公爵说了之后，她一下就记住了，那么难记的名字她都记得住。

公爵没回答，而是问："小五是希望我早点回，还是希望我晚点回？"

宫五立刻回答："当然是希望小宝哥多待几天啊！"她抿嘴，笑得眼睛都成了缝，"小宝哥最好了！"

燕大宝瞪着眼说："小五，哥哥是大宝的。"

宫五点头："嗯，当然是大宝的。就是因为是大宝的哥哥，所以我才要喜欢，要不然我还拿你当好朋友吗？"

燕大宝觉得她说得有点道理，有点为难："哦。"

公爵拉开车门："大宝上车。"

燕大宝率先钻进车里，公爵又对宫五笑了下："小五上车。"

等宫五坐进去了，公爵才最后上车。这样安排下来，变成了宫五坐在中间，一边是燕大宝，一边是公爵。以往都是燕大宝坐中间。

宫五明显很高兴，公爵偏头对她微微一笑。

燕大宝晃着腿跟宫五说话，宫五用手撑着身体，往上面坐了坐，撑在身侧的手还没来得及收回，公爵的手突然动了一下，随意地搁在身侧，那修长的手指距离宫五的手就一点点距离，她只需要抬抬手就能摸到。

宫五的小心思立马活了，小宝哥的手……她心心念念惦记了好多天的小宝哥的手又一次近距离地出现。

她咽了下口水，公爵好像根本没意识到这件事，他正微微偏头，朝着燕大宝的方向跟她说话，宫五吞着口水，手指假装不小心动了一下蹭到了公爵的手指。

公爵没反应，她鼓起勇气，又小心地动了动，假装又蹭到，他还是没反应。

21

宫五的胆子终于大了，她以迅雷不及掩耳之势，一把抓住了公爵的后面三根手指，牢牢地握住。

她有点紧张，手心都出汗了。她偷偷抬头看了眼公爵的侧脸，公爵在跟燕大宝说话，燕大宝完全没发现她的小动作，正噘着小嘴生气她爸不许她谈恋爱这件事。

她小心地抚摸自己跳动的小心脏，还没来得及喘口气，就发现公爵慢慢回头看向她。

宫五讪讪地松开手："小宝哥，我不小心蹭到你的手了，对不起啊。"

公爵慢条斯理地把自己的手从身侧转移到了腿上，笑了笑，说："没关系，小五不必紧张。"

燕大宝歪着脑袋看过来，抿嘴说："小五你笨，你怎么不趁机偷偷摸摸我哥哥的手啊！"

宫五："……"她已经摸了。

点菜的时候，宫五就跟小奶狗见到了狗妈妈似的，一个劲地围着公爵打转："小宝哥，我吃什么都行，我一点都不挑食的，你喜欢吃什么，我就喜欢吃什么。"

燕大宝瞪她："小五……"

宫五不理燕大宝，还是围着公爵打转。燕大宝鄙视她："小五你是小狗吗？哥哥又不是肉骨头。"

宫五想说虽然不是肉骨头，但是他比肉骨头更诱人啊，简直是无时无刻不在对她勾手指，撩拨得她小心肝怦怦急跳。

她觉得每次跟燕大宝兄妹出去吃饭的过程，都是挑战她的控制力的过程，面对着这样一个极品男色，她抑制不住自己啊。

从皇朝吃完晚饭回去的半路，他们的车被人截停，车门被人一把拉开："燕大宝！"

宫五探头一看，一个男人居高临下地站在车门旁，细长的眼，微挑的眼角，一张充满妖气的脸，难以分辨年龄的相貌。岁月从他脸上划过，留下并不醒目的痕迹。

他对燕大宝说："跟爷回家！"声音透着几分阴柔，有种刚刚睡醒似的惺忪感，穿着花里胡哨的衣裳，带着嚣张的高调。

宫五头一回知道，燕大宝的爸爸是一个长着一张妖精脸的骚包老男人！

燕大宝瞪眼："爸爸，我们还要去玩呢！"

"不管！你要是不回去，爷待会儿就吊死在你房间门口！"

宫五："……"

燕大宝跺脚："爸爸！"

然后燕大宝被提溜下车，摁到另一辆车上直接被带走，留下宫五在原地哆嗦："燕大宝，你走了我怎么办啊？"

燕大宝从车里探出头嗷嗷叫："小五，你让我哥哥送你回家……"

她的小脑袋被拽回去，车哧溜一下开了出去。公爵站在车门侧，宫五站在他旁边，两个人眼睁睁地看着燕大宝被带走了。

宫五抬头，看向公爵，有点同情："小宝哥……"

公爵低头，对她笑了下，说："我送小五回家。"

宫五觉得公爵真可怜，燕大宝的爸爸一点情面都不留，直接就把燕大宝带走了，好歹公爵也是他的继子，后爹不能这么当吧？

她叹气，替公爵不值，公爵已经伸手揽在她的肩膀上，伸手往前带了一步，宫五跟着他的脚步走他才松开手。

宫五觉得自己的肩膀那里火辣辣地烫，这股热度直接燃烧到了她蹦跶得正欢的小心脏。

"小宝哥，"宫五犹豫着开口，"要不然我们找个地方玩吧？"

公爵愣了下，看向她："玩？"

宫五觉得他肯定伤心，想给他疗伤转移一下他的注意力："青城有个广场新开了家游戏厅，玩游戏还有包厢，环境可好了，还不让吸烟，我请你去玩吧，不带燕大宝。"

公爵抬眸看了她一眼，说："那当然好。小五觉得哪里好，我跟着小五就行。"

对于宫五这种小抠门来说，正常情况下，她喜欢的地方首先就是价格便宜。

毕竟她蹭了人家那么多顿饭，总要表示一下，虽然她爱钱，但是做人不能太小气，何况她还觊觎着人家的手、腿、脸蛋、身体之类的。

宫五带着公爵去她说的游戏厅，同样的游戏厅，这家和各大商场里的又不同，这里的机器都是二手的，所以玩的价格也便宜，其他地方两枚游戏币才能玩，这里只要一枚就能玩。

宫五就是把公爵带到这里来。

她拿了三十块钱，买了三十枚游戏币，分给公爵一半，自己留了一半："小宝哥，你想玩什么都可以。"

宫五这边看看，那边看看，最后决定骑摩托车，公爵在旁边安静地看着她玩，她玩的时候不老实，时间快到了，有点急眼，嗷嗷叫，号得嗓子都哑了。

她又投了一枚，打算继续比赛，伸手抓了抓脖子的痒，正要按下继续的确认键，冷不丁唇边被递了水瓶。公爵手里拿着拧开的矿泉水，对她说："喝口水。"

宫五就着他的手喝了一口，嘴里嚷嚷道："要开始了！要开始了！"

她别过脸躲开公爵手里的水瓶，眼睛盯着屏幕，继续给自己的车配音，嗷嗷叫着："啊啊啊！要死了要死了……救命！"

公爵在旁边叹气，说是带他来玩，她自己倒是玩得高兴。

宫五一局骑完了，满意了，对公爵招手："小宝哥小宝哥，你来这里！"

捉鱼游戏，她往下一坐，投了币之后开始撒网，捉到的鱼不能吃不能养，但她比捉到能吃的鱼还高兴。公爵站在她旁边，伸手拿着瓶子又往她嘴里喂了口水："小五，多喝点水，嗓子哑了。"

宫五歪着脖子，觉得水瓶挡了视线，错失了捕大鱼的机会："小宝哥我待会儿喝！"嫌他挡了视线。

一圈玩下来，她的游戏币很快见底，看到一个汽车游戏又想玩，公爵伸手帮她塞了两枚游戏币，宫五喜滋滋地坐上去："小宝哥你要不要跟我一起玩？"

公爵笑着摇头："我看小五玩就很高兴。"

这里的游戏显然是给半大孩子玩的，一眼看去要么是家长带着孩子，要么是初、高中生，没有几个成年人玩。

游戏开始，宫五一双漂亮的桃花眼紧盯着屏幕，紧张地抱着方向盘，死命踩着油门不松，不论是拐弯还是直行，油门坚决一踩到底。

显示屏里小汽车翻了几个跟头，撞得屏幕都在晃动，她急得嗷嗷叫："怎么回事啊？怎么拐不上大路啊？"

很快屏幕显示游戏结束。

她回头，一双大眼睛直勾勾地盯着公爵，公爵叹了口气，弯腰又塞了一枚游戏币进去。

游戏复活，宫五也生龙活虎起来。

说好请他玩的，结果一晚上最忙的就是她，买了三十枚游戏币，她自己玩了三十枚。

到结束的时候她还意犹未尽地说："哎呀，等我以后发财了，天天来玩。"

公爵问："小五喜欢？"

她说："我小的时候喜欢，但是没钱，每次只能在旁边看着人家玩，后来我努力攒钱，又舍不得玩，总觉得那么少，一会儿就玩没了。"

灯火通明的街道上，两个拉长的身影走在坑坑洼洼的路上，宫五不由自主地说了句："小宝哥，我感觉燕大宝没来，就我们两个人，像约会一样，呵呵。"

公爵站住，看着她。他的目光落到她的脸上，深邃得犹如藏着龙的深潭，宫五突然有点不自在，抓了抓头发，龇牙："我就是说有一点点像。"

他笑了一下，说："小五很可爱。"

他没头没脑的一句话，却让宫五的小心肝又不受控制地蹦跶起来，本来说好要矜持的，但是不知道为什么，一靠近他她就觉得心很慌，心跳加快，又高兴又激动，还有点不知所措。她觉得自己周围开满了美丽的花朵，万紫千红随风摇曳，一朵比一朵漂亮，整颗心开始往外冒粉色的泡泡："小宝哥。"

好像在做梦似的，周围的灯光显得那么不真实，虚虚实实真真假假，让人一时分不清哪些是真哪些是假。她在他眼中看得到自己小小的身影，他那么高，她不得不仰头看着他。

他有双带着异域风情的眼，有着混血儿特有色泽的眼眸，就算是在昏暗的灯光下，他也与众不同。

她妈都嫌弃她烦人，他说她可爱，她心里美滋滋的。

宫五想说两句话平复一下内心的激荡，就看到公爵突然扭头看向一边，一直跟在公爵身后的随行人员匆匆靠近，在公爵耳边低语了两句，公爵只是慢慢点了点头。

然后，他看向宫五，脸上带着微笑说："小五，刚刚我们玩得很高兴，现在天不早了，我让人送你回去休息，我们明天再见，好吗？"

宫五心里有点失望，但还是立马点头，对他摆摆手："好的，小宝哥再见。"

公爵站在原地，目送宫五离开，立刻抬脚朝着相反的方向走去。迎面有两个人匆匆走来："爱德华先生，占旭的人正在赶来，我们必须马上离开这里。"

一群人簇拥着公爵朝着车走去。

车行驶到一半，车上的人发现跟在后面的几辆车突然掉头离开。

"先生，好像不对劲！占旭的人撤退了！"

公爵顿了顿，吐出两个字："小五！"

黑。

眼前一片漆黑。

宫五的脑袋上一直罩着一块黑布，眼睛也被蒙上，分不清方向，只能晕头转向地任由别人拉扯。

她到现在都不知道是怎么回事，公爵让人开车送她回家，结果半道突然冒出好几辆车截停他们，不由分说给她套上袋子绑上车。

车终于停了，她被人拽着胳膊站起来，头上的黑布被取掉，她好一会儿后才睁开眼，逐渐看清眼前的人。

一个神色阴郁的男人站在面前，高大、强壮，如果不是他面容阴冷，眼神冷

25

漠，应该算是个英俊的男人。

陌生的环境，周围是郁郁葱葱的树木，绿色随处可见，是在偏僻的郊外。

占旭手里捏着一张照片，对比着宫五和照片里的人，然后看向把宫五带过来的领头人，说："你们抓错了人，她不是爱德华的妹妹。"

冒了那么大的风险，动用了那么多的人力，却抓错了对象。

"这个女人毫无用处，爱德华不会拿图纸换一个无关紧要的人。"

宫五站在原地，小脑袋高速运转，认定爱德华就是公爵，爱德华的妹妹应该是指燕大宝。这个人真正的目标是燕大宝，打算用燕大宝来换什么图纸，结果抓错了人，把她绑来了。

她眼角的余光瞄到屋子里的场景，一排废弃的房屋里摆放着几个撑开的帐篷，一看就是临时借住。这些人就是为了抓燕大宝才住在这里的。

她的胳膊和腿有些僵硬，突然开口："我知道你说的'她'是谁，是燕大宝。"

占旭转身看着她。他的身上总有一股阴郁的气息，总让人想到潜伏在暗处的蛇，似乎利用自然条件隐蔽地捕捉猎物才符合他的身份。

宫五脸色有些苍白，还有被人挟持的惊惧，她看着眼前的人，努力让自己镇定下来："燕大宝是我的好朋友，她的哥哥爱德华是我的未婚夫。"

她大声说出这句话，用尽了力气，被绑架过程中的体力透支让她的嗓音带了几分沙哑。她生怕他们堵住她的嘴，不让她有开口的机会。她不管这些人的目标是什么，他们想要利用价值，她送一个现成的给他们："我是爱德华的未婚妻！"

占旭抬起眼眸，阴冷的视线落在宫五的花猫脸上。她很白，即便脸上沾了灰，也遮掩不住她白皙的皮肤。看惯了女人风吹日晒的黝黑皮肤，再看宫五这种完全不同的女人，占旭怔了一下。

宫五立刻抓住了眼前领头人物的视线，放低声音开口："虽然我不知道你要的图纸是什么，但是如果你要的图纸和爱德华先生有关，我觉得我有利用价值。"然后她抬起下巴，努力让他看自己的神情。

占旭冷冷地看着她："爱德华的未婚妻？我一直追踪爱德华，从未听说过。"

宫五表情依旧镇定："没听说过很正常，我们刚刚确立关系不久，还没对外公开。相信我，爱德华先生对于我的失踪一定很着急。"

她只能赌这个，要不然她能指望谁？她妈肯定以为她去了宫家，而宫家……她想到宫传世，就算宫传世知道了，也只会冷眼旁观吧。

占旭沉默地看着她。

宫五说："您费了这么大周折把我抓来，总不能做无用功。您不相信我的话也没关系，就算我对您没有利用价值，但是您不试试，怎么知道我说的是真是假？"

"闭嘴！"占旭看了她一眼，表情有点嫌弃，然后又看了一眼，视线围绕着宫五重新打量了一圈。

宫五紧张地站着，屏住呼吸，不知道自己接下来会是怎样的命运，但是她知道，她要是一句话都不说，只能等死。

"说得也有点道理，路费和人力费用总要赚回来一点。"占旭的手轻轻敲着桌子，"既然这样，那就试试看，爱德华的女人在他的心目中分量究竟占了几分。"

宫五抿着唇，等待着命运的审判。

"别耍花样，我只要东西，不想伤人，你要是敢逃，只有死。"

一个年轻女孩，在遇到这样的遭遇时，她没有哭也没有闹，而是冷静地说出自己的价值和有可能带给她的生机，这份勇气和胆量，以及遇事时的沉着，让占旭多看了她几眼。

在破旧的屋子里过了一夜，蚊子叮得她满脸包，她被捆得结结实实，扔在一间房子的地上，背靠着墙，一张蔫呆呆的花猫脸，肚子咕咕叫。

周六的清晨，旭日东升，微风带着青草的气息灌入鼻中，宫五小心地抬头看着占旭，问："先生，能不能给我点吃的？我饿了。"

占旭坐在屋子里的一张破凳子上，面前是一张缺了一个角的桌子，他正拿着笔在画着什么，听了宫五的话，他画了一半的手顿了下，抬头看向宫五，宫五立刻迎上他的视线，对他讨好地笑了一下，灿烂的笑容在她那张小小的花猫脸上格外明媚，比夏日的阳光更能融化寒冬的冰霜。

占旭没说话，站起来，走到帐篷里，然后从里面拿出一瓶水和一块面包，扔到她面前。

宫五坐在地上，浑身脏兮兮的，仰着脸可怜巴巴地看着他，她的手脚被绑，扔过来食物也吃不到。

占旭顺手从鞋帮里抽出一把匕首，割断了她手上的绳子。宫五主动说："我不会逃的。我不知道这里是哪，就算逃出去我也找不到回家的路。"

绳子被割断，她赶紧揉了揉手腕，手腕上被绳子勒出了很深的印子。她把绑着的腿调整了一个舒服的姿势，撕开面包吃东西。

占旭坐在她的正对面，抬眸就能看到她的一言一行，她想要逃走根本不可能。

吃完了，她的体力也得到补充，调整了一下腿，抬头看着占旭。他坐在屋里，手里正在画图。他不说话，她也不敢开口。

一直沉默，宫五决定试着问一句，她清了下嗓子，干咳了一声，占旭抬头看她，宫五急忙坐好，然后小心地开口："先生，您联系了吗？"

占旭看着她，宫五立马坐直身体："我就是问问。"

她期待地看着他，好像她很快就能离开似的，占旭说："爱德华主动跟我接洽，愿意赎回你。"

她有些惊讶。占旭笑："不信？看来你对你的未婚夫并不是那么有信心。"他站起来，"我想要一张图纸，爱德华愿意用那张图纸来交换你。"

宫五抿着嘴看着他。

"交易时间是明天，不到万不得已，我不伤人。"他说，"当然，我希望你的未婚夫会顾及你的性命，不会跟我耍花招。"

宫五不知道自己要说什么，耷拉下脑袋，下巴搁在腿上，一动不动。

占旭突然在她面前蹲下来，伸手捏着她的下巴抬起："爱德华的未婚妻？"

宫五的视线落在占旭脸上，神情未变。

占旭盯着她看了一会儿，突然笑了下："你叫什么来着？"

"宫悟。"她回答，"'宫廷'的'宫'，'小悟空'的'悟'。"

占旭松开手，慢慢站起来，回到桌子旁边，说："我本来的目标是他妹妹。"

宫五也不知道该说什么，吃完东西低头抱着膝盖，只能自认倒霉。

交易时间在中午，按照约定，公爵带着图纸过来。

"老大，人来了！"

宫五抬头，心里的希望一下就被激发，占旭也抬脚走了出去。她被重新绑了起来，一左一右两个人压着她，脖子下横着一把尖刀。

前方茂密的草丛中有人独自慢慢走来，占旭拿望远镜朝那边看去，只有公爵一个人。他越走越近，只隔一小段距离后，占旭开口："站住！"

公爵站住，主动展开手里的图纸："这是你要的图纸。"

占旭要确认图纸，伸出手："给我！"

公爵站着没动，漫天的荒草丛中，他像来自丛林的王子，他说："让她过来。"

宫五眼睛里带着光，宛如看到了一个从天而降的神祇，十八年的太平生活让她觉得自己这辈子都不会遇到这样的事，可就在昨天晚上，她遭遇了人生中的第一次被绑架。她想哭，但是她却做出一个微笑的表情，一句话都没说，只是紧紧地盯着他。

脏兮兮的姑娘，顶着满脸的蚊子包，在一群亡命徒的挟持下，没有害怕也没有胆怯，在看到他的第一眼，对他露出一个灿烂的笑容。

一个勇敢的姑娘。

他的视线从她脸上移开，看向占旭，重复："让她过来。"

占旭冷笑："你有和我讨价还价的资格吗？"

公爵看了他一眼，一只手握着图纸，一架无人机突然从草丛后方蹿了出来，设计好的挂钩精准无误地钩住了公爵手里的图纸，瞬间升入高空，在上方盘旋，时远

28

时近。

占旭紧张地朝前走了一步："我的图纸！"

公爵没有动，只是沉声说："让小五过来。"

占旭对押着宫五的人使了个眼色，那人推了宫五一把："走！"

她被推得踉跄一步，努力地撑起身体，咬着牙，一步一步艰难地朝他走去。她一边走，一边看着公爵，走近了，她脏兮兮的小脸上那笑容越发灿烂。

公爵盯着她，问："害怕吗？"

宫五摇头："小宝哥来，我就不害怕了。"

占旭在着急地催促："图纸！给我图纸！"

公爵依旧盯着她，然后突然笑了一下，他解开宫五手腕上的绳子，视线落在她被绳子勒出的勒痕上，怔了怔，抬眸看她，宫五立刻说："小宝哥，我一点都不疼。"

公爵的眼中带了些笑意，伸手把她揽到自己身后，然后开口："我如何确认占先生是言而有信之人？毕竟，占先生声名在外，我不想舍了图纸还落个陈尸荒郊野外的下场。"

占旭开口："这是什么地方我分得清，杀人也得看地点。何况这是青城，我杀了你，我也跑不掉，我亲自跑这一趟就是为了图纸，我不想惹别的麻烦，你的女人我还给你，把图纸给我，让我和我的人安全离开，之前的事一笔勾销。"

公爵说话的态度和他的言行一样，温暾而冷静，和占旭的着急形成鲜明的对比。占旭当然急，他没忘记这是哪里，这是青城，是公爵那位继父燕回的天下，不在这个地方冒险是野兽对危险的本能感知，占旭要的只是图纸。

公爵站在原地笑了一下，然后说："既然这样，那么我就给占先生一个修正声誉的机会。"

他突然伸手，把扣在手腕上的操纵杆朝着占旭的一侧扔去，失去遥控的无人机摇摇摆摆地朝着一个方向坠落，占旭急忙追了过去，在一干人的注视下操纵无人机送回图纸。等他们拿到图纸再看，公爵和人质已经不知所终。

青城某私家医院，宫五睁开眼看到的就是满眼的白，下午三四点的时间，她左右看看，发现自己躺在医院，手腕上还扎着针，顿时清醒了一半，一骨碌坐了起来："妈！"

病房门被推开，公爵出现在门口："小五醒了？"

宫五瞪着眼看着他，一直盯着，就像不认识他一样，她突然对公爵抬起胳膊，说："小宝哥，我想抱你一下，可以吗？"

公爵愣了一下，然后一步上前，把她搂到怀里，温柔地拍拍她的后背，轻声安

29

抚："小五不用担心，已经没事了。"

宫五不知道自己是什么样的心情，有后怕，也有庆幸，她害怕、担心、没指望的时候，公爵拿着图纸把她换了回来。

"小宝哥，谢谢你，我不害怕。我看到你的时候，就一点都不害怕了。"她说。

"是，我知道小五很勇敢，一点都不害怕。"他的眼睛看着窗外，脸上的表情淡薄得像是蒙了一层纸，手轻轻地顺着她的后背抚摸，"对不起，都是我连累了小五。"

宫五摇头，清晰地说："才不是小宝哥的关系，是那些人不好。"

"不。"他说，"他们以为小五跟我的关系很亲密，所以才捉小五威胁我。如果不是我，小五不会被人捉住。"

宫五怔怔地看着他，一脸的不明白："小宝哥……"

公爵看着她的眼睛，慢慢地站起来，说："我已经通知了小五的母亲岳小姐，她很快就会赶过来。这次的事件我会负责，小五和岳小姐有任何条件都可以提出来，我保证满足小五的条件。"

宫五坐在病床上，依旧愣愣地看着他，然后问："小宝哥，你这话是什么意思？"

他对她温柔地笑："这是不希望小五因为我受到任何伤害的意思。"

她抬头盯着他看，一脸不解，公爵在她的注视下慢慢后退，然后转身离开。

岳美娇到的时候，宫五正无精打采地躺在床上，点滴已经挂完，她一动不动地躺着，像是被人抽干了全身的力气。

"小五！"岳美娇受到的惊吓宛如天崩地裂，"怎么回事？好好的发生什么事了？"

宫五躺着一动不动，被绑架的阴影被心里空落的一块填满，她也不知道为什么，就是觉得心里空落落的，像是被挖空了一样，什么话都不想说。

外面有人过来跟岳美娇解释，岳美娇根本听不进去："我不管，我要你们给我个说法！"

"是是，岳小姐请您冷静，我理解您的心情，这件事我们会负责。我们全力配合，岳小姐有什么要求，可以跟我们提，我们一定满足岳小姐的任何要求……"

岳美娇又急又气："要求要求，我有什么要求？好好的怎么就被个疯子挟持了？我女儿要是有个三长两短，我饶不了你们！"

岳美娇知道的显然不是那么详细，只知道宫五回家的路上被一个疯子挟持，然后被救了下来。

对方的态度始终良好，完全是任打任骂的态度，最后岳美娇也冷静下来："算了，为难你们也没什么用，你们说不定也是稀里糊涂的。好在小五没事，要不然我谁都不放过！"

她伸手把一侧的碎发撩到耳后，姣好的容貌让她拧眉的动作都自带美人风情，曲线玲珑的身材和保养极好的脸庞常让人误以为她是个年轻女郎。

　　她握着宫五的手，一脸的担心："好了小五，没事了，别怕。都是妈妈不好，以后妈妈再也不说不让小五回家的话了，别跟妈妈生气……"

　　宫五一直耷拉着脑袋，突然坐起来一把搂住岳美娇的脖子，扑进她怀里，哇的一声哭了出来："妈——"

　　岳美娇又心疼又难受，使劲安慰："妈妈在呢，小五不哭啊，妈妈是个坏妈妈，都是妈妈不好……"

　　宫五也不知道为什么想哭，但是就是想哭，不哭出来她心里憋得难受。宫五在岳美娇怀里号了半天，岳美娇眼圈都红了，抱着她任由她哭得自己精致的套装上都是眼泪。

　　病房门口有脚步声响起，步生出现在门口，伸手敲了敲门，屋里抱在一块的母女终于收声。

　　宫五吸了吸鼻子，岳美娇嫌弃地看了看自己的肩膀。步生拿了纸在她的肩膀上擦了一下，岳美娇触电似的站了起来，嫌弃地看了他一眼，步生回视着她，两人都没说话，但是不知道为什么，宫五觉得气氛有些怪异。

　　宫五的视线在他们身上扫了一圈，步生有所察觉，转移视线看向宫五："我跟爱德华先生谈过，是场误会。他保证以后不会发生，并且愿意给小五赔偿。"

　　"谁要赔偿！"岳美娇一下跳了起来，"我女儿的命不值钱？"

　　"八十八万元。"步生突然说。

　　岳美娇的气焰一下被压了下去，抱着胳膊说："一百万元，我给小五买房压惊。"

　　步生爽快地点头："行，我再去交涉。"

　　宫五眯眼："妈，我的命就值一百万元？"

　　岳美娇瞪了她一眼："你的命一万元都不值，这是额外赚的。"

　　宫五："……"

　　步生笑："小五身上没有伤，只是受了些惊吓，休养几天就好，小五不用担心。"

　　作为宫五的未婚夫，步生和宫五之间显然太过生疏，说来也是，宫五和步生统共见过四次，第一次是订婚那天，她还稀里糊涂的；第二次是宫传世极力邀请步生在宫家吃饭，宫五作为陪衬坐在旁边；第三次是宫五去青城大学报到的时候，步生送她过去的。

　　今天这是第四次。

　　"我现在能回家了？"宫五问。

步生点头："我送你们回去。"

岳美娇扭头："不用，我朋友送我过来的，他会送我跟小五回去。"

步生深吸一口气："我送你们。小五能走吗？"

宫五没受伤，活动了一下，抬头："能走。"

岳美娇伸手扶着宫五，一边走一边说："以后自己也小心点，怎么就你这么倒霉啊？"

宫五鼓着脸蛋，也不说话，心情低落到了极点。

外面果然有个认识岳美娇的中年男人，看到岳美娇过来热情地迎了过来："美娇……"

步生突然从后面横插过来，一把隔开那个男人和岳美娇。岳美娇怒目而视："你干什么？没大没小的！"

步生一下笑了出来，视线落在岳美娇的身上，问："你确定要跟我争论一下大小的问题？"

岳美娇被噎了一下，气狠狠地看了他一眼，对那男人说："你先回去吧，我明天找你。"

步生冷不丁冒出一句："她明天不会找你，以后也不会。"

男人愣了下，看看步生，又看看岳美娇，一时分不清他们是什么关系。

别说那男人分不清，连宫五都分不清了，她看看步生，又看看岳美娇，一脸茫然。

步生冷笑："不用怀疑，我是她男人，我跟她睡的时候，你还不知道在哪里呢。"

宫五的眼睛瞪得比铜铃还大，憋了半天没说出话来。

岳美娇猛地冲过去，抬手对着他就打："你疯了？！"

步生握住她两只在自己身上捶打的粉拳，语气冷漠地说："美娇，你让我做的事我都会做，你怎么说都行。但是，别让我发现你找男人。"

岳美娇气得不行，他抓住她的手腕，说："你让我带小五回宫家，我做到了，你让我护住她在宫家不让人欺负，我也做到了，你要钱，我给你，你要人，我也给你，但是你要别的男人，想都别想！"

"美娇！"中年男人一头雾水，"这……到底是什么情况？"

岳美娇想要挣脱步生的手，结果他根本不松，她只能回头道："你先走吧，我以后跟你解释。"她对步生吼道，"你放手！"

步生松开手，岳美娇一巴掌扇在他脸上："浑蛋！"

步生的脸偏了偏，站着没动。

她回头看向一脸呆滞的宫五，伸手抚住额头，对宫五说："小五，妈妈待会儿跟你解释。"

结果步生先她一步，一把拉住宫五的手，拉开车门："小五上车，我们回去再说。"

宫五从头到尾就是一副表情，半张着嘴，表情呆呆的，一脸吃了奇异果的奇异表情。

岳美娇跟那个男人在外面说着什么，最后那个男人愤然离开，岳美娇追了两步，又站住，然后面无表情地转过身来，拉开车门坐了上去。

宫五扭头看向一边，岳美娇坐在步生身边，步生开车，岳美娇在后面说了句："现在你满意了？"

步生回答："不满意，你嫁给我的时候我才会满意。"

宫五："噗——"

步生伸手拿了盒抽纸扔到后面，岳美娇瞪了他一眼，拿了抽纸给宫五擦脸，宫五的眼珠子在步生和岳美娇身上来回地扫，试探地开口："那个……"

岳美娇面无表情地坐着，半晌开口："小五你不要听步生瞎说。你以后也不会跟他结婚，你回宫家没依没靠，我是想让你有个靠山，不至于让宫家的人欺负了你。步生和你的事是你刚回宫家的权宜之计。"

宫家那样的人家，对养在外面十八年才回去的宫五能好吗？步生不过是让宫五在宫家站稳脚跟的道具罢了。

步生从后视镜里看了岳美娇一眼，附和地说："对，小五不用在意我，等宫家的这次项目结束正式接手后，我们的婚约会取消，到时候你会有一笔资金投在项目里，是项目的股东之一，那时候就算没有我，宫家也不能拿你怎么样。"

宫五还处在震惊中没回过神。步生继续说："你不用担心，事情我会操作，你继续上你的学就对了。至于我和你母亲的事，你不用管。"

岳美娇气得差点说不出话来："我跟你有什么事？你别在小五面前胡说八道！"

步生眼睛看着前方，回答："我是不是胡说八道，你的身体最清楚。"

宫五："……"她默默地扭头看向一边，然后伸手把耳朵捂了起来，她不听了，还不行吗？

宫五第一次知道，原来宫家人眼里的财神爷步生，是个喜欢比他年长的女人的受虐狂，一路上不知道被岳美娇骂了多少回，他都一声不吭默默忍受，成功上演了小白脸受虐记。

可能是因为女主角是自己的母亲，宫五没觉得恶心也没觉得厌恶，反倒觉得场景有些好笑。岳美娇骂人的时候有多凶悍她知道，结果竟然还有人能忍受。

到了小区楼下，步生下车拉开车门："小五你先上去，我跟美娇有话说。"

宫五担心地回头看，岳美娇直接下车："我跟你没话说，小五走，我们回去。"

　　步生脚步没动，伸手抓着她的胳膊，说："你要是不想我当着小五的面堵你的嘴，你就和她回去。"

　　岳美娇扭头盯着他："你敢？！"

　　步生慢慢地站到她面前，说："我敢不敢，你可以试试。"

　　宫五瞪圆了眼，看着眼前的人，算起来步生比她大了十多岁，她妈又比步生大了十多岁，要是外人眼中她跟步生在一块人家觉得合适，那步生跟她妈在一块应该也合适呀。

　　岳美娇不敢跟神经病赌，她看了步生一眼："你有什么事直接说。"

　　"这是你说的。"步生开口，"你要男人，找我，我不比他们差。至于你身边那些乱七八糟的男人，让他们离你远点，要不然，我以后见一个打一个。"

　　步生说完，松开手，直接开车离开。

　　岳美娇半张着嘴，瞪着步生的车尾，气得破口大骂："步生你就是有病你知不知道？赶紧去治！"

　　转身看到宫五还是那副呆呆的表情看着她，岳美娇顿时一阵头疼："小五，回去我再跟你说。"

　　宫五呆呆地摇了摇头，说："妈，你不用跟我说，我不介意有个年轻帅气还多金的后爸！"

　　绑架事件过后，宫五就没再见过公爵，原本公爵三天两头出现在校门口接燕大宝吃东西的，结果连续好几天都没出现。

　　下课铃响，学生们陆陆续续地往食堂走。回到宿舍，宫五拐弯抹角地问燕大宝："燕大宝，你今天中午吃什么呀？"

　　燕大宝立刻拿起桌子上的小碗，龇牙笑得大眼睛都眯成了弯月亮："小五，我们一起去食堂吧！"

　　宫五一听耷拉下脑袋，问："燕大宝，你不觉得我们好几天没吃到好吃的了？"

　　燕大宝眨巴眼，说："没有啊。我们吃得很好啊！"

　　宫五觉得跟燕大宝拐弯抹角说不管用，于是问："燕大宝啊，你哥哥……"

　　燕大宝咻的一下掉头，眯眼盯着宫五，说："你就是觊觎我哥哥？！"

　　宫五立刻抬头看天，说："我就是问问，小宝哥每次来都有好吃的。"

　　"我哥哥要回伽德勒斯啦。"燕大宝又垂头丧气，"哥哥说话不算话，本来说好要多住一阵的，现在突然要回去。"

宫五抿嘴站在原地，好一会儿后才一屁股坐在椅子上，手脚下垂，无精打采，鼓着脸蛋一言不发，接下来一整天的时间都无精打采的。

晚上睡觉，她躺在床上翻来覆去睡不着。

燕大宝一骨碌坐起来，拿床上的玩偶砸她："小五叹气的声音我在这里都听得到。缨缨你听到没有？"

对面床的蓝缨回答："听到了。"

"你看！"燕大宝瞪着宫五。

宫五爬起来，耷拉着脑袋，好一会儿后才问："燕大宝，小宝哥什么时候回伽德勒斯啊？"

"原来你在想这个啊。"燕大宝顿时精神了，快速爬起来跑进宫五的被窝，把她挤得贴墙，说，"哥哥后天走。"又偷笑，"小五你就承认你觊觎我哥哥吧。"

宫五抽了抽鼻子，说："爱美之心人皆有之，小宝哥那么好看，我欣赏一下不行啊？要是没人惦记，说明小宝哥没魅力，燕大宝你懂不懂这个道理啊？"

燕大宝在被窝里抱着她，说："我哥哥是世界上最帅的人。"

宫五难得地附和："嗯，小宝哥最帅！"

夜里两个人挤一个被窝，还有个被燕大宝砸过来的玩偶鳄鱼占地方，宫五觉得自己被燕大宝和墙挤成了夹心馅饼。

第二天早上醒来，宫五顶着两个黑眼圈，气死："燕大宝，你睡觉怎么那么不老实？我被你打得醒了好几次！"

燕大宝一脸无辜："我睡觉很乖啊，小五肯定是你睡觉不老实！"

"看我的黑眼圈，你哪里乖了？我以后再也不跟你一起睡觉了！"宫五差点吐血，说完就打了个长长的哈欠。

上课的时候，宫五纠结得小脸蛋都扭曲了，脑子里想的还是公爵那天说的话，说为了她好，可是宫五一点都不希望这样，这不就跟躲着她似的？

于是中午的时候，宫五请燕大宝吃了食堂的饭。燕大宝捧着她的小碗，瞪着大眼睛，一脸怀疑地问："小五，你有什么目的？你那么抠门，为什么要突然请我吃好吃的？"

宫五义正词严："我能有什么目的？燕大宝你这话说得不对，你和小宝哥请我吃了那么多顿饭，我请你吃一顿食堂的饭不是应该的吗？"

这话说得也像那么回事，燕大宝点点头，开始认真吃饭，肉肉的小脸蛋吃得两边鼓鼓的。宫五快速地看了她一眼，试探地问："燕大宝啊，今天下午你回家吗？"

燕大宝拿勺子往小嘴里塞了一勺子饭和菜，含混地说："今天是周四，明天下午才回。"

宫五清了清喉咙，说："燕大宝啊，要不然今天晚上你回家吧，我跟你去看望一下小宝哥，他不是明天中午要回国吗？我好歹吃了他那么多顿饭，总要给我一个当面道谢的机会，你说是不是啊？"

小勺子停下来，燕大宝抬头，一双黑溜溜的大眼睛看着她："小五，你就是觊觎我哥哥！"

宫五气死："都说是爱美之心了！算了算了，觊觎就觊觎吧。那下午你要回去吗？我们逃课好不好？反正天天都是那个课，上不上无所谓啦。"她伸手把自己碗里的半个鸡蛋夹给燕大宝，"鸡蛋给你吃，多吃点。"

燕大宝一边吃一边斜眼看她，然后点点头："好吧，看在你这么诚心的分儿上，就答应你吧。"

宫五暗暗高兴。

于是，下午两人逃课去了燕大宝家。

极具年代感的建筑被半墙的爬山虎遮盖，缝隙中透着属于那个风华绝代时代的色彩。燕家别墅门口是一个大广场，广场前是一尊丑得惊天地泣鬼神的大白鹅雕塑。

宫五站在雕塑前，指着那大白鹅雕塑问："燕大宝，你们家门口这雕塑是谁雕的啊？"

燕大宝小脖子一抬，神气活现地说："当然是我啦！爸爸说了，我上幼儿园的时候就会手工，这白天鹅是我第一个捏出来的，所以要留个纪念。好看吧？"

宫五及时收住评价的话头，违心地竖起大拇指夸奖："很有艺术感。"

"爸爸也这样说。"燕大宝高兴得大眼睛都眯成缝了，拉着她的胳膊，"这就是我家，小五你快进来！"

宫五抬头张望，感慨了句："燕大宝啊，你们家好大呀！"

燕大宝回答："这是爸爸的祖宅。我也觉得好看。"还凑到宫五的耳边说，"偷偷告诉你，我们家还有地下室呢，又大又宽敞。"

宫五点头："你们家太牛了！"

只是醉翁之意不在酒，宫五过来是有目的的，一双漂亮的桃花眼看了一圈，愣是没看到公爵，她赶紧伸手戳戳燕大宝："小宝哥呢？"

燕大宝不理她，蹦蹦跳跳地朝楼上跑，大喊："妈咪！爸爸！我的好朋友小五来我们家做客啦！"

宫五一个抬头，燕大宝已经跑没影了，她气得头昏脑涨，燕大宝竟然就这样跑了，她总不能在别人家里挨个房间乱跑找公爵啊！

楼上传来一声关门声，她赶紧跑到客厅的沙发上老实坐好，有脚步声响起，她小心地抬头，公爵站在二楼的栏杆后面，正居高临下地看着她。

宫五立马跳了起来，想要大喊一声，又怕被燕大宝的父母听到，只能压低声音喊："小宝哥！"

公爵依旧站在原地，气质卓然，风姿倾城。他低沉地开口："小五怎么到这里来了？"

宫五左右一看，手放到嘴边当小喇叭，对他喊："我来找小宝哥啊！"

她快速地朝着楼梯下面跑，站在楼梯口仰头看着公爵：说："小宝哥，我来找你啊。我都好多天没看到小宝哥了，听燕大宝说你打算回去，我就想来看看你。"

她使劲仰着小脑袋看着他，继续说："小宝哥那么勇敢地去救我，我怎么能因为害怕就不理小宝哥啊。"

说完，她沉默了一下后，又鼓起勇气，对着他大声喊道："我喜欢小宝哥，我一点都不害怕！"

她一直仰头看着他，侧面窗外的光打进来，照在她身上，照亮了她微微涨红的小脸，让她在那一刻像在发光。她眼神坚定地看着他，大声说："我真的一点都不害怕！"

他站在楼上，单手扶着栏杆，视线落在她的脸上。

她仰头回视着，彼此的眼中都看得到对方的身影，然后他动了，沿着楼梯一步一步地走下来，就像电视里的宫廷王子。

他在她面前站住，盯着她的眼睛，一直盯着，抬手摸到她的脸，宫五一下子有点紧张，但还是努力让自己很镇定地站着。

他开口："小五不害怕？"

她使劲摇头，说："不害怕！"她强调，"我一点都不害怕。"

他微微眯眼，似乎在思考，落在她脸上的手慢慢地往回缩："小五……"

"哥哥！小五！你们在干什么？"燕大宝突然一下蹦了出来，手掐腰，站在二楼瞪大眼睛看着他们俩，"你们是不是要亲亲？"

公爵的手快速地缩了回去，宫五简直要被气死，燕大宝这个猪队友！当然，她没来得及生气，因为燕大宝的身后还站着一个人。

宫五一下变得手足无措起来："阿姨好，我是燕大宝的同学宫悟……"

展小怜笑眯眯地从楼上下来，视线从公爵身上扫过，落在宫五身上，她热情地拉着宫五的手："你就是小五吧？大宝每次从学校回来都会提起你，说你是她的好朋友。我们家大宝从小到大没交到几个朋友，你是她交到的第一个好朋友，她特别喜欢你。"

宫五有点不好意思："我也喜欢大宝，我觉得她很可爱。"

"小五和小宝也认识吗？"展小怜说着，已经拉着宫五的手坐了下去。

公爵站在原地，展小怜抬了抬下巴："儿子，坐呀，自己家里还要跟妈咪客气啊？你看你也认识小五呀，都是自己人，还不好意思？"

公爵沉默地坐了下来，抬眸看向宫五，宫五一脸无辜地看看公爵，又看看展小怜。

"阿姨，我之前跟燕大宝在学校的时候，小宝哥天天去找燕大宝，我都厚着脸皮去蹭饭，听说小宝哥明天要走，我今天特地跟燕大宝回来感谢小宝哥。"她吸了吸鼻子，看着公爵问，"小宝哥，你明天要回伽德勒斯呀？"

展小怜主动开口："是呀，非要回去，之前答应了好好陪我几个月的，我这一阵身体不大好，年纪大了，毛病也多，他回来看我现在又急着要走，真不知道怎么想的。"

公爵："……"

展小怜看着宫五的眼睛，又笑着说："小五这是第一次来我们家吧？晚上要留下来吃饭。阿姨让人做你喜欢吃的。"又抬头问公爵："儿子，你没意见吧？"

公爵："……"

燕大宝噌噌往下跑，跑了一半被她爸捉住："燕大宝，你干什么看到爸爸就跑？你嫌弃爸爸，爷不活了！"

燕大宝一听，赶紧追过去："爸爸你不要拿麻绳吊死在我房间门口啦！爸爸！妈咪你看，爸爸又来了！"

展小怜就跟没听到二楼鸡飞狗跳的动静似的，继续笑眯眯地跟宫五说话："小五跟大宝都刚上大学，你们俩一般大吧？看着可比大宝懂事多了。"

宫五胆战心惊，耳朵竖起来听楼上的动静，嘴里还乖巧地说："大宝很乖的。"

展小怜笑眯眯地说："小五长得这么漂亮，身边是不是有很多男孩子追求啊？小五在学校有男朋友吗？"

公爵拧着眉，坐在对面一言不发，冷眼看着。

展小怜当没看到，继续说："小五身边的男孩子肯定多，大学里漂亮的女孩子虽然多，但是有灵性的女孩子可不多，小五这样的好姑娘，肯定很快就会被优秀的男孩子追去。"

宫五赶紧表明立场和态度："阿姨，我还没有男朋友。"扭捏着说，"是有人给我写情书，但是我通常都是看一下就丢掉，有时候人家好意请吃饭，我不好意思拒绝来着……"

公爵的唇抿成直线，全程面无表情，继续一言不发。

展小怜笑眯眯地说："就是啊，有人免费请吃饭，不去白不去，说不定就能看到不错的男孩子呢。我记得现在的孩子上大学有句话怎么说来着？要是不挂科、不谈恋爱、不逃课，四年大学可不是白上了？"

宫五瞪大眼："真的吗？"

"可不是！"展小怜说，"阿姨上大学那会儿，就流传这话了，难道你们现在反倒不如我们以前那会儿？"

公爵轻咳一声，宫五立刻扭头看过去，担心地问："小宝哥你是不是不舒服啊？"

他摆手，平静地说："没事。"

展小怜微笑着说："儿子，你要是不想待在这里，就忙你的去，我刚刚看你在画图，继续去画吧，我跟小五聊聊天，了解一下现在的大学生日常。"

公爵不说话，继续坐着，冷眼看展小怜劝宫五大学时一定要谈一场轰轰烈烈的恋爱，要不然就枉过四年大学生活了。

眼看着宫五的小心思动摇了，公爵忍不住出声："小五……"

展小怜直接打断，笑眯眯地说："我小时候啊，大宝的外婆也不让我谈恋爱，我还不照样背着她谈？我不说，她又不知道啰。"

宫五竖起大拇指，对着展小怜晃了晃："阿姨，你厉害，我要向你学习！"

公爵的眼角跳了跳。

展小怜笑着说："所以我看到小五就说特别像我小时候，不是模样像，是感觉特别像。阿姨喜欢小五的眼睛，漂亮又满是灵气，小五和我想的一样，聪明又识时务，拿得起放得下，不声不响，却有自己的决断，我喜欢聪明的孩子。"

公爵有点坐不住了，看了宫五一眼，又清了下嗓子，但没说话。

楼上燕大宝又喊："妈咪，你看爸爸！你快来呀！"

展小怜顺势站起来，视线扫过公爵，对宫五说："我过去看看大宝那边，那对父女又闹上了。"

说完她抬脚走了，留下宫五和公爵两人面对面坐着。

宫五伸手指指楼上："小宝哥，我去看看燕大宝……"

她刚要站起来，公爵突然伸手一把按在她腿上："小五！"

宫五瞪圆了眼看着他，又看看他按在自己腿上的手，觉得被他碰到的地方不断地升温，都快要燃烧到脸上了。

公爵抬眸看着她，说："如果，我是说小五如果想要大学期间谈恋爱，或许我是个人选。"

他这话刚说完，宫五的眼睛瞬间被点亮，她盯着公爵，问："真的吗？小宝哥你是说真的吗？"

公爵："……"

她的一双大眼睛瞬间笑成了两道弯弯的月牙，说："我选小宝哥！"

她快速地扭头看了一眼楼上，似乎在犹豫什么。短暂的沉默后，她突然一下扑过去，摁着公爵的肩膀，噘起嘴巴，压低声音说："快！小宝哥你不要羞涩，快点让我亲一口！就一口！"

她吧唧一口亲在他脸上，然后又赶快坐回去，一脸的乖巧。

公爵："……"

第一次在燕大宝家吃饭，宫五对于燕大宝的爸爸很发怵，目不斜视地低头吃饭，一眼都不敢看。公爵坐在斜对面，她想跟公爵对视，结果公爵坐得笔直，眼睛压根没有抬起，吃饭的姿态都像个优雅的绅士。

"小五，多吃一点，不要客气，当成自己家里呀。"展小怜微笑着招呼。

宫五点头："谢谢叔叔阿姨招待，我会努力吃的。"

燕大宝抬头："小五你今天吃饭真乖。"

宫五微笑："你也是。"

公爵还是没有抬头，宫五觉得有点闹心，于是悄悄地往前挪了挪屁股，努力把自己的腿伸得更长一点，然后脱了一只鞋，在公爵的腿上踢了一下。

公爵终于抬头，就看到宫五对他笑得跟花儿在风中摇曳似的，还露出她可爱的小牙齿。

他扬了扬唇角，对她笑了一下。宫五终于满意，把脚缩了回去。

燕大宝看看宫五，又看看公爵，纳闷，总觉得他们有什么事没告诉她。

晚饭很丰盛，氛围也很热闹，主要是宫五心情好，所以觉得看什么都很高兴。宫五要回宿舍，临走之前表达自己的谢意："阿姨，今天晚上我吃得很好，非常感谢您的招待。"

展小怜笑眯眯地回答："喜欢的话以后经常过来吃饭。哦，对了，"她说，"小五第一次来做客，我都没有准备其他的，所以我给小五一个小礼物吧。"

宫五急忙摆手："阿姨，我就是来参观下你们家，不用跟我客气。"

展小怜离开一会儿后又回来，递了一个被透明袋子扎起来的娃娃给她，笑眯眯地说："这个娃娃我很喜欢，送给小五，不要嫌弃啊。"

燕大宝在那边瞪圆了眼，不服气地说："那是爸爸让人以妈咪小时候为原型做的娃娃，妈咪都不送给我。"

展小怜说："因为大宝的娃娃太多了呀，但是小五没有呢。"

娃娃做得很漂亮，两条大辫子，大大的眼睛、长长的睫毛，身上还穿着土气的小褂子，看起来十分可爱。宫五拿着娃娃："谢谢阿姨，我很喜欢这个娃娃，有点像阿姨，也有点像燕大宝呢。"

燕大宝赶紧凑过来看了看，觉得确实有点像自己，终于满意了。

宫五再次道谢，打算自己回去，展小怜笑着说："哪有这么晚让小姑娘自己回去的道理？大宝晚上不回去，儿子，你送小五回学校啊。"

公爵应了一声，拉开车门："小五上车。"一副疏离又客气的模样。

展小怜笑眯眯地目送汽车开了出去，微微抬起下巴，挑着眉慢悠悠地转身进屋。

公爵看了展小怜一眼，拉开车门坐了进去。

车行驶在回青城大学的路上，开得很平稳，宫五看了看她和公爵之间的距离，又看了看专心开车的司机，于是挪着屁股朝他那边移了一点，过了一会儿又移了一点，公爵扭头看着她，她趁机挨着他坐下，龇牙："小宝哥，嘻嘻。"

一整个晚上，她脸上的笑意就没退过，傻乎乎地笑。公爵忍不住揉了揉她的小脑袋："有这么高兴吗？"

她瞪圆了眼，眼珠子跟着他的手打转，他一放下手，她立刻捉了过来，抓到自己手里，说："小宝哥我研究下你的手。"

她抓在自己手里翻来覆去地看，一边看还一边装模作样地说："小宝哥你的手比我的手大。"

"我是男人，手、脚都大。"他说。

他任由她左摸右摸着他的手，问："小五觉得好看吗？"

宫五立刻点头："好看，我天天都在惦记小宝哥的手。"

公爵挑眉："哦？"

接下来的时间，宫五就翻来覆去地研究公爵的手。

十几分钟的车程，很快到了目的地，车在青城大学校门口停下，宫五下车，跑过去殷勤地拉开车门："小宝哥。"

她一脸讨好的模样，让他觉得十分好笑。只是他刚下车，宫五突然一下蹦起来，跳到他身上，两条长腿挂在他身上，搂着他的脖子，急吼吼地说："小宝哥，快！"

公爵被她的冲劲扑得跟跄了一下，后退一步稳住身形，快速伸手搂着她的腰："小五……"

宫五抱着他的脸，对着他的嘴就亲，根本不给他开口的机会，啃得他满脸口水也不管，反正她就会这个。

动静和目标太大，校门口进出的学生纷纷看过来，宫五压根不管，用她自以为熟练的技术啃得公爵满脸口水。

青城大学校门口挂着几盏明亮的大灯，照亮了来往进出校门的学生，宫五挂在他身上啃得起劲，公爵突然低笑出声。

她啃了一半的动作停了下来，呆呆地问："怎么了？这气氛不是挺好的吗？"

公爵把她放了下来，说："小五，接吻不是这样的。"

宫五眨巴眼，然后又蹦跶起来，兴奋地说："小宝哥，那你教我呀！"

公爵伸手把她拉到自己怀里，低头印上她主动噘起来的小嘴，告诉她这才是真正意义上的初吻。

缠绵悱恻，柔情似水，像小溪和江河汇流，像江河和大海相遇，你中有我我中有你，一吻过后，刚刚还一脸兴奋的宫五脸上满是羞怯，脸蛋儿红红地低着头，老半天没说出一句话来。

"怎么不说话了？"他的指腹碰触到她饱满滑腻的脸颊，笑着问。

宫五鼓起勇气抬头，看着他说："小宝哥，我们刚刚亲嘴了，那我们是在谈恋爱，对不对？"

他微微偏了头，脸上带着笑，点头："对。"

宫五的眼睛顿时闪烁着热情的光芒："小宝哥，那我们逛一圈再回去吧！"

正大光明地拉着公爵的手在校园里逛，一整个晚上她都处于兴奋当中，时不时问："小宝哥，我不是在做梦吧？"

"不是。"

一会儿后她又问："小宝哥，你确定亲嘴没有让人怀孕的功能，对吧？"

"……"

"小宝哥，绝对不能让我妈知道，她要是知道了，我以后就只能坐轮椅见你了，这样咱俩的高度差距就更大了。"

"……"

绕着校园的小路走了一圈又一圈，她唉声叹气："小宝哥，你明天真的要回伽德勒斯吗？"

十指相扣下，公爵举起她的手送到唇边亲了一下："本来打算明天走，但是现在我可以再多待一阵。"

宫五顿时张开胳膊一把抱住他，脸蛋儿在他身上蹭了蹭，说："我最喜欢小宝哥了！"

公爵顺势搂住她，低头看着她在自己怀里使劲蹭的小动作，眼中带着显而易见的愉悦，说："我也是。"

宫五从他怀里抬头，龇牙咧嘴笑得开心。

初恋是什么？初恋就是少女怀春时脸上绽放的微笑，是人从懵懂走向成熟的第一步。宫五就像一只春天里活蹦乱跳的小鹿一般，在尽情享受春风拂面的滋味，那种跟心上人甜蜜蜜的滋味让她课前课后脸上都带着抑制不住的笑。

燕大宝觉得最近很奇怪，本来她和小五是最好的，但是最近，小五好像特别黏她哥哥，这让燕大宝觉得有一点不高兴。

下课铃响，宫五一溜烟在前面跑，燕大宝在后面追："小五，你干吗跑那么快啊！"

宫五一边跑，一边回头说："因为我有重要的事要做啊。"

她要赶在燕大宝过去之前，亲一下公爵，这样燕大宝就发现不了啦！

结果燕大宝被丢下好多次，这次发狠，嗷嗷嗷跟在后面追，追过去之后，她呆呆地站住，终于看到小五像一只小猴子似的跳到公爵身上，在他唇上使劲亲了一口。

燕大宝震惊："小五，你对哥哥耍流氓！"

这一声吼过后，四面八方的人都看了过来，宫五瞬间成为焦点。

宫五八爪鱼似的挂在公爵身上，一脸无辜，公爵叹口气，反手搂着她，对燕大宝招手："大宝，过来。"

燕大宝气势如虹，恶狠狠地瞪着宫五："小五是大流氓！"她跑到公爵旁边，使劲把宫五从公爵身上拉下来，"你这样是不对的！"

宫五站好，瞪着她，两人互瞪。宫五伸手指指公爵，说："燕大宝，你是小宝哥的妹妹，我是小宝哥的女朋友，哪里不对啊？"

燕大宝一听，哇的一声哭起来："小五和哥哥是坏蛋，你们都不跟我说,我不高兴！"

宫五抿嘴，伸手指着公爵，说："小宝哥说了，让大宝自己发现，说不定大宝会更高兴。"扭头瞪着公爵，抿嘴，"现在好了，燕大宝伤心了，你看着办吧。"

公爵无语，他什么时候说过这样的话？

把责任一推干净的宫五，伸手拍着燕大宝的肩膀，说："燕大宝，我是你最好的朋友，你和小宝哥一个是我的好朋友，一个是我的男朋友，我高兴还来不及，干吗瞒着你？都是小宝哥不好。"

燕大宝抬头，脸蛋上挂着大大的泪珠，好一会儿后才说："真的吗？"她撇嘴看向公爵，"哥哥你太过分了。小五我错怪你了。"

公爵："……"他叹气，上前一步，伸手拍拍燕大宝的小脑袋，"对不起大宝，是我考虑不周，总觉得等我和小五稳定了再告诉大宝，大宝会很高兴，没想到大宝这么聪明，自己发现了。"

燕大宝眨巴着大眼睛，一时不知道自己要怎么办，哥哥都夸她聪明了，她也不能跟哥哥生气呀。

公爵笑："哥哥跟大宝道歉，以后再也不瞒着大宝了，好不好？"

燕大宝撇着小嘴，有点委屈，想了想说："那好吧，我原谅哥哥。"

宫五在旁边对公爵龇牙，兄妹好说话嘛，她要是跟燕大宝闹矛盾会更麻烦，还是把麻烦丢给他们兄妹俩，现场就能解决。

三人正要上车，突然后方有人喊："小五！"

宫五循着声音看过去，没想到步生从后方的一辆车里出来，扶着车门笑眯眯地看着她。

公爵回头，步生朝这个方向走来，对公爵点头："爱德华先生，我们又见面了。"

公爵面朝步生，点头示意："步先生。"

"步生你怎么在这里啊？"宫五好奇。

燕大宝警惕，问："小五，他是谁啊？"

宫五刚要说话，步生已经开口："小姑娘是小五的同学吗？你好，我是小五的未婚夫。"

公爵顿住，慢慢抬眸，对上宫五的视线，宫五百口莫辩："小宝哥，事情是这样的……"

宫五的话还没说完，燕大宝已经一下跳了起来："小五你这个花心大萝卜！没想到你是这样的小五！"

宫五赶紧对步生说："步生，你不能这样说啊，你赶紧跟小宝哥说清楚啊！"

步生回头看着宫五，开口："小五，你年纪还小，容易意气用事，分不清事情轻重这不怪你。但你眼前的这个男人会给你带来无限的麻烦，有些麻烦甚至是你想不到的。之前的事情难道还不够你吸取教训的？"

岳美娇不知道发生了什么事，不代表步生也不知道。

"我长大了！"宫五提高声音说，"我不是小孩子，我知道我在干什么。我去找小宝哥的时候就想好了，我不害怕。我不知道我的选择是不是对的，但我知道我喜欢小宝哥，比喜欢其他人都要喜欢。我看不到他的时候就老想着，我看到他的时候就高兴，难道这不是喜欢吗？"

公爵沉默地看着她，视线落在她的脸上，她几乎要哭了："小宝哥……"

被占旭绑架的时候她没有哭，被人拿刀抵在喉咙上的时候她也没有哭，但是现在，她快要哭了。

眼泪在眼眶里打转，她回头看着公爵，说："小宝哥，他说是我的未婚夫是真的。"

公爵的脸色都变了，宫五急忙说："但不是你想象中那样，步生不是我真的未婚夫，他是我妈为了让我回到宫家之后站稳脚跟找的临时靠山，而且，他之前跟我说过，过不了多久就可以取消婚约。"

公爵沉默着，似乎在权衡她话中的真假，宫五急得不行："小宝哥你要相信我……"

眼泪吧嗒吧嗒掉下来，宫五伸手抹眼泪。那边步生冷眼旁观，过了一会儿，他突然开口："爱德华先生，借一步说话。"

公爵看过去，步生笑了笑，开口："我觉得我们之间有合作的机会。"

他让开一步，做了个请的姿势。

宫五眼巴巴地看着公爵，一脸的紧张。

公爵暗暗呼吸一口气，抬脚跟着步生走到了后方步生的车里。

燕大宝站在原地，抿嘴、瞪眼，盯着宫五看，宫五还在抹眼泪："燕大宝，你不要这样看我，我真不是故意的，我跟步生统共就见过几次，手都没拉过，真的。"

燕大宝一脸怀疑地看着她："没想到你是这样的小五！"

宫五委屈得要死，可怜兮兮地看着公爵的方向。

公爵和步生坐到了车里，关着车门，不知道他们在说什么。

好一会儿后，两人分别下车，朝这边走来，宫五立刻迎过去，犹如一只等着狗妈妈喂奶的小奶狗："小宝哥。"

公爵看了她一眼，脸上没有表情，宫五紧张，笑得讨好："小宝哥。"

他看了宫五一眼，说："步先生跟我解释了，并承诺很快就能解决婚约的事。"顿了顿，他又说，"以后遇到任何事，都要说清楚，隐瞒只会让事情更麻烦。"

她忙不迭点头："嗯嗯，我知道错了。"

燕大宝就在旁边嘀咕："没想到你是这样的小五！"

第二章

公 | 爵

三日后，宫家突然以性格不合为由，解除宫五和步生的婚约。

与此同时，宫家也在最短的时间内拿到了他们梦寐以求的项目，步生以宫五的名义在项目中投资一千万元入股，用以作为她后续求学以及未来创业的资金。

宫五听到这个消息之后，抿着嘴认真想了想，说："我觉得虽然是以我的名义入股，但是那些钱我肯定拿不到，都是我妈的。"

燕人宝问："为什么呀？那是你的名字，你不想投资拿回来就行了呀。"

宫五回答："步生又不傻，他会无缘无故给我一千万元？我想把钱拿回来也没人理我。"叹口气，握拳，"不管了，看来赚钱还是自己努力才行，我还欠着小宝哥一大笔钱呢！小宝哥说他不着急要，但是我要自觉还。"

她手捧着脸蛋思考了下人生，然后认真地掏出纸笔准备做笔记，燕大宝伸脑袋看了一眼："小五，你真的要好好学习，天天向上啊？"

蓝缨也在旁边看着她。宫五严肃脸："肯定啊，咱们这学校补考是要交钱的，这怎么行？我是穷人，还欠着外债，我怎么能比别人多交钱？我基础又不好，不认真不行。"

燕大宝一脸同情地看着她："关系户真可怜啊。"

宫五气死："说谁关系户呢？我也是有底分的好吗？"

"考了这么一点底分。"燕大宝小手比画了一下，翻着小白眼仁，故意在她面前得意扬扬。

见到公爵的时候宫五还蔫蔫的，公爵伸手把她的小脸抬起来，问："怎么了？没精打采的样子。有人给我可爱的小姑娘气受了吗？"

宫五告状："燕大宝说我是关系户，我不就是考大学的时候考得差了一点点吗？"

燕大宝在旁边蹦跶："你差了很多分，你自己说的。"

宫五的脑袋又耷拉下来，哼唧："小宝哥你是不是瞧不起我了？"

"怎么会？"公爵微笑着回答，"分数不代表一切。我相信小五努力的话，一定会是最优秀的。"

宫五问："小宝哥你真的这样认为？你真的觉得我要是努力的话，会是最优秀的吗？"

公爵说："是的，因为我知道小五非常聪明，只是不愿意把心思放在学习上而已。"

宫五的眼睛瞬间变得明亮起来，他那样说的时候，她真的觉得如果她愿意学习的话，肯定能学好。

"小宝哥，我以后会好好学习的。"她说，"我肯定能考高分。我妈对我的要求是不补考，但是我觉得，我可以考得很好。"

公爵依然点头："我信小五能考很高的分。"

宫五盯着他看了好一会儿，就在公爵奇怪她怎么不说话的时候，她突然张开双臂，一把抱住他的脖子，大喊一句："我最喜欢小宝哥了！"

公爵被她扑得差点摔倒，笑着扶正她，软软的小姑娘抱在怀里，他的整颗心都跟着要融化一般。他突然觉得，这趟回国最大的收获就是眼前这个总让他出乎意料的姑娘。

宫五抬头对他笑，花儿一样绚烂的笑容，灿烂得像是春日最娇艳的花朵。

燕大宝在旁边蹦跶："小五你要照顾单身的人的心情！"

宫五不理她，仰着小脸笑眯眯地看着公爵。

公爵看着她脸上的笑容，突然问："小五有想过到国外上学吗？"

宫五瞪大眼睛："我吗？我妈肯定不会让我出去的。"

这个话题燕大宝有共鸣，叹了口气："爸爸肯定也不会让我出去。"

"小五想去吗？"公爵问。

宫五抓抓头，说："我也不知道，我想跟我妈在一块，别看我妈那么凶，其实我妈离不开我。"

公爵沉默了半响，才说："我一周后回伽德勒斯。"

宫五震惊："一周后就走啊？！"

简直是晴天霹雳，他们才在一起没多久，没想到一周后就要分开，宫五差点哭出来："小宝哥……"

公爵伸手摸摸她的脸："小五别伤心，我们还有一周的时间是不是？再说了，我会经常回来看小五的。"

一周的时间，宫五铆足了劲儿抓紧时间跟公爵在一块，简直是争分夺秒地谈恋爱。连燕大宝都识相地给他们留出时间，不吵着要在一起了。

宫五其实有心理准备，本来就知道公爵要回去，不过是她不愿意面对现实罢了。

公爵离开那天宫五偷偷摸摸地逃课，跑到机场送公爵，本来说好了不去，没想到公爵准备过安检的时候，宫五嗷嗷叫着冲了过来，像一颗高速发射出去的炮弹，一头撞进了公爵怀里："小宝哥！"

"小五？！"公爵急忙稳住身形，惊讶，"你怎么过来的？自己过来的？"

宫五在他怀里仰起小脸，比画着说："我坐公交车过来的，转了三趟公交呢。"

公爵叹气的同时，也把她搂到怀里："想来怎么不跟我说？还要自己坐公交车，不麻烦？"

"我想给小宝哥惊喜啊！"她说，"燕大宝都不知道，我背着她来的。嘻嘻，我聪明吧？"

公爵捧着她的脸，低头吻了过去："小五一直很聪明，一直这么聪明。"

安检被打断，公爵带着她找了个地方坐下，行李已经有人去安排寄存。

宫五偷偷摸摸地挨到他身边，缠着他说话，眼看着时间逼近，公爵不走不行了，她的眼圈开始发红："小宝哥你什么时候回来啊？"

公爵回答："我现在回去紧急处理一点事，等我处理完了来看小五。"

她吸了吸鼻子，可怜巴巴地说："那你要快一点啊。"

他点头："好。"

宫五突然从自己的包里掏啊掏，最后掏出一个小袋子来，把袋子给他，说："这是我这个月还你的钱。这个月我花钱多，只有三百二十一块钱了，等我以后赚了钱，我再多还你一点，行不行？"

他笑，点头："好，我等小五继续还我钱。"他慢慢把她搂到怀里，说，"如果小五每天都想我一个小时，我允许小五想一次减免十块钱。"

宫五眼睛一亮："真的？"

公爵再次点头："真的。"

宫五抿嘴，使劲点头："那我肯定每天都想小宝哥一个小时！"

公爵微笑："好。恭喜小五找到了发财致富的好办法。"

在机场腻歪的情侣不是一对两对，就算有人看到也见怪不怪，只是宫五一听说他要走就掉眼泪，公爵直叹气："我保证会很快回来，好吗？我会一直想念小五，一直想念。"

她低着头，哼唧着说："燕大宝说了，你身边有很多优秀的女孩子，说不定你很快就把我忘了，肯定不会想我的……"

公爵摸摸她的脸："如果我身边真有那么多女孩子，我为什么要在青城遇到小五？我喜欢勇敢又聪明的姑娘，很多女孩美丽善良，但是不够勇敢，而小五是我见过最勇敢的女孩。我相信我再也找不到第二个小五了。"

被夸奖了，宫五破涕为笑，说："那我不要在小宝哥面前哭。"

说完，她从他身上下来，在旁边蹦跶："小宝哥，我送你去安检。"

宫五拉着他一路小跑，陪他一起排队，嘴里还说："小宝哥我还没坐过飞机呢，等以后我也要坐飞机去找你。"

"好，我等小五坐飞机来找我！"

离别的机场，在他进去之后宫五还是依依不舍，撇着嘴看着他，他回头，宫五对他摆摆手，眼泪在眼眶中打转，虽然努力让自己看起来很高兴，但是在他看不到的地方，又耷拉下小脑袋。

她讨厌异地恋。

当然，对于宫五这种自愈能力超强的人来说，离别的难过只有一会儿，毕竟以后还有见面的机会，等她到了宿舍之后，又可以咧嘴大笑了。

秋高气爽的十月，青城大学发了通知，大一新生要在下周一开始军训，开学的时候因为天气太热，学校怕学生中暑，所以军训延迟到了十月份。

宫五抱着手机跟公爵发信息，公爵离开青城丝毫不影响两人之间的联系，他总会抽时间跟宫五聊天，宫五本身就是个小话痨，大事小事都要跟公爵说一遍，虽然有时候说漏嘴会有点想打自己嘴巴。

宫五喜滋滋地把信息发了过去："我今天蹭的饭是自助餐，特别好吃，我觉得我赚啦！"

公爵很快回复："谁这么好还请小五吃饭？"

宫五："我的一个追求者呀！"

公爵没回复，宫五正纳闷呢，手机屏幕一闪，公爵的电话瞬间打了过来。

宫五："……"

对面的蓝缨无语地看着她，刚刚还聊得好好的，怎么电话打过来她反倒不接？

宫五小心地咽了咽唾液，然后哆哆嗦嗦地接起来："小、小宝哥……"

"小五今天吃的自助餐，是小五的追求者请的？"公爵问。

宫五："……"

燕大宝怀里抱着瓶瓶罐罐从门外进来，抬头就看到宫五抱着电话一副狗腿子的模样。

怀疑地看了她一眼，燕大宝瞪着宫五，一直瞪到她挂电话："小五，你干什么了？那么狗腿子。你是不是又惹哥哥生气了？"

宫五叹了口气，抹汗："天地良心，我本来是想跟小宝哥分享我免费吃了自助餐的好消息，没想到小宝哥的关注点和我的关注点不一样。唉，我以后跟小宝哥说话，一定要注意。"

燕大宝立刻看着她，说："那我以后要帮哥哥盯着你！"

刚要抗议，宫五低头一看到燕大宝面前摆放的那么多瓶瓶罐罐，震惊："燕大宝，你是不是乱买东西了？秦小鱼卖给你的？她给你打了几折？"

燕大宝说："她说算我友情价，打八点五折还把零头给抹了呢。"

"秦小鱼这个财迷，天天就知道坑同班同学！"宫五气死，从床上爬下来，动作麻利地穿鞋，"你等着，我去收拾她！"说完气势汹汹地去了隔壁宿舍。

宿舍的其他三人面面相觑，不多时宫五回来，手里还抓了好几张五块、十块的纸币，气势汹汹地说："秦小鱼这个黑心商人，敢坑燕大宝！给你，这五块钱是辛苦费。"

燕大宝眼睁睁地看着她拿了五块钱塞到兜兜里，怎么要都要不回来。

宫五理直气壮："燕大宝，做人要有良心，我帮你省了这么多钱，辛苦费你总要给一点吧？"

燕大宝眨巴眼，觉得不对劲，但又觉得她说得对，最后只能作罢。

军训紧张又无聊的日子正式开始，领到军训服的新生们都很高兴，早早就把军训服换上。下午正、副教官分配到岗，燕大宝抻着脖子看了之后，一脸失望："长得一点都不好看。"

燕大宝期盼中的帅教官没有，对军训也就失去了兴趣。宫五也觉得就是一般人，两个教官估计是常年训练的缘故，皮肤黝黑，个子也不是特别高，很年轻，看样子比她们大不了多少，但是精神气十足。

主教官虽然不帅，不过长了一张让人觉得舒服的脸。

副教官走路有些驼背，他要求学生抬头挺胸的站姿，自己则倒背双手，微微哈着腰，手里拿了根小枝条，挨个走到女生面前盯一会儿，美其名曰锻炼人家的耐性，可被直视的人心里很不舒服。

基础训练，队形调整，宫五排队的时候跟燕大宝分开，两人站在前后排，她站在燕大宝后面，眼珠子盯着副教官的身影，很担心他要是盯着燕大宝看，燕大宝会一巴掌打过去。

果然，那家伙走到燕大宝面前，照例盯着燕大宝看，燕大宝突然开口："你要是再看我，我就揍你！"

副教官立刻捉到了燕大宝的小辫子似的大声说："军训的时候，不准说话！说话要先喊'报告'！"

燕大宝从善如流："报告！"

副教官大声说："说！"

燕大宝说："你要是再看我，我就揍你！"

宫五没憋住，噗的一下笑了出来，副教官借机刚要朝宫五走过去，冷不丁蓝缨喊了一声："报告！"

副教官看了宫五一眼，又朝蓝缨走去："说。"

蓝缨身体站得笔直，开口："要求和正教官说话。"

正教官听到声音过来："说。"

蓝缨直接说："要求换个副教官。"

副教官："……"

宫五也开口喊了声："报告！"

"说！"

宫五唯恐天下不乱，兴奋地道："要求换个像正教官一样满身正气的教官。"

燕大宝一听，来劲了："报告。要求换个副教官，我讨厌他那样看我，我会控制不住揍他！"

其他学生："……"

半天过后，秦小鱼也喊了一声："报告！"

"你也要求换教官？"

秦小鱼回答："我想去厕所笑一会儿。"

这是刚来就给他下马威，副教官气急败坏："你们大学生就能耐了？还有挑选教官的资格？别看你们现在跟什么似的，走上社会谁知道你们能干什么，在部队里要都是你们这样，都不知道被整成什么鸟样……"

正教官拉了他一把，压低声音说了句："注意影响！"

副教官这才不说话。

正教官开口训话："你们的要求我们会综合考虑，教官是分配好的，不能说换就换，焦教官是带过两届军训的老教官，有自己的风格，如果大家觉得方法不能接受，可以提意见，但是不能动不动就要求换教官。下面，全体都有，稍息，立正！"

蓝缨斜了眼副教官，慢悠悠地收回视线。

燕大宝快速地回头，对着宫五龇牙笑了下，被正教官捉了个正着："第二排从左往右第二位，出列。"

燕大宝认真地数了下，发现说的是自己，只好站了出来："报告。"

正教官问："刚刚干什么了？立正的时候不能左右前后看，下次要注意。"

燕大宝站得笔直，虽然觉得不是很喜欢，但是新奇感还在："是。"

"入列。"正教官让大家靠拢后，说，"今天是基础训练，接下来的一周我们将会一起度过，周末是我们的军训结束验兵大会，希望大家拿出最好的状态迎接最后的检验。稍息，立正，解散！"

解散过后，燕大宝和宫五快速地凑到一块，燕大宝说："我讨厌那个副教官，我想揍他。"

宫五伸手拍拍她的肩膀："没事，也就五六天的时间，忍忍就过去了，第一天他就这样放肆，说一说以后肯定会好很多，实在不行咱们去教导处告状，坚决要求换教官。"

燕大宝眨巴眼："直接打一顿多省事啊！"说着挽袖子，两只小胳膊甩得跟螺旋桨似的。

宫五脸蛋抽了抽，赶紧安慰燕大宝冷静下来。

两人正说话，有同学急忙追了过来："你们等等呀！"

宫五问："干吗？"

同学拉着宫五不让她走，着急地指指后面："你们看蓝缨！"

燕大宝和宫五回头一看，发现蓝缨站在副教官面前，正说着什么，周围的人都没注意那边。

宫五赶紧回头："蓝缨，你走不走？"

蓝缨头也没回，对副教官说："我听说能来给我们军训的都是部队里数一数二的优秀士兵，我一直仰慕军中生活，闲时我学过几招散打，还请教官指教一二。"

她找的不是正教官，而是副教官，一看这就不是要请教，而是找碴儿。

宫五眼珠子骨碌碌转了一圈，颠儿颠儿地跑过去，拉着正教官："教官教官，你可得劝劝，万一打伤了说不清。教官打伤学生，传出去就是社会新闻，多难听，这要是教官不应战，那他就是胆小怕事，丢我们兵哥哥的脸，教官你要不要当个中间人或者裁判什么的，满足下我们大学生对军营兵哥哥们的仰慕之情？"

正教官："……"

燕大宝附和："就是就是，教官你要不要见证一下奇迹的时刻？"

蓝缨挑衅完，伸手摘了帽子，说："教官不是怕了吧？我还是女生，这要是换了男生，教官不是得尿裤子？"

在宫五和燕大宝两个搅屎棍的搅和下，蓝缨一战成名。

那天晚上她只一招，就把副教官撂倒在地。

第二天副教官换人了，晚上回去他觉得腿疼，早上那腿肿得跟猪腿似的，医生叮嘱要休息十天到半个月，副教官只能临时换人。

因为其中有正教官当裁判，汇报列为意外，并没有闹起很大的风波，不过，他们如愿换了个腼腆羞涩还俊朗的副教官。

中午吃饭的时候，宫五和燕大宝凑一块快笑岔气了，就连其他系甚至其他校区的人都听说了一个美女一招撂倒一个教官的事。

军训的新奇让宫五生龙活虎、精力充沛，军训的间隙还有心情调戏腼腆害羞的俊俏兵哥哥。

任何时候颜值都很重要，同样是皮肤黝黑、身材不高的兵哥哥，新来的副教官就很受欢迎，女生们就喜欢围着他打转。

一群人围成圈，会唱歌的唱歌，会跳舞的跳舞，总之就是表演给别人看的。

宫五带头起哄，非要让副教官唱歌，最后拗不过大家的热情，副教官还真的站起来唱了首军旅歌曲。

燕大宝和宫五面对面坐着，她抱着胳膊，瞪大眼睛，盯着宫五，眼睛里都是指控：小五，你这样真的好吗？你在跟我哥哥谈恋爱，怎么还能跟教官这样？我这么大一个盯梢的都盯不住你，以后可怎么办啊？

宫五已经完全投入到起哄中，没注意到燕大宝，教官唱完她还带头鼓掌。

燕大宝很忧伤，她一定要告诉哥哥。等军训结束回宿舍之后，趁宫五不在，她偷偷跟公爵告状："哥哥你快管管小五，她现在天天调戏我们教官，那个教官就是长得有点好看，她眼珠子就盯在人家身上了！"

公爵："……"

燕大宝严肃认真地道："哥哥你说，小五这样是不是应该管一管？我听隔壁秦小鱼说，每年军训过后，都会有很多女生跟教官谈恋爱。"

公爵开口："我知道了。"

燕大宝继续认真地说："哥哥，小五没人管肯定不行，她都控制不住她的眼睛，我们副教官长得帅，她天天往人家身上瞅，还特别喜欢看人家的手，哥哥，我觉得小五是个手控，她就喜欢手长得好看的男孩子。"

宫五抱着胳膊，虎视眈眈地站在燕大宝身后，大吼一声："燕大宝，你竟然偷偷跟小宝哥说我的坏话，咱俩友谊的小船翻了！"

燕大宝被她吓得一哆嗦："小五你是鬼吗？神不知鬼不觉地出现，都不吱一声。"赶紧对电话那端说了句，"哥哥我先挂了……"小手摆得跟小勺子似的，"我没有说几句坏话啊，我就稍稍说了两句而已。"

"燕大宝！"

燕大宝伸手一指宫五后面，大喊一句："哎呀，哥哥来了！"

宫五赶紧回头，燕大宝趁机跑了。

宫五嗷嗷叫："燕大宝，你竟然骗我！"

十分钟后，宫五接到了公爵的国际来电。

宫五紧张地拿着手机，想着要不要假装不在，可是电话锲而不舍地响，书桌后面的人嫌吵："小五，你怎么不接电话啊？"

宫五龇牙咧嘴："看你的书。"然后又盯着电话，犹豫了一下后，还是伸手接了。

公爵来了视频电话。

宫五一看到公爵那张带着笑意的脸，一脸紧张。

公爵眼中含笑，问："小五最近军训感觉怎么样？有机会练枪吗？"

宫五垮下小脸："连摸都没摸到。听说以前军训有学生枪走火，今年就取消练枪这项了，就天天操练，我的腿啊，我的胳膊啊，我的脸蛋啊……唉，说起来都是泪。"

公爵笑着问："那有高兴的事值得说说吗？"

说这话的时候，公爵伸手把手机固定住，接过一杯咖啡捧在手里喝了起来。

他迎光而坐，自然的光洒在他身上，让他看起来似乎多了一层朦胧的薄纱，他的肤色、脸上的笑容以及他那双形状完美的手，无不越发显得上镜，宫五的眼睛不受控制地乱瞟，视线尽往他的手上盯。

她摇头，坚决摇头："没有！一点高兴的事都没有！"

公爵笑："听大宝说，有位教官很受大家欢迎，小五帮我看着大宝，别让她迷糊了也跟人家学，变成小花痴可怎么办？"

宫五窒了窒，赶紧说："小宝哥你放心，我一定看紧燕大宝，不让她被人家骗。其实那个教官长得一般，听人家说长得有点像一个唱歌的明星，我看还不如我哥长得好看……"

公爵端着咖啡杯的手顿了顿，然后把杯子放下，双手交叉撑着下巴，笑眯眯地看着宫五说："哦？是吗？"

那双手就在眼前，呈现在宫五面前的是最佳观手模式，修长的手指，因为交叠而微微发白的指节，宫五咕咚咽了下口水，干笑："呵呵呵，我都没拿小宝哥跟他比，要是小宝哥跟他比，可以甩他十八条街，呵呵呵。"

公爵笑："谢谢，我会继续努力的。"

宫五继续傻笑："呵呵呵……"

军训过后，蓝缨一战成名，追求者大增，特别是体育系的男生前赴后继，其中不乏高高大大长相帅气的，结果蓝缨让人家挨个跟她单挑，赢了她就交往。迄今为止，蓝缨的追求者们还没有出现重复的。

宫五和燕大宝则是成了蓝缨单挑追求者的啦啦队，每次听说又有人跟蓝缨求交往，她们俩都会颠儿颠儿地跑下去围观，就差买个绒绒球抓手里大跳啦啦操喊加油了。

某日，宫五在充当蓝缨的啦啦队的时候，被人塞了小纸条。

她展开一看，上面有一个电话号码和一个男生的名字。

燕大宝偷偷过来瞅了一眼，发现只有一个电话号码，放心了。她知道给小五留号码这招不管用，因为宫五是个小抠门，是绝对不会舍得花电话费给人家发短信或者打电话的。

递情书这招也不管用，因为宫五是个学渣，小时候就讨厌写作文，写情书对她来说跟写作文区别不大，追求者们依旧双眼茫然。

最后总算有痴心的男生使出了宫五最爱的两招：请佳人吃饭和送礼物。

燕大宝发现，小五这两天收礼物收到手软，她亲眼看到、亲耳听到宫五收到礼物后，跟人家说："送出去的礼物泼出去的水，谁要是想着以后要回去，谁就是乌龟王八蛋！"

晚上宫五坐在桌子前拆礼物，拆内包装的时候她特别小心，动作就跟拿着稀世珍宝似的。

燕大宝和蓝缨等人过来围观，问："小五，这东西贵吗？"

宫五头也不抬地说："我哪知道？"

"那还这么小心翼翼？"

宫五说："你们懂什么？我要保留完整包装，这样才能卖个好价钱。"

隔壁秦小鱼挨个推销化妆品这事给了她灵感，她决定待会儿就背着这些礼物，挨个房间推销，要不然她收礼物干什么呀？

燕大宝："……"

蓝缨漂亮的脸蛋抽了抽："小五，你这样是不是不好？送礼物的人得多伤心。再说了，要是有小气的男生追求不成，跟你要回礼物怎么办？"

宫五头也不抬："说好谁要回去谁是乌龟王八蛋的，他要是愿意当乌龟王八蛋，大不了我把卖出去的钱分他一半呗。"

蓝缨："……"

于是，宫五收到的礼物，真的被她挨个宿舍推销给卖了一大半。

午饭的点儿，她还真打算去跟人家吃饭，燕大宝跟在后面追："小五！小五！"

宫五回头："燕大宝你也想蹭饭啊？"

燕大宝虎视眈眈："你不是说一个男的和一个女的单独一起吃饭不好吗？"

宫五想了想："那你也来蹭饭吧。"

于是两个小美人去蹭饭，把请客的学长喜得合不拢嘴。

吃了人家的饭，燕大宝掉头又跟公爵告状："哥哥，小五可坏了，她在学校里收了人家很多礼物，还跟人家去吃饭，哥哥你说小五这样是不是不好？"

公爵想了下，问："礼物呢？"

燕大宝气呼呼地说："被她卖了，还卖了九十五块钱！她床铺上还扔了好几个礼物，说晚上再去卖。"

公爵说："那就好。"

燕大宝瞪大眼："哪里好？小五是个财迷，人家送什么她都要，然后卖钱，她还骗人家说过两天是她的生日，就是想要人家送礼物给她，她还说她家里穷，吃饭省，就是要人家请她吃饭，她还说她爸妈对她不好，说缺爱没安全感，就是想要博取人家的同情给她送东西。"

公爵："……"

"哥哥你说小五这样对吗？"燕大宝愤愤不平，很是生气，小五真是太坏了。

公爵笑了笑："大宝不气，我们大宝不要学。"

"那小五……"

公爵笑："哥哥有时间教育下小五，好不好？"

燕大宝点头："好，哥哥一定要教训小五。"

一个说的是"教育"，一个说的是"教训"，一字之差，可态度上就是天差地别。

吃完晚饭后，宫五照例跟公爵聊天。

宫五："小宝哥小宝哥，我觉得今天遇到一件好玩的事，我讲给你听。今天艺术系的宿舍楼下有人送鲜花摆心形跟艺术系女生求交往，那女的竟然同意了，好傻呀！"

公爵回复："如果是小五，小五怎样才会同意？"

宫五："当然是摆钱啦！用钱摆一个大大的心形，用各种颜色的钱摆，我最喜欢，嘎嘎嘎！"

公爵回复："我也觉得这个创意更好，比送鲜花要好得多。"

宫五："就是就是，所以我就奇怪那女的怎么就同意了呢，鲜花有什么用啊，扔了就枯萎，还不如让它长树上。还是送钱实惠，嘎嘎嘎。"

公爵："对，有钱就可以买到任何东西。小五真聪明。"

宫五得意："嘿嘿，我天生就这么聪明呀，嗷嗷。对了小宝哥，想要让燕大宝当女朋友的人少了，因为燕大宝跟他们说，他们长得不好看，她不喜欢。"

公爵："大宝做得非常好。小五漂亮又聪明，一定做得比大宝更好。"

宫五："……"

她伸手抓抓头，聊天的方向好像不大对啊。宫五想了想，决定还是岔开话题："小宝哥我今天吃撑了，我要去歇一会儿，啦啦啦，小宝哥拜拜。"

公爵没有回复。

宫五等了好一会儿，公爵还是没有回复。

难道是因为她没有直接回应公爵的话题，他生气了？宫五赶紧补救一下："小宝哥，我突然又觉得没那么撑了，呵呵呵。"

然后公爵回复："那就好。"

虽然只是文字，但是宫五从这三个字上感觉出了冷淡。

宫五："小宝哥，其实我昨天也收到男孩子的邀请啦，呵呵呵，我去蹭了顿饭，还带燕大宝一起去啦！"

公爵回复："哦。"

宫五瞪眼，"哦"是什么意思？回复："小宝哥，你说我这样是不是有点不好呀？我要不要改正啊？"

公爵："是。毕竟小五这么漂亮的女孩子，会造成很多不必要的误会。不管是礼物还是吃饭，小五接受了，就会让对方以为小五在考虑他们，而最后小五的回应是拒绝，会激起他们的反弹或者报复心，虽然这个概率不高，但不代表没有，小五希望自己身边平白无故多一个敌对的人吗？"

宫五："我不想身边有人敌视我，我要改正。"

公爵："小五想吃什么可以告诉我，等我回青城让小五吃个够。"

宫五回复："好耶！谢谢小宝哥，我要吃很多很多好吃的！"

这下算是和平结束通话，宫五长长地嘘出口气，以后说话一定要注意。燕大宝这个小喇叭，芝麻大一点事，她掉头就跟公爵告状，看来真要防火防盗防大宝。

周五晚上宫五接到宫家的电话，让她周六回宫家，宫家拿下项目之后启动仪式的第二天晚上，要举行一场声势浩大的答谢会，宫五作为项目的股东之一要参加。

受邀在列的主角是步生，宫家多少人围着他打转，就算他跟宫五的婚约解除了，但项目毕竟是依靠步生拿下的。

整个答谢会上，只有宫五这个小透明在乱晃，其他人都在各有所需地跟不同的人交流搭讪，试图为各自的家族开拓更大的市场、寻求更好的机会。跟宫言清那样风姿倾城地周游在各种人之间的交际能力相比，宫五实在是个小女孩，压根引不起别人的注意。

她一个人默默地窝在食品区吃了一晚上糕点和水果，在喝了一杯温水后，朝着卫生间走去。在去卫生间的那条道上，她看到距离卫生间最近的一个包厢门口站了不少人，正聚在一起交头接耳、窃窃私语，好像包厢里发生了什么事似的。

她好奇地过去，探头往里看了一眼，闻到一股浓烈的酒味，入眼处的门边扔着一件黑色的西装外套，还有一部手机和几件女性贴身衣物。

光看到这些东西，就有人猜测里面刚刚肯定发生了什么激情四射的事，桃色新闻素来吸引人的眼球，外面的人已经在心里展开了一部八十集的狗血连续剧。

维持秩序的是酒店的保安，正挡在门口努力说服大家不让进，一个人匆匆赶了过来，宫五认识他，步生的助手，他快速地走进房间，房门被人关上，也隔绝了外界无数探视的目光。

等宫五从卫生间出来的时候，那些人已经散了，房间的门还是关着，至于里面的人走没走，宫五不知道。

三天后，宫家传出步生和宫言清正式交往的消息，这则消息无疑验证了那天桃色新闻的现场被人撞破好事的正是宫家三小姐宫言清和步生，至于这两人是什么时候开始的，还真没人知道。

宫言清得偿所愿，可心里的恐慌却大过喜悦。

她第一次见到步生是在一次宴会上，那时她才大二。

那时候步生刚回国不久，正是积极活动在各大场所扩充人脉的时候，海归背景、步家的继承者，英俊潇洒风度翩翩，宫言清瞬间被他的外表打动，再后来他开始崭露头角，成为青城商界的后起之秀，宫言清默默地关注着，直至他今日地位稳固。

步生无疑是宫言清见过的最聪明的人，她看着他一步步成长到今天，她远远地仰望，像粉丝崇拜偶像，像沙漠的旅人对水源的渴望，像向日葵对太阳的痴迷。

他说话的声音，走路的姿势，工作时的魄力，无一不让宫言清沉迷其中，只是再如何迷恋，宫言清都在努力维持她的形象。这样的步生，不该是宫五那种人可以得到的，步生的另一半，该是和他匹配的女人，美丽、高雅，有着一流的家世和教养，她在努力朝着那个目标前进，随时随地都维持着她的得体和优雅。

很长一段时间内，她只是远远地看着他，从没奢望过，她觉得步生就该被人仰望，不可碰触。可突然有一天，不入流的宫五突然出现，在她细心描绘的画卷上留下痕迹，破坏了她心目中完美的神祇形象，让她夜深人静的时候痛不欲生。

那时候她心里生出一个意识，她要争取属于她的机会，这样默默地等待被关注，步生根本不会多看她一眼。

她思虑了很久，胜败在此一举，她赌上了自己的清白和未来。只有这一次机会，如果她错过，她害怕自己再也没有机会。宫言清是抱着一不做二不休的态度来的，而且她相信在这样的场合，一定会有人过来看到，只要有人看到，事情被捅破，一切都会有转机。

果然，她的主动激起了步生的反应，他快速地反客为主，急切地探索她银白色礼服包裹着的曼妙身材，动作粗鲁得甚至撕破了她华贵的礼服。

事情照着她的设定进行，服务生带着客人来到这个包厢，开灯之后发现了纠缠的男女。

她靠着一点小助力和小心机，成功拿下步生。

连宫五那样的人都能让步生倾倒，她坚信靠着自己的努力，一定会让步生真心诚意地拜倒在她的石榴裙下。

她终于成功了。

报纸上关于步生和宫言清的新闻很密集，两人一起参加个宴会都能上头条，金童玉女的搭配，俨然世人眼中的一对璧人。

中午大家都在宿舍休息，燕大宝跷着二郎腿在床上看报纸上的八卦新闻，突然抬头对宫五说："小五，宫言清不是你三姐吗？我记得你好像说过啊。"

宫五一愣，立马把报纸抢了过来，看了之后不但小脸皱了，鼻子都气歪了。

她要是没记错，步生不是说他爱的人是她妈吗？跟她解除婚约步生可是花了大价钱，怎么掉头就跟宫言清扯到一块了？

果然男人没一个好东西，步生也不例外，宫五狠狠地把报纸揉成一团朝着垃圾桶砸去。宫五被气得没心思学习，揉着咕咕叫的肚子，说："哎呀我都被气饿了。"

燕大宝盯着她："人家生气，都是被气饱，你怎么会气饿了？你就是馋！"

宫五吧唧嘴："甭管我是什么原因，反正我饿了就对了。"

她站在床头，从背包破损的洞里抠出三块钱，打算去买两个串串吃，一个人不想去，她眼珠子骨碌碌落在燕大宝身上，大声说："燕大宝，我觉得你最近好像瘦了，你减肥了？"

"没有呀！"燕大宝赶紧拿起镜子照了照，发现自己的脸蛋还是有点肉乎乎的，拧着小眉头问，"我真的瘦了吗？我怎么没看出来？"

　　宫五说："我记得西门的位置有家药店，门口有秤，要不然你去称一下？"

　　燕大宝使劲照镜子，有点不相信自己瘦了，穿鞋："小五你要跟我一起去吗？你不是饿了吗，我们一起去西门吧，我陪你买吃的，你陪我称重。"

　　宫五快乐地答应了："好呀！走吧！"

　　蓝缨："……"她问，"要我去吗？"

　　燕大宝摆摆手："你不是要去上晚自习吗？你去呗，我跟小五两个人没关系啦！拜拜缨缨！"

　　蓝缨点点头，抱着书出门。

　　每到晚上学校西门口就会挤满卖小吃的小摊，人挨着人，最主要的客人就是学生，凑一堆买，特别热闹。

　　宫五先跑去卖串的地方排队，等买完两个串串后再陪燕大宝去称重。

　　燕大宝弯着腰，盯着那秤使劲看，希望能把自己看得轻一点，好一会儿后她直起腰，说："我就说嘛，我肯定没瘦！"伸手摸摸小肚皮，"好像还胖了一斤三两。"

　　宫五抬头看天，专心吃她的串串，看看手里的另一根，又看看燕大宝，忍痛问道："燕大宝，你要吃吗？"

　　燕大宝坚决摇头："不要！我都胖了，还吃什么吃啊！"

　　宫五吸吸鼻了，不说话。

　　两人一起回去，宫五的两个串串吃完了，心情也好了，燕大宝没瘦，没精打采地往宿舍走。

　　西门到宿舍的路挺长，有一段可供学校的老师开车进出的大路，两边种满了泡桐树，高高大大枝叶茂盛的时候就像巨大的天幕，晚上夜空晴好，透过枝叶还能看到满天的星光闪烁。

　　两个好朋友手拉手，慢悠悠地走在回去的路上。

　　宫五跟燕大宝说着话："燕大宝，你说我们以后毕业了，能干吗啊？"

　　燕大宝咂咂嘴："这个嘛……不好说，有的人考研深造，说不准以后就能当个翻译官什么的，有的人毕业了找个和英语相关的工作，成了英语翻译，还有的人比较惨，工作不好找，只能找不对口的，然后慢慢就把大学四年学的东西给忘了。"

　　宫五有点惊讶："燕大宝，没想到你还能像模像样地说些有道理的话，赞一个。"

燕大宝看了她一眼，说："我问我妈咪了，这是我妈咪说的……"她突然站住，伸手拉拉宫五，小声问，"小五，你看那个人是不是有点奇怪？"

宫五认真一看，果然发现一棵刚好被路灯挡住的泡桐树的阴影里站着一个穿长风衣的人，一动不动地看着她们俩的方向。

宫五瞪眼："这人鬼鬼祟祟地站在那里干什么？做坏事？"

燕大宝顿时警惕起来，拍拍宫五的肩膀，认真地说："小五别怕，我保护你！"说完，她撒腿朝着那个人冲了过去。

宫五跟在后面抓都没抓到她。

还没等燕大宝冲到那个黑影面前，那个黑影突然动了，伸手一拉，直接把他的风衣拉开，露出里面没穿衣服的身体。

燕大宝一脸呆滞地停下脚步，眨巴眼："小五你快过来，这个人太可怜了，穷得连内裤都买不起，他里面没穿衣服！"

宫五跑过来一看，直接骂了一句，然后说："燕大宝你傻啊？这是露阴癖暴露狂啊！揍他！"说着她就冲了上去，对着拉开衣服得意大笑的暴露狂一脚踹了过去。

暴露狂不防备，直接被她一脚踹到，仰面跌坐在地上，爬起来就要跑，结果燕大宝听到宫五说"揍他"后，直接跳起来，一个标准的飞铲过去，一脚把暴露狂铲得再次倒在地上。

燕大宝有洁癖，嫌脏，不愿意用手打，直接拿脚踹，一边踹还一边招呼宫五，兴奋："小五你快过来，他好像被揍哭了。"

宫五跑过来一看，燕大宝把暴露狂踹到了路灯下面，他身上的风衣揉成一团耷拉在一边，里面丑巴巴的身体出现在两人的视线里，宫五赶紧拉住燕大宝："先别揍了，看看再说。"

燕大宝茫然："看什么呀？"

宫五瞪大眼睛，伸手指了指暴露狂的下面，说："我没见过，好机会啊！"

燕大宝一听，左右看看，看到旁边有个不知什么人扔下的半根一次性筷子，她从兜里掏出纸，弯腰捡起来递给宫五，说："给，看起来有点脏兮兮的，你捞起来看看。"

宫五点头，接过来。

两人一边一个在暴露狂身边蹲了下来，暴露狂还在哼，全身都疼，见那两个女学生竟然蹲在他面前，盯着他的下面看，忙把衣服下摆拽了拽挡住，哭着说："你们耍流氓……"

宫五直接用筷子又把衣角挑开，正要把那一小点捞起来，就听另一头有乱七八糟的脚步声往这边跑，还有声音传来："那边怎么回事？是谁在那？"

宫五赶紧扔掉筷子，站起来说："燕大宝，好像有人来了！"

暴露狂不是第一次站在这，只是被骚扰过的女生通知保安的是第一次，他们原本就是朝这边来的，结果听到这边有哭声。

燕大宝睁大眼，突然哇的一声就哭了："小五我好害怕！哇哇哇……"

宫五："……"

宫五眯眼，伸手拍拍她，暴露狂听到有男人的声音传过来，忍痛爬起来就要跑，被哭着的燕大宝一脚踢在腿弯，重新死狗样仰躺在地上。

燕大宝看了暴露狂一眼，不巧看到了某个地方，顿时一脸嫌弃地继续哭："小五，怎么办？太丑了……哇哇哇哇……"

学校保安冲了过来："怎么回事？"

宫五伸手一指："这个暴露狂，刚刚突然拉开衣服怪笑，被我们打了一顿，保安大哥，你们快报警吧，你看我同学被吓得都哭死了。"

暴露狂大叫："她们两个是流氓，她们要偷看我！我吓死了，救命啊！她们刚刚要非礼我，还拿棍子想要……"

燕大宝一边哭，一边对着暴露狂又是一脚："你这个坏人！"

这一脚踹得重了，暴露狂这下嘴里还喷了口血。

谁是坏人一眼就看得清，两个十分漂亮的女生，其中一个还哭得跟什么似的，另外一个呆呆的，好像被吓傻了似的，而那个长相猥琐的男人，只穿了一件风衣，里面什么都没穿。

果然如刚刚前去找保安的女生所说，这里有个暴露狂，只穿着风衣，专门挑路过的单独女生或是人少的女生下手，如果人多了，他倒也不敢，这下被抓了个正着。

保安记录下宫五和燕大宝两人的系别和宿舍号，直接押着暴露狂走了。

燕大宝的脸蛋上还挂着大泪珠，吸了吸鼻子问宫五："小五，你看到了吗？"

宫五眨巴眼，遗憾地摇摇头："没看清。"

燕大宝认真地说："太丑了！千万别看！"她惆怅地看天，"男人为什么要长那么丑的东西啊！"

宫五咂嘴："没那玩意，就没下一代啊。"摇摇头，一脸老到地说，"这是自然规律啊，繁衍下一代的工具啊，要不然多一块出来有啥用？"

两人一路讨论着回宿舍了。

到了宿舍燕大宝发呆，明显被那么丑的东西恶心到了，发了一会儿呆后，一脸嫌弃地把鞋脱下来，扔到垃圾桶里："太脏了，不要！"

宫五觉得自己待会儿有话题跟公爵说了。

在宿舍安慰了燕大宝一阵子，然后宫五拿了手机和书，跑到窗户边跟公爵聊天，兴致勃勃地把过程讲了一遍。

她正说到兴头上，公爵突然打断她，问："小五说想看看他下面是什么意思？"

宫五呆了呆，意识到自己刚刚说漏嘴了，就不应该说这个，赶紧岔开话题："哎呀，他被燕大宝打了一顿，在哭，我们想看看他是不是受伤了……"

公爵没那么容易糊弄，追问："这个人没有穿衣服，对不对？所以小五和大宝要看的，是这个人的身体，对吗？"

宫五抿嘴，她这张破嘴，刚刚怎么就全说了？这下好了吧？被小宝哥知道她想看男人的身体了，怎么办？一阵低气压，宫五觉得喘气都有点不受控制了。

"小宝哥。"

公爵应了一声："嗯。"

宫五发现，小宝哥果然生气了，她发现了，这个人一生气话就少。

"小宝哥，你不要生气嘛，其实我跟燕大宝什么都没看到，她觉得太丑了，现在还在宿舍生闷气呢。"说完宫五又想打自己嘴巴，什么都没看到怎么会知道太丑？"小宝哥，我错了，我不应该带燕大宝去看那个东西，其实我就是好奇，我真的没打算看。哎，小宝哥，你说句话呀。"

"嗯。"

宫五吸了吸鼻子，使劲说："小宝哥，你别老'嗯'，说话呀。我以后都不看了，保证不看了，这辈子都不会好奇了！"

公爵终于开口，颇有咬牙切齿的意味："小五想看也可以，等我回去！"

宫五呆了呆，然后抿了抿嘴："小宝哥你这是耍流氓，知道吗？"

公爵说："那有人主动要看陌生异性的身体，算不算耍流氓？"

宫五："……"

两人拿着电话都不说话，好一会儿后，宫五觉得自己先做错事的，开口："小宝哥，你别生气了，我真的知道错了，我保证改正！"

公爵这才开口："真的知道错了？"

"知道了！"宫五握拳，"我追悔莫及，悔得肠子都青了。小宝哥，你就不要生气了，听说生气的人老得快。"

公爵："……"

之后宫五再跟公爵聊天的时候，公爵都加上一句叮嘱："不能和大宝惹祸！"

63

周五下午，宫五回宫家，正慢悠悠地往山上走，山下有车开上来的声音，她扭头便看到宫言清坐在车里，车直接从她身边开了过去。看到她竟然也不说捎她一程，他们是忘了她好歹也是家里项目的股东这事了吧。果然攀附上步生以后，就觉得登上人生巅峰了。

她气呼呼地一路小跑上山，到大门口的时候，宫言清早已到家。如今的宫言清身价水涨船高，打扮也不像之前那么妖艳，素净了很多。

吃饭的时候碰到，宫五觉得宫言清好像矮了一点，主要是往常宫言清看起来跟她一般高，人没到高跟鞋踩地板的声音就听到了，现在竟然发现她穿的是平底鞋，这画风变得太快，宫五都有点适应不了。

宫言清看到宫五，就跟看到路边的小猫、小狗没什么区别，目光淡淡的，自信又从容地从她身边走过，嘴里漫不经心地打了声招呼："回来了？"

宫五打招呼："三姐好。"

宫言清从鼻孔里发出一个声音："嗯。"径直回自己的房间，根本不愿跟宫五多说一句话。

宫五吃完晚饭回自己的房间，刚关上门，手机响了，她拿出来一看，正是步生，伸手把电话给摁了。步生再打，宫五立马接了，不客气地问："干吗？"

"看到报纸了？"步生问，声音带了笑意，"说话方便吗？"

"方便，怎么不方便。"宫五坐在椅子上，摊开面前书桌上的英语书，眼睛盯着书，问，"干吗？"

"看到报纸生我的气了？"步生笑着说，"我跟你妈解释过。"

宫五龇牙，幸灾乐祸："我都不信你，别说我妈了。"

步生揉着太阳穴："小五有时间多回家陪陪她，特别是帮我看着，别让她周围有乱七八糟的人围着，好不好？有工钱，你不是嫌你妈每个月给你的零花钱少吗？你回家陪你妈妈，我给你工资。"

步生对于钱上面向来舍得，他从来都知道怎么对付岳美娇母女大小两个财迷。

果然，宫五刚刚态度那么横，听说有工资之后，抿嘴："我妈知道的话要削我。"

步生笑："你不说，我不说，她怎么会知道？"

宫五想了想，其实对她来说这不是什么事儿，又不是做坏事，顶多是看她妈干什么跟步生敷衍两句，毕竟她外头欠了那么多钱，要想办法赚钱才行。

宫五晚上回的宫家，第二天一早就去了岳美娇的住所，拿人钱财替人消灾。

一大早的，岳美娇看到她回来还挺惊讶："怎么这个时候过来了？"

宫五看了她一眼，眼神有点儿同情，说："我有点想你，就回来了。"

岳美娇瞪着她："你这什么表情？"

宫五努嘴，忍不住说："妈，我看到报纸了。"

岳美娇白她一眼："那又怎样？"

"步生太不是东西了。"宫五愤愤不平。

岳美娇正洗完脸往脸上抹东西，嘴里说了句："是不是东西跟我没关系，自己别往心里去就行。"扭头看她一眼，说，"你以后要是遇到类似的事，也得干净利索地断了，千万别要死要活的，弄得好像没男人就活不下去似的。"

宫五抓头，亏她还一直担心她妈心情不好，结果现在看，哪里不好？好着呢，还有心情做面膜。

宫五发现了，步生和宫言清传出的消息，对岳美娇显然没什么影响，她的生活并没有因为步生有什么变化，反而越发自在，毕竟步生在的时候，喜欢管东管西，如今他不在，岳美娇干什么都心情好。宫五来她妈这里越发勤快了，每逢周六、周日，必然要过来的。

这天吃完饭，岳美娇扎了个马尾，换了瑜伽服，打算去健身房。

宫五一听，急忙说："妈，我也去！"

"你去干吗？"岳美娇看了她一眼，"你也要健身？"

宫五义正词严："我要去感受一下健身房的氛围，万一哪天我胖了，还想得起来去锻炼锻炼。"

岳美娇打量了她一眼："你这衣服不适合。"

她想了想，直接去把自己穿旧的衣服翻出来，扔给宫五："你穿这个，要不然不准去，丢我的脸。"

宫五："……"

她真的把衣服换上了，一边换还一边说："妈，你又不胖，去健身房干什么呀？"

岳美娇照镜子，说："跑步、健身、塑形体，练瑜伽提升气质，作用多着呢。"

宫五抿嘴，她妈的衣服她都能穿，果然有个模特身材的妈妈沾到好基因很重要。换好之后又套上外套，她拿着手机，喜滋滋地跟着她妈出发，她刚收到步生转过来的一万块钱，人家这钱不是白给的。

岳美娇是不知道她有目的，要是知道肯定一巴掌拍飞她。

宫五观察之后觉得她妈一点都没伤心，看来步生怎么样她妈真的不关心，宫五一下子就觉得放心了，她妈好才是真的好，其他的一切皆是浮云。

健身房的教练都是些身体结实、身材好的年轻男人，而且个个都很热情，看到岳美娇进去之后，一个个热情地打招呼，还跑过来询问宫五是谁，得知宫五是她女儿，一个个表情夸张得不像样子。

倒不是他们假装夸张，实在是岳美娇看着太年轻，健身房之前还有其他年轻学员来打听岳美娇有没有对象，大家完全没想到她女儿都这么大了。

宫五跟她妈一起在跑步机上跑步，虽然没来过，不过因为从小到大都皮实，竟然能陪着岳美娇从头跑到尾。她第一次来这种地方，干什么都好奇，人家练肌肉的东西她也跑过去试，人家练腹肌的东西她也跑过去试，看到长得帅又有腹肌的，还跟人家商量了一下，用手指戳了戳人家的肌肉。

反正，在宫五眼里，就没有什么是不能玩的。

岳美娇练瑜伽的时候，她就手托腮在旁边看着，她不喜欢这种软绵绵、慢吞吞的运动，眯眼看着，看了一会儿突然想起来什么，拿手机拍了张照片，听燕大宝说发照片比发短信贵，所以她先给步生发短信："步生你要是给我一百块钱，我就给你一张我妈的照片。"

步生很快回复："没问题。"当时就给她转了一百块钱。

宫五回答："嘿嘿，说话算话。"她动作麻溜地把照片发了过去。

步生盯着那照片，虽然岳美娇是在练瑜伽，但是看得出不是在单独的瑜伽馆，因为照片背景里，有不少穿着白色紧身T恤、身材健壮的年轻健身教练。

步生盯着照片，问："小五，那里为什么会有年轻的男人？"

宫五回答："有啊，很多，他们好像都很喜欢我妈，说她看起来好年轻，都不相信我是她女儿，还说更像姐妹，嘻嘻，我也觉得像姐妹，啦啦啦。"

这条信息步生没有回复，宫五顿时觉得神清气爽。

圣诞前一周，万众瞩目的步氏年终晚会终于在各界人士的期盼中拉开帷幕，所有宾客或坐或站地看着开场嘉宾的表演，热情似火的西班牙斗牛舞点燃了在场人员的热情，演员一舞之后，台下掌声雷动，欢呼声不断，平常普普通通的女员工，都穿着漂亮的礼服、化着得体的妆容，让自己看起来适应这个豪华的场所。

步生和宫言清的出场显然是全场的焦点，俊男美女的组合总是能吸引众人的目光。宫言清的礼服是吉祥的中国红，配合着她艳丽的妆容，一时间又将她变成了前段时间的高雅女神，她穿着高跟鞋，走路的时候小心翼翼地挽着步生的胳膊，脸上带着得体的笑，接受来自四面八方的祝福。

媒体记者的镜头甚至给了她多张特写。已经有快手的记者拟好明日新闻的标题：步氏总裁的豪门求婚，宫家三小姐即将嫁入豪门。

快要入场前，宫言清对步生说了句："我今天有个惊喜想要给你。"

步生看了她一眼，脸上带着笑，笑容却未达眼底，说："是吗？真巧，我也准备了一个惊喜给你。"

宫言清的眼神亮了亮，一脸娇羞地笑了笑："嗯。"

所有人或真心或假意地献上自己的祝福，步生带着宫言清坐到了主位上，开始观看舞台上的表演，服务生端着酒杯走过来，步生抬头招手，服务生弯腰走近，送出托盘。

步生扭头小声问宫言清："想喝什么？红酒？香槟？"

宫言清对他温柔一笑，说："年终晚会，值得庆贺的日子，香槟吧。"

步生点点头，递了一杯香槟给她，自己随手端了一杯红酒。宫言清觉得自己身心都愉悦，原来被心爱的人呵护疼爱，是这样一种心情。

舞台上是步氏集团公关部美女们的热舞，所有人都在欢呼呐喊，响应着她们热情的舞蹈。

步生笑意盈盈地看着，宫言清偷眼看了步生一眼，步生察觉到了，扭头看向她，宫言清急忙移开视线，看向舞台。

步生一笑，微微欠身，用手里的酒杯轻轻地在她的杯子上碰了一下，压低声音说："干杯！"

宫言清低头笑，微微举了举杯，和步生同时抬头喝下。这一刻，她觉得自己是世界上最幸福的人，虽然这份幸福得来得并不光彩，可她不后悔。

耳边是嘈杂的声音，似乎有灯光闪来闪去，有一种人山人海在耳边的错觉。

宫言清茫然地睁开眼，不明白发生了什么事，她的身体很痛，痛得难以言喻，难道……她猛地坐了起来。

眼前的一切让她震惊。

她躺在一张陌生的房间的床上，屋内散发着淫靡的气息，门口和床头站满了人，她的身侧赤身躺着一个人，看那个人的身形和肤色明显不是步生，她一惊，伸手抓过床单裹住自己的身体，问："发生了什么事？"

床头的人有人拿着手机，有人拿着相机，正放肆地围观，她身侧的看不清脸的男子还在睡梦中。

宫言清逐渐清醒，看清床头围观的人大多是步氏的女性长辈，她尖叫一声："啊——"

门口一阵骚动，拨开人群，步生面无表情地走了进来，视线落在宫言清的身上，宫言清看到步生后拼命想要上前解释："步生你听我解释，你听我解释，不是你想的那样，我是无辜的，我根本不知道……我以为他是你……"

步生笑了一声，笑容颇为嘲讽："无辜的？以为是我？我整晚忙成什么样，你看不到？无辜的？你跟一个男人在我步氏的年终晚会上闹出这样的丑闻，你现在告诉我你是无辜的？这就是你给我的惊喜？"

宫言清想要下床来，可是她光着身体，唯一遮蔽自己的东西就是身上的床单，她哭出声："步生你相信我……我真的……我……"

步生脸色铁青："事已至此，我无话可说。既然你更喜欢这样的生活，那么还请以后好自为之。"

"步生！步生！"宫言清情急之下从床上起来，裹着床单追了过去，跌跌撞撞地冲过去，一把抱住步生的腿，"你不能这样对我……你不能这样对我……"

"哦？"步生冷笑，"那我要怎样对你？在你给我戴了一顶绿油油的帽子以后，我还要怎么对你？"

"我、我……"宫言清坐在地上，抱着步生的腿不撒手，满脸是泪地看着他，哭着说，"我怀孕了……我怀孕了……是你的孩子……"她哭喊，"我怀孕了，是你的孩子，我怀孕了……"

步生的脸上依旧没有表情，以前深情款款的表情消失，取而代之的是嘲讽的笑，他一根一根掰开她的手指，说："你是打算生还是不生？如果你打算生下来，记得让人把孩子送到步家，别说一个孩子，就算十个步家也养得起。如果你不打算生，也记得跟我说一声，打胎钱是我该给的，营养品的钱也不会少你的。但是你，说什么我也不会要，我丢不起这个人，步家也丢不起这个人。"

他拉开她的手，转身大步走出去，似乎多看她一眼都会觉得恶心。

一场闹剧，宫言清从天堂跌入地狱。

众目睽睽之下，宫家的三小姐偷人被捉，宫传世得到消息后急火攻心，整个人当时就不行了，直接被送往医院抢救。因为救治及时，宫传世被救了回来，不过半个身体发麻，暂时还不能动。

天蒙蒙亮，宫五还没睡醒就被电话吵醒，她原本打算磨叽一会儿起床复习，结果宫家通知她赶紧回去，说宫传世病重。

在医院的病房里，宫五看到了身上挂了长长短短管子的宫传世，他还没醒过来，半边身体没知觉，这样一看，宫五觉得宫传世也挺可怜的。宫五对宫传世没什么父女感情，只见过几次面，数得过来的次数，还不如她跟燕大宝亲近，不过看到他这样，她也生了几分恻隐之心。

68

除了宫言清，宫家四房的几个孩子都到了，宫五站在最末的位置，宫言庭进门的时候宫五刚好抬头，他对宫五安抚地笑了笑。

或许是对宫家的失望，又或许是想要自己找出一条适合的出路，宫言庭在两个月之前离开宫家独自在外闯荡，后来在步生的推荐下，他现在在参与一个大型项目，算是从头学起的过程。宫传世当然不同意，一直催他回来，结果宫言庭没听，如今宫传世这个状态，自然更加没办法管他。

连续几天，青城的各大主流报纸到处都是这样的新闻，大家都在谈论这事，维护了这么多年的好名声，因为宫言清坏了，宫传世能不气急败坏吗？

圣诞节前两天，宫五和燕大宝在宿舍讨论圣诞节怎么过，宫五开口："圣诞节我们又不放假，跟我们没关系啊。"

燕大宝伸着小脑袋，龇牙："我哥哥放假，小五，我哥哥每年圣诞节的时候，都会有很长很长的假。"

宫五咻的一下抬起头："真的？"

燕大宝点头："我哥哥每年圣诞节都会回来。"

宫五赶紧问："过年也回来吧？"

燕大宝点头："就是过年回来的时间短，没办法，他们那边更重视圣诞节来着。"她又喜滋滋地扭扭身体，说，"我哥哥要是回来，肯定会给我们带礼物的。"

宫五不吭声，拿着手机从床上爬下来，跑到外面找了个没人的地方跟公爵聊天，兴高采烈地问："小宝哥，你圣诞节是不是要回来啊？"

"抱歉小五，恐怕我到时抽不出时间。"公爵的声音带着笑。

原本满心欢喜的宫五听说他不回来，每个汗毛孔都透着失望："燕大宝说了，你以前圣诞节都回来，过年回来的时间很短，你看你圣诞节不回来，过年回来的时间还很短，我都看不到你啦！"

公爵叹气："小五不生气，我尽量回去好不好？但是我不能给你承诺，小五别生我的气好吗？要不然，我再给小五拍一张照片，拍小五喜欢的手？"

宫五一听，顿时来了精神："手我已经有了，如果你给我拍一张你的胸肌，我就不生气了。"

公爵："……"

贵族绅士风度的公爵脱衣服拍胸肌，这画面想想就好带感，宫五兴奋地继续说："小宝哥，来嘛，你给我发，我就给你发我的漂亮照片，漂亮的哟，我长得这么好看，你不想看吗？"

她挂了电话，调整好自己的位置，现场拍了一张，还用软件PS了一下，觉得美呆了，喜滋滋地给公爵发了过去。

公爵盯着照片上笑得甜丝丝的小美人，回复："非常漂亮。"

宫五得意："那是，我是大美人啊！小宝哥小宝哥，说好的胸肌照片呢？骗人是不对的，我要代表月亮消灭你！"

公爵笑："晚一点可以吗？现在地点不对。"

宫五给公爵发消息的时候，并不知道他在什么地方，如果是在外面，这照片就不大好拍了。

宫五想了想，喜滋滋地回复："那我等，小宝哥你要给我发呀，多晚都要发过来呀，小宝哥我最喜欢你了，你是世界上最帅的人！"

一天一遍地用这话给自己洗脑，她自己都说得麻木了，一开始时的羞涩也不知道跑哪去了，越说越顺溜，"最喜欢""最帅"，反正在她嘴里公爵什么都能套上一个"最"字。

公爵："好。"

聊天结束，宫五喜滋滋地回宿舍，还把自己刚刚拍的照片调出来，问燕大宝："燕大宝，你觉得我这张自拍怎么样？"

燕大宝的小黑脸经过两个周期的循环后，已经慢慢恢复过来，又成了白嫩嫩的小美人一个，她瞅了一眼，挑眉，说："还不错，你好好的自拍干什么？你不是不喜欢自拍的吗？说太假什么的。"

宫五斜她一眼："我现在高兴啦！"

宫五趴在床上翻书，手机嘀嘀响了两声，她点开一看，口水差一点流出来，小宝哥的裸照啊，好想舔一口啊！

照片的颜色、背景、构图，真是无一处不突显公爵那一副修长挺拔的好身材。清晨的阳光带着耀眼的金黄洒了下来，照亮了他整个身影。

身后是一片万马奔腾的场景，他一只手臂搭在马场的栏杆上，脸上带着笑，眼睛盯着镜头，姿态悠闲地站着。

洁白的衬衫，衣扣只留了最下面一颗没解，露出一大片麦色的肌肤，原木栏杆下就是公爵那半敞开的胸肌，线条分明的胸肌半遮半掩地隐藏在白色的衬衫后……虽然不是全脱，不过这种犹抱琵琶半遮面的效果更胜一筹啊！

吸溜——

宫五吸口水，这一声动静太大，让燕大宝听到了，她立马探头，问："小五，你偷偷吃什么不给我吃？我对你那么好，你还背着我偷吃东西！"

宫五擦着口水，辩解："我背单词，背得太快，口水流出来了，不行啊？"

燕大宝凑过来，使劲闻了闻，觉得没有香味，总算相信了。

宫五赶紧把视线重新落到照片上，除了忍不住想流口水，她的鼻子还涌现出一种熟悉的感觉，本来想要回复的，结果发现不对劲。

燕大宝和蓝缨都在看书，突然看到宫五就跟触电似的一骨碌从床上下来，一手捂着鼻子，光着脚丫往卫生间冲。

两人面面相觑。

燕大宝跑过去问："小五，你怎么啦？"

宫五赶紧把门关上，说："没什么，就是这两天上火，看来我又要多喝水了。"

低头吸鼻子，她好惨啊，唉，这就是不习惯的问题啊，要是她看习惯了，肯定就没这问题了，一定是这样的。

她用凉水洗了好一会儿，好不容易才止住鼻血，擦干净，怕流出来，只能仰着脖子出来。

出来之后宫五发现隔壁宿舍专门坑燕大宝的奸商秦小鱼过来串门，秦小鱼看她仰着脖子，问："小五你怎么了？"

宫五瞅她一眼，顺手从燕大宝的桌子上抽了两张纸，说："我上火了，流鼻血呢。"

她把纸团起来塞住鼻孔，这才敢低下头，揉揉鼻子拿另一张纸擦擦脚底板，又重新爬到床上。

她的眼睛盯着被她设成手机屏保的公爵的照片，真是越看越觉得养眼。

"小五，我跟你说个事。"秦小鱼突然脱了鞋子，往宫五的床上爬。

宫五顿时一脸警惕："干吗？我是不会买你的化妆品的。"

秦小鱼挥挥手，讨好地说："哎哟，我发现我代理的那家化妆品牌不大好，现在不做那个了。"

宫五好奇地问："那你现在做什么啊？"

秦小鱼伸手从兜里窸窸窣窣掏着什么，掏出来握在手里，说："小五，我看你最近的状态，我觉得你肯定是谈对象了，你跟你对象肯定是异地恋，天天打电话，还磕磕巴巴用英语说。"

宫五震惊："你观察得这么仔细？"

"不要在意这些细节。"秦小鱼说，"小五我告诉你，异地恋最不牢靠，你要想牢牢抓住你男朋友，滚个床单最稳妥。"

宫五斜眼看她，不知道她打什么主意。

"但是小五，滚床单也是有注意事项的，随便乱滚很容易出人命的你知道吗？"

"滚床单还能出人命？"宫五总算好奇地问，"什么注意事项？"

秦小鱼伸手张开手心："这个一定要准备，要不然你说我们还是学生，万一怀孕了怎么办？"

宫五指着她手心里的东西问："你这个是要卖给我？"

秦小鱼摇头："卖什么呀，同学一场，这是试用装，免费的。你和你对象要是试了觉得好用，再来找我，肯定比外面的市场价便宜。"

宫五伸手拿了过来："我从来不拒绝免费的东西，谢谢。"

秦小鱼满意了："那你看书，我先走了。"

宫五一把抓住她："秦小鱼，你自己都没试过，这万一质量不好，谁试谁怀孕怎么办？"

秦小鱼咬牙切齿地说："我迟早会试的。哼！有对象了不起啊？"从床上爬下来，她扭头被吓了一跳，"燕大宝你干什么呀？"

宫五一掉头，也被吓了一跳，床栅栏的缝隙处，一对圆溜溜的大眼睛正幽幽地盯着她们俩。宫五赶紧问："燕大宝你干啥？"

燕大宝没说话，只是大眼睛落在了宫五手里捏着的小包装上，一扭头走了。

宫五："……"

秦小鱼走了之后，宫五认真看书，好一会儿后她爬下去上厕所，燕大宝一见，赶紧冲过来，麻溜地爬到宫五床上，把那小包装抢了下来，低头就撕："我要看看是什么东西，还不让我知道。"

宫五从厕所出来的时候，就看到燕大宝手里拿了只长形气球，正放在嘴边，小脸蛋鼓得跟包子似的，一使劲："呼——"直接把那长形气球吹了起来，吹出来的气球还是圆柱状的。

吹完了，燕大宝原地打转："绳子！给我绳子！"

蓝缨瞅着那气球的形状有点奇怪："大宝，这哪来的？"

燕大宝说："小五床上找到的。"

蓝缨把包装拿起来看了看，眼睛抽了抽，没说话，燕大宝还在嚷嚷着找绳子，非要把气球给扎起来。

最后蓝缨借了针线包截了一段绳子给她。

宫五呆呆地站在卫生间门口，小脸蛋使劲抽了抽，她的套套……

燕大宝把气球扎好："小五，你也太抠门了，一只气球都要藏起来，你看，我自己找到了！"

宫五转身跑去找秦小鱼，又要了两只试用装，随身携带，绝对不能再让燕大宝吹成气球。

平安夜刚好是周五晚上，学校的学生有大把的时间，校园里到处都是成双成对的小情侣，校内外和商家一起搞活动，举办各种福利和免费活动，宫五和燕大宝在秦小鱼的介绍下，打扮得漂漂亮亮去参加免费活动，等到了地方两人才发现，是和另一所学校的男生举行联谊会。

所谓联谊，其实就是大学校园里的相亲会，好在现场有不少免费的好吃的，宫五完全是冲着免费食物来的，燕大宝是为了严格看住宫五，生怕宫五被人拐跑给她哥"戴绿帽子"。

两个青春美丽的单身姑娘参加联谊会，周围不知道有多少双眼睛盯着，特别是那些自认个人条件比较好的男生，更是越发往前冲，原本宫五还跟燕大宝在一块的，后来因为两人分头拿好吃的，结果燕大宝一去不复返。宫五一边吃一边要去找燕大宝，一个一直跟着她的男生说："你是说刚刚跟你一起来的那个同学？我看到她被人拉走了。"

"拉走了？"宫五瞪大眼。

男生急忙说："你别着急，我听他们的对话，好像听她喊了'爸爸'之类的，应该是她爸。"

宫五这才松了口气，燕大宝是被她爸带回家就好，想着一会儿给燕大宝发条短信。

她左右看看，好像也没什么好玩的，快速地跑去拿了三个纸杯蛋糕塞袋里，手里还拿了一个，那男生在她旁边殷勤地说："宫悟同学你打算回去吗？我也觉得这里没什么意思，我们一起走吧，我觉得那段路挺黑的，不安全。"

宫五点点头："行啊，我们一起回去吧。"

两人走在路上，男生对她很有好感，不停地献殷勤，宫五对这方面不是那么灵光，特别是对自己身上的事，还热情地回应着。少男少女青春飞扬的声音带着愉悦，缓缓朝前走去。

前方有段路比较黑，树荫遮住了夜晚的天空，路边的路灯坏了几个，身边有个男生也就不害怕，宫五笑嘻嘻地跟对方说着什么。冷不丁前面停在路边的一辆车的车灯亮了起来，先是近光灯，能看到一棵大树下，停着一辆几乎融入背景的黑色轿车，那车跟着又变换成了远光灯，一下子刺得人眼睛不开。

宫五吃着蛋糕，嘴巴塞得鼓鼓的，抬手遮眼。男生上前一步，伸手帮她挡着眼，说："没事，我们走过去就好，现在的人怎么这么没素质……"

他的话还没说完，便听到一声关车门的声音，砰！

远光灯在这个时候又变换成了近光灯，让人能看清前面的场景。宫五放下遮眼的手，把最后一点蛋糕塞到嘴里，视线落在刚刚从那车上下来的人影身上，一下子顿住。

　　她瞪着眼，将信将疑地看着那个人影，有点不敢相信。

　　男生看她的表情，又看看那个人影，问："宫悟你认识啊？"

　　宫五呃了一声，主要是看不太清，她也不确定，她咬着蛋糕，小心地往前走，故意慢吞吞地走了过去，然后站住，试探地喊："小宝哥？"

　　不怪她不信，实在是这个时间不是时候，更何况之前公爵还给她打过预防针，说不回来，怎么圣诞夜突然来了个大变活人？她当然要怀疑。

　　大树下站着的人影动了一下，然后慢悠悠地抬脚走了过来。当身影逐渐清晰之后，宫五顿时哇的一声，直着脖子咽下最后一口蛋糕，朝着人影冲了过去："小宝哥！"

　　她像只灵巧的猴子，一个纵身，直接跳到了公爵身上，大喊："小宝哥！小宝哥！"

　　她两条腿挂在他腰上，搂着他的脖子，在他嘴上使劲亲了两口："小宝哥，我还以为我在做梦呢！"

　　公爵伸手，轻轻在她的屁股上拍了一下，说："下来！"

　　宫五挂着就不下来，明显处于兴奋状态："小宝哥，你这是给我惊喜啊？我好高兴啊！"

　　公爵："快下来！"

　　"就不！"宫五把脸在他脖子上使劲蹭，"小宝哥真的是你啊！"

　　公爵叹气："小五，下来，你同学还在。"

　　宫五这才想起那个男生还在，赶紧下来，严肃脸："对不起同学，这是我小宝哥，他来接我了，谢谢你送我出来呀。"

　　公爵对男生笑了笑："你好。"

　　男生赶紧伸出手，拘谨地回道："你好你好，那个，真不好意思，今天跟宫悟同学一起参加了一个活动，正打算送她回去，这下我倒省事了，呵呵。"

　　这对比有种强烈的冲击感，哪怕不用看清对方的面貌、打扮，也早已在气势上分出高下。还未出校门的男孩第一次体会到男人和男生的差距，又或者再过五年、十年，他也不可能达到眼前这个人所呈现出的高度。

　　他不安地动了动身体，有些慌乱地说："那个，宫悟同学，我那边还有些收尾的事没做完，我先过去帮忙。"

　　宫五点头，摆摆手："好呀，你去忙吧，我没关系的。"

男生抬眸看了她一眼，清了清嗓子："那……拜拜。"

宫五快乐地挥挥手："拜拜！"

等男生一离开，宫五又一下子扑了过去："小宝哥！"她噘着嘴，在他脸上使劲亲出两个响，"小宝哥真的是你，我好高兴啊，你给我的这个惊喜我真是太高兴了！"

公爵暗暗地、缓缓地吐出胸腔里的一口闷气，努力维持脸上的笑，不让笑容龟裂，他根本就不是给她惊喜，而是来捉他这个三心二意、招蜂引蝶还不自知的小女友的。

对于公爵来说，宫五真不是那种乖乖不惹事的姑娘，她玩心重，好奇心强，什么事都想看一眼、问一句，这样最容易惹事，真不知道长期下去会怎样，他开始思考，看来还是把她带在身边更合适些？

"小宝哥你怎么不说话啊？"宫五蹭啊蹭，觉得不蹭他回去以后又没机会了，"小宝哥我快高兴死了！"

她口袋里塞了鼓鼓囊囊的东西，公爵问："小五口袋里是什么东西？"

宫五伸手去掏，除了掏出两个纸杯蛋糕外，还落下一片小包装的神秘物件。

宫五一呆，看看公爵，又看看地下的免费装套套，一脚踩住："小宝哥，我们回去吧！"

公爵看了她一眼，伸手捏着她的脚，挪开，捡起来，用手轻轻一捏，拿到宫五面前，问："小五，这是什么？"

被公爵捏在手里的正是秦小鱼塞给她的免费套套，为了防止燕大宝又拿出来吹气球，她特地随身带着，然后就忘记了。

宫五眨巴眼，看着公爵，一脸无辜地说："这个，呃……是免费赠送的。"

"嗯，"公爵开口，"这是什么东西，小五知道吗？"

宫五下牙咬上唇，哼唧："知道。是……是……燕大宝说……呃，是，是气球！"

她是看不到，如果看到了，绝对能看到公爵额头跳动得十分欢乐的青筋。

宫五说完，自己也心虚得很，赶紧补救似的说："我同学刚才给我的，我还没来得及吹起来，这个……我不塞在口袋里总不能拿在手里啊。"

公爵："……"竟无言以对！

"小宝哥，你不是很忙吗？怎么回来了呀？"宫五亲热地上前抱住他的胳膊，岔开话题，笑嘻嘻地说，"我刚刚还以为我看错了呢。唉，我真是太笨了。"

公爵身体僵硬，手里还捏着让他耿耿于怀的免费装套套。

宫五拉着他朝前走："小宝哥我们走走路吧，我刚刚就想要是我们一起走走路，该有多好啊，你看现在我们一起走啦，我真是未卜先知，一想事就成。"

公爵被动地陪着她走路，手里捏着的东西还是很烫手，温度完全没有降低，始终让公爵觉得那是个危险的东西。

一个年轻的女孩，跟一个年轻的男孩走在路上，吃着蛋糕，口袋里还随时揣着这种东西，她想干什么？

他扫了眼身侧的小东西，小姑娘正龇着牙，一脸兴奋地朝前走，他竟然觉得没法开口再训。他沉默的时候，宫五呱呱不停，小宝哥这样，小宝哥那样，反正就是兴奋得停不住嘴。

好一会儿后公爵总算开口了，心里的打算是顺着她的话往下说，没想到开口就成了："小五，这是成人用品，以后不能带着这个东西，特别是不能让异性看到，别人会以为你另有目的，知道吗？"

宫五赶紧点头："知道啦知道啦：小宝哥你放心吧！"

她回答得这么快，他一点都不放心。公爵又开口："小五，还有件事我很介意，我希望你和异性保持恰当的距离。"

宫五又点头："小宝哥你放心好了，我保证记住。"

保证得越快、越麻溜，她就越没记在心上，他真是……越来越不放心了。

"小宝哥我们现在去哪啊？"宫五说这话的时候，一双漂亮的大眼睛往公爵的手上瞟。免费的套套，要不要试试啊？

套套被公爵握在手里，一时不知该怎么处理，察觉到她偷看，他问了句："怎么了？"

宫五抬头，目光幽幽地看着公爵，抿嘴，说："小宝哥，我们要不要看看它的保质期？"

公爵："……"

宫五松开手，伸手捂住脸，原地跺脚："哎哟，我好像有点说错话，好吧小宝哥，其实我知道它是什么东西，我是假装不知道的。"然后她抬头，看着公爵，说，"其实小宝哥，我的意思是，我们看看保质期是多久，万一要是过期了呢，我们可以及时把它送给有需要的人，要不然多浪费！"

说完她心虚地晃了晃身体，伸出两手的食指相互点着指尖："虽然我很想跟小宝哥试试的，但是我妈说了，我要是敢未婚先孕，她就打断我的腿。毕竟是免费的，万一是个劣质产品呢？"

公爵伸手抚额，长长地叹了口气，停下脚步，转身看着她："小五别闹，我先送你回去……"

免得他一个没忍住，伸手掐死她。

宫五呆了呆，眯眼："小宝哥，其实我要是不回我妈那，她也不会问我干什么的，我不回宫家，也没人问我干什么的。小宝哥，你好不容易回来一次，唉，咱俩都不能待一块，好惨啊！"她垂头丧气地说，"我们就是苦命的鸳鸯啊！"

　　公爵："……"

　　两人上了车，车门被关上，宫五刚掏出手机看时间，便被公爵捏住下巴，低头堵住了嘴。

　　宫五立马把手机丢到身侧的座椅上，反手抱住公爵的脖子，回啃。

　　他发现她有个坏习惯，就是一接吻就想要抱，手脚并用地往他身上爬。

　　有一个精瘦的小女友就是手感好，摸起来结实又舒服，看起来修长又漂亮，不用担心摸到一手排骨，也不用担心看着一身的肉，漂亮的脸蛋，曲线玲珑的身材，热情似火的性子，完全满足了男人对女友的幻想。

　　公爵的手托着她的腰，两只手能圈过来的小腰，没有那么娇弱不堪，更不会有一掐就断的担心。

　　宫五觉得自己像着火了，两只小手早已从搂着他脖子的动作变成来回摸，又硬又结实，还不像那些专门练健美的人那样大疙瘩小疙瘩。其实宫五不喜欢那样的，在她看来，虽然称为健美，但是她完全感觉不到美，每次在电视上看到的时候，总觉得怪怪的。

　　以前不知道哪里觉得怪，后来她觉得自己看出了门道，她觉得他们的身材比例不协调，身上的肌肉练得大块小块，但是有些地方没法练啊，比如脑袋，所以才有不协调之感。还是公爵这样好，身材结实有型，线条流畅，有着男神的必备外形。

　　宫五的眼睛滴溜溜地转了一圈，在他身上晃了晃，龇牙讨好地笑："小宝哥，你说我们要不要开个房间什么的？小宝哥你是不是刚下飞机，累不累啊？我陪你去开个房间休息一下怎么样啊？你放心，我保证不对你动手动脚的。"

　　公爵额头的青筋蹦啊蹦，说话的声音都带了几分咬牙切齿的意味："小五！别乱说话！"

　　宫五顿时如泄了气的皮球，愤愤不平："什么嘛，人家都说了，小别胜新婚……哼，小宝哥一点都不想我。还说喜欢我，小宝哥骗人！"

　　公爵："……"捏着她的小腰的手紧了紧，"你确定？"

　　宫五一听，觉得有戏，赶紧点头："嗯嗯，小宝哥你肯定很累了，我可以给你按摩啊！我按摩很厉害的，我很小的时候就会给我妈按摩。"

　　然后车直接开到酒店前，下车之前公爵问："真的要去？"

　　宫五脑袋点得像风中哆嗦的塑料袋，兴奋得不得了。

　　冲进酒店房间的第一件事，就是把公爵推倒在床上，她自己踢了鞋，跟着往上一扑："小宝哥！"

公爵伸手抵住宫五，说："我没洗澡！"

宫五兴奋："没关系小宝哥，我不会嫌你脏的！"说着，她动手去扒公爵的上衣。

公爵震惊："小五！"

宫五边扒边说："小宝哥，你别害羞嘛，我都没害羞，你就让我看一眼嘛，就一眼，要不然我死不瞑目啊！"

公爵看着她，突然觉得好像有什么不对，难道不是他想的那样？

他问："小五要来酒店，是想要看这个？"

宫五眨巴眼："对啊！你不高兴啦？"

果然是他想多了，看看这货就该知道，别抱某种不切实际的幻想，等她开窍还早着呢。

宫五好像看到公爵额头有青筋在跳动，她顿时缩回手，一脸不安："小宝哥，你不要觉得我是急得不得了，其实我不是非要看的，真的。"

公爵微微抬起的头重重地枕到软软的床上，闭着眼，好一会儿才说："小五，你先出去。"

宫五震惊："小宝哥……你生气了？"

她就知道她不应该这么着急，这可咋办啊，吓到他了，他还生气了，他会不会觉得她是坏女人？

"没事，你先出去。"公爵重复，人也慢慢坐了起来，"出去，待会儿就好。"

宫五鼓着脸，眼睛在他胸前荡来荡去，怕自己再扒他的衣服他更生气，只好哼哼唧唧地爬起来，耷拉着脑袋出去，临出门的时候又回头看了一眼，还好心地把门给关上。

公爵："……"

宫五出去到了外间，在靠门的地方看到掉在地上的免费套套，叹了口气，过去捡起来，往沙发上一坐，满脸惆怅。

好一会儿后，公爵总算拉开门走了出来，视线一扫，就看到她陷在沙发里，垂头丧气的，脸上表情愤愤的，手里正上下飞舞着一只圆柱形的……气球。

公爵："……"

宫五听到动静，一扭头就看到公爵一脸错愕地站在门口看着她手里的气球。他不由自主地出声："小五，你又在干什么？"

宫五一紧张，手一松，那只是捏着还没绑住口的气球噗的一声蹿了一下，乱飞一通，跑了气后吧嗒一下掉在地上，恢复了套套的本尊模样。

宫五一个箭步冲过去，一脚踩在鞋底。

公爵："……"

她抬头，看着公爵幽幽地问："小宝哥，你刚刚为什么要说'又'呢？"

公爵伸手抚额："小五，有些东西不是玩具。"

她不是闲着无聊给自己找点乐子嘛，哼唧："小宝哥，我们是不是要回去了？"突然想到了什么，"对了小宝哥，这个房间是不是钱已经付了？付了的话是不是就不退房钱了？那我们要是不住的话，是不是就会损失一晚上的房钱？"

公爵看了她一会儿，半晌长长地叹了口气，抬脚朝她走去，伸手，直接掐着她的腋下，往自己怀里一搂，宫五一见，顺势就挂在他身上："小宝哥，你不生气啦？"

公爵目光沉沉地看着她，抱住她以后坐在沙发上，宫五一下扑在他身上，咯咯笑："小宝哥，其实我们晚上不用回去的。"

说好让她抱着睡觉的，千载难逢的机会啊，错过今天不知道还要等多久呢。

公爵靠在沙发的靠背上，抬眼看着她："我没生气。"

但是很郁闷，有种他以为地里的白菜熟了，可以收割了，结果工具都准备齐全，刀也磨锋利了，正要收割的时候，小白菜给了他一个透心凉，就外面裹了一层看似熟了的外壳，里面还那么小一点。

宫五喜滋滋地伸手抱住他的后背，把脑袋搁在他胸前，满心欢喜："小宝哥，我最喜欢你了。"

公爵："……"

又来了，这就是典型的糖衣炮弹。

"小宝哥，你说我妈要是一直不同意我谈恋爱，我是不是就要一直单身啊？"宫五惆怅地问。她不想被人说是单身狗，她明明有对象的。

公爵伸手拍拍她的后背："没关系，我会慢慢努力，让岳小姐喜欢我、认同我。"

宫五的惆怅维持不了多久，一会儿后她的声音又充满了活力："对了小宝哥，你不是说你很忙吗？还说圣诞节没时间回来，是不是想给我惊喜啊？嘎嘎，我就知道小宝哥最好了。"

那只原本以为会派上大用场的套套安静地躺在地上，完全被遗忘在角落，就是晚上睡觉的时候，也没人过来搭理它。

"小宝哥，你累不累？要不然睡觉吧？"宫五殷勤地爬起来，伸手拽他的手，"小宝哥你要洗澡吗？你去洗澡吧！"

快去洗澡，她只看一眼就好，其实她是很正经的人，就是好奇小宝哥的身体是什么样的，他老是半遮半掩，虽然有诱惑力，但是不能满足她旺盛的好奇心。

　　公爵看她一眼，宫五喜滋滋地把他往洗澡间推，然后还热心地关上门，最主要的是没关紧。

　　门外有敲门声，宫五趴在猫眼上看，门口的人手里捧着一个托盘："宫小姐，爱德华先生的衣服。"

　　宫五打开门，那人把衣服递给她，恭恭敬敬地离开。

　　宫五兴奋，这下她就有光明正大进去的理由了，看他怎么躲。她吸溜着口水，维持心态稳定，努力不让自己待会儿流鼻血，捧着衣服以微不可闻的声音敲了敲门，捏着嗓子小声喊："小宝哥，你的衣服来了，你出来拿吧！"

　　里面只有哗哗的水声。

　　宫五喜得原地蹦跶，终于可以光明正大地进去了，她捏着嗓子喊："小宝哥，我帮你送进来啦！"

　　宫五轻手轻脚地推开门，蹑手蹑脚地往里走，本来以为一目了然的事，结果进去以后气坏了，卫生间太大，进去拐了个弯才隐约看到淋浴房里的模糊人影。

　　因为气温低，所以热水放出后，里面烟雾缭绕，排风扇也不能及时消散里面的雾气。

　　宫五一手抱着衣服，一手捂住自己的眼睛，手指缝露出一双充满好奇、带着羞涩又故作镇定的眼睛，她假装自己什么都没看到，直直地朝着淋浴房走去："小宝哥，我给你送衣服来了！"

　　公爵伸手抹去脸上的水，眼睛瞟到一个人影，就看到那货捂着眼睛漏着手指缝一点一点地朝这边挪，还假装很大声地捏着嗓子喊："小宝哥。"

　　那带着各种好奇的小眼神，尽往他腰部以下瞟，她继续假模假样地喊："小宝哥……"

　　公爵："……"

　　公爵伸手关了水，哗哗的水声一停，这就有点尴尬了。

　　宫五立刻站住，怀里抱着衣服，低着头，涨红着一张脸，哼唧着不敢抬头，嘴里嘀咕："小宝哥我给你送衣服……"

　　她想撒腿就跑，但是觉得自己跑了的话，就等于错过了这个机会，可是她站在这里的话又有点羞。

　　公爵站在原地，宫五偷偷斜眼，眼角的余光往那边瞟。公爵突然伸手拉开了淋浴房的门，走了出来，他是光着的，宫五石化当场，她看到了看到了看到了……重要的事要说三遍。

两道鲜红的液体随着公爵的走近，从宫五的鼻子里飙了出来，地上和衣服上都沾了鼻血。宫五扼腕，关键时刻掉链子啊。她捂住鼻子，嘟囔道："小宝哥，我最近有点上火……"

公爵看了她一眼，伸手取下挂在淋浴房外面的浴袍，慢条斯理地穿在身上，在腰间系上腰带。

宫五："……"

他走过去，接过她手里送进来的衣服，随手放在一侧，一手托着她的后脑勺，一手扣着她的腰，把她带到水池边，拿毛巾给她洗脸。

整个过程他一言未发，但是宫五觉得这么宽敞的卫生间内，气压很低，她都觉得有点呼吸不畅了。

带着凉意的水一下一下扑在她的鼻子上，刺激得鼻尖红通通的。她吸了吸鼻子，觉得好像不流鼻血了，赶紧抬头说："小宝哥，好像好一点了。"

她这话刚说完，就看到她左边的鼻子下，又流了一小条下来。公爵沉默着，又给她洗了一会儿，然后拿毛巾捂在她鼻子上，扶着她走到外面坐下，宫五自觉地抽了一张纸撕成两半，卷起来塞住鼻子。

这下，她这德行没办法想入非非了。

她一脸无辜地坐着，眼神可怜巴巴地看着公爵，一脸的懊恼，这就是没看习惯的原因，要是看习惯了，肯定就不会这样。

公爵叹了口气，伸手抚额，撑着头，顿了顿问："酒店里都有浴袍不知道？还特地送衣服进来？"

宫五翻了个白眼，一脸的不服气，她是好心。

公爵挑眉："还不高兴？"

宫五又改成斜眼，还是不理他。

"小五！"

宫五只好恢复正常，说："外面有人敲门让我给你拿衣服，我以为是你待会儿要穿的，我在外面问你啦，但是你不回答，我也没有办法啊，只好给你送进去啦！"

在她身侧坐下来，他问："那你以前也是这样？比如在其他人沐浴的时候，你也这样冲进去？"

宫五眯眼："我又不是色情狂，我就是对小宝哥才这样，小宝哥是我男朋友嘛。"

公爵顿时松了口气，心里堵着的一口浊气散了出去，语气也轻松了一些："那怎么就这样冒冒失失冲进来了？"

宫五突然想到了什么，一下子瞪大眼，语气也理直气壮起来："小宝哥，你忘啦？是你自己说好了等你回来让我看的！"

公爵又一次无言以对。

他问："那现在还要看吗？"

宫五伸手捂住鼻子，拼命摇头："不要不要！小宝哥你千万别误会，我真的不是非看不可的。"主要是她刚刚看到了，到现在冲击力还在，她要缓缓再说，要不然万一她落个失血过多的下场，就丢人了。

公爵伸手揉了揉太阳穴，点点头，有点担心地试了试她的额头，问："有觉得别的地方不舒服吗？"

宫五摇头："没有，我好着呢。"

公爵看她一眼："就是有点上火，等着，我去给你倒点水。"

鼻孔里塞了两团卫生纸团，宫五说话闷声闷气的："小宝哥，你怎么这么好啊！"

公爵端着水回来，送到她手里："多喝点，温的，可以喝。"

宫五一边挡着鼻子里塞的纸团不让碰到水，一边说："小宝哥，我觉得降火应该喝冰的，这样才有效果，小宝哥你说我是不是要多吃冰的东西？"

公爵："女孩子体凉，不要多吃冰的。"

宫五赶紧说："我身上很热的，一点都不体凉，我跟别人不一样的，不信你试试。"说着，她伸手拉开自己的衣领朝公爵凑了凑，"真的很热乎，我就算大冬天也暖乎乎的，我妈说我小时候她就喜欢带着我睡觉，都不用暖水袋的。"

公爵盯着她看，眼神有点怪。

宫五一激灵，赶紧坐正："小宝哥，其实我没有要对你耍流氓的意思，我就是一不小心就说出来了。唉，咋办啊，小宝哥你说像我这么耿直的美少女，是不是不太招人喜欢啊？"

"小五，"公爵突然开口，说了句风马牛不相及的话，"去国外读书可以吗？"

宫五一愣，眨巴眼："我妈不让我去啊，而且她也不放心来着。"

公爵问："那么小五呢，小五愿意去吗？如果小五愿意，我就有办法让小五出去。"

宫五努嘴，吸了吸鼻子，沉默了好一会儿后才闷声闷气地说："还是……不要了。"又有点不安地抬头看着他，"小宝哥你别生气，其实我是不想离开我妈，我小的时候调皮，经常逃学，还是逃到她不知道的地方，她最怕我丢了，一直跟我说要待在她身边。我高考的成绩不好，她有一个朋友在云城大学有关系，但是她不让我去，非要让我进青城大学，就是为了让我离她近一点。小宝哥，我不能让我妈伤心。"

公爵看着她，然后点头，笑了笑："我明白，我只是随口问问，小五不用担心。更何况，我与岳小姐根本不能比，她照顾了你十八年，而我只认识了你半年。"他伸手，与她五指交握，扣住，笑着说，"我与小五还有很长时间来认识，所以没关系，小五不用为此愧疚。"

宫五抿着嘴，看着他，使劲点点头："嗯，我就知道小宝哥最好了！"

说完，她突然想起什么似的，一把抬起与公爵握在一起的手，赶紧松开，捧着他的手送到自己面前，仔仔细细前前后后翻来覆去地看，嘴里还在念叨："小宝哥，你的手为什么这么好看啊？"

公爵抬眸看了她一眼，带着异域色泽的眼眸看过去，直看得宫五小心肝乱蹦跶，她讨好："小宝哥，我最喜欢你的手了。"

公爵："……"

宫五抬头，憋了一下，赶紧改口："我也喜欢小宝哥。小宝哥身上所有的一切，我都喜欢。呵呵。"傻笑两声后，突然想起什么似的，她说，"小宝哥要不要我帮你吹头发啊？你的头发还是湿的。"

她吸了吸鼻子，觉得鼻子干干的，小心翼翼地把纸团拔掉，果然不流血了，她兴致勃勃地爬起来，说："小宝哥我跟你说，我之前在家里的时候就是洗完澡没吹头发就睡觉，然后我生病了，还被人送到医院去了，你说这洗完头不吹干的后遗症多严重！来来，我帮你吹头发。"

她拿了电吹风出来，把公爵按在沙发上，插了电，就呜呜吹了起来。

公爵安静地坐着，那电吹风被她玩出花来了，一会儿贴着他的头皮烫得要死，一会儿又离得老远完全没效果。

公爵真是……无可奈何。

"小五，好了。"他笑，看着她说，"好了小五，辛苦了。"

宫五一听，喜滋滋地把电吹风送回去，又跑出来，手里多了把梳子："小宝哥，我帮你梳头。"

结果，不管是梳子还是头发，都不听她的话，她想往后梳，头发偏往前跑，这样周而复始翻来覆去，把她搞得火大："小宝哥，你的头发不听话怎么办？"

公爵叹了口气，伸手拉住她的手："不听话就不理它。"

宫五气呼呼地把梳子放下，又乖乖地坐到他旁边，把他的手拿过来仔细看。

她都惦记多久了啊！以前只有机会远远地看，这下靠得这么近，她总算可以仔仔细细地看了，这次她看的时候就不吭声，免得不小心又说错话让他生气。

一个男人的手应该是什么样子的，宫五不知道，不过她倒是认定了公爵的手一定是她以前和以后见过的男人的手里最好看的那种，这样的手适合弹钢琴，手指在黑白键上来回跳动的样子，真是又帅又优雅，想想她的心就小鹿乱撞啊！

她安静地坐着，横着、竖着、歪着、正着、反着，从不同角度摆弄他的手，还强迫他的手摆出一个姿势，然后掏出手机拍照，势必要把他的手全方位拍一遍。

公爵的手故意动了动，宫五一把压住，嘴里还说："不要动！我让你动的时候才能动……"她端详了一下，咂咂嘴，又说，"好吧，自己动吧！"

公爵："……"

公爵伸手一把拉住她的胳膊，把她拉到自己腿上坐下："觉得累吗？休息吧。"

宫五的眼珠子骨碌碌转了一圈，觉得占便宜的机会来了，大喊一句："累啊，我们当然要睡觉。"

她兴奋地把公爵往床边拉，推倒，自己盘腿坐在旁边："小宝哥你睡觉，我给你按摩！"

公爵心想，果然不应该抱任何希望。

宫五抿着嘴，伸手，真的开始在公爵的脖子上按摩。

她的小手软乎乎的，力气不够大，但是总体来说还不错，一下一下揉着，小拳头快速地在他后背上扫了个来回，喜滋滋地说："小宝哥你睡觉，剩下的交给我就好。"

宫五按了一会儿，发现公爵的身体逐渐放松，她以为他睡着了，拿开手，跪趴在旁边小心翼翼地盯着他看，忍不住感慨了一句："我的小宝哥就是正人君子，不像其他那些不入流的人，听说上酒店就兴奋，听说爬床就猴急，哼！还是小宝哥最好！"

这算是宫五能想到的检验一个人是不是正人君子的唯一办法。

公爵："……"

"万马奔腾"已经不足以形容公爵此刻的内心，正常男人都会像她眼中那些不入流的人一样才对……不知不觉公爵被自己定义为不正常男人。

宫五小心地伸手推了推，又捏着嗓子喊："小宝哥！小宝哥……"

公爵没应，宫五松了口气，虽然她是很好奇滚床单的，但是真的事到临头了，还是很害怕的呀。

她爬下来，当个贴心小女友，把被子往他身上拉严实，然后自己跑去洗澡。

洗了一半，她突然停下来，使劲嗅了嗅鼻子，也不知道这里面味道有没有散去，早知道她就应该早点来洗，小宝哥的味道啊，好激动嗷嗷嗷。

在淋浴间磨蹭了好一会儿，宫五才跑出去，轻手轻脚地跑进屋，偷偷摸摸地爬到床上，开始是躺在最外面，然后她觉得有点对不起自己这么长时间的相思之苦，于是偷偷往里挪了挪。

她干巴巴地躺在床上，小心地扭头看了公爵的方向一眼，他闭着眼，平躺着，呼吸平稳而绵长，睡着的公爵没有一点攻击力，也不用担心他会生气，宫五看得星星眼直冒。

　　她往被子里钻了钻，又使劲往他那边挪了挪，反正小宝哥是自己的男朋友，就算睡一张床也没关系，再说了，小宝哥跟外面那些男人不一样，他是正人君子，是皇家贵族，是真正的绅士。挪到中间，她觉得还不够，有点讨厌这张床这么大，她都挪了好一会儿了还没成功挨到他身边。

　　于是宫五一咬牙，用最快的速度挪到了公爵身边，她僵了一会儿不动，觉得公爵好像没有醒的迹象后，小心翼翼地抬起胳膊和腿，搭在公爵的身上。

　　开始的时候她不敢真的放下，怕把他给压醒了，等了一会儿后，眼皮打架，瞌睡虫袭来，她慢慢入睡后，手脚才完全放松下来。

　　公爵慢慢睁开眼，微微偏头看了她一眼，果然还是睡着的时候不气人，看起来更可爱一点。

　　只是宫五这个鼓着勇气厚着脸皮才搭上去的姿势没维持多久，在完全陷入沉睡之后，便慢慢翻了个身，恢复了以往最让她觉得舒服和最有安全感的姿势。

　　她侧躺着，蜷缩着身体，犹如婴儿在母体内的姿势。

　　这是一个极度缺乏安全感的姿势。

　　她一定不敢随意相信人，她一定没有安全感，她身边也一定没有几个能让她觉得信任的人。

　　他看着她的姿势，慢慢地朝她贴近，靠着她的后背，从她身后伸出胳膊圈住她的腰，一点一点小心翼翼地松开她握成拳抵在心口的手，与她十指交握，紧贴着她，重新闭上眼睛。

　　公爵圣诞节突然回国给了宫五一个巨大的惊喜，这一阵两人天天都腻在一块。对于苦命的异地恋情侣来说，每次见面都很稀罕，难得公爵回来，当然要争分夺秒相处加深感情才行。

　　有事没事抱着他一通亲，以前不敢，现在她眼睁睁地看着王子一样的公爵从金字塔上走下来，她对他做什么都成了理所当然的事。

　　曾经很多话不敢问，如今她也能气鼓鼓、理直气壮地问出来："小宝哥，你说！为什么当初的修车费，非要让我赔那么多钱？我不懂车，我身边有人懂啊，这明显是讹我，你说你当初怎么忍心让我这么可爱的女孩子赔那么多钱啊？你说你说！"

　　公爵看着她笑，然后对她招招手："过来。"

　　宫五不过去，满腹怨念："不要。你要回答我的问题！"

　　"过来我就告诉你。"公爵坐着不动。宫五警惕地看着他，想了想，然后噌噌跑了过去。

公爵拉着她，摁到腿上，伸手扣住她的小腰，低头就是一通亲，连着亲了好几下才撒手。公爵笑："那件事小五是无辜的，不过是两个家族相争，偏巧小五成了牺牲品。好在小五聪明，坚决不让自己背黑锅。"

"宫家和步生之间相争吗？"她问。

"其实是宫家和燕叔之间的瓜葛，步先生不过是个躺着也中枪的，宫家打算用步生的资金解决和燕叔的纷争，要是成功的话，宫家就是最后的赢家。"

"燕叔？"

"就是大宝的父亲，我的继父。"

宫五明白了，难怪宫传世后来那么生气，原来是因为她破坏了宫家原本的计划。

宫五正要抱着公爵再亲两口，冷不丁手机响了，她一呆，拧着眉头嘀咕一句，赶紧跑过去接起来："喂？谁啊？"

步生沉默了下，开口："小五，是我。"

宫五的怒气值降了一点，是傻财神的电话，她问："哦，步生你有什么事啊？"

步生回答："我陪你母亲在医院，你有时间来一趟，有好消息。"

宫五脸上的表情严肃起来："我妈都去医院了还有好消息？"

"她怀孕了，"步生说，"只是情绪不大好。"

宫五怔了怔，挂了电话后，长长地舒了口气："小宝哥，我好像，要有小弟弟或者小妹妹了。"

说这话的时候，她的脸上有淡淡的忧伤，无比失落和担忧，但是说完了她又有点如释重负和庆幸。

公爵愣了下："岳小姐……再婚了吗？"

"没有。这事有点复杂。"宫五耷拉着脑袋，一点都不想说，心情大打折扣，刚刚脸上轻松愉快的表情随着步生的电话消失了。

公爵伸手摸着她的脸："小五，是不是岳小姐曾经有过再婚的打算，让小五觉得害怕？"

宫五还是低着头，整个人快快的，好一会儿后才说："小宝哥，你小时候犯过错吗？"

公爵看着她："怎么？"

宫五抿着嘴，脸上的表情有点纠结，好一会儿后才说："我小时候……其实也不是小时候，我以前做过很多事，不好的事。"

公爵安静地看着她："哦？"

宫五说："我妈在我小的时候，遇到过一个男人，他们都很喜欢对方，他比我妈年纪小，也没有结过婚，他不嫌弃我妈离过婚还带着我，本来他们都打算结婚了，但是……那个男人希望我妈把我送给我爸，我妈不愿意……"

她吸了吸鼻子，抬起头看着他，说："有一次我放假在家淘气，他趁我妈不在的时候教训我，我跟他顶嘴，他就打了我，还说我是拖油瓶，说如果我不想当拖油瓶，就要跟我妈说我想回我爸家……"她龇牙，对着公爵一笑，说，"我都不知道谁是我爸，一生气就跑了，还特地跑到我妈找不到的地方，还靠自己赚了很多钱……"

公爵敏感地捕捉她话里不对劲的地方："那时候小五多大？"

宫五眯眼："小学四年级，你说我多大？"

公爵伸手把她的身体扭过来："小学四年级，你能赚多少钱？"

宫五斜了他一眼，说："那时候不知道是多少钱，后来才知道我四天赚了三千多块钱。"

公爵问："小五是怎么赚的，还记得吗？"

宫五顿了顿，才说："我跑出去以后，觉得自己可以闯荡江湖，在路上晃荡的时候，有个阿姨让我帮忙送东西，还说给我钱，我跟她讨价还价，说好我天天给她送，她就天天给我钱的，我那时候想着，反正我不打算回家，我妈要结婚了，叔叔又不喜欢我，我就自己赚钱好了。"

"后来呢？"

"后来啊，"宫五表情有些惆怅，沉默了好一会儿，低着头小声说，"小宝哥，这是我第一次跟人家说这件事，你要是觉得我不可原谅你就跟我说，反正我也无所谓。其实我很小的时候就开始做坏事，甚至是很多别人想不到的坏事。我赚钱也不正当，我帮那个阿姨送货送了三天，晚上是住在我自认为很安全的桥洞底下，第四天的时候，阿姨在指挥我把货送给什么人的时候，被抓了，然后我也被警察叔叔带走了。我妈那时候已经报警，我一到派出所，她就接到通知赶了过来。我那时候小什么都不懂，后来才知道，我帮那个阿姨送的货其实是毒粉，就是那种她卖给别人的违禁品，她怕自己出面容易被抓现行，所以专门找小孩子送货。"

宫五低着头，两只手相互绞着，她一直不敢说，一直觉得自己根本配不上公爵这样的王子，更喜欢站得远远的，有事没事手托腮安静地看着他就好，让摸摸小手、亲亲小嘴成为一种梦想，好像更好一些。

公爵问："后来呢？"

宫五看着自己的手指，说："后来警察叔叔问我是怎么认识那个阿姨的，怎么送货的，每次送了多少，我都跟他们说了，他们也没有教训我，但是把我妈教训了一通。我看到我妈的时候，有点想哭，但是我怕我哭了我妈也会哭，我妈一直抱着我，她没打我，甚至都没骂我，就是一直哭。回家以后，她跟我说，她不结婚了，以后都不会结婚，她要跟我一起好好过日子，一直等我长大。那个叔叔后来还找了她很多次，我妈一次都没再见他。"

她慢吞吞地抬头，目光干净不含一丝杂质，看着公爵说："小宝哥，我一直都不敢说，我觉得我说了我在别人眼中就是一个坏人了。虽然那时候我年纪小，这件事看起来对我没有任何影响，但是我自己一直知道我做了什么样的事……知道这事的人不多，不过总有人知道，我一直怕哪天突然让人知道，我自己倒没什么，但是我觉得我妈肯定会受不了。我以前不敢跟小宝哥说，我怕小宝哥会看不起我，我本来就丢人……"

她抿着嘴，吸了下鼻子，突然一骨碌站了起来，说："小宝哥，我就是这样的人，我一直犹豫到底要不要跟你说，不说的话我觉得在骗你，可说了我又有点难过……但是我现在觉得，说完心里好像一下放松下来。我从小到大做过很多坏事，我打过人，收过保护费，偷过东西，还抢过别人的钱……周围的人都说我毁了，长大以后也不会学好，有人劝我妈带我搬家，说换个环境，要不然我会一直活在流言蜚语里，但是我妈固执地带着我住在那里，拒绝搬家，她跟我说，我是从那个地方跌倒的，我犯的错必须由我自己承担，我只能靠我自己一点一点地扭转在大家脑海中的印象，我必须要自己承担外界的流言蜚语，直到那些话自动消失。"

她越说越放松，大有破罐子破摔的架势："后来我才慢慢知道，承担流言蜚语的人其实是我妈，所有人都说我妈把我教坏了。我妈也说怪她，她以为她找了保姆看着我，她多赚点钱，这样我和她的生活就有了保障，所以她一直没有注意我的心理变化。可是我觉得都是我自己的问题……总之，我就是这样的人，我一点都不是我自己说的好女孩，我既不纯真也不善良，我就是童话书里说的那种专门做坏事的人。但我也不是存心想瞒着你。"

她顿了顿，又改口："好吧，我就是存心瞒着你的，我不想让任何人，包括小宝哥知道这些事。"

说完这些话，她低下头，无意识地绞着自己的手指，心情也越发低落，整个人散发着萎靡的气息："我就是这样的人……"

公爵看着她，慢慢地站起来朝她走了一步。

宫五突然大喊一句："小宝哥你不要过来！我现在有点难过！"

她伸手抹了把眼泪，吸了吸鼻子，说："我妈一直跟我说，我以后找对象不能找家世太好的，我觉得她说得对，不管我怎么努力、怎么认真，都没办法爬得跟小宝哥一样高。我更担心有一天，小宝哥会因为我受牵连。"

她使劲吸了吸鼻子，说："所以，趁我们俩现在还没怎么着，都冷静下来想一想，免得以后因为这件事吵架，我不喜欢被人一次次地提起，我也不喜欢怨妇似的。小宝哥，我把能说的都说了，总而言之，我不是小宝哥以为的那种很单纯的人，如果小宝哥思考之后觉得不能接受，还是趁早告诉我，千万不要在我已经很喜欢小宝哥以后，小宝哥才跟我说不合适之类的。"

她抬头看了公爵一眼，吸了吸鼻子，说："小宝哥你要是觉得昨天晚上我看了你不公平，大不了我脱了让你看回来，但是别因为那件事欺负我。你也不要急着回复，我希望你是深思熟虑之后回答我的，本来……"她动了动身体，哼唧着说，"小宝哥比我大，思想也更成熟，我不想小宝哥觉得我可怜而心软，我相信思考过后的小宝哥。"

她动作麻溜地站起来，跑到门边，说："我现在要去医院看我妈了，小宝哥暂时还是我男朋友，别忘了茶水钱！如果你想好就给我打电话。我走了，拜拜小宝哥！"

说完这话，她龇牙，眼眶还有点红，对着公爵一笑，拉开门转身跑了。

公爵站在原地，门自动关上，发出清脆的关门声。

他慢慢地坐了下来，身侧沙发上的手机在一闪一闪的，他低头挂断电话，滑过的手指无意中点开相册，视线落在相册上，修长的手指一点一点地从手机屏幕上滑过，就在一张照片快要滑走的时候，他的拇指轻轻一点，把那张照片定格住，拉了回来。

照片上的宫城山正是夜幕即将降临的时候，带着股阴暗的气息，代表生机的绿也因为夜幕来临而显得灰暗无比，灰色的山石、暗沉的绿，犹如魔兽张着血盆大口，獠牙森森，似乎一个不备就会被吞噬殆尽。

在一片苍茫的灰暗中，那个白色的身影成了唯一的光亮，犹如无尽的黑夜中指明方向的星火之光。

夜幕下的昏暗和脆弱的、苍白的身影形成那样强烈的对比，这一幕，奇异地拨动人心。

他还记得那个站在苍幕下，穿着白色衣裙的小姑娘脸上那一瞬无助的神情，身边是呼啸而过的车辆，脚下是巨大而又遥远的山路，她茫然而无助，却在眨眼之间竖起满身的刺，捂住她因为风被吹起的裙子，对着已经远去的车辆爆发出她迟到的愤怒。

匆忙赶到医院，宫五出电梯的时候，在拐角处看到熟悉的人影，她抬脚走过去，不防宫言清突然快速地往后一缩，把手里的一沓检查单塞到了包里，转身沿着电梯旁的楼梯匆匆走了下去。

宫五眨巴了下眼睛，撇嘴，抬脚朝那边走去，等她过去的时候，那个人影已经快速地离开，她努了努嘴，倒也没多想，就是觉得宫言清现在还好意思出门溜达啊？

宫五到病房的时候，岳美娇正在发脾气，她还没进病房就听到岳美娇骂步生的声音，听她骂步生的语气，绝对不是刚刚才开始骂。

"……王八蛋！畜生！"岳美娇咬牙切齿，"混账东西，你玩我是不是？你故意的，你就是故意的……浑蛋……我住什么院？我好好的住什么院？身体是我的，关你屁事……"

宫五眯眼，呆呆地站在门口，她是进去呢，还是不进去呢？

步生任打任骂，就是在她乱窜的时候过去强行把她扣在怀里："你骂了两个小时，渴不渴？喝口水，歇会儿再骂行不行？"

岳美娇怀孕一个半月了，昨天晚上不知怎的就突然有了反应，岳美娇自己一度觉得是吃坏了东西，根本没打算来，结果步生第二天一大早就把人搅了起来，直接带到了医院。

检查结果一出来，岳美娇麥毛，步生被骂了两个小时了。

"美娇，来，喝口水再骂，我天天过来给你骂，不急这一时……"

"滚！"岳美娇真是骂累了，嗓子也痒，都不知道还能找出什么词来骂才解恨，只能喝了两口水缓缓。

宫五翻了个白眼，在门口站了一会儿才慢吞吞地走进去："妈。"

岳美娇回头瞪了眼步生，又看着她说："步生给你打电话的？"

宫五点点头："嗯，我听说之后就赶过来了。"

她仕岳美娇旁边坐下来，慢悠悠地晃着腿，脸上的表情有点呆，岳美娇突然伸手摸摸她的脸："小五放心吧，我生了你这一个冤家就够了，还没打算再生一个折腾我。"

宫五愣了下，随后笑着说："妈，我怎么成冤家了？我多乖巧懂事啊！"

步生沉默地站在后面，目光冷静地看着岳美娇，一只手插在裤子的口袋里，一动不动。

宫五努了努嘴，歪头看了步生一眼，对他龇牙一笑："步生，我要跟我妈说话，你能不能先出去一下啊？"

步生笑了笑，点点头："好。"抬脚走了出去。

宫五回头看了眼，发现他真的走开了，站起来跑去关门。

这房间说是病房，不过里面的装修之类的看着可不像病房，就跟豪华酒店的装修差不多，不愧是私立医院，真是以营利为目的的存在。

"妈，赶紧坐下，步生说你肚子里现在可是有个小孩，我还等着他出来被我欺负呢。"宫五笑嘻嘻地重新坐下来。

岳美娇看着她，好一会儿后才开口，笑了笑说："小五别担心，我不会生的，所以小五别害怕……"

宫五努力让自己的眼睛睁得更大，说："为什么啊？我还等着抱弟弟玩呢。"

岳美娇摇摇头："不会有弟弟，也不会有妹妹。妈妈不会生，所以小五，什么事都没有，步生就是发神经，非打电话告诉你。"

宫五看着她："步生打电话是对的啊！你是我妈，又不是跟我一点关系都没有的人。"

"小五……"

宫五长长地呼出一口气，郑重地开口："妈，我跟你说实话，我要是说一点都不在乎，那肯定是假的，可要是说我特别在乎，那肯定也是假的。"

她摊开手，让岳美娇看着自己，说："妈你看，我都长大了。我一直在变，在长大，努力让自己变得懂事，不让妈妈操心，妈妈却一直没变，还是这么年轻漂亮，我也坚信妈妈爱我的心一点没变。但是我还是希望妈妈能有一点变化，我希望妈妈的生活也多彩多姿一点，身边能有妈妈喜欢和喜欢妈妈的人在。"

她身体微微向前倾，伸手抱住岳美娇，说："对不起妈妈，我老让你担心，还故意气你，什么坏事都做尽了，又任性又浑蛋，我真后悔，我还让你这么多年一直一个人，你还这么年轻，早该再婚的。"

岳美娇愣了愣，有些木然地伸手，捧起宫五的脸："小五，你是不是受了什么刺激？"

宫五鼓起脸蛋，说："妈，我难得这么孝顺懂事明事理，你就这样说我啊？"

岳美娇看着她："小五。"

宫五说："妈，我跟你说的都是真的，信不信由你啊。不过，我觉得妈妈自己心里是怎么想的才最重要。如果妈妈想生，那就生啊，反正生出来也是你的宝宝，我的弟弟，要不然就是我的小妹妹。如果妈妈不想生，那就不要生。你不是常说吗？人嘛，总要对自己好一点才行。"

岳美娇笑了一下："对啊，总要对自己好一点才行。"

宫五拍拍她的后背："我爱你老妈，我以后再也不会阻止你做想做的任何事啦。对不起啊，我以前太小，不懂事，破坏了你的幸福……"沉默了下，她把脑袋埋在岳美娇的腿上，闷声闷气地说，"妈，我觉得我好像一下子放松了很多，就好像，我藏了一辈子的秘密一下子说出来，没有负担了一样……"

曾经发生过的事，不但是宫五的秘密，也是岳美娇的秘密，是她永远都不敢也不愿对别人说的秘密。

岳美娇低头在她头顶上亲了一下："我很高兴小五能这样说。"

宫五的脸在她肩膀上蹭了蹭，说："我爱你老妈。"

岳美娇没说话，而是摸了摸她的脑袋，又在她头顶上亲了一口。

宫五从医院离开，走到大门口的时候看到步生站在那，表情淡淡地看着远方，看到宫五，他扭头笑了下："说完了？"

宫五点点头："嗯，我要回去了。"

步生看着她："小五。"

宫五回头："干吗？"

步生朝她走过去，伸手拍拍她的肩膀，说："谢谢你。"

宫五眨巴眼，然后龇牙笑："有什么好谢的？我什么都没说啊。我妈生不生小孩，对我来说没影响，反正宫家的财产又不会因为他的出生而减少，你的财产也不会因为他的出生分给我。所以，不管这个小孩生不生，对我都没影响。至于我妈的钱，她肯定是要自己抓着的，才不会给我呢。"

她同情地看着步生："所以啊，我妈生不生小孩，是她自己的事，她要是不想生，那谁都没办法，如果她想生，谁反对都没用。这就要看你有没有本事让她生了。"

步生笑："好，我知道，谢谢小五。"

宫五笑眯眯地后退一步，对他摆摆手："走啦！"转过身，脸上的笑容便淡了下来。

步生站在门口，看着她的背影，低头笑了笑，正要离开，无意中看到大门口停着一辆车，车后座的位置隐约看得到一个人影。从他的位置看不到车牌，他慢悠悠地绕着大厅走了两步，等那车开出去后，他看到车牌号，觉得有些熟悉。

宫五一个人慢慢朝前走，在她后面那辆车慢慢地跟着。

她从医院离开，就直接回宫家。在宫城山脚下的公交车站下车，她长叹一口气后，抬脚朝着山上走去。

宫城山周边的气候比市区要寒冷得多，她一路小跑，呵气暖和自己的手，觉得冷，却又故意想要让周围的寒凉冻一冻自己，心情不畅，寒气会让她清醒一点。

其实有些话说出来后，她心里确实舒坦了很多，但舒坦不代表高兴，她一点都不高兴。

她走在山路上，有对她还没开始多久的恋情可能结束的茫然，有对她的妈妈有了小宝宝后她在家里变得可有可无的惆怅，也有对她自己如今的状态以及未来的恐慌。她突然发现自己根本不知道以后该怎么办。

一个人胡思乱想了一通，又自我排解地长长呼出一口气，虽然她有点伤心，

92

不过她觉得好歹没让自己心里一直压着事，就算失恋她也不亏啊，该看的、该摸的、该亲的一样都没落下，至于她妈妈那边，就算妈妈生了小宝宝，妈妈还是自己的妈妈呀。这样一开解自己，宫五觉得脚步轻松了起来，一蹦一跳地朝前走，越跑越快。

身侧有车经过，宫言清坐在车里正往山上开，看到路边正在跑步的宫五，突然对司机说："停车。"

车停了下来，宫言清摇下车窗："小五！"

宫五气喘吁吁地停住脚，转身看着她："三姐。"

宫言清用围巾裹着自己的头，伸手开了车门，下车后对司机说了句："你先去吧。"然后抬脚朝着宫五的方向走去。

宫五站在原地，看着她走过来："三姐？"

想起在医院看到她的场景，宫五犹豫了下没开口，等着她过来说话。

宫言清看着宫五，勾了勾唇角，说："我刚从医院回来，小五这是从哪回来的？"

宫五拧了拧眉头，说："出去玩了。"

宫言清看了她一眼，抬脚朝前走去，一边走一边说："怎么不问我去医院干什么？我怀孕了，是步生的孩子。"

宫五的眼睛猛地睁大，盯着宫言清的背影没说话。

宫言清笑了下："你猜我刚刚在医院看到谁了？"不等宫五回答，她已经说道，"我看到步生，他竟然出现在医院的妇产科VIP病房，多好笑。他一个男人去那里干什么？我看到他扶着一个女人，对那个女人百般呵护。他的动作真快，这边刚跟我分手，他外面的女人肚子就大了，这样算起来，他有什么资格嘲笑我？我是被人骗了，他呢？我不信有人逼着他让另一个女人怀孕。"

宫五警惕地看着她。通往宫城山宫家的半山腰上，宫言清正站在宫五的对面，她穿得厚实，头上还特地裹了围巾，密不透风只露出两只眼睛，说话的时候声音带着浓浓的嘲讽，带着些许疯狂和绝望，就好像受了重大的刺激一样。

宫五看着她的样子，问："三姐，你跟我说这些干什么？"她点点头，"三姐怀孕，恭喜。"

"恭喜？"宫言清呵呵冷笑，"有什么值得恭喜的？我看，都是在等着看我的笑话吧？你们一个个看着我从山顶跌到山脚，是不是很高兴？现在你满意了？"

宫五两只手插在裤兜里，看了她一眼："三姐，事情都过去这么久了，既然你选择留在青城，那就低调地留下，别在我面前挑衅。我今天心情不好，你最好别惹我。"

宫言清呵地轻笑了一声："是啊，所有人都觉得我该低调地留下，所有人都觉得我罪有应得，他们看到我的下场觉得很高兴。可凭什么他们要这样对我？他们有什么资格看不起我？更何况，我是被步生陷害的，他为了他外面的女人，想甩了我，就这样害我，还装得义正词严！他说他厌恶我用心计、耍手段，说我不知廉耻……我只是爱他，我做的所有的一切都是为了他！我是女人，我舍下一切奋不顾身地爱他，他竟然说看到我恶心……他为什么要这样对我？为什么？"

宫五略诧异地抬眸看向她，觉得宫言清的心态和状态都不正常："这些话你应该跟他说，跟我说有什么用呢？"

她转身抬脚就往山上走，说："我对苦情戏没兴趣，我就是想回家歇歇。三姐，你慢慢对宫城山诉说你的委屈，又或者解铃还须系铃人，你该找步生解开你的心结。我先回去了。"

她对宫言清摆摆手，转身继续朝着山上小跑而去。

她长年累月跑来跑去，早就习惯，宫言清想追上她根本没那么容易，宫言清跟在后面大声喊了一句："宫五，你妈就是个不要脸的小三！"

宫五跑出老远的脚步猛地停了下来。

宫言清慢慢松开包着头的围巾，露出脸，脸上带着得意的笑："怎么不跑了？你跑呀？不是很能跑的吗？哈哈哈。"她伸手捂着嘴大笑，笑得眼泪都流了出来，"这可真是滑天下之大稽，女儿的未婚夫，变成了妈妈的情人。哈哈哈哈……真好笑！"

宫五绷着脸，两只手插在棉衣的口袋里，朝着宫言清走去。

宫言清还在笑，微微抬起下巴，看着走近的宫五，说："怎么？生气了？还是恼羞成怒？又或者，是我说错了？我跟踪过步生，找到了你跟你妈住的小区，我看着他上楼……那时候我还是步生的女友，她算什么东西？一个四十岁的老女人，一个离了婚的贱货！她不觉得恶心吗？步生当过她亲生女儿的男朋友，她也下得了嘴？你要不要问问你妈，她是怎么做到那么不要脸的？"

宫五问："你说完了？"

"你生气了？"宫言清嗤笑，"难道我哪句话说错了？怀孕，她也好意思怀孕？她要脸吗？我爸是她前夫，我是她继女，她跟继女抢男人，她怎么有脸？她勾引步生，她就是不要脸的贱货……"

啪的一声，宫五一巴掌甩了过去，朝宫言清走近一步："你再骂一句试试？"

"你打我？你敢打我？"宫言清一脸不可置信，"我是你姐姐，你竟然打我？！"

"她是我妈你骂她，我不打你打谁？她要是真做了什么违背道德的事，自然会有人谴责她，但轮不到你当着我的面骂她。"宫五面色阴沉，眼睛无波无痕。

可正是宫五这双看似没有任何情绪的眼睛，让宫言清突然萌生了惧意，她下意识地后退一步，伸手捂住自己的小腹，结结巴巴地问："你……你想干什么？"

宫五的视线随着她的动作落在她的小腹上，微微抬着下巴，眉眼间带着让宫言清不寒而栗的笑，说："你说你的孩子是步生的？那怎么办？我妈也怀孕了，我妈肚子里的孩子生出来是我弟弟，你肚子里的生出来是我外甥，你说哪个亲哪个远？如果二选一，你觉得我会选择哪个？"

宫言清伸手捂着肚子，连连后退，一脸不敢置信地看着宫五："你想干什么？你想干什么！"

宫五咧嘴笑，灰绿的宫城山映衬着她洁白的牙齿，透出股阴森森的味道，她问："三姐，如果你的孩子生出来，是不是会和我妈肚子里的孩子抢步生的家产？"她又朝前走了一步，"如果你肚子里这个孩子没出生，是不是我妈肚子里的小孩就会独得步生的家产？毕竟谁都知道，步家的老一辈想孙子都快想疯了。"

宫言清一脸惊恐地后退，宫五却脸上带笑，一步一步逼近："你在医院看到步生和我妈了吧？那你肯定看到步生为了求我妈生小孩任打任骂的模样。她的孩子是步生求她生她都不愿意生的，你的呢？这种落差和对比，是不是让你心里酸得要死？一个女人怀孕，步生像龟孙子一样求着哄着，给她花最多的钱最温柔的呵护最贵的病房，而你只能一个人可怜巴巴地背着人偷偷摸摸做产检，没有人关心你肚里孩子的生死，也没有人在意他的存在，步生那么在意子嗣，知道你怀孕是不是也没多看你一眼，你心里不平衡是不是？"

宫言清嘴唇颤抖着，死死地瞪着宫五，咬着牙，却在她的一步步逼近下不断后退："小五，小五你冷静一点……"

宫五笑："冷静？我很冷静，我现在就是觉得你肚子里这个东西碍眼，如果我现在让这个东西消失，你说谁会知道？好好的车你不坐，非要下来找我碴儿，我已经让自己平静下来，你自找麻烦，送上门的机会，我为什么放过你？冷静？我非常冷静地想到，你肚子里的东西会抢我妈肚子里的孩子的东西，我想让这个东西去死！"

宫言清摇头，手脚开始哆嗦："小五！小五！求你，你冷静一下……我错了，我不该骂你妈妈，小五……"

她跌跌撞撞地往后退，因为害怕和慌乱眼泪流了出来，一手护着肚子，不停地后退，在拉开和宫五的距离后，转身朝着盘旋的山路拐去。

宫五慢吞吞地拐过拐角处凸起的岩石，在看到站着的人时，停住脚，抿着嘴，倔强地抬着下巴，看着眼前的人。

第三章

公 丨 爵

宫言清满脸是泪全身发抖地躲到公爵身后，公爵目光沉沉地看着宫五，对上她的视线，她站在原地一动不动，像块岩石。

宫言清哭得不能自已，一手护着自己的小腹，一手指着宫五："先生，求求您救救我，我妹妹要杀我肚子里的孩子，我怀孕了，她要杀我肚子里的孩子……求求你们报警，求求你们救救我，救救我的孩子……"

公爵看着宫五，然后微微偏头，吩咐了一句："送这位女士去医院。"

身后的司机应了一句，扶着瑟瑟发抖的宫言清上车。她坐到车里的时候，抬眸看了眼宫五，微微挑起精致的眉，目光中带了几分挑衅。就连老天都在帮她，不是吗？

宫五安静地看着那辆载着宫言清的车离开，突然毫不犹豫地转身，抬脚朝着山上撒腿就跑。

"小五！"公爵拔腿就追。

宫五听到了，但是没有停下，反而更加拼命地朝前跑。

她自认自己的速度并不慢，可还是很快就被他追上，他从身后抓住她的胳膊，轻轻一拉，便止住了她奔跑的姿态，把她拉到自己怀里，伸手圈住。

她落入一个温暖的怀抱，突然觉得鼻子一酸，眼泪不由自主地往下落，忍不住开始抽噎，她挣扎着想要摆脱公爵的怀抱，可他抱得很紧，一动不动犹如铜墙铁壁，任由她拼命挣扎也挣不脱。

她一下子哭出来，喊道："我就是这样，我就是这么恶毒，我就是恶毒的坏女人，怎么样？怎么样？你看到了，我天生就喜欢做坏事，我改不了，我就是这样，我就是要她好看……你放开我！放开我！"

公爵安静地抱着她，任由她又哭又喊，她从开始的呜咽变成号啕大哭，哭了很久，她激动的情绪终于在静默和时间的流逝中逐渐安静下来。

良久，她哑着嗓子开口："小宝哥，你现在是不是觉得我没有你看到的那么好？我不善良，也不贤惠，我做过很多不好的事，只会给人添麻烦，不管我怎么努力，我都是那个招人嫌的人……"

公爵紧紧地抱着她，低头吻在她的额头，说："没有。这么真实的小五，我怎么会嫌弃呢？在我眼中，小五是个好女孩，永远都是。"

宫五低着头，好一会儿后哭出来："我不好，一点都不好……"

"没有人一直好，也没有人永远好。"公爵的声音带着冬日暖阳般的温暖，"不能怪小五，人有天生的破坏欲，只是更多的人会抑制自己的想法，不敢去表露，一旦让人发觉到'坏'，就会成为别人眼中的异类，小五是我见过最真实的人，小五很好，这样就很好。"

他低头，看着她的脸，抬手一点点擦去她脸上的眼泪，说："这世上很多人都做过坏事，包括我。我也做过，也想过，我相信我们身边的每个人，都或多或少、或有意或无意做过不好的事，可那有什么关系？社会之所以被人定义为美好和黑暗、简单和复杂，就是因为人与人之间除了有和平共处的时候，还有尔虞我诈，我们是社会的一分子，会逐渐沾染各种不好的东西。但是小五，"他抬起她的脸，微笑着说，"我不希望你做让自己后悔的事。正如你所说，你长大了，知道反省发生过的事，同样的，我不希望我的小五在长大以后做让自己后悔的事。你说呢？"

宫五的哭声变小，抽噎着，眼睛通红，看着下方不说话。

"我知道小五心情不好，"他微笑着点头，"是我的错，我早上的时候就应该告诉小五，我很喜欢小五，比喜欢更多一点。在我眼中，小五或许不是天使，但一定是精灵，就像童话书里长着翅膀会魔法的精灵，总能给人带来意想不到的惊喜。我怎么会嫌弃这样的小五呢？你是这么真实、活生生地站在我面前，告诉我你不好。在我眼中你很好，非常好，虽然偶尔会犯傻，但是真的很好。"

宫五伸手抹了把眼泪，时不时抽噎着，说："我以为小宝哥讨厌我……"

公爵摇头："没有，我依然喜欢小五，就像小五喜欢我一样。"

宫五撇着嘴，一脸委屈，踮起脚尖伸手搂住公爵的脖子，声音带着哭腔，说："我最喜欢小宝哥……"她又抬头，一脸的委屈，"我妈要生宝宝，我以后就不能跟我妈撒娇了，她以后肯定要围着小宝宝转了……我一想到这个，就觉得很失落。"

"小五是几岁的宝宝了？"他笑着问。

宫五一抹眼泪，反驳："几岁也是我妈的宝宝。"说完这话，她突然低下头，沉默了一会儿后，重新开口，"小宝哥，其实还有件事，我一直没敢跟你说，我怕你嫌弃我家太乱……"

眼泪又在眼眶里打转，她抬去头，一鼓作气地说："其实，其实步生当初跟我订婚，是为了让我能顺利回到宫家，替我在宫家站稳脚跟保驾护航，但是我跟步生没有接触过。"她强调，"我一点都不喜欢他，他帮我我很感激他。"

公爵点头："我知道。"

宫五继续说："其实，步生喜欢我妈，他很爱我妈，就连跟我订婚都是因为我妈才同意的，我妈一直很愧疚没有照顾好我，觉得我在她身边不管以后怎么努力，都没办法嫁得很好，所以她思来想去，决定把我送回宫家。这样不管怎么着，借着宫家的名头我总能沾到一点好处，就算嫁妆钱也比跟着她的时候要多。我妈肚子里的宝宝是步生的，他一直想要孩子。三姐骂我妈不要脸，可是我知道我妈不是那样的，她在知道步生跟三姐搅和到一块的时候，果断地分开，至于怀孕她自己都不知道，后来才发现……我知道乱糟糟的，但这个就是事实。"

公爵点点头："我了解。在不伤害别人的前提下，任何人都有权利追求自己的爱情。步先生和岳小姐也不例外。"

宫五问："小宝哥你不嫌弃吗？不嫌弃我们家乱糟糟的吗？我跟步生订过婚，现在步生跟我妈又有了宝宝。"

公爵笑着回答："我喜欢的是小五，为什么要嫌弃小五的家庭？毕竟这世上，不是任何人的家庭都那么完美。"

宫五抿嘴，看着他，吸了下鼻子。

公爵依旧笑着，拇指轻轻擦拭她脸上流下的眼泪，说："你看，我们多像，我的父亲在我很小的时候去世，你的父亲在你很小的时候你不知道他是谁。我的母亲在我五岁的时候生下了大宝，我成了哥哥，那时候我还是个孩子，而小五如今快有小弟弟或小妹妹的时候，已经成年，小五觉得五岁的哥哥和十八岁的姐姐，谁更坚强一点？"

宫五抬起红通通的眼睛看着他，盯着他的眼睛，突然重新搂住他的脖子，吸着鼻子说："小宝哥别伤心，我保护你！"

公爵笑："好呀，小五要说话算话，以后我等着小五来保护我，小五不能反悔。"

宫五点头，郑重地承诺："不反悔。"

她看着公爵的眼睛，红着眼睛笑了出来。

她原本气呼呼要回家的，结果又跟着公爵回去，虽然偶尔还会抽噎一下，但是心情显然好了很多，终于又恢复了叽叽喳喳的本性。

宫五不由自主地打了个哈欠，觉得困了，吧唧了下嘴，说："小宝哥，我想回去睡觉了，我好困啊！"

公爵抬起手腕看了一下，抬眸扫了她一眼："可是小五，好像有点晚了。"

宫五一听赶紧跑过来，拉着他的手看："啊？真的？让我看看让我看看，几点钟啦？"目光一落到手表上，宫五傻眼了，"啊？都晚上十点半啦？可是明明没过多久啊！"

她觉得就过了一会儿的感觉，果然和喜欢的人在一块，时间都变得很快了。

公爵看着她，问："现在怎么办？"

宫五那双漂亮的桃花眼眨巴了两下，然后伸手一把抱住公爵的胳膊，说："既然这样，那就择日不如撞日，今天再去开个房吧！"

她说这话的时候，微微发红的眼睛闪动着狡黠的光芒，看得公爵心里有点发怵，他想到刚回来那天她千方百计的小计谋，只得提醒："小五，你还小，不能乱来。"

宫五大怒："我哪里小？"她抓起公爵的手，狠狠摁在自己的胸脯上，说，"小宝哥你摸摸，一点都不小！"

公爵："……"掌心的触感让他的脸瞬间涨红，只是夜色沉沉，不容易被人发现。

"小五又调皮了。"公爵一副淡定的模样缩回手。

宫五决定教育一下公爵，告诉他大胸不好的地方："小宝哥，我听说大胸的女人容易下垂。"想了想，她瞅他一眼，小心地说，"所以那里大的人也容易站不起来，是不？"

她伸出一只手，让自己的食指演示了几遍某物很可能因为重力大而站不起来的道理。

两句话把两个人的问题都说了。胸大不好，像她这样的刚刚好，还有就是小宝哥是不是站不起来？要不然她都那样了，怎么他就是没反应？

"小宝哥，你不要自卑，我不会嫌弃你的，不过，你说你要不要去做个手术什么的？缩小一点，比较容易站起来，"她的手比画了一下，一抬眼对上公爵的视线，一下说不出话了，乖乖抿嘴，"小宝哥……"

公爵额头的青筋不知什么时候蹦了出来，一只手撑着额头，咬着后槽牙，努力让自己的声音听起来很冷静："谁告诉你的？"

宫五小心地说："我、我猜的呀。"

公爵被气得哆嗦："小五觉得我不碰你，是因为我嫌你胸小？"

宫五眨巴眼，一下理直气壮了，说："你本来就是这样说的呀，你老是说我小，又没说我哪里小，我只能这样理解啰。我长这么好看，你还不跟我滚床单，不是你的问题，难道是我的问题吗？"

公爵额头的青筋跳得更欢了："我说的是年纪小！要不然还能是哪里小？！"

"哦，那我理解错误。"她扭扭身体，干巴巴地说，"小宝哥，我道歉。"

公爵沉默了下，问："小五，你老实回答我，你是不是觉得我有问题，所以担心？"

宫五本来憋在心里不打算说的，毕竟说出来好像她很猴急似的，但是不说她确实很急啊，到底是她魅力不行，还是小宝哥站不起来？不管是哪个原因，她都很担心。

结果他竟然自己说了出来，宫五立马炸毛："你说呢？你说呢？我都脱光了，你看我这身材，前凸后翘的，按照电视上演的肯定要滚床单，结果小宝哥你就摸摸我，然后就嫌我小。哼，小宝哥你怎么能这样？跟电视上演的都不一样。"她伸手摁摁自己的胸脯，问，"我哪里小了？我明明这么大，你到底是嫌弃我小，还是因为你自己太大了站不起来？你自己说！"

亿万头羊驼从心头呼啸而过，公爵被气得哆嗦，咬牙切齿地道："不知死活的东西！"

宫五瞪大茫然的眼，被带去上次的酒店。

刚进门，公爵就压了过来，宫五赶紧大声嚷嚷："等等！要洗澡，要红酒，还有鲜花和音乐……"

回答她的是倒在酒店大床上的沉闷声。

宫五一直觉得男女之间必须像电视上演的那样美妙又美好，值得一辈子回忆才对。

结果，这是一个悲惨的夜晚。

最起码对宫五来说是这样的，再温柔的动作在失控之后也不温柔。

她哭得上气不接下气，嗷嗷地又骂又叫。不就是两人之间有了个小小的误会吗？她已经知道他厉害了，他怎么还不放过她呢？

宫五抽噎："小宝哥，我们能不能歇一会儿，我、我还要复习，我过一阵还要考试呢……"

激烈过后的温柔姗姗来迟，公爵的动作又温柔又缓慢，他一点一点亲吻她的脖颈，说："好，我教你复习。等下次你的期末考试，我当小五的考官好不好？"

宫五哇哇大哭："小宝哥我看错你了，人家是要期中考试……"

宫五数了大半夜床铺晃动的次数，最终抵不过困意来袭，在疲惫中沉沉入睡。

她喜欢侧躺着睡，一个姿势累了，不由自主地翻了个身，习惯性地做出蜷缩的睡姿，一翻身，就直接落入了公爵的怀抱。

她迷糊中吸了吸鼻子，觉得味道有点熟悉，无意识中偷偷龇牙，蹭了蹭公爵的胸膛，手脚并用地扒着他，在他怀里寻了一个最舒服的姿势，继续睡。

公爵拉过她的手，十指相扣，把她紧紧搂到怀里。

他睁着眼，毫无睡意，怀里的人儿睡得跟小猪似的，脸上还挂着泪痕，时不时抽噎一下，他低头在她额头亲了一下，突然发现，应该把这个喜欢调皮捣蛋的姑娘带在身边才放心。

清晨，宫五睁开眼就看到公爵的脸在她眼前，一张俊朗的脸，就算闭着眼睛也丝毫无损他的容颜，她抬起头盯着他的脸，然后往前挪了挪，噘起小嘴对着公爵的嘴唇偷偷亲了一口，还小声嘀咕："有便宜不占是王八蛋！"

她刚说完，公爵的眼睛一下睁开，宫五一呆："小宝哥……早！"

"小五早。"公爵翻了个身，压在她身上，低头一点点地亲吻她的唇。

这招百试百灵，他亲了一会儿后，宫五的胳膊有了反应，直接往他身上爬。

"今天有课吗？"公爵问。

宫五一呆，随即跳起来："惨了惨了！我要迟到了，燕大宝肯定要问我去哪了，我要想想该怎么说……"

她一坐起来就看到满地都是她和公爵的衣服，突然想到昨晚拼命扒公爵衣服的人就是她。她扭捏地说："小宝哥，你放心，我会对你负责的，不会白睡你的。"

公爵伸手拉她的手，问："身体舒服吗？要不上午不去上课了？"

宫五摇头："不行，一定要去，老师划重点。我不跟你说了，我要赶紧走。"

宫五匆匆忙忙地把地上的衣服捡起来往身上穿，公爵送她到了学校，约好中午一起吃饭，宫五一边走一边回头跟他挥手，他目送宫五进了校门，在校门口站了好一会儿。

"爱德华先生？"司机问，"现在回燕家吗？"

公爵略一沉思，给了他一个稍等的手势，然后给步生打了个电话："步先生，你好，我是凯尔特·爱德华，如果方便的话，您有时间见一面吗？"

步生愣了一下，抬眸看了正在磨指甲的岳美娇一眼，随即开口："当然！"

他拿了外套要出门："美娇，我出去一下。"

岳美娇头也没抬，继续忙自己的，显然很不待见他，完全当没听到他在说什么。

公爵和步生约在皇朝见面。

某个单独包间内，步生被人引领过去的时候，公爵已经坐在里面，看到他来了之后，公爵微微点头："步先生请。"

步生坐下，两个气势、地位不相上下的男人，见面没有剑拔弩张的紧张，都是低调、谦虚，彼此都配合对方的礼貌。

入座后，公爵伸手给步生面前的杯子里倒了水："我找步先生过来，是想着或许我们有合作的机会。"

步生抬眸看他一眼："那自然求之不得。爱德华先生不妨有话直说，毕竟我以后也算小五的半个家人。"

公爵慢慢缩回执壶的手，又在自己面前的杯子里添了水："步先生既然没拿自己当外人，那我就直说了。步先生心里想的和求的我都清楚。既然我们目的相同，不必拐弯抹角，我们合作，你如愿得到岳小姐，而我把小五带离岳小姐身边。"

"爱德华先生的意思是，你想把小五从青城带走？"步生问。

公爵哂笑一声："想来这也是步先生的心愿，不是吗？"他慢悠悠地说，"只要小五在一天，岳小姐的牵挂就只会在小五身上，她会为小五是不是惹事了而提心吊胆，也会为小五的以后处处操心，如果小五不在她身边，她会更加不放心而提心吊胆。可现在岳小姐怀孕了，也就是说，她的情感的焦点会随着肚子里的孩子而发生转移。这是步先生和孩子最好的机会。"

步生盯着他："爱德华先生对小五是什么样的心思？"

公爵的手指一下一下地敲击在桌上："我对她是什么样的心思，步先生不用管，毕竟，步先生关心的是她母亲。我问过小五，小五不想离开青城的唯一原因是岳小姐，岳小姐是她心里唯一安全感的来源，只有切断这一条，她才会从心理上真正独立。我想，不管是对岳小姐，还是对小五，这都是最好的选择。步先生难道不这样认为吗？"

步生微微拧着眉看着他，沉默着。

公爵放下杯子，修长的手指轻轻滑过杯口，拭去上面的痕迹，慢条斯理地拿起桌上的毛巾，擦了擦手："对于步先生这样的聪明人，不需要我多费口舌，就该明白我的意思。你得到你想要的，我得到我想要的，就这么简单。"

步生点头，半晌他抬头看着公爵问："不知爱德华先生说的合作，究竟有什么样的打算？"

公爵笑了笑："小五如果要出去，就必须有一个让岳小姐放心的环境，对别人

102

她一定信不过，相比之下，步先生只怕是岳小姐唯一相信会对小五不错的人，毕竟小五回宫家的时候，她也选择了步先生作为小五的依靠。所以，这个环境必须是由步先生创造出来的。"

步生垂眸略一思索，看了公爵一眼："我有办法！"

公爵微笑："我就知道步先生一定有办法。"

步生确实是那种为了达到自己的目的而不择手段的人，就像他为了得到岳美娇，费尽心思锲而不舍，就连岳美娇怀孕也是在他换了她的药物后才造成的，只要能达成目的，他不在乎手段。

宫言清当初节外生枝耍了计谋让岳美娇完全不待见步生，如今也该做个了断了，免得夜长梦多。步生在和公爵会面之后，立刻决定彻底解决宫言清那边的事，这样，才能得到岳美娇的信任。

宫言清裹得严严实实的，安静地坐在位置上等着步生，步生让人通知她来这里，所以她来了，她倒想看看，步生那样害了她之后，在外面养的女人也怀孕了，还有什么脸指责她。

她表面平静，可内心却惴惴不安，不管家里出谋划策的两个兄长怎么说，可宫言清还是没那么乐观，步生……她从来都看不透，也从来都不知道他在想什么。

她伸手，轻轻抚摸着自己的腹部，听到门开的那一瞬，全身都紧绷起来，只是下一秒她就失望了，朝她走过来的人不是步生，而是一个中年男人。

他手里提着包，径直走了过来："宫言清小姐？"

宫言清点点头："我是。"她急切地看向门口，问，"步生呢？他没有来吗？他为什么没有来？我要见的是步生……"

中年男人笑了笑，慢慢在她对面坐下来："宫小姐您好，我是步先生的律师，我姓魏。是这样的，步先生抽不出时间，特地委托我前来和宫小姐洽谈，步先生和宫小姐之间的事，我可以全权处理。"

宫言清摇头："不可能，是他给我打电话的，他怎么会连见都不见我？不可能的！你给步生打电话！你给他打电话，我要见的人是他，不是你！"

"宫小姐，请您冷静一点，步先生已经全权委托了我，如果宫小姐是这样的状态，我想我们只能下次再约。"魏律师说着站起来，打算离开。

宫言清颤抖着嘴唇，猛地抬头："坐下！我跟你谈。"她吸了吸鼻子，伸手擦去脸上的泪痕，说，"我怀孕了，孩子是步生的。我想步生也不愿意我生下这个孩子，他不会娶我，这个孩子就是私生子，步家的私生子，我相信对他以后的妻子和孩子都会有很大的影响，以步家的家产，无论怎样我的孩子会分得一杯羹。我可

103

以打掉这个孩子，但是我要一亿元。"

魏律师在听到"一亿元"的时候，脸上露出了诧异的表情："宫小姐是不是说错了价码？又或者是我听错了？"

宫言清抬眸，脸上已经恢复了刚刚的表情："没听清？那我重复一次，一、亿、元！我要步生给我一亿元，要不然孩子生下来，将来争步家的家产，恐怕就不是这个价码了！"

魏律师伸手扶了扶眼镜，笑了笑："宫小姐，您可真会说笑，您不觉得这个价有点天方夜谭？"

宫言清抬着下巴，努力维持自己的姿态，冷冷地看着他，不说话。

"宫小姐，"魏律师坐正身体，"从我个人的角度来说，我建议宫小姐开一个合理的价码，步先生是看在和宫小姐相处一场的分儿上，想要给宫小姐一点补偿，但是宫小姐狮子大开口，恐怕就失了情分。"

宫言清咯咯笑了起来："情分？"她笑得眼泪都流了出来，"他连跟我的最后一面都不见，他跟我还有什么情分可言？他爱过我吗？他关心过我吗？他不过是做样子给别人看的，他根本就不爱我，他根本就是利用我、报复我……"

魏律师叹了口气："宫小姐，请冷静，如果您一直是这个状态，那我帮不了您。"

"我要一亿元！"宫言清提高声音，"他给我一亿元，我把孩子打掉，我跟他两清！"

"宫小姐，您跟步先生早就两清了！"魏律师有点无奈，"至于宫小姐肚子里的孩子，宫小姐以为，如果步先生觉得这个孩子值一亿元，他会连谈都不愿跟您谈？"

宫言清的眼泪不停地往下掉："那他要怎么样？他这是要逼我把孩子生下来吗？他是逼我生下孩子是不是？"

魏律师摇摇头，伸手从包里掏出一份检测报告推到她面前，说："宫小姐，步先生不傻，他在事情发生的当晚做过化验，从血液中检测出身体内有残留的禁药成分，药物分析师根据残留药物，检测出药物对精子有严重损伤性，我相信宫小姐去医院产检的时候，检测报告上的数据一定不正常。我不信医生没有告诉宫小姐，这个孩子出生之后会有各种问题……"

宫言清全身冰冷，拼命摇头，她伸手抱着头："别说了……别说了……"

医生的话还历历在耳，可是她不信，她不愿相信啊！

医生说检测报告显示，她的孩子有多项数据不正常，相比正常的胎儿，她的胎儿出生之后很可能会有多种疾病，甚至脑子都不一定正常。别说多种，就算一种她也不愿意啊！

她去产检是要生下孩子的，她不是要打掉孩子的，她不信，她不愿信。

她还记得她抓着医生的手说，不是也有别人的胎儿检测数据异常，可孩子生下来还是很健康的吗？

医生的话让她彻底死心，他说："别人那个数据异常，也只是一项，可是你这是多项，也就是说，胎儿不健康的概率远远大于一般的胎儿。如果你不信，那我也没办法，我只是根据数据得出的结论，毕竟接下来还有很多检测，或者你等等看其他项目的检测结果吧。"

医生说完，又看了眼数据，咂咂嘴摇着头走了。

宫言清当时的心情真的绝望，绝望得想去死！为什么？她唯一的希望都被打破了，她最后的希望啊！

那时候她知道，自己这个孩子绝对不能生，生下来就是个灾难。

她也懂了，为什么步生丝毫不在意她肚子里的孩子，原来他早就知道她不能生，她只会生下一个怪物一样的孩子，可能不会哭不会笑，也可能一辈子只会躺在床上傻笑，又或者根本不知道什么是哭或者笑。

是那个药，她破釜沉舟的那晚，她设计步生的那晚，她在步生的酒里下了让他迷失的药，原来那药是双刃剑，让她得偿所愿，也让她彻底绝望。

她低着头，无声地哭泣，为什么？为什么要这样对她？为什么她从小到大，唯一想要争取的人，却让她落了个这样的下场？

她没有爱情，甚至连孩子都不给她留。

宫言清伸手捂着脸，低着头无声地哭着。

对面的魏律师看着她："宫小姐，话我已经说到这了，如果您坚持要生，步先生说了，步家养得起一个孩子，他不介意花一点钱养着。"

宫言清依旧哭着，她幻想的让孩子报复步生的梦破灭了，原来她真的斗不过步生，步生一直漠不关心，不是他不在意，而是他想要她痛苦，他一定恨透了她算计他的事，所以他放任，让她自己给自己一个迎头痛击。

她最后争取的机会都没有了，这根本就是个没有任何利用价值的残缺胚胎。宫言清哭了一会儿，慢慢抬起头，看向魏律师，脸上带着几分狰狞的笑，开口："所以，步生根本没打算给我钱，他就是让你来告诉我，他像看着一个小丑似的看着我，是不是？呵呵呵，步生，这样你满意了？！哈哈哈哈……他看到我这样，他满意了是不是？"

魏律师冷静地看着宫言清："宫小姐，其实步先生并没有您说的这样的心思，毕竟步先生很忙，公司的事务多，他没有时间考虑这么多……"

"你是告诉我，步生连讨厌我、恨我的心思都懒得有？你是告诉我我有多失败，是吗？"宫言清猛地提高声音，"别以为我不知道！他喜欢一个老女人，还让那个老女人怀孕了……步生确定是他的种？她女儿都那么大了，她还能怀孕？这可真是本事啊，哈哈哈哈……"

宫言清笑得眼泪都流了出来，声音逐渐降低，她哭着说："他不爱我，他宁肯找一个老女人……我怀孕了他不闻不问，却对那个老女人呵护备至，她打他、骂他，他还是紧紧抱着她……我哪里不如她？我哪里不如她……"

魏律师叹了口气："宫小姐，事已至此，多说无益，如果宫小姐打算打掉孩子，请跟我联系，我会安排宫小姐去最好的医院做手术，绝对不会让宫小姐有任何差池……"

"我不差那点打胎钱！"宫言清直接打断他的话，猛地抬头，脸上还挂着泪痕，表情却带着笑，"你放心，就算是为了我自己，这个孩子我也不会留。步生……他就好自为之吧！"

说完这句话，宫言清拿起桌子上的抽纸，胡乱擦了下脸，站起来，抬头挺胸，像个斗士一样转身离开。

宫言清回到家，径直回了自己的房间，反手关上门，把紧追过来的两个兄长关在门外，背靠着门，伸手捂脸低声哭了出来。

身体慢慢滑到地上，她无声地哭着。

她想要这个孩子，想要用这个孩子报复步生，让他后悔，让他愧疚，可一切都不能如愿了，因为她肚子里的这个孩子，根本就不能生下来。

为什么要这么对她？她不过是喜欢一个男人，不过是争取自己想要得到的东西，为什么要让她承受这样的痛苦？

门外宫家长子宫言蓬还在敲门："言清啊，言清，你开一下门，到底是怎么回事，你跟我们说说，有什么事我们一起承担……"

宫言清坐在地上，微微看向身后，承担？他们用什么承担？受煎熬的是她，受苦的是她，被羞辱的还是她，他们拿什么来承担她所遭受的痛？

宫言江敲门："言清，言清你听我说，不管步生说什么都没关系，我们来商议一下下一步怎么办，言清你别一个人关在屋里，有什么事我们一起商量……"

宫言清猛地站起来，伸手拉开门，脸上还带着泪，直接说："步生根本没有见我，他让一个姓魏的律师见了我，我们一分钱都拿不到。"

宫言江问："他有没有说为什么？按常理来说不可能，总要有原因是不是？"

宫言清转身，在沙发上坐了下来，伸手擦去脸上的泪，说："因为……因为我肚子里的孩子有严重缺陷，初期胎检数据就不过关，步生很早就知道，他不闻不问不是等着我们去要钱，而是等着羞辱我。"

宫言蓬站在门口惊讶地道："怎么会……"

宫言清抬头，看向宫言蓬，问："大哥还记得你给我的药水吗？步生当时就怀疑他的身体不对劲，所以去检测过，那种药水对女人的影响没有那么大，但是会直接影响到男人的精子质量，我肚子里的孩子，就是那种药水的直接受害者。"

宫言蓬惊讶，喃喃道："怎么会这么巧？不会这么巧的啊，明明……"

听到他的话，宫言清睁大眼睛看着他，问："大哥这话是什么意思？难道大哥很早就知道药水会有这样的影响？"

宫言蓬赶紧摆手说："言清你别误会，我也不是很早就知道，我是听说男人服了会有影响，但是一般不会那么巧，这个也有概率的问题……"

"那你还给我药水！"宫言清一脸不敢置信地看着他，提高声音，近乎绝望地说，"我是你妹妹啊，这么重要的事你为什么不提前跟我说？我问你有没有别的副作用，你是怎么说的？你说很保险，不会被发现，还说有个女人甚至用这个方法跟她喜欢的男人结婚了，孩子都多大了……"

宫言蓬额头的汗都冒了出来，一时不敢看她的眼睛，只说："我也不清楚，我后来打听了，那个女人当时没怀孕，是后来才怀孕生的孩子……"

"宫言蓬！"宫言清大声哭喊着，"你怎么能这样害我？你怎么能这样对我？我就像个笑话，被人嘲笑，你在做什么？你为什么要这样对我？我是你妹妹，我是你亲妹妹！你给我药水的时候是怎么说的？你说只要我怀孕，什么问题都会解决，原来你的方案是根本没打算让我生下这个孩子，你早就算计好要我打胎，用一个死胎换一亿元……"

宫言蓬的脸上闪过一丝懊恼，果然是想得太简单了，步生就是个卑鄙的老狐狸，把他们耍得团团转。

他看了眼满脸是泪的宫言清，赶紧安抚道："言清，事到如今，我们再起内讧也毫无意义，还是想想下一步的事吧……"

"下一步？"宫言清冷笑，"还有什么下一步？没有钱，你们能干什么？就算步生帮宫家接下了项目，你们也没有运作资金。还下一步！你把我害得这么惨，还谈什么下一步？大哥，我还怎么相信你的下一步？你算计你的亲妹妹，我还怎么相信你？你给我出去！"

她把他推了出去，狠狠地关上门，失声痛哭。

她低头，伸手摸了下自己的肚子，长长地出了一口气。不管怎样舍不得，宫言清知道，她肚子里的孩子越早流掉对她来说就越好，拖得越晚，她的危险也就越大。

而步生则成了埋在她心里的一根刺，时时刺得她疼痛难忍。

她伸手掏出手机，手机里有一张照片，那家私立医院的病房内，透过半掩的房门，看得到步生从后面搂住一个女人的腰肢，他脸上的表情，他眼中看着她的温柔，他所展现出来的肢体语言，无一不昭示着一个事实：他爱他搂着的女人。

那个画面刺得她眼睛生疼，原来步生也有这样的表情，原来步生不是一直都是那样的表情。

宫言清闭上眼，眼泪顺着脸颊滑落，原来她自以为的爱情，不过是一场别人眼中的笑话。

她好恨，好恨啊！

最后的希望在宫言清这里破灭。

宫家刚接下的项目因为资金的缘故根本没有办法正常运行，宫言蓬只能去找被接回家的宫传世，一把鼻涕一把眼泪地哭诉，宫传世刚刚能勉勉强强开口说话，再急也只能一个字一个字地往外蹦："步……步……生……小……小……五……"

宫言蓬急得跟什么似的："爸，你忘了？步生和小五早成了，小五因为这次的丑闻被牵扯上，都好多天没回家了，肯定是去她妈那了，她也帮不上忙，就算回来又能怎么样？"

宫传世气得用他那只能动的手拼命砸床："小……小……五……"

一肚子话说不出，就跟一瓶酱油拧不开瓶盖，只能在瓶盖上扎个眼一点一点往外倒一样急人。

宫言蓬明知宫传世有话说，可他就是说不出来，他们也只能叹气："爸，这时候你就别提小五了，谁还有心思管他们？言庭还在摆宴，听说是步生的关系找了事在做，就回来看了你一眼又走了。言清就更别提了，因为步生就跟死过一回似的，医生检查，说她肚子里的孩子……不正常，生下来也是遭罪，所以只能打了，本来还指望跟步生要点钱，结果步生够狠，面都没露，只让律师来跟言清谈，直接谈崩了。"

宫传世听到宫言蓬说宫言清用肚子里的孩子跟步生要钱，顿时气得双目圆睁，狠狠地捶床，一群蠢货，步生本来就在气头上，如果他们家不动，步生就算不帮，也会静观其变，可他们这一行事，就等于彻底撕破了跟步生的关系，步生哪里还会管什么交情、交易？

宫传世捶了半天床，该说的话一句也说不出来，最后只能睁着眼喘气，眼泪从眼角流了出来，完了，全完了，都是他这几个蠢儿女搞砸的，一步错步步错，真是一蠢蠢一窝啊！

宫传世的胸脯起伏了一阵，慢慢让自己恢复平静，他放弃再说话，只是闭着眼，慢慢摇了摇头，算了，他已经这样了，至于他们几个怎么折腾，就让他们自己折腾去吧，他已经没有能力管了。

宫言蓬从自己父亲那得不到帮助，关键是父亲也不能说话，他只能愁眉苦脸地离开。

青城某私立医院内，走廊的尽头，刚刚打完胎的宫言清被人搀扶着，慢慢走了出来。

她被一个阿姨扶着，脸上都是汗，唇色发白，低着头慢慢地朝前挪着步子，车就等在医院外面，她要回家养身体。

走廊的另一端，一个声音欢快地传来："妈，你说你肚子里的是小弟弟还是小妹妹呀？"

"我怎么知道？"岳美娇回答，"是男是女我也控制不了。"

宫言清猛地抬头，视线落在朝着走廊另一头慢慢走去的三个人影上，那画面顿时直接冲到她的脑子里，印进了她的眼中。

她颤抖着嘴唇，眼中含着泪，紧紧盯着步生的背影，他小心翼翼呵护备至地对着那个老女人，走路的脚步大小都要顾及那个老女人，他看向那个女人时眼神那么温柔。

宫言清死死地盯着那三个人影，所有的画面都那么不真实，唯独眼前的三个人影最清晰。

那三个人影越来越模糊，眼泪模糊了她的眼，她抿了抿唇，扶着她的阿姨提醒了一句："三小姐，走吧，车在外面等着呢，可别让司机等急了……"

宫言清看了阿姨一眼，伸手甩开她搀扶自己的胳膊，说："一个下人，有什么急不急的？让他等到明天他也要等！"说完，她忍着身体的痛，咬着牙抬脚朝着电梯口走去。

呵，幸福的一家人，看着真让人羡慕啊，让人羡慕得想要毁掉眼前的一切。

平静的周六后，周日早上爆发了一个让整个青城都轰动的新闻，步氏集团现如今的当家人、步步有生的创始人步生爆出丑闻。

新闻中详细罗列了步生先是交往当时还未满十八岁的女孩宫某，宫某现如今就读于青城大学外语系，是青城宫家流落在外的小女儿，后来因为宫家三小姐的公然插足，步生解除和宫某的婚约，移情宫家三小姐，也就是步氏企业年终晚会上爆出出轨事件的宫某某。

之后步生被人发现在某私立医院的妇产科住院部高级病房内，和一个容貌美艳的女人关系亲密，经过暗访证实，那个女人正是步生第一个未婚妻宫某的母亲岳某某，岳某某怀有身孕，据悉孩子正是步生的，孕期将近三个月了，也就是说，步生在交往宫三小姐的时候，很可能也在和岳某某交往……

报道详细描述了很多内部隐秘事件，虽然用的是化名，不过很多人都猜到整个报道中被人骂得最多的就是步生，其次是宫言清，其中最无辜的就是当时还未成年的宫五，传闻都说是宫家为了钱才同意让步生和宫五订婚的，也就是，一个刚被接回宫家的小姑娘，其实没有一点反抗能力，只能被动地承受。

有关岳美娇的资料很少，只是有人在陆续补充，被议论最多的就是有证人跳出来证明，步生和岳美娇的关系中，步生一直处于强势位置，更有人跳出来说岳美娇住在某某小区，曾看到过步生深夜砸门强迫岳美娇开门，差点惊动警察的事。

尽管如此，岳美娇还是招来了大片骂声，说她插足步生和宫言清的感情。

岳美娇怀孕，腹中的孩子是步生的一事被人证实，有人以偷拍的形式拍到岳美娇的入院档案上写着"离异"，她所有的产检签字都是步生的亲笔签名，神通广大的网友们甚至找到了步生的商业签名，发现字迹完全一致。

总之，步生原本精心树立的形象在这次丑闻中彻底破灭，青城赫赫有名的钻石王老五人设坍塌，直接被人定义为一个霸道强势强取豪夺的阴险人物，欺负一对孤儿寡母，把母女俩玩弄于股掌之上，如果不是女孩回了宫家多少有些庇护，不知小姑娘会不会也惨遭他的魔爪。

同时被反复提起的人就是宫言清，一个故事里品性不良的女人总容易成为人民公敌，不过宫言清在这个丑闻里多少得到了一点声援，毕竟步生也不像当初大家以为的那么清白。

现在很多人明白了，为什么当初宫言清被人捉奸在床的时候，步生没过多言语，原来他自己也是这样的人。

这样一看，似乎除了那个无辜的小姑娘，其余几个成年人没有一个好东西。

步氏丑闻的爆发，让各大媒体围到了步氏的办公大楼下，整个步氏的女性员工都有种梦破碎的感觉，没想到步总竟然是那样的步总啊！放着那么多年轻漂亮的女人不要，竟然非要一个女儿都十八岁了的老女人，他到底是怎么想的？

步生连着几天都没来上班，公司的运行丝毫不受影响，完善的管理体系可以让步生就算不来也高枕无忧，正好避开了潮水般的媒体记者。

当然，这个消息一出，步家也翻了天，到处让人找步生，出了这么大的事，人哪儿去了？还要问问到底是怎么回事，什么样的女人找不着，怎么就跟一个四十岁

110

的女人混到了一起？

因为岳美娇比步生年长，怀疑岳美娇勾引步生的人比比皆是，包括整个步家的长辈，都在想方设法找步生，顺便挖出那个女人究竟是谁。

一大早宫五就趴在窗户边，手里拿着手机在刷新闻，眉头皱得紧紧的，就算她看不到新闻，燕大宝那个小喇叭也会提醒她看新闻的。

他们现在住的地方是步生的郊外别墅，位置比较偏僻，估计也没人想到步生把人弄这里来了，宫五也跟着过来了。步生还在房间里专程为了岳美娇建了医疗室，甚至特地聘请了一名护士和一名医生，反正，有钱人的世界宫五是不懂的。

网络上的新闻宫五越看越糟心，一大堆骂她妈的网友，真是气死她了。

在宫五的心目中她妈是个很有原则的人，不但她自己拒绝当被人唾骂的小三，也一直教育她不准做那样的事，结果呢？这些人用最难听的话骂她妈，要是真的是那些人说的那样，那也是步生骗了她妈。

宫五很生气，正翻着新闻，手机响了，她接起来："喂？"

燕大宝的声音传来："小五，不得了了，你看新闻没？"

宫五眯眼："看了，心情不好。"

燕大宝愤愤不平地说："那些人说话真难听。小五你最近不要来学校，就在家里看书吧，我听说学校门口出现好多新闻采访车，最近青城又没别的事，肯定是采访你的，所以你就别去学校了，回头我把你放在学校的其他书给你送去。"

宫五回答："又不是我做坏事了，他们采访我干吗？我揍他们！"

燕大宝愁眉不展："小五我跟你说，你是不懂，他们才不管你是做了好事还是坏事，只要能采访到你，哪怕是你骂他们一句，他们都能写出一整个版面的新闻来，编派的能力一等一，你要是真揍他们了，说不定他们还高兴呢，有了采访话题来着，说不准还会把你交过几个男朋友、打过什么人的事都挖出来……"

一听燕大宝这样说，宫五的脊背瞬间挺直，她张了张嘴："会挖以前的事吗？哪怕我小时候做的事也会被挖出来吗？"

燕大宝点头："当然呀，现在的媒体不都这样吗？一个人发生了什么事，找不到这个人就找周边的人，哪怕是邻居的一句话……"

宫五赶紧说："那我先不去学校，我就在家里，我等考试的时候再去！"

燕大宝点头："嗯，小五别怕，我在学校帮你看着，风声小了我跟你说。你千万别自己跑来。"

宫五应了一声，想了想又对燕大宝说："对了燕大宝，这件事你跟小宝哥说了没啊？"

"我刚看到还没说呢，怎么啦？"燕大宝问。

宫五犹豫了一下，才说："这件事，你能别跟小宝哥说吗？太丢人了……"

燕大宝点头："你不让我说，我就不说，小五不怕！"只是她不说，公爵也会看新闻啊，燕大宝怕宫五难过，没说出来。

两人又说了一会儿话，挂了电话后，宫五在屋子里走了好几个来回，怎么办啊？要是被人挖出以前的事怎么办啊？毕竟，小宝哥的身份那么特殊，她要是给他带来丑闻了怎么办？

宫五往床边一蹲，抱着膝盖蹲在地上，眼睛盯着一个点，发呆。

妈妈知道吗？她要是知道了会不会气坏身体？一想到这个，宫五赶紧站起来，朝着岳美娇的房间跑去，步生在外面接电话，就岳美娇一个人在练毛笔字。

除了这个，她暂时没别的活动，步生管得严，什么电子产品都不让她碰。

宫五进门的时候岳美娇抬头看了她一眼，一眼过后岳美娇立刻放下手里的笔，问："小五，你这是什么表情？"

宫五看着她，脸上的表情都要哭出来了，眼泪在眼眶里直打转。

岳美娇走过去："小五怎么了？出什么事了？"

听她的口气，宫五才知道原来她妈还不知道这事，她赶紧摇摇头，说："没事，我就是早上做噩梦了。"

"小五，我是你妈，我还不知道你？"岳美娇问，"到底发生了什么事？"

她脸上的表情，岳美娇已经很多年没看到了，最后一次看到，就是五六年前岳美娇去派出所接她那一次，那不是她犯错时的表情，而是她惶恐害怕时才会有的表情："小五，告诉我发生了什么事，你现在不说，我待会儿找别的途径也能知道。"

宫五看着她，眼泪在眼眶里打转："我看到新闻……他们都在骂你，说你是小三……还在骂步生……燕大宝跟我说，有记者到学校门口去了，好像是去找我的……"

步生站在门口，手里拿着手机，看了岳美娇一眼："怎么了？"

岳美娇回头："这话应该我问你！"

步生笑："什么都没有，好好的怎么这么大火气？小五怎么哭了？发生了什么事？"

宫五伸手抹了把眼泪，说："新闻！早上的新闻！都炸锅了！"

岳美娇伸手："把今天的报纸给我！"

步生看着她："美娇！"

"你给不给？"岳美娇猛地提高声音，"你这是要切断我跟外界的所有联系是不是？你切得断吗？小五也能跟我一样？她不用上学、不用入社会？你不给我报纸，我就去看网络……"

听到动静的阿姨赶过来，步生对阿姨说了句："把今天早上的报纸都拿过来。"

阿姨一脸为难："步先生，那些报纸的内容……"

步生点点头："去拿过来。"

宫五低头，内心的惶恐从她的眼睛里透了出来，她怕那样的经历被人揭开，披露在所有人面前，她怕连罗小景他们知道后都会嫌弃她，她瞒了那么久，除了告诉了公爵以外，她不想让任何人知道。

岳美娇拿到报纸，从看到第一则报道开始手就开始抖，她咬牙："为什么要把小五扯进来？为什么要把小五扯进来！"

她狠狠地把报纸揉成一团又撕开扔在地上，步生上前一步，一把抱住她："美娇，别动怒，别动怒，没关系，我来想办法。"他安抚着，低声说，"报道来得突然，我没有防备，对方显然是有备而来，所以打了我个措手不及，但是没关系，现在还来得及……"

岳美娇推他，激动地大喊："小五被牵扯上了，跟小五有什么关系？那些王八蛋，他们乱写什么事！他们凭什么把小五的学校和学院写上？青城宫家有几个？扯上宫家，再加上小五现在姓宫，谁都知道说的是小五，王八蛋……浑蛋！小五以后怎么办？她以后怎么办？她还怎么面对她的那些同学、朋友？"

从小到大都没有朋友的孩子，到了大学终于有了关系不错的同学和朋友，好不容易可以放松、开朗起来，再也不像以前那样独来独往，结果呢？这则新闻等于毁了小五这么长时间的所有努力。

"他们怎么写我都无所谓，他们怎么能扯上小五？浑蛋！浑蛋！"

怎么可以这样？小五不过才十八岁，他们怎么能这样？

岳美娇死死地抓着步生的衣服，咬着牙问："你有什么办法？你有什么办法？你浑蛋！都是你……"

宫五面无表情地坐在椅子上，眼眶有点红，一言不发。

"要多少钱？！"她猛地提高声音，"他们要多少钱我都给，我不想看到这些新闻……"

"美娇！"步生按住她的手，"听我说！"

岳美娇努力让自己镇定下来："你说。"

"我现在就去联系，先把新闻报道压下来，特别是所有后续的事，你别担心，是有人针对我，媒体想要采访的也是我，你和小五都是被牵连进来的。步氏会开新

113

闻发布会，我会去说明一切，至于小五，我不会让任何人伤害她！你明白吗？我跟你一样很担心她，所以你不要慌，不要急，你一乱，我和小五都会跟着你乱。"步生握着她的手不松，继续说，"美娇，你和小五待在这里，哪里都不要去，家里打了几个电话，我要先回步家一趟。你记住，只要你和小五不露面，他们能明确找到的人只有我，我才是他们想要采访的焦点，所以你不要担心，只要在这里待着就好。"

他扭头看向宫五："小五。"

宫五抬头，看着他。

步生对她笑了笑："小五别担心，看着你妈妈，哪里都不要去，宫家也不要回。"

宫五沉默地点点头，掉转视线看着一处发呆。

这事跟宫家的宫言清有关，媒体原本就一直在找她，如今爆出步生的丑闻跟她有关，自然也是千方百计想要找到宫言清。

好在事关宫家整个家族的声誉，宫家最终封锁宫城山的山路，禁止所有外来车辆进入，谢绝一切拜访，暂时把宫家与外界隔绝开来，媒体想要进入宫城山都没可能，就更别说采访到宫家的人了。

宫言清一直待在自己的房间里，她的身体还虚弱，打胎前一夜还有出血，她那时候就知道，这个孩子注定跟她无缘。

也正因为如此，所以她才更加恨步生，更加厌恶怀孕的岳美娇和身为她女儿的宫五。明明是同一个男人，步生给她的是一个残缺不全的胚胎，给岳美娇的却是一个健康的胎儿。

她翻看着手里的新闻，对于现在媒体随意地转载表示无比愤恨，为什么不自己再多找些内幕？为什么不再多调查一下，就知道改个标题转载？

她的乐趣都被这些不负责任的媒体消磨了一半，如果每个人都能写出不同的版本该有多好？千篇一律的新闻有什么好报道的？

她极力地搜索，希望能找到不同的故事，却发现热门的都是同一篇报道，而有一些辱骂和批判步生以及岳美娇的，只是在某些没有人气的小论坛上，根本引不起任何轰动。

宫言清手指滑过手机，脑子里不由自主地冒出了医院里那三个背影一起朝前走的画面。

凭什么这些报道里，小五就能置身事外？岳美娇是她妈，她根本就甩不开。

步生被人骂那是他自找的，岳美娇本来就是不要脸的小三，而自己是被步生陷害的，就算自己被加上出轨的名头，那也是步生出轨在先，凭什么这样骂她？小五呢？小五跟她妈跟过同一个男人，她要脸吗？为什么没人骂她？

宫言清嗤笑一声，快速地注册了一个账号，登上知名度最大的论坛，花了一晚上的时间，描述了步生和母女情人不得不说的那些事，其中大部分内容是她知道的，不知道的地方就在网上搜索一星半点的新闻，添油加醋编派一通，写完了还检查了一遍，分别艾特给网络上几大粉丝众多的媒体号。

发出去后她快速退出账号，删除了自己手机上的所有信息，然后安心躺下睡觉。

让宫言清意想不到的事很快发生，她发出的那篇长微博，在短短一个半小时的时间就迅速被顶上了热门，成了被人争相转载的重要信息。

她依然没写清任何人的名字，只是以"扒一扒最近风头正盛的母女共侍一夫的事"为开端，这个开端自然让人想到了正在热门的步氏丑闻一事，想不对号入座都难。

原本被人同情的宫五，因为这篇长微博瞬间被推入了挨骂的行列。

据传这个宫五自幼就是个学渣，从小就是个小太妹，不学无术，逃课、打架、抢钱等恶劣的事都做过，上了青城大学也不是正儿八经考上的，而是托关系找的后门，听说回了宫家以后也不安分，粗俗无礼无视家规，更有目击者看到她为了她妈肚子里的孩子能多得步家的家产，而意图让自己的姐姐流产，小小年纪就心思恶毒……

反正，宫言清是把她自己知道的东西全都写了上去，而且大部分是真的。

宫言清知道，就算告她也算不得污蔑，本来宫五就不是好东西，当初接到宫家之前，宫传世可是也打听了一遍，从人家嘴里说出来的就是这样。

这个被多方媒体争相转发的信息让岳美娇再一次爆发，她差点就要冲出去打人，最后还是步生当着她的面打电话通知公司的公关部门尽快协调，一定要在最短的时间内消除所有不良影响，才让她冷静下来。

宫五一个人窝在房间里，午饭都没吃，就头上盖了被子躺在床上一动不动，不管是手机还是电话她一个都不接，就连岳美娇过来敲门她也不理。

有时候，她真想破罐子破摔，她就是这样的人，她就不是好人，她就是不良学生，碍着谁了？

可是她不想让她妈失望，也不想让她妈再伤心，她也不想让小宝哥失望，他都那么相信她了。

她蒙头睡觉，岳美娇敲不开门着急，步生让人拿了备用钥匙开了门，发现她躺在床上缩成一团，一动都不动。

岳美娇站在门口，跟步生说了句："我跟小五说说话，你别进来。"

步生点点头："好。"他退出去，伸手关门。

岳美娇走过去，在床边坐下来，把宫五放在枕头边的手机拿出来，摁亮屏幕，发现手机上显示的就是刚刚那些让她气急败坏的内容。

她伸手按了返回键，把手机放到离她远一点的地方，重新坐下来，伸手拉宫五头上的被子："小五？"

宫五吸了吸鼻子，闷声闷气地说："妈，我心情不好，你别跟我说话。"

岳美娇笑了笑："妈心情也不好，我还怀孕了呢，你都不照顾妈妈一下啊？"

宫五沉默了一会儿，才慢慢地爬起来，眼圈红通通的，下床扶着岳美娇坐到沙发上，还拿了毯子盖在她腿上："妈你坐下，别把我弟弟冻着。"

岳美娇拉着她的手，让她在旁边坐下，笑眯眯地说："伤心了是不是？"

宫五想哭，又怕自己哭了影响她妈的心情，她低着头，红着眼圈，吸了吸鼻子："有点伤心。但是想想又没什么，大不了我不跟人说话，反正我也无所谓他们在背地里议论我什么，顶多觉得我不是好东西，觉得我丢人，不理我呗。"

岳美娇握着她的手笑："我知道我们家小五从来都是这样坚强的人，对不起，是妈妈连累小五了，如果不是我，小五现在什么事都没有……"

宫五抬头，咧着嘴笑："才不是呢，我要是从小就很乖，也没这么多事了。"

岳美娇伸手把她搂到怀里："对不起小五，是我这个当妈的不好，没给你做好榜样，总在拖你的后腿。妈妈以后不会了，我保证不会了……"

宫五伸手抱抱她，然后把头歪在她的腿上，嘴里说："妈，其实你一直都是很好的榜样，你带着我多不容易啊，是我小时候不懂事，老让你担心，可是你还是很爱我呀，你又坚强，又独立，又能干，又漂亮，罗小景他们跟我说了很多次，羡慕我有个这么漂亮又能干的妈妈，他们的妈妈都是天天穿得又旧又脏，天天干活，就算家长会也不会打扮得很漂亮……我不一样啊，妈妈只要去参加家长会，所有小朋友都会羡慕我，因为我妈是所有妈妈里最年轻、最漂亮的。"

岳美娇眼眶发红，可是她参加家长会的次数真的是一只手都数不满，她还记得有一次家长会前一晚小五淘气，赖着不肯去学校，可那时候她怎么就没意识到，其实那是小五希望她去参加家长会的表现呢？

她总以为只有赚了钱，才能给小五最好的，却没想到，原来当年她做的任何一个决定，说出的任何一句话，都对孩子产生了重大影响。

"对不起啊小五……"岳美娇低头，轻轻摸着她的头，"妈妈怎么那么蠢啊，总是让小五伤心。"

直到今天她才懂，原来所有孩子的学坏和叛逆，和家长都密不可分，否则为什么有的孩子可以很好，而有的孩子却一天比一天糟呢？

幸好，幸好她的小五慢慢地又走了回来，她的小五淘气了一大圈，最终还是乖乖地跑回她的怀抱，努力让自己成为一个好孩子，哪怕是个表象，可岳美娇知道她的小五在努力。

宫五眯着眼，胳膊圈着岳美娇的腰，发了一会儿呆后，开口："妈，我突然觉得我不伤心了。"

岳美娇笑，伸手顺着她的头发，慢慢地撩到她耳后："嗯，因为我们家小五就是这么容易满足，一点都不贪心。"

宫五抬头，龇牙笑："我还不黏人呢！"

岳美娇在她额头上亲了一下，说："那是，我女儿一点都不矫情，不像有的人矫情得要死。"

宫五长长地呼出一口气："妈，你别担心我，我还得看书呢，要不然考试补考咋办？"她又龇牙笑，"我一点都不想出补考费来着。"

岳美娇点点头："看书吧，我可是先说好了，你要是敢补考，就不让念了。"

宫五笑："好！"

岳美娇揭下腿上的毯子，站起来："都赶我了，我要是再不走，考不过就赖我头上了。自己看书吧。"

宫五点头，把她送到门口："妈，好好休息哈！"

等岳美娇离开之后，宫五关上门，脸上的笑逐渐淡了下来。

岳美娇回到房间，一屁股坐到沙发上，步生拿了毯子过来盖在她身上，在她身边蹲下来："小五还好吗？"

岳美娇摇摇头："不好，小五很伤心，也很害怕。可是我有什么办法呢？我是个没用的妈妈，我什么都帮不了她……"

步生伸手，把她搂到怀里："怎么会？小五不是小时候了，她很懂事，也知道你关心她。我已经通知下去了，后面这个报道会在最短的时间内消失，但是之前的已经闹大，如果也变得悄无声息反倒让人疑惑，所以那个只能慢慢来，等热度降低之后，我会想办法把影响消除。"

岳美娇躺在沙发上，手撑着头："可小五以后怎么办呢？小五要怎么办啊？她根本应付不了现在的局面，也承受不了。"

步生抬眸，笑："嗯，没关系，你别操心太多，我会想办法。"

岳美娇闭着眼，一只手还按着额头："你再有办法，也不能把知道的人都弄得不知道……小五的心里始终会有一道疤痕，就算时间长了可以忘了，可是这个过程呢？她会时时看到别人异样的眼光，她会时不时听到别人谈论她的母亲，她会经常听到别人嘴里正在消遣她和她的母亲……"

她翻了个身，背对着步生躺着，闭着眼，喃喃自语道："小五接下来该怎么办？"

步生蹲在她身边，伸手握住她的手，挨着她的身体，小声说："美娇想怎么样，我都可以提供帮助，美娇想怎么样呢？"

岳美娇一时没想好，她正处于愤恨和后悔的状态，还没有心思想别的，只是一想到小五的现状，她就无比悔恨自己的错，否则小五也不会遇到今天的状况。

岳美娇在沙发上睡着了，步生小心地把她抱到床上，又叫人看着，免得她醒了找不到人。

安顿好这个，步生又去敲宫五的门，宫五脱了鞋，盘腿坐在沙发上，腿上还盖着毛毯，听到敲门声应了句："门没锁。"

步生拧开门，宫五回头："我妈呢？"

步生抬脚走过来："她现在身体容易累，刚刚闹得厉害，这会儿睡了。"

宫五沉默了下，又扭过头，面无表情地看着窗外。

步生拉了把椅子过来，在她旁边坐了下来："小五心里很难受吗？"

宫五看着外面，回答："有点，不过已经好多了，没开始那么难受了。"

步生点点头："那就好。"看了她一眼，又问，"小五想过以后怎么办吗？或者说有什么打算？"

宫五回答："没什么打算，我现在只有一个目标，"她扭头看了步生一眼，说，"不补考。"

步生忍不住笑："小五一直都是个特别的姑娘，一直都是。"

宫五还是看着窗外，别墅的位置好，绿化更好，入眼处是入冬后的一片深绿，不像春天那样生机盎然，却也透着新气象，她忍不住说道："这么冷的天，还看到这么多绿色植物，心情真好啊！"

步生笑："嗯，当初就是喜欢这片绿化，才想要买这里的房子。"

宫五的脸上还是没什么表情，只是看着外面，一直看着。

她不说话，步生也不说话。好一会儿后，宫五又开口："我觉得，我一直在给我妈添乱，我觉得我妈当初就不应该把我生下来……"

步生看了她一眼："她要是知道你这么说，心都要碎了。"

宫五撇嘴："我知道，所以我也不会在她面前说。"她吐出口气，叹息似的说了句，"我妈把我带大，不容易。特别是我这种不听话的孩子。"

步生笑："能说自己不听话的，一定是长大懂事的孩子。"

宫五抬头看着天空的方向，眯了眯眼："我希望我以后都不会再让我妈操心了。"刚说完，又加了句，"好像完全不让她操心也不可能。"

步生顿了一会儿，才问："小五想要出去转转吗？"

宫五眨巴眼："出去？"她摇摇头，"说不定就被人逮住了，不出去转了，你不是让我待在这里别乱跑吗？"

步生笑："不是。我说的出去，意思是到国外的某个地方。小五想过要避开青城的纷争，出去生活、学习吗？"

宫五脸上闪过一丝迷茫："是说出国啊？我没想过啊，我妈肯定也不会让我离开的，她就怕我学坏，我要是出去，她还不得愁死啊？"

步生点头："说得也是。小五真的是个好姑娘，考虑的一直都是妈妈。"

他站起来："好好看书，我还有事要出去一趟，你要是觉得无聊，等你妈妈醒了你就过去陪她说说话。高兴一点，她的身体不能太过疲惫，我希望小五帮我一起照顾她。"

宫五握拳："放心吧，我肯定会的。"

因为步生的一句话，宫五看书的时候都不安生，看一会儿就跑过去看看岳美娇醒了没，就怕她觉得无聊。

步生先是回步家对家里的长辈们做了一个澄清，之后又去步氏大楼召开记者会，针对最近的流言蜚语做出回应。

闻风而动的媒体记者们一看到步生的车开过来，扛着"长枪短炮"把现场围了个水泄不通。

半个小时后，步氏的记者会如期举行，步生一出现在众人的视线里，那些原本正在摆弄相机、思索问题、相互讨论的记者纷纷站了起来，七嘴八舌地开始问。

记者会的主持人急忙伸手示意："大家请有序提问，预计时长一个小时，步先生会有选择地回答你们的一些问题，请大家珍惜时间。现在开始第一个问题，请那位戴眼镜、穿红衣服的朋友提问。"

那名男记者站起来提问："步先生您好，我是《青城日报》的记者，我姓陈，我想请问步先生，您是否在与宫言清小姐交往的同时劈腿那位岳小姐？是否如网络传言所说，先后交往过岳小姐以及岳小姐当时还未成年的女儿？您觉得这样对一个未成年的女孩子来说会留下阴影吗？"

步生笑了笑："我爱过唯一的女人就是岳小姐，在我心目中，她是一个自立自强有原则有能力的女人，是独一无二的，我希望孩子的母亲是她，也希望有一天她愿意接受我的求婚。至于你所说的其他均是无稽之谈，更别扯上不相干的人，影响

119

到别人的生活。谢谢，下一个问题！"

除了把岳美娇夸了一通表达了他的爱慕之心和对未来的畅想外，他什么问题都没回答。

"步先生，您觉得您的负面新闻会对步氏未来的发展造成阻碍吗？"

"步先生您对宫言清小姐有愧疚吗？听说她怀孕了，您打算怎么处置两个女人的怀孕？"

"步先生您是打算跟岳小姐结婚吗？那您要如何面对岳小姐的女儿？"

……

从问题来看，真正关心步氏发展的人其实并不多，大多都是纠结在男女的桃色新闻上，翻来覆去变着法子提问，目的只有一个，希望从步生嘴里听到一些外面没有的事。

只是，步生这样的人打起太极来，真的一点都不含糊，一招一式都是严格按照套路来，几乎找不出破绽，他所有的回答都没有贬低任何人，却始终围绕着一个中心：他希望娶那位岳小姐为妻，至于其他人他不关心。

一个小时的发布会在步生滴水不漏的回答中结束，他还有脸提出让媒体监督，而记者们想要听到的答案却一个都没听到，只能把录音带回去解读，争取想出吸引人的标题。

步生快速离开步氏大厦，车汇入车流，很快就不见了踪影，有人想要跟拍、追踪都不行。

步生回到别墅，宫五正在跟岳美娇聊天，面前摆了几张照片，两人正在回想那是宫五小时候的哪个阶段。

步生敲了敲门，笑："两位美丽的女士。"

母女俩抬头看着他，岳美娇一脸嫌弃："我们忙着呢，你别来烦我。"

步生叹气："午饭想吃什么？我让人去做。"

宫五喊："肉！牛排！排骨！"

岳美娇瞪了她一眼："你能吃多少？只能选一样。"

宫五鼓着脸不说话，步生笑："好，我让人去准备。"

步生一走，宫五就说："妈，我觉得步生太败家了，你看他多能折腾！"

岳美娇瞅了她一眼："又不是我们的钱，不用管，他有钱就折腾，没钱我们拍拍屁股走人，谁管他？"

宫五想想，觉得也对，伸手在岳美娇的肚皮上摸了摸，说："把弟弟带走。"

岳美娇没说话，真要生下来，这个恐怕没办法带走，就算步生愿意给，步家也

120

不会同意的。想到这个，她就忍不住想到宫言庭，当初她也想带着言庭走啊，可惜宫家打死都不给，宫学勤说得清清楚楚，想都别想。

她一个女人，怎么跟宫家抗衡？

就算想得撕心裂肺，她也只能忍着，她去看得越多，就会越思念，所以小宫五来得正是时候，在她的情绪快要崩溃的时候，她发现原来肚子里早已悄悄有了一个。

她把双倍的思念都放在小宫五身上，就算为了这个小东西她也要努力赚钱，要让小宫五衣食无忧不比任何人差。

岳美娇伸手摸了摸照片上胖乎乎的小姑娘，小丫头那时候就漂亮，走到哪人家都说好看，照片上的小姑娘头上扎了好几条小辫，每条小辫上都绑了花，笑起来的时候脸蛋肉乎乎的，小牙都露了出来，觉得自己美死了。

宫五指着自己的照片，喜滋滋地说："妈，我小时候长得挺可爱的，是吧？"

岳美娇看她一眼："越长越残。"

宫五："……"还能不能好好回忆过去、畅想未来了？她明明是越长越漂亮好不好？真是的。

步生重新回来："这是谁的照片？小五的？"他拿起一张，笑着说，"小五小时候特别可爱，就喜欢抱人大腿，走两步累了，抱大腿让抱，想吃什么东西了，抱大腿，不给买就不撒手。"

宫五："……"那肯定不是她，绝对不是她，她现在这么勤奋，怎么可能是她？

"真的，小五刚刚会说话的时候，天天嘴里念叨什么，也听不懂，反正就自己说，别人听不懂还着急，跺脚。"步生看了她一眼，"小五都不记得了？"

宫五眨巴眼，完全没印象："你怎么知道啊？"

步生笑："我还抱过你，我当然知道。你那时候小，不记得也正常。"

宫五正反驳，冷不丁步生的手机响了，他顺手接起来："喂？……什么？我要你们干什么？这一点事都做不好？……为难？呵，这能难在哪？你想选哪家学校，什么样的理由找不到？……"说着他已经站了起来，慢慢朝外走，一边走还一边说，"他们当然个个都想要，全额的，不需要花钱出国学习，哪所学校不争破头？别再给我打电话，这事以后……"

人慢慢走远，后面的听不到了。

岳美娇扭头看了眼门口，慢慢收起照片，放回钱包里，有些发愣，好一会儿后她突然问宫五："小五，要是我让你去国外学习，你愿意吗？"

宫五警惕："我出去了你怎么办？你想我的话看不到我怎么办？我真出去了，

121

就没办法像现在这样随时随地回来看你了。"

虽然现在也不是天天看到，但是在同一座城市的感觉和分开很远的感觉是不一样的。

岳美娇伸手摸了摸她的脸："小五，我不是关键，你才是关键，明白吗？你不要因为我影响你自己。我不想因为外界的任何事影响到小五的以后。"顿了顿，她又说，"妈妈还没想好，小五你什么都不用想，只需要乖乖去看书就好。可以答应我什么都不想吗？"

宫五点头："嗯，可以。"

岳美娇低头在她脑门上亲了一下："谢谢，就是因为小五跟别人不一样，又漂亮又懂事，我才更喜欢我女儿。"

宫五喜滋滋的，龇牙："我妈也跟人家的妈妈不一样，漂亮又性感，最与众不同。"

宫五因为岳美娇的话，跑去看书。

步生接完电话回来，脸色还有点不好看，岳美娇看了他一眼。

步生主动说："人情往来太多，负责人不知道选哪所学校，一群白痴！什么饭都敢吃，人家请顿饭塞点钱，就分不清东南西北了。"

岳美娇想了下，问："是什么学校？什么性质的？刚刚你电话里说，在外面要开拓什么培训，靠谱吗？"

步生笑："说是机构，其实就是学校，你看国内现在学外语的人那么多，同样的，在国外要学习其他语言的人也很多。我最近结识了一位爱德华先生，他引见我认识了不少相关的人，有几个合伙人，打算在不同国家建几个试验点。如果反响好，就扩招，争取资质，如果反响不好，那就取消。学语言的最主要人群是大学生，这也是各所学校对外交流推广本土文化的重要途径。"

岳美娇沉默着。

步生继续说："我说的五个名额，不是一所学校的，而是三所学校的总名额，也就是说选出来的人，去的是三个国家的三所大学。"

岳美娇又问："有哪几个国家？治安好吗？"

步生笑了笑，说："这个当然没问题，家长把孩子送出去，要是治安不好谁放心？当然万事不是绝对的，只能说大部分国家还是很安全的……哦，对了，有一所大学倒是可以放心，进出学校都要报告，没有学校监护人签字谁都进不去。"

岳美娇果然感兴趣，问："是什么学校？军校？"

步生摇摇头，说："是一所皇家贵族学校，也是三所大学里唯一只提供一个名额的学校，在里面学习的学生大多是有身份的贵族子弟，等于是未来支撑国家经济的一大半人才都在这所学校里面，所以这所学校恐怕是全世界最安全的学校，级别等同保护皇家贵族。这所学校一直没对外公开，毕竟是皇家学校，所以这个名额还是争取来的，这所学校，如果没有沾亲带故的关系，想进也进不去。"

岳美娇眨了下眼睛："这样啊？是哪个国家？"

步生看了她一眼，回答："伽德勒斯皇家贵族学校。"

岳美娇顿了顿："伽德勒斯？好像没听过啊。"

步生站起来端了杯水给她："你问这个干什么？你又不打算让小五出国。喝水！"

岳美娇看了他一眼，接过杯子喝了一口，犹豫了一下才说："新闻铺天盖地，我怕小五在青城又回到以前的状态……就算身边的同学不当着她的面说，但是别人看她的眼神都会怪怪的，更何况，不是每个人都会照顾到别人的心情，说不准还有落井下石的人，短期内看不出影响，可长期呢？我不希望小五身上再有什么其他乱七八糟的事发生。"

步生沉默了一会儿，伸手握住她的手："那换个国家，伽德勒斯这所学校不好进。"

他越这样说，岳美娇就越觉得那所学校好，斜了他一眼，问："怎么不好进？你不是负责人吗？这个后门都不能开？"

步生赶紧举手投降："别生气。也不是完全没可能。伽德勒斯本质上来说很好，环境优美，空气清新。只不过需要推荐人，你要真想送小五去的话，我可以想办法。"

这话说过之后，步生就没再提，岳美娇倒是自己在心里头盘算了好几个来回，又追着步生问，让他把其他学校的详细情况说了一遍，步生被她追问得没法子，直接打了个电话，让人把所有的资料传真过来，送到了岳美娇手里。

晚上吃饭的时候，岳美娇看了对面的宫五一眼，问："小五，妈问你个话，你老实回答，你想出国吗？"

宫五头也不抬地说："不想。"

步生抬头，跟岳美娇对视一眼，岳美娇移开眼，看向宫五："小五，你说说，为什么不想？"

"不想就是不想，没理由，我就想跟我妈在一座城市，哪都不想去。"宫五动作麻溜地吃东西，赶着去复习。

岳美娇瞪她："这是什么话？我要是哪天死了，你还要跟着我死了？"

步生皱眉："美娇！这什么比喻？什么死不死的！"

岳美娇又瞪步生："我哪句话说错了？本来就是！谁能活两百年？老妖

123

怪啊？"

步生黑着脸："那也不能这样说。"

"有病！"岳美娇骂了一句，继续看向宫五，"想不想的你说了不算，我打算送你出去。"

宫五不说话，她大度，不跟孕妇吵架，吵架对孕妇身体不好，扒完饭，她把筷子一搁，说："我吃饱了，看书去了！"直接跑了。

岳美娇瞪眼："这孩子……"

步生赶紧劝："她不想去就算了……"

"不是你女儿是吧？"岳美娇啪的一下扔了筷子，气得一双美目圆瞪，"我女儿，你不心疼我心疼！我自己的女儿我不了解？你懂？还'不想去就算了'，亏你说得出口！我以前就是忽略了小五的心理，到今天还后悔呢，你想干吗呀？你怎么不举着旗子说你支持她的决定？出了这么大的事，你觉得谁会像个没事人似的当没发生过？"

步生："……"

她又问："你说想办法的，怎么说？"

步生回答："积极促成合作的那位爱德华先生有推荐资格，我约了他见面，只要他点头答应当小五的推荐人，应该没什么问题。"

岳美娇立刻说："什么时候见面？我跟你一起去！"

步生皱眉，还没开口，岳美娇已经吼了出来："我怀孕又不是不能走，怎么不能去？"

步生无奈，只能勉强点头同意。

在步生的引见和周旋下，岳美娇说通那位颇有身份的爱德华先生，最终达成了双方的合作，岳美娇也随之松了口气，就像解决了一件心头大事似的。

次日午饭时间，宫五知道她妈好像请人帮了什么忙，在追问步生开什么证明的事，宫五问："我的什么证明啊？"

步生看了她一眼："证明小五身份的文件。"

宫五瞪眼："既然说的是我的事，是不是也应该跟我说说啊？"

岳美娇头也没抬地说了句："跟你说有什么用？你什么都不懂，就跟没断奶似的……"

宫五震惊，坚决不承认这一点："妈，你怎么这么说话啊？我怎么没断奶？我一岁的时候你就让我自己抱奶瓶喝奶了，我怎么没断奶？"

岳美娇呵呵笑："你要是断奶了，你会死活要留在青城？不就指望我有时间就照顾你吗？你知道你这是什么吗？妈宝娃。"

宫五："……"

其实这话是昨天晚上步生委婉地跟岳美娇说的，结果岳美娇充分理解了步生的话，今天在饭桌上就扔宫五头上。宫五怒了："我才不是呢！我是担心你，你说你要是被人欺负了怎么办？我在的话还能帮你揍他们！"

岳美娇听了宫五的话，斜了她一眼："你能帮我什么？你是打得过别人还是骂得过别人？难不成你还打算用你那一嘴牙咬人？"

说起岳美娇被人欺负，这缘由是宫五小时候有一次亲眼看到一个开车的男人因为跟岳美娇的电瓶车有了点摩擦，当时岳美娇气急败坏，一是担心车后面的小宫五受伤；二是觉得对方走非机动车道本身就不对，结果态度还那么横，她本就嘴利，说话也刻薄，那人气急之下动手推了岳美娇一下，小宫五当时就嗷嗷哭着冲了过去，抱着那人的腿张嘴就咬，一口小牙，没把人咬伤倒是把人咬乐了。

虽然结果是那人赔钱了事，还因为岳美娇那张漂亮的脸千方百计想交朋友，不过却给小宫五留下了很深的阴影，老担心她妈又被人欺负了。

宫五怒了："我打不过谁啊？你找个人出来，看我不打得他满地找牙！"

"你行了啊！"岳美娇一脚踢在步生的膝盖上，"我肚子里好歹怀着他儿子，我真被人欺负了他要是不管我，我就欺负他儿子，你当我傻啊？"

步生赶紧开口："我不会让人欺负她的，谁都不行。"

宫五瞪眼："要是你爸妈欺负我妈呢？你怎么办？"

步生叹气："不会。我的孩子、我孩子的母亲，我绝对不会让人欺负的。小五放心好了。"

宫五还要说话，岳美娇在旁边冷笑："你别找借口了，你就是个妈宝娃，这么大的人了还离不开自己的妈妈，你要不要再吃两口奶啊？"

宫五大怒："妈，你这样说话太欺负人了！我才不是妈宝娃，我就是担心你，你不要我担心最好，我还懒得担心呢！不就是出国读书吗？去就去，有什么了不起的？我在外面还能学习外语，多好，我本来就想出去，就是担心你，哼，我现在不担心你了，你不想我，我还不想你呢。我生气了！"

岳美娇睨了她一眼："你这样想最好，我也是这样想的。你可要记住你今天的话，是你自己同意的，别以后提起这话茬，还说是我逼你出去，怨我什么的，我可不担这个责任。"

宫五大怒："开始就是你逼我的呀，我都说不去了，你都替我做决定了……"

"那你现在同意，迟早的事，干吗那么介意时间顺序的问题？"岳美娇吃东西，"反正结果是一样的。"

宫五："……"

她气呼呼地低头吃饭，拒绝跟她妈交流，简直就是无赖，哪有这样的？还说什么不要介意时间顺序的问题，能不介意吗？

不管怎么说，宫五出去是铁板钉钉的事了，怎么都没法改变。

燕大宝最早知道这个消息，顿时嗷嗷叫："小五你怎么能这样？我帮你做笔记，帮你查看那些记者，给你送书，你现在要抛弃我自己去国外读书，你真是太过分了！哇哇哇，我也想出去，但是我爸爸不同意，我要是说了，他肯定又要拿麻绳吊死在我房间门口了！"

宫五也不知道要说什么，她也不想出去，但大话都说了，她能怎么办啊。

晚上宫五回到卧室，发现手机上又有未接电话，以及公爵发过来的信息，他没有询问发生了什么事，而是一天给她发个搞笑的小故事，发了三天后，宫五终于主动给他打电话了："小宝哥。"

公爵握着电话，问："还难过吗？"

宫五说："小宝哥你也看到新闻了是不是？我就知道。我已经好多了，就是不敢去学校，怕被人捉到。"垂头丧气地说，"小宝哥你是不是觉得我很差劲，就知道逃避啊？"

公爵笑了下："怎么会？这种时候避开是对的。如果是我，我也是这样的选择。但是，"他话锋一转，"你不接我电话、不回我信息，我很担心。以后不要这样。"

宫五心虚，赶紧点头："嗯嗯，小宝哥我知道了。哦，对了小宝哥，有件事我要跟你说，我妈非要让我去国外念书，都已经定下了。我都不知道是去哪里……"

"小五想知道吗？"公爵突然问，"如果小五想知道，我可以帮小五问一下。"

宫五努嘴："你问谁啊？你又不知道。"

"这可不一定，"公爵笑着说，"步先生没跟小五说吗？他和另外两个朋友想要成立一个全球式的培训机构，前两天步先生特地带着岳小姐找过我，希望留一个去国外的名额。"

宫五明白了，原来她妈说的那位"步生的朋友"是指公爵："小宝哥，这么说，我要去的那所学校，很可能就是你和我妈决定的！"

公爵回答："是你母亲选择了一所学校，伽德勒斯皇家学院。我很高兴小五能来伽德勒斯上学。"

宫五："……"

一周后，有关步生的丑闻终于随着青城以及网络上其他猎奇新闻的出现彻底消沉下去，而之前流传在网上的各种转发也被删得干净，曾经闹得沸沸扬扬的步氏丑闻，竟然再也找不到相关的信息，完全销声匿迹了。

因为这则消息，宫家也不太平，事件的中心人物之一宫言清被送往国外，宫传世还在医院，宫家其他人则是蠢蠢欲动盯着项目那块肥肉，宫言蓬不甘项目被家里的其他人瓜分，联合二弟宫言江想办法筹钱。兄弟俩把自己的积蓄翻了出来，还从朋友那边借了钱，凑了几百万元，通过一个朋友的介绍，偷偷摸摸做起了运输生意，期望用他们的力量把家里的生意做起来。

旧年在钟声中离开，新年在希望中来临，度过了一个热热闹闹的新年，各种手续陆续办了下来，宫五终于认清了自己要被送往国外的事实。

初三一大早，宫五早早就爬了起来，一副神清气爽的模样，岳美娇的小腹已隆起，帮不了什么忙，只是沉默地在旁边看着她检查收拾好的东西。

宫五低着头拉拉链，嘴里说："妈，我再过两个小时就要走了，你不用担心我，我好着呢。等我到了伽德勒斯给你打电话报平安，不过平时电话费太贵，我就不给你打电话了。"

岳美娇只是看了她一眼："随便你。反正你记住了，要是在伽德勒斯惹了事，你自己受着，我是绝对不会管你的，我也管不了，你做了坏事也别给我打电话，打了我也说不认识。"

宫五撇嘴："我肯定不会做坏事的。"

步生进来见母女俩都一副心事重重的模样，开口："小五在伽德勒斯不用担心，我拜托爱德华先生照顾小五，他是个责任心很强的人，应该不会有问题。"

岳美娇只是点了点头，再多的宽慰也不及宫五要离开的事实。现在路是她选的，小五也大了，不可能一辈子都待在她身边，让孩子独立也是她身为母亲应该做的。

吃完早饭就去机场，步生和岳美娇一起上车，宫五坐在车上翻了个白眼，身侧就是她妈，她想了想问："妈，你说我要是在伽德勒斯谈恋爱怎么办？"

岳美娇头也不抬地说了句："你会谈吗？"

宫五瞪眼："谈恋爱谁不会？我这么聪明，怎么就不会了？哼！"

岳美娇呵呵笑了两声："不会有人跟你谈恋爱的。"

宫五真是气坏了："妈你太瞧不起我了！"

岳美娇抬头看了她一眼，说："我都打听过了，那学校里头的大部分学生都是那种金发碧眼的外国人，还有一部分黑皮肤的，我接受不了。你敢跟外国人谈恋爱，就别回家见我，我就当没你这个女儿。"

宫五："……"

岳美娇瞅了她一眼："别一脸委屈的样子，你委屈什么呀？你还真打算谈恋爱？你觉得我花钱送你去读书是让你去谈恋爱的？"

宫五回答："我就问问，打个比方的意思，你看看你这么紧张干什么呀？"

岳美娇瞪她："打比方？打比方也不行，你有什么比方好打的？你怎么不打学习的比方？你这一天天的心思都往哪用了？"

又让她妈逮着训斥的地方了，宫五决定，以后都不提这茬。

车到机场停下，步生从车上下来，拉开车门："美娇，到了。"

宫五下车，司机帮她把行李拿下来，她自己背着背包，看了岳美娇一眼，抿了抿嘴拉着行李箱站到一边。

岳美娇穿得多，裹得圆圆的，一直把她送到机场里面。

宫五刚进去没多久，就看到宫言庭从里面出来，笑眯眯地道："小五！"

宫五惊讶："四哥，你这么早就来了呀？"她有点高兴，"还是四哥最好！"

不但宫言庭来了，她的几个好朋友都来了，几个人约好给她送行。

燕大宝裹得跟个小熊猫似的，一张白嫩嫩的小脸蛋上一副快要哭出来的表情，撇着小嘴："小五……"

宫五伸手抱了抱她："燕大宝别伤心啊，我就算出去读书，咱俩也还是最好的朋友。"

罗小景等几个朋友过来跟她道别，宫五拍拍他们的肩膀，大大咧咧地说："我不在青城，你们都在学校好好学习天天向上，当个好学生啊。"

罗小景笑着说："五啊，你别说我们了，你管好你自己就成，以前咱们一起，每次都吼着要单挑的人是你吧？"

其他人附和："就是啊！"

宫五气死："好了，咱们友尽，拜拜。"

一群好朋友在一块说话，做最后的告别。

嘻嘻哈哈的好朋友们七嘴八舌的，让宫五郁闷的心情很快就好了起来，她看着大家说："我突然觉得一点都不郁闷了，嘎嘎嘎！"

罗小景眯眼："你有什么好郁闷的，人家多少人想着出国出不去，不是没钱就是没关系，你呢？还矫情！我鄙视你。"

宫五握拳："你想挨揍是不是？燕大宝，你看他们，就这样还敢说是我的好哥们！"

燕大宝蹦跶，挽袖子："小五你要不要我帮你揍他？我打架很厉害的哦。"

他们在这边说说笑笑，岳美娇没过来打扰，最后一点时间，就让他们在一块多聊聊，这以后还不知道什么时候才能见到呢。

宫五跟一圈人说完了，视线又落在神情淡淡的岳美娇身上，她磨磨蹭蹭地走过去，哼唧："妈。"

岳美娇看了她一眼："有什么事说，别弄得自己跟三岁小孩似的。"

宫五："……"还能不能好好聊天了？她不就是想说有点舍不得妈妈吗？干吗这么凶？

宫五气呼呼地提起零食袋，说："妈，我走了！步生，拜拜！"

胸中带气，脚下生风，她对几个好朋友挥挥手，头也不回地走了。

宫言庭想帮她安排行李托运，结果宫五压根不要人碰，什么都非要自己动手，就是想让她妈看看她到底几岁。

办完托运，她把自己的证件掏出来跑去安检口排队，回头跟他们挥挥手："你们都回去吧，路上注意安全！"

转过头眼泪就往下落，她无声地抽噎一下，努力让自己的背影看起来很平静。

她一直没回头，他们什么时候走的她也不知道，总之，等她过了安检再回头的时候，大家都已离开。

回去的路上，岳美娇表情呆呆的，木然地看着窗外，心里觉得空落落的，就好像什么重要的宝贝丢失了一样，整个人有点魂不守舍。

步生伸手拉过她的手："美娇，别想那么多，小五会平安到的。"

岳美娇的视线落在他身上，好一会儿后问："你说我是不是应该送她到伽德勒斯的学校？她以前从来没离我太远，没出过远门，会不会不适应？坐飞机她会不会害怕？我看小五刚才好像很伤心……"

步生笑："不会。飞机平安落地之后，小五会很高兴地给你打电话报平安。小五以后会越飞越远，越飞越高，我们要适应她不同年龄阶段的不同变化。"

岳美娇低着头，好一会儿后点点头："嗯。"

她扭头看向窗外，长久没有再开口说一句话。

偌大的机场，陌生的人群，宫五站在机场内，有一种被抛弃的错觉。

她悄悄伸手抹了把眼泪，吸吸鼻子，抬头挺胸，像周围来来往往的人一样，镇定地根据指示牌找自己的登机口，老老实实地坐在登机口旁的椅子上，耷拉着脑袋一言不发，直到视线范围内出现一双皮鞋。

宫五慢慢抬头，公爵站在她面前，高高大大的，穿得很休闲，白色的衬衫，浅蓝色的牛仔裤，黑色的皮鞋，随性的头发，就像他发给她的照片的感觉一样，清爽、干净，全身都散发着让人赏心悦目的气息。

他脸上带着笑，额前的碎发凌乱却洒脱，一双琥珀色的眼睛透过碎发看过来，闪烁着星星点点的光。他微笑着张开双臂迎向她。

宫五一下跳了起来，发出一声尖叫，一下跳到了他身上："小宝哥！"

她大喊一声，话音还没落，已经哽咽，眼泪突然从眼眶流下，她紧紧地搂着他，无声地抽泣，趴在他肩膀的位置一直没有抬头。公爵搂着她，低声说："小五别怕，我陪你。"

她回答："我没害怕，我就是想我妈。但是看到小宝哥，我又觉得好像没那么想了。"

公爵的眼中带着温柔的笑："我知道，小五第一次离家，第一次一个人到国外，会恐慌，会害怕。但是没关系，我会陪着小五。"

她抽噎着，使劲点头："嗯……"

公爵伸手摸摸她的头："我们到里面等着，吃点东西。"

给她安排的是头等舱的票，她显然不知道怎么优待自己，傻乎乎地坐在这里等。

到贵宾休息室后宫五才知道原来自己浪费了十几分钟的贵宾待遇，她委屈死了，说："我不知道。亏大了。"

公爵笑着说："以后就知道了。我们不管干什么，第一次总不会很顺畅，慢慢就知道怎么做了。"

身边有了公爵陪着，宫五的情绪明显好转，很快恢复了她叽叽喳喳的本性。

青城新闻的消息导致两人多日没有见面，宫五一直抱着公爵的胳膊，瞪圆了眼盯着他："小宝哥，你快说你想不想我，快说想不想。"

公爵看着她的脸，笑："想，非常想。但是我怀疑小五一点都不想我。"

宫五坚决否认："谁说的？我可想小宝哥了，就是我在家的时候不能让我妈知道，我妈要是知道了，我现在肯定是坐轮椅来见你的。"

公爵笑得胸腔上下起伏。他微微抬起下巴，点点头："好，小五不愿意，那就不让岳小姐知道。不过，"他眼里含着浓浓的笑意，微微垂眸看了眼宫五正往他怀里摸的手，又抬眼看她，问，"小五确定要一直抱着我？万一让岳小姐的朋友看到怎么办？"

宫五一呆，凡事都怕万一，她摸了一半的手讪讪地往回缩："我就摸摸，又没想干什么……"

公爵抓住她的手，送到唇边亲了一口："没关系，等我们到了伽德勒斯，小五想干什么都行。"

宫五瞪大眼："我想干吗？我什么都没想干。小宝哥你可不能误会我，我其实是很正经、很严肃地去伽德勒斯学习的！我妈说了，我要是不学点东西回来，我就是白去一趟了。"

公爵笑："嗯，我相信小五肯定会学到很多东西的，不会白去一趟。"

提到这个，宫五心情就有点惆怅，一边手偷偷摸来摸去，一边说："小宝哥你说人为什么要学习啊？感觉还不如当小猪，就可以天天吃了睡睡了吃，还不用为考试担心……唉。"

手指好像抠到了什么奇怪的东西，她用指甲使劲抠了两下，一边抠还一边说："小宝哥我很重吗？为什么你一下子这么紧张？咦……"

公爵忍无可忍："小五，手别乱抠！"

宫五眨巴眼："我没乱抠啊……"

公爵把她的手从自己的胸前掏出来："人赃并获证据确凿，来，小五说说你这只手刚刚耍了什么流氓？"

宫五解释："我以为小宝哥前面长了那么大一颗痣呢，原来不是啊！我没想耍流氓的，小宝哥你要相信我，我这么正直的人怎么会故意做那种事呢？"

公爵扫了眼她的胸前，问："那小五说，我要不要正直地摸回来？"

宫五眼珠子骨碌碌转了一圈，搂着他的腰，把脑袋靠在他怀里，说："哎哟，小宝哥这么小气，大不了等以后让你摸回去呀。我想靠在小宝哥身上休息一会儿。"

第一次坐飞机的宫五很淡定地选择睡觉来缓解紧张和不安，等到她再醒的时候，飞机已经准备降落，公爵坐在她身侧，握着她的手，说："我们已经到了，小五害怕吗？"

宫五把脸蛋贴在他手上，说："小宝哥在我身边，我一点都没害怕！"

风景宜人空气清新的伽德勒斯比宫五想象中还要美，去往安享小镇的路上，她趴在窗户边看着外面的一切，从机场到林间小道，一切看起来都那么新奇。

安享小镇是一座带着浓郁乡村风情的古老小镇，民风淳朴，周边的景色美得像画，在进入小镇之前，公爵带她下车，一起走在乡间的林荫大道上，给她讲解周围的景色和小镇的传说。

路上遇到小镇上的人，所有人都对公爵恭敬谦虚地问候："您好，尊敬的爱德华先生，您好，这位美丽的小姐。"

公爵报以温柔的微笑，宫五不知道该怎么回答，只能对别人微笑。

他们走到一座高大雄伟的暗色建筑物前，宫五意识到这就是公爵府，不由自主

131

地朝前走了两步，慢慢张大嘴巴，一脸震惊地看向公爵。他没说话，拉着她朝着建筑物走去，穿过外围的一个铁门，进入公爵府的内院。

正门口站着不少人，最中间的是一个干瘦的老头，穿着黑色的燕尾服，洁白的衬衫系着黑色的领结，一双犀利的眼，透过圆形的无框眼镜，略显挑剔地看向宫五。他走到公爵面前，行了一个标准的礼，声音洪亮："爱德华先生，欢迎您回家。"

宫五觉得自己看到了西方宫廷中的那些古板挑剔的管家，如果不是场合不对，她都想问公爵这连胡子都精致得挑不出有一根乱长的老爷爷是不是请来的演员。

公爵似乎发现了她的不适，对她笑了下，然后看向老头，说："尤金，这位是五小姐，在以后的时间里，她会长住公爵府，请务必像照顾我一样照顾好五小姐的饮食起居。"

尤金恭敬地看着公爵："是，爱德华先生。"他后退一步，恭敬又疏离地冲宫五点了下头，"请！"

他这个"请"字说得流利，标准的中文发音。

宫五："……"

公爵笑着解释："因为我母亲是东方人，所以尤金先生学了很多年中文，如果你有什么需要帮助，可以问他。"

她被公爵带到客厅，尤金让人把她的行李安顿好，陌生的环境下，她略略有些不安，偷偷问公爵："小宝哥，我什么时候去学校报到？"

公爵对她笑了一下，说："小五先休息两天，等休息好了再去报到。一路颠簸，总要休息的，是不是？"

宫五想想也对，吃了一点食物后，她被安排在房间休息，冲了个澡，倒头往床上一躺，没多久就睡着了。

也不知道睡到什么时候，就觉得床上好像多了个人，她迷迷瞪瞪地睁开眼，隐约看到床上确实多了个人，她出声："小宝哥？"

"嗯。"他应了一声。

宫五闭着眼，傻乎乎地笑了下，把胳膊和腿往他身上一搭，脑袋一歪又睡着了。

公爵和衣侧躺着，眼前的小人往他怀里钻了钻，又钻了钻，就醒了一下又睡着了。他伸手，一点一点地顺着她的后背抚摸，安抚她的情绪。

午后的宁静在阳光下透出，带着让人昏昏欲睡的暖意覆盖在这片繁荣的土地上。

伽德勒斯仅存的外姓公爵难得地享受午后的时光，陪着他的未婚妻安静入眠。

繁复的工作，不断的纷争，利益的冲突，都因这一刻显得那么遥远，再高傲冷漠的心，也总有渴望温暖的时候。

此时此刻，正正好。

醒过来的时候床上只有宫五一个人，她坐起来反应了一下才想起来自己现在是在伽德勒斯，她从床上爬起来，在窗台的花瓶里抽了一枝新鲜的花，把最外面有点枯萎的花瓣揪掉，拿了那枝花偷偷别在身后，从房间里出去。

她光着脚，气温适宜的室内她没意识到冷意，脚上的触感是软软的垫子，她走到外面，刚踩上光亮的地板砖就缩了回来，低头一看才发现自己光着脚。她吐了吐舌头，眼珠子骨碌碌转了一圈，轻巧地朝前走去。

明亮的灯光和暗沉的室外形成鲜明的对比，她一觉睡到了傍晚。

她在附近转了一圈，不知道他在哪里，正打算折回去，突然一个声音在她身后响起："五小姐，您这样不合礼仪，淑女不应该光着脚离开床铺。"

宫五吓了一跳，转身就看到尤金站在她身后，正拧着眉头看着她，眼神中满是对她光脚的不赞同。她刚要开口解释，身侧一扇有着漂亮花纹的门突然打开，公爵出现在门口，他对尤金微笑着说："是我让小五现在就过来的，抱歉尤金，我下次会提醒她。"

尤金推了推眼镜，从镜面上方盯着宫五，宫五被盯得发毛，不由自主地蜷缩着脚指头，然后尤金移开视线，恭敬地离开："好的爱德华先生。"

他一离开，宫五脸上立刻漾起灿烂的微笑，尖叫一声，兴奋地往他身上扑："小宝哥！"

公爵伸手抱住她扑过来的身体，往后退了一步维持身体平衡，带着她到书房里，书房的门直接被关上。她被抵在墙角，他低头吻住她的唇。

宫五手里还捏着那枝花，就这样挂在他身上抱着亲得昏天暗地。

良久，她抬头，脸蛋儿红红的，像染了色的苹果一样艳丽，她把花递到他面前，说："这是送给小宝哥的！"

公爵脸上带着笑，伸手把小小的花骨朵接了过来："谢谢小五，我很喜欢。"

宫五有点羞涩，她是借花献佛的，赶紧岔开话题，顺手一指身侧柜子里摆放着的一本厚厚的泛黄的书："哇，小宝哥，这是什么书？颜色这么陈旧，是历史书吗？"

公爵扭头看过去，笑着说："这是宫廷的族谱。其中不但记录了三十年前皇家的人物关系，也记录了爱德华家族的起源，虽然中间有部分缺失，不过依然很珍贵，是迄今为止保存最完整的族谱。"

她没想到自己随便指了一本书，竟然这么珍贵，好奇地问："这个值很多钱吗？"

公爵笑着回答："无价之宝。不过有价无市罢了。"

宫五脸上露出几分遗憾的表情："这样啊……"

公爵被她的表情逗笑，又带着她看了下柜子里的一个东西，说："小五你看这艘战船。"

宫五凑过去一看，是一个略显粗糙的小型战船模型，还有很多地方破损，但是因为放在柜子里，所以她开口就问："小宝哥，这个是不是特别值钱啊？"

公爵看看她，低笑出声，伸手把她的小脸蛋扭得对准自己："小五眼中看到的任何东西，都没有我值钱。"

宫五斜眼，一脸怀疑："小宝哥，我虽然有时候傻，但是一直以来智商还是在线的，你忽悠不到我，你有钱不代表你值钱，你又不能拿去卖钱。"

外面经常说的身价什么的，在宫五的认知里都是假的，什么身价三亿之类的，又看不到钱，有什么用啊？还不如她弯腰在地上捡起的五毛钱有用，她是不信身价这说法的。

公爵看着她不屑一顾的脸，一时哭笑不得："小五，不是把东西卖了得来的钱才叫钱。"

宫五的表情更加鄙视："我知道我读书少，但是小宝哥你也不能这样骗我。把东西卖了得来的钱，那是真金白银，实打实的钱，我就问，小宝哥能卖钱吗？"

这简直就是个小财迷，看到什么第一反应就是问能不能卖钱。公爵叹了口气，伸手把她拉到怀里，解释："身家和身价是不同的概念。通俗地说，身家是指这个人有多少钱，身价是指这个人值多少钱。比如说，小五有一套房子，存折里有五千万元，这意味着小五的身家是一套房子和五千万元；小五工作了，老板觉得小五又能干又聪明，愿意支付一年一百万元的工资聘请小五为他工作，这意味着小五身价百万。这样说小五明白吗？"

宫五瞪着眼，好一会儿后咂咂嘴，问："那小宝哥，外面上班的人，一个月工资只有一千块钱的话，那是不是说这个人的身价只值一千块？是不是太少了呀？"

公爵点头："是很少，不过这些都是暂时的，毕竟我们在说身价的时候，还会预估这个人的未来价值。这个人现在身价是一千块，未来可能是十万元、二十万元，不排除有人后天发力，身价过千万元、过亿元等。智慧和才能可以体现在身价中，就好比一个人一无所有，但是他有特殊且稀缺的才能，那么外界预估的时候，会把他的才能预估到他的身价当中。"

宫五眯眼："照这样说，那还有很多不上班的人，不是惨了？我妈现在就不上班来着。她一分钱不值？"

公爵伸手摸摸她的脸，笑着说："如果一个人不工作，必然会有能力出众的人共同承担，这意味着这个人非常幸福，是另一个人的无价之宝。"

宫五觉得自己好像被他说服："好吧好吧，就算是这样吧。但是小宝哥，你说你最值钱，那你会不会有价无市啊？"

公爵："……"

宫五盯着他，见他不知道怎么回答，立马跳起来说："看吧看吧，我就知道是这样的，小宝哥，有价无市，就等于不值钱知道吗？"

公爵伸手把她圈到自己怀里："好像让你捉住了小辫子，看来以后我要多赚钱，让小五亲自见证我的价值。"

门外进来一个女佣，对公爵行了礼后走到一个角落，把散落在角落里的多张线描稿收集起来，塞到了垃圾桶，收集完之后，拿着那些稿子恭敬地离开。

宫五一直好奇地盯着："小宝哥，为什么有那么多奇怪的图纸啊？"

公爵笑着回答："我是一个枪械设计师，那些是废稿。"

宫五了然地点点头："原来是这样啊！"她慢悠悠地走到沙发旁边，坐下来，突然想起什么似的又问，"对了小宝哥，我什么时候去报到啊？我还要办理住校手续什么的，是不是应该提前报到啊？"

公爵慢悠悠地走过去，在她身侧坐下，伸手把她拉到自己怀里，搂着她的腰，轻轻摩挲她的脸颊，问："小五不想天天跟我在一起吗？"

宫五回答："想啊。但是我还要上学。"

公爵笑："小五当然要上学，只是这不妨碍我天天陪小五是不是？"

宫五瞪眼："妨碍呀，我是要住校的。"

公爵一点一点地亲她的耳朵、脸颊，原本搁在她腰上的手也一点一点往下滑，问："小五不想跟我在一起吗？"

宫五看着他，说："想啊，可是我妈说学校安保好来着，她放心……"

他笑："这里更好，比学校好得多，而且这里有我。"

宫五皱着眉头，认真地说："但是小宝哥，我之前在书上看到过，说两个人如果天天在一起，就会失去新鲜感。我自己也觉得距离产生美。"

公爵看了她一眼，这一眼颇为幽怨，他问："小五是觉得我没有新鲜感了？"

宫五一呆，坚决地说："没有，绝对没有。"

"那小五为什么不愿意天天跟我在一起，所有恋爱中的男女，都愿意每时每刻黏在一起，除非他们不相爱了，为什么小五不愿意？"公爵观察着她脸上的表情，快速地在她唇上亲了一下，说，"如果小五不住校，我们可以偷偷省下住校的钱，

135

放到我这里帮小五投资，小五觉得怎么样？天上掉下来的钱，你不愿意要吗？"

宫五一骨碌坐直身体，瞪大眼："真的？不住校能省很多钱？"

公爵点头："毕竟是皇家贵族学校的宿舍。"

宫五立刻扑到他怀里，龇牙："小宝哥，你真是太聪明了，我同意啦！"

虽然她同意了，但是公爵觉得好像没什么好高兴的，毕竟这小东西不是因为他才愿意留下来，而是因为节约的住宿费成了她的钱。

果然在她心里，钱是最重要的。

有时候，有个小财迷女友，真有些伤脑筋啊！

次日清晨，宫五被人里里外外打扮了一通，从头到脚，从脸上的妆容到脚上的鞋，从发夹到指甲，里里外外都被打理过，甚至在打扮好后，尤金还专程指导了她几个基本的礼仪动作。

她有点不适应，扭头问："小宝哥，是不是以后我每次上学都要这样折腾？"

公爵站在窗口，手里捧着一本书，慢条斯理地翻着，听到问话，他看过来，脸上带着温和的笑："小五今天要去的不是学校，而是宫廷。"

宫五一呆："宫廷？"一双秀气的小眉毛可怜巴巴地看着他，"是不是都是很高贵的人待的地方？我要是表现不好，言行举止不当，冒犯了人家怎么办？"

公爵笑："没关系，小五只要保持自己就好，即便是宫廷，也是人待的地方，不用太担心。"

怀着无比崇敬的心情，宫五上车，透过车窗看着外面的风景她倒是放松下来，叽叽喳喳说个不停："小宝哥，你昨天说的那把枪，真的很值钱吗？"

她还惦记着枪的话题，公爵都有点担心哪天要是有人买的话，她说不准就把那枪给卖了，一时不知道该说什么好，看看她，点了点头："嗯，很值钱。"

宫五感慨地说："看不出来一把枪那么值钱。"

公爵握着她的手："别惦记那个，我设计的图纸更值钱。"

宫五眨巴眼，虽然怀疑，但是还是附和着说："小宝哥说得也对，我也觉得小宝哥最值钱。"

伽德勒斯王国的皇宫并不是宫五以为的那种富丽堂皇的城堡，而是一个巨大的灰白色山石堆砌而成的古建筑，一看就有多年的历史，背靠山脉，后方是陡峭的山石，前方是阶梯状的古建筑群，巍峨高大的宫门两边站立着雄伟的罗马柱，中央就是可以并排通过三四辆汽车的宫殿大门。

出示了通行证后，车直接开了进去。

宫五满心新奇地看着车窗外："小宝哥，国王长什么样子？"

公爵开口："陛下是很好的人，小五看到以后就知道了。"

宫五问："国王长得好看吗？"

公爵笑着回答："陛下是位值得尊敬的人。"

穿过数个门庭，最终车在一个气派的白色大门前停下，车门被人拉开，宫五顺势下车，车径直开走，公爵抬起手，宫五笑嘻嘻地把自己的手穿过他微曲的胳膊挽住。

宫廷没有宫五以为的那样肃穆的气氛，来往的人脸上带着友善的笑，偶尔有年轻的少女经过，会对着公爵露出羞涩的笑，氛围很轻松，和电视里演的并不一样。

公爵口中那个"很好的、值得尊敬的人"看起来并不好相处，那是个留着络腮胡子的精瘦男人，看起来年纪并不大，有一双精明的三角眼，皮肤泛着不健康的白，犹如被福尔马林泡过的尸体一般，就像随时都散发着一股酸腐的味道。

宫五按照她早上临时学到的姿态，向国王行了一个尊敬的姿势，脸上带着她自己以为得体的微笑，安静地站在一边。

富丽堂皇的内廷内，装饰着华丽饰品的宝座上，国王略显佝偻的背在看到公爵的时候努力挺直，他原本没有表情的脸上瞬间堆满了热情的微笑："看看谁来了！我的兄弟爱德华，我终于等到你和你美丽的未婚妻。哦，她看起来非常漂亮，和你很般配。来来，我让你看看我最近收藏的艺术品，你一定会惊叹的……"

国王的嗓音有些尖锐，而且是伽德勒斯的语言，听在宫五耳朵里有些聒噪。

公爵响应着国王热情的招呼，慢吞吞地走上去，拥抱国王："尊敬的陛下，您随时都这么热情，这是我的荣耀，我代替我的未婚妻感谢您的盛情相邀。很高兴您又有新品入手，想必价值不菲。"

宫五完全听不懂他们在说什么，只是安静地站在一边，脸上带着恬静的笑。其实她不太喜欢这样的寒暄，周围看似笑意盈盈的人脸上笑容僵硬，就像戴了面具一样虚假。

国王精瘦高挑，微微弯着背，整个人呈虾形站立，身高甚至比公爵还要高一点，他搂着公爵的肩膀，亲热地跟他说着话，全是伽德勒斯语言，不过从表情看，似乎他们在说些重要的事。

宫五望着公爵犀利的眼神，专注的神情，他全身上下都散发出令人迷醉的气息，他言行举止间的优雅，他聆听话语时的笑容，他全身的气场都因为宫廷这个严谨又看似自由的环境全面张开，面对一国之君，他谈笑风生应对自如。

这是她从未接触过的公爵，他整个人都散发出睿智的光芒，和青城时那个看似沉默寡言的人完全不同。

有一瞬间宫五有种错觉，似乎这世上就没有他应付不了的人。

137

宫五呆呆地看着公爵，突然觉得她妈是对的，门当户对很重要。比如她跟公爵，根本就是两个世界的人，不管她穿得多华丽，打扮得多漂亮，不管她跟燕大宝的关系有多好，可她和公爵却有道跨越不了的鸿沟。

她不是最漂亮的，也不是最聪明的，她甚至没有干干净净的身份背景，她身上有不好的新闻，她的家里乱七八糟，她怎么有资格站在他身边？

公爵说，等级是人为划分的，她觉得没错，可是人为什么要划分这样的等级？为什么会有三六九等？因为人和人之间本来就存在这样的差别。

她深呼吸一口气，蓦然对上公爵看过来的视线，他对她微微一笑，这个笑容又给了她很大的安抚，她顿时回以微笑，安静地站着，却蓦然认清一个让她内心惶恐不安的事实，如果她不努力，很可能一生都无法达到和他同等的高度。

她妈说过，她以后要嫁的人，条件不会差，但是绝对不能太好，小宝哥这样的，已经不是太好，而是遥不可及的程度。

前路到底是什么样的，宫五一片茫然。

上学的第一天，宫五受到的待遇犹如明星，班里的学生对传说中古老的东方国度有着莫名的好奇，热情的女孩们争相和她交朋友，东方女孩的美丽容颜也让那些误以为她是爱德华的妹妹或者近亲的男孩拥护。

一时间，宫五这么多年以来都没有朋友的定律好似突然被打破，无处不在的八卦围绕着她，女孩们更多是想通过她打听到公爵的事，而男生们则是想要赢得她的好感。

因为语言还是有障碍，宫五大部分时间只能以微笑应对，她力所能及地用自己知道的所有单词磕磕巴巴地表达她的想法，看着对方茫然的眼神，宫五时常觉得挫败，一天下来，她已经意识到语言的重要性，下定决心一定要在最短的时间内学好英语。

第一天放学有车来接她，校门口围观的人都看到，来接这个东方女孩的车，是只能爱德华本人和他的重要亲属才能乘坐的。

车的性能太好，开起来一点声音都没有，平稳得犹如在家里的卧室坐着，内里设施齐全，她坐到车上后就放下桌子，动作麻溜地掏出书本看书预习，语言这一关她要是过不了，以后就什么都学不成。她觉得自己一定要在最短的时间内通过语言这一关，要不然一切都是空谈。

她心里还有其他设定，她不但要把英语学得呱呱叫，还要学伽德勒斯语言，她要向小宝哥看齐，成为一个越努力就越幸运的人。

第四章

公 ｜ 爵

宫五认真地趴在桌子上看书，行驶的车辆平稳得让她没有受到丝毫影响，她觉得公爵不让她住校也挺好的，这样的话，她就可以把路上的四十分钟用来学习，完全没有浪费时间，如果住校的话，这四十分钟还不知道被她干吗浪费掉呢。

她这学习的劲头可谓空前绝后，到家以后还郑重跟公爵宣告了一件事："小宝哥，我想好了，从现在开始，你们跟我说话都要用英语，完全的英语，一句中文都不准有！"

公爵脸上带着笑，用英语问："你确定？"

宫五使劲点头："我确定！"

吃饭的时候，宫五听到公爵说，他以前学习的时候，有人专门制订学习计划表，科学地制订学习计划，不但可以充分利用时间劳逸结合，最关键的是非常有成效。

"那个人是谁？"宫五问。

公爵回答："尤金。"

宫五："……"

其实宫五有点怕尤金，因为他每次看到宫五，都用一种极为苛刻的眼神审视她，不管宫五在干什么，总觉得自己的背后被尤金盯得发毛。

他真的和宫五在电视里看到的那些老管家一样，古板、严肃、忠诚、苛刻却透着关心。徘徊良久之后，宫五终于说："我要去请教尤金先生！"

她吃完饭后自己窝房间里组织出单词记下来，又背了好几遍，然后拿着小纸条专程跑去请教尤金："尤金先生您好，我今天过来是想跟您请教一下如何科学地制订计划表，我希望通过周详的学习计划达到事半功倍的效果。"

尤金捏着眼镜的边缘把眼镜拉下来，一双犀利的眼盯着宫五，宫五被他看得瑟缩了一下，随后她深呼吸一口气，抬头挺胸，用坚定的眼神看着尤金。

尤金盯了她一会儿，伸手把眼镜往上推了推，说："我的计划表一旦制订，就要严格遵守，我不喜欢半途而废的人。"

宫五急忙点头："我有个爱好都已经坚持很多年了，我相信我是个有毅力也会坚持的人！"

"哦？"尤金习惯性的动作就是扶眼镜，他问，"说说你的爱好。"

宫五回答："我喜欢钱。我小时候喜欢，到现在还是喜欢……"

她的话还没说完，尤金指指门："出去！"

宫五抱着门柱子不撒手，赶紧补充："尤金先生，我还没说完呢，我还喜欢读书，你看我从小到大都上学，到现在还这么勤奋，我这不是很有毅力的表现吗？"

尤金一脸不信，打量了她一眼："是吗？"

宫五点头："千真万确，你不信我，那你总信小宝哥吧？他看过我的资料，能证明。"

尤金没说帮不帮她，只是说："我会问爱德华先生的，你骗不了我。"

宫五信誓旦旦："我从来不撒谎。"

她掉头就去找公爵："小宝哥你一定要替我说好话呀，你说我基础这么差，如果我不能在最短的时间内听懂老师说的英语，我以后还怎么学习啊？"

公爵坐在书桌后面，抬眸看着她："小五很想学很多东西？"

宫五点头："想！"迫切地想，她觉得自己现在就是个白痴，什么都不懂，什么都不知道。

公爵笑着对她伸出手，宫五立刻会意，把自己的小手放到他掌心里，被他拉得坐到他腿上，宫五搂着他的脖子，说："小宝哥，我现在突然发现，我曾经浪费的时间好可惜。如果我上学的时候有认真学习、认真学英语，我现在肯定什么问题都没有，我都有点后悔我以前怎么那么浪费时间。"

公爵轻轻抚摸她的腰："我很高兴小五这样想，不过没关系，现在还不晚。既然你这么愿意学习，我自然要支持，等下我就跟尤金说，不过尤金很严格，他制订的计划表具有科学依据，是真正的劳逸结合，所以你一旦同意，就只能全盘接受，没有反悔的时候，你同意吗？"

宫五毫不犹豫地点头："我同意。只要能让我学好英语，我肯定同意。"

"那就好。"公爵依旧笑着，"小五，我要提前跟你说，假如你中间不想学了，我会站在尤金那边，因为这是你答应过的，明白吗？"

宫五眯眼："小宝哥，你是不是觉得我长了一张坚持不下去的脸？我肯定会坚持下去的！绝对不喊一声苦！"

只是，宫五这时候以为尤金的计划表只是一个学英语的计划表，等计划表出炉之后，她傻眼了。

她跑到那张庞大的周学习计划表面前，目瞪口呆："小……小宝哥，是不是弄错了？我就是想要一张学习英语的计划表啊！这个可不单单是学习英语啊！为什么还有骑马？为什么还有弹琴啊？人家都是从小开始学的，我现在学是不是有点晚？小宝哥！我为什么还要学高尔夫球啊？"

她伸手捂着心口，一时难以接受。

公爵对尤金摊摊手，尤金微微抬着下巴，脸上的胡子依旧一根不乱，他用英语说："因为这是教五小姐接触多种行业的英语，毕竟五小姐所在的学校不单单只是学习，还有很多方面需要接触，只有身临其境，才会学得透彻。五小姐对我的计划表不满意？"

宫五没怎么听懂，但是尤金犀利的眼神、严肃的表情让她发怵，她没敢反驳，只要能学到英语，那应该是可行的。

"你想要学得好，必须劳逸结合，在劳逸结合中一直学习英语，五小姐难道不觉得这是最好的学习方法吗？"尤金伸手扶了扶眼镜，眼睛盯着宫五，似乎只要宫五说一个"不"字，他就要发飙似的。

宫五赶紧点头，还竖了下大拇指："嗯嗯，是最好的方法，我完全没意见。"

公爵站在旁边不说话，只是脸上带着笑，安静地看着尤金收拾他那满脑子让人捉不住的想法的小女友。

尤金得到她肯定的答案，紧绷的脸上终于出现了点放松的表情，点点头："既然这样，那么现在就开始实行，"他抬起手腕看了下表，说，"现在是下午四点，那么这个时间是学琴时间。"

宫五："……"

她以为她就是请人家帮忙制订一个计划表，结果尤金不但把计划表制订好了，老师也都请来了，压根不需要她设闹钟提醒，因为一旦到了时间，就会有人主动提醒她该干吗。

宫五有种上了当的感觉。最关键的是，公爵真的像他之前说的那样，完全不插手她的学习计划。

宫五满脸泪，好心酸的感觉，挖坑把自己给埋了。

当然，也因为尤金的计划表，让她在伽德勒斯的生活和学习瞬间充实起来，她连胡思乱想的时间都没有了。

当然，计划表里她也有休息日，每个周六都是她的休息时间，公爵充分利用这个时间带她出入各大场所，从城市到郊区，一点一点地让她见识这里的风土人情、生活习性，让她不至于只陷在安享小镇一个地方。

高强度又密集的训练下，三个月后宫五的英语日常口语对话已经没有任何障碍，就连学校的老师带着浓郁口音的英语她也能听得懂。

某日她放学后跑去找公爵，在书房的门上敲了敲，公爵开口："进。"

宫五拧开门，露个脑袋出来，看到公爵露出大大的笑脸，高兴地说："小宝哥，我今天突然发现哲学老师说话我听得懂啦，之前他说话我费力都不一定听得懂，但是今天我突然发现，我仔细听能听懂了。我好高兴啊！"见他手里拿着笔，正在忙，她摆摆手，"小宝哥我要睡觉啦，晚安小宝哥。"

公爵看了下时间，眯眼看她："这才晚上九点，不是说九点半睡觉？还有半个小时，难道不应该是我和小五的单独时光？"

宫五翻了个白眼："可是你要忙呀！"

公爵指指沙发："坐下来等等我好不好？"他想了想，又说，"或者小五陪我一起画图？"

她花在学习上的时间多了，自然就冷落了公爵，每天见面和相处的时间太少，宫五自己也知道，她跑到公爵身边，果然看到他在画图，那图线条笔直、粗细均匀，形状像是手机，另一张平面图看起来像手枪，她端详半天，问："小宝哥，这个是手机吗？"

公爵伸手把她拉到自己腿上坐着，笑："对。"

宫五好奇，指着图片问："这张是手枪吗？"

公爵笑着说："这是同一张，我画的是不同状态下的平面图，这是可以变形成枪的小手机。"

宫五哇了一声："好厉害的样子。"她一脸崇拜，"小宝哥你好棒！"

公爵笑："这是送给小五的礼物。"

宫五的眼睛瞬间睁大："送给我的吗？"她拿起图纸，认真地看。

公爵回答："这是初稿，会有很多缺陷，如果按照这个稿子制出来的手机经不住推敲，所以初稿过后，还会有很多次修改稿，就算定稿了，制出了模型，也还要多次修改。要成就一部既可以使用，又能变形的手机，要经过很多工序的改进。"

宫五呆了呆，问："所以我要很久才能拿到礼物，对不对啊？"

公爵笑着回答："我会让小五很快拿到礼物的。"

宫五又高兴又期待，感慨了一下，又盯着图片看了看，觉得太复杂了，看得眼花缭乱，干脆不看了："我等小宝哥的礼物！"

宫五在伽德勒斯学校的人缘显然比在青城的时候好，她刚开始觉得很幸福，那种被人围住的感觉很美好啊，不过接触下来，宫五很快发现她的好人缘不是她自己赚来的，接近她的人不像燕大宝那样是单纯喜欢她，而是因为她身后的公爵，他们对她没兴趣，他们真正感兴趣的是爱德华公爵。

接近她的女孩都千方百计地向她打听公爵的喜好，接近她的男孩都努力推销自己，同时希望她能在公爵面前提及他们的名字。

她跟所有人的聊天过程中，他们都是三句话不离爱德华公爵。

对此宫五觉得很郁闷，她喜欢燕大宝那样的朋友，那才是真正的朋友，真正因为喜欢她而成为朋友。

不过，在众多的交谈中，宫五听到很多有价值的消息，其中让她印象最深刻的是他们说公爵是伽德勒斯最有才华、最有天赋、技艺最精湛的枪械设计大师，就连他随手勾画出的设计稿都价值千金。

这话让宫五吐了几口老血，她昨天还看到帮佣把好多没有修改的设计稿扔到了纸箱里当垃圾处理了呢，原来那些设计稿都价值千金啊，遇到不靠谱的帮佣，小宝哥得损失多少钱啊？

为此，宫五真是痛心疾首，她觉得公爵肯定不在意那点小钱，她要是拿那些纸去卖的话，赚到钱了不是更好吗？

她现在是千方百计省下自己的生活费攒着，每个月都要还公爵的钱，她还欠着公爵很多钱呢。到伽德勒斯后生活费其实不少，不过宫五吃穿住行都不花钱，所以就把零花钱节约下来还给公爵，短短几个月，已经还了很多。

周六出去玩的时候遇到了班里的同学，原本和公爵牵着手的宫五一看到同学，立马把手松开，这明显的动作让公爵瞬间低气压，任凭宫五怎么讨好都没让他有所缓和，为此宫五很惆怅。

晚上回到公爵府，宫五第一件事就是跑去洗澡，把自己洗得香喷喷的，然后去敲公爵的门："小宝哥！"

她推开门，结果公爵不在，她的眼珠子骨碌碌转了一圈，龇牙，一脸的讨好，推门进去："小宝哥？"

公爵不在书房，宫五眨巴眼往公爵的椅子上一坐等他，她晃着腿，觉得这把椅子很舒服，一个人也玩得很高兴，骨碌转了个圈，转到一半的时候，突然看到书架上摆放的各种装饰品，都很漂亮。她一时好奇，站起来挨个摸了一遍，结果在仔细研究一个东西值不值钱的时候，突然摸到这东西后面有个按钮，她好奇地伸手摁了一下，就听到咔的一声，原本完整的书架犹如裂开的蛋壳，从中间一条不起眼的缝隙开始，缓缓分开。

眼前出现一个往下的阶梯，宫五目瞪口呆，看着莹白灯光下的阶梯，抿着嘴，犹豫着要不要下去。

她有点慌，左右看看，又有点着急，伸手又在原来的按钮上使劲摁，想要把移开的书架关起来，结果怎么按都不管用。

里面隐约有人说话，她似乎听到了公爵的声音，宫五抬脚朝下走去，捏着嗓子喊："小宝哥……"

刚踏进去，书架就主动缓缓合上，宫五伸手捂住嘴，想出去都没办法了，里面没人应，她吓得半死，轻手轻脚地往下摸，又捏着嗓子小声喊："小宝哥……"

越往下，她的心越慌，就像恐怖片里发现了什么恐怖地下密室一样，然后她看到了一扇玻璃门。

门边有个小按钮，她按了好几下，门滑开，她站在门口犹豫了一下，走了进去。

她半张着嘴，震惊地看着眼前的一切，她以为自己走进了什么秘密的科学实验室，到处都是穿着白大褂的科研人员，每个人都在全神贯注地忙着自己的事，似乎是料定不会有旁人来这里，所以她的出现没有引起任何人的注意。

她一眼看到正站在电脑大屏幕前的公爵，大屏幕上又分成四个小屏幕，她竟然在其中一个小屏幕里看到了她自己，以及另外几个屏幕里分别有几个不同的人，她瞪着眼，朝前走了两步，仔细一看，发现这不是前天她上学时的画面吗？因为她那时候在捧着厚厚的英文书练习阅读能力。

她的眼睛瞪得圆圆的，这什么意思？小宝哥让人监视她吗？为什么要监视她？那她还有隐私吗？一想到自己什么时候上个厕所、挖一下鼻孔都被人看到，她心里立刻觉得不好了。

突然有人发现了她："啊，五小姐！"

公爵回头，看到她的时候略有些惊讶："小五！"

宫五呆呆地站在原地，视线慢慢落到公爵身上。

周围的人纷纷看过来，神情有点紧张，坐着的人站了起来，站着的人朝她走近："五小姐……"

宫五瞬间警惕地看向周围，突然转身撞开身后的人，快速地朝着刚刚来的路跑去。

公爵一看她撒腿就跑，直接说了句："做自己的事！"

他抬脚追了过去："小五！"

宫五沿着台阶，三两步跑到门口，两只手在两边乱摸，希望摸到个开关把那书架一样的机关打开，还没摸到什么东西，便觉得有个人贴了过来，一扬手臂圈住了她的身体，公爵在她尖叫出声之前开口："小五别怕！是我！"

　　眼前的门缓缓打开，眼睛见到光亮的时候，宫五的情绪得到了短暂的安抚。

　　"小五别怕，什么事都没有，别怕！"公爵拉着她的胳膊，带着她走了出去，"这里是个实验室，你忘了我要送你的礼物了？"

　　宫五的胸脯还在上下起伏，抿着嘴不说话，全身的汗毛都充满了警惕。

　　公爵伸手把她的身体转得对着自己，看着她笑："就是单纯的科研室，我为了方便工作所以设在这里，没有危险的东西。"

　　宫五盯着他，然后开口："我困了，我要睡觉。"

　　公爵笑，点头："好，睡觉。小五去睡觉。"

　　宫五垂眸看看他还固定着自己肩膀的手，公爵直接松开手："好了，没事了。小五困了就去睡觉。"

　　宫五赶紧往后退了一步，表情有些复杂地看了他一眼，转身跑了出去。

　　公爵扭头看了眼书架，拧了拧眉头，心里有点不安。

　　十分钟后，公爵终于知道他为什么不安了，因为老管家急急忙忙跑了过来，说宫五小姐收拾了她所有的东西，吵着要走，大门口的人当然不敢让她走，宫五怒了，就直接吵了起来。

　　公爵拉开门冲了出去："小五！"

　　宫五怀里抱着包，手里拉着箱子，衣服都换了，站在门口跟门房吵架："你们凭什么不让我走？这里又不是我家，我爱去哪就去哪，关你们什么事？你们不放我走，就是想禁锢我的自由，我有权告你们！"

　　"小五！"公爵伸手拉她。

　　宫五赶紧往后退了一步，甩开他的手，眼神警惕地看着他："你想干什么？！"

　　公爵对她笑："怎么了？小五怎么了？"

　　宫五防备地盯着他："你别碰我！"

　　公爵点头："好，我不碰小五。"

　　"我要离开这里！"宫五抿着嘴，她不知道他是什么人，也不知道好好的书房为什么会有那样一个房间，里面有奇奇怪怪的工作人员，还有巨大的监视她的屏幕。她还有人生自由吗？

　　公爵笑："可以，小五要去哪里？我可以送小五过去……"

　　"不需要！"宫五警惕地看着他，还死死地抱着手里的包，来的时候她带了什么，现在闹着要走，她也原样带走，少一样不行，多一样不要，"我自己找地方！"

公爵问："酒店可以吗？"

宫五抿着嘴，强调："我自己找！"

"小五！"

宫五只是站在门口，非要出去。

公爵开口："开门，让她走。"

宫五一出公爵府的大门，抱着包、拉着箱子撒腿就跑。

公爵跟在后面，拉杆箱的辘轳在地面上滚得咕噜咕噜响，听那急促的声音就知道她一路都在小跑。

她一边跑，一边回头看，远远地看到公爵一直跟着她，宫五抿着嘴，拉着拉杆箱站到路边，等他走近了，她问："你干吗跟着我？你有什么目的？我告诉你，我会跟燕大宝打电话的，我不管你有什么目的，都别想拿我当垫背！"

她身边有个垃圾桶，她站在垃圾桶的这一边，公爵站在垃圾桶的那一边，他问："小五是因为我的书房还藏着一个小五不知道的实验室，所以觉得我有目的，是吗？"

她开口："你监视我！你有什么目的你别跟我说，我也不想知道，但是你别想拿我当垫背，别以为我们家就我跟我妈两个人就觉得我好欺负，我就说你怎么不找别人，偏偏找我！你别跟着我，小心我揍你！"

她掏出手机，一边警惕地看着她，一边给燕大宝打电话，什么电话费也顾不上了，她要是在异国他乡横尸街头要钱还有什么用？

燕大宝接到电话的时候还奇怪呢："小五？你怎么这么晚给我打电话啊？"

宫五一听她的声音就委屈得直哭，伸手抹眼泪："燕大宝，你哥是坏人！"

燕大宝眨巴眼："咦？我哥哥才不是坏人呢！"

宫五又怕又慌，六神无主："你哥有一个奇怪的实验室，里面都是穿白大褂的人，还有很多监控画面，他让人监视我，燕大宝你们家是不是都这么奇怪？太恐怖了！我要回家！"

她呱呱说完，咔嚓挂了电话，然后又给岳美娇打电话，公爵伸手把她的电话抽了出去。

宫五赶紧往后退了一步，瞪圆了眼，凶狠地问："你干吗？！"

"我帮你拨。"公爵拿着她的电话，伸手拨了出去，电话很快就通了。

"小五？"岳美娇的声音在那端响起。

公爵开口："岳小姐，我是爱德华，小五说有话跟您说。"

岳美娇一听是帮小五签署出国同意书的人，立刻客气地说："爱德华先生您好，小五给您添麻烦了。这孩子，有话跟我说还让您转达一下。"

宫五一把把手机抢了过去，顿时哭出声来："妈！"

岳美娇奇怪："怎么了？好好的哭什么？"

宫五哭着说："我要回家！我不想在这里读书了！"

"你这才去了多长时间，好好的回什么家，不是一直挺好的吗？"岳美娇气死，这不是她自己乱想的，而是之前宫五自己打电话的时候显摆，说什么都好。这好好的肯定是有什么事耍了小性子，一时兴起就要回去，岳美娇不理她："先说说什么事，好好的回什么家？"

宫五红着眼睛看向身侧站着的公爵，抹眼泪，抽噎着说："他有个奇怪的实验室，还让人监视我……"

岳美娇问："就这事？"

宫五哭着问："这还不严重？我的隐私权呢？"

岳美娇回答："爱德华先生跟我说过，他是个枪械设计师，所以需要经常做一些测试和试验，你说的那个奇怪的实验室，应该就是做测试用的，至于监视你这事，我回头问问，你别大惊小怪的，有什么事问清楚，吵着要回来算什么？"

宫五抿嘴："妈，你这是不管我了？我不想待在这里，我想回家，我害怕。"

岳美娇咬牙："我花了多少心思才让你出国的，这才几个月？我好不容易让你出去，你现在要回来，你以为学校是咱们家开的，你说来就来说走就走？哪有这么容易！"

宫五低着头，眼泪止不住地往下流："我不想待在一个奇怪的地方……"

岳美娇深呼吸一口气："你把电话给爱德华先生，我来问他。"

宫五伸手把手机放到垃圾桶上，然后赶紧后退一步："我妈要跟你说话。"

公爵看了她一眼，镇定地接电话："岳小姐。"

岳美娇问："爱德华先生，小五刚刚说的监视是怎么回事？"

公爵笑了笑，说："岳小姐还记得我曾说过，皇家贵族学院安保非常好的话吗？监控系统是否健全，意味着安保是否健全，学校的安保系统是我一手设计，所以我截获了学院的监控视频，就是不希望小五的隐私被别人抓去，不过今天无意中让她看到了……我会跟小五解释，岳小姐不必太担心，您还怀有身孕，身体要紧。"

岳美娇想想好像也是："爱德华先生，我知道小五在那肯定会给您添麻烦，不过我也不想她不踏实，所以要麻烦爱德华先生跟她解释清楚，毕竟，我也不希望小五活在一个没有隐私的环境里，希望您能理解。"

"一定。"公爵笑，"我会跟她解释，同时，我也会注意监控涉及的范围和尺度。让您费心了，我会解决好这件事。"

挂了电话后，他发现宫五手托腮蹲在地上，旁边放着行李箱，整个人还是十分警惕。

公爵试探地朝她走了两步，宫五蹲着没动，公爵在她身侧蹲下，因为身高腿长，只能半蹲，他用膝盖碰碰她的腿："还生气吗？"

宫五直接站起来往边上挪了挪，绷着脸说："你别以为我不知道，你就是想先哄我妈，然后一点点对付我，我可没那么傻！"

公爵叹气："小五，你想，如果我真有什么目的，真的想要对你怎么样，这么长时间机会多的是，哪里需要等到现在？"

她的情绪已经冷静下来，只是还绷着脸，眼睛瞪着前方，一声不吭。

公爵笑："是生气我的书房有实验室没告诉你是吗？对不起，我的本意不是想要监视你，而是不希望小五的隐私被其他人看过，所以截获了公共监控的网络。我为我这样的做法向小五道歉。"

宫五慢慢鼓起脸蛋，眼眶里眼泪直打转："本来就是，你监视我！这是个很严重的问题！你说我要是挖挖鼻屎、抓抓屁股都被人看到了，我多难过？"

公爵试探地拉她的手，见她没有激烈的反应，便握在手里："小五，你还记得我跟你说过，让你放心每天上学和放学路上的安全这件事吗？我当时说，路上都有监控，我可以保证你的安全，是不是？"

宫五扭头看他一眼，还是鼓着脸蛋，伸手抹了滚下来的眼泪，吸了吸鼻子："他们刚刚凭什么不让我走！"

公爵抓住她的手送到唇边，盯着她脸上的表情，说："因为小五是公爵府的人，公爵府就像你的家一样。你一个女孩子这么晚气冲冲的要离开公爵府，他们当然不放心，谁都负不起这个责任，所以他们说什么都不会让你走，不是为了把你困在公爵府，而是为了你的安全。"

宫五瞪着他，一脸的委屈，公爵微笑着说："被小五当成坏人的感觉一点都不好。"

宫五还是瞪着他，说："我还是觉得在学校里有个住的地方更好。"

公爵盯着她，宫五回瞪，毫不退让。

她怀里抱着包，手边还放着拉杆箱，刚刚从公爵府出来的时候她就觉得很茫然，寄人篱下的日子很难过，她还是觉得有个属于自己的地方更好些。

公爵拉着她站起来："我们不要在外面这样生气，生气也要回家舒服地生气，好不好？"

宫五想了想，觉得也对，睨了公爵一眼，默不作声地跟着他回去。公爵拉着她的拉杆箱，把人又给带了回去。

公爵府的帮佣们一个个偷眼看过来，看到她回来以后都松了口气，赶紧帮她把行李箱又拿去摆好，里面的衣服也一一放回原处。

这天晚上大家都睡得有点早，宫五睁着眼躺在床上，公爵伸手把她搂到怀里，说："我们继续刚刚的话题，为什么突然想要住在学校，之前我们不是说好的吗？"

宫五看着前方，说："这样我就不怕了，我伤心或者难过的时候，可以有个自己的地方躲着哭一会儿。"

公爵怔了怔，说："好，那我明天就让人去预订宿舍，只要有房间就订下。放心，预订的时候只需要付少量的费用，可以吗？"

宫五应了一声，没再说话。

第二天是周末，公爵取消了她原本预定的骑马课程，而是带着她去了书房的那个实验室。

公爵拿起一台机器上的数据线连接上一部漂亮的手机，伸手按了几个键，屏幕上立刻出现几个熟悉的场景画面，仔细一看正是公爵的几个主要活动场地，他伸手把手机和机器连接上："这样小五以后就能随时随地看到我在干什么……"

宫五目瞪口呆，摇头，坚决摇头："不要！反正我要隐私权，要不然我就回国。"

公爵把手机拔下来，送到她手里："这就是监控视频，如果你想看我在干什么，只需要点开看就可以了。"

宫五不接："我不看，你也不准看我的！"

公爵笑："就是不让我装监控，是不是？"

宫五点头："对！我的隐私权要受到合法保护！"

公爵点头："行，那我让人撤了。"

宫五问："真的？"

"真的。"公爵确认似的点头，"我只布置几个主要的场所，可以吗？比如路上，其他的都取消。"

经过一番讨价还价，宫五总算勉强同意了公爵的提议。她闹了一晚上的脾气，就这样不轻不重、不咸不淡地过去了。

周一上学，宫五确认似的问："小宝哥，你真的会撤销监控吗？"

公爵点头："真的。"

宫五抿着嘴把脑袋缩回去，车很快朝着学校的方向开去。

中午，公爵刚到地下室，就有工作人员跑过来："爱德华先生您来看！"

那人伸手在按键上按了一下，显示屏里的一个监控镜头下，宫五的小脸正仰头朝着镜头看，似乎在端详那监控到底有没有被取消。

因为镜头居高临下，所以小姑娘的小脸凑得太近都变形了，她盯着镜头看啊看，还伸手在镜头前摆了摆，最后似乎看出了什么，她从高处下去，抿着嘴，伸手从包里掏出一把粗制滥造的自制弹弓，夹了一颗小石子，举起来，对着摄像头，啪——

一片龟裂的镜头下，宫五觉得自己没把那玩意给完全打坏，又举起弹弓，啪——

黑屏。

工作人员苦着脸："爱德华先生，这是被五小姐毁掉的第二个摄像头了，学校已经打了两个电话要求维修……"

他的话刚说完，地下室的电话突然响了下，管家的电话打了进来："爱德华先生，学校来了电话，说五小姐毁坏学校的监控，被学校保安捉到了！"

公爵："……"他伸手按着太阳穴，"知道了，我稍后就会过去一趟，先让她正常上学，等我去了再说。"

他伸手调出几个视频，发现一共九个窗口，被她打坏了三个。

他指指视频："全部换个位置，要隐蔽性高不容易被发现的。另外，把五小姐的镜头从这里全部移到另一个实验室，这里不要有任何她的视频让她发现。"

工作人员点头："是，爱德华先生。"

下午，公爵去了学校，校长看到他的时候一脸无奈："如果不是有事，我是绝对不会打扰爱德华先生的，我得承认，五小姐确实很特别。"她拿出一个Y形树枝制成的简陋弹弓，说，"她不承认有同伙，说就是她一个人的主意，安保部不相信，说实话，我也不信。"

公爵揉了揉太阳穴："很抱歉，我会跟她谈，这是我的责任。我得庆幸没人因为她受伤。"

宫五被人叫到校长室的时候，进门就看到了公爵，她睨了他一眼，扭过头：他一看就是因为自己发现了摄像头在生气，这说明他没有撤走监控，骗子！

校长就算看在公爵的分儿上，也不会给宫五处分，更何况，公爵想来也不会允许在她身上留个什么不良记录。

宫五站在校长室门口，除了睨了他一眼，之后就没再多看他一眼。

公爵指指身边："小五，坐下等。"

宫五还是不看他，不过倒是坐了下来。

小东西的脾气似乎越来越大，以前她可没这胆量。说来说去，这也是他惯出来的，毕竟不管她做什么，他都没给过任何惩罚，以致她越来越有恃无恐，在岳美娇面前她就没这胆，她妈就算不打断她的腿，也要打一顿才行，她多少有点怕。

公爵看着她，问："现在觉得解气了没？"

宫五直接对他翻了个白眼。

公爵笑，对她伸手："过来。"

宫五扭着脖子，斜眼看他，不动。

她不动，公爵只能站起来把她拉过去："跟我说说，打坏三个摄像头之后，高兴了吗？"

宫五鼓着脸蛋，说："你说话不算话！骗人！你答应我要取消的，可是我看到上面的灯还是一闪一闪的！你骗人！"

公爵笑："我骗你有糖吃还是有肉吃？"把她拉得坐在自己腿上，他温和地说，"小五，你要知道，整个学院里面，不是只有你一个学生，这些摄像头，不单单为你一个人服务，还有整个学院的学生都要有人负责。在公众场所，监控是必不可少的，你之所以在实验室看到你清晰的画面，是因为我想要关注你，所以刻意把焦点放在你身上，我答应你撤销对你的监控，不代表我要撤掉所有的摄像头，否则对其他同学来说就是不公平的。他们大部分都来自皇室贵族，个个都是伽德勒斯未来重要的人物，所以他们的安全需要有人保障。我这样说，你能理解吗？"

宫五看了他一眼，想了想，点点头："能。"

公爵又说："我答应你不再像之前那样重点关注你，你也能答应我别再毁坏学校的监控摄像头吗？你发现没，都是超高清的，而且，保护对象是皇室贵族，比普通的摄像头贵很多，今天这三个是要赔钱的，还是你想象不到的价钱。"

宫五一听到要赔钱，刚刚十足的士气一下有点低迷了，她呆呆地看着公爵，小脑袋慢慢耷拉下来，问："多少钱？"

他的表情很认真，虽然带着笑，不过不像在开玩笑，而是一贯的表情。公爵伸出手指，送到她面前："这个数。"

宫五瞪大眼睛："这是多少钱？三百块？"

公爵摇头："当然不是。"

宫五咽了咽口水，试探地说："三千块？"

公爵又摇了摇头。宫五眼都直了："小宝哥，难道……是三万块？"

结果，公爵又一次摇头。

宫五颤抖着声音问："小宝哥，你别吓我，到底是多少钱啊？"

公爵说："再加一个零。"

这数目一说，宫五的眼睛开始放空，脑子里嗡嗡响，公爵眼睁睁地看着好好的姑娘逐渐变得神志不清。

她说："小宝哥，我好像有点头晕……"

公爵伸手掐着她的腰，在她的屁股上不轻不重地打了一巴掌："别晕，想想怎么赔钱。"

宫五差点哭出来："骗人，哪有摄像头那么贵的？不可能！"

公爵说："那我们跟学校要发票，不过正常情况下，发票开价更高，如果按照发票赔钱，那肯定是非常吃亏，如果按照市场价，或许还能便宜点。"

"便宜多少啊？"宫五问。

公爵回答："几千块人民币。"

宫五蚊香眼："我不想活了……"

公爵说："这是冲动的代价。"

宫五抽着鼻子，说："小宝哥，我以后再也不乱砸东西了……"

公爵笑："家里的东西可以砸，别人的东西不行，砸了就要赔，明白吗？"

宫五点头，撇着嘴，想了想问："小宝哥，我妈放在你那的钱现在有多少啊？"

公爵说："要拿出来吗？"

宫五点头："要。"然后她抬头看天，掰着手指算自己所有的钱，发现自己欠下的钱更多了。

公爵就看到她一直算来算去，算到最后已经眼泪汪汪了，掉头跟他说："小宝哥，你明天能帮我把钱都取出来吗？"

公爵点头："可以。够吗？"

宫五摇摇头："不够……"

"还差多少？"公爵问。

宫五吸吸鼻子，说："还差一大半。"

她有点抓狂，怎么办啊？视线一转，落在公爵身上，她看了他一眼，又看了他一眼，她知道公爵很有钱的。

对上公爵的视线，宫五问："小宝哥，你能不能借我点钱？"

公爵看着她，点点头："可以。"

"真的？"她有点惊讶他这么爽快就答应了。

公爵点头："嗯，真的。我很有钱。"

她看了他一眼，把头低下来："小宝哥，对不起呀，我给你添麻烦了。我觉得我妈要是知道了，铁定要打断我的腿……我就是一时生气，早知道这么贵，我就砸路灯了。"

公爵："……"怕她真的再砸路灯，他补充，"路灯也不便宜。"

宫五叹了口气："好吧，我就不应该砸东西。"

公爵点头："那小五就想办法先回去筹钱。"

宫五只能点头："好吧。"

今天放学回去后，宫五整个人都蔫了，学习的动力不如之前足，尤金可不管，非要宫五按时学习。

宫五答应过人家，所以学完之后才去找公爵，她已经完全掌握了公爵的作息规律，直接跑去小心地敲门："小宝哥……"

推开门，人不在，她轻车熟路地打开书架进到实验室，果然看到公爵在里面。看到她进来，公爵回头，对她招招手："小五过来。"

宫五赶紧跑过去："小宝哥。"

公爵伸手搂着她的腰，指着视频对话中桌子上摆放的摄像头，说："小五，这就是明天要去装上的摄像头。"

宫五默默地移开眼："我不想看……"

公爵答应她先垫钱，她把她所有的钱都赔了。

至于怎么还，宫五正在绞尽脑汁地想法子赚钱，最主要的还是把生活费省下来填上。

想起自己砸摄像头时没手软的劲头，宫五后悔莫及，早知道就不砸了，原本就欠着钱，这下更是负债累累，不但把生活费花光了，还多欠了公爵很多钱。

这事过后，宫五终于老实不少，她现在手里没钱，也不嚷着要出去住了，更不提要回学校住的话茬。

公爵终于稍稍放了心。

只是三天以后，宫五从学校回来，突然跟公爵宣布，以后每天放学后，她都要延迟一个小时回家。

公爵一愣，问："为什么？"

宫五看了他一眼，说："因为我给自己找了一份赚钱的工作。"

公爵挑眉："哦？是吗？不知小五给自己找了什么样的工作？说来听听。"

宫五正襟危坐，有点儿得意地说："班里有几个同学请我教他们中文，每天放学都要晚回来一个小时，他们答应付我工资。"

公爵拧着眉头，突然发现没了那个麻烦，这小东西就非要制造出这个麻烦来。看着宫五兴致勃勃的模样，他倒是没说旁的话，只是安保要更费心了。

宫五连续一周晚上回来得都很晚，以致睡觉都跟着推迟了一个小时。她缩着小脑袋去找公爵："小宝哥……"手脚并用地往他身边爬。

公爵笑，伸手把她搂到怀里，托着她的腰，偏头亲了过去："小五真乖。"

宫五搂着他的脖子，使劲啃了几口，然后把下巴往他肩膀上一搁，拧着眉头说："小宝哥，我刚才给我妈打了个电话，我妈说我要是不认真学习，就不给我学费。我都不知道我以后会成什么样子，我怕我哪天回去了，我妈还嫌弃我……"

公爵笑："不会的，小五的明天一定比今天更好，我坚信这一点。"

宫五抬起头看他一眼，又重新把下巴搁了过去："谢谢小宝哥……"

她两只胳膊搭在他的肩膀上，歪着脑袋一动不动，直到公爵一把把她抱了起来，她才受惊地伸手搂住他的脖子："小宝哥。"

整个人被放到床上的时候她还眨巴着眼睛，公爵笑，悬在她上空，低头一点一点地亲她的嘴。

宫五伸出胳膊使劲往他身上挂："小宝哥再亲亲……"

公爵低笑："好，再亲亲。"亲完了，他说，"小五喜欢我吗？"

宫五毫不犹豫地点头："喜欢呀！"不喜欢干吗跟他在一起啊？

听了宫五的话，公爵又笑："那小五爱我吗？"

宫五翻了个白眼："爱呀。"

"我们可以喜欢很多人，小五可以喜欢我，也可以喜欢大宝，还可以喜欢岳小姐和步先生，但是小五不能爱每一个人，"公爵笑，"小五觉得呢？"

宫五点点头："哎哟，我觉得差不多啦，干吗在意这些细节啊？反正，我是很喜欢小宝哥的。"

公爵眯了眯眼："我也很喜欢小五，我希望以后能和小五结婚。小五呢？小五有这样的想法吗？"

宫五想了想："小宝哥，我觉得我们应该及时行乐，以后什么的变数太多了……"

刚说完，宫五觉得公爵瞬间全身紧绷，就连脸上的表情都变得严肃起来，原本抚摸在她背上的手也停了下来。他慢慢从激动的情绪中冷静下来，伸手把她拉了起来，盯着她的眼睛。

宫五有点紧张，赶紧往他面前凑了凑，伸手想要搂住他的脖子，结果公爵直接拉下她的手，握在手里，看着她。

"小宝哥，你是不是生气了？其实，我是开玩笑的，"她举起手，瞪大眼睛，努力证明自己，"哎哟，我就是随便说说……"

公爵伸手摸她的脸蛋，拇指轻轻摩挲了一下，说："在我心里，发生过肌肤之亲的男女，该是密不可分的爱人，该是同心协力对未来充满信心的人，可小五却不这样认为。"

宫五赶紧抓他的手："也不是，小宝哥你先别生气啊，其实我就是觉得以后真的是个未知数，你看我妈，她年轻的时候还不是想着跟我爸一生一世一双人，结果她年纪轻轻就离了婚，带着我那么多年多不容易，到现在才遇到步生。小宝哥，你说我妈要是一直都没结婚，然后遇到步生，我妈也就没那么多负担，步生也就没那么多麻烦，只要冲破年龄的障碍，就能开开心心在一块，这样多好？"

一双漂亮的眼睛上，秀气的小眉毛拧在一起，露出一张又急又可怜的漂亮小脸："所以我觉得我们现在这么年轻，以后的时间长着呢，如果我们俩再慢慢更喜欢，不是更好吗？干吗非要说那些一辈子在一起啊什么的，你没听人说秀恩爱死得快啊？我们要谨慎，更何况我妈也不同意我现在谈恋爱。"

她摸摸他的手："小宝哥，其实我很喜欢你，我觉得你是我见过的人里最帅的，一直都没有人比得上你，你说我怎么会不喜欢你呢……好吧，其实我就是喜欢脸长得好看、手还长得好看的人，我就是喜欢小宝哥，我也说不上来到底是什么样的喜欢，其实我也不知道我是不是爱小宝哥，反正我觉得是……"

公爵捏了捏她的下巴："回答我一个问题，如果有一天我死了，你会伤心吗？"

宫五惊呆："小宝哥，你死了我当然伤心了……但是你为什么要死啊？咱俩一起长命百岁多好。"

"我不过是打个比方。"公爵额头的青筋蹦跶着，"你会伤心多久？"

宫五想了想："这个我现在也不知道，估计会伤心到我不想伤心为止吧。"

"会重新找个男人陪你吗？"公爵又问。

宫五这下认真地想了想，好一会儿后才说："我暂时还不知道我会伤心多久，也不知道会不会找别人，"她小心地看了他一眼，说，"可能会再……"

后面的话她没敢说出来，因为公爵的眼神濒临杀人的程度。

宫五自觉地闭上了嘴。眼珠子骨碌碌转了一圈后，她突然蹿起来，一下子扑到他怀里，对着他的嘴就是一通乱亲："小宝哥，我们滚床单吧！"

公爵开始时无动于衷，她扑到他身上亲了半天后，最后被他压到了身下。

第二天早上起床的宫五，嗓子哑了，眼睛也肿了，看着公爵的时候还有点怯怯的，她揉揉腿又摸摸腰，小声说："小宝哥，你说我要不要练练瑜伽锻炼一下身体什么的？"

她从被子里露出乱糟糟的小脑袋，一脸惺忪地看着他，问完了就半眯着眼等他回答。

公爵原本是打算起床的，脸上的表情并没有因为滚了一夜床单就好转，地上的套套横七竖八地躺着，宫五侧身看了一眼，又一脸惆怅地躺平，被她这小模样一撩，公爵顺势重新躺了下去："怎么突然想起要锻炼身体了？"

宫五对着他眨巴眼，说："小宝哥你发现没，你每次都不嫌累，可是明明动的人是你，都是我先累的，肯定是我的身体没有你的身体好的缘故，所以我觉得我应该锻炼身体。小宝哥你觉得我现在要是学跆拳道或者武术什么的会不会有点晚？"

公爵冷硬的脸色被她的话取悦，问："小五想要锻炼身体，是因为小五发现自己容易累？"

宫五点头。其实她心里是有点不服气，她觉得自己身体挺好的，但是不知为什么，每次滚床单的时候，她都觉得小宝哥好像一直都不累似的，可她每次都累得半死。

"我也不想跟燕大宝打架的时候输了呀！"

她补充的这一句，让公爵咬着牙，半天没说出话，只低头把她摁着又闹了一通。

"学跆拳道和武术就是为了打架？"洗澡的时候公爵给她揉头发，宫五闭着眼，不让泡沫流到眼睛里，还趁机伸手在公爵身上乱摸，公爵也不管她，往她头上冲水，拿了浴巾裹住，把她扔到床上，"换衣服准备去上学。"

宫五裹着浴巾躺在床上，踢着光溜溜的腿，斜眼看着公爵，嘴里还嚷嚷着："我偏不！我就不！我坚决不！"

"不什么？不穿衣服？"公爵看了看时间，"还没吃早饭，再不去就迟到了。"

宫五发现自己昨晚那么积极主动之后，他早上还在生昨晚的气，这人的心眼得多小啊！

"小宝哥小心眼！"宫五抬着下巴，用脚在他裹了浴巾的结实小腹上蹂躏，"小心眼小心眼，都过了一夜，应该翻篇，一切都要恢复原样，可是小宝哥还是生气，这就不对了，你看，我从来不生隔夜的气，我这样多好啊！"

宫五以前不觉得，待一块的时间久了才发现，其实公爵生气的时候，一点都不像在外面的时候那样优雅，原来那些都是表象，他也是喜怒形于色的普通人，生气的时候会绷着脸，高兴的时候会笑得眼睛变成弯弯的月牙。

她的两条腿还在蹂躏他的肚子："小宝哥，你笑一笑吧，你笑一笑嘛。"

公爵没笑，只是伸手抓住她的两只腿脖子，宫五赶紧嗷嗷叫："不行不行！小宝哥，不行，我真的要迟到啦，我要换衣服啦！"

公爵把她的腿放到床上，在她身侧坐下，宫五赶紧拉着浴巾坐起来，伸手拿起衣服往身上穿，一边穿还一边瞅他："小宝哥，你天天都不上班，你说你怎么赚钱啊？"

衣服穿错了，她赶紧脱下来重新穿，公爵忍不住伸手帮她纠正，手绕过她的身体，帮她扣上扣子。

宫五瞪眼："小宝哥，你自己又不穿内衣，为什么动作这么熟练？是不是以前偷偷帮人家穿过练出来的？你不是说你以前没有女朋友吗？你是不是骗我的？你……"

她头上又被套了件衣服，公爵说："抬胳膊。"

她听话地把胳膊伸到袖子里，公爵把她的衣服下摆拉下，又拿过一根袋子系在衣领下，打成一个漂亮的蝴蝶结。

"小宝哥……"

"抬腿。"

她只好把腿抬起来，嘴里又说："小宝哥……"

"外套！"

宫五翻了个白眼："小宝哥……"

"迟到了。"公爵提醒。

宫五一看时间，赶紧往外冲："完了完了！小宝哥都怪你！"跑到门口她突然又停住脚，飞快地跑回来，伸手扯掉公爵身上的浴巾扔了，撒腿就跑，"有人光屁股啰！"

等公爵出去的时候，就看到那个小东西正在尤金虎视眈眈的注视下，端庄优雅地用餐，在长期的监督下，这会儿她的一言一行，坐着的姿势，腰杆挺拔的程度，都标准至极，完全是老师眼中的楷模。

谁都知道尤金是个极其挑剔的人，一旦被他发现问题，不管多难缠的人他都要扭过来，固执得像块千年顽石，所以公爵府的人对尤金又敬又怕又无奈。不过，宫五的到来打破了尤金这么多年的固执。

原本尤金是那种要是逮着谁、不把人扭过来绝不放手的类型，结果遇到宫五之后，愣是被她死皮赖脸说了成卡车的好话，磨得尤金一次次让她做错了也能正常吃饭，毕竟吃饱了才有力气明天继续学习，犯错了也能提前睡觉，毕竟精神好了明天才能做得更好。

公爵府里的人，就眼睁睁地看着宫五天天跟尤金斗智斗勇，有时候是为了能再吃个水果，有时候是为了能跑去跟公爵亲个小嘴，反正她花样百出，而且大多时候都能赢。

如今她倒是有些小模样了，当然尤金也是操碎了心，为了督促她随时随地有淑女风范，每天的早餐都要过来盯着。

于是早餐和晚餐时间成了宫五一天中最端庄优雅的时候。

看到公爵出来宫五的眼珠子在他身上扫了一下，身后传来一声提醒的咳嗽声，宫五赶紧收回视线，脸上摆出得体的笑："早上好。"

公爵看了她一眼，走过来，低头在她唇上亲了一下："早上好小五，早上好尤金先生。"

宫五眨巴眼，尤金对公爵行礼："早上好爱德华先生。"

吃完早饭，宫五就急急忙忙地上车去上学，因为在家里磨叨的时间太长，到了学校以后上课铃声已经响过了。

贵族学校培养学生时间观念是头等大事，守时是基本礼仪，而宫五迟到了。

面对着空无一人的学校门口，大门口是电子门卫，连个能通融的人都没有。

宫五孤零零地站在校门口，眨巴眼。送她来的司机很紧张，他已经在安全范围数值内开到最快了，结果五小姐出门的时间真的太晚了，实在是来不及。

司机还在想着要不要跟爱德华先生说一声，突然看到宫五伸手把书包从紧闭的大门上方扔了进去，然后她对着手心呸呸两下，走到门边，抓着门栅栏，爬大门。

司机震惊，急忙从车上下来："五……五小姐……"

宫五刚爬到大门的正上方，警报铃声大作，全校的警报都响了起来，四面八方朝着这边拥来全副武装的人，手里各式各样的枪齐齐对准了还骑在门上、没来得及下去的宫五。

宫五一看到有枪对着自己，大喊："救命啊！"

公爵又一次被请到了学校。

宫五低着头，双腿并拢歪向一边，两只手端庄地放在腿上，努力营造出自己是淑女的形象。

公爵进门后就看到她这副造型。

校长对着进门的公爵摊手："呃……我要怎么说呢？"

公爵扭头看向宫五，问："受伤没有？"

宫五有点鄙视："就爬个大门，能受什么伤啊？"

公爵深呼吸一口气，扭头看向校长："我很抱歉，今天是我的原因，耽误了时间，所以她出门晚了。"

校长挑眉："好吧，我想一定是有原因的。不过，这次她要受到一点惩罚。"说着，她把桌子上放着的一本校规守则小册子拿了出来，"小五必须背会校规上的所有条例。让她牢记校规，这样她以后就不会再犯错了。"

宫五还毕恭毕敬地坐着，公爵拿起那本小册子："谢谢。"

看了眼老老实实坐着的人，他走过去，把小册子放到她手里："把这本书里的校规守则都背会，以后看到这上面禁止的，都不准做，包括翻门之类的。"

宫五沉默地接过来，瞅了他一眼："我今天早上迟到，都怪你呀！"

公爵点头认错："对，是我的错，我道歉。"

这会儿他很干脆地认错，宫五又没挨训，虽然背学校守则很苦，不过总比赔钱好。

她连着两次惹出这么大的动静，还惊动了日理万机的公爵，这下全校的学生都认得这位来自东方的漂亮女孩了。

宫五坐在教室里上课的时候，高年级的学长、学姐都来找她。以前也听说过这种，天天带家长，但这次这个带的家长是位高权重的爱德华大公爵，这在学校建校以来一百多年的历史中也没几个。

之后旁边的同学课间过来跟她说话，宫五都时时警惕，生怕再给公爵丢脸。

本来她决定翻大门进去，也是不想惊动别人，不想让人知道靠公爵的关系来上学的学生又做坏事了，想着自己偷偷摸摸进去上课就行，结果谁知道一下子就惊动了全校啊！

不怪她，真的，都是这所学院太变态了，一个警报响就行了呗，怎么还全校的都响啊？

好在公爵没怪她，要不然她要气死啦。

同学找她说话，她拒绝回答任何相关问题，不想让这些人知道她干了什么，本来学校也没对外说是怎么回事，就说是她误触了警报。

不过公爵被惊动是千真万确的，她这出名出得一点都不含糊。

之后就流出一个传闻，说宫五是以爱德华先生的未婚妻的名义入学的，而且还是爱德华先生亲自填写的。

这个消息，让那些爱慕爱德华先生的女生对宫五的敌意加重，宫五路过一群女生身边，就听到有女生故意大声说："有的人就是没有自知之明，明明是个平民，还非要挤入贵族学校。我们这些入学的学生，代表的可是家族。"

另一个女生配合："我觉得那样的野女孩，根本配不上爱德华先生，也没有资格嫁进爱德华家族，还真的以为自己非同凡响，真是可笑。"

宫五绷着脸，从她们身边经过，第一个女孩嗤笑一声："我相信爱德华先生对她不过是逢场作戏。"

宫五已经走了过去，又站住，转身看向那几个围在一起窃窃私语的女孩，微笑着说："很抱歉，我是住在爱德华先生府上的客人，几位美丽的小姐如果说的是那位爱德华先生，那么我想要反驳诸位一句，你们是在质疑爱德华先生对爱情忠贞不渝从一而终的高贵品质吗？作为爱德华先生的客人，我要公正地说一句，我眼中的公爵可不是那样肤浅的人。"

"我们又没跟你说话！"

"是的，但是你们污蔑了爱德华先生高贵的人品，我不能容忍。"

这边她跟只小刺猬一样盯着人家吵的时候，公爵面前的显示屏上，她那张漂亮的小脸带着恐怕她自己都没察觉的愤怒，说到关键点的时候还着重咬着单词，用最慢的速度说出来，用以刺激意图用她的平民身份来抨击她的女孩们。

说完，一看她的小脸就知道她心里爽了，挥挥手："抱歉，打扰了你们优雅的聊天内容，希望诸位有个愉快的下午。"转身，快快乐乐地走了。

虽然跟人家耍嘴皮子赢了，不过回去以后，宫五那张小脸就拉下了，到底是什么意思？未婚妻的名义入学是什么意思？

看到公爵的时候她斜了斜眼，公爵看着她，宫五继续斜眼看他，他不由得叹了口气。

宫五噜噜走到他面前："小宝哥，我有话问你。"

公爵点点头，指指书房："要不要去那里？安静没人打搅。"

"行。"

到了书房，宫五指指沙发："小宝哥你坐这边。"她自己在对面坐下，抱起胳膊，瞪眼，"我今天在学校听到一个好笑的传闻。"

公爵问："小五可以说得清楚点吗？毕竟我现在一头雾水。"

宫五盯着他："有人告诉我，说我的入学身份是小宝哥的未婚妻，然后让她们抓住了把柄，说我没资格、配不上小宝哥！"

公爵笑了起来，脸上的笑容像荡开的水波一样柔和："小五觉得呢？"

宫五一呆，连连眨眼，然后赶紧说："我在努力啊！我在努力配得上小宝哥啊！"

公爵微笑着看她，宫五握拳，坚定地说："我一定会成为配得上小宝哥的女人。"

公爵微笑："小五想说的就是这个吗？那就没事了。"

宫五正要说"好"，突然想起自己被他带得忘记了重点，大喊一声："不对！小宝哥！"

公爵抬头："怎么？"

"入学申请表！"宫五一下子站了起来，指控，"就是那个什么入学申请表上，填的是'未婚妻'。小宝哥你要不要解释一下？这么重要的事，你是不是应该跟我说一声打个招呼？我妈知道吗？这件事很重要。"

公爵问："有什么不对？没有结婚的男女朋友，就是未婚夫妻，我一直觉得这是一个正常的逻辑。至于岳小姐，小五不用担心，其实岳小姐开始的时候就知道入学申请表的事，既然岳小姐请我帮忙，我当然要想一个周全的法子，同时也要对她如实相告。"他说，"如果不信，小五可以给岳小姐打电话证实一下我的话。"

宫五将信将疑的表情，掏出手机，给步生打电话，步生接起来："小五。"

宫五问："步生，我妈呢？我想跟我妈说话。"

步生说了句："好，等一下。"把手机递给岳美娇，"小五的电话。"

岳美娇看他一眼，接过来："喂？又怎么了？"

她这一开口宫五就郁闷了，什么叫"又"啊？

"妈，我就是想问一句，那个，我在这边学校的入学申请表上，写的是爱德华先生的未婚妻这事，你知道吗？"她说得满心委屈。

结果岳美娇直接说了句："知道，要不然你以为你怎么入学？好好的突然说这个干什么？别告诉我你又要闹腾人了。"

宫五："我没有啊，我就是问一句，知道就知道呗，我挂了！"说完，她鼓着脸蛋，把电话给挂了，抬眼看到公爵还坐在原地看着她。

宫五眨眼："好吧，我妈确实知道。但那又怎样？你们也没告诉我！难道不应该让我知道吗？我今天被那个大胸妹挤对的时候吓了一跳，你们要是早告诉我，我能被吓一跳吗？"

她义正词严，气愤难当："反正，小宝哥你这事做得太不地道了。"

公爵对她招招手："过来。"

宫五斜他一眼，噌噌跑过去，在他旁边坐下，往他怀里一靠，说："小宝哥，我不生你的气，你也不能因为我说错话生我的气，咱们俩扯平了，行吗？"

公爵叹了口气，伸手捏捏她的脸："不行也得行，真要跟你置气，我估计要短寿好几年。"

宫五眯眼："小宝哥，你这话说得就不对了，我来伽德勒斯以后这么老实、这么听话，还一直想着不能给你丢脸，怎么会跟你置气？"她笑嘻嘻地说，"我最喜欢小宝哥了！"

公爵笑，抓着她的手腕拉到自己面前，让她趴在胸前："如果小五能不惹祸，我会更高兴。"

宫五努嘴："我没有惹祸呀！小宝哥，其实我很老实的。"她看到他脸上的笑，又吐吐舌头，说，"好吧，我也觉得老是带家长不好。不过小宝哥你放心，我以后绝对不会再犯错了。"

公爵笑："如果是这样，那当然更好了。"

宫五暗暗下决心，万一以后再有什么事，坚决不能找公爵，到时候实在不行，就花一点钱，请个人帮忙假装家里人也行啊！

宫五离开之后，公爵转身进了书房，拧开正对着书桌的开关，进入地下室。

数台大型电子屏幕无数个分镜信息正在实时滚动，公爵走到其中一个屏幕前，伸手一指其中一个小屏幕，说："单独调出来实时查看，有任何问题告诉我。"

宫五坐在车上晃着身体、踢着腿看着窗外的画面出现在公爵的视线内，他伸手在键盘上敲了一下，把镜头调得略远了些，不让观察者看到她细枝末节的动作，只给一个远镜头查看。

"爱德华先生！"一个穿着白色工作服的工作人员伸手递上一份报告，"占旭有行动！"

公爵伸手接过那份厚厚的报告，转身在一侧的椅子上坐了下来，慢条斯理地翻着报告，然后抬头："报告里说的宫家，确认是青城的宫家？"

"是的先生，确认。占旭按那份图纸设计出的武器并不高明，他为了节约成本，零配件的质量都很劣质，只是外观上保持高度相似，但内部结果以及变形的过程都有明显的漏洞。只是您的设计并未对外发布，所以占旭的作品一出来就接到了大量订单，他为了防止其他人再抄袭和破解他这次设计的秘密，特地大费周章，把半成品运送到青城的一家工厂再加工，然后再进口，造成货物是在青城生产的假象……"

公爵点了点头："明白了。我要知道青城宫家接受占旭委托的详细资料，尽快。"

"好的先生。"

宫五在伽德勒斯的生活按部就班，虽然没有交到一个像燕大宝那样的好朋友，不过班里的同学还算和善。

课间的时候她正捧着书看，突然有个人在桌子对面坐了下来："嘿！我听人说你不是爱德华先生的妹妹？"

宫五抬头，发现是班里一直坐在最后面的男生，叫马修，他跟那些精心打扮过的贵族不一样，衣着要寒碜得多，虽然服饰的造型和材料也算不错，不过马修本身属于那种不修边幅的人，所以总给人一种不正经的感觉。

公爵曾提过学校里的几类人，宫五快速地判断出马修很可能是那种没落贵族的后代，虽然有资格进入皇家学院，但实际上家里的生活条件还不如富裕的平民，在学校也是那种没人关注的类型。

他突然来找宫五问这话，宫五直接抱起胳膊，神情戒备地看着他："跟你有什

162

么关系？"

马修问："他们说你是爱德华先生的未婚妻，这是真的吗？"

虽然话是他问出来的，实际上周围的同学都竖起了耳朵在听，就想知道传闻是不是真的。

宫五还是看着他，抬着下巴，说："是啊，怎么了？我那个国家的人，没有什么贵族平民之分，家里世代富裕的人家，我们称之为豪门世家，等同你们这边的贵族。爱德华先生是我的未婚夫，他也希望我来这里上学读书，因为可以离他更近一点，难道这对你们有什么影响吗？"

马修说："当然有，你不知道这学校里的女孩们，有很多人都暗恋、仰慕爱德华先生？要知道，他可是如今整个王国最年轻英俊的单身贵族。"

宫五微笑："哦，这样的话那很抱歉地告诉大家，淑女们可要保持端庄，因为爱德华先生是有未婚妻的，希望大家尽量克制情感，我知道爱德华先生年轻英俊，但是名草有主大家就要避嫌，非常感谢大家对我未婚夫的厚爱，不过到此为止吧！"

这就等于宣告了爱德华先生是有未婚妻的，就是这个来自东方的女孩。班级里的女生当即就有一个哭着冲了出去，还有几个女生纷纷趴在桌子上抽噎。

男生们也是一片惊讶，美丽的东方女孩不是公爵的妹妹，而是他的未婚妻，这等于直接堵死了他们试图通过联姻来振兴家族的愿望。

马修笑眯眯地说："我叫马修·哈尔，是哈尔家族的第十三代继承人……"

他的话还没说完，旁边有其他男孩放肆地起哄："是的，他是哈尔家族的继承人，以后会继承一座没有产值的破庄园……哈哈哈哈……"

马修脸色未变，显然习惯了被人嘲弄，只是低下头，等那帮男孩哄笑着离开后，才重新开口说："是的，我的家族并不兴旺，或者说以前很兴旺，但是现在没落了。"

宫五看着他，不确定他的话是真是假，她别的没记住，不过记住了公爵的话，她的言行代表的是公爵，所以她要谨言慎行，不能让公爵因为她出丑。

她客气地应付着马修，马修笑着说："我家有座种植果树的庄园，在丰收的季节，我邀请你去采摘。"

宫五说："谢谢，爱德华先生也有庄园。"

"那是橡胶树庄园是吗？那不一样，等你去过我家的庄园你就知道不同了。"马修极力推荐自己家的果树庄园。

宫五礼貌地微笑，一点都不热络："谢谢，以后会有机会的。"

马修似乎对宫五很有好感，之后的时间都很积极主动地跟宫五说话，好歹让宫五寂寞如雪的课间没那么尴尬了。

马修作为班里唯一一个会主动又热情地跟宫五打招呼的人，开始宫五还很警惕，时间久了自然就熟络起来，只是毕竟男女有别，宫五还是有些防范的，她始终牢记，自己名义上可是公爵的未婚妻。

有个人陪着说话总比没有一个人搭理好，对于宫五来说，马修的存在还是挺好的。

接触多了，她对马修家的情况也多少有了些了解，原来哈尔家族也有个枪械厂，不过因为找不到好的设计师，生意不如别人家好。

宫五当时就眼珠子骨碌碌转了一圈，立马就想到了公爵那些被扔在垃圾桶里的稿子。

她现在还在做家教，还欠了公爵那么多钱，她总要想办法赚钱啊！

月底是岳美娇的预产期，宫五原本是打算回去的，结果一天早上她的手机响了一下，收到了一张照片：一个刚出生的小婴儿闭着睫毛长长的大眼睛，握着小小的肉拳头睡得正香。

岳美娇早于预产期生下一个八斤重的胖小子，步生的长子，取名步景天。

宫五瞪着照片，举着手机拿去给公爵看："小宝哥，小宝哥你快看，我弟弟出生了！我妈让我给他取个小名，我叫他小八，你觉得好听吗？"

公爵认真地看了看照片，真心地祝福："好听，一听就是小五的弟弟。恭喜小五有了一个可爱的弟弟。"

宫五龇牙，高兴得跟什么似的，中午接到岳美娇的电话，不让她回去，反正已经生了，孩子平安无事，回去也是浪费时间，接下来就是坐月子，让宫五在学校认认真真学习。

宫五还特别把这个消息发给了燕大宝，燕大宝当天就代表宫五买了一堆小婴儿的衣服跑去看步小八。

晚上的时候她照例去书房找公爵，看到帮佣正在整理公爵的废稿，她蹲在旁边手托腮看着，问："这些东西还有用吗？"

帮佣摇摇头："当然没用，这些都是爱德华先生废弃的废纸。"

宫五伸手拿起一张看了看，帮佣急忙说："不不，五小姐，这些是我干的活，您不能伸手，您要是碰了，我就失去工作了。"

宫五只好放下来，只是眼珠子还朝纸上瞟。

第二天上学，课间的时候马修自觉地靠了过来："嘿，五。"

宫五和马修认识之后，关系逐渐融洽起来，可以慢悠悠地聊天了。

马修手托腮，惆怅似的说了句："不过，如果没有好的设计，我们家也只能做些小生意。"

宫五说："那你们家就找些好的设计师，接大生意啊。"

马修瞅了她一眼："你以为我们家没有啊？可是在伽德勒斯，最负盛名的就是爱德华先生，多少人想要看一眼他的废稿都不容易，我们是拿着正版稿子都没人要。我要是能有一张爱德华先生的废稿，要多少钱我都给。"他突然想到了什么似的推推她，"五，你是住在公爵府的，你有没有啊？哪怕从垃圾桶翻出一张都行，我付钱。"

宫五鼓着脸蛋没说话。

马修又说："算了算了，你又不差钱，你完全体会不到我的心情。哎呀，我父亲在家里都快愁死了，想要生意好，生意却偏偏不好，这日子没法过了。"

宫五反驳："你又不是我，你怎么知道你体会不到你的心情？"

马修摊手："毕竟你是住在公爵府的，什么都有，当然不能体会我的心情。五，你真的拿不到爱德华先生的废稿吗？我们只要废稿，稍加改造就行，我们的客户要求不高，大多是打猎使用。"

宫五抿嘴，斜了他一眼，说："不给，万一爱德华先生生气怎么办？"

马修叹气："好吧，我就知道你不差钱。一张废稿，两千块怎么样？"

宫五的眼珠子动了动，马修一见立马说："要不然三千块？"

宫五拿起书，往他脸上一拍："不准跟我说这个！"

马修的脑袋磕到桌子上："好吧。"

晚上的时候，宫五又蹲在旁边看着帮佣收拾今天的废稿，眼珠子落在那些有着图案的图纸上，抿着嘴，一句话没说。

帮佣笑着说："五小姐，您好像很喜欢看我收拾东西？"

宫五干笑："我就是随便看看，我觉得吉娜夫人很能干呢，收拾得真好。"

在她们说话的时候，公爵正拿着笔在写东西，听到宫五的声音他抬头看了一眼，宫五蹲在地上，留给他一个背影，压根没回头。

公爵挑眉，开口："小五。"

宫五扭头："小宝哥。"

公爵笑："过来。"他抬眸看了眼吉娜，吉娜放下手里的活，站起来微笑着离开，"我稍后再来。"

宫五跑过去，公爵伸手，她乖乖地坐在他腿上，抬着下巴说："小宝哥，干吗呀？"

"不干吗，就是突然想要抱抱小五。"公爵笑着说，"自从小五好好学习后，除了早上的骑马时间，小五都没有关注到我，我觉得受到了冷落，怎么办？"

宫五瞪大眼："谁说的？还有晚上啊！晚上我们在一起的啊！"

"晚上？"他笑，两只手圈着她的腰，说，"晚上的时间太少，我都没机会看看小五的脸。"

宫五努嘴，眼珠子转了一圈，伸手抱着他的头，噘嘴，使劲亲了过去。

她发现了，其实公爵也会撒娇的，比如现在，他就是在抗议她不够关注她，撒娇来着。

公爵的手想要往她衣服里伸，宫五立马说："不行！"

公爵看着她，宫五说："还有五分钟我就要去上课了！"

不等公爵说话，她从公爵的腿上滑下来，快速地跑到吉娜堆放的袋子旁，提起来就往外跑："我让她不要来打扰你！"说完跑了出去。

吉娜过来的时候，就看到她的袋子放在门口，她特地跑过去跟宫五打招呼："五小姐，谢谢您。"

宫五正是弹钢琴的间隙，摆摆手对她笑了笑："没有关系呀。"

钢琴老师拍拍手，她只能赶紧回去，继续弹。

宫五一晚上没睡好，老担心自己偷偷藏在书包里的图纸被人发现，天都快亮了，她才勉强睡着。

早上她起不来了，公爵把她往自己怀里搂了搂："小五怎么了？一晚上都睡不安稳，怎么了？"

宫五眯眼，摇头："没什么，我要赶紧起床，要迟到了。"

他伸手试了下她的额头，发现也不烫："失眠了？"

宫五抿嘴，摇头："没有。小宝哥，要起床啦！"

虽然没睡好，但是她的精神还不错，精神抖擞地上学去了。

公爵站在窗口，看着她钻到车里，她怀里紧紧地抱着书包，过了一会儿又贴着玻璃看他，露出洁白的牙齿，对他使劲挥了挥手，他对她笑了笑，轻轻摆了摆手，宫五这才把小脑袋缩回去。

车缓缓开了出去，吉娜不安地站在书房的办公桌前，神情紧张。

公爵微微抬起下巴，慢悠悠地转身，走到办公桌前坐下，手指在桌子上快速地敲了敲。

吉娜不安地看着他："爱德华先生，我确认少了一张稿子，我发誓没有放在任何地方，销毁之前我复查的时候发现少了一张，爱德华先生……"

公爵轻轻点了点头："我了解，不用再说，你离开之后我取回了一张，但是忘了告诉你，这是我的失误，如果让你觉得不安我很抱歉。"

吉娜顿时松了口气，伸手拍着胸口："爱德华先生，我真是吓坏了，我以为我弄丢了稿件。我的天啊！我总算可以松口气了！"

公爵微笑："你去忙吧，没关系。"

吉娜赶紧点头："好的爱德华先生，那我先去忙了。"

离开的时候吉娜还在庆幸是爱德华先生拿走了。

上学的路上，宫五横躺在后车座上，包扔在一边，一副身体被掏空的模样，呆呆地看着车顶。

车足够稳，躺着也不用担心从车座上掉下来，她一双眼睛睁得圆溜溜的，琢磨着是不是还能讲讲价，能不能把三千块谈成三千五百块。

宫五想了一会儿，又一骨碌坐了起来，心里有点不踏实，琢磨着公爵会不会生气啊？

她转念又一想，反正都是些不用的废稿呀，扔到垃圾桶里一毛钱都没有，她这还是废物利用呢。

她自己安慰完了自己，便喜滋滋地松了口气，伸手把包捡起来抱在怀里。

课间的时候，马修一如既往地过来找她说话，他算不上帅哥，不过胜在自幼的环境影响，举动中多少体现出了该有的教养，只是他带了些痞气，缺少了其他少年人彬彬有礼的做派。他朝宫五面前一坐，旁边的人不想跟他起争执就只能让开位置，等上课的时候再过来。

马修这样的落魄贵族在学校也没人欺负，主要得益于他本身不是让人欺负的性格，而宫五则是完全依赖了公爵的背景。对宫五来说，有个马修这样的同学说说话也不错，当然不能把马修当成罗小景他们相处，马修也不是那种适合当朋友的人。

她每天乖乖地上学、放学，不惹事不挑事，谁还能咬她一口或是打她一下？

马修挑眉："反正，小心点又不花钱。"说完这话，他又惆怅地说了句，"不过话说回来，五，你真的不打算赚钱吗？"

宫五问："赚什么钱？"

马修笑："这里不方便说得那么清楚。"

宫五沉默了一下，胳膊往桌子上一支，小拳头托着腮，说："太少了，如果多一点，我可以考虑。"

马修一听她这样说，顿时眼睛一亮："真的？你说多少，只要是亲笔稿，你说多少就是多少！"

宫五也没概念，犹豫了一下，对马修伸出五根指，说："加这么多！"

马修毫不犹豫地点头："行！"

宫五一愣，有点发呆，问："你知道我说的是多少吗？"

马修对她晃了下手，说："加到这么多，我知道！"

宫五见他这么爽快就同意了，自己倒不知道该说什么了，伸手摸摸鼻子，问："真的？"

马修点头："我们俩好歹也算是朋友了，我能骗你吗？"

宫五撇嘴："我也没什么让你骗的呀。我就一个人，还没钱，我能被人骗什么呀？"

马修哈哈笑："说得也对。"想了想又凑近，压低声音问，"五，那稿子什么时候能给我？"

宫五抱着胳膊，问："你那个钱什么时候给我呀？"

马修笑："那点钱，我现在就能给你。但是稿子……"

宫五斜眼："我现在也能给你呀。"

"五，你真是我的福星！"马修的精神一下就来了，"那放学以后吧，你觉得可以吗？"

宫五点头："行啊！"想了想，又提醒，"但是你不能跟人家说呀！"

马修咧开嘴笑，露出洁白的牙齿："我肯定会保密的呀！"

放学的时候，宫五背着包，马修手里提着一个袋子，里面是他让人赶回去取的钱："现在拿出来让人看到可不好，你回去数了如果不对再告诉我。"

宫五接过袋子打开看了一眼，发现钱被油纸包着，看不到是多少，就觉得厚厚的一沓。她毕竟是做坏事，心虚得不敢现场数，快速地从包里掏出一张折叠的纸给他："喏。"

马修刚要接，宫五突然又把手缩了回去，看着马修问："你就是拿回家参考参考的，不会用这个做坏事的是吧？"

马修轻咳一声："你觉得我能做什么坏事？要知道伽德勒斯的兵工厂那么多，竞争那么大，我们家没有优势所以才导致生意一落千丈，如果能有爱德华先生的指点，说不准我们家就能起死回生，到时候，你和爱德华先生都会是我们家族的恩人。五，求你了，钱也给你了，我们是谈好的交易。再说了，这对你不会有任何影响，不是吗？这不过是一张爱德华先生不要的废纸，而你却能用这张纸得到一笔钱，为什么我们不废物利用呢？"

宫五努努嘴，看看手里的图纸，又看看手里的钱袋子，想了想，把图纸给了马修。

马修有点激动，接过图纸的时候眼睛都是亮的："五，谢谢你。合作愉快！"

他拿了图纸，快速地放到口袋里："我要先走了，明天见！"

宫五站在原地，努努嘴，提着钱袋子慢吞吞地回去。

头顶上方，镶嵌在欧式建筑翘起的飞檐上的摄像头高速运转着，画面清晰地出现在公爵面前的电脑上，他坐在办公桌旁，一手撑着额头，面无表情地看着屏幕上那个神情有点茫然又有点恐慌的姑娘。

　　放学回公爵府的路上，宫五的手都紧紧地抓着包，包里面有钱，有三千五百块钱。

　　她有点紧张，有点忐忑，又有点茫然，潜意识里觉得这样似乎不对，可她又安慰自己，反正那些都是小宝哥不要的废纸，她是在废物利用，没关系的。

　　可宫五发现虽然她找了很多理由来安慰自己，她心里还是紧张，她觉得，如果让小宝哥知道，他可能会生气。

　　宫五拼命地深呼吸，这种忐忑的心情她不喜欢，更是有点后悔，如果小宝哥生气怎么办？

　　只是事情已经做了，她钱都拿到了。

　　她进门的时候看到公爵坐在沙发上，她快速地看了他一眼："小宝哥我回来了……"

　　公爵抬头看着她笑："今天上课还好吗？"

　　宫五点头："嗯。"她伸手指指自己的小书房，说，"小宝哥我要去看书，我今天有论文要写。"

　　公爵点头："好，去吧。"

　　宫五抱着自己的包，快速地跑去书房，还伸手把门锁上。

　　她咬着下唇，从包里把钱袋子掏了出来，一层层拆开报纸，发现里面的钱不是她以为的红色老人头，也就是说，货币不是她熟悉的人民币，而是欧元。

　　她自以为她跟马修谈价格的时候，说是一张图三千元人民币，却忽略了伽德勒斯的主要流通货币其实是欧元，虽然伽德勒斯当地的货币也流通，但是有些大型商场其实还是只认欧元的。

　　很显然，马修是默认她说的价格是三千欧元，而宫五最后对他伸出五指，也被马修理解为五千欧元。

　　心跳不知道怎的突然就加剧了，宫五赶紧伸手开了电脑，一个字一个字地输入电脑，搜索五千欧元等于多少人民币，当她凑到电脑前，把电脑上的小数点数清楚以后，她的手一哆嗦，直接把电脑旁边她用来喝水的杯子给碰得摔在地上。

　　杯子砸在铺了地毯的地面上，发出沉闷的咚的一声，杯子里剩下的小半杯水直接洒在地毯上。

　　门外有敲门声，公爵站在门口："小五？怎么了？"

　　宫五抿着嘴，她被一张废纸的价格吓到了，什么样的废纸能值这么多钱？这还

169

是她随便偷拿的一张，马修甚至没看那张图纸，就付了她三万多块钱，为什么？

她觉得能卖三十块就超出了她的预期，三千块更是个天文数字，她本来是告诉马修再加五百块的，却没想到马修直接付给了她五千欧元，等同三万多块人民币。

在学校的时候，她就听人说过公爵的手稿价值千金，她一直以为那是夸张的说法，却没想到是真的。当她拿到钱后，才发现完全超出了她能理解的范围。

她的心很慌，总觉得自己做了蠢事，会不会因为她的这个举动，发生什么对小宝哥不好的事？

她急忙把那些钱重新用报纸包起来，放回袋里，又重新塞回包里。

一个人在书房努力调整了下心跳，她这才打开门走出去。

公爵回头看她，对她伸出手："小五今天难得这么认真，一回来就要学习。过来陪陪我好不好？"

宫五往他身边一坐，靠在他身上，虽然脸上笑嘻嘻的，可那眉眼间一看就是心事重重。

在她自己都没注意的情况下，她叹了好几口气，公爵问："怎么了？小五今天好像有点不高兴，发生什么事了？"

宫五赶紧摇头："没什么啊，呵呵。"

公爵笑了笑："好，没事就好。"他低头，在她唇上亲了一下，说，"小五在学校有任何事，觉得解决不了的，就来跟我说，好吗？"

宫五点头："嗯，知道啦！"她抿了抿嘴，试探地问，"小宝哥，你真的能解决任何事吗？"

公爵笑："能，只要小五说出来，我就能。小五真的有事？被人欺负了？"

宫五抿着嘴，沉默了好一会儿，伸手搂住他的脖子，说："没有！没有人欺负我。如果我有事，肯定跟小宝哥说……"她搂着他的脖子，动了动脑袋，把脑袋靠在他怀里，依旧忧心忡忡。

公爵垂眸看着她，伸手理了理她的头发，说："没有就好。"

跟之前相比，宫五今天晚上不管是上课还是学习都不专心，学了大半个学期的乐谱，弹钢琴的时候竟然弹错了，错的还是基础知识，钢琴老师一脸的诧异："五小姐，您今天是不是有点不在状态？"

宫五的心情很沮丧，想哭，却又没理由哭，她觉得喉咙口堵了什么东西，堵得很难受，手脚都有点抖。

她怕自己因为贪图一时的钱，犯了和小时候一样的错，原本只是想赚钱，却帮坏人做了不该做的事。

其实宫五并不相信马修，但是她想要钱是真的，可马修给的钱多得反常，让她意识到事情的不对劲。她从来没想过一张废纸会值那么多钱，什么样的人会钱多到傻得买一张废纸？一定是这张纸有足够的价值让他们觉得值得。

她一晚上的状态都不好，这和小时候她懵懂时的想法不同，她感觉到了害怕。

她晚上睡觉的时候比前一个晚上更不踏实，老梦到有警察站在她面前，说她帮人运违禁品，要抓她。

宫五第二天起得非常早，天蒙蒙亮就爬了起来。

公爵拉住她："小五？"

宫五龇牙："我睡不着，要起床了，小宝哥你再睡一会儿吧。"

她急急忙忙地进了卫生间洗脸刷牙，因为比往常起得早，早餐还没做好，她就坐在沙发上，手里捧着书发呆，书是打开的，不过她一个字都没看进去。

公爵站在门口，就看到她呆呆地看着外面一言不发。

公爵走到她面前伸手，低头在她头顶亲了一下，宫五被吓了一跳："小宝哥，你起来了？"

公爵笑："嗯。走，带你骑马去。"

宫五抬头，看着他说："小宝哥，我今天不想骑马，我能不能偷懒一天？"

公爵笑："太阳刚刚升起，小五确定要错过这样美丽的早晨？"

认真地思考了一下，宫五站起来："那好吧。"

公爵依旧笑着："去换衣服，我们一起去。"

宫五点点头，情绪不高地去换衣服。

公爵站在原地，看着她的背影，慢慢地扭头看向生机勃勃的窗外。

马场距离公爵府没多远，每天早上两人都会手拉手走路过去，林荫大道的两边风景如画，美得让人觉得有些不真实。

只是现在宫五完全没心思欣赏美景，心里满满的都是心事。

她骑在马上的时候突然问公爵："小宝哥，要是我做了蠢事，你会不会不理我了？"

公爵抬头，看着骑在马上的人，笑着说："小五指的是什么事？"

宫五咂咂嘴，赶紧摆手："没什么，我就是随便问问……"说完，赶紧驾马朝前走去。

在公爵看不到的时候，她长长地叹了口气。

好不容易熬到吃完饭上学，宫五又牢牢地抱着她的书包坐到车上，去上学。

她到了学校的第一件事就是找到马修，直接把钱袋子塞到他怀里，伸手："交易取消，把图纸还给我！快点！"

马修一脸诧异，然后突然笑了下："怎么了？就过了一晚上，就反悔了？"

宫五点头："对，交易取消，我反悔了，不卖了，你把图纸还给我。"

马修看了她一眼，咧嘴笑："不行呀，哪有说取消就取消的？再说了，那图纸已经给我父亲了，毕竟我从家里要五千欧元也不是无缘无故的，我父亲自然要问原因，我拿回图纸就意味着我没撒谎。家里的枪械设计师连夜把那图纸分析了个透彻，就算还给你，图纸的机密也已经泄露了，没用啊！"

他看了眼自己怀里的钱袋子，伸手又送回宫五怀里，说："卖都卖了，一手交钱一手交货，两清，怎么取消？生意不能这样做。"说完，他吹着口哨，晃晃悠悠地走了。

宫五手里抱着钱袋子，站在原地，抿着嘴，眼圈都气红了。

好一会儿后，她伸手一抹脸，转身，快速地追上马修："马修！我不管别的，你把图纸还给我，我不卖了！"

马修停住脚，低着头，抖着肩膀笑，然后转身看着宫五："都说已经晚了。卖出去的东西，我付了钱，你拿了钱，哪有想收回就收回的？别以为你有爱德华先生撑腰就觉得了不起，你现在，也不过是个偷窃爱德华先生图纸的小偷、是个背叛他的叛徒而已。难道你不知道爱德华先生最讨厌被人背叛？"

宫五怔怔地看着马修的脸，竟一句话都说不出来。

"哭了？"马修笑得张狂，"我还以为你不会哭呢。不好意思，我跟你从来都不是朋友，听说你是个平民，能入学不过是因为爱德华先生的关系，你这样的人怎么配在贵族学校上学？我一直在耍你你看不出来？东方女孩原来这么蠢。"

宫五手里的钱袋子一下子落在地上，她盯着马修的脸不说话。

马修嗤笑："他们说得没错，你就是个蠢货，根本配不上爱德华先生。你最好赶紧滚出皇家学院，毕竟很快你就会有污名传出，作为爱德华先生的未婚妻怎么能偷窃爱德华先生的设计图？我很高兴看到你被踢出皇家学院，也很高兴看到你不能再顶着爱德华先生的名号出现在我们面前。你偷卖设计稿的事，很快就会传遍宫廷和校园，解除婚约之后，你也就失去了在这里上学的资格。"

宫五伸手抹了把脸，问："所以你不过是装作跟我交朋友，实际上是想让我出丑的吧。"

马修弯腰狂笑："原来你是真的到现在才知道！你可真够蠢的，果然是个平民，什么都不懂，蠢得要死。我早就跟你说过，要注意这所学校的人，我都告诉你了你还不听，怪得了谁？我听说你很喜欢钱，果然，你确实很喜欢钱，五千欧元就把你打发了……"

宫五抿着嘴，什么话都没说，只是开始伸手挽袖子。

马修还在说："你还以为我跟你交了朋友？哈哈哈，你配吗？为了五千欧元

172

你就偷东西，你怎么配做爱德华先生的未婚妻？平民就是平民，都是些见钱眼开的货色……"

马修的话还没说完，宫五已经一拳打在他的脸上，马修还没回过神，宫五又一脚踢在他的两腿之间，那是男性最脆弱的位置，马修顿时发出一声惨叫，夹着腿直接倒在地上哀号。

宫五闷不吭声地拍拍手，伸手捡起钱袋子就走。

走到教室里，在班里其他同学的注视下，她把钱袋子往书包里一塞，把桌子上的书也一股脑塞到书包里，往身上一背，直接走出教室。

那边马修的惨叫声被其他学生听到，赶紧帮忙叫校医，还有人跑去找老师和校长。

宫五背着包，直接去了校长室。

校长刚接到电话，急忙站起来想要去看看打架的学生是什么情况，结果刚走到门口就看到被人告状的学生站在校长室门口。

"五？我刚刚接到电话……"校长停住脚步，看到她的时候有点诧异。

说实话，校长觉得这个来自东方的女孩让自己印象非常深刻，除了她是爱德华先生的未婚妻，更主要的是她入学半年接连做了几件事都让人大跌眼镜。

先是破坏了学校的摄像头，然后又是爬校门触动警铃，而就在刚才，她接到电话，说这个东方女孩把她的同班同学打进了校医院。

宫五站在门口，抬头看着校长，说："我要退学。"

校长一愣："什么？"

宫五回答："我要退学，我刚刚打人了。"

校长一脸的难以置信，回答："我确实接到了通知，学校会根据情节严重的程度决定处罚。而你是否会受到退学的处罚，也会由学校判定……"

"我不想读了，我要求退学！"宫五说，"是我个人的要求，跟学校的处罚没有关系。"

校长拉开校长室的门，带着她进去，还给她倒了一杯水，送到她面前，说："你先喝杯水。"

宫五不喝，只是说："我觉得我不适应这所学校，我要求退学，并要求返还我下半年的学费。"

校长在她对面坐下："五，你的退学要求需要提出申请。"

"我可以申请。"宫五回答，"我现在就可以。"

校长看着她说："但是，需要你的推荐人批准才行，如果我没记错，你的推荐人是爱德华先生，也就是说，如果你想退学，必须经过爱德华先生的允许才可以。"

"我是成年人，我有权决定我自己要不要退学！"宫五抿嘴，一脸的严肃。

校长微笑着说："我知道你是成年人，但是在学院的推荐名单上，爱德华先生是你的推荐人，你如果要退学，不但要经过爱德华先生的允许，同时还要上报到宫廷，得到皇室的允许才能退学，这是伽德勒斯的法律，更何况爱德华先生还是皇室授予的大公爵，这是必须的流程，你能理解吗？"

宫五呆了呆，没想到这么复杂，有点傻，问："怎么可能这么麻烦？我入学的时候明明没有这么麻烦的！"

"你入学的时候，也是经过了一系列的流程，只是你不知道而已。"校长笑着说，"爱德华先生亲自找过我，足以说明他对你有多重视，难道你想要辜负爱德华先生的期望？"

宫五低着头，抿着嘴，不说话。

校长看着她，微笑着说："这样，我现在要去看看马修的伤情，你先去上课，回头我再找你。"

宫五沉默地站起来，低着头走了出去。

校长没有急着去看马修，而是直接拿起电话，拨出一个号码，电话通了，她用手撑着头，笑着说："爱德华先生，恐怕还要麻烦你往学校来一趟，我发现五的情绪好像有很大的变化，我们需要好好聊聊。"

公爵笑了下："好，别让她离开学校，我正在路上，还有十分钟就到。"

校长挑眉："那我等你。现在，我要去看看其他学生了。"

挂了电话，校长伸手揉了揉太阳穴，吐出口气，整理了下仪容，赶紧出门去了，有个让人头疼的学生，靠山还那么硬，真不是件好处理的事。

宫五从校长室离开后也没回教室，而是在校园里的一个小花坛边上坐着，手托腮，眼睛看着前方，脑子也开始一点一点地清楚起来。她没相信马修，也没打算跟他当朋友，但她还是被耍了。

她以为别人骗不了她的钱，也骗不了她的人，哪里知道人家根本没打算骗她这些，他们骗的段数更高，是她根本没想过的。

她一直以为像宫言清那样喜欢耍心眼的人不多，毕竟学校里的学生应该很单纯才对，好歹没那么多恶毒的心思，结果证明不是。她不是在哪都能遇到燕大宝那种单纯的人，伽德勒斯这所贵族学院给她上了深刻的一课。

宫五两只手托腮，静静地看着地上的大蚂蚁来回奔波。

公爵肯定会因为她的事出丑……宫五撇着嘴，吸了吸鼻子，她妈说得对，她就是个惹祸精，就是个不安分的，就算到了伽德勒斯也没办法让她妈放心，还净给公

174

爵添麻烦。

校长和老师询问医生马修的伤情，马修的主治医生伸手挠了挠鼻子："呃……消肿了就好，应该不影响以后的子嗣问题。"

校长松了口气，好在女孩子力气不大，这要是力气大了，说不定马修就要断子绝孙了。

校长正跟老师说着话，接到副校长的电话，说爱德华先生到了。

只是，公爵来了之后，校长没在教室找到宫五，也就是说，出了校长室之后，宫五没回教室，人不见了。

校长一时有点紧张，急忙去找公爵："爱德华先生，五不在教室，我需要让人去找到她。"

公爵笑了下："我知道她在哪，我单独去见她就好，我想她也不希望有很多人围着她。"

校长摊手："好的。"

这是公爵第三次被学校的电话通知到校，也就是说，宫五入学半年，被要求叫家长三次了。

公爵抬脚朝着小花园走去，学院里绿色的植物随处可见，她坐在花池边，弯着腰，手指正一下一下地抠着鞋边，长到肩膀的头发倒垂下来，让她像只被人遗弃的小狮子。

"小五，"公爵走到她面前，开口，"怎么在这里？"

宫五一听到他的声音，猛地抬头，看着他，眼神从最初的茫然无措逐渐恢复清明，一下子站了起来，直接朝他扑了过去，原本搁在腿上的包吧嗒一声掉在地上。她扑到他怀里，一句话没说，眼泪噼里啪啦往下掉。

他听到她压抑的哽咽声，抬手轻轻顺了顺她的后背，沉默着。宫五听到了他的心跳，压抑的哭声一不小心逸出，哇的一声就哭了出来。

公爵依旧安静地轻抚着她的背，一下一下地安抚她的情绪，始终没有说一句话。

宫五哭了一会儿，情绪逐渐稳定下来，低着头后退一步，红着眼睛，伸手抹了把脸上的眼泪。

"不想哭了？"公爵问，他伸手擦了擦她脸上的眼泪，说，"不就打了一架吗？你之前在青城的时候，不是经常跟人家打群架？这种打架算什么？还被人打哭了？"

眼泪又在眼眶里打转，她伸出胳膊抱住公爵的腰，说："小宝哥……"

"怎么了？"他笑了笑，"我要去问问校长，看看小五这次打人，要怎么

175

惩罚。"

宫五赶紧一把拉住他："小宝哥！"

公爵抬眸看着她，不说话。

宫五吸了吸鼻子，忍着眼泪，说："小宝哥，我……我……"

公爵目光平静地看着她，沉默地等待她下面的话。

宫五拉着他的手，说："我好像……好像又干坏事了……呜呜呜……小宝哥，对不起……"

公爵伸手捧起她的脸，拇指滑过她的脸颊，声音冷静地问："小五干了什么坏事？"

宫五抬头，心虚地看着他，磨叽了好一会儿才说："我偷偷拿了小宝哥的稿子卖，我想退回来，可是他不退给我……"

公爵的手摸着她的脸，盯着她看了好一会儿，然后慢慢缩回手。宫五使劲抱着他不撒手，哭着问："小宝哥你是不是讨厌我了？……呜呜呜，我错了，我不对，我道歉……我不应该把你的东西偷偷拿去卖掉……"

公爵垂下眼眸，一点一点地抽回自己的手，说："我们现在去见校长。"

"小宝哥……"宫五吸了吸鼻子，松开搂着他的腰的胳膊，小心地看着他，"我刚刚还打人了……我就是把图纸卖给他的……小宝哥你是不是不愿意原谅我了？"

公爵后退一步，声音冷静地说："我要根据图纸带来的后续影响，才能决定要不要原谅小五。如果后果不是很严重，我选择原谅，如果后果很严重，我可能无法原谅小五。"

宫五表情有些惶恐："可是……可是马修说，他就是用来做参考的……"

公爵看着她，说："马修家只有几座种植园，还有两个高尔夫球场，根本没有兵工厂，他要图纸干什么？"

宫五的眼睛瞪得老大："马修说他家有兵工厂的……"

公爵笑："所以小五什么都不知道，就相信了别人，是不是？他的家族是从事最古老的手工作业，厌恶一切现代化自动的东西，所以才会越来越衰败。小五以为他要那样一份图纸有什么用？"

宫五后退一步，不安地看着公爵，两只手抓着衣角，小心地问："会不会……会不会被人拿去做坏事？"

公爵弯腰捡起宫五掉在地上的包，直起身也不看她，说："我也很想知道那张图纸会不会被人拿去做坏事，所以我和小五一样，想要知道之后的事。"他走过去，伸手搂着她的肩膀，说，"现在，我们要去解决你今天在学校打人的事。"

宫五抿着嘴，红着眼圈，被他强行带着朝前走去："小宝哥……"

公爵依旧不说话，直接把她带到了校长室。

鉴于公爵在伽德勒斯的地位，最终和对方的家长在友好的氛围下解决了马修的治疗和赔偿问题。

家长谈话的时候，宫五就坐在外面走廊的椅子上，怀里抱着包，呆呆地看着外面，屋里的谈话声还在响起，她也没心思听，身后有学生走过，一个个斜眼看她，都知道这个闯了两次祸的东方女孩，今天又闯祸被要求带家长了。

宫五听到身后有声音，扭头一看，就看到马修的父亲离开了校长室，而公爵还在里面没出来，她继续坐着等。

校长室内，校长看着公爵，说："你们来之前，五主动找到我，要求退学，我问原因，她说是因为她打人了。我想是不是这件事给她的打击太大，所以她才会是这样的说法？"

公爵笑了下，然后站起来："今天我先带她回去。"

校长挑眉，微笑："好吧，你的未婚妻，你负责。"

公爵只是对她点了点头，转身离开。

他走出校长室的时候，就看到走廊上坐着的那个小身影正可怜巴巴地在吸鼻子，眼眶红通通的，一看就是一个人的时候哭过。

"小五，今天先回家。"他走过去，"起来。"

宫五扭头看着他，乖乖地站起来，跟着他慢慢地走，公爵走了两步又站住，对她伸手，然后牵着她的手离开。

回去的路上，宫五一句话都不敢说，车内的气氛有点压抑。

公爵突然开口问："小五打算退学？"

宫五当初找校长说退学的勇气早已经在看到他的时候被吓跑了，这会儿听到他问，没敢吭声。

公爵又问："小五不在伽德勒斯上学了，打算去哪里上学？"

宫五低着头不说话。

公爵显然没打算就这样算了，继续开口："小五是不是希望换一个环境，不要在这样的校园里？"

宫五鼓着脸蛋，拧着眉，好一会儿后有点赌气似的说："反正这些人本来就巴不得我走。换个地方，就不用看到这些人了。"

公爵笑了下，说："小五难道不知道，不管是人还是动物，都有自己的社会吗？只要你活着，只要你处在社会中，就会不停地遇到类似马修这样的人。或许你什么都没做，但是别人就是看你不顺眼，如果你不能适应，不能处理这样的困境，不管你换到哪里，都一样。”

宫五鼓着脸，拧着眉，一直到公爵府都没说话。

宫五卖了图纸之后，不但没赚到钱，还因为揍了马修，又欠了公爵一千欧元的医药费，至于她卖图纸的五千欧元，她很自觉地给了公爵。

回去之后她跑到自己的小书房大哭了一场，哭完了擦干眼泪又去找公爵。

书房里，她低着头站在公爵面前，忐忑不安地说：“小宝哥，我有事要跟你说。”

公爵从办公桌后抬头，看着她：“你说。”

宫五吸了吸鼻子，左脚踩右脚，小声说：“小宝哥，马……马修说，过几天学校就会有很多人知道，我偷了你的图纸卖掉了……还说，很多人会知道我是小偷，到时候你就会跟学校说不要我当未婚妻，因为我太丢你的脸了……那时候我会被学校开除，我想再换所学校就更难了……小宝哥，你能不能先跟学校说我想自动退学……”

公爵依旧看着她，问：“小五想换到哪所学校？”

宫五小声说：“我到时候问问步生，他跟好几所学校有合作，只要他不说，我妈就不会知道……”

公爵笑了下：“小五怎么确定我一定不会跟岳小姐告密？”

宫五抬头，一脸诧异地看着他：“小宝哥……”

公爵笑，伸手拿起笔帽罩上手里的钢笔，站起来，绕过桌子走到她面前，说：“毕竟这么大的事，岳小姐对我又很感激，我不可能不跟岳小姐打招呼，小五以为呢？”

宫五看着他的眼睛：“小宝哥，你能不能不说？”

公爵看着她，反问：“小五要我怎么和岳小姐交代？”

宫五慢慢地低下头，好一会儿后，她伸出胳膊，一把抱住他，使劲往他怀里钻，嘴里说：“小宝哥，我不想拖累你……我不想让你因为我被学校的同学笑话……”

他顿了顿，才问：“小五要退学，是怕我被小五拖累，怕我被人耻笑，是吗？”

宫五眼泪扑簌簌往下掉：“我妈说我就是惹祸精……我好像真做不了好事，我没能帮小宝哥的忙，还净给你添乱，我在青城就是没办法待下去，到了伽德勒斯还是一样。小宝哥，我真的是个扫把星……”

公爵只是拍了拍她的后背，然后伸手推开她，两人之间隔了一步远，他说：“这些对我来说都不重要。”

178

宫五看着他，伸手抹了把眼泪："小宝哥……"

他笑了下，慢悠悠地走回办公桌后面，重新坐下，看着她，说："我现在担心的，是那张图纸。"

宫五顿时被吓得眼泪都不敢掉了："小宝哥……"

公爵笑了下："小五也一定很想知道那张图纸究竟会造成怎样的影响，是不是？"

宫五刚要说话，门口有人敲门，宫五的钢琴老师来了，通知她去上课。她临走时回头看了他一眼，公爵垂眸，手里的笔正一笔一画地写着东西。

她低着头，小心地关门离开。

晚上睡觉的时候，宫五躺在床上等啊等，一直等到睡着，都没等到公爵。原本自打她来到伽德勒斯，两人几乎天天腻在一起，结果这天晚上，公爵没出现。

早上醒来以后，宫五抿着嘴，一个人呆呆地坐了半天，赶紧起来洗脸刷牙，把自己打扮得漂漂亮亮的出门去找公爵，结果负责带她去马场的人说："爱德华先生今天起得早，没让叫醒五小姐，已经先去了。"

宫五赶紧说："那我也去！"

她一路小跑朝着马场过去，到了那之后也找到了公爵，不过他正跟几个朋友在聊天，显然已经跑过几圈正在休息。

她远远地望了几眼，马已经牵了过来，只好自己一个人骑到马上跑了两圈，等她两圈跑完了，公爵让人给她传话，他先回去了。

宫五："……"

接下来的几天，宫五前所未有地乖巧听话，更是没再提什么退学的话，自然也没听到有关她偷图纸的传闻，要说变化，也就是课间的时候她又一个人了，马修回到学校后终于不过来跟她讲话了。

宫五上课认真听讲，老师提问还积极回答问题，除了课间上厕所，别的哪里都不去，要是有人喊她干吗，她也坚决不出去，要么看书，要么复习，人家跟她讲话，她就回答，不理她的话，她也不理别人。

马修从她课桌边走过，她眼皮都不抬一下。

自打上次的事之后，宫五如今对公爵书房里的所有东西都不敢乱碰，甚至不再踏入书房的门，她放学的时候特地去学校附近的一家味道特别纯正的蛋糕店买了一个蛋糕，让帮佣送到公爵的书房，然后正襟危坐地在沙发上捧着书看，盼着公爵赶紧不要生气了。

结果，半个小时后，公爵从书房走了出来，同时手里还提着她送进去的小蛋糕。

宫五用眼角瞟着他的动作，就看到他把小蛋糕放到她面前的茶几上，说："我不吃这个。"

宫五撇着嘴，满心委屈，低着头看着小蛋糕，吸了吸鼻子，想哭。

小蛋糕放下了，公爵重新回了书房。宫五扭身往沙发上一趴，呜呜哭了起来，伤心死了。

周围的阿姨和管家面面相觑，虽然知道最近爱德华先生和五小姐好像出了点问题，但是五小姐这样哭还是头一次见。

宫五哭了一会儿，提起小蛋糕，转身跑到自己的书房，趴着继续哭："呜呜呜……小宝哥太讨厌了……呜呜呜……"

她都认识到错误了，他还在生气，宫五哭了一会儿，自己擦擦眼泪，把小蛋糕吃了。

之后她又跟公爵示好了好多次，结果公爵一直都是那样不冷不热的，因为那张图纸而产生的后遗症到今天都没有消除。

对此，宫五很担心，愁得跟什么似的，半个多月以来，她这心就没踏实过。

不管怎么说，晚上的课还是要正常上的。

晚上的课后，尤金重新拿出了一份最新计划表："五小姐明年的时候学校会开设射击课程，为了不让五小姐掉队，所以从明天开始，五小姐的课程中将会加入射击这一科，至于这一课的老师……"尤金戴上眼镜，说，"哦，公爵府和城堡暂时没有空闲的射击老师，我稍后会跟爱德华先生沟通一下，如果他有时间，我觉得这一科还是让爱德华先生亲自教您更好。"

宫五点头："哦。"

尤金推推眼镜："五小姐比我想象中更能坚持，关于这一点，我要跟五小姐道歉，因为当初爱德华先生让我做计划表的时候，我拒绝了他，因为我讨厌半途而废的人，我觉得五小姐坚持不下去，毕竟不是从小养成的习惯。不过这半年来，我觉得五小姐颠覆了我最初对五小姐的看法。"

宫五对他龇牙，扯出一个笑容："我一定会坚持的！"

其实尤金的话让她更羞愧了，她都打算转学了，哪里还会想到这些课什么的？其实她一点都不是尤金说的那样能坚持。

她伸手摸摸嘴，往尤金那边靠了靠，问："尤金先生，小宝哥最近有跟你们生气吗？"

尤金站得笔直，听了她的话眼角微斜，瞅了她一眼："爱德华先生非常仁慈，他怎么会无缘无故跟我们生气？这是不可能的事。"

宫五："……"

上学倒是正常，不过第二天晚上放学回来，家里的射击工具都准备齐全，她一到家就被要求换衣服，还往她手里塞了只箱子："爱德华先生在车里等您，五小姐您需要前往城堡开始射击第一课。对了，晚饭城堡那边会准备。"

　　宫五一头雾水，完全按照他们说的去做，换了衣服，提着箱子急急忙忙往外面跑，果真看到车停在外面，还没熄火，就等着她上车。

　　司机拉开车门，她偷偷看了眼只留给她侧脸的公爵，小心地坐到车上，乖乖地抱着箱子不敢说话。

　　宫五发现了，生气的公爵虽然没大吼大叫发脾气，但是给人的感觉很可怕，宫五怕自己再让他更生气，所以就更老实。

　　车上一片沉默。

　　宫五默默地抱着箱子，在她好多次讨好公爵失败之后，她就什么都不敢做了，天天就乖乖地上学、放学，严格按照尤金的课程计划学习，讨不了他的欢心，她就坚持不犯错。

　　宫五抿嘴不吭声，身侧的公爵突然开口："今天校长给我打了电话。"

　　宫五的腰杆一下挺直了，瞪着眼，努力回想自己这一阵子的表现，她觉得自己很乖啊，上课认真听讲，下课哪里都不去，一直都在学习，她表现那么好，校长为什么还要给他打电话？

　　她好像没有犯错啊！

　　公爵又开口："她说你最近学习很认真，上课也很积极，希望你能保持这个状态。"

　　宫五顿时松了口气，吸了吸鼻子，从鼻子里应了一声："嗯。"

　　然后两个人又不说话了，他不吭声，宫五也不吭声，好在没多远的距离，沉闷的气氛没多久就因为到了地方被打散。

　　宫五下车，抱着箱子站着，抬头看了看巍峨的城堡，扭头看向公爵，城堡门口站了两列人，正以一副隆重的姿态欢迎公爵的到来。

　　车已经开走，宫五站在后面等着他先走，公爵慢慢转身，对宫五伸手："小五，过来。"

　　宫五赶紧跑过去，把自己的手往他掌心里放，生怕他反悔。

　　公爵握住她的手，牵引着她往自己的胳膊上挽了一下，带着她一起走。

　　宫五龇牙，郁闷的心总算有了点安慰，原来小宝哥不是完全不理她的。

　　当然，她也没高兴多久，因为进去以后，公爵就把手松开了。

　　宫五抿着嘴，垂头丧气。

　　吃完饭之后，宫五跟着他去了练习射击的房子。

桌子上摆放了两个箱子，公爵打开箱子的时候，宫五也跟着打开，一看箱子里面，顿时吓得手一哆嗦，里面是一支拆开的手枪。

宫五盯着那些零件，扭头看着公爵："小宝哥，这会不会是不允许的？"

公爵看了她一眼："伽德勒斯是造枪王国，平民禁枪，皇室允许配枪，打猎只需登记就好。我是枪械设计师，如果不允许，就没有办法设计图纸和测试。"

宫五抿嘴，偷偷看他的动作，也跟着拿出一个零件，学着他的动作一点一点地摸索着组装。

虽然学的动作一模一样，不过慢了很多，宫五装了一会儿，鼻尖上都是汗，眼看着公爵已经组装完成了，她只装了一半。

反复几次后，她总算把枪组装起来了，但是莫名其妙地多出一个小零件，她拿着小零件瞪眼，这是哪里的？

又是反复几次组拆，最后在公爵的协助下，她总算勉勉强强把枪给装好了。

一个晚上，就翻来覆去组拆枪支，别的什么都没做。

两个小时的学习后，宫五虽然组装得不顺手，但是总算能把那些零部件都摸得熟练了，摸到最后也不觉得有多可怕了。

宫五在认真的时候，其实还算是个好学生，虽然她大部分时候都不愿意认真，不过这一阵她是特别认真的，毕竟她现在唯一能做的就是好好表现。

一周的练习，每天放学就被送到城堡，宫五终于可以熟练地组装枪支，并马马虎虎敢扣动扳机。

一个晚上的练习结束后，公爵突然把一部漂亮的红色手机放到她面前，宫五顿了下，抬头看着他，公爵说："我答应送给小五一个礼物，这个就是，拿起来。"

宫五拿起来，公爵靠近，身上带着股淡淡的清冽的气息，宫五低着头，看着公爵的手落到手机上，他捏着她的手指，轻轻地在屏幕上按下她的指纹，又重新修改指令，说："这部手机，只有小五一个人能用，到了别人手里，谁都用不了。"

宫五刚要纳闷，就发现公爵拿在手里的手机突然有点扭曲，宫五不知道他是怎么掰的，反正原本长方形的手机在他手里三两下就变了形状，宫五觉得电视上看的变形金刚也不过如此，等那手机完全变形后，摊在公爵掌心的则是一把小巧的手枪。

不等宫五反应过来，那手机又一点一点恢复，变成了一部长方形的手机。

宫五瞪大眼、张大嘴，一脸吃惊的表情。

公爵走到她面前，拿过手机一点一点地讲解步骤。

宫五虽然是个学渣，不过在某些她感兴趣的方面，她还是挺愿意学的，如今这部神奇又炫酷的手机，也让她兴致十足，学起来十分认真。有不懂的地方，她还会

182

追问。

手枪很小，更适合女孩子的手使用，如果换个男人用，会因为角度不对而扣不到扳机。

"这个到底是手机还是手枪？"宫五问。

公爵回答："你需要手机的时候，它就是手机，你需要手枪的时候，那么它就是手枪。"

他还是那样的态度，不冷不热，多交流一句都没有。

宫五有点沮丧，新奇的手机也激发不了她更多的情绪。这都快一个月了，宫五觉得一个人的气性就算再大，也该消了一半才对，结果公爵还是一副生人勿近的模样，害得宫五一直不敢主动搭讪。

宫五自己是发现了，她其实没想惹人生气，可是不知道为什么，她老是做错事，想想就闹心。她决定以后都要安心当好学生，人家说什么都不要听。

至于公爵书房里那些带字和带图案的东西，宫五是坚决不碰一下了。

当然，她也通过这件事知道，原来公爵书房里的那些图案不是丢到垃圾桶的，而是吉娜专门负责登记编号后，拿到熔炉，在好几个人的见证下统一销毁，还不是用碎纸机，因为用碎纸机还有拼凑起的可能，用的是焚烧的壁炉，纸片烧成灰之后还要捣碎才算彻底销毁。

宫五第一次知道的时候，整个人差点晕过去，她就说嘛，怎么可能一张废纸值那么多钱？原来那些图案那么重要，要不然马修怎么可能会愿意开出那样的价格。

宫五有了恐慌的心理，那是不是意味着，那张现在不知道在什么地方的图纸，很可能会造成很严重的后果？

否则，为什么一堆画过的图案销毁还要有这样严谨的过程？如果公爵不是担心流出去会被坏人利用，根本没必要这样大费周章。

想到这里，宫五一下子站了起来，也顾不上公爵不理她这件事了，跑到书房门口伸手敲门。

公爵的声音在书房里响起："进。"

宫五小心地推开门，心里急得跟火烧似的，不过动作还是中规中矩。她站在门口，公爵抬头看着她，目光冷静，看了一眼后，他重新低下头，开口："小五有事吗？"

宫五抿着嘴，走到办公桌前，问："小宝哥，那些图纸流出去后，会死人吗？"

第五章

公爵写字的手顿了下，慢慢地抬头看她，一会儿后他笑了下，说："如果人类像某些人说的那样，分为三六九等的话，那些图纸很可能会造成一些黑暗国家的贫穷公民的死亡。"

宫五的脸瞬间白得跟纸一样，张了张嘴，却一句话都没说出来。

公爵笑："小五想知道为什么吗？"

宫五看着他，木然地点头："想！"

公爵放下笔，说："小五拿走的图纸是第二稿，有过略粗的完善，同时也有太多的漏洞，不过，懂枪械的人虽然造不出精湛的枪械，却能根据那张图纸改装出可以杀人的武器。虽然对于专业人士来说，造出的枪支射程太近，会有卡壳等问题，但是不影响杀人。小五一定不知道，这个世界的很多黑暗的角落，并不是那么美好，很多我们不知道的地方都充斥着暴力和毒品，伴随这些东西存在的，就必然是震慑人的危险武器，最常见也最有杀伤力的就是枪支。"

他慢慢地转身，伸手从书架上抽出一本书，翻到一页摊开，又转到宫五身边，推着她走到书边："小五看到了吗？这是每年死于枪支下的人数，而这些人大多数是无辜平民，真正的暴力分子并没有多少。造价低廉的枪支会比昂贵的更普及，枪支多了，杀人也就更容易。到那时，小五拿出去的那张图纸，就不会是一张图纸，而是杀人的工具。"

宫五抿着嘴，眼泪在眼眶里直打转，好一会儿后才哽咽着开口："小宝哥……"

公爵伸手合上书，目光淡淡地说："吉娜……"他的手指轻轻敲在桌面上，继续开口，"原本负责销毁图纸工作的是吉娜的丈夫，他善良、热情、开朗，我愿意用很多美好的词语来形容他，不过，七年前他经受不住金钱的诱惑，以九千欧元的价格盗卖了一张图纸。"

宫五抬头看着他，公爵的视线落在窗外，似乎陷入了七年前的回忆中："那是一张已经成形的图纸，差别只是外观的改动，是我打算送给国王陛下的生辰礼物，不是现在的新王，而是当时还在世的老国王。那张图纸悄悄地流传了出去，图纸辗转落到了另一个枪械设计师手里，制出了和我送给国王陛下的一模一样的枪支，除了外观有些许差别。后来有一天，出现了一个轰动世界的枪杀案，死了三十三个无辜的平民，而杀手使用的枪被曝光，我才知道图纸泄露。"

他摊摊手："事情败露，吉娜的丈夫那时候才知道，原来因为他的行为，这个世界上死了三十三个无辜的人。就算不是那支枪，或许也会是其他的枪支用来杀人，可偏偏他们用了那样一支枪。小五知道吉娜的丈夫后来怎么样了吗？"

宫五摇头，眼泪扑簌簌往下掉："不知道……"

"他自杀了。"公爵笑了笑，"我说过，他是一个天性善良的人，他只是因为一时鬼迷心窍，想要多弄些钱，所以才偷偷拿了一张图纸卖掉，他甚至不知道自己拿的那张图纸到底是什么，只知道有人跟他说，一张图纸值多少钱。死了那么多无辜的人，有老人，有妇女，还有一个像小八那样可爱的孩子……他的内心充满了愧疚，我愿意原谅他，可他原谅不了自己，他每天都在忏悔，最终他过不了自己心里那一关，自杀了。"

宫五的眼泪往下落，她抽噎着："小宝哥我错了，我真的错了……"

"如果小五拿走的那张图纸也犯下了这样的错误，我能原谅小五，但是小五能原谅自己吗？"他目光沉静地看着她，"如果小五真的原谅了自己，我又怕不知道该拿怎样的心情来对小五。"

她哭着朝前走了两步："小宝哥，我已经很难过了……呜呜呜……"

公爵看着她没说话，宫五自己跑过桌子，拉他的手："小宝哥我真的知道错了，我不应该因为钱偷偷拿你的东西卖，我也没想过会有这样严重的后果，我以为就是一张废纸……我要是知道会有很严重的后果，我肯定不会这样做，马修还骗我说就是他们家的设计师拿过去参考一下……呜呜呜，小宝哥，我以后会长记性的……呜呜呜……"

公爵闭了闭眼，任由她拉着手，只是问："小五是因为我不理小五哭得这么伤心，还是因为吓得哭得这么伤心？"

宫五抽噎："我害怕也有人因为我拿出去的图纸死掉……呜呜呜……"她后怕，怕自己会害死无辜的人，怕自己过不了自己心里那一关，"小宝哥，我保证以后不做这种事了，呜呜呜……"

公爵沉默了一会儿后，长长地叹了口气，被她拉着的手慢慢用力，宫五顺着他的力道靠近他，然后被他拉得坐到他的腿上。刚一坐下，她就伸出胳膊，一把抱住他的脖子，哭得昏天暗地，不是之前那样呜呜哭，而是哇哇大哭。

公爵把她圈在怀里，轻轻顺着她的后背安抚，宫五哭得都快断气了："小宝哥，我真的知道错了！我不应该偷拿你的东西卖钱，我真的知道错了，我很后悔。"

公爵伸手揉了下太阳穴，伸手把她按在自己怀里，耳边都是她哇哇大哭的声音，听着又好气又好笑又心疼，他用手轻轻顺着她的后背，叹了口气。

宫五又哭着说："小宝哥你不要不理我……你以后……以后不能不理我……你要是再不理我……我……我就……我就离家出走……哇哇哇……"

她哭了好一会儿，终于哭累了，哭的声音也小了不少，靠在他怀里抽噎。

"哭累了？"公爵问。

宫五点头，抽噎了一下，应了一声："嗯。"

公爵笑了一下，从桌子上拿了纸巾，把她脸上的眼泪擦干净，至于被眼泪打湿一片的衣服，他只能等稍后再去换。

"我一直在想，到底怎样才能让小五知道这件事的严重性，"公爵笑着说，"结果看到小五哭成这样，我就明白了，有些事不能强求，等有一天时机到了，小五自然就会明白。"他握着她的手，与她十指相扣，说，"我在二十岁之前，对于自己的图纸究竟卖给谁，卖给什么人，完全没有概念，直到后来有一天，我发现我的图纸在高价卖出后，并没有完全用在我以为的用途上。我就想，如果我用我的影响力，有意地控制我的设计的出售对象，会不会减少一些不必要的死亡？我控制不了这个世界上很多角落的杀戮，但是我可以选择我的设计的出售对象。"

宫五撇着嘴，还时不时抽噎一下，乖乖地靠在他怀里，两只细长的胳膊紧紧地搂着他的腰，抢着说了句："我懂！"

公爵笑："是吗？其实我也相信小五懂，就算还不是很能理解一张图纸的重要性，不过小五一定懂我跟小五生气的背后原因。"

宫五使劲点头："我理解！"她抬头，看着他说，"我以为一张图纸值三千块钱已经很多了，但是我发现别人的反应跟我不一样。我让马修看我的五个手指，想让他加五百块钱，但是他给了我五千欧元。为什么一张图纸值那么多钱？我害怕，我发现我错了……我本来想把钱还给马修，让他把图纸还给我，我拿回来放在那里

186

就好了……结果……"

想到这个，宫五又觉得自己蠢，伤心得哇哇大哭："小宝哥你说，我怎么这么笨啊！"

公爵叹气："好了，不哭了。"

宫五压根不听，越想越觉得自己蠢得要死："哇哇哇……"

公爵伸手擦拭她脸上的眼泪，见她还没消停的意思，伸手托着她的后脑勺，低头堵住她的嘴。

宫五终于消停了，赶紧使劲搂着他的脖子，主动亲。

十分钟之前，宫五还哭得跟个泪人似的，十分钟之后，就跟公爵好得蜜里调油了。

趴在公爵的怀里，撇着嘴，她委屈地说："小宝哥，你以后能不能不要不理我？你不理我，我好难过。本来我做了坏事就害怕，你还不理我，我都不知道该怎么办……"

公爵只是搂着她没说话。

宫五想了想，问："小宝哥，那图纸……"

公爵笑了笑，说："图纸没事。"他又亲了她一下，笑，"这世上有很多人会犯错，每个人都会犯错。可有的错一次都不能原谅。"

宫五鼓着脸蛋看他，然后乖乖地把脑袋靠在他身上："对不起小宝哥。"她小声说，"我害怕突然有一天学校会传出对你不好的话……"

公爵伸手轻轻拍着她的后背，说："不会，我是伽德勒斯的大公爵，如果他们对我不敬，就是对皇室不敬，所以小五不用担心我。至于其他的别担心，你是我的未婚妻，是受皇室保护的未来公爵夫人，他们欺负你，就是欺负我。我的未婚妻我可以欺负，但是别人不可以。"

"但是马修说……"

"马修什么都没说，"他摸摸她的脸蛋，说，"马修吓唬你，不单单是为了家族的利益，而是立场的对弈，谁会犯傻让自己的家族多一个劲敌？小五不用提心吊胆，更别担心会有像青城那样的新闻影响到你，什么都不用担心，唯有我亲口告诉你的，才是真的。"

宫五吸了吸鼻子，说："我没想到马修会骗我，而且为了骗我还花了那么长时间。小宝哥你说他们是不是吃饱了撑的？讨厌我就讨厌我呗，还费那么大的周章耍着我玩。我是犯错误了，可他们也没做好事啊？为什么我这么难过，他们就可以那么心安理得？小宝哥你说这是不是不公平啊？而且，你跟我生气，为什么都不跟他们生气？明明他们是因为你才要欺负我的！"

最后这句话一说，宫五立马像找到了什么重要的东西似的："对了小宝哥，他们是因为你的推荐表上写的是'未婚妻'，才要报复我的，你怎么能光跟我生气，不跟他们生气呢？明明他们也有错啊？"

公爵低笑出声："因为对我来说，他们是无关紧要的人。"

宫五伸手抱住他的腰，抬着下巴说："小宝哥，我真的知道错了。我一点都不想成为特别蠢的人，我希望我无比聪明，也希望我能在任何时候都做出最正确的选择。燕大宝说她和小宝哥都很聪明，肯定是随了展小姐，我也想那样，可是我没有展小姐那样的妈妈给我那么好的基因，虽然我妈也不蠢，可是在步生眼里她显然不聪明，他们一样经营公司，可步生即使人不在公司，也可以让公司一直赚钱，赚得还特别多，而我妈天天累死累活亲自去，赚的钱却只有步生赚的十分之一。我以前不相信聪不聪明的问题，后来慢慢就知道了，人跟人的脑子真的不一样。"

公爵低头看着她仰起的小脸，突然一下笑了出来，眼中的笑意那么明显，明显得让宫五琢磨自己哪句话说得好笑了，可是她说的都是真的，她一直希望自己很聪明，而且她也觉得自己很聪明，可事实证明她好像一点都不聪明，她总是犯错，总是做错事，也一直不招人喜欢。

虽然她不愿意承认，可……她好像真的没她自己以为的那么聪明，也可能她是笨的，当然，这句话她打死都不会说出来的。

"是我心急了。"公爵笑着说，"小五比我想象中要聪明很多。"

"小宝哥，我在你心里得多笨啊？"宫五差点哭出来。

公爵大笑，少见地大笑出声，笑完了他伸手捧着她的脸，说："小五一点都不笨，在我心里也不笨。一个人能看得到自己的缺点，这比什么都重要，一个人愿意贬低自己，敢说出来自己不聪明，这是勇气。小五一点都不笨，以后更不会笨。"

"为什么呀？"宫五吸了吸鼻子，"聪不聪明这是天生的。"

公爵依旧笑，说："因为小五以后有我。"

宫五抬着下巴，认真地想了想，觉得他说得对，小宝哥会一直提醒她的呀。

再去上学，宫五的心境就完全不同了，没有了之前因为马修的那些话带来的负担，逐渐开朗起来。

公爵府的人突然觉得府中的气氛有了明显的变化，原本周围始终处于低气压的公爵似乎恢复了正常，原本天天小心翼翼想着法子讨好公爵的五小姐也放松了不少，最关键的是，刚才吃饭的时候，公爵是带着五小姐一起出来的，五小姐脸上还带着笑，一看就是心情好，这分明昭示着两人和好了。

与青城相邻的摆宴市某著名私立医院研究室内，各种医学上的先进仪器摆放在研究室的各个位置，一本本病历整齐地摆放在柜子里，大屏幕上呈现的是多个不同的病人，这些病人毫无例外都有着家族遗传病。一个灰白头发的女医生正和一群身穿白大褂的医生聚在一起，仔细观察着显微镜下的生物，身旁的助理正快速地记录观察到的反应。

"蕾拉医生，展女士来了！"一个年轻的女孩通知。

展小怜手里提着包，对蕾拉笑了笑："我打扰到你了吗？"

蕾拉摘下眼镜，让其他人先观察着，抬脚朝她走过去："去我办公室吧。"

办公室简洁大方，地方也不大，墙角摆放着人体模型，办公桌后面的书柜里堆满了书。

展小怜在沙发上坐下来，蕾拉坐在她对面，两人都没有说话。

好一会儿后，展小怜轻轻呼出一口气，说："小宝今年二十四岁，一旦过了二十五岁，病症就有可能暴露出来，我不知道该怎样形容我的心情……"

"夫人，我能理解您，我的家族和父辈包括我的女儿和儿子都加入了我的团队，我的曾祖父、我的祖父、我的父亲至死都没有放弃，我也不会放弃。"蕾拉的脸上满是皱纹，曾经的中年女人已经迈入老年，她的儿女都从医科大学毕业加入到她的研究室，就是为了弄清楚爱德华家族流传至今的家族遗传病。

老一辈们没有实现的愿望，到如今依旧没有实现。

蕾拉从安享小镇跟随展小怜在摆宴安家，自始至终都是为了做一件事。爱德华家族历代公爵身上有着现代医学难以克服的遗传疾病，病发原因至今是个谜。蕾拉的家族最早是爱德华家族的私人医生，直到第一代公爵病发，才开始探索这种疾病的治疗方法，可爱德华家族的男性继承者们，依旧一个个死于这种神秘的家族疾病。

展小怜闭了闭眼，说："小宝喜欢上一个女孩……我不知道该怎么跟他说……"

一直以来，展小怜隐瞒了爱德华家族的疾病史，就是为了不让公爵发现这个病症，她不惜撕毁爱德华家族的族谱，并让人把被撕掉的一页纸的横截面做旧，不让她聪明的儿子发现丝毫端倪。

她想要一个有责任心、睿智的儿子，却又担心他聪明得轻而易举发现这个秘密，所以她只能尽可能地让一切看起来是那么完整，希望在他二十五岁之前找到治疗的方法，虽然这样的概率渺茫得让人绝望。

"夫人，您需要告诉爱德华先生。"蕾拉试探地开口，"我知道您不愿意让他知道真相，而为了隐瞒这个真相也花了很多心思，但是夫人，隐瞒不了多久，您刚刚也说了，二十五岁之后，是病发的开始，我们不确定他会在什么时候发病……"

"如果他现在知道，他所有的希望都会破灭，他对幸福的定义就会成为幻影，妻子、孩子、他爱的所有人，"展小怜摇摇头，"我比你了解他，他沉默寡言，可他知道自己要的是什么，一旦他知道自己的身体状况之后……"

展小怜不敢想，他现在满怀信心和希望地活着，她怕那个傻孩子在知道一切之后，为了不牵连他人而选择放弃现有的一切。

"夫人，爱德华先生不再是当年十几岁的少年，我能体会您作为母亲的心情，正因为如此，所以您才时时刻刻从他的角度着想，可是夫人，作为旁观者的我更加相信爱德华先生是不会被打倒的。"蕾拉认真地看着她，"夫人您要相信，或许爱德华先生并非您想象的那样不能接受，更不会因为他的身体携带某种不知名的疾病而灰心丧气。爱德华的父亲当年是在十八岁的时候被告知了这一疾病，可他依旧很坚强地活着，甚至后来他有机会遇到夫人您，那是我们从未见过的状态，他每天都活得很开心……"

展小怜摇摇头："不一样。我遇到他父亲的时候，我的心智已经完全成熟，我懂得判断和分析，知道什么才是我想要的，我可以说我做的每一个决定都是最正确的。但小宝不一样，他喜欢的女孩那样年轻，那样美好，他绝对不会允许让一个无辜的年轻女孩在他身上耗费青春，而那个女孩也做不到像当年的我一样义无反顾地陪在他身边，她甚至连自己想要什么都不知道，又怎么能要求她用完全成熟的女性思想做出理性的分析？"

她长长地呼出一口气："我看得出来，小宝很喜欢她，甚至有了共度余生的想法，否则他不会千方百计地把她带到伽德勒斯，他知道自己想要什么样的女孩，所以他想要用自身和环境来影响她。如果我现在告诉他，他有医学无法治疗的疾病，说不准在什么时候就会因为这个疾病而死亡，他要怎么办？他要怎么面对他想要共度余生的女孩？"

"可是夫人，爱德华先生总会知道。"

展小怜点点头："对，他总会知道。但是我想给他多一点时间，让他有更多美好的回忆。这样，真的到了那一天，他也不会觉得遗憾，不会觉得自己这一生活得太无趣。他的性格本就无趣，难得遇到一个女孩让他有了喜怒哀乐的情绪，我为什么要打破他等了这么多年才有的快乐？"

"但是那个女孩呢？"蕾拉凝重地说，"如果那个女孩知道了，会不会怨恨夫人您呢？"

她点点头："我的儿子都活不了了，我还在乎谁怨恨我吗？谁让小宝是我的儿子呢？我现在想要留给小宝的，不过是一份快乐，这份快乐甚至不知能持续多久，所以不管怎么说，我都会继续隐瞒这个秘密，直到有一天纸再也包不住火，小宝终于知道这件事实的时候。"

"夫人您不怕爱德华先生恨您吗？"

展小怜笑了下："如果能让他在恨我的同时，有一份美好的感情安慰着他，那就让他恨吧！"

到伽德勒斯半年后，宫五终于在暑假的时候回了青城一趟，她回去的时间不长，带了些礼物分给燕大宝等一群好朋友，探望了宫言庭，顺便欺负了自打出生她就没见过的小胖墩步小八。

步小八还是个不会说话、不会走路的小胖球，宫五抱着他，逗弄着，步小八就知道咧着小嘴傻笑。

燕大宝说："小五，我觉得小八可爱，我也想要一个弟弟。"

宫五警惕："我是不会把小八给你的，燕大宝你也别想要我家小八，更不能偷走，听到没有？要不然我告诉展阿姨。"

燕大宝抿嘴，哼了一声："谁稀罕！"

宫五请朋友们吃饭，无意中一抬头看到罗小景正给她以前宿舍的一个女生夹菜，宫五震惊："你们俩干啥？！"

罗小景看着她，说："小五，燕大宝没跟你说，我跟她在谈恋爱啊？"

宫五："……"

燕大宝正跟一只小龙虾搏斗，嘴里还说："小五你的消息也太不灵通了。"

宫五被气死："你都没说！"

其间宫五还回了趟宫家，结果刚回去就遭遇宫家变故。她在宫家住下的当晚，突然有警察上门，宫言蓬和宫言江双双被捕，罪名是走私贩运违禁品，同时被抓的还有青城最大的手机制造商林家父子。

他们被抓得突然，完全没有预警，后来有知情人了解到，林家多番进出口的半成品手机，被出入境边检人员查出实际上是隐藏的枪械，而林家负责组装的那部分，正是手机变为手枪的重要组成部分。作为进出口货物托运公司负责人的宫言蓬和宫言江自然也跑不了。

整个宫家都受到牵连，皆被警方传唤，就连宫五也被叫去问话，宫五无辜得要死，回来第一天就遇到这事。

原本经过休养已经有所好转的宫传世差点被两个逆子气死，要不是一直负责给他理疗的医生措施得当，恐怕宫传世真的会一命呜呼。宫家多少年的好名声一夜之间被毁得干干净净，青城的各大报纸纷纷报道了这则新闻，宫传世真是想死了一了百了。

因为宫家出了这么大的事，曾经跟宫家有关的新闻再次被人翻出，岳美娇二话没说，直接让宫五打包赶紧回伽德勒斯，生怕再牵扯到宫五。

伽德勒斯安享小镇的公爵府内，宫五垂头丧气地站在门口，公爵上前一步把她拥到怀里，压抑着笑，说："好了，别难过，可能是这次回去的时机不对，那等以后放假我们再回去好不好？"

宫五耷拉着脑袋，说："那么长的假期我就回去一周。小宝哥你说我是不是丧门星？要不然怎么这破事就让我遇到了呢？那些警察早不抓人晚不抓人，就等着我回去住一晚的时候抓。"

把她带到沙发上，公爵看了她一眼，说："小五回来也好，我本来这几天正准备出门，打算在小五回家的时候我也出去的，现在小五回来，我们可以一起出行。"

原本沮丧的心情因为要出门立刻活跃起来，宫五好奇地问："我们要去哪里啊？"

公爵微笑着说："反正待在这里也无聊，小五只要跟着我走就好。"

后来宫五才知道，爱德华家族的资产遍布各地，每年的六七月份，公爵就要出行巡视，带着财务和律师团队把爱德华家族名下的产业过一遍，以确定每一年的盈亏情况。

一路行程有吃有玩，宫五觉得比在青城有意思。

每到一个地方，都是那里的最高领导跟公爵汇报工作，宫五乖乖地站在旁边等着。虽然年纪让人看轻，不过宫五的表现还算得体，没像她以前那样怎么都坐不住。或许是有公爵在身边做榜样，又或者是因为气氛太严肃，总之对公爵来说，什么都不做的宫五表现很不错。

巡视为期两天，晚上在工厂附近的酒店入住，周围的安保已经做了详细布置。

晚上休息的时候，宫五问公爵："小宝哥，你来一趟，他们就能更积极努力地干活吗？"

公爵回答："我不需要看到他们努力干活，因为我没有办法时时叮嘱，不过，我带来的人会查账，一年的产量是多少，往年的产量是多少，数据会告诉我答案，效益会证明领导层的能力。"他拉着她的手，笑着说，"如果这世上所有的老板都要亲力亲为，那一定会累死，所以所有的老板都在想方设法用最省事的办法做最有效率的事。"

宫五睁大眼，点头："好像有点道理啊……但是小宝哥，你不怕有些领导欺骗你吗？比如贪污啊，比如回扣啊。还有，像我那样偷偷做坏事的，怎么办？我看电视上都是这样演的。"

公爵翻身面朝她，握着她的手，说："当然，现实中经常遇到，毕竟在钱面前，人人都有可能丧失理智。对我而言，只要不过分，我接受他们占点便宜。比如，有人利用职权贩卖些仓库里可回收再利用的垃圾或者废料，这些都没关系，因为这些不会影响到整个工厂的运作，只要对方处理得当，没有让别人心生不满，我可以睁一只眼闭一只眼。他虽然占了那么点小便宜，但是他平时的工作却为工厂带来了更大的利益。这是权衡之下的结果。"

宫五抿着嘴，认真想了想："小宝哥说得对……"

公爵笑了一下："如果小五觉得我说得不对，可以跟我提出相反的意见，毕竟谁都不能说自己的决策一定是完美无缺的，是不是？"

宫五趴被窝里咂嘴，她现在有点理解为什么公爵说他没有时间经常回国了，原来他不是矫情不想回去，是真的没时间。

她翻了个身，一头扎到他怀里，他伸手抱着她，问："怎么了？小五有什么事睡不着？"

宫五抬头，问："小宝哥，你以前是不是一直这么辛苦？"

"还好。时代不同，我们都要与时俱进，需要不断地学习和吸收更多的知识用以应对不断变幻的时代。否则，迟早会被社会淘汰。"公爵笑了笑，说，"我还记得小五在最早的时候跟我说，要学好英语，这样出国都不怕，看，小五现在的英语学得真好。我很高兴小五一直在进步、在努力。"

宫五喜滋滋地往他怀里又钻了钻，说："我也很高兴我在进步和努力。小宝哥，这趟回学校后，你教我学伽德勒斯语言吧，我觉得挺有意思的。再说了，我还要在伽德勒斯三年，要和很多伽德勒斯人打交道，要是不会说，想买个便宜东西都没办法讨价还价，多麻烦，你说是不是啊？"

公爵笑："好，只要小五想学的东西，我都会教小五，如果我也不会，我们俩就一起学。"

宫五往上蹭了蹭，在他下巴上使劲亲了一口："嗯，我觉得小宝哥是我的完美男朋友！"

"是吗？"公爵笑着说，"小五觉得我很完美吗？"

宫五点头："小宝哥完美无缺，最起码在我眼里是这样的。"沉默了下，她又补充了一句，"当然，也可能是情人眼里出西施的缘故。总之，我觉得没有人比得上小宝哥！"

公爵笑了笑，搂了搂她的脖子，说："好，那我努力当小五的完美男朋友。"

宫五心满意足地闭眼睡觉，睡着的时候，脸上都是满足的笑。

第二天工作继续，公爵带来的财务团队实行白天、夜里轮班制，一夜未睡，到中午的时候查清账务，做出汇总报告。

宫五在旁边听到的时候都呆了，术业有专攻，真的是太厉害了！

她悄悄扭头看了眼正认真听汇报的公爵，脸上忍不住荡漾起笑容。

对比之下，宫五发现，自己要学的东西还有很多，比如她完全听不懂那些专业术语，可公爵听得懂，不但听得懂，甚至还能提出不同的意见，对于他觉得异常的地方，他也能提出疑问。

宫五努力瞪圆了眼，认真听他们的对话，她第一次知道，原来像小宝哥这样的公爵，不是只要有家族传承下来的爵位就行，他需要懂的东西真是太多太多了。

从工厂离开，坐到车上的时候，宫五就扭头盯着公爵，公爵伸手在她面前晃了晃："小五？"

"小宝哥，"宫五开口，"我真的要努力了！"

公爵一愣："怎么了？小五一直很努力。"

宫五摇头，眼睛看着前方，心事重重地说："不对，我觉得我还不够努力，我考完试就放松，总觉得自己有假期，我每天上学都要赖床，我对学校的很多课程都很不耐烦，觉得学了没用。但是现在，我要改正，我以后坚决不赖床，要早早爬起来，我要让尤金先生给我制订更严格的学习计划，我要成为顶好的那个人！"

有句话她没有说，她想成为配得上他的那个人。

公爵只是看着她，眼中的笑意带着细细碎碎的光，说："好！"

一路的旅行，宫五觉得很有意思，除了游玩，她还一直跟着公爵巡视，每到一个地方，她都能从公爵的身上看到不同的闪光点，在面对各种意外的恶意抵抗和刁难时，他也能从容镇定地用自己的方式解决问题。

从工厂离开后，公爵说："接下来我们要去的地方，可能没有之前的那么美妙。"

宫五好奇地问："哪里？"

公爵笑了笑，说："我们会随同慈善基金会的人，一起去一个地方。"他扫了宫五一眼，说，"小五今天穿的衣服不适合去。"

宫五低头看了看自己身上漂亮的裙子，茫然地问："那什么样的才适合去啊？"

公爵笑了笑，回答："吃完饭会有人把衣服送过来，这几天要一直穿着才行，很可能都没办法洗澡。"

那是宫五没去过的地方，可当她真的跟随一大群人到了那里之后，她被眼前的景象震撼到了，真正的满目疮痍。

贫瘠的土地，狰狞的荆棘，到处都是碎石、沙砾。就连偶尔走过的骆驼，也是瘦骨嶙峋得吓人。

在烈日的炙烤下，地面时不时升起蒸人的气旋，带起漫漫的沙尘，一切都被笼罩在黄沙之中。

难民营建起不过一年，可营地里随处都是帐篷和已经搭建完成或正在搭建的临时住所。

宫五听随行的工作人员说，这里是非洲大陆最荒芜的地区之一。

没有水，没有食物，因为干旱不能种植任何植物，难民营的人每天的食物只能依靠救济。

宫五从下车开始就以一种游离的状态面对眼前的一切，在她不知道的时候，眼泪从眼眶里自己滑了出来。

公爵看着她，伸手擦了擦她脸上的眼泪，笑了笑说："我们带来了面包、水、帐篷和药品，我们没办法带来更多的东西，也不可能帮助到每一个人，但是我们来了，就代表我们出了一份力，除了我们，还有很多人会来到这里，给他们提供所能提供的帮助。所以，跟他们比，我们活在天堂。"

宫五伸手一抹眼泪，脸上的灰尘混合了泪水，顿时让她成了花猫脸，她自己不知道，抬头吸了吸鼻子，看着他说："我没关系，我也不知道为什么，就是看到这里的人、这里的环境，就觉得这是人能生活的地方吗？我以为自己很可怜、很辛苦，可是我看到他们的时候，才发现原来我是那么幸福。"她说，"小宝哥，我以后再也不自怨自艾了，世界上不幸的人有很多，在他们面前，我根本没资格说自己可怜！"

公爵笑着点头："嗯，小五能这样想我很高兴。"

她顶着一张脏兮兮的花猫脸点头。

非战争区域的死亡，往往来自疾病。

宫五在来之前，觉得自己什么都做不了，她没有钱也没有别的东西，等她来了之后她才知道，原来她哄着孩子们玩也是一种帮助，陪他们玩，教他们画画、唱歌，给他们讲故事，她所能做的一切都是一种帮助。

在这个很多孩子都不知道学校是什么的难民营中，他们带来的一切都是福利。

在难民营待了三天后离开，宫五坐在车里眼睛看着前方，从未有过的严肃出现在她漂亮的脸上，好一会儿后她才说："小宝哥，我以后一定会更努力，做一个对这个世界能尽自己的微薄之力的人。"

公爵看着她认真的小脸，笑意在眼中慢慢浮现，他紧了紧握着她的手，说："我相信小五一定做得到。"

返程途中，他们来到一座极具特色的海滨城市，品尝了美味的海鲜，逛遍了大街小巷。偶遇海滨城市的祭海神活动，在熙熙攘攘的街道上，公爵和宫五行走在人群中，也习惯了因为人多而时不时和别人的碰撞，很多时候，他们只需要相视一笑就能化解相互碰撞后的短暂紧张气氛。

热闹的活动过后，他们回到酒店，公爵在洗手，宫五则是在翻自己的包，摸遍了口袋，最后大吼一声："小宝哥，我的手机被人偷了！"

公爵抬头看她，就看到她张牙舞爪地比画着，一副痛心疾首的模样："我的手机！你送给我的那部漂亮的新手机！被、偷、了！"

她抱着脑袋，抓狂："肯定是逛街的时候被人偷走了，有好几个人撞到我！"

公爵叹了口气，过去伸手搂了搂她，说："没事，小五别伤心，大不了我再帮小五做一个。"

"可那是小宝哥特地给我做的，给我定制的，"宫五欲哭无泪，"都被人偷走了。我的新手机，还能变形的，我刚用没多久，我要伤心死了！"

"没关系。"公爵脸上带着笑，声音温柔地说，"我可以重新做一部给小五，再做的话就做一部防盗的，小五觉得怎么样？"

宫五眼睛顿时一亮："还能防盗吗？"

"之前是我考虑不周，让小偷有机可乘，以后就不会了。"他笑着安慰，"一部手机而已，不打紧。"

宫五努努嘴，也没办法，只能点点头："好。"

宫五意外丢失的手机现在正被人放在各种仪器里扫描拆分，几经折腾之后，几个实验人员面面相觑，最终他们拨通了一个电话："占先生，手机我们是拿到了，但是手机分明被爱德华设了限制，我们根本无法拆分。"

占旭阴郁的声音从话筒里响起："只要是手机，只要它是组装起来的，就一定能拆开！"

"我知道，但是那样就要破坏手机原本的结构，我们的最终目的就无法达成。手机的变形位置被设了指纹，我们的手指抠不进去，找了其他几个女人的也试不开，这部手机显然是定制款，没有原主人的指纹，我们无法拆分，除非破坏性拆卸……"

占旭怒道："破坏了要这部手机还有什么用？"他想了想，开口，"先想办法把手机弄回来，爱德华诡计多端，他随时都有可能找过来。先排查手机中的定位功能，确保不会被他找回去！"

"是，占先生。"

与此同时，另一个忙碌的团队正在严密盯着跟踪到的手机，只是后半夜后，跟踪信号突然中断。

"信号中断！"

"试接！"

"试接不成功！"

"再试！"

……

数次循环后，最终证明跟踪信号被对方彻底中断，手机的最后方位是在一个地下停车场的地下室，等人赶到之后，早已人去屋空。

公爵得到消息是在第二天，汇报情况的人惴惴不安，知道让公爵失望了，实在没想到占旭为了完善他的变形枪支，早已提前做了很多准备。

恐怕从宫五接到手机礼物的第一天开始，他就筹谋至今，到底让他得了手。

公爵听完汇报，笑了笑，说："不是什么大事，一部手机而已。何况，他们想拆解手机并不那么容易。"

除非占旭选择破坏性拆毁，而从占旭的目的来看，他显然不可能做那样的选择，毕竟这对不起他长期以来的图谋。

宫五还在为自己的手机哀悼，还特地打电话给岳美娇，告诉他们自己的手机丢了，暂时没办法打电话。公爵见她垂头丧气的，笑着说："好了，不过是一部不值钱的手机，怎么还一直惦记着？我都答应小五了，以后会做一部更好的具有防盗功能的手机给小五。笑一笑好不好？我的小女友小脸苦巴巴的，都不漂亮了。"

宫五本来没精打采的，听他一说，一下就笑了出来，打起精神："我们出来玩，不能不高兴。"往他怀里一扑，笑嘻嘻地说，"我把手机弄丢了，小宝哥都不生我的气，我更不能跟自己生气。"

公爵笑着点头："就是，我都没生气，小五当然就更不用生气。"

宫五仰起小脸，对上他的视线，使劲点了点头："嗯！"

次日中午，一行人退房回程，宫五站在门口等公爵，已经有人在办理退房手续，她摇摆着身体轻快地哼着歌，一辆漂亮的白色轿车开了过来，门童抬脚过去，伸手拉开门，对宫五微笑着说："小姐，请上车。"

宫五扭头看到公爵从楼上下来，她朝着公爵一笑，蹦蹦跳跳地走过去，钻到了车里。

公爵抬头看到宫五上了一辆车，顿了下，转身问："刚刚不是说车还没来？"

"是的爱德华先生，我们的车正在来的路上……"

他的话还没说完，公爵突然抬脚朝着门口的方向跑去："拦住那辆车！"

那辆漂亮的白色轿车已经开了出去，门口的人诧异地看着朝着那辆车狂追的一行人，愣在原地，那辆车快速地融入来往的车流中，消失在眼前。

黑，眼前一片漆黑，宫五的脑袋上一直被罩着块黑布，她分不清方向，只能晕头转向地任由别人拉扯。

有颠簸有轰鸣，她猜路程中一定更换了好几种交通工具，赶路的过程很痛苦，她被颠簸得想吐，也不知道是什么情况，就记得自己坐到车上后，扭头看着公爵，他突然就急了，朝着车跑了过来，然后车启动。她刚要开口，一块帕子捂住了她的嘴，随后她就失去了知觉。

宫五这样一想，顿时觉得自己悲壮起来，她好像坐了一辆车，然后就被人绑架了。

有过一次被绑架经验的宫五乖乖坐着，这是她第二次被人绑架了吧？她不知道自己为什么会被人绑架，对宫五来说，她一没钱二没势，什么价值都没有，这些人为什么要绑架她？为什么呀？

交通工具的发动机声音由剧烈到平缓，再到发狂似的轰鸣，最终安静下来。

耳边传来车门被人拉开的声音，一只铁钳一样的手臂扯着她的胳膊，把她拽了下来，她看不见路，身体被那只手拉扯着，跟跄着差点跌倒，最后还是被扯得站好。

头上的黑布袋突然一下被人摘掉，乍然而来的光线让她睁不开眼，她伸手捂住眼，过了好一会儿才一点一点松开手，直到逐渐适应外面的光线。

眼前站着一个男人，她觉得有些眼熟，好像在什么地方见过。

占旭的目光落到宫五的脸上，他面无表情，略显阴郁的眼睛犹如黑夜行动的野兽的双目，冷冷地开口："我们又见面了。"

宫五一愣，看着他，一双漂亮的眼睛有短暂的迷茫，随后她蓦然想了起来，自己第一次遭遇绑架的时候，绑匪正是眼前这个人！

她抿了抿嘴，神情有些紧张，快速地看了占旭一眼，又抬眼扫视了一眼四周，一个完全陌生的环境，似乎是在山上，周围是高耸的竹林，空气带着绿色的味道，十分清新，单纯从环境来说，这里十分漂亮。

但是宫五心里，更多的是恐惧。

占旭笑了下，转身朝着不远处的一个竹屋走去，宫五被人推了一把，她抿了抿嘴只能跟过去，抬脚进屋。

房屋里很简陋，不过中央有一张又大又长的桌子，上面堆满了厚厚的纸，宫五隐约看到其中一张绘制的是手枪形状的图案。她在公爵的书房也看到过类似的图案。

屋子里非常单调，仅有的几个装饰品风格很统一，鬼脸一样的面具，和宫五以

198

前看到的装饰风格都不一样，倒是和这屋子的气质十分匹配，阴暗得上不了台面。

　　除了占旭，推着她进屋的另外两个男人都是又黑又瘦的那种，他们之间对话时说的是她听不懂的语言，她只能小心地站着。

　　占旭转身看着她，神情莫名地带着一股阴郁的气质，总能让人想到潜伏在暗处的阴沟里的老鼠，似乎见不得光才符合他真正的身份。

　　宫五站在桌子前，占旭阴沉着脸，视线落在她的身上，然后开口："如果要怪，你只能怪爱德华。"他抬眸看着她，说，"我原本从爱德华那里拿到了图纸，本不该有这样的后续，但是爱德华不老实，他欺骗了我，造成了我的设计存在严重缺陷。"

　　他说话的时候，顺手翻出一张图纸："他造成了你今天的局面……"

　　"先生。"宫五突然开口。

　　占旭诧异她还能开口，视线从图纸慢慢转向宫五。

　　宫五说："你也是枪械设计师，为什么要拿别人的图纸，而不是自己设计呢？设计师，不应该都是很在意自己的原创权吗？"

　　占旭嗤笑一声："所以我只能绑架一个爱德华在意的人，逼他交出他的原创图纸。"占旭慢悠悠地走过来，脸上带着冷笑，"没错，我就是个喜欢投机取巧的人，就是喜欢偷别人的东西。别人越舍不得，我就越要得到。"

　　宫五看着他的眼睛，慢慢地低下头，问："你绑架我，就是为了拿到图纸吗？"

　　占旭再次笑了一声，慢悠悠地走到桌子旁边，说："爱德华诡计多端，他已经耍了我一次，还联合青城那边的人截断了帮我代加工的工厂。图纸？他就算给我，我也不要，我现在要的是实物，拿到实物我就可以拆分，这样更具体也更全面。这世上还有什么比送给自己爱人的礼物更用心的吗？"

　　他这话让宫五怔了怔："礼物？"

　　占旭笑，顺手抽出一张图片扔到桌子的最上面："从你接到这个东西的第一时间，你和你随身携带的手机就成了我的目标。"

　　宫五表情怔怔的，视线落在图片上，虽然隔了一段距离，不过她还是认出来，那上面是公爵送给她的手机，她抿着唇没说话。

　　"对，就是这个礼物。"占旭拿起图片看着，"爱德华送给他未婚妻的礼物，必然是个没有缺憾的完美品，有了这个，难道不比图纸来得更清晰？"

　　宫五抿了抿嘴，说："你都拿到手机了，为什么还要抓我？"

　　占旭回头看着她："因为我需要你的指纹，又或者，其实你更希望我带走的是你的一只手，而不是你这个人？"

199

宫五顿时小心地伸手摸了摸自己的手，不由自主地后退了一步。占旭说："到这个时候才知道害怕，有点晚了。"

外面来来往往的人时不时朝里看上一眼，他们看着宫五，带着淫邪的目光落在她身上，让她忍不住打了个哆嗦。

她颤抖着声音问："你打算怎么处置我？"

占旭的手指敲了敲桌子，轻描淡写地说："这要看你的表现。如果你老老实实待在这里，我自然不会为难一个女人，如果你试图逃跑或者耍心机，你要知道，这里最不缺的就是男人，像你这样漂亮水灵的姑娘，正是他们喜欢的。"

宫五的脸唰的一下白了，动了动唇，没说话，身体抑制不住地颤抖。

占旭如愿看到她的反应，然后慢悠悠地说："你老实待着，手机没运到之前，我不会让他们动你。"

宫五猛地抬头看着他，占旭笑着说："爱德华的人像狗一样紧追着手机不放，手机暂时还没到这里，等到了，自然有你的用处。"

她慢慢地低下头，有点后悔自己怎么那么心急，为什么不等公爵出去一起上车，现在她被绑到这里来，也不知道公爵会不会担心。

"多亏了爱德华的人盯的是手机，所以我的人才能顺利把你带到这里。这世上的东西，真是有得有失，顾此失彼乃常事，你也不用觉得自己倒霉。"占旭看似说着安慰的话，可脸上的神情却带着嘲讽。

宫五抿着唇，一时不知道该怎么应话。

"来人。"占旭对外面提高声音说了句，"带她出去，这里不养闲人。记住，在手机送来之前，谁都不准动她。但是她要是逃跑，就给她一点难忘的教训。"

一个黑脸男人进来，粗鲁地拽着她的胳膊，手上的力气很大，抓得她胳膊生疼，她踉跄着被人拽了出去。

她被安排给一个中年妇女，周围的人带着敌意看她，脸色冷峻、木然，宫五小心地应对着，最后被带到河边，几大盆脏衣服堆积在一起，河边蹲了几个女人用最原始的方式洗衣服。

宫五听不懂她们的语言，年老的妇女都不会说英语，不过里面有一个年轻的女孩会说，见她站在那里发呆，那个年轻女孩开口："过来洗衣服吧，别傻站着，如果她们觉得你没用，你就没有机会了。"

宫五一呆，赶紧两步跳了过去，往那年轻女孩身边一蹲，勤快地拉过一个大盆，低头认真洗衣服。

她的表现成功让几个年老的妇女把头扭了过去，继续低头洗衣服。每个人手里都拿着一根棍子，对着手里的衣服一下一下砸下去，发出啪啪的敲击声。

宫五学着她们的样子，拿出一件青灰色的男式上衣，一下一下砸着，污浊的泥浆随着她砸下的动作一点一点被挤出，放在河水中洗的时候，漾开一片混浊的波动。

洗衣服的过程没人说话，宫五跟着保持沉默，努力地干活。她洗不干净的地方，身旁那个年轻女孩还会伸手教她怎么做。

洗了一下午衣服，宫五的表现让几个年老的妇女很满意，安静干活不多嘴，是个老实人，对她的敌意也不再那么重。

晚饭吃的东西难以下咽，奇怪的菜有股浓郁刺鼻的味道，宫五没吃下饭，倒是啃了不少水果，住宿安排她跟那个年轻女孩住在一块。

一天下来，她很快跟那个女孩熟悉起来，因为表现好，干活的时候还会分配她们俩一组，两人配合默契，总能在最短的时间内做到最好。

"其实她们人都挺好，但是因为你是被抓来的，所以会有戒心，这个也正常。"女孩洗衣服的时候跟宫五小声说着话，"你只要表现安分，就没关系。她们也不会伤害你，如果有人想要伤害你，她们还会保护你。"

宫五看了她一眼："你会说英语也会这边的语言，你是这里的人？可是你长得不像这里的人，你跟我一样是被抓来的吗？"

女孩回答："我跟你不一样，我是自己来到这里的。"

宫五好奇，使劲砸着衣服，用砸出的动静让她们知道她在干活："为什么啊？明明这里很恐怖。"

女孩笑了下，说："我无处可去，总要活命。"她端着盆换到另一边水没有混浊的地方，再次漂洗。

两人洗完一盆，一起抬到岸上，继续抬另一盆洗。

"你被带到这里，会有人来救你吗？"女孩突然问。

宫五呆了呆，认真地想了想，说："我觉得……应该会有吧！"

如果没人来救她，她也没办法呀，反正，她没有别的要求，只求活着，毕竟活着才有希望嘛。这是宫五真心实意的想法，真的是活着才有希望，人要是死了，就什么都没了。

女孩瞅了她一眼："你长得这么漂亮，别洗脸了，你也看到这里的人皮肤黝黑，如果你太突出，反倒是个麻烦。"

宫五愣了愣，随即点点头："我不洗，晒黑就晒黑，脏就脏吧。"她扯了扯衣服，说，"被折腾成这样，好多天没洗，一股味。"

"衣服还是要洗的。"女孩说，"你要是没衣服换，可以穿我的，咱俩身形差不多，就是你比我高。"

女孩叫米典，是个无家可归者，她到过很多地方，最终流浪到了这里。跟其他没有表情的中老年妇女比，米典是宫五在这里接触到的第一个友善的人，好歹愿意陪她说话，告诉她很多注意事项，让她提早避免了很多不必要的事，关于这一点，宫五很感谢她。

对于会不会有人来救她这件事，宫五第一个想到的就是公爵。只是作为被绑架的人质，绑匪的目标就是公爵，所以她真的只能被动等待。

从米典嘴里她知道了很多事，比如那个首领叫占旭，再比如现在所在的位置是一个在世界上都臭名昭著的地方，盛产的东西是全世界都禁止的罂粟，这个地方有个举世闻名的名字——鬼山角。而她现在所待的丛林是占旭的秘密窝点，他在城市明明有各种各样的豪宅，可他偏喜欢住在这个丛林里，原因是不容易被人发现，最关键的是，他可以直接控制毒品的制作和销售，销往全球不同的国家，牟取惊天暴利。

宫五在这里掰着手指过日子，很快从一开始的战战兢兢变得坦然自若，完全奉行既来之则安之的道理，每天热情地忙活这忙活那，甚至还开始跟米典简单地学习这边的语言。

"占先生在这里是重要的人物，除了军方，就数他了。"女孩说，"他有自己的军队，军队有将近一万人，他霸占一整片山脉，军方也不敢轻举妄动。听说两年前局势紧张，不过后来有人从中说和，被压了下来，如今就是这种两不干涉相安无事的状态。"

宫五咽了咽口水："这里的军方怎么会容忍啊？"

女孩笑了笑，说："这里本来就是没人管的三角地带，谁有本事谁吃饭。"

宫五咂咂嘴："这倒也是。"抬头看了眼那片房子的位置，说，"我好像看到他桌子上有图纸什么的，他好像也是个枪械设计师之类的。"

女孩笑了："我听别人说过，占先生是枪械的狂热爱好者，不过遗憾的是他没有受过系统训练，完全是自学成才的。在我心中，占先生是很完美的人。"

宫五怔了一下，然后说："米典，你喜欢那位占先生吧。"

米典似乎没想到她突然这样说，脸上染上几分红晕，低下头："我怎么配呢？"

两人正说着话，那个黑脸男人来找宫五："喂，占先生让你过去。"

宫五赶紧擦擦手站起来，跟着黑脸男人过去，米典略显担心地看着她。

占旭坐在屋里，手里正在画图，同样的拿笔画图的姿势，宫五觉得公爵要优美得多，果然是情人眼里出西施，公爵不管干什么，宫五都觉得他特别帅，换个人做同样的事，宫五就觉得他做作。

宫五站在屋子中央，带她进来的人已经走了出去，就剩她和占旭在。占旭画完最后一笔，抬头看了她一眼，开口："听说你在这里适应得挺好，老实、认真，做事也积极。她们对你的评价还不错。"

宫五动了动身体："我一直都是个很勤奋的人，占先生没有让人为难我，我也想要尽我的本分认真做事，不当吃闲饭的人。虽然我更希望能尽快回家。"

占旭顿了顿，慢慢抬起眼眸看向她："你觉得你的价值是多少？"

宫五认真想了想，摇头说："我不知道。如果你联系的是我母亲，她虽然没有很多钱，不过我相信她一定会倾尽所有换回我，如果你联系的是我父亲，我估计他会以为你是诈骗集团的骗子，一毛钱都不会给你。"

占旭静静地看着她，然后伸手拍了下桌子，笑得阴恻恻的，让人觉得他在酝酿着什么阴谋诡计："爱德华让人跟我接洽，我没有理会。"

宫五抿着唇看着他，没有开口。

占旭抬头，唇边挂着一抹略显残忍的笑："我要的手机很快就会送到，现在着急的人是他，我就是要让他急，让他慌，让他恐惧，让他品尝坐立不安的滋味。"

宫五的身体动了动，问："为什么？占先生要什么有什么、钱、权，你都有，为什么要跟一个素不相识的人过不去呢？更何况，我是无辜的，我没有伤害过任何人。"

"你唯一的错就是爱德华的未婚妻，"占旭咧嘴笑着站起来，"你以他未婚妻的名义入读皇家学校，能让爱德华承认未婚妻身份的，迄今为止只有你。也就是说，单单有你在手，我的筹码就很丰厚。当然，如果爱德华没有耐心等下去，那么你存在的价值也就没了。"

宫五认真地想了想，说："如果是那样，我也怨不了别人，谁让我笨呢，再加上运气不好，落到占先生手里。"

她说这话的时候，神情有些惆怅，却没有作为人质对有可能落的下场有丝毫恐惧，又或者，她已经从最开始的恐惧逐渐适应了现状："我只能认命。"

占旭抬着下巴阴郁地盯着她，突然问："你说，我要是把你睡了，爱德华会是什么反应？"

宫五抿了抿嘴，低下头，说："占先生，如果你是单纯想要看他的反应，我觉得大可不必。虽然不愿意承认，但是在很多大英雄似的人物眼中，女人的存在真的就像衣服一样，喜欢的时候十分喜欢，不喜欢了甩得毫不手软。其实我跟他在一块，是偷偷摸摸的。我妈觉得他太优秀，而在太优秀的人眼中，只有差不多层次的人才有共同话题，我跟他差距太大。你也看到我这样了，要什么都没有，也没指望有以后，能多待在一块一天就是我赚的，大不了我就当提前结束初恋呗。"

她说得平淡，或许是说的话多了，整个人的状态也逐渐放松下来，神情有些漫不经心。说完，她抬头看了占旭一眼，说："其实占先生真要把我睡了，我也不亏，要说有什么不乐意的地方，可能就是因为他是我男朋友，占先生不是，总会觉得心里对不起他。"

占旭突然笑了，伸手撑着下颌，看着她说："你叫什么来着？"

"宫悟。"她回答，"'宫廷'的'宫'，'孙悟空'的'悟'。"

"爱德华好像不是这么叫你的。"占旭说。

宫五点头："哦，我的名字叫'悟'，不过我小的时候喊的人都喊成了'五'，后来就直接叫小五。"

占旭还是盯着她："你说你一无是处，什么都不突出，爱德华为什么会找你？"

宫五想了想，回答："我也不清楚，反正我看到他的时候就喜欢。占先生你也知道，我身边没什么像他那样的人，所以第一次看到的时候，就觉得他像宫廷里的王子一样高不可攀，总觉得偷偷摸一下他的手就是赚的。至于他为什么找我，我猜想是太优秀的人不希望另一半也很优秀，找个平庸点的会比较轻松，因为我会一直以崇拜者的心态看他呀！"

占旭抬着下巴盯着她："是吗？"

"占先生有喜欢的人吗？如果你有喜欢的人，就应该知道那种心情。"她的身上少了开始时的惊慌，最开始的时候眼神都在打颤，如今倒是淡定。

其实他挺喜欢看一个人惊慌时的模样，那会让他体会到权势的至高无上。重新坐了下来，身体往后一靠，穿着战靴的脚直接搁在桌子上，他看着宫五："我最早的时候其实想要把爱德华的妹妹抓来，本意是用他妹妹要挟他，然后再强迫她嫁给我。"

想到燕大宝，宫五说："那他的心情肯定会不一样。亲妹妹不能换，不能不要，女朋友就可以不要，可以换，只要他想，他就能换很多女朋友……"说着，她叹了口气，"我的命好苦啊，当时就不应该贪图男色，现在把自己给坑了。"

占旭笑出声："以后可要长点记性。"视线从她脸上扫了一圈，说，"他让我提条件，这种完全额外的条件，你说我提什么好？"

"占先生最想要小宝哥的什么东西，可以趁此机会开口，刚好我也想要看看，我在他心里到底是什么样的位置。"顿了顿，她问，"我这算是出馊主意吗？"

占旭拍着桌子大笑："这主意不错！对他来说是馊主意，对我却是好主意。"他突然止住笑，问，"你觉得我最想要他的什么东西？"

宫五微微偏头，认真想了下："其实按理来说，占先生和小宝哥不应该有任何关系才对，毕竟你们的身份、所处的国家都不同，甚至不应该认识才对，但是占先生好像对小宝哥很在意。"她看了眼桌子，"我不聪明，所以我能想到的就是眼睛看到的，占先生和小宝哥一样是个枪械设计师，那么占先生和小宝哥就存在竞争啦，我记得我妈跟我说过，自古同行是冤家，所以占先生和小宝哥应该是竞争关系，如果我是占先生，我肯定想要小宝哥的设计图，知己知彼百战不殆嘛。"

占旭微微掀起眼皮看了她一眼："你觉得他会把图纸给我？"

"这个我可不敢说，万一说得不对怎么办？不过，要真的是那样，我也没办法啦，要杀要剐，自然就只能认了。"

占旭挑了挑眉，伸手在桌子上敲了敲，外面有人进来，占旭开口："带她去干活。"

黑脸男人又把她送了回去，宫五又开始认真干活。青山绿水，宫五却知道优美的环境下隐藏着很多不为人知的肮脏。

山中不知时节，早晚的雨时不时洒下一场，次数多了宫五也就摸索出了规律，会在暴雨来临前提前收拾好晾晒的衣服，以至于很多时候那些赶回来收衣服的人发现衣服已经被宫五折叠好，次数多了，对她的好感自然也就上升，宫五跟那些妇人之间也能和睦相处，再加上她跟着米典学了这边的简单语言，还能比画着沟通。

占旭那边一直没有动静，宫五偶尔也会拐弯抹角地打听一下，可是没人知道。

几天后，她又被人叫到占旭面前，她有点紧张地看着占旭，不知道他要说什么，占旭抬头看了她一眼："听说你这几天一直跟别人问我的消息，有什么不如直接问我，比你问别人来得准确，你说呢？"

没想到别人会告诉她，宫五一时也不知道该怎么回答，好在她只是问占旭这几天有没有接到什么东西，没打听别的："我就是想知道占先生接到手机没有，没别的意思。"

"我知道，"占旭说，"我接到手机的话，自然会第一时间让人带你过来。"

宫五沉默地点点头，耷拉着脑袋，有气无力的模样。

占旭拿起笔："如果没有问题，你可以走了。"

"谢谢占先生，"宫五慢慢朝着门口走去，快要出门的时候，突然回头问，"占先生，你要人陪你唠嗑吗？"

她这话问得没头没尾，不过占旭还是听懂了，他抬起头，一脸诧异地看着宫五："……"

宫五看着他的表情，觉得自己又做了件蠢事，叹了口气，垂头丧气地继续走出去。

"你想跟我唠什么？"他在身后问。

他一问，宫五立刻转过身来："聊聊人生，聊聊理想啊。两个人说话，总比一个人天天闷着好，会得抑郁症的！"

占旭："……"

"……我弟弟比我小了将近二十岁，换你你不郁闷吗？"宫五一脸惆怅地说，"要不是看在他长得白胖可爱的分儿上，我肯定要逮着机会偷偷掐得他嗷嗷哭。反正他比我小，也没办法还手。"

不知道是那天占旭的脑子抽了，还是他真的想要找个人"唠嗑"，反正宫五就真的坐下来跟他聊天了。

开始都是宫五主动找话说，就跟唱独角戏似的，一个人说半天，后来聊的时间久了，占旭慢慢地也愿意开口说话，话题自然也就多了。

聊天时宫五发现，其实占旭不像他嘴里说的那样丝毫不介意名誉，他在乎，只是他不愿意让别人，特别是跟公爵有关的人说出来。

宫五抓住每一次聊天的机会，千方百计地找其他话题跟他说，她聪明地意识到一点，聊得多了，两人之间的交情也就慢慢聊了出来，等有了交情，她在这个地方就多了一份安全的保障。

比方说现在，宫五已经不再像刚开始那样对占旭充满恐惧，她发现占旭也是人，也有喜怒哀乐，和所有普通人一样有情感。再一个是，聊天比洗衣服干活要轻快得多，她可以坐着，还有水果吃。

一早天气晴朗，挂在墙上的时钟从九十度变成了一百八十度，占旭看了眼窗外，奇怪那个天天千方百计找话题、跟他套近乎的姑娘今天怎么还没过来。

他问了下人，抬脚慢慢走了出去。

河边，隔了老远他就听到她用不熟练的语言在说着什么，声音又大又清脆，像放响的小鞭炮。

"……不不不，得同时！"

他一听就知道那是她的声音，他没有上前，而是在高处看着下方，就看到那姑娘拉着几个妇人在一起围成一个圈，领头似的大喊一句："石头、剪刀、布——耶！我和都蛮阿姨赢了，都蛮阿姨，你去休息吧，我看你昨晚上没休息好。今天你们几个洗衣服！"

他知道，叫都蛮的妇人是那些女人里最有权威的，然后她兴高采烈地朝着他木屋的方向跑去。

占旭："……"

他终于知道为什么这些女人会毫无怨言地洗完应该她洗的那一份了，看着她脸上得逞的笑容，他莫名地跟着感觉到了愉悦。

占旭靠在竹屋的窗子边，手里端着杯子，杯子里盛着水，脸上没有表情，淡淡地看着她。

宫五正低着头，一边说话一边使劲剥荔枝，剥完了一颗圆滚滚的白胖荔枝，一下塞到了嘴里，脏兮兮的脸蛋一下被撑得鼓了起来，荔枝在嘴里去核，然后吐出来放在手心，她突然抬头，一双明亮的眼睛猝不及防地对上占旭阴郁的视线，她龇牙，捏着那粒荔枝核，问："占先生，你说我把这个种下去，明年会不会发芽啊？"

占旭慢慢移开视线："你可以试试。"

宫五把核放到她用纸折的正方形小盒子里，低头拿起另一颗荔枝，继续剥，说："发芽也不成，等到结果子要好久吧……"

"三年。"

宫五抬头，一脸茫然："什么三年？"

"荔枝结果子，要三年。"占旭喝了一口水，扭头看向窗外，说，"那时候，你还在吗？"

宫五一脸呆滞："哎哟，总不至于三年后还没人想办法弄我回去吧？我的命也太苦了！"

占旭回头看了她一眼，问："如果爱德华不愿意为你满足我的要求，你怎么办？"

宫五正在剥荔枝的手顿了顿："不愿意啊……那，我能怎么办啊？我又咬不到他，又打不到他，我什么办法都没有啊。"说完，她继续把那颗荔枝剥完塞到了嘴里。

占旭看着她："如果他不愿意，你还要回去找他？"

宫五抬头看了他一眼，继续吃荔枝："占先生你觉得我长了一副贱骨头的模样？我可以理解他有顾虑，也理解他的立场，但是我对他来说没有那么重要，他不在意我，我干吗还要回去找他？世上的男人又没死绝。"

剥不开，她张嘴使劲咬了一口荔枝壳，剥开继续吃。

占旭点点头："我还以为女人都是那种死心塌地的类型。"

宫五对他挑了下眉："占先生，你的思想还停留在五十年前，那时候的女人要是有提离婚的后果很严重。现在跟以前不一样了，占先生你的思想也要与时俱进才行，难道就没有人教你多读书吗？"说完，她又吐出一粒荔枝核。

占旭回答："没有人教过我。"

宫五一边吃一边抬头，随口道："你爸爸和妈妈没告诉过你吗？"

占旭笑："我不知道他们长什么样，只知道他们存在过。"

宫五吃东西的速度慢下来，小心地打量了他一眼："占先生，难道……你是孤儿？"

占旭慢吞吞地站直身体，走到桌子边坐下："孤儿？算是比较幸运的孤儿，好歹我有机会被人收养，而很多人却没有这样的机会。"

宫五咂咂嘴："占先生算是不幸中的万幸吧。"

占旭愣了下，然后说："也算万幸中的不幸。"

宫五眨巴眼："怎么能这么说呢？反正在我看来呀，人活着就是幸运了，比如我吧，我妈生我的时候，已经跟我爸离婚了，如果不是因为她太想我哥了，我肯定就成一团血水扔垃圾桶里了。你说我幸不幸运？我就觉得我挺幸运的，我能活到今天，多不容易啊！"她打量他一眼，说，"我就觉得占先生挺幸运的，长得又高又帅，又有本事，会赚钱，不是比很多人活得好吗？怎么不幸了？"

她等了一会儿，见他没说话，抬头一看，发现他正盯着她看，宫五龇牙："占先生，你是不是觉得我说得很有道理啊！"

占旭移开眼，点头："嗯，很有道理。"

聊天时间结束，宫五被人带着从竹屋离开的时候，她轻快地蹦跶着朝前走，一边走还一边用她刚学没多久的本地语言跟带路的人说话，她嘻嘻哈哈的声音时不时传出去，和她刚来的时候畏畏缩缩小心翼翼的模样比，这时候的宫五显然适应了这边的生活。

占旭站在竹屋的窗口边，沉默地看着宫五一蹦一跳往下走的背影，而后转身回到桌子边，盯着面前的图纸，突然伸手，直接把面前的图纸揉成一团，狠狠砸了出去，纸团砸在竹墙上，安静地掉在角落。

他当然知道，他设计不出与众不同的枪支，他没有受过正统的训练，没有进过一天校门，他的语言优势来源于身边的环境，他所了解的知识完全来自于他的义父。他和爱德华不同，也没有爱德华得天独厚的生活环境，他所在的环境，只能称为可以生存，他如今所拥有的一切，不过是投机得来。

占旭当然知道别人对他的评价和轻视，他们不懂他为了生存而耍的手段。

义父把控着一切，不管他做什么，义父对他的要求只有一个：赚钱。

如果赚不来钱，占旭的存在也就没有必要。

占旭知道自己对于义父的价值就是赚钱，所以他要千方百计赚钱，赚更多的钱让他满意。

那是他的义父，是他的师父，是带他脱离老鼠窝的神，是让他不用为了半个馒头跟同伴打得头破血流的再生父母。

他从一千多个孤儿里挑选了他，教授他一切，把他培养成顶级的杀手，他要回报，要反哺，义父给予的一切都是恩赐，他唯有不停地赚钱才对得起义父给予的一切。

在知道爱德华公爵之前，占旭对自己的一切都很满意，但是当他遇到爱德华后，发现一切都不一样了。

他一次又一次地震惊于对方新奇的思路、独具一格的见解，他的设计总有出人意料的地方，严谨、细心，他对待设计的态度堪比制造优美的艺术品，爱德华身上所具备的一切东西，都是占旭无法企及的。

他第一次知道，原来设计可以像爱德华那样做，原来玩枪也可以玩成艺术品，他开始有意无意地关注，想要知道对方最新的设计有什么出人意料的地方，他也逐渐发现，爱德华的声名似乎越来越大，无形中他被人冠上"顶级枪械设计师"的名头。

明明他出道更早，明明他也制造出了那么多枪支，偏偏是爱德华在世界上那么多年轻的枪械设计师中跨入顶级行列。

占旭绝对不会承认自己忌妒那位公爵，他只觉得不公平，觉得对方的运气更好，又或者是对方的身份更具有优势。

可即便他嘴上不承认，他也清楚地知道，爱德华公爵的设计是独一无二的。

而他自己的眼界和见解，决定了他达不到对方的水平。从最初的不服和相争，到如今生搬硬套，占旭也经历了从最初的忐忑羞愧到坦然处之。

宫五说得对，活着比什么都重要，他都活不了了，还谈什么羞耻之心？

最近两天，宫五觉得自己轻松了不少，最关键的是，她做的事越来越少，因为她经常被占旭找去，而那些女人似乎也知道，所以很少给她布置事情，她每次回来都是跟米典一起干活。

见她回来，米典看了她一眼："你……你天天去见占先生，是干什么去了？"

宫五回答："说话呀。"

米典愣了下："说话？"

宫五点头："嗯，就是说话。我琢磨着他好像挺孤单的，都没人跟他说话，所以专门把我找过去说话，当然，还因为我是人质，八成是想要从我嘴里多套些东西出去。"

米典问："那你说啦？"

宫五点点头："当然说啦。我又不傻，我是个人质，我要是一点用都没有，不就没价值了？所以我想到什么就说什么，想不到的下次再说，在别人的地盘上，当

209

然是人家说什么我都得配合啦。"

米典想想，觉得她说得也对，问："要是都说完了呢？是不是你的利用价值就小了？"

宫五眨巴眼："怎么会？都说完了，他也就知道我的价值了，就可以提要求谈判啦！我是给他提供重要线索的重要人物呀！"

米典发现自己竟无言以对。

宫五每天跑去跟占旭说话的时间越来越多，最后她完全不用干活还有水果吃。

"占先生，你天天除了盘算赚钱，就没有别的爱好啦？"宫五弯腰站在水盆旁边，洗着脸。她身上穿的是米典的衣服，衣服很干净，脸蛋却脏得跟小花狗似的，占旭终于厌烦了对着一张花猫脸说话，让她洗了。

因为有事没事聊聊天，宫五明显放松了不少，当然，她活动的范围也比之前宽松了，宫五还真没有逃走的打算，人生地不熟的，天时、地利、人和都不占，最关键的是连语言都不通，她也没绝望到要铤而走险，最关键的是现在占旭跟她没扯破脸皮，万一她逃跑被捉回来，两人之间努力维持的良好关系因此破裂，到时候她的日子就难过了。

别看这有山有水的，宫五观察过，一个人绝对不容易生存，这山里有什么野兽她不清楚，植物她也不认识，什么能吃什么不能吃完全不知道，她真要逃了，说不准会死在山里。

这里有吃有喝有玩，只需要跟占旭聊天，她干吗犯傻逃跑呀？

顶了将近十天的小花脸终于洗干净了，洗干净了也没有多白，毕竟被晒了这么长时间，肤色不如以前白嫩了。

不过，就算这样，在这个地方还是足够让人惊艳一把，宫五用手抹去脸上的水珠，冷不丁一块毛巾递了过来，她伸手拿过来擦脸："谢谢占先生。"

"我没什么爱好。"占旭站在旁边，半靠着竹墙，"爱好这个东西，对我来说太奢侈。

宫五忍不住吐槽了一句："我是发现了，像你们这么厉害的人，其实小时候活得都很辛苦。"

"哦？"占旭问，"小五身边，还有谁也是这样的？"

宫五擦完了脸，把毛巾挂上，小脸因为刚碰了水显得水嫩嫩的，脸周围的头发滴滴答答往下滴着水，她也没管，自己低头揉搓着手，说："还有小宝哥啊！虽然我觉得你们这样不是很好，不过我一想到你们年纪轻轻就可以轻轻松松地赚钱了，而我还在上学，赚钱还不知道要等到什么时候，我就觉得还是先苦后甜好。"

占旭开口："我也不觉得这样好，不过，很多事由不得我。"

宫五斜了他一眼，说："怎么由不得你啊？你又不是小孩子，成年了，你就独立啦！何况你是孤儿呀，我妈是我亲妈，我十八岁以后她还管不了我呢，你义父还不是亲的，你又不是爸宝娃，怎么由不得你啊？"

　　"什么是爸宝娃？"

　　"爸宝娃就是离不开爸爸的娃娃呀！"宫五笑嘻嘻地说，"占先生你看啊，你又高又帅，又有本事，最关键的是你还能挣钱，不像我，吃饭钱还得我妈给呢，你多幸福啊！"

　　占旭沉默了一阵，脸上的表情有短暂的发怔，好一会儿后才说："我有责任。"

　　宫五随口应道："责任这个东西也分大小，只要不是不负责的，尽了责任就好呀。要是因为'责任'两个字，把自己压死就不值得了。再说了，你义父老了，你养你义父是天经地义的事，人家养大你、培养你不容易，但是你不能因为责任就让自己活得没一点笑容，多没意思啊。"

　　占旭问："我没有笑过？"

　　宫五抬头，对他一笑，龇牙："你笑过啊，不过笑得不好看。真正笑的人，就算不好看，也很灿烂呀。可是占先生你呢？你一个人独占那么大的太阳，笑得还不灿烂！"

　　占旭怔了怔，盯着她，微微眯着眼，眼神中带着一种奇异的光芒，看得宫五心头一阵奇怪："我说错啦？我听米典说，占先生单名一个'旭'字，我就理解为独占太阳了。"

　　占旭突然开口："我今天接受了爱德华的沟通要求。"

　　宫五眨眼："真的？"

　　占旭笑了笑，说："真的。他一直通过中间人在跟我联系，我没有接受罢了，但是现在，我觉得我们有通话的必要了。"

　　宫五低头努了下嘴，点了点头："要是有消息占先生你要告诉我呀，我虽然是你让人抓过来的，不过我觉得我们俩已经成朋友了。"

　　占旭点头："好。"

　　磨叽了一会儿，宫五又磨磨蹭蹭地过去，对占旭说："占先生，我听说这里有个集市，每隔几天都会很热闹。"

　　占旭看了她一眼，点头："确实如此。"

　　宫五立刻欢快地原地转了一圈，看了占旭一眼，笑得整个小脸花一样灿烂："占先生，我们'石头、剪刀、布'吧！"说完，她摆好姿势等在门口。

　　占旭一到，她立刻大喊一句："石头、剪刀、布！"

占旭不明所以，宫五见他不明白，跟他解释了一番，然后说："我们看谁输谁赢，赢了的人可以提一个要求。"

"你赢了要干什么？"占旭问。

宫五龇牙："我赢了要跟米典她们去集市。"她又说，"占先生要是赢了也可以对我提一个要求。"

占旭说："可以。"

结果宫五赢了，她立刻大喊："我赢啦！"

她高兴地原地转了一圈，占旭回到座位上，沉默地看着她。如果说他是全身充满着腐朽味道的木乃伊，那么她就一定是沐浴在阳光下的天使，全身上下干净得没有一丝杂质。

她所有的一切都和他截然相反，她的笑容都是那样与众不同，光看着，就让人觉得赏心悦目。

他发现这个姑娘在严肃认真的时候，专注的神情让她和平常活泼的模样完全不同，整个人充满了睿智的气息，给人与众不同的视觉享受，哪怕她穿着灰暗的旧衣服，哪怕她的头发半湿不干，看上去是个不修边幅的姑娘。

他还记得她初来时被恐惧和慌乱支配的模样，明明害怕得要死，却努力让自己冷静下来。

"占先生，那我是不是可以去集市了？"宫五问。决定这件事的人主要还是占旭。

占旭看了她一眼，没吭声。

宫五有点急了："占先生你说话不算话啊！说好我赢了我就可以去看看集市的啊！"

她着急的时候就像第一次看到肉骨头却吃不到的小奶狗，又急又气又可怜巴巴地围着他打转："占先生！"

他看着她的模样，慢慢地移开眼，终于应了一句："后天集市，你可以去。"

宫五顿时高兴地龇牙笑："占先生，你真好呀！我要去干活啦！"

她转身想跑，占旭开口叫住她："今天不用去干活，坐下聊会儿天。"

宫五立刻喜滋滋地坐了下来。她觉得气氛有点怪怪的，于是开始没话找话，之前说了太多次，好像很多事都说过，宫五使劲想还有什么没说过。

"我弟弟叫小八，长得白白胖胖的，特别可爱。燕大宝老是给他买可爱的套装，我看到他穿过的就有西瓜套装、小鲤鱼套装、小恐龙套装……多得我都记不清了。我都担心小八长大以后会不会把自己当成女孩。"

占旭问："为什么叫小八？"

宫五龇牙："我起的呀！我叫小五，我的弟弟其实应该是小六，不过小五是宫家的，我弟弟又不是宫家的人，所以我给他起名叫小八，是要发的意思。"

占旭笑了下："'八'的意思是'发'，是这个意思吗？"

宫五点头："对对，就是这个意思。"

占旭笑："小五特别喜欢钱？"

宫五瞪大眼："谁不喜欢钱啊？只不过，像我这样喜欢钱的是多数，但是能赚到钱的是少数。所以我才觉得占先生是那种能赚到钱的少数人啊！我只有羡慕的份儿来着。"

占旭顿了下，抬眸看了宫五一眼，突然说："我赚的钱并不干净，做的也不过是见不得光的买卖，我倒宁愿能像小五一样，当只能喜欢钱的大多数人。"

他不允许别人说，别人也不敢这样评论，可占旭知道在外面人的眼中，他就是一个赚着脏钱的人。

宫五晃了晃身体，有点不知道该怎么接话，她被人骗过运违禁品，所以她对做那种人生意的人一点都不喜欢，但是再怎么不喜欢，她现在落人家手里，也不能实话实说。

"有钱的人希望自己处于激情飞扬的奋斗期，穷人羡慕已经有钱的人，占先生你看，大家羡慕的都是别人有而自己没有的东西。"宫五干巴巴地笑，"人就是贪心的动物呀！"

占旭沉默地站在原地，好一会儿后抬眸，目光落在宫五身上，又慢慢移开，喃喃地重复："是啊，人就是贪心的动物……"

到了集市那天，眼看着其他人都走了，她还没机会下山，因为不远处看着她的人还在，拦着不让她走。

宫五鼓着脸，后悔那天没跟占旭说清楚她是要跟米典她们一起下山的，结果现在她还要单独跟占先生打招呼，她找不着路啊！

负责看着她的人没得到占旭的指示，所以对于她的求情完全无动于衷，她再多说就不耐烦了。

宫五只好去找占旭。

占旭正在竹屋里，手里翻着一本枪械设计之类的书籍，宫五进来的时候他还没有从书上抬头，好一会儿后才问："有事？"

宫五鼓着脸，满心委屈，这人怎么这样啊？说话不算话！现在她应该是和米典她们一起在集市上的，结果她只能一个人留在山上。

"占先生，你忘啦？那天'石头、剪刀、布'我赢了，你当时可是答应让我去

213

集市的，今天集市热闹！"

占旭伸手合上书，问："那你为什么不去？"

宫五差点哭出来，伸手一指门口那个一直看着她的人，说："我跟他说你同意了，可他就是不听，说他没接到消息，不让我走啊！"

占旭想了想，说："哦，我忘了跟他们通知。"

宫五抿嘴，不说话。

占旭想了想，说："你现在去吧。"

宫五喘粗气："我找不到路呀。而且米典说一个人走在路上一点都不安全。占先生我可是你的人质，你总要负责我的安全吧。"

占旭看了她一眼，伸手把书放到一边："我跟你一块去。"

宫五眨巴眼，没说话。

占旭问："有问题吗？"

宫五赶紧摇摇头："没问题啊。"

是没问题，宫五就是觉得跟他单独在一块气氛有点怪怪的，总觉得不找点话说的话，有点尴尬。

山路跟来的时候一样崎岖，宫五倒是一马当先往前冲，虽然为此吃了点苦头摔了两跤，膝盖也跌破了，手掌也蹭破了皮，快到集市的时候，走路都一瘸一拐了。

到了人群密集的地方后，占旭伸手把她拉得往桌子旁边一坐："坐下。"

宫五还举着蹭破了皮的手不敢动，抿着嘴不吭声，占旭让人舀了一瓢水来，对着她的膝盖把上面沾的脏东西冲干净，又让她把手也冲了下，冲洗干净了拿布擦干，占旭再回来的时候手里提了一个袋子，虽然袋子上的文字她看不懂，不过标识却是通用的十字架。

他动作粗鲁地拿出一瓶酒精，取了盖子，直接倒在一团棉花球上，对着宫五受伤的膝盖直接摁了过去，宫五顿时疼得一声嚎，两只手使劲抠着占旭还举着的胳膊，眼泪都出来了："占先生，你这是谋杀知道吗？"

占旭举着胳膊没动，任由她掐了半天，回答："消毒就痛一下，很快就好。手！"

宫五打死都不伸手，结果占旭直接抓过她的手腕，让人把酒精从她手上直接倒了下去。

直接倒上去！

宫五直接哭出来了："占先生，没你这么欺负人的，我就是人质也有人权啊……呜呜呜。"

占旭不理她，倒完了把酒精瓶的盖子拧上，扔回袋子里："晚上回去再擦

214

一遍。"

"打死都不擦！"宫五抽噎了一下。

酒精擦伤口，虽然就疼那一下，但是那一下疼起来很要命，宫五一肚子火还不敢发，好不容易走到山下，她要是不看一遍对不起自己受伤的腿和胳膊。

就这样，宫五拖着膝盖的伤口，愣是从集市的这头走到了集市的那头，虽然一样东西都没买，不过看一遍就很满足了。

不是她不想买，实在是她没有钱。

她一路走着，这边看看那边看看，看到吃的直咽口水，还要替自己打圆场："什么玩意啊？看着就不好吃……嗯，就是有点渴了……"

占旭慢悠悠地走在后面，宫五走过去的地方，他就跟在后面走，她要是看过什么东西，他也会拿起来看看。

一直到逛饿了，宫五才忍不住说："占先生，你总得给人质提供点吃的吧。"

占旭问："你想吃什么？"

宫五龇牙，指着路边的食物说："我想尝那个东西，只要一个就好！"

占旭看了一眼，对身后的人抬抬下巴，那人还真跑去买了一个。

宫五咬了一口就扔了："不是我浪费，是真的难吃！"

占旭没说话，径直朝前走，结果一直走进了一家中餐馆："到这里来。"

宫五赶紧蹦跶进去，蹭吃这事她不介意做，特别是在她一分钱都没有、完全是人质的情况下。

"占先生，你也不喜欢吃这里的食物啊？"宫五喜滋滋地坐下来，"我也不喜欢啊，我觉得味道太奇怪了，吃得我想吐，样子再好看都没用，不合胃口来着。"

占旭只是看了她一眼，还是没说话。

店老板拿了菜单过来："占先生，您想吃什么尽管说。"

占旭把菜单递给宫五："看你想吃什么。"

宫五试探地问："我想吃什么都行？"

占旭点头："嗯。"

宫五给自己点了两个菜，一荤一素，加一碗白米饭。

她一点都不客气地吃完了。

吃饱了她心满意足："占先生，这地方还挺好的嘛。"

"你喜欢吗？"占旭回头问了一句。

宫五满足地点点头："还不错呀。"

占旭转身朝前走，抛出一句："那就别走了。"

宫五翻了个白眼，赶紧追上去："占先生，这可不行啊！我妈还不得伤心

215

死啊。"

占旭进了一家卖当地传统服饰的店面，宫五跟在后面进去，女孩子的本能让她对屋里花花绿绿的颜色很感兴趣，这边摸摸那边看看。占旭对里面的店员说了句："给她一件她能穿的尺码。"

宫五震惊："我买啊？我……我没钱啊！"

占旭看她一眼，没理她，店员直接拿出一件色彩鲜艳的服饰："这个她可以穿。"

下午太阳快要落山的时候，要回山上，宫五也实在是累了，拖着受伤的膝盖往回走，手里还抱着一个布袋，里面塞了一堆东西，除了那件衣服外，还有其他很多她想买但是没钱买的小玩意，占旭说是送给人质的礼物。

宫五很高兴地接受了。

走到山脚下的时候，占旭一行突然被人拦住："占先生，老大要你去见他。"

占旭微微偏头，眼角的余光看了眼宫五，回答："我现在不方便，稍晚些时候我会去见他。"

"老大说了，要你现在就去。"拦路的人全副武装，手里抱着枪，抬着下巴，口中喊着"占先生"，神情却倨傲得像看一只看门狗，视线落到宫五身上，他又补充了一句，"对了，老大听说今天占先生带着一个美人逛街，很想见见，恐怕占先生要带着这位美人去见老大了。"

宫五不由自主地往后退了一步，她总觉得如果男人以"美人"来称呼陌生女性，总是不怀好意也不打算客气的。

她看向占旭，神情有些紧张，抿着嘴一动都不敢动。

占旭笑了下，然后点点头："既然义父这么着急要见我，我要是再拖延好像也不大恰当，不过她是我抓来的人质，去见义父不大合适……"

"老大指明了要见她，占先生是要违抗老大的意思？"那人冷笑，手里的枪口往占旭头上抬了抬。

占旭显然看到了，又笑："好吧，想不到义父会对一个人质这么关心。"

说完，他转身，看向宫五说："义父要见你，我们一起去。"

宫五抿着嘴，抬脚跟着他朝前走去。

那几个全副武装的人分散在四周，每个人都托着手里的枪，押着他们朝前走。

宫五的步子慢了一点，后面的人借势在她屁股上摸了一把："走快点！"

宫五回头白了那人一眼，引来周围的人一片哄笑。

占旭阴沉着脸，突然伸手揽过她的腰，把她拉向自己，阻挡了外界对她的骚扰。

宫五身体僵硬，木然地跟着他走。

走到大路上的时候已经停了好几辆车，占旭带着宫五坐到车上。两边坐上了持枪的人，把他们两人围在中间。

宫五缩着脖子，心里很忐忑，安静地坐着一动不动。占旭突然开口："别怕，我会保护你。"

宫五看了他一眼，没吭声，换句话说，她听听就好，占旭明显是自身难保，还谈什么保护她呀？

车开动起来，一路上没人说话，占旭也沉默着一言不发。不知开了多久，车在目的地停下来，停靠在一幢豪华气派的欧式豪宅前，宫五下车之后才发现原来车已经开到了人家院子里。

"占先生，老大已经在等着你了。"

占旭要带着宫五一起去，那人突然伸手拉住宫五，对占旭说："占先生，老大说，这个女孩可以直接送到他房间里。"

占旭看看那只拦在自己面前的手，又看看那个人，眼神阴沉得像一只恶狼，看得那人不由自主地后退了一步，那人挺了挺腰，手里的枪对着占旭一拨："这是老大的命令，你看我也没用，你进去，但她要送进老大的房间。"

占旭突然出手，一把掐住那人的脖子，捏住那人的喉管，随着他眼神里的阴郁色泽加重，他手上的力气也越来越大，直至青筋暴起，他阴沉地开口："如果你再多说一句话，相信我，你以后再也没机会开口！"

说完，他手一松，那人直接跌坐在地上，两只手死死地抱着脖子，眼睛发直，拼命地呼吸，一个字都没敢多说。

占旭一拉宫五："走！"

宫五惶恐不安地跟着他，围绕着旋转的楼梯上楼。

欧式的风格，随处可见的罗马柱，教堂式的内壁，到处充满了让人肃然起敬的宗教色彩，让人以为这里的主人是个虔诚的教徒，和刚刚门口那人要把宫五送到某人房间那句话，形成了鲜明对比，使得这装饰显得极具讽刺。

占旭站在书房门口，恭敬地伸手敲门："义父，是我！"

"进来！"里面传来一个苍老的声音。

占旭伸手拧开门，带着宫五走了进去。

一股浓烈的酒精味传来，里面一个头发稀疏花白的白人老头正捧着一本翻开的《圣经》在看，另一只手正把一杯白酒放在桌子上。

217

他慢慢地转身看向占旭，开口说话，声音像从喉咙里挤出来的一样，嘶哑得犹如毒蛇在吐芯："我今天听说你带着一个年轻漂亮的姑娘出现，我以为你是把那姑娘献给我的。我等了一天没等到你，只好让人去叫你。就是她吗？"

　　他捧着《圣经》走过来，虽然年岁很大，脚步倒是稳健，穿着一件略显陈旧的男式当地民族服饰外袍，光着脚。

　　他走过来，视线落在宫五身上，突然笑了，露出一嘴发黑残缺不全的烂牙："很漂亮，我就是喜欢美丽的姑娘，完全合我的胃口，果然还是我的儿最知我的喜好……"

　　正说着话，他捧着的书突然一歪，老头没来得及捡，书掉在地上，宫五这才发现他捧着书的是一只假的铁手。

　　宫五忍着没让自己后退，只是安静地站着。

　　占旭弯腰把书捡起来："义父想要什么样的女孩，我当然知道，回头我会给义父多送几个过来，只是她不行，她是我用来和爱德华谈判的重要筹码，在谈判结束前，我要保证她的完整，恐怕今天晚上义父要委屈一下，我稍后就会让人送其他女孩过来……"

　　"她们不漂亮！"老头突然狂躁地说，"她们没有一个比她漂亮，我想要她！"

　　占旭面无表情地站着："暂时不行……"

　　"你在违抗我的命令！"老头提高声音，狂躁到几乎咆哮起来，他暴躁的时候有些喘，曾经赫赫有名的鹰眼狙击手黑煞，也抵不过岁月的侵蚀，成了这样一个酒鬼似的老头，"我把你养大，不是为了让你违抗我的命令！你的一切都是我给予的，你竟然违抗我的命令？我要这个女孩，只要她，现在、立刻、马上把她送到我的房间，我稍晚些会需要她。"

　　"她不行！"占旭依旧面无表情地重复，"义父，她是我重要的筹码，我可以用她从爱德华那里得到他所有的设计稿，和您梦寐以求的枪支。义父，设计稿意味着我们接下来会有源源不断的钱进账，您要一个女孩，还是要钱？"

　　黑煞突然咆哮起来："我必须都要！你闭嘴！你这个贱种，你不过是我从垃圾堆捡来的狗崽子，你竟然跟我谈条件？如果不是我，你早就和那帮野种一样被火烧死了，是我给了你生命、教授你才能，你这个愚蠢的东西你竟然违抗我的命令……"

　　黑煞伸手拉宫五，宫五被他吓得赶紧后退一步，下意识地躲到了占旭身后："我害怕！"

　　这个时候，宫五知道只有占旭能救他。

占旭站在原地，宫五却注意到他原本垂在身侧的手，因为她慌乱的动作改为后托，这个动作让宫五意识到，他确实是想要保护她的。这是一个人下意识地保护弱小者的动作，就像幼儿园的老师在遇到恶犬时，会把小朋友们往身后拦的动作一样。

黑煞带着血丝的混浊的眼看着占旭："你是要造反吗？我把你养大，教给你一切，你现在是要造反吗？敢不听我的话了是不是？"

占旭突然对着他跪了下来："义父，我的一切都是您给予的，我从未想过违抗您的命令，您现在就算让我死，我也绝不犹豫一下，只是，她真的是很重要的人，我和爱德华争了这么多年，这是我唯一能得到他全部设计稿的机会，如果错过这个机会，以后就再也没有了。义父，请您成全我，我一定不会让您失望的。"

黑煞笑，一口烂牙让他的笑容瘆人得很，对占旭的态度显然很满意，他开口："如果你得到了图纸，这个女孩要怎么处置？"

占旭沉默了一会儿后，才说："到时候听凭义父处置。"

宫五的心一沉到底，冰冷得像是坠入了三尺寒冰洞，她抿着唇，一言不发地站着。

黑煞终于满意了："好，那我等着。起来吧，知道你孝顺，你是有前途的人，别被女人迷了眼。"

"是，谨记义父的教诲，我生死都听从义父，绝对不会被女人诱惑，请义父放心。"占旭低着头，说，"我先带她回去，我必须亲自看着她才放心，因为她……太重要了。"

黑煞看了宫五一眼，又看了占旭一眼："那就记住你今天的话，别让我失望。"

"是！"

从书房出来，宫五跟在占旭后面，他去拉她的手，宫五僵着身体任由他拉着，木然地跟着下楼。

门口等在外面的还是刚刚那帮人，现在要把他们送回去。回去的时候和来的时候一样，由那帮人押着。

宫五低头抱着受伤的膝盖，坐在车上一动不动。

占旭看了她一眼，扭头看向车窗，一言不发。

车到山脚下，那群人还是像去的时候一样，持枪跟着他们一路朝前走去。

宫五膝盖疼，走得慢，又被人趁机摸了下屁股，她回头，发现还是刚刚那个人，见她怒目而视，那人龇牙笑得淫荡，突然开口说："等你被老大玩过，以后就会是我们的玩物，到时候看我不把你往死里弄……"

他说的是本地语言，宫五听不懂，但是猜也知道不是好话，她敢怒不敢言，恶狠狠地瞪了他一眼，用手拍拍屁股上不存在的灰，气愤地朝前走。

周围的人又爆发出笑声，宫五假装没听到，又委屈又生气，伸手抹了把眼泪，小宝哥怎么还不来救她啊？真是被人欺负死了。

占旭蓦然站住，回头对宫五说了句："那么磨蹭干什么？快点！"

宫五低着头，又抹了下眼泪，快走几步，也不理他。

占旭一把拉住她，用中文快速说了句："到前面……趴下……"

话音刚落，他突然伸手一推，宫五被他推得一下子摔在地上，除了膝盖上的伤雪上加霜外，怀里抱着的包裹帮她垫了下肚子，没让她疼得嗷嗷叫。

她一趴下，占旭和占旭的人立刻动了。

宫五就听到后面有打斗的声音，她抱着脑袋，快速地爬离正面肉搏的主战场，躲到了一块石头后面，不敢看。

不多时，打斗声消失，宫五小心地抬头看了一眼，发现占旭的人已经掌控了主动权，占旭弯腰捡起地上不知是谁掉落的枪，单手拿在手里，抬起对着刚刚那个领头的人走过去，那人被他逼得连连后退，口中还在说："占先生，我、我也是奉命行事……"

他的话还没说完，占旭面无表情地开枪。

机枪发出的响声连续又决绝，吞噬了那人还没说完的话，他已经脑浆迸裂血肉模糊地倒在血泊里。

宫五赶紧抱着头闭上眼，伸手捂着耳朵一动不动。

他转身，抬脚朝着另一个人走去，开口："到地狱去找女人吧！"

那人连求饶声都没有说出来，枪声已经再次连续响起，直到那人的惨叫声逐渐消失，枪声还没停止。

占旭手里拿着枪，漠然地说了一句："全杀了！"

说完，他抬脚朝宫五走去，弯腰伸手把她从地上拉了起来："上山。"

身后枪声一片，此起彼伏。

宫五惶恐地被他拉着跌跌撞撞地朝前走，她不敢回头，她知道自己回头会看到什么，只能尽量跟上占旭的步伐，坚决不回头。

占旭的另一只手还抓着武器，面色阴沉一言不发地朝前走去，他伸手把宫五推到屋子里，然后举起枪，对着天空就是一阵乱打。

山林中的飞禽瞬间被惊起，走兽四处乱窜，最后慢慢安静下来。

宫五呆呆地站在屋子里，找了个凳子坐下，视线四处乱看，然后看到角落里有

220

个纸团，她弯腰捡起来，展开一看，是幅被揉皱的设计稿，她抿着嘴看了看，然后伸手重新把设计稿揉回原样，朝门后面使劲一砸。

纸团在地上蹦跶了一下，她一抬头就看到占旭走了进来，占旭看了她一眼，宫五的表情有点呆，她真不是故意朝他发脾气，她就是把纸团放回原位而已。

占旭伸手把枪扔到了桌子上，枪支砸在桌子上发出沉重的声音。

他转身，靠在桌子上看着宫五，宫五不由自主地把脚往后挪了挪，抿嘴看着她，不安地解释："我就是放回去，没扔给你。"

占旭依旧靠着桌子，视线还是落在她身上。宫五内心有点不安，黑漆漆的大眼珠子滴溜溜地转动了一下，小心地说："占先生，我……先去干活了……"

她小心地站起来，想要离开，占旭突然开口："坐下！"

宫五刚要站起来的身子赶紧坐了下来，占旭伸手在桌子上拍了下，抬脚朝她走过去。

宫五有点紧张，眼神有些慌，占旭突然在她面前蹲了下来，看了眼她膝盖上更糟糕的伤痕："坐在这里哪里都不准去。"

他说不准走，宫五自然就不会走，再说了，她膝盖疼，刚刚因为恐惧和害怕走路没发现，现在却是明显的疼。

占旭抬脚走了出去，没多久又回来了，跟他一起来的还有个提着药箱的中年女人，她在宫五面前蹲下来，拿出工具一点一点地给她的膝盖的伤消毒。

宫五瞪圆了眼，绷直了腿，两只蹭破了皮的手抓着衣角，抿嘴不敢出声。

这次显然比第一次摔得严重，消过毒之后，还用纱布包了起来，她的两只膝盖上都被包得严严实实的，两只手掌也被重新擦了消毒水后包了起来。

宫五："……"

她举着两只裹圆的手，膝盖被绑得打弯都困难，这个女人是不是个庸医啊？

占旭看着她："这两天把伤养好。"

宫五脸蛋抽了抽："占先生，其实我的伤一点都不严重，这样裹着好像太夸张了。"

"这里是山区，会有毒虫出入，如果你的伤口被毒虫叮咬就麻烦了，包起来最省事，她给你抹的是这里的草药，不会有事的。三四天后伤口就会结痂好转。"他说这些话的时候，还是面无表情。

那女人给宫五包扎完后就提着药箱走了，宫五被包成这样，只能乖乖地坐着。

屋里又成了两个人，宫五举着胳膊低着头，好一会儿后抬头，问："占先生，你要不要看看小宝哥有没有给你回复啊……"

她的话还没说完，占旭突然动了一下，回到桌子边，伸手拿起桌子上的枪，宫五立刻闭嘴，占旭拿了枪快速地走到门口，伸手把门半掩上，挡住坐在凳子上的宫五。

一会儿后有人跑过来，用宫五听不懂的语言跟占旭说了什么。

占旭点点头，吩咐了一句，那人急匆匆地走了。

宫五有点紧张地看着他，占旭看了她一眼，伸手关门："没什么事，不用紧张。"

宫五小心地问："占先生，你把那些人打死，你义父会不会生气？他们好像更听你义父的话呀。"

占旭抿着唇："没关系。"

"怎么没关系啊？"有没有关系宫五其实不操心，但是她操心自己的命运和下场啊，她可是听到了，那个吸血鬼一样的独手老东西说了，和小宝哥联系之后，就要处置她，怎么处置宫五用脚丫子想都想得出来，想想就恶心，她忍不住打了个寒战。

"你别怕，我不会把你交给义父的。"占旭似乎知道她在想什么，突然冒出这么一句。

宫五立刻抬头，问："真的吗？占先生你说的是真的吗？真的不会把我交给你义父吗？我一点都不喜欢他，他怎么可以骂你那么难听的话？他是长辈，怎么能骂那么恶毒的话？占先生你真伟大，他那样对你，可是你还是对他恭敬有加，我觉得要是我，我肯定做不到。可是怎么办呢？你刚刚把那些人打死了，他会不会很生气？他生气了会打你吗？我妈也会揍我，但是我知道她爱我……"

她的眼中有光，一双漂亮的眼睛晶亮，看着他的时候充满了讨好和殷勤的希望，就像在溺水时抓住了一根浮木，他就是那根浮木。

她笑的时候表情很天真，会露出洁白的牙齿，一张美丽的小脸上笑容那样赏心悦目；紧张的时候像一只受惊的小鹿，眼神都充满了不安，让他忍不住想要安抚。

占旭慢慢地、一字一顿地说："没关系，他不会有多少机会生气了。"

宫五觉得自己听懂了，所以身体不受控制地打了个寒战，是她想的那样吗？是吗？宫五觉得是的。

她抿着嘴没再说话，她不傻，分得清状况。

占旭看到她打哆嗦的样子，突然笑了下，继续说："义父老了，就算作威作福也不久了，或许说不定在某一天就完了。你也看到了，他牙齿不好，但是他又不相信任何牙医，他仇家众多，怕人在牙齿上动手脚，他的身体一天不如一天，活不了多久了。"

宫五抬头，一脸的纠结，占旭甚至猜得到她在纠结什么，她一定希望黑煞赶快

222

死，可她的本质毕竟是善良的，似乎觉得诅咒别人死亡是一件很恶毒的事，所以她纠结于她自己和别人的命运，一时难以做出判断。

她憋了好一会儿才问："真的吗？"

占旭点头："真的。"

"占先生，那小宝哥有没有给你回复啊？"宫五再次提醒，她想看看小宝哥的回复呀，这里到处都是危机，虽然她好不容易巴结上占旭，但是占旭身后还有他的义父，太可怕了！

占旭盯着她看了好一会儿，然后笑了下："我还没去看，稍后我会询问。不过今天晚上你不能再住在之前的地方了，我让人带你去另外的住所。"

见宫五神情警惕，他解释："我晚上杀了义父的外勤队伍，这么晚他们没有回去，义父一定会让人来问，我怕一言不合打起来伤到你，不但是你，今晚所有的女人都会到别的地方去。"

听他这样说，宫五才松了口气，赶紧点头："好！"

占旭让人过来带着宫五换到其他地方，他站在竹屋前，目送她拖着伤了膝盖的腿，企鹅一样慢慢走在丛林间的背影，抬脚跨了出去。

他有自己的秘密联络地点，隐秘在崇山峻岭中的某个山洞内，狡兔三窟，占旭也不例外。各种高科技的机器正在高速运作，工作人员正来来回回地忙碌着。

他站在一个工作人员身后，吩咐："今晚给爱德华发送最新的条件，我要先得到所有的图纸，只有拿到了图纸，我才会考虑人质是否返还，而现在，我只能保证人质的生死。告诉他，别耍任何花样，如果惹怒了我，我什么都不能保证。"

"占先生，早晨的时候对方发来信息，说您要的所有图纸都在伽德勒斯，已经派专机去取。对方询问接洽地点，他们愿意高度配合。"

占旭站在原地，视线落在对方传来的信息上，一动不动。

"占先生？"

占旭眯了眯眼，微微抬起下巴，咬了咬牙，开口："让他们等通知！"说完，转身气势汹汹地走了出去。

走了两步，他突然回去："开联络！"

工作人员一愣："占先生？"

占旭猛地提高声音："我说开联络！"

工作人员被吓得一抖，急忙开了通信，大屏幕上显示正在接通信号中，很快，在连续黑屏了三次之后，大屏幕上出现公爵的脸。

占旭一伸手，直接把工作人员拽了起来，他拉开椅子，站到显示屏前，看着屏幕中的人，阴郁的眼直直地盯着公爵。

双方都没有开口，比耐心公爵从来没有输过，他的沉默带着几分压迫感，这是双方气势上的较量。最终先开口的是占旭："你倒是耐得住性子，我在想，如果这次抓来的人是你的妹妹，你是不是还会这样沉得住气？还是说，女人终究是女人，她的生与死跟你没多少关系？反正，没了这个还有下一个，你的身边一定有不少女人……"

公爵看着他，好一会儿后低头笑了一下，开口："我并不清楚占先生说这些话的含义，我只能理解为小五现在很安全。如果是这样，我想我依然会很放心，最起码你还没有糊涂和灭绝人性到拿无辜的女孩下手。"

占旭抓着桌子边缘的手不自觉地握紧："呵，看来我要让你看到些现场的照片，你才会明白我没有跟你开玩笑。我要你所有的设计图，所有的，我必须亲自确认。一个女人和你所有的设计心血，你考虑清楚……"

公爵回答："我给得起，你要的东西我可以给，我的要求你也明白。"

占旭死死地盯着他，开口："枪支！我要你珍藏的所有枪支。想不到吧？你所有的事她都知道，她都告诉我了。"

公爵笑了笑："我很高兴她了解我的一切，也很高兴你知道她的价值。占旭，我愿意给予你最崇高的尊重，你的任何条件我都满足，我希望你遵守诺言，同样的，在我们和平解决这件事情之前，我会遵守我的诺言……"

公爵的话还没说完，占旭已经狠狠地用拳头切断了联络通信。

工作人员低着头不敢靠近，占旭伸手扯了扯衣领，原地转了一圈，抬脚走了出去。

山中早晚略有些凉，最麻烦的还是蚊虫叮咬，好在这边的人针对蚊虫也想到了各种各样的法子，特别是很多土办法，找到一种干草，在山洞里绕上一圈，既能赶走山洞里的蚊虫，放门口还能阻挡外面的蚊虫进入，当然，坏处是人也要忍受干草的味道。

宫五跟米典待在新地方，一个山洞里，除了她们俩还有其他女人也都在。

因为大家都睡觉了，所以宫五也跟着躺下。她刚躺下没多久，就有人在门口喊："五小姐，占先生找你！"

宫五从被子里抬起头，只好把衣服套上，踩着拖鞋扶着墙走出去，果然在不远处的平地上看到占旭背对着她站在那里。

她跑过去："占先生！"

占旭听到她的声音回头："小五。"

山中的月光皎洁美丽，幽深的夜空与银白的月光形成鲜明的对比，明亮得犹如清晨。

空气很清新，吸上一口要舒畅半天，宫五一边吸着山里的空气，一边说："占先生，是不是小宝哥有消息了？"她这样想的时候，心情突然有点雀跃，占旭答应过她呀，不会让他义父欺负她的，那么他现在来找她，是不是意味着公爵给了占旭回复？

占旭回过头，视线落在她身上，即便借着月光，他也看得清她问话时脸上快乐的表情，刺激得他眼睛生疼。

他没有笑，脸上的表情甚至有些严肃，抿着唇没有开口。

占旭算是英俊的男子，可他全身上下弥漫的那股好似来自地府的死亡气息总让人感觉到恐怖，宫五最早对他的印象并不好，觉得这是个不阳光的人，就像一直躲在黑暗潮湿的角落里不敢见人，突然暴露在阳光下，他总给人一种畏光的错觉。

宫五不喜欢这样的人，因为这样的人往往是内心黑暗的人，她体会过那种滋味，那种她看到所有人都是坦荡荡，唯有她有不可告人的秘密，处处想要隐藏的自卑感。

这个时候的占旭，给宫五的感觉就是这样的。她仰着头，鼓着脸蛋，看着他问："占先生，你怎么了？好像心事重重的样子。"

占旭略有些诧异："有吗？"

宫五有点不好意思地笑："我就是说说，可能是我看错了。"又小心地看他一眼，"占先生，是不是……"

"是，"占旭慢慢地转身，站到她面前，说，"有消息了。"

宫五急切地看着他，像只等骨头的小奶狗，围着他打转："占先生，怎么说的呀？"

占旭看着她的表情，低着头沉默了一会儿，问："小五觉得爱德华是一个怎样的人？"

宫五努嘴，认真想了想："小宝哥呀，我觉得小宝哥是一个很聪明、很冷静、还有点固执的人。但是在我心里头，我觉得小宝哥是最好的！"

占旭问："最好？怎么个好法？"

宫五认真想了想，眨巴眼："呃……我说不清呀，反正我觉得我跟小宝哥在一块的时候，小宝哥可以把什么都弄得好好的，我吃饭、睡觉、服装、学习之类的东西，我都不需要操心。我现在在这里了才发现，原来小宝哥帮我做了那么多事啊！你看，人生在世'吃喝'二字，我都不需要操心，那肯定是小宝哥替我操心啦！"

占旭笑了下："那小五有想过这或许是因为他有经济能力，安排给别人操心了吗？"

宫五一呆，想了想才说："就算是这样，那也说明小宝哥上心了呀！"

占旭低头笑了下："所以你的要求并不高，只要他想到你就可以了？"

宫五鼓着脸蛋，看着远方，不说话了。

占旭笑了笑，说："我了解的爱德华或许和小五了解的不同。我了解的爱德华，不管是做人还是做事，玩弄权术和计谋都是一等一的高手，当然，他确实有很多优点，他对枪支有严格的要求，设计图的销售对象也是精挑细选的，心怀天下，如果是在古代，或许他就是帝王将相的心胸，他不想他设计的枪支流到黑暗势力的手里，因为他觉得会威胁到普通民众的生命。他是活在阳光下的人，所以他厌恶一切见不得光的人，觉得那会给人带去黑暗的力量。在他眼里，我就是见不得光的人……"

"你不是想知道他的答案吗？"占旭问。

宫五抬头看着他。

占旭说："他拒绝了，他的设计图只出售给某些贵族和国家，他是绝对不会允许流到我手里的，因为他知道，我的客人没有正邪之分，或许这是他的底线吧。"

宫五一愣，表情呆呆的，可占旭却看到了她眼中闪着光的希望一点点地消失，她眼神游离，喃喃地说："他拒绝啦……"

"对，"他说，"他拒绝。"

宫五慢慢地蹲下来，哪怕膝盖裹着纱布她蹲得并不舒服，她还是抱着腿一动不动。

占旭说："我可以理解他的心情，设计图是设计师的灵魂，倾注了无数心血在其中，他拒绝也在情理之中。他说他愿意用金钱代替，可是我不差钱，我只想要他的那些设计图纸。"

宫五茫然地看着地面，好一会儿后才说："嗯，我知道，小宝哥对他的设计图非常重视，我之前偷偷卖过小宝哥的一张图纸，还是没有成形的图纸，小宝哥很生气，好多天没理我……他拒绝，其实我应该能想到的……"

占旭慢慢地在她身侧单膝蹲下，问："你会原谅他吗？"

宫五轻轻点了点头："我会原谅他，也理解他的选择，但是……"她撇了撇嘴，眼泪在眼眶里打转，"但是我很伤心……我觉得，我没办法再接受他了……"

占旭微微抬着下巴，伸出手，想要放在她肩上，却在伸出后久久没敢落下，最终悄无声息地缩了回来："我在想，如果这次抓来的是他的妹妹，他会怎么选择。"

宫五抽噎着，眼泪直接从眼眶里滚了出来，说："大宝是不一样的……"

"你知道如果这次被捉到的女孩不是你，而是爱德华的妹妹，她会有怎么样的下场吗？"占旭问。

宫五伤心地摇头："我不知道……"她伸手抹了下眼泪，小声地抽噎着。

"首先义父就不会饶了她。"占旭说，"义父在年轻时是顶级杀手，有一次他接到一个价格高得离谱的业务，他觉得自己要发大财了，于是前往青城，结果被人捉住，和其他干鸡鸣狗盗之事的人关在一起。捉住他的人性格极度嚣张，势力庞大，而且那人有个让人闻风丧胆的特殊嗜好，喜欢收集人漂亮的身体部分制作成标本，义父的手上有一个鹰眼标志，那是他享誉国际的显著证明，鹰眼狙击手的称呼就是从那个标志开始的，但是很不幸，他的这只手被这个人看中，这个人取了义父的手，制成了标本。手是狙击手的生命，这个人砍断了义父的手，就等于终结了他的杀手生涯。小五知道这个人是谁吗？"

宫五抽噎了下，抬头看着他问："是燕大宝的爸爸吗？"

"对，"占旭点头，"如果这次来的人不是你，而是她，她的下场会非常惨，义父憎恨了燕回一辈子，却一辈子无能为力，他给我下了无数个命令，想除掉燕回，可青城那个地方堪比爱德华所在的伽德勒斯，安保无懈可击，爱德华属地的所有范围内固若金汤，完全没有下手的可能，特别是在燕回有了女儿之后，就更加不可能。我去过青城，观察了很多次，完全找不到下手的机会，所以我根本没敢动手，灰溜溜地回来了。"

宫五抿嘴，沉默。

"爱德华先生一定知道这些，他比谁都清楚你的牺牲，可他在权衡之后，还是放弃了小五，我很遗憾。如果是他的妹妹，或许一切都会不一样。"占旭看着远处说，"据我所知，爱德华是个孝子，就算为了他母亲，他也会想尽一切办法救回他妹妹，别人却没有这样的待遇。"

宫五的眼泪又在眼眶里打转，好一会儿后，她长长地、努力地深呼吸一口气，站起来说："我没想过那么多，我也没想要小宝哥有多在意我。至于小宝哥放弃我……"

话还没说完，她又忍不住哭了出来，使劲伸手抹了一下脸，说："我很伤心……但是，我理解。"

她终于号啕大哭："我以为……我以为小宝哥一定会同意的……我以为我肯定比小宝哥的那些图纸重要……我好伤心啊……"

亏她还那么相信他，亏她还坚定地觉得她一定可以回去，结果都是她自作多情，在小宝哥的心里，原来那些图纸比她重要多了。

第六章

公 ｜ 爵

　　占旭沉默地看着她，宫五哭得有些力竭，占旭又一次试探地伸出手，手指碰触她的肩膀，他小心地握住她的肩头，说："没关系，没有他这世上还有其他男人，这是小五说的。"

　　宫五哭着说："我知道……可是我还是很伤心啊！"

　　占旭看着远方："嗯，谁都允许伤心一下。"

　　宫五哭累了，总算消停下来，伸手揉了揉眼睛，吸了吸鼻子说："占先生，你能不能扶我一把，我的腿好像麻了……"

　　占旭伸手把她扶了起来，宫五嗷嗷叫了一通，总算等到腿舒服了，她慢慢地往山洞走去，说："占先生，我今天哭得太累了，我要回去歇一会儿睡一觉，明天早上起来，就会没事了。"

　　占旭站在原地，看着她一点一点地朝着山洞挪，最后消失在洞口的位置。

　　膝盖有点疼，宫五突然觉得自己根本睡不着，便惆怅地看着山洞平整的顶部，这个位置更像是人工雕凿过的，防潮做得也不错，除了有蚊虫外，其他都挺好，盖着被子温度适宜正舒服。

　　宫五翻了个身，两边的人都睡着了，就剩她，她刚一得到消息的时候太伤心，哭得有点厉害，到现在心绪还不平稳。

　　她可以理解，她真的可以理解，占先生说得对，公爵确实是个胸怀天下的人，他做什么事都有原则和底线，他有时候很固执，还喜欢生闷气，性格有点古板，穿的衣服一定要得体，不允许有一点褶皱，发型也要一丝不苟，过马路的时候一定要乖乖等红灯，还不许她横穿马路闯红灯，他的心中是满满的正能量……

可是这些又有什么用呢？他不是对她的呀！

宫五闭着眼，抹了下脸蛋上的眼泪，她相信，如果是燕大宝被抓来，公爵肯定不会拒绝，可是她不一样，她只是个外人而已。

她以为自己要伤心好久，结果没多久就迷迷糊糊睡着了。

第二天一大早宫五爬起来的时候发现山洞里就剩她一个人，其他人都走了，留了一地的地铺在山洞里。

宫五茫然地爬起来，走出去，发现外面也没有人，她凭着记忆朝着昨晚的来路走，沿着路印一直走，等走到竹屋的位置时，发现和她一起睡觉的那些女人正在努力地擦地，大家忙得热火朝天在打扫卫生。

米典扭头看到她："五！"伸手递给她一把扫把，"快打扫吧！"

宫五接过扫把，不解地问："已经很干净了，为什么还要打扫啊？"

女孩回答："因为占先生的义父在昨天夜里去世了，占先生让人打扫，要准备葬礼。"

宫五啊了一声，脸上的表情十分诧异，她还记得那个有点恶心、长得像吸血鬼的老头，没想到他昨天夜里就死了。

她没看到占旭，问："占先生呢？"

米典说："那是他义父，只有他这一个养子，当然是他去处理丧事，不会在山上处理，但是我们的态度要做到。"

宫五点头："哦哦，说得也对哦。"

她拿了扫把扫地，又忍不住问了一句："是病死的吗？"

米典快速地看了眼两边，压低声音说："听说……我也是听人说的，说是占先生的义父喜欢年轻漂亮的女孩，所以占先生经常物色漂亮女孩送给他，昨晚占先生让人一次性送了三个过去，是、是……是那方面过度，心脏病突发，猝死。"

宫五不由自主地打了个寒战，昨天下午的时候那个老头还态度强硬地让人把她送到房间，这样一想，她突然觉得自己应该好好感谢占旭，要不然她不被那个老头吓死，也会被恶心死。

女孩扫了两下，又凑过来说："我以前听人说，占先生的义父有那方面的癖好，经常有人传出有些女孩被折磨一夜奄奄一息地送去医院……"

宫五瞬间觉得更要感谢占先生了，要不然，她的下场好像会更惨。

所谓山高皇帝远，说的就是鬼山角这个地方，因为历史遗留下来的原因，鬼山角这个地方处于无人管辖的状态，谁都可以管，可偏偏谁都不愿意管，这里长期活动着多股各自独立的武装队伍和贩毒集团，真要管起来，财力、物力、兵力自然要大量消耗，更何况作为经济活跃地带，鬼山角也给周围的三国带去了丰厚的财政收入，明知是颗毒瘤，各方却一直保持着缄默的态度默认这个黑色地带的存在。

占旭比谁都清楚他所占据的优势，他有足够的时间和力量正面对抗公爵，或许离开鬼山角他要处处小心，但是在这里，他就是王。

公爵明知宫五在这里，可他不能贸然闯入，他选择用最温和的手段达成目的，但是，这要看占旭的态度。

"最新消息。"李司空扔下一沓资料，"占旭杀了黑煞，两天前成为黑煞集团的第一首脑，为了杀鸡儆猴，他处决了一支因反对他而要离开的三十多人的武装队伍。他的力量达到空前的鼎盛，我们想要接近他更加不可能。不知道小五……"

公爵笑了下："小五没事。"

他从占旭的态度可以感觉到。沉默了一会儿，他突然又开口："无论如何，我都要接回小五。"

李司空回头，张了张嘴，想说点什么，却又不知该说什么，最后他问："无论什么结果？"

占旭是什么人？黑煞是什么人？他们都心知肚明，宫五到了那样的地方，又会有怎样的下场，他们都知道。毕竟，在那样的地方，什么都有可能。

公爵抬眸："无论如何都要接回来。"不管是什么样的结果。

山林起风了，略有些凉，宫五使劲打了个喷嚏，伸手揉了揉鼻子，赶紧抱着胳膊跟米典挤到一块。

黑煞死了，群龙无首的集团在一天后落入占旭的手里，作为黑煞唯一的养子，他是没有争议的接班人，对于对他提出反对意见的人，占旭甚至没有给他们申诉的机会。

当个孝子很容易，只要在发丧的时候摆出悲痛的样子就可以了。黑煞在这里的声望很高，高到他死了很多人都自发过来送葬，生怕因自己的一个不小心，得罪了黑煞的养子占旭，毕竟占旭对黑煞言听计从世人皆知。

占旭在外拼死拼活赚钱，黑煞只需要在豪宅享受，就连死了也是无限风光，不知有多少人羡慕他的好命，脾气那样古怪的老人，作为一个养子，占旭竟然还一心一意地对他，给他养老送终，多少人的亲儿子都做不到。

黑煞下葬后，曾经的豪宅也被打扫一遍，空了出来，占旭却继续回到山上。

很多人都不明白为什么占旭放着豪宅不住，非要住到位置僻静的山上，虽然什

230

么都不缺，但和豪宅比却是差远了。

其实他们不明白，占旭住的这个地方，条件虽简陋，但是位置却是最佳的，看似普通却处处暗藏玄机，他选的这个位置、地势和建筑，像战时的要塞一样坚固，在草丛的遮掩下，房屋四周到处都是暗壕，每隔一段路就设有一处岗哨，虽然大多时候他们看起来更像是种地的农民。

占旭的这个地方，要比在城镇上的豪宅要安全得多，特别是在占旭除了是一个枪械设计师外，还是一个杀手的前提下，性命比舒适更重要。

黑煞的葬礼风光却短暂，不过两天就收拾妥当，回到山上的占旭似乎没有什么变化，照例忙自己的事。

不过，宫五还是觉得有点变化，因为占旭回来之后没再找她过去聊天。

其实宫五有点纠结，毕竟她还想要感谢一下占旭让她脱离了黑煞的魔爪，但是她又觉得黑煞已经死了，她的感谢就显得有点不地道。

但是占旭没让人找她，她又不能自己跑过去主动求聊天，她又不是吃饱了撑的，万一让占旭误会了怎么办？

不跟占旭说话又不行，宫五还指望自己能离开这里呢。公爵那边的希望没了，她离开这里的唯一希望就是占旭，说什么也要跟占旭保持友好的关系。

在特殊的环境下，心思会变得敏感，宫五自己琢磨的时候在想：是不是占先生的义父意外去世，他有点伤心，所以才不见人了？

宫五琢磨来琢磨去，觉得自己应该有所表示才对，这样还能加深两人之间的友谊，占旭心情一好，说不准就让她回家了呢。

公爵指望不上，她总要自己救自己，一想通，宫五立马就行动起来，她没钱，所以她买不来东西，只能依靠自己。

于是她跑到路边，看到路边的草丛里断断续续开着一棵棵十分漂亮的红花，她干脆坐在草丛里，把花拦腰折断，捣鼓了半天，编了个花环出来，虽然有点丑，但是宫五觉得里面满满都是自己的心意。

手里拿着花环，慢吞吞地朝竹屋挪，老远就看到竹屋前有人把守，宫五走到离竹屋没多远的地方停下来，对着看守的人喊："看守大哥，我找占先生有事，能麻烦你传个话吗？"

看守的人看了她一眼，知道这一阵这丫头经常往这跑，还真进去问了占旭一声。

占旭抬头："她有事找我？"

"是的，让我传个话，占先生您要是不想见她，我打发她回去。"

占旭伸手把桌子上摆放着的红色手机放到了抽屉里，抬了抬下巴："让她进来。"

得了占旭的话，宫五慢吞吞地走了过来，膝盖破皮不是什么严重的伤，第三天已经拆了纱布，里面也开始结痂了，宫五怕留了疤腿不好看，所以不敢用手碰，一直随伤口长，就是走路的时候老远就能看到她膝盖上的疤。

占旭坐在桌子后，宫五从竹屋外探头，讨好地龇牙笑："占先生！"

"小五，进来吧。"占旭笑了笑。

宫五从外面进来，然后伸手把花环放到了他面前的桌子上，说："占先生，听说你义父去世了，我想你心里一定很难受，这个是安慰你的。"

占旭看着那花，突然笑了下："小五知道这是什么花吗？"

宫五一呆，摇头："这个……我在那边看到的，觉得很漂亮，就采啦，难道不让采？"

占旭笑着，伸手将花环挂到办公桌后面那面竹墙的一个小枝杈上："这是罂粟花。"他指指门边的盆，说，"去洗手。"

宫五啊了一声，赶紧跑过去舀水洗手。

宫五洗手的时候，占旭说了一句："谢谢。"

她头也没抬地说了句："这有什么好谢的啊！谁家里有人去世都不会高兴的。"

虽然她心里挺高兴，可是这话不能说。

自己的安危和别人的性命，她当然选择保护自己了。

"占先生你要节哀顺变，不要太伤心，人死不能复生……"宫五努力说着场面话，想让占旭知道自己是很关心他的，这是在安慰他。

占旭沉默地看着她，她脸上的表情很认真、很严肃，甚至带着一丝哀伤，她努力让自己看起来没有那么高兴，虽然他知道她心里一定松了口气。

好一会儿后，占旭问："小五从哪里看出我很伤心？"

宫五一呆："呃……"

占旭笑了笑："小五也看到了，义父对我是什么样，我对他来说，不过是赚钱的机器，他对我来说，是犹如主人般的存在，他死了，我也就解放了。所以我并没有那么伤心。"

宫五使劲眨巴眼，讪讪地道："这样啊……"她咽了咽口水，眼睛往花环上瞟了一下，"那我这个花环是不是不应该送啊？"

"怎么会？"占旭笑，"我很高兴你以为我在难过。"

宫五哼唧："我看占先生好像不想说话，以为占先生很伤心来着。"

占旭站在桌子前，手指轻轻地敲击着桌面："我不是不想说话，而是不知道要说什么。"

宫五表情呆呆的："占先生这话是什么意思啊……"

占旭看着她："我一直在想，我要拿小五怎么办呢？爱德华拒绝了我的条件，我要拿什么条件来弥补我的损失？"

宫五的眼神透着迷茫："占先生，你要不要跟我妈联系一下？我妈虽然没有钱，但是步生很有钱的……哦，还有，还有手机啊，我的手机占先生没收到吗？我可以帮你解开我的手机锁啊。"

这是他绑她来的主要目的，她还是很有利用价值的。

虽然她知道这会造成很严重的后果，但是在她的性命面前，都不重要了，她首先想到的不是其他的，而是自己的性命啊。

占旭依旧看着她，好一会儿后说："我不缺钱，又或者说，我的钱足够多了。"

宫五越发茫然："那……那……那怎么办啊？难道手机一直没收到吗？"

占旭的眼眸慢慢垂了下来，喃喃说了一句："小五希望我收到手机吗？"

宫五的小脸一下苦了起来，耷拉着脑袋表情似哭未哭，眼看着眼泪就要掉下来了，她说："占先生，那部手机是我唯一的希望，要是你没收到，那我怎么办啊？我换不来有用的东西，你要怎么处置我？"

占旭只是看着她，然后慢慢地扭过头，说："我还没想好，看我的心情吧。"

宫五一听，顿时眼睛一亮，立刻问："占先生，你有什么心事吗？可以跟我倾诉啊，我是个很好的垃圾桶来着。你想说吗？"

占旭微微诧异了下，看向宫五，下意识地回答："不想……"

宫五的小脸瞬间又垮了下来，只是没一会儿，她又问："占先生，我给你讲我小时候的故事吧！"

占旭明白了她的意思，原来她是在讨好他，希望他的心情好一点，这样她的未来就不用犯愁了。

他靠着桌子，她坐在门口的凳子上，似乎是怕他说"不听"，所以她开始自顾自地讲她小时候的故事："我小时候跟我妈住在一个小区里，里面都是跟我差不多大的孩子，因为我没有爸爸，很多人都知道，所以其他小朋友有时候会嘲笑我，其实我知道那时候大家都小，肯定是听爸爸妈妈在家里说的，小朋友们不跟我玩，我就去巴结他们，希望他们跟我玩，然后有个小朋友抢了我的存钱罐……"

占旭安静地看着她，她的脸上没有什么波澜，不管多伤心、多好笑，她都像是在讲别人的故事，最后在她讲到事隔半年之后她把存钱罐要回来的时候，那张漂亮的小脸上总算露出一点笑意："她拿了我一块钱，我都发现了！"

说完，她坐在门口的凳子上，龇牙对他笑得一脸天真。

接下来的时间，宫五千方百计地往他面前跑，听说什么东西好，问人家要了送给占旭，强调礼轻情意重，听说哪里有什么好玩的，特地跑过来推荐给占旭，总之，她想尽了法子，就是想让占旭心情好一点，这样的话说不准哪天她就能回家了。

宫五也没办法，她一没钱，二没权，三不会设计枪支，她什么都不懂，却知道占旭花那么大力气把她弄过来，要是换不回超值的东西，她肯定是走不了的。

电视新闻上都报道被绑架后都要交赎金，国际绑架的赎金更高，可是占旭说他不差钱怎么办？

占旭想要的就是公爵的设计稿和藏品，可公爵拒绝了占旭的要求，这就意味着谈判陷入僵局，宫五觉得自己的处境很微妙。

她现在能做的就是尽量搞好和占旭的关系，就算她不能很快回去，最起码也要保证自己在这个地方的安全。

一想到这个，宫五就很惆怅：占先生，你的心情快点好吧，你心情好了我说不定也能跟着沾沾光啊！

一大早，宫五怀抱着一个旧报纸包起来的东西，吃力地来到竹屋前："占先生，昨晚有人给了我半个波罗蜜，我剥给你吃吧！"

说完，不等占旭开口，她已经盘腿坐在地上，不知从哪拿了只碗出来，开始剥波罗蜜。

占旭起得早，一般早上他会绕山跑，跑完了来竹屋看书，他的书很单一，都是枪械类的，不像公爵的大书房什么类型的书都有。

宫五坐在门口剥波罗蜜，占旭坐在屋里，抬眸看着她的背影，她剥开一块，不知道上面是沾了灰还是什么，他看到她捏着剥好的波罗蜜送到嘴边，使劲吹了吹，估计是没吹掉，结果她拿她脏兮兮的袖子擦了下，然后放到碗里。

占旭："……"

宫五以为占旭没看到，继续剥下一块，故技重施的时候她无意中回头看了一眼，发现占旭正盯着她，宫五一呆，伸手把手里捏着的一块塞到嘴里，赶紧认真剥下一块。等剥完了一碗，她喜滋滋地端着碗进来："占先生，你要吃波罗蜜吗？我剥好的，特别新鲜。"

占旭看了一眼，伸手撑着头："去洗干净。"

宫五抿嘴，赶紧端着去舀水洗了一遍又送进来，她这副狗腿的模样已经持续了好几天，占旭的话却越来越少，和最初一直找她聊天的时候完全不一样。

宫五一直在反省自己哪里说错话得罪了他，想来想去觉得没有啊，她表现这么好，简直是把他当上帝捧着，还要怎么样啊？

占旭翻着书，翻的速度很快，宫五以为他在认真看书，哪里知道他一个字都没看进去。

她跑到门口手托腮等着他闲下来，总要想个法子呀，这样下去不是办法，因为所处的环境所致，她都没时间因为公爵拒绝了占旭的条件而伤心了。

"小五。"占旭的声音从后面传来。

宫五扭头一看，看到他站在后面，赶紧站起来："占先生，你有什么吩咐啊？"

占旭笑了笑，说："陪我去趟集市吧。"

宫五立马点头："哦，好！"

无条件服从，这是宫五这几天的所有状态。

宫五这次有准备，因为路不平，说不定什么时候就会摔一跤，她提前在膝盖上缠了布，嘚瑟地在后面走着："占先生，这次我就算摔了，膝盖也不会受伤了。"

占旭看了眼她身上的衣服，是上次去集市的时候替她买的，她已经穿过好几回了，其实她穿起来还是不像这里的人，因为太漂亮了，就算穿着最普通的衣服，也挡不住她那张美丽的脸。

很奇怪，他第一次见到她的时候并不觉得她有多漂亮，顶多觉得是个普通人，可现在再看，好像一切都不一样了，他觉得她很漂亮、很美丽，不管是伤心的时候，还是高兴的时候，甚至连害怕的时候，她都显得惹人怜爱。

从什么时候开始有这样的感觉占旭说不清，或许是从她小心翼翼地跟他说一堆好听的话，努力让她看起来没那么害怕的时候，又或许是非要跟他"石头、剪刀、布"分输赢的时候，占旭说不上来，只是他觉得一天比一天想要听她的声音。

很显然，这个姑娘并没有意识到她自己有多漂亮，肆意地向他展现她毫不做作的美丽，像日出东方之时，地平线上折射出的一点光辉，瞬间照亮他的整个世界。

他的世界那样黑暗无光，那样见不得光，可她却就这样招摇地带着光辉出现在他面前。

他以为他这一生，永远都不会遇到这样一束光，却没想到，在他二十七岁这一年，会遇到她。

一直以来，他坚定地认为女人不过是排解身体需求的工具，却没想到会遇到一个什么都不做、光看着就让他觉得身心愉悦和感到幸福的女孩。

身侧的女孩就连走路都不安分，她故意挑大一点的凸出的石子踩，在快摔倒的时候赶紧跳下来，继续寻找下一个目标。

占旭的眼睛看着前方，眼角的余光却看着她，宫五一边走，一边弯腰从路边折些漂亮的花，嘴里还在说："占先生，你今天想买什么东西啊？我跟你说我砍价很厉害的，你买东西我可以帮你砍价。"

占旭点点头："好。"

宫五手里已经抓了一大捧花，占旭两步走过去，伸手把她手里的花抓过来，然后把其中两朵挑了出来扔掉，宫五在旁边大喊："为什么扔掉啊？"

占旭把剩下的还给她："那两朵花的花粉有毒，大部分人会对它过敏。"

宫五一听，擦汗："啊！我差点害惨我自己。"

占旭继续走着，问："小五有什么想要的吗？"

"我啊？"宫五不好意思地抓抓头，"我没什么想买的，就算有想买的，我也没钱啊！"

这是大实话，她是个人质啊，哪里来的钱啊。

占旭回头看了她一眼，说："我有。"

宫五抿了抿嘴："我就算借了你的钱，也没办法还，还是算了吧。"

她已经欠了公爵很多钱，也不知道有没有机会赖掉，如果这趟能回去，她就要跟公爵谈谈欠款的事，好歹她也是受了他的牵连，公爵是不是应该付点安抚费？两账相抵不是挺好嘛。

到时候她肯定要说的，要不然她也太亏了。

其实路程并不远，只是路不大好走，特别是像宫五这种不经常走这种路的，走得就更慢了。

走到一个地方，宫五的脚步顿了顿，这是上次占旭杀他义父的走狗的地方，尸体已经不见了，但是地上的血迹还在。

占旭回头看了她一眼："小五？"

宫五一个激灵，赶紧小跑两步，紧紧地跟着占旭。

走过那个地方，她才放松下来，忍不住问："占先生你不怕吗？"

占旭笑："我吃的就是这碗饭，我要是怕了，饭碗就砸了。"

宫五不解地问："占先生，你都这么有钱了，为什么还要接别人的钱做那种事呢？我感觉你比那些雇主还要有钱来着。"

占旭的眼睛看着远方，回答："开始是被迫的，毕竟义父收养我不是为了让我吃闲饭，我要替他赚钱，如果我不能替他赚钱，他就会找别人代替我，我从很小的时候就知道，所以为了不被人取代，我必须每一次都得手，等到了后来，就成了习惯，订单来了，我收钱做事，应该说麻木了吧。"他扭头看着宫五，问，"小五是不是觉得我无药可救了？"

宫五努努嘴："占先生，你能问出这句话，就说明你什么都知道呀！人家怎么说来着，别企图叫醒一个装睡的人，我觉得占先生没睡着，只是闭着眼睛清醒而已。"她龇牙，带着几分讨好地说，"别人说什么都没用，占先生最知道自己有没有救来着。"

占旭看着她的视线慢慢转移，忍不住笑了下："原来小五这么相信我。"

宫五突然疾走几步："占先生……哎呀——"

她刚喊了一声，结果脚下被乱石一绊，直接朝着前方扑去，占旭回头一把拉住她的胳膊，伸手把她拉了起来："摔到没有？"

宫五惊魂未定，伸手擦了擦额头的汗："吓死我了！"

占旭拉着她的胳膊的手慢慢松开，女孩子柔软的胳膊和男人的不同，细细的，软软的，带着一股淡淡的体香，迷惑得人心神摇曳。他知道那不过是这里最普通的皂角味，可是她身上传出来的和他闻过的皂角味都不同。

宫五赶紧跳到平稳点的地方，抱怨道："这条路长年累月都这样啊？竟然没有人修……"

"这里的路是故意的。"占旭解释，"这是为了防止人突袭上山，有这样一道天然屏障存在，可以减缓行军的速度。"他抬脚朝前走去，嘴里说了句，"如果小五愿意长期住在这里，我可以让人把这条路铺设平整。"他回头看向宫五，问，"小五愿意吗？"

宫五眨巴眼，抿着嘴，认真想了下才说："其实我觉得这地方挺好，空气好，天空很蓝，气候很舒适，但是我会想我妈、想小八。"

占旭沉默了一会儿，继续朝前走去："嗯。"

到了集市上，占旭去了一家手工店，取了两套衣服回来，把袋子往宫五手里一塞，说："这是送给你的。"

宫五瞬间瞪大眼："送给我的？真的是送给我的？"

占旭点头，垂着眼，表情略略有些羞赧："嗯。就算是人质，也有人权。衣服应该早就提供的。"

宫五打开袋子看了看，心里其实有点高兴，毕竟是女孩子，谁不喜欢漂亮的衣服啊，她看看占旭，又看看衣服，龇牙："占先生，谢谢你！"

占旭回答："都说是应该的了。"他轻咳一声，说，"你可以直接叫我占旭。"

宫五摇头："不行，我觉得叫'占先生'尊敬一点。"

占旭带着她走出手工店，说："我比你大不了几岁，叫得好像有了代沟。我以为我们是朋友了。"

宫五的眼珠子骨碌碌转了一圈，立刻说："好呀，那我要是叫你，你不能生气啊。"然后她从善如流地喊了一声，"占旭！"

占旭对她点了下头："嗯。"

宫五觉得，自己和占旭的关系又进了一步。

这几天她已经不再问有关公爵的话了，显然已经放弃了通过公爵救自己出去这条途径。

在占旭一而再再而三地变卦之后，公爵也终于意识到，占旭根本没有诚意谈交易。

与其说他在耍弄公爵，不如说他在消极地放弃沟通。

公爵开启了和占旭的最后一次对话，占旭本人不在，但是工作人员录下了影像。

"占先生，我的诚意很明显，我的信誉众所周知，我对你的回应很失望，这是我最后一次与你对话，我放弃通过你我的正常沟通接回我的未婚妻，我们鬼山角见。"

简单几句话后，公爵主动关闭了通信。

从集市回来的占旭接到了通信室的消息，他拿着电话没吭声，视线落在竹屋外勤奋扫地的宫五身上，她这一阵特别愿意在他面前表现，干什么都很卖力，他的视线久久没有移开，良久之后，他开口："是吗？既然他要来，那我欢迎！"

占旭挂了电话，盯着宫五的视线没收回，他静静地看着那个身影，直到她无意中回头对上他的视线，宫五立刻龇牙，对他摆了摆手，占旭在自己都不知道的情况下，对宫五笑了下。

宫五立刻冲了进来，指着他说："占旭，你刚刚笑的样子跟以前都不一样！我还以为你不会笑呢，原来你也会笑啊！"她伸手，在自己的脸蛋上一戳，比画出一个笑脸的模样，说，"笑一笑十年少，心情好还招人喜欢，多好呀！"

占旭的表情有点尴尬，他轻咳一声："谢谢。"

宫五龇牙："我要去扫地啦！"摆摆手，又欢快地跑了出去。

占旭看着她的背影，伸手摸了下自己的脸，半晌没动。

下午的时候，宫五坐在竹屋边，看着太阳到了山的另一边，手托腮歪着脑袋看着，突然说："这里能看到日出吗？我好像没看到过……"

"小五想看日出吗？"占旭的声音传来，然后他在宫五身边坐了下来。

宫五盘着腿："我是好奇这里能不能看到日出。"

占旭笑："小五能早起吗？如果小五能早起，我就能让小五看到日出。"

宫五瞪眼："真的吗？要多早？太早了不要！"

占旭笑："我明天让人叫你，如果你醒了还愿意去，那我就带你过去，如果你醒了不想去，那就不要去，可以吗？"

宫五想了想："行啊！"

占旭发现了，这姑娘其实没什么心眼，对男女之防的概念也并不深，她甚至没有意识到答应单独和一个男人出去意味着什么。

因为想着看日出，宫五晚上睡得特别早。在黑煞下葬后，一切恢复如常，她们也从山洞搬离，回到了半山腰的屋子。

山其实不高，不过在这一片却是最高的，气喘吁吁地爬上去之后，宫五才发现，俯瞰下去，那些房子都变小了，眺望远方，东方一片红黄相间的绚烂色彩，最中间有一抹金黄的光晕朝四周晕染开来，时间赶得刚刚好。

因为爬了一通后有点兴奋，宫五还在山顶蹦跶了一番。

占旭挑了个位置坐下，指着东方说："再过几分钟，太阳就出来了。这里不是看日出的最佳位置，不过，在这个地方却是最好的。"

宫五喜滋滋地在他旁边端正地坐好，嘴里说："我觉得你挑的地方特别好，我们来的时间也好，刚上来就可以看日出，多高兴啊！"

占旭的眼睛看着远方，说："旭，未明之间，日出时的样子。"他扭头，看着正诧异地看过来的宫五，说，"我从未想过要独占太阳，我想要的，不过是日出时最先透出来的那一线曙光。"

宫五手托腮看着日出的方向，说："原来你只是想要那一线曙光啊，可是我觉得你的名字取得真好啊，不但独占了太阳，还一下子独占了九个太阳来着。"

占旭慢慢地扭头看着她，宫五突然觉得有点不安，有点不自在，不是因为别的，而是占旭看她的眼神。

"名字是我自己取的，义父对给我起名字没有任何想法，他随便起了一个名字，我不喜欢。"他说，"我偷偷查到我的身世，知道我父亲的祖姓，就拿来用了。"

宫五哦了一声，眼睛瞅着远方，手托腮，把她漂亮的脸蛋挤到了一起，说："名字是你自己的呀，我觉得这样也挺好的。"

占旭笑了下，点点头："是啊，我也觉得我最起码找到了我身上流淌的血液到底是来自什么地方。"顿了顿，他说，"我庆幸我身上有一半的血液和小五来自同一个国家，也庆幸自己这张脸更像小五那边的人，这让我觉得我跟小五的差别不是太大。"

宫五抓抓头："其实长成什么样都没关系……"

占旭眼中细碎的光芒落在她的脸上："是吗？我以为有关系。如果我长得更好看一些，更英俊一些，小五会不会对我有不同的认知和看法？"

宫五的视线看着远处露出一点的太阳的小脸，说："我现在就觉得你长得很好看啊。"

只是不如公爵好看……想到这里的时候，她的心情一下压抑起来，为什么好好的又想到他了呀？

占旭看着她的表情，默默地扭过头，说："小五想过要换个地方上学吗？"

宫五茫然的脸上有了短暂的呆滞："啊？我转学不容易来着。我待的学校是一所皇家贵族学校，入学手续很麻烦，退学也很麻烦，因为我入学是以小宝哥未婚妻的名义入学的，如果我退学，也要得到他的签字才行。想要退学，恐怕不行啊！"

占旭问："如果我有办法呢？小五愿意转学吗？"

宫五慢慢地低下头："小宝哥会同意吗？如果我能跟他说，或许他会同意吧。"

一想到他明知她在这里等他，还是拒绝了占旭的条件，她就很难过，即便她能体谅设计图是设计师的灵魂，可她还是很难过。

日出的壮观让宫五忘记了一时的烦恼，一个人在山顶大呼小叫，又是转圈又是蹦跶，最后累得蹲在地上死活不走。

占旭在旁边安静地看着，等她消停了，他问："不走难道要在山顶一天？要我背你吗？"

宫五摇头："还是不要了，让人家看到会笑话我。"

再怎么说，她跟公爵还没有完全分手，占旭又不是罗小景他们，要是罗小景她还能让他背，因为交情在啊，她跟别人可没有那么好的交情。

宫五磨磨蹭蹭地下山，一路上说话有一句没一句的。

"占旭，我觉得住在这山上还是有点寂寞，"她一边往山下走一边说，"你看看你，天天都是一个人待在屋子里，连个说话的人都没有……"

占旭沉默地在她后面走着，偶尔在她要摔倒的时候伸手扶她一把，宫五回头不好意思地笑了笑："我好像不适合住在山区，走不了这个路。"

占旭回答："都一样，这样的路也并不多。"

宫五一边朝前走，一边偷偷用眼角看了占旭一眼，总觉得有点怪怪的，琢磨着是不是要拉开点距离。

因为小时候被人骗过，宫五对于做那种生意的人一直很排斥，而占旭还是做违禁品生意的源头，种植、提炼、销往全世界，他控制着这个地区百分之八十的生意，根本就是个世界级别的大毒枭。

240

她对于这种人，真的是一点好印象都没有。

回去之后，宫五虽然还是围着竹屋打转，不过倒是很少进屋跟占旭说话了，更多的时间用来打扫卫生，比如擦擦地板、清扫一下地板的缝隙，占旭竹屋的周围被她打扫得一尘不染，干净得跟什么似的。

宫五手里拿着块布，这边擦擦那边擦擦，落一片叶子都不行。

占旭从联络点走过来的时候，老远就看到宫五趴在栏杆上使劲擦，他走近了，才看清真的是在擦栏杆，不单是栏杆，他的整个竹屋都变了模样，不但外面擦得干干净净，里面也擦得干干净净，当然，书桌明显没被动过，他离开的时候一张纸是什么样，现在还是什么样。

他过来的时候，宫五绕了一个圈，绕到竹屋后面去了。

占旭在门口站了一会儿："小五？"

宫五赶紧探出头："咋啦？"

占旭对她笑了笑："能帮我倒杯水吗？"

宫五立马放下手里的抹布，跑去倒水："好啦！"

倒完水，她主动跑了出去，继续拿起抹布擦后面的栏杆，栏杆擦完了，占旭一抬头就看到她在招呼人帮她搬木梯子，占旭问："小五，你这是干什么？"

宫五伸手指指竹屋的上面，说："我看上面的门都脏了，我擦擦呀！"

占旭眼角抽了抽："下来，不用。下雨的时候自己就会冲洗干净，不需要你手动擦，很危险。"

一听他开口，帮忙搬梯子的人赶紧把梯子搬走了。

宫五百无聊赖："那你忙吧，我要去看看别人那里有没有需要帮忙的。"她一边走一边嘴里还说，"哎哟，这日子好无聊哦，什么时候才是个头哦……"

占旭："……"

总体来说，宫五在这个地方还是把自己照顾得挺好的，有吃的，有喝的，看起来人身安全短期内也不会有问题，要说有什么烦恼，那肯定是想回家了。

谁被人捉到一个陌生的地方不盼着回家啊？

和绑匪的关系混得再好，可那也是绑匪呀！更何况，宫五还亲眼看到过占旭拿枪杀人。

飞机上，机舱人员突然说有一条重要的信息要传进来，公爵伸手点开面前的显示器，占旭的脸出现在视频里，跟上一次他的状态不同，这一次他显然很冷静也很克制，身后没有别的人，只有他一个人。

"我是占旭，人质在我手里。"他说着，顺手从桌子上捏了几张照片在镜头前展开，让公爵看到照片里的人。

照片上，宫五侧身站在集市上，脸上带着笑意，胳膊上挂着两个服装店的袋子，而身侧的人正是占旭。另一张照片上，宫五扭头在跟占旭说话，脸上的笑容灿烂夺目。

"我保证了她的安全。"占旭说。

公爵依旧看着，占旭说："有个条件，你要不要试试？当然，这个条件不是我提的，是小五提的，她希望你能签署一份文件让她脱离那所虚伪又让人厌恶的皇家学院。"

公爵看着视频，脸色未变，一动不动。

占旭继续说："小五很喜欢这里，山清水秀，她梦想中的一切这里都有，当然，我不能否认她说她很想她的母亲和弟弟。"他笑了下，"很抱歉，她似乎并不愿意过多提及你，就算最开始的时候提到了，也没有过多地怀有希望。我很遗憾听到这样的消息，这样看来似乎是你一厢情愿……"

公爵伸手关了视频，并没有继续听下去。

他伸手拿过一本书，随手翻了起来，只是视线却没有落在书的内容上，而是想起了那两张照片上的姑娘。

也就是说，他的姑娘在占旭的手里确实很好，看她脸上的笑容并不虚假和惶恐，她可以自若地和占旭一起到集市上，说明她有一些自由。

只是他多少有点担心，毕竟那是个会犯糊涂的傻姑娘，希望她没在这个时候犯糊涂。

伽德勒斯的大公爵凯尔特·爱德华造访沙瓦王国，在接到访问通知后，沙瓦王国以国礼相待。

大公爵莅临的消息很快经过媒体宣传出去，不关心的老百姓自然无人关心，可关心的人则是第一时间把这个消息传到了占旭的耳朵里。

占旭怔了怔，半晌才说："他还真敢来。"

当然，占旭也没蠢到以为对方是要独身硬闯，他必然是要通过另外的渠道接触，只是占旭暂时还不知道对方究竟会通过什么样的渠道，不过很显然，对方先和沙瓦王国接触，似乎选择了一种更直接的方法。

竹屋外年轻女孩的笑声传来，清脆得像丛林中最会唱歌的鸟儿。

他感觉到了，那个姑娘在有意无意地避免和他单独相处。

这个发现让他情绪有些低迷，其实他早该想到的。

那是一个看起来傻傻的、却在大部分时间内都是装傻的女孩，她知道自己要什

242

么，否则他的心怎么就一点一点地沉沦在她的喋喋不休里无法自拔？为什么会一次又一次地奢望看到她没有烦恼的笑容？

午后的阳光透过树丛洒落在竹屋上，星星点点地闪烁着耀眼的光。占旭伸手，掌心洒落一束光，随着风吹树叶而轻轻晃动，他想要握住，却始终握不住，他握住的不过是看不到的空气罢了。

那束光看似被他握住了，可实际上，永远都游离在他的手掌之外。

他怎么可能握住光呢？

"占旭！"宫五站在竹屋下面，使劲捧起手里的一个长长的木瓜，问，"你要吃木瓜吗？"

宫五第一次见到这种长得像丝瓜形状的木瓜，长长的，还打着弯，橘红色，特别漂亮，和宫五以前在超市看到的那种木瓜完全不同。

占旭居高临下地看着她，两只胳膊撑在栏杆上，然后点点头："好。"

宫五立刻抱着木瓜跑开，去厨房切开，她自己拿起来一片尝了，顿时眼睛一亮，好甜啊！

她认真切成一片一片的，还在果盘里摆得漂漂亮亮的，端着往竹屋跑："木瓜来了！"

往桌子上一放，宫五在旁边催他："你尝一片，特别甜！"

占旭点头，伸手拿了一片，咬了一口："很甜。"

这些东西在这里根本不算稀奇，不过在宫五眼里却是稀奇的，对于到处都挂着奇奇怪怪的水果这件事，她表现出前所未有的兴奋。

看到占旭说好吃，宫五觉得自己又做对了一件事，她站了一会儿，说："你吃完了叫我，我先去帮忙啦！"说完，她转身要走。

占旭突然叫住她："小五！"

她回头："嗯？"

占旭笑了笑，说："坐下。"

宫五眨了眨眼睛，然后跑到门口的小凳子上坐下来，说："好呀！"

占旭伸手把木瓜的皮扔到垃圾桶里："小五这几天一直都很忙，我好像一下子又找不到人说话了。"

宫五抿着嘴，眨巴眼，好一会儿后才说："我本来就是个人质，也不能太闲啊，要干活做事，不能吃闲饭来着。"

他坐在桌子后看着她，宫五有点不安地问："怎么啦？"

占旭低头笑了下："没什么，就是习惯了和小五聊天，小五突然不来了，觉得

243

自己很孤单。"

宫五笑起来："这样啊！其实我是担心你天天要忙工作，我是个没事的人，过来的话会打扰你工作，你都不介意，我当然也没关系啦！"

占旭点头："嗯，我没关系。"

就算有关系，又能怎样，不出意外的话，在接下来的时间里，他有很多费神的事要处理。

半新的木屋，偶尔有一两片树叶落在地上，青春活泼的女孩坐在门口的凳子上，悬空的腿轻轻晃着，微微抬着精致的下巴，脸上的表情笑眯眯的。

透过竹制的窗户，悠然坐着的男人脸上表情淡淡的，像雨后的天空，透着股蔚蓝清新的气息。他看着女孩的那一瞬，充满了无尽的温柔，却在下一秒目光离开时又恢复了原样。

他顺手捏起一片木瓜，对她示意了一下，宫五立刻站起来，跑过去接了，喜滋滋地捏在手里，说："书上说，女孩子应该多吃木瓜！"

占旭看着她，宫五立刻龇牙笑了下："我就是说说啦，嘎嘎嘎！"

他垂着眼眸，突然问："小五，如果别人有一个你喜欢的娃娃，你没有，你怎么办？"

宫五回答："我摸摸娃娃，问人家在哪里买的，然后努力赚钱买一个啊……不过我不喜欢娃娃，我喜欢钱。"

占旭笑："那如果小五看到有一箱钱，而主人不在，小五要怎么办？"

宫五眨巴了下眼睛，说："一箱子钱啊，好想要……但是，我要是把钱提走了，警察叔叔肯定会找我麻烦。"

占旭愣了下，然后扑哧一下笑了出来，点头："这些比方都不恰当。那打个最恰当的比方，我喜欢一个女孩，但是这个女孩有未婚夫，如果是小五，小五是要抢，还是不抢？"

宫五抓抓头："有对象了还抢，不大好吧？"

占旭笑："小五不会抢是吗？"

宫五撇嘴："没落在我头上，我还真不好说。要是有一天我遇到这样的人，我又喜欢得要死要活的，说不定我也会主动跟他说，他要是喜欢我，肯定会跟他的对象散了，要是不喜欢我，肯定会拒绝我，我以后就不要再去烦人家。"然后她瞪圆了眼，一脸八卦地问，"你是不是有喜欢的人了？有夫之妇？这个有点麻烦了，万一人家不喜欢你怎么办？"

占旭慢慢地移开眼，说："她呀……或许从来没想过要喜欢我吧。"

宫五一时不知道该怎么接话，一边吃瓜一边扭头看向窗外，说："天气不好呀，好像要下雨的样子。"

占旭跟着看向窗外，眼神略略暗了暗："是啊，天气不好。"

要变天了。

宫五站起来，急急忙忙往外跑："不行，我要去收衣服！我的新衣服呀！"说完，她一溜烟顺着竹屋的台阶往下跑去。

占旭慢慢地走到床边，安静地看着她着急忙慌的背影，忍不住笑了下。

真是一个随时随地都充满了能量的姑娘，一个傻姑娘。

研究室给他打来电话："占先生，我们还在等拆解手机。"

占旭回答："我知道。"然后挂了电话。

从竹屋离开的宫五，表情有点纠结，她也不知道是什么心情，反正就是觉得占旭有点怪怪的。

但是她又不能自作多情，可是她觉得他的那个问题太容易让她想歪，什么叫喜欢了一个有未婚夫的女孩？说的是谁，是她吗？她就是有未婚夫呀。就是这个未婚夫……有点让她伤心。

想到公爵，宫五脸上的表情都要垮了，越想越伤心，再怎么知道他重视那些图纸，再怎么说自己理解他的选择，但她还是伤心。

她跑去把衣服收了起来，刚收了衣服没多久，果真下起了雨。

开始是稀稀拉拉的小雨点，后来越下越大，眨眼之间天都变了，黑沉沉地压下来，倾盆大雨打在地面上溅起了无数的水花，汇成小溪缓缓往低洼处流淌。

宫五坐在竹屋里，看着普通的竹屋防水防雨的效果却很好。

她手托腮看着远方，眼神有些空洞，身侧来了个人都没发现。

米典在她身侧坐下，宫五终于发现，问："今天没有事做啊？"

米典笑了笑，说："是啊，要下雨了呢。"她看着外面的天气，一时没有说话。

"你和占先生是什么关系？"米典突然问。

宫五眨巴眼："人质和绑匪的关系吧。"

"是吗？"米典抱着膝盖，下巴搁在膝盖上，说，"可是，我觉得占先生看你的眼神和看别人都不一样，那是一种我来了这么久从来没见到过的眼神。"

宫五叹了口气，说："可能他看我的时候，就像看着一大块金子吧，毕竟他要从我身上得到点好处才肯放我走的呀。"

米典看着窗外的视线落到宫五身上，问："你真的觉得他会放你走吗？"

宫五点头："我觉得应该会的，占先生不像外面的人说的那样恐怖。"

米典笑了笑，说："是啊，他的眼神那么温柔，看你的目光分明是看着爱人的眼神，难道你没有发现吗？"

宫五诧异："米典，你可不能这样说呀，对占先生的名誉不大好。"

"我说的是实话。"米典回答，"我喜欢一个人，我知道喜欢一个人是什么样的心情，也知道喜欢一个不该喜欢的人有多痛苦，所以我看得懂他的眼神。"

宫五用眼角睨了她一眼，说："好吧，你们都懂，我不懂。但是我要重申，我跟占先生，是很纯洁的人质和绑匪的关系。"

米典勾唇一笑，说："是吗？但是，占先生也是这么想的吗？"

"他怎么想的我不知道，最起码我们现在的关系就是这样的呀！"宫五不想争论这个，毕竟这是个让她很困扰的问题。

米典抬着下巴，又说："我还是告诉你吧，我喜欢的人就是占先生。我在这里的时候，他保护我，不让其他男人染指我，还会对我微笑，我就爱上他了。"

宫五看了她一眼，顿时有点警惕。

米典又开口："不过呀，我觉得这些都不重要，重要的是，你为什么不逃？"

宫五一呆："米典，你今天是不是喝酒了？"

"我看到你在占先生竹屋里的情景，就像一幅画。我还知道占先生给你买了很多衣服，"米典说，"我又羡慕又嫉妒，可是我毫无办法，我甚至不能跟占先生说。所以，你为什么不逃呢？你要是逃了，占先生不会困扰，我也不会这样烦恼了呀。"

宫五呆呆地问："你跟我说也没用啊，我在这里人生地不熟的，我往哪逃呀？我还没跑出两千米，就算没被人捉到，也会被蛇啊、毒虫啊什么的咬死。我又不傻。"

米典叹气："所以啊，你在这的每一天，我就很困扰。"她问，"你有男朋友吗？"

宫五点头："有啊，我很爱他的。"

米典的眼睛看着外面的雨帘，问："你的男朋友不找你吗？"

宫五的身体不由自主地往另一边挪了挪："估计是舍不得赎金吧。"

米典笑了下。她笑起来的样子不算好看，因为宫五觉得她心里有事，甚至还觉得她的样子有点恐怖。

其实米典长得还算不错，虽然算不上大美人，但也算五官端正。在这里根本没有化妆，充其量称得上清秀，不够漂亮，不够亮眼，就连衣服也是和这里的大妈们差不多的颜色和款式，想要让占旭特别注意到她还真的挺有难度。

米典咯咯笑了两声："你别怕呀，我又不是占先生那样的人，我就是个普通人，其实……我更多的是嫉妒你，我嫉妒你能得到他特别的关注，甚至从你来的第一天我就发现不一样，如果是以前，不管来的是什么样的女孩，一定会在没几天之后就被送给占先生的义父，之后再有什么价值另谈，可是你没有。你能告诉我你为什么没有吗？"

宫五回答："因为我对占先生有利用价值，他还打算用我跟爱德华先生谈条件。"

米典笑："原来是这样啊。可是你是怎么做到的呢？为什么你可以那么容易引起别人的注意，而我却不能呢？"

宫五撇嘴，抱着膝盖，摸摸上面的伤疤，说："可能是我有心机吧。人嘛，总要在危险的时候替自己争取一下获得安全的权利，我有利用价值是一定的，关键是要让占先生看得到我的利用价值，否则我说破天也没用啊！除了我运气好，主要还是在占先生呀，他同意了我才能完好地待到现在。"

米典歪着头看她，说："你长得真漂亮，如果我能像你一样漂亮，占先生就会喜欢我。"

宫五又往边上挪了挪："谢谢你的夸奖。"看了她一眼，说，"如果你能高兴一点，或许会更好。"

或许是因为米典心事重，她给宫五的感觉就是太黯淡，整个人的感觉很黯淡，每天除了干活就是干活，一个人活着无趣，就不足以引起任何人的注意。

在宫五看来，占旭本身就是个充满了黑暗能量的人，如果再加上米典，那就是对死亡夫妇，反正她看了就要退避三舍。

米典微笑："我觉得我很高兴啊！"

宫五："……"

米典突然凑到她面前，伸手勾着她的胳膊，说："小五，你逃吧，你逃走，把占先生还给我，行吗？我每天的快乐就是看到占先生，可是自从你来了之后，我的这份快乐就完全被你剥夺。他不再找我去陪他，不再去后山练枪，很少露面，他天天都让人把你叫到他的屋子里说话，他所有的注意力都被你抢了去，小五，你把他还给我，行吗？"

宫五手忙脚乱地伸手推她的胳膊："我也想啊，但是我怎么逃啊！我要是能逃，早八辈子就逃了，还会等到现在吗？"

米典脸上的希望逐渐黯淡下来："你不敢呀！你为什么不敢逃呢？以前有很多女人都经受不住折磨，逃跑了的。"

"那她们成功了吗？"宫五问。

米典咧嘴笑："当然没有，她们有的死在了路上，有的跌下了山，还有的被捉了回来。"

"那你还让我逃？"宫五使劲把自己的胳膊抽回来，说，"你这是害我！"

米典低着头："可是你太漂亮了，你在一天，他就不会找我。"

宫五瞪眼："什么意思啊？"

米典看着她，眼睛不大，却黑白分明："他以前经常找我陪夜呀，可是你来了，他就再也没找过我。小五，你陪占先生过夜了吗？"

宫五大叫一声："老娘都说是有对象的，你能不能别发疯呀？我有未婚夫，又高又帅手还好看，我跟占先生就是人质和绑匪的关系，你明白不？"

宫五摇摇头，一骨碌站起来，把椅子搬到了另外一边坐下，说："你自己去冷静下，我觉得你好像受到了什么刺激似的。"

米典看了她一眼，跟着把凳子搬到了宫五身边放下："小五，我很喜欢你，我不想跟你生气，但是我真的很嫉妒你。"她坐下来，在宫五耳边小声说，"我知道路，我带你离开这里吧！我可以给你钱，帮你联络车。你只要离开了这里，想去哪里都可以，你没有护照没关系，随便到了什么地方，你直接去找大使馆，只要联系到你的家人，你就安全了。"

宫五抿着唇，认真地回头看了米典一眼："你是说真的，还是诓我的？"

米典回答："我诓你有什么好处？我是真的希望你离开这里，但是凭你自己的力量你离开不了，我不一样，我对这里了解，我知道这里所有的一切，我可以帮你离开。你离开，得了自由，而我又可以得到占先生，这样不好吗？"

见宫五不说话，米典又问："你的家人付得起赎金吗？"

宫五叹了口气，说："我的情况有点复杂。占先生只想要我男朋友的设计图纸，但是我男朋友舍不得，占先生不要钱，所以就算我的家人付得起赎金，也没用。"

"那也就是说，现在是僵局，不是吗？"米典拉着她的衣袖，压低声音说，"既然是这样，你谁都指望不上，为什么不自己替自己找活路？你跟我不同，我是自愿留在这里的，而你则是被迫留在这里，甚至不知归期，你还要等吗？"

宫五沉默了好一会儿后，才说："你说得也有道理啊！"

想想好像真的指望不了别人，她自己也觉得占旭对她好像有点怪，如今米典也指了出来，也就是说，其实不是她自作多情，占旭对她真的有点别样的情绪。

宫五本来是个神经大条的人，结果她都感觉到占旭的情绪波动了。

米典说："既然你觉得对，那你就好好想一想，我可不强迫你，你自己看着办，如果你想通了，来找我，我帮你逃。你逃了，你好，我也好。"

宫五点点头："好吧，我想想。"

闻言，米典立刻站起来，搬着椅子轻巧地离开，脚步轻快得犹如足尖跳着芭蕾。

宫五抱着膝盖看着窗外，脑中千回百转，小宝哥好像真的不会找她了呀。

雨后的田地松软，宫五跟着一帮人翻地，米典就在旁边的位置，小声跟宫五说话。

"小五，你想好没有？"米典说，"我都联络过了，什么都安排好了，就等你做决定。"

宫五回头看了她一眼，问："今天几号？"

米典不解："你问这个干吗？"

宫五说："我在算我开学的日子，我要看看值不值。"

米典瞪大眼："这有什么值不值？你想回家，还是想待在这儿？"

宫五回答："我觉得人只有到了山穷水尽的时候才有那样的勇气，离我开学还有好多天呢，我虽然很心动，但是下不来决心没勇气怎么办？"

她说的是千真万确的话，她就是下不来决心啊，说白了，如果现在有人告诉她，明天早上就是她的死期，她现在肯定是百分之百想法子逃，可现在她活得好好的，占旭从来没说要杀她，看他的意思好像还有点喜欢她，如果是这样，她是不是应该利用占旭对她的这点好感自救更实际一些？

米典看着她，似乎没想到她会这样说。米典笑了下，笑容有点不自然："是吗？那你就是愿意把时间耗在这里，也不愿意离开？"

宫五头也没抬地说了句："我就当度假嘛，反正，我现在回去也没什么事……"

综合权衡之下，宫五觉得还是继续留下来从占旭那边入手比较好，她都努力了这么久，占旭不是那种冥顽不化的人，她相信自己一定可以离开，相信自己总比让她相信一个陌生人来得好。

这年头连公爵都信不过，这世上她还能相信谁？只能信她自己。

米典停下手里的活儿，一会儿后继续弯腰刨地，说："那就随便你吧，我是为了你好。"顿了顿，她又说，"但是我希望你不要跟我抢占先生。"

宫五回答："我喜欢的人不但手长得要好看，笑容也一定要好看。占先生虽然还不错，但是不是我喜欢的类型。"

她第一眼看到占旭就觉得他全身上下都透着阴森的气息，她不喜欢这样的男人。她喜欢发光的类型，就像她手机里保存的那张在马场拍的公爵的照片那样，整个人都沐浴在阳光下，笑的时候犹如冬日的暖阳，可以融化她的心。

虽然现在有点伤心，但是宫五从来不否认，除去这件事，公爵留给她的始终是美好的形象。

米典没说话，低着头继续做事。

那边有人过来喊宫五："五小姐！"

宫五抬头，那人指了指竹屋："占先生叫你过去。"

宫五拍拍手，放下工具，抬脚朝着竹屋走去。

米典抬头看了宫五的背影一眼，重新低下头，继续做事。

身侧一个年老的女人过来："你的位置被她抢去了，你以后再也不是占先生的女人，只能乖乖干活。明白吗？"

米典抬头，恶狠狠地看了老女人一眼："你闭嘴！"

四周的女人们哈哈嘲笑着，女人间的争风吃醋，让原本没有娱乐的小群体一下子多了有意思的内容。

宫五去了竹屋："占旭，我来啦！"

占旭抬头看着她："小五，坐。"

宫五照例在竹屋门口的凳子上坐下来，晃着腿，笑嘻嘻地问："是有什么高兴的事吗？"

占旭笑："小五想听什么高兴的事？"

宫五努努嘴，龇牙讨好地笑了下："比如我能回家看小八啦！我都好多天没看到小八了。"

占旭笑了一下，伸手从抽屉里拿出一个盒子，说："手机来了。"

宫五似乎没想到是这个，一下低下头，一言不发。

"这对小五算是好消息吗？"占旭问。

宫五慢慢抬头看向占旭，脸上的表情逐渐严肃起来："占先生。"

占旭看着她："小五似乎对于自己手机的到来并没有多高兴，我以为小五会喜欢。"

她的眼睛有一瞬间的失神，然后她对他扬起笑容，说："其实我很高兴。"

这是个不会撒谎的姑娘，占旭看着她的脸，说："真的吗？"

宫五点头："嗯。"

占旭笑了下，说："过来。"

宫五慢慢地站起来，走过去。

占旭说："我需要小五的指纹。"

宫五低着头，主动伸出手，在手机的启动位置按下自己的指纹，手机发出轻轻的咔的一声，在她手里慢慢扭转着，然后变成了一把小巧的手枪。

她低着头小心地站着，占旭慢慢走到她身后，抬起手臂，圈住她的肩膀，手指顺着她的胳膊下滑，抬起她的胳膊，把小手枪塞到她手里，端正她的姿势，在她耳边轻轻说："我想看一下这把小手枪的威力。"

宫五全身僵硬地站着，手臂机械地抬起来，耳边有些热气，她听到占旭说："打那个花环中间的空隙。"

花环是她很多天前编的那个，当时的鲜花现在已经枯萎，一直挂在那里没有清理，宫五自己都忘了，现在他说到宫五才想起来。

她举起手，瞄准花环的中间，然后扣下扳机。

啪的一声，子弹射了出去，在花环中间木质的墙壁上扎了一个微型的针管。

占旭似乎没有预料到这个，松开她的肩膀，抬脚绕过桌椅，走到花环下，拔下扎在木质墙壁上的针管："这是迷药？"

他回头，宫五手里还举着枪，正朝着他的方向。

他的视线对上宫五的眼睛，宫五依然举着手里的枪，对准着他。

两人都沉默着。

占旭手里还捏着针管，笑了下："小五很擅长射击。"他扭头看向花环的正中央，"打得很准。"

宫五举着枪直直地看着他，然后慢慢放下胳膊，说："小宝哥教过我。"

占旭点点头，放下手里的针管，说："看来他教得很好。"

宫五慢慢放下手里的枪，站在原地没有动。

"小五还记得我之前跟小五说的话吗？"占旭说，"就是问小五愿不愿意转学的话。"

宫五点头："记得。怎么了？"她盯着占旭，目不转睛。

占旭笑了笑，说："他依然拒绝了。"

宫五抿了抿嘴，好一会儿才开口："这样啊……其实我猜到了，他答应过我妈让我在那上学，拒绝也正常。"

占旭看着她脸上的表情："那么小五有别的打算吗？我有办法，放弃那个身份、那个国籍、那里所有的一切，我可以给小五最新的身份，同时我也可以送小五去任何想去的国家上学，可以吗？"

宫五的眼睛瞪大，看着占旭，说："我不能放弃国籍啊，我妈也不会同意的呀！"

"这些都是借口是吗？"他问，"小五习惯性地搬出你母亲，不过是借口是不是？其实真正不愿意的人是小五，是吗？"

宫五的神经瞬间高度紧张起来，她点头承认："是的，是我不愿意，我觉得直接拒绝你好像很不识好歹，所以我只能搬出我妈。"她一脸歉意地看着他，说，

"对不起啊，希望你别生气，但是就算你生气我也没办法，虽然其实我知道你肯定是为我好。"

沉默了下，她又说："其实就算我继续在伽德勒斯上学也没什么，我可以搬到学校去住，只不过会一直顶着他给的那个名头。小宝哥的名号其实在学校挺好用的，最起码别人不敢欺负我呀。等我回学校之后，我跟他就没关系了……"

她一下一下地用脚后跟踢着凳子腿，说这些话的时候没有抬头。

他面无表情地看着，好一会儿后脸上露出点笑："我明白，也没生气。小五觉得好，就是好，我没关系。"

他舔了舔嘴唇，手指在桌子上快速地敲了敲，说："其实我赚钱的动力和需求早已没那么大了，毕竟我只有一个人，但是我在这里就必须不断地强大自己，否则我很可能会在某一天死于非命，我的仇家众多，在我身边的人不会有什么好下场。"

宫五听着他说，不明白他的意思，占旭敲桌子的手蓦然停住，又说："我很高兴，能遇到小五。"

宫五一愣，下意识地说："我也是呀。"

占旭笑："一直以来，我以为没有人会愿意跟我做朋友，大部分人都会对我产生厌恶和恐惧，我很高兴小五没有这样的情绪。"

宫五有点不好意思地说："其实，刚开始的时候我也有的。不过慢慢我就发现你不是我以为的那样，"她对他龇牙一笑，说，"我觉得我很幸运，因为我遇到的绑匪是占旭啊，如果绑架我的是你义父的话，我现在就算没死，估计也跟死了差不多吧。"

占旭慢慢垂下眼眸："谢谢。"

宫五动了动身体："不用谢我呀！我觉得吧，人在什么环境做什么事，是最好的。我也没觉得你是坏人，毕竟这里的环境就是这样。我听说过鬼山角，这里的农民如果种植其他植物，不好卖还价格低，长期下来说不定就饿死了，要想赚钱，就只能种一样东西。你也一样，如果你不做那些事，你可能早就死了。所以，我觉得环境这个东西很重要。"

她低着头，有点不好意思地说："我妈老骂我这不好那不好，我小时候不知道，要是现在，我肯定就知道了，不能光说我呢，我周围的人都是那样的，我又没有好的榜样，我跟谁学啊？我要是不当坏孩子，就会被坏孩子欺负，又没人管我，又没有老师保护我，我能怎么办呀？我要想不被人欺负，就只能让自己强大起来，所以我上小学的时候当了很多年坏孩子。"

雪白的牙齿让她的笑容天真又甜美："所以啊，我一点都不觉得你不好，其实在这样的环境里，你已经很好啦！"

说出这些类似拍马屁的话时，她面不红心不跳，说得理所当然。

占旭点点头："谢谢小五，这让我自己也觉得，我似乎没有那么糟糕。"

宫五伸出手在脸上比画了一下，说："所以人要常笑嘛，你要是怕你笑起来人家不习惯，那就自己偷偷笑，心情会好的，真的！"

"好。"然后他说，"要下雨了。"

宫五立刻扭头看着窗外，说："昨天刚下完雨，天气挺好，没有要变天的样子啊。"

占旭笑了下，说："鬼山角的天要变，所以啊，小五要去一个能遮风避雨的地方才行。"

宫五跳起来："这是要我赶紧回屋吗？"

占旭笑："嗯。"

回屋？好女孩还是回家吧。

这两天宫五又没什么事做了，天天就坐在占旭的竹屋门前，抱着栏杆悬空坐着，看看周围的绿色，一副悠然自在的样子。

没办法，占旭是这里的老大，他让她陪着说说话什么的，宫五只能照做。

之前吧，她陪着说话，没话说了还能往回跑，如今可不成了，没话说了占旭就让她在外面坐着或者自己玩，他都这样说了，明摆着不让她去干活，她就只能乖乖坐在这里。

抱着栏杆，脸蛋贴在栏杆上，竹屋的下方米典手里端着盛满了衣服的盆经过，她一边走一边回头看着宫五，对上宫五的眼睛，她的脸上没有任何表情。

宫五看着米典，表情有点怏怏的，她真的想家了，想妈妈，想可爱的胖小八，虽然又伤心又生气，可是她还是想小宝哥。

她吸了下鼻子，又委屈又难过，伸手抹了下眼泪，继续把脸蛋贴着栏杆发呆。

她坐的位置靠近窗口，占旭抬头就看到她用手背抹眼泪的动作，他的手托着下巴，安静地看着她一副小可怜的模样，突然发现，就算只是这样安静地看着小可怜，原来也是一种满足。

他的一生，从未享受过任何跟感情有关的东西，不论是亲情还是爱情，又或者是朋友间的情谊，他统统没有过，却没想到，原来他有一天会对一个年轻的女孩这样渴望。

她确实很漂亮，却不是天下最美丽的人，毕竟比她美丽的人那么多，可让他真正怦然心动的，却只有她。

一个越是恐惧越冷静的女孩，一个越是害怕越强迫自己放松的女孩，他相信，这世上不是每个人都能做到这一点的，如果这个姑娘是他的该有多好。

可这是他内心的渴望，现实很残酷地告诉他不行。他的一生够黑暗了，未来的某一天或许就是不得好死的下场，唯一遇到的一束光，还是让她保持具有光芒的样子更好。

宫五伤心了一会儿之后，赶紧让自己多想想步小八那个小可爱，这样的话心情就好多了。

"小五什么时候开学？"占旭的声音从窗子里传来。

宫五没回头，大声回答："快啦，还有十来天就开学啦。"

占旭笑："是吗？"

他说完这句话，就没有再说，宫五偷偷地回头看了他一眼，忍着不让自己试探地问他会不会放自己走，生怕她的问题会让占旭厌烦。

她想了会儿步小八，心情总算好转了，抬头看到下面的树上有果子，一骨碌跑下去，朝着手心呸呸两下，抱着树干开始往上爬。

占旭前一秒还看到人在那抹眼泪，再抬头发现人就不见了，他站起来走到窗边，还是没看到人，走出屋，就看到她正抱着树干在爬树，已经爬到一半了。

占旭低头一看，那么高的树，她一个小姑娘竟然就这样爬了上去。

他急忙走下去，不敢乱说话，怕吓得她不小心摔下来，只能在树下打转。

宫五已经爬到了上面，伸手够着了一个果子，使劲扯下来，占旭这才知道她是要摘果子，他尽量和蔼地开口说话："小五，那果子不能吃，下来吧。"

宫五傻眼，抱着树干往下看："真的不能吃啊？"

占旭点头："这里面都是果浆，一般是小动物吃的。下来吧！"

宫五一听，失望得要死，抱着树干慢慢地滑下去，遇到卡住的地方就自己往下挪，下来之后拍拍手，捡起地上的果子："这个看着这么让人有食欲，真的不能吃啊？"

"不能吃。"占旭拿过来，直接扔了，"你如果掰开，果浆很黏，沾手上不好洗，很不舒服。"

宫五叹了口气："我还以为能吃呢，白爬上去一趟了。"

她抬头看着树，一脸的惆怅，占旭有点无语："你这么大的姑娘，说爬树就爬树，也不怕摔下来？"

宫五有点得意："我怕什么呀，我爬树技术高着呢。"

两人正说着话，米典端着一盆洗好的衣服又走了回来，老远就看到两人，她抬头看着他们，主动打招呼："占先生，五小姐。"

宫五对她摆了摆手打招呼，占旭看了她一眼，只是淡淡地点了下头，便又掉头跟宫五说话。

米典微顿的脚步立刻抬脚继续走，没再多留一下。

公爵到达鬼山角，通过当地一位很有名望的客商向占旭伸出橄榄枝，表示愿意付出一切代价赎回未婚妻的愿望。

客商是鬼山角本地人，会说一口流利的中文，他看着占旭，说："占先生，我本来是不想参与这件事的，但是那位爱德华先生为了表示诚意，愿意只身一人来见占先生，我个人觉得他诚意十足，占先生何不也拿出诚意接待一下呢？"

占旭看了他一眼，半晌后说："我考虑一下。"

客商聊完目的就走了，占旭在原地站了一会儿，然后让人把宫五叫了过来。宫五手里捧着一只大碗朝这边跑来，占旭看着她走近，宫五老远就对他扬起笑脸："占先生，我给你拿了波罗蜜来！我都剥好了，给你吃！"

大碗里盛放着一片片金黄的波罗蜜果肉，看起来干干净净的，但是他见识过她不熟练地剥波罗蜜的方式，所以对她端过来的波罗蜜很不放心，问："洗过了吗？"

宫五说："很干净的啊！"

占旭更不敢吃了："去洗一下。"

宫五鼓着脸蛋去洗波罗蜜，洗完了又讨好地送到他面前："占先生你吃！"

占旭看了她一眼，她漂亮的脸蛋上带着讨好的笑，把碗捧到他面前，他伸手捏了一片送到嘴里，点点头："很甜。"

宫五顿时松了口气，说："我剥了很长时间呢，这个比上次那个更大，我猜就知道应该很甜，特地给你送过来啦！"

占旭又捏了一片送到嘴里，顿了一下，突然问："小五真的不愿意留在这里？"

宫五偷偷摸摸地捏了一片送到嘴里，说："我的家不在这里啊！我弟弟肯定在家等着我去抱他了，他还不会走呢。"

占旭低头笑了下，说："回去以后，小五打算怎么办？"

宫五努努嘴："其实也没打算怎么办，肯定要先读书啊，读完书我才能回去。"说完她叹了口气，慢慢地把脑袋耷拉下来，一脸的惆怅。

占旭点点头说："那就回家吧。"

他说得轻描淡写，宫五却听得猛地抬头："占先生你说什么？"

"那就回家吧。"他重复。

宫五的眼睛瞬间亮了起来："真的吗？你真的要让我回家了吗？"

占旭点头："你要开学了，你又不能给我带来更多的利益，待在这里又有什么用？"

宫五整个人都要飞起来了，眼睛晶亮："占先生，你真的是很好很好的人！"

明知道她说的场面话，是为了哄他高兴，但是占旭的脸上还是染上了抑制不住的笑容："所以，最近两天表现好一点，别让我发现你偷懒，这样的话要给惩罚的。"

她拼命点头："嗯嗯，我知道啦，我会很勤劳的。"

当天下午，占旭给客商打了电话，说："既然他要来，那就让他来吧。随时恭候！"

天色微暗，中午阳光还很明亮，到了傍晚天就阴了下来，山中的天说变就变。

宫五正在收拾自己的小床铺，米典突然跑过来说："小五，天气不好，我今天回来晾衣服的时候，忘了还有一盆衣服没洗，你帮我抬回来吧！"

宫五一听立刻点头："行啊！"她站起来，还顺势拿了把大伞，"防止回来的路上下雨，感冒就不划算了。"

米典在前面急匆匆地走，走了两步又折回来，说："我们抄近道，走这边！"

宫五跟着她，嘴里念叨："这要是下雨了，河边不会发大水吧？"

米典笑着说："怎么可能？这里雨再大也不会发大水，下游都有分流，这里到处都是种植的植物，哪里都需要水，上游的水根本积攒不起来。"

宫五其实对米典是有点防备的，还是来自马修的阴影，总担心她有什么目的，宫五觉得有些人一旦陷入求而不得中，就容易发疯发狂，马修就是这样的。

至于米典是什么样的人她不清楚，但这里毕竟不是她家，吃一堑长一智，她就要多留心眼。只是占旭答应让她回家了，她就要表现一下，同时也要保持不能跟这里的任何一个人起冲突。

米典在前面急匆匆地走，宫五在后面跟着，老远就看到河边的石头上摆放着一个大盆。

每次遇到衣服多的时候都是成盆成盆地抬过来洗，今天衣服显然多了不少，而工作的人又少，以致到了傍晚还没洗好。

宫五咂咂嘴，跟米典一起过去把盆抬起来："今天怎么只有几个人？大家呢？"

米典回答："一大早就有五个人去集市买菜，剩下的人有两个要翻地，只有我和另外一个洗衣服。"她看了宫五一眼，"你是和占先生悠闲自在地谈情说爱。"

宫五赶紧摆手："我可没谈情说爱，你不要冤枉人啊。"

米典垂眸："有没有你自己心里有数。"

宫五抬头看她一眼，暗自翻了个白眼，跟她抬着大盆往回走。

米典垂着眼眸，在宫五的对面慢慢地朝前挪，走了没多远，到一片草丛的时候，米典突然身体一歪，啊了一声摔在地上，盆子的一边也砸在地上。

宫五赶紧弯腰放下盆："没事吧？"走过去伸手拉她，"起来赶紧走，快点回去吧。"

米典一脸痛苦的表情，拉着宫五的手说："我的脚好像扭了。"

宫五努努嘴，说："那你在这等着，我回去叫人来抬你吧，又有一个大盆，你的脚又受伤了，我一个人弄不动。"说完，她把伞当拐杖拄着就要回去。

米典急忙叫住她："你拉我一把就行，我能回去，不用那么麻烦。"

宫五弯腰伸手拉她的手，刚要用劲把她拉起来，谁知不但没拉动米典，自己也一下子跌了下去。

米典还拉着宫五的手，抿着唇看了宫五一眼，突然说了句："小五，对不住了！"

宫五一愣，米典伸手把她往边上推了一把，原本平坦的绿色草地随着宫五的身体被推过去，轰然一声陷了下去。

跌下去的宫五一阵头昏脑涨，四肢疼痛，原本拿在手里的雨伞还砸在她的头上，她抬头就看到米典的脑袋从上方看下来，宫五想要站起来，发现腿太疼了，一时站不起来，她大喊："米典，我掉下来了，你快找人拉我上去！"

米典站在上方，居高临下地看着她，说："对不起，我不能忍受你抢了占先生，我知道你无辜，但是我不能容忍。"

宫五呆了一下，随后明白她是故意的，赶紧说："米典，我保证以后跟占先生拉开距离，再说了，他已经答应送我回家了，我以后都不会跟占先生说话了，这样你放心了吧？你冷静一点，快找人拉我上去啊！"

米典低头看着下面，说："我讨厌你。我好不容易才让你跌下去，又怎么可能拉你上来？"

宫五发现她是来真的，顿时一阵恐慌："你知道我无辜，还这样对我？"

米典转身离开陷阱的洞口，不多时又折了回来，在洞口蹲下，一点一点地往洞口加木板，一边搭木板一边说："你也知道的，我喜欢占先生，可是你在一天，他就不会理我，我告诉过你，可是你呢？你不在乎，我给了你机会，我让你逃跑，你拒绝了我这个友善的建议，既然这样，对不起，我只能出此下策。"她笑了笑，说，"你也知道的，这个地方，别说死一个人，就算是死十个人，也不会有人在意

257

的。毕竟鬼山角这样的地方，每天都有很多人死于毒品和暴乱，没人会在意多一个还是少一个……"

木板一片片地被搭上，米典的声音清晰地传来："我没多少力气，只能在这个位置挖洞，要不然我会挑个更隐蔽的地方。你知道吗，我为了不让别人路过，承包了一周的脏衣服，而你却在和占先生调情，如果你跟我一起洗衣服，我是没时间做这些的。"

宫五仰着头，看着她一层层地盖上木板，遮住了最后的光，只有缝隙处透出一点点光，她蹲着没动。

"你为什么不走呢？你要是走了，我怎么会这样对你？"米典叹了口气，"现在，真是对不住了。山里的早晚凉，你要是就这样悄无声息地没了，对你也不错，毕竟，你在这里没有自由，多痛苦，是不是？你放心，虽然地方小了点，不过足够深，梯子的问题我可是烦恼了很久，不过总算解决了。你知道吗？我是在帮你，我在帮你解脱……"

随着她最后的声音，里面一片黑暗。

宫五蹲在里面，仔细地听着外面的动静，隐约听到有些动静，好一会儿后，连最后的那点声音都没有了。

她一动不动地待在里面，等了差不多十分钟，才慢慢站起来，试探了下四肢，发现除了腿有点疼外，没别的伤处，她自己用手摸了摸，觉得最起码没有骨折，这个认知让她有点高兴。

她在漆黑的陷阱里摸索了一下，发现这个陷阱不像书上或者电视上看到的那样，既没有浇筑水泥，也不是漏斗的形状，洞壁的泥土很新鲜，摸起来滑滑的，有一股蜂蜜的味道，宫五闻了闻，发现真是蜂蜜。

她开始有点庆幸米典是个女孩子，以致她没有那么多力气挖更深的洞，也不了解陷阱应该怎么布置，毕竟，通常情况下，猎人在挖洞的时候，会扔下能伤害猎物的利器。

宫五伸着四肢，试探洞的大小，展开双臂之后，是可以触及到两边的，洞壁被抹了滑腻的蜂蜜，不但洞壁上有蜂蜜，洞的底部也有，她甚至摸到了一个盛放蜂蜜的瓦罐。

密不透风的陷阱，到处都是滑腻黏糊的蜂蜜，宫五摸到了原本怕米典暗算她拿着的雨伞，把瓦罐翻了个跟头底部朝天，一只脚踩在上面，一只手扶着洞壁，用雨伞的尖端拼命地戳上面的木板，希望能戳出一个缝隙透气，她怕自己没饿死、没冻死倒被憋死在这里。

上方有泥土和叶子掉下来，顺着宫五的胳膊往下掉，宫五闭着眼，凭着触感判

258

断哪里是缝隙，一旦找到木板的缝隙，就拼命朝着那个地方戳。

米典在木板上先加了一层大的芭蕉叶，然后又铺了一层泥土，最后才盖上草皮。

原本她可以做得天衣无缝，却因为时间紧迫，加上自己紧张，只能匆匆盖上便离开。

宫五的雨伞戳破了芭蕉叶，泥土纷纷往下掉，然后她戳破了草皮，因为有水和泥浆往下落。

外面下雨了。

天已经黑了下来，宫五不敢把洞口戳得太大，怕雨下大了淹了这个陷阱。

好歹有了透气的地方，她稍稍松了一口气。

折腾了一番，她觉得累了，蹲下来抱着膝盖，又饿又累，她就是吃饱了撑的，明知道米典不可信，可还是跟米典一起来了，只是她真的没想到米典那么恨她，她有什么办法？她不过是一个人质，一个迫切需要得到有决策权的领导者庇护的人质。

人到底有多坏？她以为见识了马修就已经知道了，可现在，一个看似文文弱弱的女孩让她明白一个人坏起来是可以杀人的。

相比之下，马修的羞辱显得微不足道，虽然这曾经一度让她觉得人性本恶。

人之初，性本善，这是真的吗？

宫五蹲着一动不动，手在洞壁上轻轻一摸，满手的蜂蜜，还带着股泥土新鲜的味道。

她试探地伸出舌头舔了一下，当然，也是因为她饿了。

一个晚上，她舔了半面墙的蜂蜜。

这样的环境下，她肯定是睡不着了，她摸索着抱起瓦罐，试着挖下来一块土，用脚踩了踩那个位置，对比之下，突然发现高了一点。

她眼睛一亮，突然有了动力，用怀里的瓦罐每挖下来一块土，她都用手在地上摸一摸，把泥土堆在相同的位置。

她也不知道要挖多久，不过她知道，有希望总比没有强啊，她要牢牢地记住这面墙，如果夜里出不去，另一面墙上涂抹的蜂蜜会是她的早餐。

晚餐时间，占旭一个人坐在餐桌前，坐了好一会儿后他抬头："把小五叫过来。"

"好的占先生。"

人走了大约十分钟，回话的时候神情有点怪异："占先生！"

占旭抬头："怎么？"

"没找到五小姐。"

占旭一愣："什么意思？"他看了下时间，"这是晚餐时间。"

"不是，那边的人说他们从外面回来就没看到五小姐，以为五小姐是在占先生您这里。"

占旭看了他一眼："小五现在在哪？"

那人回答："我已经让人去找了。"顿了顿，他试探地说，"刚刚……米典说她晚上请五小姐帮忙去河边抬一盆没有洗完的衣服，到了河边五小姐说想去方便，然后米典没等到她，以为她回来了……她也说以为是在占先生您这里……"

有些话他没敢说，毕竟谁都看出了占旭有点不同，最起码对于他带回来的人质，占旭这样的态度还是第一次。按照米典的意思，宫五十有八九是跑了。

占旭握着刀叉的手紧了紧，好一会儿后，说："立刻派人上山、下山去找，所有的路口、港口、大小要道，一点都不要遗漏，把人给我活着带回来！"

从他的心底溢出绝望，不行吗？他那样对她还不行吗？就这么一点时间她都等不得了？他明明已经告诉她放她回家，她为什么要逃？为什么？

明明今天下午的时候，她还一脸纯真地跟他聊天，从她的眼中他知道她不害怕、不惶恐，她傻乎乎地跟他说话，那一刻他以为他们真的是朋友。

可结果呢？

占旭的眼神死死地盯着那个枯萎的花环，她那么聪明，难道不明白，在这里她无处可逃吗？

他明明告诉过她，在这里逃跑的都是死路一条，为什么她不听？

她知道在这个地方，一个漂亮的、落单的女孩会有怎样的命运吗？

"我这就去办。"那人匆匆地离开。

占旭看着眼前的食物，猛地一抬手，直接掀翻了桌子。

骗子！骗子！她根本就是个骗子！

门口有人急忙过来："占先生！"

占旭慢慢地站直身体，转身："把米典叫过来。"

米典被人带了过来，她咬着下唇，低着头站在占旭面前，脸上的表情有点慌乱，她小心地看着占旭，说："占先生，您不要怪小五，我相信她不是有意的，她一定是迷路了……她只跟我去过五六次，对这里的路不熟悉，一定是迷路了……"

占旭只是静静地看着她，问："你和小五去那里干什么？"

"这两天洗衣服的，大多时候是我一个人，所以我洗得也慢，今天眼看天要下雨了，我还有一盆衣服在外面，回来的路上我的脚被扭了一下，一个人拿不了，我就请小五帮忙……"米典低着头，"我对小五很信任，毕竟她和占先生的关系很好，占先生对她也很信任，我完全没想过小五会逃走，毕竟她在我面前从来没说过这样的话……"

占旭的视线在她身上扫了一圈，突然问："你一天换几次衣服？"

米典一愣："我早上洗衣服洗湿了，就换了，回来的时候找小五没找到，摔了一跤，衣服脏了，沾了泥土，只能换了……"

占旭盯着她，视线在她的脚上扫了一眼："你平时跟小五关系很好？"

米典咬着下唇："她在这里不认识别的人，也只跟我说得上话，我们彼此还算相互照顾。"她抬头，眼中含着泪，"占先生，您难道是怀疑我把小五放走了？"她急忙说，"我这样的人，有什么本事放小五走？就算我真的放她走，我也明白她走不了，那我不是害她吗？"

占旭慢慢地走到她面前，然后笑了下，伸手摸着她的脸，说："怎么会？米典总归是比其他的女孩懂事，也绝对不会背叛我，不是吗？"

米典点头："对，我绝对不会背叛占先生，我也不会逃跑，谁逃了我都不会逃。"

占旭点点头："回去吃饭吧。"

米典小心地问："那小五……"

占旭笑了下，说："她跑不了，不管跑到哪，我都会把她找回来。"

米典抿着嘴，试探地问："如果找回来了，占先生打算怎么处理小五？毕竟她也是无辜的。"

"对待一个背叛我的骗子，我自然不会手下留情。"

"可是占先生，如果找不到小五呢？"米典一脸担心地问，"毕竟小五对这里的环境不熟悉，万一死在什么地方，怎么办？"

占旭笑了下："就算是死了，我也要见到尸体。"他说，"你先回去吃饭吧。"

米典还想再说点什么，到底没敢多说，一脸忧心忡忡地朝着门走去，走了两步又回头："占先生，小五也是迫不得已，如果占先生找到小五，希望您能网开一面……"

占旭看着她，米典最后的话在他的注视下咽了回去，她转身匆匆离开。

占旭微微抬起下巴，说："去河边，在河边重点找，特别是有紫苏草的地方，任何蛛丝马迹都不要放过，生要见人死要见尸。"

"是！"

门外有人匆匆赶来："占先生！"

占旭抬头："怎么？"

"爱德华到了！"

占旭一愣："现在？"

"是，现在！"

占旭顿了顿，说："让他来吧。"

整座山都被包围。

占旭知道宫五平时走不了山路，别说是山路，就算是石子路她都抱怨，她膝盖上的伤痕还没完全痊愈，那条去集市的石子路，宫五就在他面前吐槽过。

她那样的腿，能走多远？

最起码在占旭心里，宫五不算是没脑子的女孩，她会挑选最蠢的办法逃跑？

在最初得知她逃走了的时候，占旭的震惊和失望不是言语能表述的，他给了她百分之百的信任和诚意，她竟然选择了逃跑。

只是，占旭不蠢，他除了没有枪械设计的超人天赋，其他方面并不比别人差，除了敏锐的洞察力，他还有着怀疑一切的杀手本能，所以他并不相信米典的话，他只信自己的判断。

公爵迈入占旭的书房，举手投足之间都带着特有的傲气，即便穿着最简单、最普通的服饰，也丝毫不损他的气质，公爵的视线最终落在占旭身上："占先生，好久不见。"

占旭坐在椅子上，慢慢站起来："好久不见。"

"小五在哪？"

占旭没有回答。

公爵略一思索，猛地抬头，问："小五是不是出了什么事？"

占旭嗤笑了一声："小五以为自己能逃出这里，误入山林，现在下落不明。"

说完，他微微抬起下巴，一副漫不经心的模样，看向公爵："爱德华先生有办法找回小五吗？"

公爵的瞳孔猛地一缩，冷静的表情被这个消息击溃："占先生答应过我，会保证小五的安全……"

占旭冷笑一声："爱德华先生似乎误会了我的意思，我什么时候这样答应过？"

他慢悠悠地绕过桌子，朝公爵走去，上下打量他，开口："我以为爱德华先生不会在意，毕竟，一个女人罢了，爱德华先生要找什么样的女人找不到？爱德华先生这样的神情和表现会让人轻而易举地抓住弱点，我不觉得这对爱德华先生是件好事。"

262

公爵死死地盯着占旭："你把她弄丢了，是不是？"他猛地上前一步，一把抓住占旭的衣襟，一字一顿地开口，"这就是占先生占据山头独占一方的能力？我真是高估了占先生的实力，原本以为我要会面的是个枭雄，却没想到不过是只狗熊！"

占旭猛地一拳打了出去："那你呢？小五在这里的时候你做了什么？你像只缩头乌龟躲在后面，她对我笑、对我委曲求全一个人偷偷摸摸抹眼泪的时候，你这个未婚夫在哪里？她小心翼翼处处赔着笑脸被人欺负的时候你在哪里？你以为没有我，她能活到现在？你信不信，如果没有我，不出两天她就会受不了这里的一切自杀身亡？"

公爵伸手抹了下嘴角的血迹，开口："是吗？你护得了她这么多天，那么现在她在哪里？"他的眼眶发红，就像是一只被困住的野兽，"她在哪？"

他长长地呼出一口气，看着站在原地的占旭，问："最后接触她的人是谁？她最后出现的地点在哪？"

"这里我说了算！"占旭提高声音，直视着公爵的视线，"我才是这里的主人，轮不到你来教我怎么做。"

外面雨声淋漓，占旭的心情阴郁得堪比山中的潮湿空气。公爵站在窗口，夜的黑让他的心也沉入了无边的黑暗。

一片漆黑中，有水滴落下，刚好打在宫五的头顶，她抬头，透过洞口看向外面，只听得到雨水落地的声音，她离地面这么远，不知道什么时候才能出去。

但是宫五又安慰自己，米典一个女的能挖这么大、这么深的坑，她当然也可以，更何况她比米典高得多，只要她堆起两个高一点的土包，能用脚踩着，说不准手就能够到边缘了。

可是她又饿又冷，墙壁上已经没有多少蜂蜜了，她的力气也快用完了。

宫五不敢磨叽，怕自己越拖延，体力消耗得就越快，那样的话，她就更没有力气挖土了。

宫五深呼吸一口气，拿起雨伞尖的那一部分，对着洞壁拼命挖，她找准位置，戳一个半圆，尽量往下挖一块完整的泥土，今天下雨，泥土也被泡得松软些，所以她要往好处想，一定可以出去，等她出去了，那个叫米典的恶毒女人就死定了，她非要亲手掐死米典不可。

她拼足了力气，一下一下地继续挖，挖到一半的时候，她隐约听到有狗叫声，并不真切，毕竟她听到最多的还是雨声。

她举着伞，闭着眼认真听外面的动静，发现是自己的错觉，只能咬紧牙关又一

263

次拼命地挖土，她需要更多的泥土站得更高，底部已经有了积水，如果泥土太少，就会变成淤泥，她一定要趁热打铁，有越多的泥土越好。

她一边挖着泥土一边默念着感谢米典也是个女人，如果她是个男人，说不定什么都做得完善，而现在，宫五坚定地觉得自己一定可以出去。

两米多深的洞，双臂展开的宽度，她肯定可以出去，谢天谢地她手里还有一把伞，谢天谢地米典涂抹蜂蜜的时候还把瓦罐扔了下来，这让她可以收集洞壁上的蜂蜜存放，不至于没有一点食物。

原本顺滑的墙壁被她挖出大大小小的坑，宫五手臂举不起来后，改用伞戳上方的洞壁，让更多的泥土掉下来。

谁想死啊？宫五一点都不想死，所以她从来都不能理解那些受了挫折就自杀的人，活着多好啊，只要活着，受点伤损、失点钱财，甚至没了胳膊、腿都值得，她现在消耗的体力算什么？她以后可以养回来呀！

山不高，但是对于人类来说，还是庞然大物。

搜索进行了整整一夜，天边泛起隐隐的白光的时候，还是一无所获，与此同时，不断有机场、港口和所有要塞口传来的最新消息，没有找到符合要求的目标。

占旭的心终于沉到了谷底，他的视线落在公爵身上，又掉转视线，看向外面，开口："把米典带过来。"

米典缩在屋子里，完全没有睡意，时不时地爬起来透过窗户往外看，看到来来往往的火把奔波着，她坐立难安。

她做了什么，自己最清楚。

可是她想试试，成功了就能恢复到从前。

米典算着时间，六个小时过去了。

本来她把时间算得更精准，但是她没想到占旭会突然让人喊宫五过去吃饭，毕竟这是从来没有过的，他好好的为什么要让人喊宫五过去吃饭？

宫五被带到这里这么多天了，偏偏是今晚。

米典懊恼得很，她一点都不后悔把宫五推下那个陷阱，她懊恼的是应该再等两天，把陷阱布置全了再动手，这样宫五跌下去就必死无疑，等到以后她再慢慢把洞填起来，这样就再也不会有人知道宫五去了哪里。

外面的雨应该冲去了所有的痕迹，占先生只要认定宫五是逃了出去，就会拖延一点时间，她没有什么好怕的。

米典正想着，冷不丁门被人推开，她吓了一跳，门口的人站着没动，看着她开口："占先生让你过去。"

米典被人带到占旭面前，只是这一次他不像之前那样冷静。屋子里多了一个陌生的面孔，他高高地站着，如童话书里的王子。

她扫视了眼屋子，屋里站满了全副武装的人，占旭坐在椅子上，单手撑着头，问："她在哪？"

米典一脸诧异地抬头："占先生？您这话是什么意思？您是问小五吗？我要是知道，还要等到现在吗？"

占旭静静地看着她："现在告诉我她在哪，还来得及。"

米典摇头："占先生您不能冤枉我！我不知道……"

她的话还没说完，身体突然被人伸手直接压得趴在地上，身后有人粗暴地撩起她的衣服，米典尖叫："占先生！占先生！"

占旭面无表情地问："我再问一次，她在哪？"

这么一点时间，她光凭两条腿能走去哪里？他让人翻遍了整座山，每个山沟、山头，甚至山脚的缝隙都找过，可一无所获，人在哪里？

她不在山里，不在集市，甚至没有逃出这座山，她在哪？

占旭的视线最终落了米典身上，她一直在紧张地观察外面的动静，打听搜索的结果，她在害怕什么？她在紧张什么？她一天换了三套衣服，可却忘了换鞋，她的脚上还有紫苏草的花瓣，答案在他心中，在米典的嘴里。

米典被人抓着胳膊，衣服被人扯破，后面的男人正等候占旭的命令。

他问："小五在哪？"他扭头看向窗外，天亮了，可他还没找到她。

米典的眼中满是惊恐，只要一点时间，只要她再坚持一点时间，她就赢了。

山里的早晚那么冷，宫五的衣服那么单薄，她一夜没吃东西，被关在一个没有氧气的陷阱里，米典确认自己封得很死，她肯定死了，一定死了！她绝对爬不出那个陷阱，米典坚信这一点。

米典摇头："占先生，我真的不知道……"

占旭慢慢地站了起来，低头笑了下："米典，我对你没有那么多耐心，我再问最后一次，她在哪？"

米典咬着下唇，眼中泪水满眶，一脸委屈地看着占旭："占先生，我真的不知道……我跟她去了河边，她说去方便，走了就再也没回来……我说了很多次，为什么您不相信我……占先生，求求您相信我，我真的不知道小五到底去了哪里……"

说完，她脸上的眼泪扑簌簌往下掉，身体差点站不直："占先生求您相信我一次……"她把视线看向那个王子一样的男人："请您救救我，我真的什么都没做……"

她差点碰到那个男人的腿，可他在她即将碰到他那一瞬竟然往后退了一步，就像她是什么不能碰的脏东西一样。

公爵的视线落在她的脸上，居高临下地问："小五在哪？"

米典拼命摇头："我真的不知道……"

他抬脚走了出去。

占旭看着她，半晌，轻笑一声："呵。"也走了出去。

门外，公爵站在栏杆后面，安静地看着被雨水洗刷过的山林，似乎完全没听到屋里米典的哭喊和衣衫被撕破的声音。

占旭和他并肩而立，面色沉重。占旭不知道那个喜欢装傻的姑娘会不会真的死在山里，想到这个可能，占旭不由得深呼吸一口气，平复内心的波动，无力承受他设想的结果。

天亮了，雨却似乎没有停下来的意思，和昨夜一样飘洒下来。

占旭丝毫没有察觉出自己一夜未眠的状态有什么不对，半点睡意都没有。耳边米典的哭喊声有些吵，他抬脚下了楼梯，站在昨天宫五爬的那棵树下，昨天的对话还在耳边，可现在她却不见了。

不多时，有人从屋里走了出来："占先生，她说了！"

占旭身体一僵，心跳有些加快，回头："在哪？"

公爵站在木屋的栏杆处，看着黑漆漆的山脉，一言不发。

搜索了一夜精疲力竭的人再次行动起来，有人牵着狗走过，占旭突然叫住他们，他略略弯腰，伸手从竹栏杆下扯出那块窝成一团的抹布，把抹布扔到狗面前，对狗的主人说："找到这块布的主人。"

宫五一定不知道，他其实关注着她的一切，如果这块抹布是洗干净的，她一定是摊开平平整整地挂着晾干，如果是窝成一团塞在某个地方，那一定是她用了好多次都没有洗，她勤快的时候特别勤快，一天洗好几次，懒的时候又特别懒，好多天都不洗一次。

两条狗闻了一会儿，最后一起掉头拉着主人朝着山里跑去。

占旭一见，伸手拿了外套穿上，接过身后的人撑着的伞："跟过去！"

他这话不知道是跟公爵说的，还是跟其他人说的，公爵快速地跃过一人多高的木屋围栏，跟着那两只狗冲进了雨地。

占旭跟在后面，雨下得越来越大，狗冲到一半就在原地打转，雨水冲掉了所有的踪迹。

狗找不到目标，来回狂叫却没有方向，占旭走到河边，这里就是那些女人经常过来洗衣服的地方，他站在这里，看得到满山的火把，却唯独看不到她。

所有人都往那个位置涌去，医生带着药箱，还有人带着绳子、扛着梯子，地毯式搜寻靠近河边的地方。果然最显眼的地方就是最隐蔽的地方，最危险的地方就是最安全的地方，谁都没想到会这么近。

　　"小五！"公爵在周围大声吼着，歇斯底里地叫着宫五的名字，"小五！小五！"

　　他们在两边的草地上仔细搜索，就在所有人都忙着的时候，一块平坦的草坪突然被顶起，最先发现的人吓得跌坐在地："妈呀！"

　　所有人的视线都集中过来，然后就看到一只沾满泥浆的手顽强地从那里伸了出来，那只手一把抓住了手边的杂草，紧接着一整块草皮直接被顶掉，冒出一颗看不出模样的泥脑袋："我在……这里！"

[下册]

公 爵

—— 燕子回时 ——
作 品

青岛出版社
QINGDAO PUBLISHING HOUSE

第七章

公 丨 爵

周围的人呆呆地看着她，甚至忘了做出反应，宫五抬头看着他们，大喊："你们倒是拉我一把呀！"

公爵瞬间冲了过去，伸手一把把她整个人拉了出来，把她紧紧地搂到怀里。

宫五怔了怔："小宝哥？小宝哥！"

"是我！"他说，"是我，对不起小五，我来晚了！"

不知道为什么，所有伪装出的坚强和勇敢这一瞬间溃不成军，所有的委屈和害怕都涌了出来，她哇的一声哭出来："小宝哥，你怎么才来啊！"

公爵搂着她的胳膊丝毫没有放松，说："我来晚了……"

占旭站在那里，在听到声音的瞬间他扔下伞跑过去，只是他终究晚了一步，他跑了两步的时候公爵已经冲到她面前。

雨水一点一点地淋湿他的衣服，打在他的脸上。身边的人急忙捡起伞举到他头上，占旭依旧没动，他开口："先回去。"

公爵慢慢松开她，用衣袖擦拭她脸上的污泥，勉强让她露出一张苍白的小脸，小声说："先回去好吗？"

宫五光着脚，脚趾甲里都是泥，全身上下看不到一点布料的颜色，就像是在泥浆里打过滚，甚至连头发都没了原来的颜色。她的视线落在他的脸上，怔了怔，点头："好。"

她抬脚走了一步，腿却一软，身体软软地往下滑，公爵伸手抱起她，小心地呵护着，就像呵护着最珍贵的宝贝，在雨地的泥泞里一步一步往回走。

占旭闭了闭眼，然后抬脚跟在后面，雨声淋漓中他听得并不分明，可他知道，那是情人间的呢喃。

宫五又累又饿又冷，整个人呈虚脱状态，她的神经高度紧张，不敢有一点放松，在公爵怀里的时候，近距离地闻到他身上的气息，确认自己安全之后，她终于昏睡过去。

占旭叫来两个老妇打水给她清洗身体，公爵站在门口，占旭在外面开口："你的恩爱留着以后再秀，现在请你出来，我们的问题还没解决。"

公爵扭头看了他一眼，伸手关上门，去了占旭的木屋。

米典被关在一间屋子里，当占旭再出现在她面前时，米典整个人瘫在地上，他垂眸看着她说："我承诺过留你性命，现在这句话依然算数，不过你不能再留在这里，收拾你的东西，现在就离开。"

米典摇着头："占先生，请您开恩，我知道错了，我以后再也不敢了，我不知道我还能去哪里，求求您，我真的知道错了……"

占旭面无表情地看着她，良久之后，说："你要去哪里，那是你的事。"说完，占旭离开。

肮脏的地方果然只会繁衍肮脏的灵魂，美好的东西不该在这里受到玷污。

木屋内，公爵依旧站在栏杆后面，目光看向宫五所在房间的方向，占旭走到他身边，伸手扔给他一条毛巾："现在，我们可以来谈谈我们之间的事了。"

公爵抓着手里的毛巾，看了他一眼，慢慢地擦着滴着雨水的头发："你要的图纸和东西我都带来了，因为占先生只允许我独自上山，所以那些只能和随行人员在一起。如果占先生要拿到那些东西才肯让我和小五走，我可以现在就让人送上来。"

占旭的眼睛看着远方，沉默了一会儿后，问："她有那么重要吗？重要到让你放弃你大半生的心血，让你打破你所有的底线，拱手相让自己极力维护的东西？"

公爵笑了笑，说："当有一天占先生有了自己想要的女孩时，一定能明了我现在的心情。我的图纸和收藏对我而言确实很重要，但是它们和小五相比，就不那么重要了，我可以画出更多的图纸，也可以花更多的钱找到更好的藏品，只有她失去才是回不来的。占先生不这样认为吗？"

占旭自言自语似的说了句："总有更好的会出现……"

"那是对占先生而言，对我却不是。"公爵微笑着问，"占先生是让人去山下

270

取，还是我让人送上山来？"

宫五安静地躺在床上，她做了一个长长的梦，梦很混乱，有无数的凶险在她面前，山里的牛鬼蛇神都跑了出来，又是扑又是咬，她吓得嗷嗷乱叫，这时候突然出来一个人影挡在她面前，那些让她害怕和恐惧的东西瞬间被那人挡住，她混乱的神经和紧张的情绪瞬间得到缓解。

她感觉到有人伸手摸她的脑袋，轻轻地、温柔地，像是带着无尽的温暖力量，安抚了她所有的情绪。虽然没有睁开眼，可很奇异的，她知道来的人是谁。

公爵的手摸在她的头上，缓缓地转移到她的脸上，他低头，额头与她相触，缓缓闭上眼睛。

他真高兴她还活着，他想告诉她，他真的非常非常担心，他想说他那么想她、那么思念她……可当他来到这里的时候，占旭给了他迎头一击，让他瞬间坠入深渊。他不知道自己是用怎样的心情支撑下来的。当他看到她还活着站在他面前的时候，他什么话都说不出来，千言万语都不如她活着出现在他面前重要。

他伸手，手臂轻轻绕过她的背，把她搂到了怀里，紧紧地、牢牢地，似乎想要把她揉进身体，他搂着她长久不动，似乎要感受她的气息。

他确定了，这是他的小五，这是小五的味道，他知道他的女孩一定会顽强地活到他来接她的这一天。

真好，她还活着！

她活着，比什么都重要。

终于，她睁开眼，满腔都是他的气息，她的声音还很微弱，开口："小宝哥……"

公爵慢慢地松开她，轻轻地把她放下，握着她的手："小五，醒了？"

她说"是"，又说："小宝哥，我饿……"

公爵点头："好。"

她被换了身干净的衣裳，身上被洗得干干净净的，公爵看出她的想法，说："是请两个阿姨帮忙洗的，洗了足足两大桶泥水。"

宫五有点不好意思："我脏……"

她吃了两碗粥，体力终于恢复了一点，公爵一直在身边陪着她，宫五没跟他说什么话，公爵也发现了，他伸手想要整理一下她的头发，宫五让了一下，公爵的动作一僵，然后慢慢缩回手，安静地看着她。

宫五自己伸手摸了摸头发，说："小宝哥，我的头发可能没洗干净，有点脏。"

公爵笑了笑："嗯。"

271

占旭过来的时候，宫五正在漱口，她漱了一半看到他进来，赶紧把嘴里的水吐了，放下杯子解释："占先生，我得解释一下，我不是想躲起来吓唬谁，我真是……米典呢？我要挠花她的脸，她就是有病，心里有病那种，得治！"

占旭安静地坐下，目不转睛地盯着她，等她说完，他才笑了笑开口："嗯，已经送去治疗了，以后都不会再看到她。"他看向公爵，开口，"爱德华先生，方便我跟小五单独说两句话吗？"

宫五立刻扭头看向公爵，公爵沉默地看着她，然后对占旭点点头："好。"他对宫五笑了下，"我在外面等小五。"然后他走了出去。

宫五低着头，好一会儿后才重新看向占旭："她真的有病吗？真的送去治疗啦？那就好，那个缺大德的，我差点死在那！你不知道我这一夜是怎么过来的，我就怕死在那没人知道，我一点都不想死啊，哎呀，我想起来都后怕，我平时对她挺好的，她也对我挺好的，没想到她突然就变了。"

她说话的时候，占旭就认真地听，他看着她的一言一行，她生气的样子都充满了鲜活的气息，他就知道，这样一束明媚的阳光，怎么会被乌云遮住光芒？

可是，他却真切地感受到自己惶恐的心，怕失去，怕绝望，怕被黑暗完全蒙蔽住双眼，他的世界已经够黑暗了，偶尔他也想看到阳光。

她又开始说话，像个与世隔绝太久第一次遇到人的小可怜："占先生……"

"小五答应过，叫我的名字。"他突然打断她的话。

宫五怔了怔，讪讪地说："我习惯了……占、占旭。"又抬起头看着他，说，"我以为没人能找到我，我都不抱希望了，没想到你们还能找到我，真是太好了！对了，你们是怎么找到我的？我昨天夜里还听到狗叫了，可是只有一声，后来再听就没有了，在那里面只听得到雨声……"

他动了动唇，突然打断她的话："你今天跟爱德华先生回家吧。"

宫五喋喋不休的话突然顿住，她睁大眼睛，看着占旭，一脸的难以置信："真、真的？"

占旭对她笑了下，点点头："真的，我决定今天就让小五回家。"

宫五鼓起脸蛋，鼻子发酸，眼泪一下子就涌满眼眶，她咧开嘴看着占旭笑："占先生，我就知道，你是一个不一样的绑匪，我就知道你是不一样的……"她伸手抹了把眼泪，说，"谢谢你！"

占旭发现，原来自己最喜欢看到的，还是她笑起来的模样，哪怕是带着泪在笑。

她从屋里走出来，公爵等在门口，听到脚步声回头看向她。他发现了，再见到他之后，她没有久别重逢的高兴，也没有见到爱人的欣喜，她大多时候保持沉默，

272

她穿着干净的衣服，那是公爵没见过的衣服。

公爵慢慢走到她面前，伸手摸着她的脸："我们回家好不好？"

她点了点头："好。"

占旭在屋里听到他们的对话，久久坐着没动。

有人上山来接他们，占旭一直没有露面。公爵牵着她的手和接人的队伍会合，宫五回头看了眼大山，公爵问："小五怎么了？"

宫五摇摇头："没什么。"

她艰难地走在那段石子路上，公爵看到她歪歪扭扭地走了两步，回头伸手把她抱在怀里，一步一步朝前走。宫五搂着他的脖子，脸靠在他的肩膀处，悄悄抬眼看向他，他面无表情地看着前方，牢牢地抱着她，走得又稳又快。

走过那段难走的石子路，公爵把她放了下来："好了。"

宫五点点头："嗯。"

车停在不远处，公爵带着她上车，突然后方有车开过来的声音，两人回头，就看到车还没停稳，占旭就从车上跳了下来，快速跑过那段难走的乱石路："小五！"

宫五看着他，朝前跑了两步："占先生！"

占旭看了她一眼，她立刻改口："占旭！"

公爵的视线落在她身上，她背对着公爵，没看到。

"你怎么来啦？"

"你忘了东西。"他对宫五伸出手。

宫五好奇地也伸出手，占旭把她的手机放到她的手掌上："你的手机。"

手机一到手上，宫五的眼睛一下亮了起来："这部手机……"

占旭站在她面前，面对面站着："小五的东西，应该还给小五才对。"

宫五抬头看着他，占旭后退一步，说："小五再见。"

她动了动唇："再见。"

公爵走近，伸手搂着她的肩膀，对占旭点了点头，带着她离开。

宫五上车之后，车立刻启动开了出去，宫五回头，发现公爵留下了一辆车，急忙说："还有车……"

"那是跟占先生借来的车，现在还给他。"公爵扭过她的头，说，"我们回家了。"

宫五看了他一眼，没再说话。

目送他们离开，占旭走到公爵留下的那辆车旁，伸手打开后备厢，后备厢里堆满了各式各样的图纸和各种包裹严密的收藏品。

回家的飞机上，宫五看着窗外，公爵把几本书放在她面前，她伸手拿过来翻了翻，觉得没意思，又要躺下睡觉。躺下一半的时候，察觉到公爵在拉她的手，她睁开眼看了他一眼，他没松开，只是轻轻握着，别的什么事都没做。

宫五抿着唇，任由他握着，重新闭上眼睛。

一路上两个人似乎都没有话说，宫五大多时间都在睡觉，睡醒了就翻书，饿了就吃点东西，一直到伽德勒斯，她和公爵加一起说的话没超过二十句。

车在公爵府门前停下，门前站满了人，公爵率先下车，绕过车门，弯腰牵着她的手下车。

公爵府的人还是那样友好、温和，他们对她笑，对她表达见到她的喜悦，可是她的心情却很平淡，即便笑着笑容也不真切。

回到熟悉的环境，宫五的眉头却没有松开，她抿着嘴看着周围，沉默不语。她认真地洗了澡，洗去自己满身的疲惫，钻到干净舒适的被子里，缓缓闭上眼睛。

睡着后，她的呼吸变得平稳，公爵伸手拧门进来，坐在旁边安静地看着她。她动了动身体，翻了个身蜷缩着，原本垂落在身侧的手紧握成拳，良久之后才缓缓松开。眼角有泪滑了出来，她开始抽噎，在睡眠中哭得很伤心。

公爵握住她的手，轻轻在她身侧躺下，把她搂在怀里，轻轻安抚她不安的情绪。

他垂眸看着她的脸，他能感觉到，她与他有着淡淡的疏离，或许是一份对他这么久才来的伤心，又或者是绝望到了极致后的淡漠。但是没关系，他还在，她也在，他们彼此都还在，还有什么比这个更让他觉得高兴？

一夜无眠，失而复得的喜悦充斥着他的胸膛，就算再看上一夜他也愿意，他知道，这是他的姑娘，在离别了这么久之后，她回来了。

补足了睡眠之后，宫五在第二天下午醒了。

她一醒来就察觉到有人在摸她的脸，她睁开眼，就对上公爵的视线。还是那张脸，又帅又养眼，可是她越看越难过，这么好看的小宝哥，可是根本不属于她。

公爵低头，亲昵地亲吻她的脸颊，宫五开口："小宝哥，我有点饿了。"

"好。"他笑了笑，笑容还是那么温暖，宫五依然分得清他的笑究竟是真心还是假意。

吃饭的时候，公爵坐在对面看着她，目光安静，观察她脸上细微的表情。

晚上她给岳美娇打电话，听到妈妈的声音从话筒里传来，宫五彻底踏实下来，她这下真的安全了。

她拿着电话不说话，不知不觉中眼泪噼里啪啦往下掉，岳美娇开始还在嫌弃步小八闹，结果发现她这边没声音，只偶尔传来抽噎声，岳美娇急了："小五，怎么了？"

宫五抱着电话一个劲地哭，一句话都没说，岳美娇急得要死："小五，宝贝，好孩子，快告诉妈妈怎么了，谁欺负你了是不是？你快说啊！"

岳美娇急得站起来，恨不得现在就飞过去，步小八还在保姆怀里嗷嗷伸手要妈妈，岳美娇也不管他了："宝贝啊，你别哭，你一哭妈妈的心都要碎了，你快告诉我，怎么了？发生什么事了？"

宫五抽噎了好一会儿，终于止住哭声，说："妈，我没事……我就是……想、想你和小八。我想你和小八了。"

岳美娇追问："是不是这次让你提前回去，你难受了？"

宫五说是，就是让她提前回来，她难受了。岳美娇松了口气："小五，妈妈也是没法子，我也是怕到时候那些人乱说……"

宫五的情绪逐渐冷静下来："嗯，我知道，妈你放心吧。我就是一想到我等了那么长时间，结果因为宫家的事害得我不能多抱抱小八，我就生气又难过，然后哭了。"

她抱着电话委屈地说话时，公爵站在门外没进来。

宫五一直觉得，如果她跟一个男人谈恋爱，在一起的时候没有那么开心，那么这个男人就不值得她爱。她还不知道现在的情绪会影响到什么时候，但如果她一直觉得难受，一定不行。

如果说有什么值得庆幸的事，那可能就是宫五的心里一直有个预设，她一直觉得她和公爵在一块，是她高攀，所以就算分开，她也没什么遗憾。

曾经发生过的一切，就好像在梦里，让她觉得那么不真实。

她听到耳朵里的声音，看到的人，她都不知道是真是假，她生怕自己一觉醒来，什么都是梦。

眼前落下一片阴影，她抬眸看到站在面前的公爵，张了张嘴："小宝哥，我想一个人休息一会儿，可以吗？"

公爵盯着她的眼睛，然后微笑了一下："好！"

宫五站起来去了她自己单独的小书房，在小书架后面有一张可爱的小床，是她以前偶尔午休的地方，现在她进去关上门，直接在小床上躺了下来。

宫五自己都不知道，她这一觉会睡了一个下午加一个晚上，甚至晚饭都没吃，不管外面的人怎么叫，她愣是没醒。

第二天早上起床，她睁开眼，看到了熟悉的天花板，有着美丽花纹的床纱自上而下垂在床头，她身上盖着干净舒适的薄被，穿着洁白干净的睡衣，床头灯是燕大宝嗷嗷嚷着喜欢的小恐龙形状，一侧的书柜上摆满了各式各样的书。

她呆呆地坐在床上，脑子完全清醒过来，她真的回到了伽德勒斯。

小书房的门被人拧开，公爵站在门口，说："欢迎回家，小五！"

宫五看着他，然后对他咧开嘴，露出一个大大的笑容："小宝哥，我回来了。"

似乎一切都恢复到了从前，却又和以前不同。

比如公爵的书房再也没有被那个漂亮的姑娘莽撞地推开，也没有蝴蝶般的小姑娘飞扑进他的怀里耍赖，更没有某个姑娘捧着她亲手削好的果肉送给他品尝。

公爵坐在办公桌后面，盯着书房的门，始终没有等到那个清醒后欢乐蹦跶的姑娘来找他。

公爵府后花园内，宫五正跟种菜的老头儿聊天，她踩着拖鞋，手里端了一盆种子，在老头儿挖开的坑里扔下三粒种子。

"五小姐，你能回来我真高兴。"老头儿笑呵呵地说。

宫五对他龇牙一笑："我也是。"

她欢乐地忙活着："我不能帮你很久，我待会儿要去骑马，尤金老师说我很久没有骑马，肯定生疏了，所以要我尽快把以前的课程补起来。"

"好的五小姐，我相信你是最棒的。"老头儿依旧微笑着。

宫五帮着种植完一排，跑到田埂上，轻快地说："我走了！"

她挥挥手，朝着前方跑去，身姿从窗户玻璃上飞快地掠过，吸引了公爵的视线。

这是一个朝气蓬勃生机无限的姑娘，她身上的能量总能激起人对未来和希望的畅想，公爵如此，他相信占旭亦是如此。

生活如此美好，却意外地赋予了他们曲折和坎坷，有意让天下的有情人遭受种种考验。

或许，这就是一个磨炼他们的情感究竟是否经得起考验的机会。

不多时，公爵听到她欢快的声音在大厅里响起："尤金先生，您觉得我是先去骑马，晚上回来再练琴好，还是……"

公爵的手快速地敲在桌子上，突然伸手一推面前的文件站了起来，拉开门走出去："小五！"

宫五回头："小宝哥，怎么了？"

"我陪你去！"

宫五的眼睛蓦地瞪大，伸手指了指书房："小宝哥，你去忙你的呀，不用管我。"

公爵走到她身侧，笑意盈盈地看着她，说："没关系，小五晚上弹琴的时候，我再补现在的工作也不迟。"

宫五抿了抿嘴，看了看书房："那好吧，"又强调，"但是小宝哥，你工作耽误了可不能赖我头上呀！"

他在她身侧站定，回答："怎么会？这是我自己的事，我想要和小五一起去骑马，是我决定的事，和小五没有关系。"

宫五抿嘴看了他一眼，点点头："嗯。"

她转身朝着外面那条林荫道走去，公爵抬脚跟在后面。

宫五一路朝前走，跟公爵保持着不远不近的距离。

"小五。"

宫五回头："嗯？"

公爵对她笑了笑，朝她伸出手，她犹豫了一下，磨磨蹭蹭地回头，把手放到了他的掌心里，被他一把握住。

"我跟小五说句话。"他握着她的手，一边慢悠悠地走着，一边开口，"不管什么时候，任何不是我亲口说出来的话，小五都不要相信。"

宫五低着头，拧着眉，走路的脚步也缓了下来，看了他一眼，公爵笑了笑，对她说："这句话以后任何时候都有效。"

公爵没再说别的，只是握着她的手，带着她慢慢朝前走。

宫五的心情有点纠结，她自己也说不上来是为什么，她很想装作什么事都没有，但是不知道为什么，她只要想起来就很难过，看到他的时候就想起占旭的话，占旭当时很简单地说了几个字："他拒绝了。"

可是这几个字直接打到了她的心里，在她的心上烙了个印。

他拒绝了，潜台词就是他在设计图和她之间，选择了设计图，忽略了她正被人绑架的事实。

宫五知道设计图很重要，但是她依然介意，依然为他的选择难过。

对于宫五来说，温柔如初的公爵在她心中的位置被动摇，她甚至在想要怎么样才能友好地分开，毕竟她在伽德勒斯上学是需要他帮忙的，如果弄得太难看，一定会影响到她上学。

她妈肯定以为她在外面很好，她妈又要工作又要带小八，已经很辛苦，她一点都不希望她妈知道她在外面发生的事。

学校还有两天开学，尤金把她的功课安排得满满当当，学习重新被提上日程。

回来后的宫五在公爵面前不大愿意说话，不过该说的话还是会说，该做的事还是会做，只是现在她以看书为由，睡在小书房。

生活在继续。

假期结束后的宫五每天认真地上课、下课，和班里同学的关系比上学期要融洽很多，她小心翼翼地接触，生怕再遇到一个马修，她和谁都保持着恰当又友好的距离。

她到这里是学习的，其他无关紧要的事不要找她，学习是她分散注意力的最好办法。

宫五从小豆丁长到这么大，这算是她学习劲头最足的时间段。她每天都让自己过得很充实，这样也不枉她到这里来的三年。

她忙忙碌碌地忙着自己的生活和学习，努力地忽略身边的很多事，直到有一天，小书房的门被人敲响。她拉开门一看，发现公爵站在门口，正目不转睛地看着她。

宫五伸手抓抓头，有点不好意思："小宝哥，你不忙啊？"

他回答："我有半个多月没看到小五了，我很想你。"

宫五自己也不知道是怎么回事，他就说了一句，她听了之后就突然觉得鼻子发酸，眼圈快速地红了。

她抿着嘴，眼泪在眼眶里直打转，吸了吸鼻子，往沙发上一坐，垂着眼眸："我很好呀，小宝哥放心好了。"

他在门口站了一会儿，然后抬脚走了进去，径直走到她面前，蹲了下来，平视她的眼睛，开口："我不知道占旭说了什么、做了什么，我只想告诉小五，我爱小五，看到小五不理我，不愿跟我交流，不想跟我沟通，我很难过。我一直在想，小五什么时候才会消气，小五什么时候才会回来，可是我发现小五每天把自己安排得那么充实，还有时间想我吗？"他伸手，摸她的脸，"我很难过，总是想小五在干什么，为什么我明明花了那么多的时间和精力把小五带回来，小五却突然不理我。"

宫五抽噎着，眼泪汪汪地瞪着他："我很忙，没时间想小宝哥……"

"我知道，"他说，"所以我才更难过。我已经让小五忙到忘记我了，我讨厌和小五之间的误会……"

"才不是误会！"宫五哭着，突然大喊出来，"哪里有误会？根本就没有！"她凶狠地抹了把眼泪，哭着问，"小宝哥是不是觉得占旭说了你坏话？"

不等公爵回答，宫五已经又开口："他才没有！他只是跟我阐述了一个事实……"

他问："小五可不可以告诉我，是什么样的事实？"

他握着她的手，说："我知道我有错，我也知道小五一定很委屈，可是小五要给我有申辩的机会。如果因为别人的一句话就让我这样一点点地失去小五，我无法原谅自己。小五有任何问题，都可以来问我，但是别放在心里自己一个人生闷气，好吗？"

宫五泪眼模糊，抬着下巴看着他，哭着说："我才不说，谁知道你现在说的是真的还是假的？就算是假的我也不知道。谁知道你是怎么去那里的？你以为你去了那里就了不起吗？我才不稀罕！"越说越委屈，她号啕大哭，含混不清地指控他，"……我一个人在那里，到处都是拿着枪的人，我那么害怕……我一直在等，一直在等小宝哥去救我，我没有别的人可以指望，我只有小宝哥，可是你呢……呜呜呜……"

公爵伸手，轻轻把她搂到自己怀里："对不起，是我的错，是我让小五失望了。我一直在努力，一直都在……我从未想过放弃小五，从来没有想过。我相信我一定可以把小五救回来，我愿意不惜一切代价为小五做任何事，只要能接回我的小五。"他说，"是我让小五又失望又恐惧，是我让小五陷在那样危险的地方，独自面对所有未知的危险，对不起……"

宫五大声哭出来："呜呜呜……"

他闭着眼，把她搂在自己肩头，一动不动地任由她大哭出声。

一直到她哭累了，声音逐渐小了下来，他才轻轻顺着她的后背："我请求小五再给我一个机会，我不想因为一个小五不愿意说而我根本不知道的理由分开。我懂小五的意思，但是我不能顺从小五的想法，我要一个机会，一个小五给我的机会。"

宫五趴在他的肩头，不住地抽噎着，好一会儿后才说："我……我要想一想。"

公爵摸着她的脸，努力让自己笑："小五可以给我一个期限吗？"

宫五红肿着眼睛，说："三天。"

公爵笑："三天吗？"他擦着她脸上的眼泪，说，"好，三天。我可以等小五的消息，三天后我来找小五，可以吗？"

宫五点头："嗯。"

"那么，"他问，"我今天晚上可以和小五一起用餐吗？我每天都是一个人，我觉得很孤单，就像回到了没有认识小五的时候，我很难过，非常难过。"他停顿了一下，"我真希望，我们还和从前一样。"

宫五看着他的脸，伸手抹了下脸上的眼泪，说："我要想一想。"顿了顿，又说，"你可以留下来吃饭，我一个人也很孤单，呜呜呜……"

还没说完，她自己委屈得又哭了。一个人吃饭、一个人做事，除了老师连个说话的人都没有，她也很孤单啊！

公爵微笑，点头："好，那我们两个孤单的人一起吃晚饭。"

宫五撇着嘴抹眼泪，又难过又伤心又委屈，人为什么要有伤心这样的情绪啊？

对于有些人来说，三天不过是眨眼之间就过去的事，而对于另一些人来说，三天的时间无异于煎熬。

一个满心委屈还死拗着什么都不说的姑娘，想要她接受一个她心存芥蒂的未婚夫，并不是一件容易的事。

宫五自从答应公爵开始就是这样的心态。

她知道自己很喜欢他，她喜欢他的样子、他的手，他所有的东西她都喜欢，但是只要她一想到他那么宝贝他的设计图而舍弃她，她就很难过。

但是让她直接撒手，她又舍不得。

宫五不知道别的女人碰到这样的情况是不是这样的，可是她遇到了，就是这样一种左右为难的心理。

晚上两人一起吃饭，面对面坐着。

宫五不明白，为什么他还能表现得那么自然啊？明明是他做了让她难过的事，他怎么可以一点自觉都没有呢？

宫五抿着嘴，低头吃饭。

这三天时间里，她每天照常上学、放学，空余时间学习各种知识，甚至连她想要学的伽德勒斯语言都被排在课程表上，宫五觉得自己每天的时间安排得真的是太满，除了晨骑，连在车上的时间也被充分利用。

等到第三天的时候，宫五在进行晚饭前的钢琴练习。

这么长时间的学习，她已经可以熟练地弹奏几首钢琴曲，虽然技术并不精湛，也达不到能参加演出的水平，不过她能完整地弹到底，当然偶尔中间会有不流畅的情况。

她乖乖地坐在钢琴边，老师没在，她就是自己想要多练练，结果弹到一个转折的地方时，怎么都转不好，那小手平常挺听话的，偏偏每次都在这一段曲子上卡住，就是连接不上去。

她在同一个位置重复了五六次，小脸都拉下了也没弹好，越弹不好越生气。

她抿着嘴，深呼吸一口气，又重来。

结果还是一样，明显慢了一拍，绝对是连接不上的，她漂亮的小脸更难看了。手还没来得及缩回去，她身后突然伸出两只手，自然流畅地替她接了下一段。

宫五的眼珠子落在那两只手上，回头看了一眼，公爵顺势在她身侧坐下，修长的手指跳动在黑白的琴键上，灵巧又优雅。

流畅、快乐的琴声传来，让公爵府里的仆佣都忍不住出来看了一眼，一个个都奇怪五小姐怎么突然弹得好了，看了以后才发现，原来是公爵来了。

宫五羡慕又忌妒，看了他一眼，抿着嘴伸出手接着他的后段继续。

宫五一边弹，一边愤愤地想，他弹得好，不是因为他技术好，肯定是因为他手指长，占了优势。

虽然她的手指也不短，但是终归没有他的长，弹得不熟练也没办法。

一曲弹完，宫五的手停下来，然后说："我刚刚那个还是弹不好。"

公爵对她笑了笑，伸出一只手，节选了转折的那一段，速度放慢，让她看清他转折时的手势和技巧。

宫五照着学了两次，然后他不厌其烦地鼓励她重复，终于有一次，她有了明显的进步，她的心情犹如雨后的太阳，一下明亮起来。

"爱德华先生，五小姐，晚餐开始了。"

宫五回头："好的。"

她站起来，转身朝着餐厅走。

公爵跟在她身后，怎么说呢，就是小姑娘还在考虑中，脾气也比平时要大，说白了就是有种"本宝宝就是这样，不服来咬我啊"的意思。

宫五最早认识公爵的时候，天天冒着星星眼，一脸崇拜地看着他，到了今天，星星眼没了不说，对着他的时候那完全是两只没表情的死鱼眼，高兴了搭理一句，不高兴了正眼都不会瞧。

公爵跟在她身后，对于小姑娘底气十足的高傲女王模样只能叹气。

吃饭的时候很安静，晚餐是宫五点的，指明了想吃中餐红烧排骨，厨房还真给做了，她刚刚尝了一块，觉得味道还不错，也不知道厨师是不是东方人，做得很好吃。

今天胃口好，她吃得肚皮圆滚滚，当然，就算是这样她也吃得文静优雅。

环境这个东西真的很会磨人，就像宫五，在国内的时候可以和罗小景他们一起豪放地吃大排档，而现在她也适应了在这样充满绅士风格的中世纪古堡中优雅地进餐。

人的潜力是无穷无尽的，谁说不是呢?

吃完了，宫五放下餐具，看着对面的公爵。

他还是一如既往地慢吞吞的，用餐的姿态优雅从容。

宫五抿着嘴看着他，开口："小宝哥。"

他抬头，慢慢地放下餐具，看着她。

宫五赶紧说："你先吃。"

公爵回答："小五先说，我相信小五接下来的话会影响到我是否继续用餐这件事。"

宫五垂着眼眸，低着头说："好吧，我先说。"她清了清嗓子，"我很认真地想过，虽然我很伤心，但是我还是很喜欢小宝哥，就是……就是很喜欢的成分里面，有一粒沙子……"她抬起头问，"小宝哥你能听懂我在说什么吗？"

公爵点头："我能听懂。没关系，如果在后续的相处中，小五依旧觉得很痛苦，小五再告诉我，我们再谈后续的事，好吗？"

宫五犹豫着应了："那……好吧。"

公爵对她微笑："谢谢小五愿意再给我一次机会，我会珍惜。"

宫五努努嘴："嗯。"

公爵自然知道她的心里其实一直有个小疙瘩，还是有关他但是他完全不知道的小疙瘩，他只能自己去发现，又或者在接下来的日子里，让她亲自说出来。

不过一个月后，小姑娘的态度已经从开始时不时地瞪公爵一眼，变成仰着漂亮白净的小脸甜甜地喊"小宝哥"了，在一个半月的时候，还时不时冲到他怀里求亲亲。

不过，她始终拒绝进入公爵的书房，甚至把那个书房看成了禁地，她坚定地认为，她跟公爵书房里的设计稿有生死之仇。

虽然跟他的设计稿有仇，不过宫五记恨公爵的心却淡了不少，没办法，时间这玩意就是这么神奇，足以消磨世间大部分的仇怨。

鬼山角那件事他们谁都没再提过，虽然宫五偶尔还会想起来，想起来的时候还是会觉得难过，不过她没在明面上再说过，最起码在明面上，他们早就和好如初。

时间一晃就是半年，周六午休时间，宫五放学在家闲来无事，一个人跑到花园花架的秋千上坐着，轻轻晃着秋千看书。

书是她从客厅的茶几上随手拿的，坐下来看的时候才发现，她拿了本军械之类的书，平时她肯定不会看，不过现在无聊，倒是看得津津有味。

她抱着秋千绳，无聊地阅读上面的文字，翻了两三页，正读得大声，尤金循声走来："五小姐，这是午休时间。"

宫五立刻抬头看向他，注意自己的体态仪容："是的尤金先生，我睡不着，所以来这里看书。"

尤金瞄到书上的内容，微笑着："我一直在想，爱德华先生喜欢的女孩会不会和他有一样的爱好。看到五小姐并不排斥，我很欣慰。"

宫五努力让自己的微笑看起来优雅得体："那是小宝哥的职业，我必须要尊重。"

尤金果然很满意，半晌，他惆怅地看着远方："一转眼都这么多年过去了，当年那个安静的孩子，如今已经变得成熟勇敢，能够独当一面，为自己负责了。"

宫五也看着远方，没有说话，尤金又开口："我很高兴五小姐平安回来。我不敢相信如果爱德华先生失去了五小姐，会是什么样。我到现在还记得他发疯似的把所有的设计图从保险柜里取出来，说要用那些东西换取五小姐的自由。这是我第一次见到爱德华先生这样慌张着急。您知道的，爱德华先生总是不紧不慢……"

当爱德华还是个小小少年的时候，他安静、骄傲，总是用沉默来应对他不喜欢的一切，当时他被送到古堡学习，所有人都觉得这一任的爱德华未来公爵不聪明、不机灵，甚至不善言谈，行动力又慢得让人着急，甚至还有很多仆佣因为他年纪小而做出很多不恭敬的事。

那时候很多人都认定那个少年是爱德华家族史上最懦弱、最无能的一个，谁能想到那个少年用时间证明了他的与众不同？

他用慢悠悠的言行证明了所有人的错误，他一点一点地扭转着整个城堡的氛围，这座有着百年历史的古堡一点一点地褪去腐朽的色彩，染上优雅的气息，他看似不经意的行为，却带着让他们无法抗拒的威慑力，他从容应对着爱德华家族产业中发生的所有事情。所有人都以为爱德华家族会由他开始进入衰败期，却不想他却带领着爱德华家族走向一个辉煌的开始。

宫五抱着秋千绳，听着那些有关公爵少年时代她不知道的故事，心中涌起了澎湃的激昂和热情，一双漂亮的眼睛就这样盯着尤金。

尤金看着远方，眼中似乎又看到了当年那个孩子坚定的身影："一眨眼，他就长大了呀！"

良久后，宫五的声音冷静地传来："尤金先生，您是说，小宝哥要用那些图纸换回我吗？"

尤金笑着回答："是啊。难道小五不知道吗？不仅是图纸，还有他这么多年以来所有的藏品。要不然，小五是怎么安然无恙回来的呢？"

天空一下变得晴朗起来，她突然从秋千上下来，脚步轻快地走到尤金面前，在他脸颊上飞快地亲了一下："谢谢您，尤金先生！"

她转身离开，步履优雅地拐过墙角，在尤金看不到的地方，撒腿就跑，像一只翩然起舞的蝴蝶，冲到公爵的书房前，伸手敲门。

公爵听到声音抬头："进来。"

宫五拧开门，站在门口。

公爵一脸诧异地看着她："小五，没睡觉？"

宫五没说话，一个字都没说，只是盯着他看，一动不动。

"小五？"

宫五突然动了，抬脚朝着他冲过去，打破了她自己划定的禁忌，直接爬过公爵面前的办公桌，一下子扑到了他怀里，搂着他的脖子，把脸埋在他的胸膛上，一句话都没说。

公爵："……"

宫五闭着眼趴在他怀里，好一会儿都没动一下。

他出声，试探地问："小五是不是受了什么委屈？"

宫五使劲点头，哽咽着，重重地回答："嗯！"

他想要松开胳膊看看她的脸，结果宫五压根不抬头，两只胳膊搂着他的脖子抱得更紧，不让他松开胳膊："小宝哥……"

"嗯，我在。"他回答，搂着她的腰，任由她趴在自己怀里，虽然他还不是很明白，好好的她怎么突然撒起娇了，但是不得不承认，他还是挺享受美人儿抱着他撒娇的感觉的。

他伸手安抚着她的后背："好了，没事了，小五觉得哪里委屈跟我说，我替小五出气。"

宫五撇着嘴，眼泪止不住地往下掉："小宝哥……"

"我在。"

"小宝哥，"她吸了吸鼻子，声音里带着哭腔说，"我以后只相信你说的话……"

公爵的身体顿了顿，然后脸上染上愉悦的笑，说："好。"

宫五搂着他的脖子，从他的怀里抬起头，眼泪啪嗒，在他唇上亲了一口，说："小宝哥，我最喜欢你。"

他笑着回答："我知道。我也最喜欢小五。"

然后她咧嘴笑，眼睛里还汪着泪，脸蛋上还挂着泪珠，笑得分外灿烂。

她从来没跟他提过为什么，他也从来没问过为什么。她相信自己发现的才是真的，他则相信她一定会自己找到答案。

今天，他知道她找到了。

对于这个没有安全感的姑娘来说，千言万语的辩解远不如她无意中的发现来得可信，他一直相信有一天她一定会看得到，而她果然没让他失望。

很奇怪，公爵府的人突然发现，公爵和五小姐在一起的感觉跟以前又不太一样了。

怎么说呢？

温馨的地方多起来，两个人对视的时候也多起来，甚至有负责传菜的仆佣看到两人表面上在安静地用餐，可公爵的长腿都伸到五小姐面前了。

诸如此类的画面时不时上演，主人的心情直接决定了家里的氛围，仆佣们瞬间觉得整个公爵府都弥漫在粉色的泡泡中，连他们都忍不住觉得幸福起来。

宫五趴在沙发上，面前摊着书，手托腮看着公爵正在工作的脸，越看越觉得公爵帅得她桃花眼都往外冒泡泡了。精致的五官，刚毅的轮廓，两条剑眉下一双深邃的眼，漂亮的眸色让他看起来那样与众不同，他身上无一处不让宫五觉得帅到极致。

她捧着脸犯花痴："小宝哥！"

"嗯？"他抬起头看着她，脸上立刻染上笑意，眼中溢满了柔和的光。

宫五抬头对他傻笑："嘿嘿。"

公爵回以一笑，继续低头处理文件，宫五则是低头继续看书。

一会儿后她又抬头喊："小宝哥！"

公爵又抬头："嗯。"

宫五喊完又低头翻书，一会儿后又喊："小宝哥！"

公爵笑着抬头："嗯。"

宫五龇牙："我没事，就是想要喊喊你。"

公爵挑眉，看了她一眼，突然放下手里的笔，站起来朝她走过来，在宫五的注视下坐在她身侧，伸手把她拉起来，低头堵住她的唇。

他松开钳制她的手，笑："小五想要亲我就过来，这样欲语还休更撩人，知道吗？"

宫五笑得得意："那小宝哥被我勾过来啦！嘎嘎！"说完，她伸出细细的胳膊，一把搂住他的脖子，亲上他的唇。

生活就是如此，有甜蜜、有欢乐、有争执、有和谐，他们和所有正常的情侣一样，有着所有人的喜怒哀乐。

时间一天天地溜走，宫五的生活按部就班，每天上学、放学，课后的所有时间都用来学习，紧张的生活让她无比充实，很多时候她觉得时间不够用，和公爵的亲密时间都是挤出来的。学习间休息的十分钟她格外珍惜，冲到书房跟他腻歪一下，时间一到就跑出来。

她学习的内容越来越多，除了学校教授的，还有尤金安排的各种宫廷必备技能，比如骑马、钢琴之类的，如今还多了伽德勒斯语言，和她一直想学的其他各种外语。

她很努力朝着公爵身边靠拢，因为他太优秀，如果她不进步，他们之间的距离只会越拉越大，到时候恐怕不等她受不了，差距就会逼得他们分开。所以，她要更努力才行。

公爵配合她的所有活动，她学习觉得厌烦了他会陪她找乐子，每逢假期他必然抽出时间带她出门旅行，只是鬼山角事件后，安保明显更加慎重和全面。

大二下学期，宫五的成绩是清一色的A，她拿到成绩单以后，乘车回公爵府，老远就朝书房冲："小宝哥……"

嘭的一声推开书房门，她愣住："呃……"

书房里除了公爵，还有个吊儿郎当半个屁股挨着办公桌坐的年轻男人。

发达健壮的四肢，自然健康的皮肤，高挺的鼻梁，紧抿的唇角微微上扬着，墨一般的短直发昭示着此人桀骜不驯的个性。他懒洋洋地坐在公爵的办公桌上，用眼角看着她："这就是你的那个小女友？"

他的姿态和语言显示了他和公爵的关系，宫五抿着嘴站在门口，谨慎地没有开口。

"小五过来！"公爵对她伸手，握住宫五的手，"这是我的至交好友，李司空。"

"你好李先生。"她老老实实地打招呼，说，"小宝哥我要去看书了。"

知道她想避开，公爵微笑着点头："好。待会儿我去找你好不好？"

宫五点点头。

她已经走到门口，突然有个什么东西砸到了她的后脑勺，她哎哟一声捂着后脑勺回头，发现地上掉了个天蓝色的毛绒玩具，李司空笑眯眯地看着她，丝毫不为自己用毛绒玩具砸人感到歉意，说："燕大宝非要让我把这个带给你，说是给你的惊喜。丑吧？"

宫五捡起来一看，果然是燕大宝的风格，是个可以挂在包上的小鲸鱼，胖乎乎挺可爱的，一点都不丑，她看了李司空一眼："谢谢。"

李司空已经掉头跟公爵说话。

晚饭她再出来的时候，李司空没在，她问："小宝哥，那位李先生走啦？"

"他过来帮忙一阵子，是我请的外援。"公爵弯腰在她额头上亲了一下，主动说，"我跟他从小一起长大，从第一次见面他就蹦跶着要跟我做朋友。他是唯一一个话多得要死，就算我不回应他，他也绝对不会跟我生分，就算我和他隔了四五年没见面，再见到他还是和以前一样的人。我想，他是这个世上唯一一个愿意死皮赖脸跟我做朋友的人。"

宫五龇牙，挪了挪屁股坐稳，晃着腿说："那就是小宝哥很重要的人。"

"对，很重要的人，和小五一样重要。"

在伽德勒斯这样一个专门从事枪械工业的国家，枪支自然泛滥，虽然国家有控制，不过架不住有人私底下制造些落后却又具有杀伤力的枪械，这样一来，也就造成了每年都有很多出于各种原因死于枪下的人，自然也在各地产生了各种以暴力称霸的党派。

诚然，公爵并不希望以暴制暴，但是很多时候，以暴制暴似乎是最好的处理方法，否则就是秀才遇上兵，有理说不清，说不定还送了命的下场。

谁都知道对付流氓最好的办法就是比对方更流氓。可公爵是贵族的标杆，怎么能让人看到爱德华大公爵那样的一面，李司空就是代替公爵打击那些人的武器。

夜晚早已降临，漫天繁星，一闪一闪的像萤火虫的尾巴。

外面通往城堡的路是一条长长的鹅卵石路，黑白相间十分分明，宫五一只手搂着公爵的腰，回头龇牙对他笑，洁白的牙齿，笑容甜蜜又可爱。

他们两人安静地在慢慢走着，宫五正要开口说话，冷不丁搂着她肩膀的公爵的身体突然一歪，压得宫五跟着也弯了下腰，她赶紧伸手努力拉着他的腰："小宝哥！"

公爵对她一笑，借着她的力量站了起来，回头看了一眼高低起伏的鹅卵石路："被绊了一下。"

宫五把他的胳膊往自己身上拉了拉："小宝哥拉着我一起走，你要是被绊到，我还能拉你一把，嘎嘎！"

公爵低头在她额头上亲了一下："好，你拉着我一起走，我什么时候绊到了，小五还能拉我一下。"

两个相依偎的身影被城堡门口的灯拉得长长的，清晰地倒映在路上，直到逐渐消失在门口，城堡的后门被人关上，留下满天的清辉和忽闪的繁星。

夜色正浓，月光倾洒而下，照出天地间一片朦胧的白。

青城郊区的别墅门口，展小怜沉默地从车上下来，直接回了卧室，伸手把包挂起来，脱了外套，坐在沙发上。

坐了一会儿之后她又站起来，走到卧室的保险柜边，拧了密码打开，从里面掏出一个盒子，盒子还带着锁，她伸手打开，取出里面一页密封的枯黄纸，上面密密麻麻写满了英文。

她跪在床边，开了床头灯调亮，手指一点一点地找到那页纸上的关键几句话："爱德华公爵的家族遗传病最早发病记录是二十五岁，最晚发病记录在三十五岁之后，是医学无法解释的病症，发病到病故的时间有长有短，且有选择性遗传，仅限爱德华家族的男性成员……"

展小怜伸手抱住头，闭了闭眼，好一会儿后长长地出了一口气，又快速地把那页纸装回去，重新放到盒子里锁上，最后关上保险柜的门。

她走到衣架边，伸手掏出包里的手机，拨了个号码出去："蕾拉，是我。"

"夫人，您说。"

展小怜深呼吸一口气，说："我同意你和和煦医生一同研究，也同意你们两人把你们各自的研究成果相互研究，但是，我希望结果有所改进，而不是你们各自说的，就算用了药也会有不同的后遗症……我要他活着，我也要他不痛苦，否则他活着岂不是更痛苦？"

蕾拉医生开口："好的夫人，我全力以赴，我会和和医生沟通，请您相信，这是我家族毕生的事业，好不容易到了我们这一代有所进展，但是……"

"我懂，"展小怜回答，"我什么都懂，我只是怕他等不起。"

挂了电话她木然地坐着，小宝已经二十四岁了呀，过完年就二十五岁了……二十五岁了呀！

海边，宫五正奔跑在沙滩上，身上套了个游泳圈，一次又一次地往海浪里跑，公爵不放心让人跟着，他自己站在沙滩的遮阳伞下，安静地看着他的姑娘快乐得像只小鸟。

一个浪头扑过来，宫五摔了一跤，被人急忙拖了回来，她大口喘着气，终于觉得累了，光着脚朝他跑了过来："小宝哥！"

她兴高采烈地跑来，公爵迎了过去："玩得高兴吗？"

"高兴！"宫五接过水，使劲喝了一大口，视线落在公爵身上，"小宝哥你都没下水，小宝哥你不会是旱鸭子吧？"

公爵忍不住低头亲了她一下："我的小五真可爱。"

宫五往椅子上一躺，晃着小脚丫说："我真要天天跟你闹，你肯定要烦死我。

可爱要有期限，要不然小宝哥就受不了了。"

公爵回答："不会，我会满足小五的所有要求，然后哄得小五不要跟我闹。"

宫五瞅他一眼，突然觉得他情话技能满分，一下扑过去："小宝哥，我最喜欢你了！"

公爵回答："我也最喜欢小五。"

她乖乖地趴在他怀里，悠闲得像只晒太阳的海龟。

太阳快要落山，公爵带她回去，车到公爵府停下，宫五扭头跟公爵说了句："小宝哥，我们比赛谁先进屋……"说着她就扑过去开门，率先冲了出去。

她一溜烟跑进屋，拿起一个苹果就啃，啃了好几口还没看到公爵进来，她蹦蹦跳跳地出去："小宝哥，你输啦！"

她跑出去之后，发现公爵还坐在车里，不由得大喊："小宝哥！"

她歪着脑袋看他，咧着嘴笑，公爵对她一笑，说："腿有点麻。"

宫五坏心眼地用手戳了戳他的腿："麻不麻？麻不麻？"

她知道腿麻的人不能碰，碰了就要老命地难受，她就故意使坏。公爵笑，对她伸出手："请我的小女友拉我一把。"

宫五龇牙，拉着他的胳膊架到自己的肩膀上，说："来啰，伤患来啰！"

公爵弯腰出了车门，却在脚落地的一瞬间一下跪到了地上，公爵一怔，整个人似乎愣住了。宫五胳膊一用力，手里抓着的苹果滚到了地上，她没管苹果，而是使出吃奶的力气把他拉了起来，嘲笑他："小宝哥你以为你是小八啊？耍赖我也不管你的哟。"

话虽如此，她还是使出所有的力气把公爵扶了起来。

公爵站直身体，已经有人赶紧跑过来拍打他腿上沾的东西。他低头看了眼自己的腿，微微拧了拧眉，下意识地伸了伸腿，来回试了试。

宫五惋惜自己啃了两口的苹果："都怪小宝哥的腿麻了，我的苹果吃不成了。"她看他，"小宝哥你的腿好了吗？"

公爵对她笑："好了。"

她已经跑过去把苹果捡起来，打算洗洗继续吃，对他龇牙："好吧，我就原谅你腿麻这件事了。"

公爵牵着她的手进屋："苹果脏了不要吃，再拿一个。对了，洗手了吗？"

宫五："……"

公爵挑眉："去洗手，坏习惯。"

被管教的次数多了，宫五都懒得反驳了，默默地跑去洗手。

她蹦跶着跑走，公爵还站在客厅里，再次低头看了看自己的腿。

尤金出现在角落，担心地看着公爵。

"尤金，这两天替我安排一次体检。"

"好的，爱德华先生。"

宫五洗完手出来，重新拿了个苹果吃："小宝哥你要吃吗？"

公爵微笑着摇头："小五自己吃就好。"

啃苹果啃了一半，尤金回来，宫五一见，立刻坐正身体，端庄优雅，像个淑女。

尤金的眼珠子从她身上挪开，路过客厅，朝后面走去。

他一离开，宫五马上垮下肩膀："小宝哥，我觉得尤金先生的眼睛像是探照灯，我每次看到都不敢喘气。

公爵笑着说："尤金只对小五有这样的要求，对别人没有。"

宫五差点哭出来："他这是对我有意见。"

公爵忍不住笑："不，那是因为他喜欢小五，就像喜欢我一样喜欢小五。"

宫五斜眼看着他，快速地说："那好吧，我去弹奏一曲，让尤金知道我很勤奋。"

她跑去钢琴的方向，优雅地坐好，开始演奏。

公爵安静地看着她的方向，所有的目光都集中在她身上，这个姑娘一定不知道，两年的时间她蜕变到了怎样迷人的程度。

她自信、开朗，笑起来的时候眼睛里溢满了温暖，终于一点一点地卸下心防，开始接纳这个并不完美的世界。

大三开学后，国际新闻成了宫五的功课之一，既能学到纯正的英语口语，又能及时了解国际信息。她发现，在这个社会懂得多一点，总比懂得少一点要好。

公爵推门进来的时候，就看到她全神贯注地盯着电视在看，遇到新闻里有发音跟自己不一样的地方，她还会嘴里念叨一遍，纠正自己的发音。

他正要离开，电视画面里突然出现一个镜头，镜头左上角的位置竟然出现了占旭的照片。

公爵一愣："小五？"

宫五快速地回头看了他一眼，赶紧抬手让他不要说话，两只眼睛紧紧地盯着画面，脸上的表情很严肃认真。等那一阵三四分钟的新闻过去后，她才扭头说："小宝哥，你忙完了吗？"

"没什么好忙的。"公爵过去，在她身侧坐下，看了眼电视，"有什么有意思的新闻吗？"

宫五点头："小宝哥你刚刚看到没？那是占旭的照片！"

公爵挑眉："哦。"

宫五说："我刚刚看新闻，说鬼山角的重要首领人物遭人暗算，现在下落不明。"

她漂亮的眉眼间拧出一个小小的结，一看就很担心，公爵略一思索，在她身侧坐下来，说："占先生所在的环境和所处的地位，注定要承受常人不能承受的压力和危险。我们唯一能做的就是祈祷他平安无事。"

宫五鼓着脸蛋点头："我知道。我就是在电视上看到他很诧异，没想到他还能上电视。希望他平安吧。"

对占旭，宫五其实没有过多的想法，她在鬼山角时虽然得到了占旭的庇护，但是宫五没忘自己就是被他给掳去的。

体检报告终于出来了，公爵对于自己多次出现的腿脚使不上力气这事十分在意，毕竟他知道自己还年轻，不该有这样的情况，尤金都快六十岁的人了，腿脚都还那么便利，何况是他？

"爱德华先生，您的体检报告到了。"尤金站在门口，恭敬地举起手里的文件袋。

报告是密封的，除了负责体检的医生，没有其他人动过。

公爵拆开文件袋，撕去上面的蜡封，打开，抽出文件，从第一页开始看。

人总是觉得所有的一切都正常才放心，公爵也不例外，看到检查的项目都显示正常，公爵觉得很放心。

当他翻到倒数第二项的时候，突然发现血液检查里有一个项目的指数略略偏高，他翻了下其他的内容，只有那一项是偏高的，也只是比正常数值略高一些。

他伸手给体检医生打了个电话："是我，我拿到了体检报告，但是我发现血液检测中有一项数值偏高。"

"爱德华先生，体检报告中那项的数值偏高或者偏低都是正常的，您要知道我们人的身体不是每时每刻都能保持一个状态……"

医生给出的结论就是很正常，就像有的人感冒的时候验血，里面可能也会有数值偏高或者偏低，感冒好了之后就能恢复正常。

"当然，如果您觉得需要调理，我可以开一些药让您改善一下，我相信很快就会恢复正常。"

公爵微微眯了眯眼，突然说："调出我以前所有的体检报告，检查这个数值的高低，另外，把整理好的数据传送给我。"

"好的爱德华先生。"医生应了，突然又说，"展小姐前两天给我打过电话，也让我把您的体检报告发送过去。"

公爵一愣："哪天？"

"就是您体检完的当天晚上。"

公爵点头："发了吗？"

医生回答："我要得到您的同意才能发送。"

公爵笑了笑，说："发给她，免得她担心。"

"好的爱德华先生。"

公爵挂了电话，视线从手里的报告转移到自己的腿上，他伸手在腿上抓了抓，这个时候的感觉又分明让他觉得一切正常。

但是他明显地觉得前后几次的感觉雷同，那种使不上力气的感觉一次比一次严重。

脑子里似乎有什么东西闪过，他突然站起来直接进了收藏室。他戴上手套，打开展柜的门，伸手从里面捧出族谱，打开灯，照亮眼前页面发黄的古籍，翻开。

戴着手套的手指点在一处，视线落在一行字上，跟着他又翻到后面一页，手指又落在一行字上，后来他几乎没有犹豫，快速地连续翻过几页，就在他看到古籍最有可能有答案的地方时，那页纸遗失了。

整本书，除了封面有些破损外，正文部分只有那一页遗失。

公爵站在原地，洁白的手套一点点地滑过那只留下一点毛边的残留页，滑过之后他抬手一看，发现白手套上似乎沾染了一点色彩，因为颜色太淡，如果不仔细看根本看不出来。

他沉默着，突然伸手合上书，直接出了收藏室，回到书房，掏出一个防尘袋把书塞进去，又大步走了出来。他坐到车上，对门口的尤金说了句："跟五小姐说，我出门有事，很快回来。"

尤金已经从公爵一系列的行动中察觉到了不同寻常的气息，他立刻回答："好的先生。"

车在开出去之前，公爵又开口："这件事不要告诉展小姐，一个字都不准。"

"好的爱德华先生。"

尤金家族世代都是公爵府的管家，一代一代传下来，忠诚勤劳，公爵对尤金很尊敬。

宫五放学回来，手里抱了一大捧花，兴高采烈地跑去找公爵："小宝哥！"

尤金得到了公爵的指示，正等在客厅，看到她过来，说："五小姐，爱德华先生临时有事，出门了，临走之前特地让我转告您。"

宫五点头："好的，谢谢尤金先生。"

她看了看手里的花，让人找了瓶子，插到花瓶里，留着公爵回来给他看。

伽德勒斯文物修复中心，公爵正和几个修复专家待在一起，他看着他们拿着各种精细的工具研究那本古籍，提取断痕面的那点微黄的成分。

公爵前后等了两个小时，中间宫五小心地给他发了条短信。万一他正在忙，打电话会打扰到他，所以她偷偷地发短信，要是他不忙看到就回复了。

短信发过去之后，公爵的回电迅速来了："小五。"

"小宝哥，你在哪啊？"宫五的声音传来，压抑着嗓门，小心翼翼的，"你什么时候回来啊？我等你一起吃饭好不好？"

体贴又温柔的小女友，让公爵忍不住笑起来："我很快就会回去，如果饿了就先吃饭，不要硬撑着等。"

宫五龇牙，乖乖点头："我不饿，我要等小宝哥回来一起吃饭。"

实验室里的人正忙得热火朝天，实验室的门被推开，一份报告被送到了公爵的手里："爱德华先生，结果出来了。爱德华先生为什么会突然想到检验这个位置的成分？"

公爵回答："因为想到了一些以前被忽略的细节。告诉我结果。"

"哦，结果，"工作人员回答，"您的怀疑很有道理，这些细微粉末是一种专门用来做旧的特殊化学物质，有人会用类似的东西制作赝品。这个还不同，效果更逼真也更不容易被发现，毕竟正常人的手指摸过去，是绝对不会看到手指上沾了东西的，也只有在纯白色的东西上，仔细看，才会有些微的差别。不得不说爱德华先生的观察力很敏锐。"

公爵垂着眼眸，然后问："时间呢？我是说这个东西被染了颜色的时间是在什么时候？"

肖恩回答："二十多年前，具体时间还不知道。这种物质现在也有，不过现在的早已改进，就算戴着手套也抹不下来。所以可以断定是在二十年前，毕竟这本书是绝版，如果在此之前有差别我或许……哦！"他突然惊呼出声，"我想起来了，我曾经的老师曾经做过类似的事，"他看了公爵一眼，"她和展小姐是朋友，不过很抱歉我不能帮你问到，因为她十年前过世了。"

公爵点头："明白了。也就是说，这本书的这一页纸，其实是被人故意做旧，目的就是让人以为这本书是很久之前损坏，而不是人为破坏。"

"是的，如果爱德华先生没推断错的话，确实是这么回事。这是一页被人故意做旧的损毁页。而且，为了保持前后页的完整性，撕下这页纸的时候，一定还借助了其他工具，这样才能保证不会影响到这页纸的对页……"

公爵站起来，伸手拿过报告结果："多谢。"

他回到公爵府的时候，宫五正抱着胳膊，杀气腾腾地坐在客厅的沙发上，从他进门开始就一直瞪着一对漂亮的桃花眼，盯着他看。

公爵笑，过去低头在她额头上亲了一下："小五是不是等急了？"

宫五继续盯，公爵过去时她的动作都没换一下。

"生气了？"公爵笑着问，"我跟小五道歉，我让小五等太久了。"

宫五哼了一声："都凉了！"

"对不起。"他真诚地说，"我也没想到会耽误这么久，还以为会很快回来。"

知道他没吃饭，宫五生气没两分钟，便急急忙忙地拉着他的手往餐厅走："快点快点，我们快点去吃饭。"

公爵问："小五没吃饭吗？"

"没有小宝哥，一个人吃饭不香！"宫五龇牙，笑得跟小花似的。

公爵点头，跟她一起吃饭："以后不能不吃饭。"

他反过来又训她，宫五只是斜眼看了他一下，喜滋滋地开吃，吃饭的时候还伸出小脚丫子撩拨他。

公爵瞪了她一眼，她不在意，用自己的脚蹭他的腿，公爵只能无奈地笑。

这种感觉真的太过美好，美好得让人觉得是在梦里。

公爵觉得，她就是个精灵，突然来到了人间，出现在他面前，打破了他对人生的既定计划，让他重新规划他人生的版图，让他不顾一切想要把她纳入他的未来世界。

她笑起来的样子越发甜美，撒娇时湿漉漉的眼睛会让他从心底里悸动，委屈时噘起的红唇让他的心如小鹿乱撞，这是个充满了神奇魔力的姑娘，他觉得他真幸运，遇到这样一个可以感染到他的姑娘。

她总是出其不意地给他惊喜，让他知道爱有很多表达方式。

他在书房的时候，她会突然跑进来冲到他面前，隔着桌子噘起红艳艳的小嘴，就为了亲他一口，亲完什么话都没有，转身就跑出去学习。她会在骑马时突然歪着身体噘起小嘴，可怜巴巴地要亲亲，然后在众目睽睽之下，让他心甘情愿地吻上她的唇。她会在上学之前再跑回头，讨要一个上学吻……她的花招多得让他应接不暇，却让他甘之如饴。

她的小脚还蹭着他的腿，他抬头看她，两人对视一眼，眼里荡漾的幸福是那么美好，让看着的人都感觉到浓浓的幸福。

晚上睡觉的时候，宫五趴在他的怀里，歪着脑袋把脸蛋搁在他肩膀上，一只手一下一下地抠着他衬衫上的扣子。

公爵一只手搂着她的肩膀，一只手拿着书，在给她读故事。

宫五突然开口打断："骗子！他就是喜欢钱，想要把阿曼达送给梅森，他拿钱。"

公爵笑："还要听吗？"

宫五鼓着脸蛋，说："听了生气。最后呢？我想知道最后。"

"最后啊，阿曼达和梅森相爱，他们结婚了，住在梅森的歌特庄园里，阿曼达过着富太太的生活，而艾德里安得到了梅森承诺的金币，娶了一个牧羊姑娘。"公爵问，"这个结局满意吗？"

宫五目瞪口呆："作者的三观哪里去了？怎么能让艾德里安这种小人得到金币？阿曼达怎么能和梅森相爱呢？"

公爵笑："这就是生活，这世上没有什么真正的天长地久，能从青丝走到白头的，不过是磕磕绊绊相互包容的结果，过程中发生的事只有当事人知道，别人看到的，都是结局。"

"小宝哥，你的三观呢？"宫五抬起头，愤愤不平，"你怎么能这样想？那我是不是也不能相信小宝哥啊？"

公爵低笑出声："小五当然可以相信我。只是终有一天，当我们都老了，觉得再谈爱情都累的时候，爱情会变成亲情。"他笑着说，"爱情会褪色，但是亲情却是一生都割舍不掉的，所以小五可以相信我。"

宫五瞪眼，竟然无言以对，只能瞪着公爵，不知道怎么反驳了。

她气呼呼地往他怀里一趴，说："反正我不喜欢梅森，他就是个大流氓！"

公爵回答："梅森哪里流氓？"

宫五抬头，说："他第一次看到阿曼达，就调戏她！"

公爵哦了一声，然后问："小五第一次看到我的时候，是什么感想？"

宫五想了想："我第一次看到小宝哥的时候……"她龇牙，说，"哦，想起来了，我觉得小宝哥好装啊！"

公爵抬手打在她屁股上："用词不当。"

宫五抿嘴："……"

公爵又问："还有呢？"

宫五回答："好有钱。"

"还有呢？"

295

"还有？没有啦。"她又兴致勃勃地问，"小宝哥，你第一次看到我是什么感想？"

公爵回答："一个傻姑娘。"

宫五："……"

还能不能好好聊天了？

"第二次呢？"

公爵笑："我第二次看到小五的时候……嗯，还是个漂亮的傻姑娘。"

宫五差点哭出来："我哪里傻？"

"哦，"公爵回答，"我第二次见到小五，是在宫城山的盘山路上，小五穿着脏兮兮的白裙子，努力往山上爬，看到有车开过就会伸手按着裙摆……"

宫五一下想起来了，义愤填膺："我想起来了，就是燕叔叔的车，还有辆车最可恶，开过来也不提醒一下，还把我的裙子都掀起来了，都走光了，小裤裤都被人看到了，猥琐！"

屁股又挨了一巴掌，宫五大怒："小宝哥你为什么又打我？"

公爵回答："因为那辆车里的人是我，你刚刚又说不文明的话。"

宫五："……"

她扭了扭身体："哎哟，好了好了，这个话题揭过。"

"故事还读吗？"公爵问。

宫五想了想，说："还是读吧，我想看看阿曼达是怎么和梅森相爱的，毕竟梅森那么流氓。"

于是，公爵捧着书继续读下去，宫五听着听着，眼皮子直打架，不知什么时候睡着了。

公爵轻声叫了两声："小五？小五？"

她没应声，看来是真睡着了。公爵伸手把书放到床头柜上，小心地把她放平，关灯睡觉。她窝在他怀里，他伸手圈住她的身体，相拥着，缓缓闭上眼。

真希望，此后的每一天都能如此安详与宁静，美好和甜蜜。

第二天宫五上学去了，公爵一个人坐在书房，伸手翻着那份检测报告，脑中千回百转，判断所有有机会碰到这本古籍的人，可分析的结果是大部分人都已经去世，如果说还有知情人，似乎就是他的母亲。

公爵还没有告诉展小怜的打算，所以他把书合上之后，决定进宫廷一趟。

这本古籍里除了有爱德华家族的历史，还有其他家族的发展史以及皇室的，现存古籍稀有但不代表没有。

皇室保留的这本显然更加残破，公爵想要的那一页毫无疑问被自然损毁了，最起码看起来像自然损毁，同时损毁的还有其他家族的发展历史。

公爵离开皇宫回到公爵府，脑子里再一次想到自己的母亲。

为什么要偏偏毁掉那一页？

什么人大费周章地撕去一页纸后，还要费尽心思做旧，让人以为那是很多年前被毁去的？

与此同时，公爵收到了医生发过来的这么多年的所有体检报告，并提取了他关注的那个数据。

他的视线落在曲线图上，突然发现了一个很有意思的规律，他在青城的那么多年，所有的体检报告都是正常的，从他正式回到伽德勒斯，除了第一年的数值正常外，其后的这么多年数值都在缓慢上升，因为上升的速度太过缓慢，且都不离谱，所以根本引不起重视。

他进一步提取数据，查看其中一年的数值，手指点在数值的区间图上，短期内更加看不出来，只有以年为单位的时候，才能看出变化。最关键的是，但凡他在那一阶段离开了伽德勒斯，数值就没有上升的趋势。

公爵慢慢地抬起头，面无表情地坐着，然后伸手按了门铃："尤金。"

"爱德华先生，您找我？"

公爵看着他说："请把我近十年的出差时间表提取出来，精确到日。把城堡和公爵府的仆佣家族族谱拿给我，另外，我要知道这些家族去世的人所有的信息，去世的原因和年龄，以及这些家族里的每个男孩的体检报告。"公爵站起来，抬眼看着周围，说得漫不经心，却又毫不犹豫。

"好的爱德华先生。"尤金有些震惊，但依然恭敬地应下，很快执行了公爵布置的任务。

厚厚的三沓族谱和相关资料被送到了书房，公爵让人堆放在角落，看着那些族谱有些失神。他戴上手套，快速地浏览几个主要家族的族谱，重点关注那些家族的去世人员，一点一点地寻找他想要的东西。

宫五回来的时候他还在看那些东西，她问："小宝哥，这些是什么呀？"

公爵抬头，对她展颜一笑："小五放学了？"

宫五点头："嗯。"看看他面前堆放的东西，她不敢进去，"小宝哥，你今天是不是很忙啊？"

"还好。"公爵扔下手里的东西，摘掉手套对她伸出手，"有些重要的东西我想自己查看。学校一切顺利吗？"

宫五立刻跑过去，扑到他怀里，仰着小脸："一切顺利啊！"

他想了想，似乎在思考什么，半晌突然问："小五有没有住过伽德勒斯的旅馆？"

"没有啊，公爵府这么大，我干吗要去住旅馆？浪费钱。"小抠门就是小抠门，坚决不浪费。

公爵笑："我在伽德勒斯这么多年还没住过旅馆，要不要试试？"

宫五瞪眼，似乎受到了惊吓："小宝哥你说真的呀？"

公爵点头微笑："嗯，真的。"

公爵突然提出要住旅馆，不但吓坏了宫五，也愁坏了家里的管家、帮佣们。

是不是爱德华先生对公爵府的卫生还是哪里不满意了？好好的为什么要出去住？

作为公爵府多年的管家，尤金一脸郑重地送公爵上车，在车开出去前的那一刻，他忍不住问道："爱德华先生，是不是我哪里做得不好，让您觉得不愉快？我愿意帮您解决任何问题……"

公爵微笑："不，我对您非常满意，您完全没有任何问题。是我和小五说，我在伽德勒斯从来没住过旅馆，我们都很好奇。"

宫五一脸蒙，见公爵扭头看着她，她胡乱点头："嗯嗯，对。"

尤金表示很忧伤："好的爱德华先生，我会立刻把您和五小姐明天要穿的衣服送过去。"

"哦，"公爵突然又开口，"天气变冷，明天让人过来量体裁衣，做些今年的衣服。"

"好的爱德华先生。"

宫五觉得莫名其妙的，公爵突然来了兴致，非要带着她去旅馆体验一下。

对宫五来说，有人陪着去哪都一样，迫不得已的时候，就算没人陪着，她也愿意去。

头一回在旅馆住的宫五还是很好奇的，安享小镇的旅馆不像那些大城市的高级酒店，但是很温馨也很干净，说是旅馆，其实就是个小家，让人觉得没那么拘谨。

宫五倒在柔软的床上："哇，好幸福！"

公爵笑："小五觉得很幸福？"

宫五点头："嗯，很幸福！"

"那说明我们来对了。"公爵躺在她身侧，看了她一眼，翻身摸到她的脸，低头亲了过去。

宫五伸手搂着他的脖子，大喊一句："小宝哥你真是太有创意了！"

公爵伸出胳膊支着身体悬在她上方，捧着她的脸吻。气氛正好，眼看着就要做点什么，宫五伸手挡在面前，瞪眼："小宝哥，不行啊！"

"怎么？"公爵一脸诧异。

眼珠子扫了一圈卧室，宫五说："这是旅馆，我们万一把人家的床单弄脏了怎么办？"

公爵："……"

公爵深呼吸一口气，伸手把她搂到了怀里："照小五这样说，那些度蜜月的人出去怎么办？是不是什么都不能做了？"

宫五："……"她抿嘴，"人家带床单了！"

这理由让人不得不服，他说："我让人送床单过来。"

闹腾到了晚上宫五终于安然地躺到床上睡了，公爵扭头看着她，从床上起身去了外间，伸手把卧室的门关上，开了台灯、打开电脑，所有的数据都是他自己研究、提取，他想要亲自弄清楚这些是不是真的有问题。

没有人知道他想要什么，也没有人知道他的目的是什么，他在做这些事的时候，明确发出指令，任何人不得走漏风声，一丁点都不行。

尤金开始觉得可能有什么重要的事要发生，但是他要听从吩咐守口如瓶，甚至连展小姐都不能透露。

第二天一大早，宫五爬起来发现公爵已经起床了，她揉了揉眼下床："小宝哥……"

宫五拉开门就看到他坐在电脑前，看到她之后他扭头对着她笑："小五醒了？"

宫五点头："小宝哥你干吗起这么早啊？"

她醒了是因为生物钟到了，今天是她练骑术的日子。

公爵顺手合上电脑，笑着说："换衣服吧，住旅馆的好处是，马场就在对面，不需要走路。"

宫五龇牙："好哟。"

宫五跑去换衣服，公爵陪着她一起出门。

刚出门，宫五就看到素来严肃冷静的尤金一脸不安地等在门口："早上好爱德华先生，早上好五小姐，有件事我很遗憾地告诉两位，今天早上我们意外地在厨房发现一只蟑螂，您知道的，只要在某个地方发现一只成年的蟑螂，就必然会有成千上万只蟑螂存在。所以，爱德华先生，我们要全面除去公爵府所有的蟑螂，在此之前，为了您和五小姐的安全，恐怕要让五小姐和爱德华先生在旅馆住上一阵。我很羞愧，我愧对展小姐和爱德华先生的信任，我没想到……"

尤金都快要哭了，他不敢相信他打理下的公爵府竟然出现了蟑螂，这是一件非

299

常严重的事，严重到尤金差点引咎辞职。

宫五赶紧说："尤金先生您不用这样，我跟小宝哥在这里多住两天就好了。对吧小宝哥？"

公爵对上她的视线，微笑着说："当然。对了，近期让公爵府的人陆续搬出来，过两天会有人专门过来除虫。"他带着宫五走了两步，突然又回头，"对了，公爵府所有的东西摆放在原地，包括所有人的衣服、用品，今天公爵府搬家的人安排量体裁衣。"

尤金直接呆在原地："爱德华先生，您说的是真的吗？我可以保证蟑螂……"

公爵笑着回头："我喜欢斩草除根，永除后患，不希望在以后的某一天，又看到哪里冒出一只蟑螂。我相信尤金一定能安排好所有仆佣的住所问题。"

尤金恭敬地说："是，爱德华先生。"

公爵握着宫五的手，牵着她朝着马场走去。宫五偷偷回头，见尤金还是一副深受打击的模样。

说话间已经到了马场，宫五快速地跑向自己的小母马，一扭头就把刚刚的事给忘了。

青城，展小怜带着公爵最新的体检报告找到了蕾拉医生："这是他最新的体检报告，和以前一样，显示并没有什么问题。"

蕾拉医生接过去，认真地看了看："确实没有什么问题。除了……呃，这个数值虽然高，不过影响不大……"

"蕾拉，"展小怜犹豫着开口，"小宝的体检都是定期、定时的，但是这一次的体检时间不一样。"她说，"这次和上次体检的时间间隔只有两个多月，小宝只接受定时检测，正常情况下他不会无缘无故接受不在预期范围内的体检，我只能理解为是他主动要求体检。"她看着蕾拉，说，"我怀疑小宝对自己的身体已经有所觉察。"

蕾拉的脸色有些苍白："这样的话啊，就意味着爱德华先生的身体出现了征兆。"

展小怜拿过那份报告："这份报告显示小宝的身体完全没有问题，所有的数值都是正常的？"

"是的。"蕾拉回答，"除了这个血液的数值。但是从我的角度来说，这个并不是什么大问题。"

展小怜问："会不会遗传病的发病就是从这些小细节开始的？"她突然转身看向蕾拉，说，"不对，我怎么记得小宝的每一份报告都是这个数值偏高？"

她伸手脱下外套搭在椅子上，说："我要看小宝往年的体检报告，所有！"

蕾拉一愣："夫人，爱德华先生的所有体检报告我都仔细认真地看过……"

"我知道。"展小怜看着她，说，"小宝二十五岁了，他的发病比他的父亲还要早。我记得爱德华家族的族谱上，另一个有二十五岁发病记录的是一个常年在外征战的将军，虽然他发病最早，但实际上他是爱德华家族所有遗传病患病之人中寿命最长的一个，而其他人的发病时间都比他晚，但是寿命却比他短。如果是这样的话，是不是意味着，虽然小宝发病早，但是他的寿命会比他父亲的长？"

蕾拉又一次愣住："夫人，如果您没有记错的话，确实是这样，当年我父亲也在年龄上做过研究，只是后来完全没有规律可循，而且当时的医学水平没有现在发达，所以他的怀疑提出来后，遭到了团队的反对。"

展小怜点头："给我所有的报告，现在就要。"

当所有的数据被调出来以后，蕾拉惊讶地发现那个偏高的数值几乎每一次都出现在体检报告里，单独看体检报告根本看不出来，虽然数值不同，都在可以接受的范围之内，但是当所有的体检报告拿到一起的时候，两人便发现只有那个数值一直在逐渐提高。

蕾拉惊叫一声："不！这个数值是呈直线上升的状态，虽然速度很慢，但是这个趋势很明显。"

展小怜伸手合上报告，深呼吸一口气，说："蕾拉，我需要你把小宝的父亲的所有体检报告找出来。"

"好的夫人。"蕾拉立刻站起来去了储存室。

爱德华家族几乎所有能保存下来的报告，蕾拉都保留着，就是为了能在后续的研究中用到。她伸手挑出报告，指着其中一个数据说："把这个数值单独抓出来，然后根据年份做一个曲线图。"

展小怜盯着那些数据，不知道为什么，她觉得自己身上的血液不由得沸腾起来，似乎抓住了什么，却因为不明确，不敢妄下结论。

她的视线紧紧地盯着曲线图，突然伸手按着曲线起点的位置。她抿了抿唇，眼泪在眼眶里打转，这是她的错吗？

曲线图清晰地显示在她眼前，似乎证明了她朦朦胧胧的猜想。

为什么曲线是从小宝离开青城后的第二年和第三年之间开始有了变化？这是巧合吗？

展小怜看着曲线图，一点一点地调出放大里面的日期。

展小怜这辈子都没这么感谢过她优于常人的记忆力，她躺在椅子上，专门让人罗列她闭着眼说出的日期。

把她所知道的公爵在安享小镇的时间全部罗列出来，足足花了四个小时,大量的脑力劳动让她最终在疲惫中昏睡过去。

不过两个小时后，她又醒了，重新投入到分析当中，她发现了一个规律，只要是公爵离开伽德勒斯时间体检的报告里，那个数据的数值大多处于稳定状态，离开的时间久了，数值甚至会出现下降的现象。

蕾拉戴着眼镜盯着屏幕："夫人……"

"看出来了吗？"展小怜的手指落在屏幕上，"我虽然不知道这个数值代表什么，但是这个数值变动的规律完全是根据小宝的位置决定。"

蕾拉仔细地看着屏幕，然后坐到另一张电脑桌前，快速地调出另一张曲线图："夫人您看！"

"这是小宝的父亲的体检报告数值曲线图……"展小怜盯着曲线图。

和公爵不同的是，他父亲的曲线图是从出生后不久，就一直呈稳定上升状态，直至他死亡。

展小怜说："他从出生到死亡，一直都在伽德勒斯。"顿了顿，她又说，"确切地说，都在公爵府。"

蕾拉伸手按着心口："夫人，是不是公爵府……"

展小怜笑了笑，说："小宝出生后在公爵府只生活了几年就跟随我回国，离开了公爵府，而他父亲则是一直都在公爵府……"

爱德华家族历史上唯一一位长寿的遗传病患者，是一位常年在外征战的勇士，不是因为他的身体素质比家族的其他人好，而是因为他常年征战在外，留在公爵府的时间比较少，所以那种伤害身体的东西入侵的时间比较少，所以他才能长寿。

"那幢古老的公爵府建筑一定有着不可告人的秘密。"展小怜开口，"我们做一个假设，之所以只有爱德华家族的继承人才有遗传病，那是因为只有爱德华家族的长子才能继承爵位，而女孩则是住在别处，比如小宝的姑姑薇薇安，没有受到多少侵害。孩子年幼的成长期是身体最脆弱的时候，所以爱德华家族的长子从出生就注定袭爵，从他们入住公爵府的那天起，就在被一种有害的物质侵害，当他们逐渐长大，这种物质也会随着时间的推移更深入人体内。虽然嫁过去的女人也受到侵害，但那时候已经成年，身体具有一定的抵抗有害物质的能力，又是半途嫁入，所以并没有受到太大影响……"

蕾拉接着说："但是一旦这个女人怀孕了，孩子出生在公爵府，这个孩子必然是完整地吸收了这种有害物质，形成了一种完完全全的恶性循环，爱德华家族袭爵的长子，必然会成为受害者，久而久之，就形成了爱德华家族有遗传病的流言！"

展小怜抬头跟她对视一眼："找出我在伽德勒斯期间所有的体检报告，另外，我会通知伽德勒斯，我要公爵府上下所有仆佣的定期检测报告，男女的都要！"

蕾拉立刻站起来："好的夫人！"

她研究了这么多年爱德华家族的病史，却从来没想到会被一组毫不起眼的数据打倒，她和她的父亲、祖父、曾祖父……他们家世代都在研究的病因竟然不是来自基因和遗传，而是外界因素造成的。

最让她羞愧和难以接受的是，发现这个原因的不是她这个研究多年的医生，而是夫人。

任何时候，都不能轻视一个母亲为了孩子付出的努力。

展小怜已经重新坐到了桌子前，手里摊开一个本子，正对着两台电脑分析详细的数据。她的小宝如果能一直留在青城，或许他现在什么问题都没有，可偏偏她让他离开青城，去了伽德勒斯。

难道爱德华家族的责任，就是要让人付出努力和心血之后，再很快地死去吗？

不可能！展小怜目光盯着电脑，她相信一切都不晚，她的儿子还那么年轻，怎么可能会死于所谓的遗传病！

展小怜现在还没有心思去想什么人想要害小宝，又或者这个人要害的不是小宝，是整个爱德华家族。

狗屁的遗传病！

伽德勒斯爱德华大公爵府因为最近发现了一只蟑螂而全面除害。

整个公爵府的仆佣都从公爵府搬离，巨大的黑色帷幕把整个公爵府围得严严实实，接连多天的病虫害研究机构开着各种带着先进仪器的厢式车进出，周围药气冲天，好在公爵府周围都是绿化，距离安享小镇的人家隔得有些远，没有扰乱民众。

当然，所有人里最伤心的还是尤金，他服务公爵府爱德华家族这么多年，祖辈到他，以及他的儿子，就在他退休之前的这段时间，竟然被发现了蟑螂，完全不能被原谅的失误，他老了，果然是老了。

据说除虫队在公爵府厨房下面发现了大量的蟑螂窝，为此还要更换一些建筑材料。

宫五已经连续好多天对着公爵瞪眼了："不就是一只蟑螂吗？又不会跟我们抢食吃，为什么一定要搬出来住啊？小宝哥，我们在旅馆住很耗钱的。"

"蟑螂有细菌，为了身体健康，我们就忍一忍，等蟑螂除了，我们再搬回去。"公爵每次都用细菌把宫五打败，"明天小五去体检一次。"

宫五叹了口气，下巴搁在桌子上："我不想去体检，我讨厌抽血……"

公爵笑："闭上眼睛，就当小蚂蚁咬一口，很快就会过去，别害怕。"

宫五鼓着脸蛋，哼唧："反正我就是讨厌，我身体好着呢，干吗要体检？"

公爵依旧带着笑："因为要防患于未然。"

宫五翻了个白眼："都说了我好着呢……"又歪着脑袋看着他说，"不过是小宝哥让我去，那我就去吧！"

公爵点头："好，我陪小五一起。"

宫五应了一声，又坐直身体，趴在桌子上写论文作业。

虽然在旅馆住也挺有意思，但是在公爵府更自在，她哼哼唧唧一会儿改变不了，只能消停。

一个大男人怕蟑螂，宫五觉得有点心塞。

第二天跟公爵去做体检，她在路上还说："小宝哥，其实蟑螂很常见，虽说有细菌，但不至于让我们生病，我的身体从小到大一直都好，一点都不娇气。"

"我知道小五很健康。"公爵回答，"只是小五到了体检时间。"

她憋着股劲去体检，直到被扎了一针后，憋着的劲终于过了，她拉着小脸不高兴："我凭什么身体好好的要挨一针？太不公平了。"

公爵看着她笑："扎都扎完了，还生气？好了，最起码我们知道小五身体健康，是不是？"

这样想想也对，她点点头："嗯，说得也是。"

虽然住着旅馆，不过一点都不影响宫五上课，她每天按时上下学，回来之后还有其他内容要学，每天依旧忙得不亦乐乎。

"爱德华先生。"

公爵在工作台前抬起头，示意尤金开口。

"展小姐刚才打电话过来，要求提供公爵府所有仆佣家族的体检报告！"

公爵愣了下，随即明白过来："提供给夫人……等等！"他看了尤金一眼，说，"我亲自给她，你不用管。"

他几乎在瞬间明了，那本古籍里缺少的关键一页究竟是什么人撕下的。

十五分钟后，远在青城蕾拉实验室的展小怜接到一份来自公爵的邮件，她伸手点开一看，顿时含着眼泪笑了出来。

真不愧是她聪明的儿子呀！

公爵给展小怜发过来的，是一份他已经整理好并按照精确时间制定好的数值曲线图，来源是公爵府所有仆佣家族的血液检查报告数据。

她伸手捂住眼，眼泪在眼眶中打转，良久后，她深深地吸了一口气。

她抬头看向蕾拉："通知实验室里所有的人，带上所有的实验数据和素材，以

304

及这么多年的所有研究，前往伽德勒斯安享小镇，即刻动身。"

蕾拉惊讶："展小姐！"她的视线落向电脑显示屏上的曲线图，脱口而出，"爱德华先生知道了！"

展小怜含着泪点头："对，他知道了，所以我们没有隐瞒的必要了。我需要你们即刻动身前往伽德勒斯，待在他身边，守在他身边，让他活下去。稍后我会通知和煦，请他的团队随你一同前往。"

蕾拉叹气："和煦？可展小姐，那位和先生只认钱，恐怕不容易让他出山。"

展小怜伸手抹去眼眶里含着的泪："偏巧我这个人别的没有，就是钱多。"

蕾拉点头："好的展小姐，我现在就安排！"

展小怜伸手捂住脸，泪水从指缝慢慢沁出，长长地吐出一口气。

下午的时候，展小怜接到了公爵府因为某种原因被封锁的消息，她回家以后从保险柜里掏出一页被保护膜保护起来的枯黄的纸，放到文件夹里，让人送到蕾拉手里，一起带往伽德勒斯。

公爵府的维护和除虫活动还在如火如荼地进行，宫五的日子也是按部就班，学习在继续，爱人在身边，生活很美好。

吃饭之前她接到燕大宝的电话，燕大宝跟她开视频，把步小八也拍了进去，宫五大怒："燕大宝，小八是我弟弟，我怎么觉得成你的了？"

燕大宝得意扬扬，伸手把步小八抱过来："小八，来，对着这里说，最喜欢大宝姐姐。"

步小八仰着可爱的小胖脸，真的对着镜头说："喜欢……大宝姐姐……"

燕大宝问："听到了吧？"

宫五："……"

不多时岳美娇过来，发现这边在视频，凑过来对着镜头说："过年早点回来，免得小八都不认识你。"

燕大宝在后面对着宫五做鬼脸，宫五抿嘴瞪着她："知道了。"

挂了电话，宫五怒气冲冲地拉开门："小宝哥，燕大宝欺负我！"

公爵诧异："哦？大宝怎么欺负小五了？"

宫五握拳："她让小八跟我说，最喜欢大宝姐姐。气死我了！"眼珠子骨碌碌转了一圈，她突然蹦跶着跑到公爵身边，对他龇牙，说，"小宝哥，你说我们俩偷偷在这里生一个小孩，好不好呀？"

公爵猛地抬头，一脸诧异地看着她："小五，你还小，别乱想。"

宫五翻了个白眼，努嘴："不想就不想，哼！我就是生气小八喜欢燕大宝比喜欢我多……我好伤心啊，小八是我弟弟，结果让燕大宝抢去了！"

公爵转身握住她的手，不知为什么他的手心有些汗湿，他对宫五笑着说："小五不伤心，大不了我们以后自己生。"见她要说话，公爵立刻开口，"但是现在不行，不到时候，何况你还在读书。"

宫五斜眼看着他，然后往他怀里一扑，说："好吧，那等过年回家了，我被我妈打断腿之后再说。"

"小五不要说，"公爵拉着她的手有些许发抖，他掩饰得很好，宫五没发觉，他解释，"等我回去，我跟她说。"

宫五想了想，两只胳膊搂着他的脖子，笑嘻嘻地说："嗯，好吧，我自己生一个，我看燕大宝怎么跟我抢弟弟！"

公爵纠正："小五自己生的是儿子，不是弟弟。"

宫五："……"

她的下巴往他肩膀上一搁，搂着他的脖子说："我不管，反正我生出来的，燕大宝不能跟我抢！"

"好，不让大宝抢。"公爵笑着说，却在她看不到的地方露出一丝忧虑，就算查到了源头，可他能活多久？他不知道。

他知道他的父亲、祖父、曾祖父乃至爱德华家族的每一任公爵都死于这种神秘的遗传病，可有关他们去世的详情他并不了解，如今他知道的所有事都是从几个老人那里听到的，没有证据佐证，所以他不信遗传病的话，他更信奉用证据说话。

父亲当年欺瞒了母亲，欺瞒的原因是父亲坚信自己可以活很久，可没想到，父亲最终躲不过命运的安排。

他呢？他会怎样？

公爵不知道，他似乎陷入了父亲当年的境地，他坚信自己可以活很久，坚信自己可以陪着他的女孩到白头，也坚信可以送大宝出嫁，可以让母亲安心。

可是命运是如何安排的？

宫五闹了一会儿，身子一歪倒在沙发上："好了，我不打扰小宝哥了，小宝哥你忙你的，不用管我，我一会儿也要去写论文。待会儿就要吃饭啦！"

在宫五眼里，公爵一直都那么忙，所以这几天他在研究那些她看不懂的东西也正常，她也帮不上忙，她只要努力学习，不给公爵添乱就好。

公爵看着她的样子，忍不住笑了下，站起来重新投入研究。

国内传来消息，母亲突然让一支医疗队伍前往伽德勒斯，其中有个女人叫蕾拉，以及一位享誉医学界的专家和煦一同前来。

公爵让人查了蕾拉的资料，一个世代替公爵府爱德华家族服务的医生世家，而在此之前，他从不知道这个女人，替公爵府服务的医生也是其他医生，也就是说，这个叫蕾拉的女人，其实是被他母亲一直藏在国内某个地方的。

他们都知道，爱德华家族的遗传病并非流言，而是确有其事。

此时此刻，不论是公爵，还是他的母亲展小怜，彼此都知道对方对这件事的了解。

蕾拉回到了爱德华家族，公爵相信这是一个信号，一个让他有信心能够治愈的信号，否则他的小五怎么办呢？

他扭头看着已经跑去认真翻书的宫五，想告诉她，却又害怕告诉她，他希望自己可以长命百岁，可万一他病入膏肓无药可救怎么办？

就像当年父亲丢下母亲，让她一个女人独撑起整个爱德华家族，让她遭受其他家族成员的压迫，让她承受本该是爱德华家族承受的压力？

这对她不公平。

公爵坚信他的女孩足够勇敢，足够坚强，也坚信她能撑起一片广袤的天空，可这不是她该承受的压力。

第八章

公 | 爵

"……小宝哥，小宝哥，小宝哥！"宫五大声喊道，"小宝哥我跟你说话呢！"

公爵蓦然被惊醒，他看着宫五，微笑着道："抱歉，我刚刚走神了。"

宫五瞪眼："小宝哥，你根本没认真听！"

公爵笑着走到她身边，抵住她的额头，感受着肌肤相贴的那份温暖和宁静："对，原谅我好吗？我的错。那么，小五刚刚说了什么？"

宫五大声说："我的零用钱攒了好多，我还给你一点好吗？"

他说"好"，宫五龇牙讨好地笑，每次说到她欠的钱，她都这样，沟通完她又掉头认真写字。

明亮的台灯下，她脸蛋的剪影出现在他的视线里，他一动不动地看着，好一会儿后，他慢慢地收回视线，坐到电脑前。

尤金递送的报告已经发到了邮箱，整个公爵府被检查得底朝天，似乎都没有问题，就连角落里的小东西都被检测过，就好像是他多心了一样，可他的证据显示不是那样的，在他看不到的地方，一定有不同寻常的东西存在。

公爵当然知道，爱德华家族的存在会碍很多人的眼，爱德华家族众所周知的财富足以让人眼红，只是究竟是什么人想以这样的方式阻碍爱德华家族的壮大呢？

最重要的还是要找到原因，只有找到原因了，才能继续往下一步走。

夜半之时，蕾拉的医疗团队带着各种先进的仪器，连同和煦带过来的医疗人员，包机到达伽德勒斯的机场。蕾拉把展小怜交给她的那页撕下的纸送到了公爵手里。

医疗团队的到来显然有助于增强原本以除虫之名检测公爵府的研究团队的实力，蕾拉带来的人在第二天就进入除虫害的车里，进入了被封锁的公爵府，和煦也带人一同进了黑色的帷幔当中。

说起和煦，伽德勒斯自然没人知道，不过在整个医学界，和煦绝对是个响当当的人物。

年轻的时候和煦就是个普通大学医学毕业生，在一家医院实习、上班，后来无意中结识了摆宴绝地的老板李晋扬，他的人生从此发生了翻天覆地的变化。

说白了就是原本应该是默默无闻的和煦，因为李晋扬的关系，有机会出国学习，为了李晋扬和他当时宠到心肝上的小娇妻，他被折磨得死去活来，因为李晋扬不懂内科、外科之分，只知道心肝宝贝有一丁点问题都找他，治不好就是和煦无能，最终，和煦被迫之下不得不对各个专业都精益求精。

时间久了，和煦真的什么都会了，回头再被人一夸一捧，和煦心虚，只能更加钻研，硬生生把自己逼成了全科人才。

当然，李晋扬带给他的好处更是无法用数字计量，利用李晋扬的势力，和煦的私家医院开遍了全国，赚得盆满钵满，得了好处的和煦自然就更加尽心尽力当李晋扬的爪牙了，如今就算一大把年纪，那脾气也傲气得跟什么似的。

展小怜能请动和煦，除了李晋扬和他的小娇妻的面子，更多的是展小怜出得起和煦开出的价码。

和煦脸上戴着金色边框的眼镜，当年年轻帅气的小伙子也抵不过岁月的侵蚀，呈现出发福老男人该有的富态。心高气傲的和煦一点都看不起蕾拉，一个女人研究了一辈子，结果其他疾病的研究成果一堆，就是她的本职工作爱德华家族的遗传病一点进展没有，还基因问题，呸！

蕾拉也看不起和煦，号称三省七十二市医学界的第一圣手，结果把爱德华家族的遗传病资料都给了他，愣是没查出一丁点问题，一点进展都没有，呸，什么第一圣手，花钱买来的称号吧？

总之两个人相互看不上。

和煦年轻的时候和青城燕爷的私人医生曹康杠上，老的时候和爱德华家族的私人医生蕾拉杠上，反正在他眼里，他自己是最棒的。

和煦带人从顶楼往下检查，蕾拉带人从底楼开始检查，各自方法不同目的相同。

宫五站在公爵府门口，抬着脑袋看着黑漆漆的帷幔，竖得老高，公爵府从里到外被遮得严严实实，周围还有人看守，不让人靠近。

以尤金为首的守门的人恭敬地解释："爱德华先生担心会有害虫跑出来，也担心会有别人跑进去出事，所以才让人看着。五小姐您不用担心，很快就能搬回府。"

宫五一脸惆怅地说："是吗？我就是觉得明明有这么大的房子，还要搬出去花钱住，唉！"

她垂头丧气地回去，尤金等她走了，赶紧给公爵打电话汇报，说刚刚五小姐又来了，还叹了口气才走。

这几天宫五只要得空就往这边跑，千方百计想要进去看看，结果都被尤金劝了回来。公爵默默地放下电话，想了一会儿，等宫五回来的时候，跟她说："嗯，忘了告诉小五一件事。"

宫五问："什么事啊？"

公爵回答："这家小旅馆，好像是我母亲当年在安享小镇开的，她有一阵跟我父亲闹不愉快，自己搬出来住。当时觉得房子空着也是空着，就让人改成了家庭旅馆，很温馨是不是？"

宫五震惊："真的？"

公爵点头："嗯，你什么时候有机会可以问问她。"

宫五龇牙："嗯！"又往他身边蹭蹭，"那小宝哥，这样的话是不是不用担心房租太贵的问题？展小姐开的话，可以给我们打折呀！"

公爵笑："当然可以，如果我跟她说是我们两个人住，说不定还能免费。"

宫五赶紧摆手："千万不要，开旅馆也要本钱的，怎么能不付钱呢？给我们打个折扣好了，做人不能太斤斤计较。"

一度让宫五很纠结的房租问题终于告一段落。

同时宫五的体检报告出来，她在公爵府住了将近两年，其间她的那个血液数值也在提高，只是因为时间短，所以搬离公爵府没多久，那项数值就慢慢恢复到正常。

事到如今，可以百分之百肯定公爵府是有问题的，只是问题究竟在什么地方，还要慢慢查找。

医疗队伍最终在公爵的房间会合，两个团队分别占据一角，毫不相让。

公爵到的时候，就看到卧室里两拨儿人针锋相对，相互看对方不顺眼。

他问："结果？"

蕾拉抢先一步，伸手把自己的检测报告送到公爵面前："爱德华先生您好，这

310

是我的团队研究出的结果，我以及我的团队有理由相信爱德华家族的遗传病，是外界因素所致。经过缜密的勘察我们发现，整个公爵府内，爱德华先生的房间数据最为异常，我说的房间，不是指地板、吊顶以及家具这些东西，而是指整个房间。"

公爵拧着眉头："可以说得再清楚一点吗？"

蕾拉后退一步，她身后的一个年轻人手里捧着电脑走到公爵面前："爱德华先生请看。"

电脑屏幕上显示的是公爵府的内部结构图，公爵府所有的房间都用蓝色线条代替，唯有公爵的房间是用红色线条代替。

"这张简单的结构图是告诉您，整个公爵府内，只有您的房间是异常的，也就是说，真正的问题是在您的这个卧室内。"蕾拉用笔指着电脑屏幕，"我的祖辈研究爱德华家族的家族病至今，对于伽德勒斯各种奇怪的病症和历史都有所研究，我的祖父甚至还研究过公爵府的房间结构，唯独没有想到您的房间是有问题的。"

公爵抬头看了眼卧室，卧室还保留着他带宫五离开时的样子，他拧了拧眉头："公爵府建立在三百年前，其间有过多次修建公爵府的记录，如果按照蕾拉女士的猜想，是否意味着，其实在三百年前建筑公爵府的时候，就有人算好了这个房间必然会被爱德华家族的公爵居住？"

蕾拉抿着唇："这个我们需要再深入研究……"

和煦慢悠悠地晃了过来，开口："我想这个问题我可以回答。"他伸手扶了扶眼镜，说，"冒昧地问一句，爱德华先生的祖辈……或者说最早来到伽德勒斯的爱德华大公爵，是否是华人漂洋过海而来？"

公爵转身看着他，回答："是的，我祖辈姓费，因为战功而被国王赐姓爱德华，但是这和这个房间有什么关系？"

和煦笑了笑："当然有关系。"他慢慢地踱步，在公爵面前停住脚，回答，"因为我们国人别说三百年前，就算是现代也信奉风水玄术。所谓风水，简单点说就是关于人家的建屋或者是下葬时的选址，信奉的人会请风水大师根据地脉、山水的方向选取可以福泽子孙后代的地势和位置。爱德华先生的先祖来自东方，那么我们就有理由相信三百年前的费老先生，对于风水一说很是信奉。"

公爵看着和煦："和先生的意思是，公爵府的这个卧室选取，和风水学有关？"

和煦笑了笑，说："不但是这个卧室，整个公爵府的风水都大有玄妙。不知爱德华先生发现没有，整个公爵府的位置可谓恰到好处，不论是从大环境还是小布局而言，公爵府的北面有一座横线的山脉，而公爵府的中心位置正位于一条中轴线上，向南北延伸，中轴线和公爵府北面的山脉形成一个完美的丁字形，而南端则是安享小镇的建筑群，有平坦的草场，附近有蓝水河流过，依山傍水，这是典型的风水学选址。而爱德华先生的卧室，是公爵府的核心，大环境内公爵府是上等的风水学首选福祉，小环境内爱德华先生的卧室则是精髓中的精选，这是帝王之宅，足可殷实后代。"

公爵抿唇，略一思索，问："就算和先生说的是事实，可整个宅子在百年间多次重修……"

和煦低头一笑："爱德华先生的先祖必然对身边的心腹之人提过，爱德华家族的历代公爵入住在公爵府的公爵卧室，所以才会几百年间历代公爵的卧室不管怎么重修装饰，房间的位置始终是这里，因为爱德华先生的先祖知道这个卧室最为吉利。想必爱德华先生身边一定有一位教导先生，这位先生会忠诚地听从祖训，把爱德华先生安排在这个卧室当中。"

尤金站在公爵身后，表情略显震惊地看着和煦，他从小就从自己的父亲那里得到祖上留下来的信条，忠诚地遵守着自己的职责，他甚至也是这样对自己的儿子要求的，难道这有问题吗？

公爵回头看向尤金："尤金，你不必内疚和自责，这是你的职责所在，你做得很好。"

尤金恭敬地点头："是，爱德华先生。"

和煦伸手把报告拿了过去："我相信这个房间确实有问题，也赞同蕾拉女士的观点，我们进一步提取，发现这间卧室建筑砖墙的缝隙内含有一种古老的有毒植物，我们正在想办法拿到这种植物的本体，只要破砖后能拿到这种植物，就能知道究竟是什么东西，竟然可以长期慢慢地侵入人体，形成一种可怕的恶性循环，甚至会影响到子孙后代的健康。我收集了爱德华家族历代公爵的一些情况，发现但凡是婴幼儿时期在公爵府长大的，大多死于壮年时期，这意味着这种有害物质，对于孩童的身体入侵速度更快一些。"

公爵沉默地听着，等和煦说完，问了一句："那么，我还有救吗？"

和煦愣了下，拧了拧眉："很抱歉爱德华先生，我不能给病人百分之百的保证，我只能说我愿意配合一切有能力的人，尽我所能地挽救你的生命。"

说完这话，他看了蕾拉一眼。蕾拉立刻开口："我愿意配合和先生，不惜一切代价找到治疗爱德华先生的办法。"

"但是，你们都不能给我承诺，是吗？"公爵问。

蕾拉眼含热泪地看着他："我不知道，尊敬的爱德华先生，我的父辈们都失败了，我希望我能告慰他们的亡灵，让他们在天堂和历代爱德华公爵有个交代。"

公爵点点头，笑了笑："我明白了。"

他长长地舒出一口气，说："破墙吧，我会给你们安排研究室，如果有什么需要……尤金，请务必在最短的时间内满足他们的要求。"

说完这些，他抬脚走了出去。

爱德华家族三百年的历史，从有爱德华家族开始，核心房间就充满了有害物质，也就是说，三百年前，就有人制造出爱德华家族遗传病的假象。

公爵慢慢地走在回旅馆的路上，三百年啊，真是久远的恩怨。

走在路上，他听到了悠扬的钢琴声欢快地传来。进步真快，真是个聪明的好姑娘。

他抬脚进屋，宫五立刻回头看了他一眼，手上的动作没停，乐声依旧欢快，对他龇牙一笑，继续认真地练习，直到演奏结束。

"小宝哥，蟑螂王逮到了吗？大不大？是不是有很多小蟑螂？"她好奇地问了一连串，瞪大了漂亮的眼睛。

公爵沉默地看着她的脸，伸手摸了上去："逮到了，很大，让人烧了，以后再也不敢冒出来吓人了。"

宫五顿时遗憾地耷拉下脑袋："我都没看到！我想去看看蟑螂王到底有多大啊！"

公爵笑着说："不好看，很丑。"他看着她的眼睛，道，"小五，问你一个问题。"

宫五抬起头："什么问题呀？"

公爵盯着她的眼睛问："如果有一天我死了，小五会怎么办？"

公爵突然没头没尾说了这么一句，宫五咻的一下冲到他面前，抿着嘴，大眼睛瞪着他："小宝哥，赶紧说呸呸呸，这种不吉利的话怎么能说？虽说人都有一死，那也得等到时候再说，现在说就是乌鸦嘴！小宝哥，乌鸦嘴！"

她站在他面前，仰着漂亮的小脸，脸蛋鼓鼓的，瞪着一双漂亮的眼，盯着他道："我讨厌乌鸦嘴的小宝哥！"

公爵看着她气鼓鼓的小脸，突然忍不住笑了出来："那怎么办？"

"赶紧说呸呸呸呀！"宫五继续瞪着他，催促，"快快快。"

公爵只好说："呸呸呸。"

宫五满意了，快速地跑回去，嘴里还说了句："我还有十五分钟就好了！"

身侧的钢琴老师提醒："刚刚耽误了五分钟，现在还有二十分钟。"

宫五："……"

她赶紧低下头，认真地继续弹琴。

公爵没有回二楼的房间，而是站在楼梯口，倚靠着楼梯扶手，安静地站在一边看着她弹琴的背影，一动不动。

等老师宣布二十分钟到了之后，宫五掉头就看到公爵站在那里，她噌噌噌跑过来："小宝哥你怎么不上去啊？"

公爵回答："我在等小五一起上去。"

宫五睨他一眼，然后拉着他的手，蹦蹦跳跳地朝楼上跑去："好吧，那我们一起上去吧！"

房间内一如既往地温馨，小清新的风格，窗帘是蓝色的，还带着漂亮的碎花，窗台上摆放着一捧鲜花，只是到了晚上有些枯萎，窗外已经暗了下来，有虫鸣声传来，一切都显得安详又美好。

不知道为什么，宫五觉得今天晚上的公爵有点怪怪的，就好像干什么都想跟她一块似的，宫五被他缠烦了，嘀咕："小宝哥，你今天不忙啊？"

公爵摇头："公爵府在整修，其他一切正常，没什么好忙的。"

宫五："……"

她瞅他一眼，委婉地提醒："可是我要写作业论文呀。"

"我可以陪你一起查资料。"公爵伸手拿过一本书，对她笑了笑说，"小五的论文体裁是什么？"

宫五："……"

她猛地把脑袋伸到公爵面前，问："小宝哥你老实说，你是不是有什么事瞒着我？还是你做了什么对不起我的事，你心虚？"

公爵一窒："怎么这么说？我看着像是做了对不起你的事的人吗？"

宫五点头："像。"

公爵："……"

宫五伸手一指公爵的办公桌，说："小宝哥去工作！"

公爵沉默，好一会儿后才说："小五是不是觉得我烦？"

宫五抿嘴，确实很烦啊，突然一直盯着她，她去厕所他都在门边站着跟她说话，太奇怪了："没有啊，我就是奇怪小宝哥不忙了，以前这个时间你都认真工作的。"

"我只是想多陪陪小五。"公爵回答，"如果小五觉得我烦，那我去工作。"

这话说得特别可怜，宫五瞅见他的样子，心又软了，赶紧站起来，颠儿颠儿地跑到他面前，乖乖地在他腿上坐下来，伸手搂着他的脖子，说："谁让小宝哥以前都是做事情，今天晚上非要陪着我呀，我怕小宝哥自己的正事没做完，被我的美色迷惑，那我不就成了祸国殃民的坏女人？"

公爵搂着她的腰，笑："我乐意，我乐意和小五时时待在一起。除非小五不愿意。"

宫五龇牙："我愿意啊！但是我也要学习啊，要不然小宝哥哪天嫌弃我，我不就惨了？"

公爵忍不住笑："我怕小五太聪明，哪天嫌弃我。"

宫五乖乖趴在他肩头，哼唧着说："才不会呢，我最喜欢小宝哥了，我最喜欢和小宝哥在一块了。"

公爵的手摸在她的背上，眼睛看着前方，突然说："我爱小五。"

宫五愣了下，然后跟着大喊一句："我爱小宝哥！"

公爵笑，又重复了一遍："我爱小五。"

宫五龇牙，也重复："我爱小宝哥！"

公爵的手逐渐收紧，慢慢地把她搂到怀里："我希望，能一直陪在小五身边。"

宫五拧了拧眉头，动了动身体，觉得有点不对劲，不过还是应了一句："我会一直陪着小宝哥的。"

公爵听着她的呼吸、她的心跳，沉默。

宫五龇牙："小宝哥放心吧，我会一直陪着你的。"

公爵依旧没有回应，好一会儿后才开口："小五。"

"嗯？"

"如果有一天，我要离开你怎么办？"他问。

宫五的下巴还搁在他的肩窝上，随口问："为什么呀？我又漂亮，又聪明，又乖巧，又贤惠，你为什么要离开我？"说完，她忽地抬头，对公爵说，"你什么意思？"

公爵一下子笑了："我只是打个比方。或许有很多其他的原因，比如外界的，又比如我们自己之间有了什么问题，小五要怎么办？"他补充一句，"小五不要现在答，想一想再回答我。"

宫五果然很认真地想了想才回答："要是外界的原因，那就排除万难啊。要是我们自己的原因，不能调和的矛盾，那就离开呗，自己都调和不了的矛盾，别人肯定更调和不了。"

"那小五怎么办？"他问。

宫五翻了个白眼："还能怎么办？上完学，回青城，我妈肯定会给我找个青年才俊结婚的，以后小宝哥也找个好姑娘结婚，但是千万不要找一肚子坏心眼的女人，最好门当户对。"

好一会儿后，他感慨似的开口："我盼望可以一直陪着小五。"

宫五伸手拍拍他的后背，安抚似的说："小宝哥你不用盼，我会一直陪着你的。"

思来想去，宫五觉得很可能是小宝哥受了什么刺激，所以才会这样不安，她又顺了顺他的背，说："小宝哥，不管发生什么事，我肯定会一直陪着你的。"

公爵应了一声："嗯。"

和煦一帮人在公爵房间的墙体上凿开一个洞，硬生生从墙里掏出一块完整的古方砖，和正常的实心砖有点不同，掏出的这块砖头中心有一个痕迹明显的圆形孔，从孔中央掏出了一株干枯的药草。

和煦戴着手套，把那株草放到密封的箱子里，拿去化验。

公爵站在门口，全程目睹提取过程。

两个团队终于抛弃矛盾，展开短暂的合作。和煦以及蕾拉正在和他交流事情的进展，今天肯定出不来结果，不过可以肯定的是，从古砖中采集到的那株枯草，正是罪魁祸首，而公爵的那间卧室周围的古砖中，到处都布满这种散发着致命物质的毒草。

公爵听着和煦的话，问："大概什么时候能出结果？"

"三到五天。"和煦回答，"主要是要提取毒草内的有害物质，需要知道是什么东西导致的，这样才有对症下药的可能性。"

从研究室离开，公爵回旅馆，老远就看到旅馆门口停着一辆黑色的车，一个高大的人影正坐在后备厢上低头玩着手机。

似乎知道他过来，公爵还没走近，李司空已经抬头看过来，笑嘻嘻地说："给你带了个东西回来。"

公爵笑："什么东西？"

李司空从车上跳了下来，抬脚开了后备厢，让到一边："自己看。"

公爵上前一步，视线落在后备厢里的东西上，问："你从哪里得到的？"

李司空说："我从北部回来的路上，有人拦车，然后把这个交给我，让我带给你。这是什么？"

"这是当初我用来交换小五的图纸，"公爵抬头，"原本应该是在占旭手里。"

李司空立刻说："把东西交给我的人口音奇怪，应该是鬼山角那边的人，很有可能是占旭的人。"

316

公爵点头："占旭出事了，按常理他应该会带走图纸，但是他没有带走，很可能是因为他自身难保，又不想图纸落入旁人手里，所以把图纸送了回来。"

李司空摊了摊手："要是这样，销毁不是最方便？"

公爵看了他一眼，回答："他应该想要我一个人情。"视线落在箱子上，箱子还是当初他装图纸时的箱子，他伸手提了箱子进了旅馆，打开，发现箱子里的图纸摆设还是当初他放进去的顺序和模样，为了保护图纸，他还塞了不少东西填了缝隙，那些东西还是原样未动。

公爵沉默地看着，好一会儿后才说："占旭没有动这些图纸。"

李司空笑："那人是什么心思？千辛万苦得到，竟然都不用。"

"因为人都是有自尊的。"他说，"特别是在自己喜欢的女孩面前，他更要维护自己的自尊心。"

李司空："……"

下午时分，一辆车在旅馆门口停下，宫五一溜烟跑下车："小宝哥——"

刚进到客厅的位置，她就停了下来，一改之前疯跑的模样，因为她发现客厅里有外人在场。

公爵看着她的模样就知道她是什么心情，笑着说："小五不用介意，不是外人。"

站在门口的姑娘没应话，只是用眼角扫向李司空，然后绕了半圈，跑过李司空身边，跑上楼了："小宝哥，我要看书了！"

李司空："……"等她走了，他回头看向公爵，"她什么意思？老子长得很可怕吗？"

公爵微笑："或许是气场不合吧。"

"公爵府变成那鸟样，这是打算翻天啊？"李司空捏着柜子上的水果往嘴里塞，"什么情况啊？"

公爵抬眸看他："为了活命。"

李司空看了他一眼："什么意思啊？难道公爵府不比这破地方安全？"

公爵伸手把一张被保护膜保护起来的枯黄的纸递到他面前："我母亲二十多年前把这张纸从家族族谱上撕了下来，我想她的本意是不希望影响到我的人生。"

李司空一看到上面的字母，脸色都变了，抬头盯着公爵："我怎么没听过什么家族病的说法？从来没听过啊。"

"我听过，不过我一直以为那是谣言，是为了搅乱爱德华家族人心的谣言，我以为是众所周知的谣言，现在想来，应该是我母亲刻意让人隐瞒着我。"公爵说这

317

话的时候，表情淡淡的，"真是难为她一番苦心，可惜我似乎也逃不了祖辈们的命运，我现在身体已经有了感觉。"

李司空顿了顿，盯着他的眼睛："你在开玩笑吗？"

公爵没有回答。

李司空捏着手里的果子，怎么也吃不下去了："确定是人为的？可是，怎么可能人为到每一代爱德华大公爵都死于这种无名的疾病？"

"我卧室的墙壁每一块古砖内都存放着三百年前的古老植物，接触的时间越久，对我的身体的伤害就越大。"

李司空快速抬眸看了眼楼梯的方向："她知道？"

公爵沉默了一会儿，才说："我还不知道应该用怎样的心情和她说这件事，我既希望她能一直守在我身边，可又怕她一直守在我身边，怕我最终会像父亲辜负母亲一样辜负她，最后撒手人寰丢下一堆烂摊子给她，让她承受不该她承受的压力。"

李司空已经从桌子上坐到了沙发上，手指在桌子上重重地敲了两下："三百年前放进去的，什么样的玩意三百年后还会有这样强大的毒性？"

"暂时还不清楚。"公爵回答，"和先生以及一位叫蕾拉的女士正在化验成分，希望这几天能有结果。"

李司空深呼吸一口气，两只手往桌子上一拍，盯着他说："宝，你可别死，你要是死了，老子绝对要先把你鞭尸一顿解恨，你最好比我活得久一点，要不然老子就抢你的女人，鞭你的尸体，虐待你的子孙、百姓，顺便让我哥娶了燕大宝家暴她，让我妈变成恶婆婆，我天天去刺激展姨，反正燕叔也老了，再蹦跶也蹦跶不了二十年，你要是敢死了，老子就让你好看!"

公爵忍不住笑，点头："好，我不死，要不然你这祸害要给多少人添堵。"

李司空看着那张纸，伸手想要撕了，公爵一把夺了过去："别撕，这是古籍上撕下来的，我还打算让人修复原样。"

"什么遗传病！老子才不信这个。"李司空有点气急败坏，时不时盯着公爵看，就好像怕他随时死了似的。

公爵笑了下："放心，一时半会儿死不了。蕾拉医生说，根据研究，毒草对孩子的伤害会更大，我当年出生的时候因为父亲怕影响到母亲的睡眠，所以晚上把我送到保姆房，后来父亲生病，母亲为了方便能经常推他出去晒晒太阳，把房间临时改在公爵府的一楼，我在幼时几乎没接触那个房间，后来我随母亲去青城，在青城长到少年时代，才独自来到安享小镇。按照推断来说，毒草对我的伤害应该不像对父亲那样严重。何况，所有的毒性都是因人而异，我不能百分之百保证，但我相信

318

短期内不会有事。"

李司空长长地出了一口气："老子不管，反正你不准死，你要是敢死，老子刚刚的话说到做到！"他气狠狠地咬牙，"哪个王八蛋这么恶毒要害你们家人？明明为伽德勒斯做了那么多贡献，历代爱德华公爵都如此，竟然有人想要这样害你，让我知道是什么人我非撕了他不可……"

他刚说了一半，楼上的门突然开了，宫五的脑袋露出来，一脸鄙视地说："李二少，你声音能小点吗？嗡嗡嗡的，吵死人了！"

李司空表情一僵，看向公爵，公爵立刻对宫五扬起笑脸："吵到你了？我都被他吵得头疼。我让他小声点，小五继续忙自己的吧。"

宫五点点头，用眼角看了李司空一眼，赶紧关门。

李司空拧眉："宝，你说她听到没有？"

公爵摇摇头："在楼下说话除非很尖锐，否则在楼上只会听到说话声，但听不清说什么，别担心。"

李司空点头："知道也不怕，反正她迟早都要知道，早点让她知道，免得她还说你骗她，到时候反倒怨你。"

听了这话之后，公爵沉默了一会儿，开口："你说得似乎也有些道理。"

可是他要怎么开口？

欺瞒得越久，或许对她的伤害就越大，连和煦和蕾拉都不知道有多少把握，他更加不知道自己能活多久。

一晚上的时间，宫五就觉得公爵和李司空在下面嘀咕了老半天，估计是李司空刚回来，事情比较多。

最近几天公爵似乎比往常更温柔，不管宫五是生气还是抱怨，又或者是吐槽，他都耐心地听她说完，给她百分之百的安慰和支持，反正总有本事把宫五哄得好好的。

晚上两人躺在被窝里，宫五得意扬扬地指着这两天勤奋练习的插花成品："小宝哥你看，那是我插的花！"

公爵微笑着点头："很漂亮，错落有致，颜色协调，只有小五才做得到。"低头在她脑门上亲了一口，他说，"我的小五真棒。"

宫五手脚并用地往他身上爬了爬，说："那是，我这么聪明……"

她笑得跟小傻子似的，公爵低头在她头顶亲了一口："我的傻姑娘。"

宫五抬头："小宝哥，我哪里傻啊？我这么聪明！"

公爵笑："嗯，小五当然很聪明。"

319

宫五抬头看看他。

他靠在床头的垫子上，位置比她高，她只能看到他线条分明的下巴和仰视的精致轮廓，一个英俊男人的脸，似乎从哪个角度看都无可挑剔，宫五呆呆地看着他，突然说："小宝哥。"

"嗯？"他微微低头，垂眸看着她。

宫五看到了他的脸，俊朗、贵气，他眼中带着的笑让她觉得他温柔得像冬日暖阳。

"怎么了？"见她不说话，他出声又道，"想说什么只管说。"

宫五笑嘻嘻地说："小宝哥真帅！"

公爵依旧笑着："谢谢，小五也很漂亮。"

宫五乖乖地往他怀里钻了钻，闭上眼睛，说："我希望我天天和小宝哥在一起，感觉好幸福呀！"

宫五第一次明确地知道，原来幸福就是从心底溢出的那种满满的、暖暖的快乐。

公爵搂着她的手顿了顿，然后悄无声息地紧了紧手臂，回答："我也是。"

第二天又是风和日丽，宫五的心情跟着美好起来，上学前像只幸福的蝴蝶，朝着公爵扑过来，使劲亲了一口，高高兴兴地上车离开。

车开了很远，宫五无意中一抬头，发现后视镜里还能看到公爵站在门口目送她的场景，宫五扭头想从后面的玻璃看过去，汽车刚好拐过一个弯，看不到他了。

送走宫五，公爵刚打算回去，一辆车开得张牙舞爪风驰电擎地停在他腿边，差一点点就碰到了他的腿，公爵站在原地没动，李司空从车上下来，笑得就剩一口白牙了："哟，宝，干吗呢？"

公爵问："有事？"

李司空晃了晃大拇指："和医生让我来接你过去，说是有眉目了。"

公爵看了他一眼："稍等。"

李司空瞪眼："上车就走，等什么呀？"

深邃的眼睛瞟了他一眼，公爵慢悠悠地上了楼，李司空瞪他："什么意思？什么意思？老子不伺候了！"

公爵再出来的时候换了一身衣裳，朝车上一坐："走吧。"

李司空气得鼻子喷火："老子是你的司机吗？你给老子坐前面来！"

结果，副驾驶座坐上了保镖。

李司空："……"他气呼呼地开车，"老子回去要跟展姨告状，你一直欺

320

负我！"

身后的人压根没给他回应。李司空喋喋不休了一路，公爵始终不答话，他终于觉得无趣，自己闭嘴不吭声了。

车在隶属公爵领地的城堡车库停下，远处的海浪扑打着礁石，发出巨大的声音，大海腥咸的味道扑鼻而来，空阔、悠远、绵长百里。

年幼时他不懂，为什么母亲每一年都要出海，立在船头，任凭海水打湿她的鞋、衣服和头发，任凭船舶如何颠簸，她都巍然不动，就像她一直活在海上。

后来他懂了，父亲是海葬，连最后的骨灰都没有留下，对父亲唯一的祭奠方式就是出海。

他对幼时的事只有些残影，在他幼小的心里，他坚信父亲是去帮天使的忙了，因为他的父亲是这个世上最优秀的男人，天使都要请他帮忙。

当他懂事了以后，所有的疑问都被埋在心里，直到他完全能体会母亲对他的谎言，那不过是一个爱子心切的母亲，为了建立父亲在他心目中的形象最后的挣扎。

城堡地下室的实验室内，一群戴着面罩、穿着白衣的工作人员正在忙碌着，和煦带着年轻的学生讨论着，三三两两的研究人员聚在一起，各种显微镜和仪器旁站满了参与试验的人，一派忙碌的景象。

公爵踏入实验室，和煦抬头看到，立刻对身后的人挥挥手："你们先去忙。"他抬脚走过去，"爱德华先生。"

公爵对他点点头："听说有了结果，我过来看看。"

和煦立刻转身，走到一个文件柜边，掏出钥匙打开柜门，从里面取出一份文件走了回来："爱德华先生，请允许我找个安静保密的地方和您详谈。"

公爵转身看了李司空一眼，李司空立刻说："跟我来。"

把人带到了一个隔断，公爵率先进去，和煦跟着进来，李司空站在门口，眼睛看向公爵。

和煦不明所以："馒头仔不进来？"

李司空拉着脸，斜眼看着公爵："要看这家伙让不让老子进。"

和煦看向公爵，公爵略一沉思："进来吧。"说完，他又抬眸看了李司空一眼。

李司空炸毛："你什么意思？你要看多少眼？看多少眼老子也不会爱上你！"

房间显然本来是个会议室，里面有一张长方形的桌子和几把舒适的椅子，公爵在桌子的一侧坐了下来："和医生坐。"

李司空不等别人说话，已经一屁股坐到了桌子上："怎么说？"

321

和煦把文件袋挑了出来，分别从里面取出一株毒草的样本和化验结果。

毒草被放在隔离袋里，化验结果上面密密麻麻的专业文字别人看不懂。

公爵沉默地看着和煦，等待他的结论。

和煦咂了咂嘴，开口："爱德华先生知道苏格拉底吗？"

公爵略有些诧异："怎么？难不成是苏格拉底想毒死我？"

李司空扑哧一下笑出来，公爵说完自己也笑了，道："和医生只管开口，任何结果我都承受得了。"

"苏格拉底死于毒杀，喝了一杯掺了毒药的水之后，毒性从腿部发作，逐渐蔓延到全身，到达心脏之后，人也就死了。"和煦犹豫了一下，抬头看着他，"这株毒草和毒死苏格拉底的毒草是近亲。我让人还原了这株毒草新鲜时的样子，非常漂亮，白色的花瓣，蒲公英似的往外长，喜阴喜潮湿地带，最早发现这种植物有毒的人给它命名维纳斯的圣火。"

公爵伸手把复原图拿过来看了一眼，又随手放了下去，沉默着。

李司空看了公爵一眼："和医生，你直接说结果，宝的身体能不能治。"

和煦的手快速地碰了碰桌子，说："毒草里含有一种变异的毒素，和现在的很多有毒植物里的毒素相似，但是不完全相同。在畜牧业地区，经常会有牲畜误食这种毒草致死，我翻阅大量致死案例，发现症状和蕾拉女士记录的爱德华家族去世的先人临终前的反应非常相似，但也有差别。"

公爵问："什么症状？"

和煦回答："毒草内含有的毒素会作用于人的中枢神经，从而起到麻痹肌肉的作用，最终导致死亡。关键是，维纳斯的圣火这种毒草不同于其他毒草的地方在于，它的毒性需要积累，不像其他很多毒药是即时发作，这种毒草的毒性积累到一定程度的时候，就会开始作用于生物的身体。"

李司空的眉头微微拧了起来，看向公爵，没有说话。

公爵又问："发作的话，是从腿开始吗？"

和煦翻了翻后面的记载和各种案例，点点头："是，从腿开始。发作时间根据每个人的身体状况而定。"

"能不能治？"李司空突然爬到桌子上盘腿坐着，道，"我就想知道能不能治！"

和煦的手靠到了椅背上："根据现代相似的案例，一共发生过五十九起，当场死亡的有五十三起，另外有四起在治疗的过程中死亡，最后的两起中，其中一个人被救活了，但是留下了严重的后遗症，智力退化到了婴儿时期，一辈子需要人照顾，另一个则是半个身体没有了知觉，类似于人们常说的半身不遂。"

公爵随意搁在扶手上的手动了动，沉默了良久才问："需要多久？"

和煦回答："三到五年。"

李司空差点跳起来："三到五年？你怎么不说三十五年？"

和煦看了他一眼："三到五年不过是试验期，我们会选基因最接近人的动物来喂食这种毒草，然后用成千上万种药来做试验，看到底哪一种药最好还没有后遗症。三到五年是我初步判断的，要知道，任何一项重大的医学发现，都是经过长期的反复试验得到的成功，别说三到五年，就算是三十年、五十年都很正常。"

李司空一脸憋屈："那宝怎么办？"

公爵依旧沉默着，好一会儿后开口："和医生愿意接受委托吗？"他笑了笑，说，"毕竟，我想活着。对我来说，我活着，最起码可以给我的母亲和家人一些安慰，我要是死了……"

他没说完，可谁都知道接下来的话是什么。

李司空看着他，好一会儿后一下子从桌子上跳了下去，暴躁地说了句："宝，你能不能别老说丧气话，和医生都说三五年就行了，你别往坏处想！"

和煦看了看两个年轻人，突然又开口："三到五年是我个人提出的设想，或许蕾拉女士也有想法，我会和她商量，尽量有针对性、有方向地展开试验。我希望爱德华先生能理解。就算是在展小姐面前，我也会这样说，没有把握的事，任何时候任何人都不敢打包票，毕竟，在医院也是不论大小手术都有风险单。"

公爵依旧笑了笑："我理解。需要任何东西，和医生只管开口。"

从城堡里出来的时候，已经到了中午，公爵慢慢地沿着山崖走了几步，突然回头说了句："准备船只，我想到海上逛逛。"

他想去大海深处，见一见他早已魂归天国的父亲。

船往深海驶去，公爵慢慢走到船头，浪逐渐变得大起来，船体在海浪中上下起伏，随着海浪颠簸。

他抓住船栏，任凭浪头变高。

身后的保镖不放心，绑了两个救生圈在公爵触手可及的地方。

海浪打湿了衣服，李司空一脸怨念地伸手抹了把脸上的海水，顺势捏了捏头发，想要捏出一个型儿来，却被下一个浪头又打得满脸水："这浪是想死啊！不知道老子心情不好啊？气死老子了！"

海的深处有雾气升起，经验老到的船员停止前进，怕船只迷失在迷雾中，原地等待雾气散去。

公爵依旧一动不动地站在船头，雾气扑到脸上，凉凉的，丝丝密密地落下，瞬间就过去了，却让人忍不住回味刹那的温柔触感。

他缓缓地闭上眼，像当年他多次看到她母亲出海时的样子，想要感受到自己那个早已不记得模样的父亲的存在。

那种带着凉意的感觉是吗？

他不知道。

但是公爵想问问父亲，他后悔吗？

后悔让他的母亲卷入爱德华家族的纷争中来吗？后悔因为他不愿分离的心情，自私地选择留下母亲吗？

那么他呢？他要做何选择才是最正确的？

他是自私地隐瞒一切，让他的姑娘处于一个随时都会失去他的状态，还是让她开开心心地度过每一天，直到他无可挽回地迎来死亡的那一天？

可是这对她多么不公平！

她还那么年轻，那么充满朝气，他凭什么要把那样美好的女孩困在他一个不知什么时候就会死去的人身边？

他睁开眼，眼前是一片白色苍茫的混沌世界。

刚刚那滔天的巨浪在迷雾中消失，船只安静地漂浮在海面上，海面一片深邃的蓝，阳光偶尔穿过迷雾，在海面上折射出夺目的光。

李司空身体往后一仰，躺了下去，困意袭来，他伸手把缆绳系在手腕上，闭上眼想小憩一会儿，却突然听到前方传来扑通一声，跟着是周围保镖的呼声："爱德华先生！"

李司空猛地坐了起来，却被他自己刚刚系在手腕上的缆绳拉住，他急忙解开，发现原本站在船头的公爵已经不见，船四周被抛下十多个系着缆绳的橘黄色救生圈，两侧分别有潜水员下到海里。

"人呢？"李司空伸手抓过一个救生圈往身上一套，踢了拖鞋就要往海里跳。

好在身侧的人及时发现，急忙让人把他给拉住："李先生，您不能下去，您得待在上面！"

李司空大喊："宝掉海里了，你们还敢拦老子？！还不放开！这里是深海！深海！宝要是死了老子弄死你们！宝！宝！"

一看两个人拦不住，跟着来了四个人，死死地把李司空困在栏杆边上，说什么也不让他往海里跳。

公爵会游泳，水性很好。

李司空知道，在他很小的时候，燕叔会把他们几个一起往水里扔，快淹死的时候再捞上来，第一次被扔下去的时候，李司空觉得自己差点被淹死，那时候把他推上水面的就是公爵。

海水很凉，有些刺骨似的痛扎在身上。

在海底看着水面那么清晰。

公爵一个深潜，手指碰触到细小的鱼从指缝溜走。

这么凉的海水，父亲为什么要选择留在海里？

父亲会冷吗？父亲真的能看到他吗？就算真的看到了，父亲还能认出他早已不是小时候的模样吗？

他的世界一直那么昏暗，好不容易出现了一道光，一道照亮了他整个世界的光，他想像父亲一样自私地留住她，想像父亲留住母亲一样留住她，让这道光常驻他心中，可是，这对她公平吗？

他划动长臂，像矫捷的鱼一样转身，朝着水面划去。

他在海水中回头，身后是漆黑又神秘的未知世界，他停下划动的双臂，静静地看着，或许，答案只能他自己来找寻。

李司空声嘶力竭地对着平静的海面大声喊："宝，你快点给老子出来，要不然老子……老子……老子对你鞭尸！你个王八蛋，你对得起展姨吗？小五你不要了是吧？你不要了老子把她卖去山区给老汉当媳妇……王八蛋……"

潜到海底的潜水员摸黑在海底找人，为了防止有威胁的海底生物，人人手里都握着枪。

其中一个无意中听到有划水的声音，立刻发出信号朝着那个地方靠拢过去，与此同时，平静的海面上，一个橘黄色救生圈内，猛地钻出一个人，公爵出现在海面，他伸手把额前的头发捋到后面，抬头看着甲板上的李司空，对他挥了挥手。

原本死死地抱着李司空的人看到公爵，这才把李司空松开，潜水员急忙推着救生圈朝悬梯游过去，公爵爬上去，上面的人七手八脚地把他拉了上去："爱德华先生！"

公爵气喘吁吁地靠着栏杆站着，对他们摆了摆手，还没开口，突然一个拳头飞了过来，直接把他打倒在地上，李司空绷着脸，怒气冲冲地看着他，眼圈微微发红："你想死，别在老子面前死，万一展姨怪我没救你，老子十张嘴都解释不清！"

周围的人赶紧把他拉开。

公爵慢慢爬了起来，抬眼看着李司空，笑着说："别担心，我不会死，这种事我怎么做得出来？"

"谁担心你？"李司空越说越委屈，"王八羔子，吓死老子了，你要是死了，就是你老娘不弄死我，我爸也得弄死我，谁不知道你就是展姨的宝贝疙瘩？你给老

325

子玩这招，老子七魂被你吓跑了六魂半，你对得起老子吗？回头老子就跟小抠门说，你就是不想自己被毒死死得难看，就想往海里跳……"

公爵突然伸手抱了下李司空，在他后背拍了拍："对不起，以后不会了。你是我最好的兄弟，看到你这样关心我，我真的很高兴。"

李司空："……"

下一秒他顿时嫌弃地跳开："滚，别恶心老子，老子鸡皮疙瘩都起来了！"

他动作夸张地摸了摸胳膊，离公爵远远的："要不是知道你的性取向，老子都怀疑你这是爱上老子了。"

有人过来跟公爵汇报："爱德华先生，雾气小了点，我们现在要原路返航，否则一会儿雾更大了，怕今天回不去。"

公爵点点头："回去吧。"

他低头看了看自己身上湿透的衣服，转身进了船舱换上干爽的。

李司空两下爬到刚刚的位置躺下，重新把自己的手给系住，冷不丁又冲下面喊了一句："老子回头就跟展姨告状！"

公爵丢下一句："别跟她说。"

"晚了！老子不说会憋死！"李司空哼了一声。

船原路返回，等靠岸了，已经到了下午，李司空干号："老子饿得找不着妈了！宝，你把老子饿瘦，老子告诉你，我妈跟你拼命！"

公爵上岸，走了两步又回头看了眼远处雾气蒙蒙的海面，上了回去的车。

圣诞节前一周，宫五让人买了很多圣诞装饰品，摆放在旅馆的房间内，希望让圣诞节看起来温馨一点。宫五终于要回国看步小八了，公爵开始说要晚一点，后来又说可能不回去，宫五心里有点委屈，但是还是乖乖点头答应自己一个人回去。

半年时间李司空都在伽德勒斯，逐渐和宫五混熟，不时逗弄她一下，把宫五气得半死，当然他还会时不时往北部跑，在圣诞节前半个月，他回到安享小镇，打算跟宫五一起回青城。

宫五蹲在地上，认真地装饰圣诞树，对于半年时间公爵府的药味还没散去这件事颇有微词，在公爵面前义愤填膺好多次，说那些人的速度真的太慢了，说不定就是故意坑钱的。

她在临走之前，希望让旅馆的房间看起来更温馨一点，有圣诞的气息，这样公爵就不会觉得孤单。

临走那天，依依不舍的情绪涌上心头，她低着头拉着公爵的手，眼眶红红的："小宝哥，我把圣诞树什么的都布置好了，你一个人要是觉得寂寞，就给我打电话，我肯定会陪你聊天，其实我希望你跟我一起回去，但是你那么忙，我真的不能勉强你，毕竟你本来就是做大事的人，我不拖你的后腿。"

她又叹口气，说："小宝哥，你在这里要保重身体，不能生病，不能不按时吃饭。"又对一脸忧愁的尤金说，"尤金先生，你要监督小宝哥，我知道您是最值得信任的人。"

尤金立刻答应下来。

她絮絮叨叨地从晚上说到第二天离开，公爵脸上带着笑，沉默地看着她，等她终于不说了，他才开口："我会保重身体，我会按时吃饭。"

她都要上车了，突然又跑到他面前，瞪大眼睛，盯着他说："小宝哥，还有最重要的一点，你不能跟别的女人有暧昧，知道吗？"

公爵只是看着她，她漂亮的小脸上两只圆圆的眼睛使劲瞪着他，小脸鼓起来，就算这样也很漂亮，她比两年前刚来伽德勒斯时长开了，也更加漂亮。

他伸手摸着她的脸，紧紧地盯着她，就像看一个稀世珍宝般不舍："小五路上要小心。"

小姑娘对他龇牙笑得开心："我会的！"

行李被人搬到车上，李司空不耐烦地抖着腿，好在没开口催促，就是看着那两人腻歪觉得眼疼。

公爵脸上有短暂的哀伤，随即抬头，带着笑说："小五再见！"

他捧起她的脸，低头吻住她的唇，虔诚得犹如膜拜神祇，然后他松开她，摸在她脸上的手慢慢放下来："去吧。"

宫五又踮起脚尖亲了他一下，对他摆了摆小手，钻到车里。

李司空伸手关上门，扭头看了公爵一眼，对上他的视线，两人都没说话。

公爵站在门口，沉默地看着车缓缓启动，宫五趴在车窗上，脸蛋贴着玻璃，对他拼命挥手，大声喊了一句："小宝哥拜拜，记得等我过完年回来找你！"

车开了出去，公爵本能地朝前走了两步，然后停下脚步，沉默地目送她离开。

车越来越远，成为一个遥不可及的点，最终消失在他眼前。

飞机在青城机场落地，偌大的机场人声鼎沸，来来往往的旅人拖着拉杆箱行色匆匆。宫五推着行李车，使劲往前冲，说要先回去，李司空背着包跟在后面，说："你要回家啊？没人送你。"

宫五呆住："可是在飞机上的时候，不是说好送我的吗？"

李司空点头："是啊，我是说送，但没说送到哪，我要去展姨那边。"

他说话不算话耍赖皮，宫五嗷嗷叫着要先回家，结果李司空看了她一眼："你不走我走了。"

她一点都不想被搁在机场，只能跟着他，然后被送到青城郊外的燕家，门前那只丑巴巴的大白鹅好像还被翻新了一下，白亮亮的十分新鲜的模样，就是依然很丑。

行李被人一样一样搬下，宫五在旁边站着。听到外面的动静，展小怜从屋里出来，看到他们一脸震惊："小五？馒头？"

宫五立刻跑过去，一下扑过去："阿姨，我可想你了！"

李司空在旁边鄙视她，刚刚是谁嚷着要回家的？宫五当没看到："阿姨你好吗？我刚刚回来就过来了，看到你好高兴啊！"

展小怜眼圈有点红，捧着她的脸，左看看右看看，端详着："这么长时间没见，小五更漂亮了，看看这五官，完全长开了，真漂亮，越来越招人喜欢了。"

以前的时候宫五没什么感觉，就觉得展小怜特别聪明，跟别人不一样，如今再看到，宫五就有点羞涩，这是小宝哥的妈妈，是她未来的婆婆，她要表现得好一点。

展小怜看着宫五，发现她不像以前那样冒冒失失，大家闺秀谈不上，但是稳重端庄是真的。

"路上辛苦吗？"展小怜笑眯眯地问。

宫五还没回答，李司空嗷嗷叫："展姨你都没问我，偏心！她路上睡了一路，跟猪似的，你说她辛苦吗？"

宫五瞪眼："李二少，你是不是太欺负人了？我要给小宝哥打电话！"

李司空鄙视："你除了这招，还有什么呀？丢不丢人？这么大人动不动就告状。"

宫五哼了一声："你也告状呀，还说我呢。阿姨你不知道，李二少在伽德勒斯的时候老是欺负我，太可恶了。"

展小怜瞪了李司空一眼："你一个大男人老欺负小五干什么？好意思啊？"

"……"李司空瞪着眼，"展姨她说什么你就信？到底谁跟你亲啊？"

展小怜抬抬下巴："乖馒头，赶紧回家去，你爸你妈知道你回来肯定很高兴，快回去吧。"

李司空终于体会到了什么叫用着人朝前、用不着人朝后的道理，气呼呼地走了。

好不容易回来，展小怜拉着她的手不松，光看着就觉得很高兴："小宝跟我打电话说不回来，我有点闹心，好在小五回来了，还是挺好的。"

宫五赶紧说："展小姐，不是的，小宝哥很忙的……"

328

她乖巧地跟展小怜说着安享小镇的事，顺便还吐槽公爵，平时没办法吐槽，这会儿不知不觉就在展小怜面前说了出来。

　　展小怜是个很好的话题引导者，笑眯眯地看着宫五，耐心地聆听，发现她说完这个话题，就会适时抛出下一个话题。她发现这个姑娘不但气质、心境有了翻天覆地的变化，在情感上也逐渐走向成熟。

　　从她的话里，展小怜觉察到了以前宫五没有透露出的信息，比如她开始关心公爵每天的工作量，吐槽他晚上有时候会晚睡，说了还不听，还会在某些场合勇敢地维护他，而不是私底下气愤……

　　姑娘说的很多细节都透露了这一年多的时间里，她的儿子不是一头热，他呵护的女孩在他的影响下成长起来，变得温暖，变得多彩多姿，变得自信而美好。

　　展小怜眼里带着笑，安静地看着宫五，真好，一个让小宝喜爱又喜爱着小宝的姑娘。只是，她毕竟了解自己的儿子，他绅士的外表下有颗细腻的心，特别是成年之后，他有自己的思想和做事原则，她这个母亲早已不能给他更多的帮助。

　　"本来小宝哥说陪我一起回来的，我们都说好时候跟我妈说我跟他谈恋爱的事了，结果他太忙，没办法，其实我不怪他。"她低着头说。

　　展小怜笑起来："虽然小五不怪他，但还是觉得伤心，是不是？"

　　宫五瞅了展小怜一眼，鼓着小脸点头："有一点。"又赶紧补充了一句，"我知道小宝哥不是故意的。"

　　展小怜忍不住伸手摸了摸她的头，看着她笑："谢谢小五就算很伤心，也在很努力地替小宝解释。小宝就是个闷葫芦，就算有什么事，他也不会跟我说，有很多事他总想着自己解决，不让自己的母亲知道了担心。"

　　她说话的时候，眉眼温柔又慈祥，和天下所有的母亲提到自己的孩子时一样，会忍不住心情愉悦。

　　"小宝哥就是这样的人，又自信又骄傲，觉得自己什么事都能独立完成。"宫五觉得她一定找不到第二个像公爵那样让她全身心喜欢又崇拜的人了。

　　展小怜说："对，小宝就是这样的人，又骄傲，又自信，又……自卑。"

　　宫五使劲摇头否认："小宝哥才不自卑呢！阿姨你说错了，他要是自卑，这世上还有人优秀吗？"她极力维护公爵，"小宝哥就是有时候不喜欢说话，那是自信的表现，不是自卑，真的！"

　　展小怜依旧微笑着："是吗？我这个妈妈已经不了解他啦。小五你看，他什么事都不跟我说，你看那边那么大的动静我最后才知道。有时候他还会说谎骗我呢。"

　　她语气惆怅，宫五急忙解释："阿姨你不要生小宝哥的气，小宝哥其实是觉得

329

不是什么大事，再说本来就不是什么大事。"

展小怜点点头："谢谢小五，你能这样想，我真高兴。就算我以后知道小宝骗我，我也会原谅他，因为我知道他是怕我担心，那么，"顿了顿，她又问，"如果是小五呢？如果是小宝骗了小五呢，小五会原谅他吗？"

宫五回答："如果小宝哥是怕我担心骗我，我会很难过，也会很伤心，但是我一定会原谅他的，我真的会原谅他。"

展小怜点头："我知道。"她的手覆到宫五的手上，握着她的手，说，"只是小五，这个世上有很多事，虽然初衷是好的，但结果却不尽如人意，所以小五，就算有一天你和小宝有了什么不可调和的矛盾，我也希望小五能非常冷静地想一想，问问自己的心，做出最符合心意的判断。你现在还小，做出的任何一个决定或许都不成熟，阿姨不要求你一定做得非常完美……"她张了张嘴，眼泪在眼眶里打转，"阿姨只是希望小五认真地想一想，认真地思考一下，对与错不重要，重要的是做出的事若干年以后会不会后悔，会不会在某一天突然回头看的时候，觉得当初不应该那么做……"她哽咽着问，"小五，你能做到吗？"

宫五有点发愣，她看着展小怜的表情，然后点点头："阿姨你别这样，我以后遇到事情，一定会认真地思考，认真地想一想的，"她有些手忙脚乱，想要拿纸给她，"你、你别啊……燕叔叔知道了还以为我欺负你，那我就惨了……"

展小怜哧的一下笑了出来，快速地伸手擦去眼角的眼泪："对不起小五，我突然想到了小宝的父亲。我遇到他父亲的时候，他父亲和现在的小宝一样，严肃、古板、固执，我调戏他一句，他都脸红半天。我遇到他的时候，比小五大得多，我那时候都不知道自己很多事做得对不对、好不好，如今还要这样要求小五，真是强人所难。"

宫五摇摇头："我觉得阿姨告诉我的很多话都很有道理，我们经常做后悔的事，如果在做的时候能多动脑子想一想，或许很多事就不会后悔。阿姨和小宝哥的父亲的事，我第一次听说，我想不到小宝哥这样的人，他的父亲会是什么样的，原来跟他一样啊！"

"是啊，一样。"展小怜说，"就连做事的风格都相似，总觉得他给予别人的就一定是最好的，他所做的一定是对的，却不管别人心里怎么想。小宝的父亲是这样，小宝也是这样……"

宫五突然觉得自己的心弦被轻轻拨了一下，问："阿姨和小宝哥的父亲是怎么认识的？可以告诉我听听吗？"

展小怜眯着眼，眼睛看向窗外白茫茫的雪，说："我跟他呀，缘于一场误会。他有个亲戚，和我是同学，跟我约会一次后突然死亡，他强硬地要求我配合他的调查，后来查出跟我没关系。但我们就那样认识了。"她笑了笑说，"婚后我们很快有了小宝。"

说到这里，她缓缓地低下头，沉默了好一会儿后，才说："我以为一切都很完美，我的人生也圆满了，但是，他……生病了，很严重，无药可救，他觉得他是为了我好，所以利用权势在我不知道的时候跟我离婚，用捐献出的财产保护我和小宝的安全，让王权制约爱德华家族其他人的贪心，也让小宝能够在漫长的成长岁月中安然无恙，不用成为别人案板上的鱼肉。"

"他觉得那是对我和小宝最好的方法，"展小怜笑着，眼眶里却含着泪，"确实是最好的方法，所以小宝可以平安无事地长大，长到可以重整爱德华家族的年龄，可以在最短的时间内把爱德华家族的资产和企业重返鼎盛。他希望我重新找个男人嫁了，不希望留给我和小宝一点念想，怕小宝对继父有排斥，所以他销毁了所有有关他的信息。他把对我和小宝的好做到了极致……"

她伸手拭去泪痕，微笑着说："我的小宝到现在都没看过自己生父的模样。"

宫五抿着唇，安静地看着展小怜，默默地伸手把一张抽纸塞到了她手里："对他来说，那是最好的。"

展小怜点头："是的，对他来说是最好的，对我和小宝也是最好的，小宝对生父没有印象，也无从比较，对继父更是从未有过排斥。可是，这是真的好，还是假的好？我不知道。"

宫五沉默着，好一会儿后才说："阿姨，我也不知道这样好不好，但是我知道小宝哥真的很好，不管哪方面，我现在所有的努力都是为了配得上小宝哥。已经过了这么多年，阿姨不要再纠结这个谁都回答不上来的问题了，毕竟，小宝哥的现状才是最重要的，不是吗？"

她认真说话的模样，很可爱，怕自己说错，又怕自己什么都说不出来。展小怜看着她，忍不住把她搂到怀里，低头在她额上亲了一下："是！"

知道岳美娇肯定特别想念宫五，展小怜没多留，让人把她送回去。宫五坐到车上说："阿姨，燕大宝回来你跟她解释一下啊，要不然她肯定觉得我不重视她了。"

"好，我会跟她说。小五先回家，岳小姐一定很高兴。"展小怜站在旁边微笑着看着她。

车缓缓开了出去，宫五对展小怜挥手："阿姨，我回头再来看你！"

步家别墅绿意盎然的小区内，宫五站在别墅门口，司机帮她把行李一件一件取下来，她呆呆地看着别墅门口，眼泪在眼眶里打转，她都很长时间没回来了，在伽德勒斯的时候没发现，可现在，她发现自己无比想念家里。

宫五伸手抹了把眼泪，这才抬脚朝门口走去，还没走到大门口，就看到从里面跑出一个小胖孩，男孩身上穿了套小蜜蜂连体衣，嘴里还说着："就要玩，就要玩！"那架势大有往地上一坐的模样，结果一扭头看到宫五，小胖孩抬腿就往门里跑，"妈妈，有坏人！"

宫五："……"她眨了眨眼，后知后觉地反应过来，刚刚那个小胖子，是步小八啊！

然后步生抱着步小八走了出来，一眼看到宫五："小五？！美娇，小五回来了！小八，这是姐姐。"

步小八神气活现地窝在爸爸怀里，一副坏人拿他没办法的嘚瑟模样，听说是姐姐，他立刻反驳："大宝是姐姐！"

步生笑着说："这也是姐姐。"

屋里的岳美娇听到动静出来，一看到宫五，立刻小跑着过来，一把把她搂到怀里："小五！"

步生看了母女俩一眼，把步小八放到地上，步小八迈开小腿跑过去："妈妈，小八也要抱抱！"

岳美娇不理他，抱着宫五掉了半天眼泪，宫五原本挺难受的，结果被她妈这一哭，她反倒淡定地安慰起她妈来。

宫五还是那个宫五，不过看起来更漂亮也更落落大方，可能是时间久没见到的原因，反正岳美娇越看越觉得宫五变化很大，但要说具体变化在哪里，她还真说不出来。或许是做事的动作，又或者是她说话的语速和态度，就算是她孩子气似的拿饼干逗步小八，动作中也少了以前的毛手毛脚，多了份不急不躁的稳重感。

"小五，欢迎回家！"

房子还是原来那个房子，客厅还是那个客厅，些许的陌生感在步小八的吵闹声中很快消散，除去最初的惊讶，岳美娇已经完全淡定下来，这会儿宫五正跟步小八坐在地毯上培养姐弟感情。

听说宫言庭经常过来看岳美娇，宫五还是很高兴的，这样的话，她妈心里就没有遗憾了，怎么着都是儿女双全了。

步小八不懂事，可是宫五懂事，岳美娇看得出来，宫五在千方百计地哄着步小八亲近她，她表现出的这份耐心和从容让岳美娇震惊。

回来两天后，宫五终于哄得步小八主动抱着她的大腿喊姐姐。

相比较步生的严肃，宫五绝对是哄着步小八，吃饭的时候主动坐他身边，给他夹好吃的，有时候还喂他吃。

鉴于宫五的良好表现和友善态度，步小八立刻把宫五的位置排到了爸爸前面。

　　有了宫五，岳美娇上班终于不用带着步小八了，宫五虽然不会带孩子，但是阿姨会，宫五跟阿姨一起陪着步小八。

　　宫五没事就拉着小胖子的小手出去散步，一高一矮两个人，手牵手慢悠悠地走着，小胖子一会儿一个"姐姐"地喊。

　　在家待了两天，第三天的时候宫五终于决定通知她的朋友们，她回来了。

　　宫五挨个给他们发信息，约了周六的时候见面，她联系的人个个迅速回复了信息。

　　周六一大早，宫五早早地爬起来要出门找朋友们，结果步小八不知道怎的醒了，抱着宫五的大腿不撒手，哭着喊着要跟她一起出门玩。

　　宫五蹲下来哄，一张小嘴说得天花乱坠，要是个大人肯定早就哄好了，可偏偏步小八是个小破孩，说什么都不听，大泪珠子挂在脸蛋上，抱着宫五的脖子抽噎："小八乖……爱姐姐……"

　　宫五："……"

　　步生穿着家居服，面无表情地看着宫五，说："要不就带他去吧，让阿姨一起，跟着你就行，别的阿姨带他。哦，多叫两个阿姨。"

　　岳美娇："步生，小五出去见同学，带着小八干什么？"

　　步小八眨巴着还含着大泪包的大眼睛："小八乖……"

　　宫五翻了个白眼，只好道："那小八先去吃早饭，吃完早饭了姐姐带你出去玩。"

　　步小八一听，立刻松开手自己跑到餐厅里坐着等吃早饭。

　　"小八今天出去玩，先说好了要乖乖的啊。"宫五提醒。

　　步小八点头："小八乖……"

　　到了约定地点，几个朋友陆陆续续地到了。

　　燕大宝一蹦一跳地跑过来："小五，小八！我来啦！"一阵风似的冲了过来，抱着步小八的脸蛋就狠狠地亲了一口，"小八！"

　　步小八的小脸都被挤变形了："大宝姐姐。"

　　几个人找了家蛋糕店进去坐着，点了几块蛋糕，步小八坐在椅子上，燕大宝喂他吃蛋糕，宫五提醒："燕大宝，你喂慢点，他吃饱了就不吃中饭了。"

　　好长时间没见的朋友见面之后自然是聊双方的情况，宫五说着自己在伽德勒斯学校的事。

　　眨眼两年多过去了，曾经满脸稚气的好朋友再次见到，每个人都或多或少有些变化，罗小景家的小店变成了大超市，还和她的同学谈起了恋爱，蓝缨更加肤白貌美，燕大宝……还是老样子。

成长的影响逐渐在各人身上体现出来，有好的，有坏的，可人生本来就是到了特定的阶段就会有一个分水岭，这就是成长的改变。

回来半个月后，宫五回了宫家。

前一次回来宫家的变故让宫五只在青城待了一周就离开了，这一次她刻意拖延了一段时间才回去。她换了套白色衣服，脚上裸色的平底皮鞋踩不出张扬的声音，挎了个白色的包，一双长腿包裹在合身的长裤里，脸上化了淡妆，笑容甜美可爱，言行优雅大方，偶尔透露出的眼神才会让人觉出几分调皮。

两年多不见，宫传世看到她的时候差点没认出来，宫五自己说了之后他才反应过来。比起两年前，宫传世明显和善了很多，还会主动问起宫五在外面的情况，她明显地觉得宫传世在努力修复他们之间并不深厚的父女感情。

"小五在外面好就好，"宫传世有点惭愧地说，"我这个父亲，从没对你尽过责任，如今老了才想起来，我知道有点晚，但是总想着让自己好受些……"

宫五的脸上依旧带着笑，她没觉得宫传世可怜，也没觉得他有多可恨，或许当年对她来说是厌恶他的，但是现在这种情绪不知道为什么消失了："不要这么想，过去的事都过去了，何况那时候你根本不知道我的存在。我现在一切都很好，更加没有怨您，所以您不要想这些，只管养好自己的身体就好。"

跟宫传世在一块其实没什么话可说，闲聊几句，有些尴尬，她抬手看看时间："爸，我还有事，不打扰您休息了，等我下次再来看您。"

宫传世急忙扶着轮椅想站起来："行，行，你忙你的，你们都忙，我是个闲人，不要跟我比。去吧，忙也要知道休息，不能累着。"

宫传世明显一副舍不得却又不得不让她离开的表情，宫五不让他站起来，只是对照顾宫传世的人点点头："辛苦了。"然后离开那个房间，走了出去。

宫传世看着她的背影又慢慢坐了下来，对身边照顾自己的人说："看到小五越来越好，我也就放心了。"

年轻时造的孽，到老了，总归会一点一点还上的。以前宫传世不信，现在他信了。

从宫传世的房间离开，宫五去了自己曾经住过的房间，宫家不缺这一两间房，所以她的房间还保留着，只是床铺上的东西和日常用品都收了，还蒙了布遮灰，她没进去，就站在门口看了看，缓缓关上门，打算回去。

关门的瞬间对面的门被人拧开，宫五回头就看到宫言清站在她房间的门口，四目相对，两人都愣了一下，似乎没想到会在这里遇见。

在宫言清的记忆里，宫五始终是那个举止粗俗吊儿郎当的野姑娘，是宫家遗弃在外的野孩子，劣迹斑斑。现在在当她看到宫五并认出的时候，她有短暂的愣神，这和她记忆中的宫五有那么一点不同。

宫言清似乎还是那个宫言清，骄傲又自负，在短暂的愣神之后，她微微抬起下巴，倨傲地看着宫五，平静的眼中逐渐升起警惕和不甘。

犹豫了一下，宫五对宫言清笑了笑，说："三姐，好久不见啊。"

宫言清警惕地抱起胳膊，防备地盯着她："我跟你没有什么好久不见的话，这辈子不见更好。"

宫五脸上依旧带着微笑，她左右看看，指了指会议室的方向，问："我们找个地方坐坐？毕竟好长时间不见了。我们终归是一个父亲所生的姐妹，你说呢？何况，我也吃不了你，你怕什么？"

"怕？我怕你什么？"宫言清冷笑，看着宫五的眼神很复杂。

她发现，不管什么时候，宫五都能过得很好，初进宫家的时候，在宫五面前宫言清有着浓浓的优越感，可现在，宫五看起来就像是个加冕登基的女王。

宫言清在自己都不知道的时候，下意识地缩了缩腿，试图隐藏脚上的拖鞋。

宫五当初可以说是出国学习，可她当时等于是被宫家流放，一个名声不佳的女儿，宫家怎么可能会留在青城丢脸？在外的这两年日子并不好过，宫家定期打到她账户里的钱只保证她的衣食住行，却不能让她像以前那样购买各种奢侈品，生活逼迫她不得不节衣缩食，把钱留下来以备不时之需。

可宫五呢？漂亮的五官、光滑的肌肤近距离地映入宫言清的视线，她只比宫五大几岁，但皮肤状态在宫五面前不堪一击，这是她从未见过的宫五，优雅、自信、大方，言行举止都透露出教养和生活的品位。

宫言清觉得现在的自己，就像是第一次出现在宫家的宫五，一个没有见过世面的野孩子。

宫言清觉得，她和宫五的位置突然颠倒过来了，一年半没见，生活磨去了她的激情，却塑造了一个全新的宫五。

她的眼泪不知怎的就流了出来，为她的经历，也为她的命运，她一点都不想屈服，可是在看到宫五的时候，她却不得不承认自己败得一塌糊涂，这就是不公平，这就是她一直以来想要抗争，却抗争不过的。

为什么当年同样受到影响，她是今天的下场，而宫五却脱胎换骨越来越好？

会议室里，宫五安静地坐着，目光沉静地看着宫言清一脸的泪水，一言不发。

"你要跟我说什么？"宫言清开口，"你就是想要看看我现在的狼狈样？对，我现在比不过你，我现在不如你，但你不过是运气好一点，你不过是找了个有钱男人，你的过去是什么样你不知道？你有什么资格嘲笑我？"

宫五垂了垂眼眸，抿着嘴，等她不说了才开口："我的过去是什么样我当然知道，但是，那又怎样呢？难道你不觉得，一个人一无所有不怕，怕的是对一切失去信心吗？我不怕，我到哪里都一样，我也相信我不管到哪里，跌倒多少次，我都能爬起来。你可以说我运气好，我也承认我运气好，可是三姐，如果我的运气能好一辈子，我觉得这也很值得骄傲呀！"

宫言清盯着她，张了张嘴，觉得讽刺，又生气："运气好……有什么好骄傲的……"

宫五微笑："如果一个人一直运气好，就不只是运气好呀，这就像一个人一直倒霉一定有原因一样。我一直知道三姐讨厌我，虽然我不知道为什么。"

"我就是讨厌你，你妈送你回来就是为了宫家的钱，"宫言清说，"你回来的目的根本就是居心不良！"

"可是，我是宫家的子孙，本来就应该有我一份，从我母亲的角度来讲，哪里有错？她离婚是她和父亲的问题，跟我有什么关系？"宫五问，"难道三姐以为我想过那种没有父亲被人追在后面骂'野种'的日子？三姐肯定没有经历过，你从小家庭好，聪明，成绩也好，又懂事又好强，凡事都要争第一，所以你身边围绕了很多讨好你的人，你失去母亲，但是谁都知道你的母亲是病逝的，和家庭没有关系，别人说起你的身世，不是鄙视，而是同情，没有妈妈的孩子，多可怜。而我呢？"

她低头一笑："我不一样。我小的时候，我妈要赚钱养我，还要支付保姆的工资，她几乎没有时间管我，所以我叛逆，我不听话，我逃学，我不做作业，因为我不用担心有人会管我，我上的学校是普通学校，不像三姐那样上的是高等学校，学生的整体素质也高很多，我的身边充斥着暴力、凌辱，有很多恃强凌弱的大孩子环绕，如果我不能比他们强，那么每天放学以后，受伤害的就必然是我，谁让我是个没爸的孩子呢！家长会的时候，我只能坐在最后一排，看着班上的小霸王都有妈妈疼，而我只能一个人……我比别人幸运吗？我不觉得。"

她低着头，继续说："我一直觉得我很倒霉，没人的时候也会偷偷伤心，为什么别人都有爸爸妈妈，而我只有妈妈，甚至连爷爷奶奶都没有，我小时候犯过很多错，都瞒着我妈，直到后来有一天，我犯了很严重的错误，我妈才知道，那时候她才觉得对不起我。三姐一定很嫉妒我有妈妈，而你没有，可是我妈对我的好，是有代价的，那是我用十几年的错误挽回的，是我十几年被人叫'野种'坚持来的。我一直想，如果我以怨恨的眼光看这个世界，是不是我早已被这个世界遗弃了？我庆幸虽然我并没有多幸福，可始终知道不应该自我放弃。我的运气真的好吗？"

她抬头，看着宫言清："三姐真的觉得我比你幸运吗？"

宫言清眼睛里蓄满了泪水，只是睨着宫五，任由眼泪从眼眶里滚落下来。

宫五拿起桌子上的抽纸，递到她面前，继续说："三姐是不是不能理解，为什么步生那样的青年才俊，一定要选择我妈那个年纪的女人？其实，我开始也不能理解。"

她吸了吸鼻子，说："我从来不觉得我妈运气好，她如果运气好，就不会遇到爸那样的男人；她如果运气好，就不会生了儿子还被强行离婚；她如果运气好，就不会好不容易遇到一个喜欢的男人，可那个男人还嫌弃我是个拖油瓶……我妈的运气真的不好。在我心里，她是个苦命的女人，年纪轻轻就被离婚，离了婚还生下我这个累赘，我相信如果不是我，我妈肯定早已重新嫁人，有完整的家庭可供她依靠。但是没用呀，我妈没有那个命。但是我妈心好，她是那种刀子嘴豆腐心的女人，她爱钱、爱美，更爱生活。三姐不是好奇步生为什么对我妈死心塌地吗？"

她抬头，眼里含着泪水微笑："因为她把离家出走的步生带回家，给他吃的，要帮他联系家人，她温柔地对待一个素不相识的少年，让他知道这个世界上除了争吵辱骂，还有温柔存在。我妈年长，但是她美丽，心地善良，步生为什么要选不懂事的小女生？我和我妈都怨恨过，只是我和我妈都心怀希望。如果连自己都抛弃了自己，那就别怪世界抛弃你。"

宫言清咬着下唇，扭头看向一边："我到今天是谁害的，难道你心里没数吗？"

"三姐你那么聪明，不知道到底是谁把你害成这样的吗？我伤害过你吗？我虽然有时候心眼坏，嘴毒，但是我从来没有过害人的心，我可以摸着良心说，我这辈子都没有发自本心地伤害过别人。我对你所有的敌意，都是来自你的攻击。我也有脾气，谁希望自己一直被人欺负？更何况是我这种自小就被人欺负的人。"

宫言清紧紧地盯着她。

宫五摇摇头："不对，所有人都知道跟别人没有关系，是你自己把自己害成那样的，可是你看不到，也发现不了，这就是当局者迷吗？我觉得对你最好的是宫家，家里替你安排学校，给你钱，供你生活，你有权抱怨，有权憎恨，但是过后呢？你把恨当成了你生活的全部，还会注意到你身边所有美好的事物吗？我已经从那些乱七八糟的事件里走了出来，三姐还活在过去。"

宫言清伸手擦了下眼泪，冷笑："你说这些是什么意思？你觉得你说完了，我就会对你感恩戴德？"

"是的！"宫五回头，"我是希望我说完了，你就会换个思路，好好活着。我现在生活得很好，努力学习很多东西，希望以后更好。我希望三姐向前看，而不是原地踏步。你对周围的一切充满敌意，周围的一切就必然对你充满敌意，你不学会改变，就会被社会排斥。我没有多喜欢你，甚至还有点讨厌你，但是我不希望你因为年轻时的错被毁掉一生。何况，人生那么长，谁希望这个世上多一个人恨自己？"

"你觉得可能吗？"宫言清哭喊出来，"我凭什么不恨你？我是你们害的，我恨你！我恨你妈，我恨步生，我恨你们所有人！"

宫五摇头，坚决否认："不对，三姐不是我害的。三姐你认真仔细地想一想，曾经发生过的所有事，是不是都有前因后果？一个人一定要学会审视自己犯的错，否则永远都不能成长。"

宫言清伸手捂住脸，哽咽："我也不想……可是曾经发生过的事，就像放电影一样在我的脑子里不停回放，每回放一次，我就多恨一点……我也不想，我也想要开始新生活……可是怎么办？我做不到……我不在意身边的人，我不在意任何事，我的脑子里天天都想着报复……我……"

宫五伸手，摸着她的脸，说："三姐，我不喜欢你，不喜欢你趾高气扬用眼角看我的样子，讨厌你阴阳怪气地说话，但是我要承认你很聪明，四哥说你从小到大都是学霸，又聪明又漂亮，在学校里有很多男孩子追那种，因为我不是，所以我羡慕。但是三姐，没有人想要害你，每个人都很忙，都有自己的生活和朋友，你不去害别人，别人为什么要害你？这个世上你树敌越多，得到的伤害就越多。"

宫言清慢慢地抬起头，眼泪滚落："小五……"

宫五微微倾着身体，轻轻抚摸她的后背，说："我不是'圣母'，也不是'白莲花'，我只是不想这个世上有一个有血缘关系的人一直恨着我、恨着我的家人，也不希望有一天被这个人伤害，我说这些只是想让你明白，我现在所拥有的一切，都是因为我对生活充满了信心，知道活着就是希望。"

宫言清伸手擦了下眼泪，看着她。

"我运气好吗？"宫五摇头，"很多时候，女人的撒泼叫骂不能给自己争取到任何权益，一时无伤大雅的心计也可能会带来一点收益，可你伤害了别人，别人必然会在你落难的时候落井下石，除非你自信这辈子都不会遭遇不顺，否则就是我们伤害别人的代价。"

宫言清咬着下唇，痛哭出声，说："小五你长大了……可是我……"

"所以啊，我想要三姐也朝前看。你控制不住自己的想法没关系，人的性格有很多种，有的人容易多愁善感，有的人心眼小容易记仇，有的人性格极端容易冲动……如果我们遇到不能自我调解的事，那么就要寻求外界的帮助，现在很多学校都提供心理援助，不是说学生有心理疾病，而是学校希望学生在任何心情压抑郁闷的时候能够及时得到排解。所以三姐，能帮你的人只有你自己，只要你愿意。"宫五拿了纸，擦她脸上的眼泪。

宫言清红肿着眼睛，定定地盯着她，良久之后，问："我这样的人……"

"我看得懂一个人的眼神，和她流下来的眼泪是真的还是假的。"宫五伸手搂着她的肩膀，"三姐你觉得自己是坏人吗？可是，什么是坏人？要知道，这世上再坏的人都有瞬间温暖，再好的人都有瞬间阴暗。谁不想越活越好，越活越幸福？"

宫言清捂着嘴，不让自己哭出声来，满眼泪水地看着她："小五……"

"我跟三姐说这么多，是因为我不希望三姐活在过去走不出来，人生应该朝前看！"

离开宫家，宫五在回家的半路上接到了燕大宝的电话，只能掉头先去燕大宝家，到了之后才发现，除了燕大宝，李司空也在。

在宫五跟燕大宝打了招呼坐下来后，李司空伸脖子过来跟她说话："那个谁，问你个事。宝这一阵有给你打电话吗？"

宫五看向他："干吗？"

"没什么，就是好奇问问。"用眼角看了她一眼，李司空不耐烦，"你就说打了没。"

她显然不是很愿意提这个话题，不过李司空追问，她还应了一声："小宝哥很忙的！"

李司空咂嘴："这倒是，他一直都很忙。"

宫五咻的一下扭头看向他："你什么意思？小宝哥过年的时候更忙一点，圣诞节前后他特别忙。"

李司空抓头："我就是随便问问。你说我一个大男人好好的给他打电话？还不是因为你是他女朋友我才随口一问。我要是真天天跟他通电话，一通两个小时，你还不得恨死我？"

宫五翻了个白眼。

燕大宝不知道跑去干吗了，这边两人又是一阵沉默，李司空看了她一眼，想要离开，宫五突然又开口："李二少，要不然你什么时候给他打电话问问呗。"

李司空一愣："问什么？"

宫五说："问问小宝哥什么事那么忙啊，你别说是我问的呀，你就是以好兄弟的身份问一声，看看他是不是有什么棘手的事没处理，虽然我帮不了什么忙，但是我想知道一下，你能帮忙问一下吗？"

李司空的视线慢慢从平视前方变成斜视到她身上，他轻咳一声："他的事都是国家大事。"沉默了一会儿后又问，"你跟他怎么了？"

宫五拧了拧眉，说："其实也没什么……就是，我觉得自打我回青城以来，他好像就变得特别忙，以前不是这样的。开始还能回个短信什么的，现在他已经完全没消息了，我给他打过去，都是尤金接的，就说他忙什么的，我也不能一直打扰他。我知道他忙，但是他一直不理我，我很伤心。"

李司空抱着胳膊的手握了握："知道他忙，那你就消停点，看不出来你还是那种喜欢缠着男朋友的人啊，我还以为你拿得起放得下呢。"

宫五扭头看了他一眼，不服气："我怎么拿不起放不下？我是他的女朋友，跟他很亲近。可跟他太过亲近是逾越，跟他太远又不符合常理。我问得多就是多嘴，不问又是不关心，我想问可他不回应，我就担心。最起码，要让我知道他在干什么，是不是有什么事，我知道了就不会像现在这样患得患失。"

李司空笑了下："你想多了，他好着呢，就是忙。你忘了我在伽德勒斯是干什么的？我顶了他半边天，这会儿我回来了，他自己就要顶上去，说不定忙得连吃饭的时间都没有，你还指望他给你打电话？"

宫五忍不住叹了口气："一个人真的能忙到回一条短信的时间都没有吗？李二少，你会这样吗？就算是真的，可总不至于两个星期都是这样吧？这样人也吃不消啊。"

李司空想了想，突然继续开口："要不然，你给他生个孩子？有了孩子，惦记的人多了一个，说不准一切问题都迎刃而解。"

李司空轻描淡写地说完这句话，宫五愣了下："李二少，你开玩笑的吧？"

"既然感情好，生个孩子也正常吧？"李司空亲近似的朝她身边挪了挪，"难道我说错了？"

宫五看了他一眼："生孩子当然没问题，但是我为什么要在我年纪轻轻、学业未完又没有结婚的前提下生小孩啊？"

"你不是喜欢宝，爱得要死要活的吗？那就生个小孩啊。你看那么多结婚的男人和女人，奉子成婚的比比皆是。"

因为孩子结婚的男女确实不少，就算是原本不喜欢自家孩子对象的家长，也会因为女方怀孕而妥协。

"我当然喜欢小宝哥，很喜欢，但是我喜欢的是小宝哥呀，而不是因为我生了小孩而待在我身边的小宝哥。再说，我妈还不知道我跟小宝哥谈恋爱的事，最起码我要让她知道才行。"她长长地叹了口气，"李二少，你别小看女人，女人的潜能是无限的，我要生的小孩，一定是两个人爱到自然时的幸福产物。"

李司空摇头："想法太多，反倒不好。"

"我不单单只想到小宝哥，我还要替我妈、替我自己考虑。生孩子这件事对我来说太遥远，何况小宝哥也说我还小，思想不成熟，觉得我长大了再谈生孩子的事

340

更合适。既然我跟小宝哥一致觉得是不成熟的事，我为什么要冒险去做？"

李司空刚要继续开口，燕大宝突然一下冒了出来，指着李司空说："馒头哥哥，你干啥？小五是哥哥的，你不能挖墙脚！"

李司空差点吐血："老子女人多着呢，不知道多少人排队等老子爱，谁稀罕她！"说完站起来直接走了。

燕大宝很高兴地跑去跟宫五挤在一块，两个好朋友一起说悄悄话。

下午步小八给宫五打电话，在电话里奶声奶气地说她说话不算话，因为出门没带他。

宫五心虚，她是趁步小八不注意偷偷摸摸跑出门的，现在步小八控诉了。

挂了电话后宫五站起来对燕大宝说："燕大宝，把你的玩偶挑一个好看的给我，我给小八带回去，要不然他又要跟我生气了，好不容易才跟他和好呢。"

燕大宝盯着她，宫五赶紧双手合十拜了拜："好大宝，你是绝世好大宝！"

这下燕大宝高兴了，蹦蹦跳跳地上楼，抱了一只大老虎下来："小八肯定喜欢！"

果然，回去之后步小八老远就看到宫五怀里抱着大老虎，顿时兴高采烈起来，抱着大老虎就玩，都忘记跟姐姐生气了。

临睡觉之前，宫五拿着手机盯着看了半天，公爵还是没有消息，已经好多天了，每次都是她主动给他发信息，他开始还会及时回复，后来回复越来越慢，现在已经不回复了。

她犹豫了一下，伸手按在那个号码上，鼓起勇气拨了过去。

电话响了好几声才被接起来，公爵的声音从话筒里传来："喂？"

余音有些空荡，他似乎是在一个很宽广的地方。

宫五听到他的声音，不由得松了口气："小宝哥，是我！"

"哦。"他的声音没有惊喜，没有惊讶，也没有不耐烦，只是很平淡地应了一声。

虽然知道他本来就不喜欢多说话，可是宫五听到他只是这样平淡地哦了一声，还是有点伤心。

"小宝哥，你在哪呀？你说话的背景好空阔呀！"她努力寻找话题。

可公爵的回答依旧很平淡："在外面。"

宫五刚刚接通电话时的放松随着他的平淡逐渐变为担心："小宝哥你很忙吧？我打扰到你了吗？"

"还好。"他说，"没关系。"

这句"没关系"让宫五又有了一丝高兴的情绪。她想跟他分享身边有趣的事，

341

想告诉他有关燕大宝的事，她觉得他一定会感兴趣，可是她好像想错了，因为公爵的情绪依旧平淡，就像是一个没什么活力的老人。

宫五的情绪瞬间跌落到底，所有想说的话都因为他敷衍似的应付而消失殆尽，她睁着眼盯着被子上的花纹，一动不动地看着，好一会儿后才说："小宝哥，那我不打扰你了。"

"好。"他说。

干脆利索，没有丝毫犹豫，宫五听到电话被挂断的声音。

手机听筒里传来嘟嘟嘟的忙音，拿着手机的手一松，手机掉在棉被上，她低着头，手抱着膝盖，低声抽泣。

其实她知道不应该哭的，小宝哥说不定是真的很忙，可是……她怎么就那么难过呢？

她是做了什么让小宝哥不高兴了吗？她努力想着，明明没有啊！

她还记得她要回国的时候，临行前小宝哥还是那么舍不得她，她还记得他抱着她舍不得松手的感觉，难道是因为她到青城之后没有第一时间给他打电话，他就生气了？

宫五无声地流着眼泪，她一点都不想哭，可是眼泪自己往下流啊！

眼泪这个东西太讨厌了，为什么要往下流？她都快成多愁善感的林黛玉了。

宫五抽噎了一下，伸手拿了纸擦鼻子，不管怎么说，她还是要忍忍，毕竟现在两个人是在两个地方，她回来是开开心心跟家人过年的，她的情绪不能影响到家里人。至于她和公爵的事，说不定等她回到伽德勒斯之后，一切都变得和以前一样了，一定是这样的！

她擦擦眼泪，往被窝里钻了钻，慢慢闭上眼睛，睡觉吧，睡一觉醒来就什么都好了。

她真希望等明天天亮了之后，发现不过是自己做的一个坏心情的梦而已。

连续几天，公爵都没有给她回复，就好像那天晚上她没有打过电话似的。宫五手里拿着手机不知道应不应该给公爵打电话或者发信息，她怕自己打过去、发过去，他又是特别忙没时间说话，她会伤心，可是不打电话不联系，她又担心。

纠结了很久，她心里有点负气地把手机往床尾的椅子上一扔，既然小宝哥都不给她打电话，她为什么一定要想着他？

哼，不就是想看看谁耗得久吗？不联系就不联系，看谁熬得过谁！

她气呼呼地想着，扔了手机。

不就是一个电话吗？她忍得住！

宫五发现，白天有人说话还好，可是一到晚上就不行了，她的脑子会不由自主地乱想，他怎么了？是不是伽德勒斯有什么重要的事？

新年眨眼到来，外面星光璀璨，宫五抱着步小八和岳美娇坐在玻璃墙的后面，看着外面漂亮的烟花。步小八挥舞着小胳膊，高兴得哇哇叫，扭着小屁股下来，非要往外跑，最后步生抱着他出去看。小家伙还哆哆嗦嗦自己捏着烟尾巴点燃了一个小蝴蝶烟花，捏在小手里乱挥。

步小八挥舞着烟花跑到玻璃墙的另一面，转着肉嘟嘟的小身体让烟花散开给她们看，觉得自己帅得惊天动地。

岳美娇和宫五一起看着他笑。

良久，岳美娇长长地吐了口气，说："这样也不错呀。"

有争吵，有闹心，但是日子还是要过下去。

宫五对春节晚会兴趣不大，只是刚好今天是除夕夜，所以她有了一个冠冕堂皇的理由给公爵发信息问候。

因为怕自己老是惦记，所以宫五一直把手机放在房间里，等她回屋拿起来的时候，意外地发现公爵已经主动给她发了信息，只有简单的几个字："小五新年快乐。"

宫五顿时高兴得要跳起来了，因为一条短信觉得春天都提前来了，小宝哥终于主动给她发短信了！

她扑到软绵绵的床上，抱着手机打了个滚，手指快速地给公爵发短信："小宝哥新年快乐！"后面还加了个笑脸。

她抱着手机等回复，等啊等，一直等到她睡着了，再被万家鞭炮响惊醒的时候，他还是没有回复。

宫五揉了揉眼睛，翻看着短信，发现有很多朋友给她发了新年祝福短信，那么多的未读短信里面，却没有他的。

宫五告诉自己不要伤心，肯定是他太困睡着了，肯定是这样的，可是她还是很伤心啊。

就发一个"晚安"都不行吗？只要两个字，她就知道聊天结束了，这样也不行吗？

她默默地把手机放到柜子上，盖上被子蜷缩到床上，伤心地睡着了。

她真的好伤心啊！

大年初一的早上，宫五早早就醒了，她生平第一次因为心里有事失眠，以前不管发生什么事，她都能把自己照顾得很好，吃好喝好睡好，但是这一次她失眠了。

她忍着不让自己碰手机，大年初一吵架不吉利，她一定要忍到了伽德勒斯当面问他，为什么，如果不喜欢要告诉她，她绝对不会死缠烂打的，没必要这样，她非常讨厌这样的方式！

大年初一一大早，新年的第一天，每个人都带着新气象问候一句。

她意外地发现外面下了雪，天上雪花大朵大朵往下飘，眼前白茫茫一片，宫五动作麻利地穿衣服，厚厚的棉衣，又戴上耳捂，欢快地跑到院子里，弯腰开始扒雪。

宫五给堆的雪人贴了两片黑色的圆形纸片当眼睛，塞了根胡萝卜当鼻子，步小八手里捏着嘴巴形状的纸，非要自己弄上去，宫五抱着他，步小八用他肉乎乎的小胖手把嘴巴装了上去。

"姐姐，小八厉害！"

宫五端详了一下："差条围巾！"

她跑到屋里，把自己以前的旧围巾翻出来一条，又跑出去，后面始终跟了条小尾巴，等宫五把围巾围上去，步小八欢呼："姐姐好厉害！"

宫五龇牙对他笑："小八也厉害！"

宫五拿出手机，调出照相机："小八站好，姐姐给你拍照片！"

步小八露出白白的小牙，举着小手也想学宫五的"V"字，结果因为小手太小不听话，只是举着个小爪子龇牙笑。

咔嚓，拍了张照片。

宫五对步小八的照相技术不放心，让步生帮忙拍，姐弟俩一起跟丑丑的雪人合影，摆出各种造型。

岳美娇受不了地翻了个白眼："你们俩行了啊，到底要拍多少张？小八冷不冷，快进来，别跟姐姐学。"

步小八不听，非要跟宫五一起。

好在步小八吃早饭的时候很乖，还说："妈妈，小八喜欢姐姐。"

宫五很快成了步小八喜欢的头号人物，因为会带着他玩。

大年初三的时候，燕大宝来找宫五，说完高兴的事后，燕大宝靠着抱枕叹了口气，把被子往步小八身上拉了拉，说："小五我告诉你啊，妈咪和哥哥吵架了。"

宫五一愣："啊？小宝哥会跟阿姨吵架？"

燕大宝点头："嗯，我听到妈咪跟他打电话，好像因为什么事吵起来了，妈咪都哭了……"

宫五："……"她表情呆呆的，伸手抓抓头，"是你看错了吧？阿姨才不是会哭的人呢。"

"真的！"燕大宝鼓着小脸蛋，一脸忧伤的表情，"爸爸很生气，要去揍哥哥，妈咪还不让。小五，你说哥哥是不是犯了什么错，让妈咪生气了呀？"

宫五摇摇头："我也不知道，我回来的时候还好好的……"

燕大宝惆怅地叹了口气："我觉得今年过年一点都不好玩，因为妈咪的心情一直不好。"

宫五没说话。

燕大宝又说："小五，你回伽德勒斯以后，记得好好说说哥哥，他怎么可以把妈咪气哭呢？不听话！妈咪说哥哥小时候最听话了，可现在妈咪都被他气哭了，还叫听话吗？"

宫五还是抿着嘴，好一会儿后才说："我知道了。但是我也不知道我说话小宝哥会不会听，因为很多时候都是他教训我来着，我说了他不听我也没办法啊。"

说完，两个人一起犯愁。

宫五当即决定，要提前回伽德勒斯，这样所有的疑问都能迎刃而解。

听说宫五明天就要走，还已经订了机票，岳美娇很惊讶："不是说特地请了假，初十走的吗？怎么突然提前了？"

宫五笑眯眯地回答："突然想起学校初六选课，很重要，我要赶回去，要是同学帮我选，肯定不尽心，万一选不上，我学分就会不够，就拿不到毕业证书。"

其实没有选课这一说，可是岳美娇不知道，听到宫五这样说，生怕耽误了选课，只能点头："我也不懂，既然这么重要，你自己安排，别耽误了学校的事。"

宫五赶紧收拾东西，要快点回伽德勒斯，她要去看看小宝哥到底怎么了。

出发那天，宫五钻到车里，司机把车开了出去，岳美娇站在门口目送她出去。坐到车上的时候，宫五接到宫言庭的电话，说在机场等着她。

行李不多，就一个箱子，宫言庭站在机场门口，等她过来，让司机回去后，他拉着宫五的箱子帮她办理托运，宫五把自己的机票和证件交过去，办好了宫言庭又带她坐了一会儿，算着时间差不多了，才送她过安检。

宫五在里面对宫言庭摆摆手："四哥，回去吧，早点给我找个四嫂啊！"

宫言庭笑了下："你少操心这些了，管好你自己就行。"

宫五吐吐舌头，背着包找自己的登机口。

坐在位置上，宫五手里玩着手机，犹豫着要不要给公爵发短信说一声，最后还是决定不发了，免得到时候她等啊等，结果等很久还是等不到他的回复，她反而更伤心。

宫五叹了口气，抬头看着远方，把手机收了起来，没关系啊，很快她就能见到他了，宫五相信，只要自己见到他，就什么问题都没了。

宫五觉得，过年期间那些事，都是因为她自己变得多愁善感了，一定是这样的。

一个漂亮的姑娘，单独一人出行，总有人过来搭讪，宫五用流利的英语打发走了好几个搭讪者，对于试图跟她要手机号码的人，宫五更是婉言谢绝。

宫五一直觉得坐飞机打发时间最好的方式就是睡觉，上了飞机闭上眼，一睁眼就到了，这种感觉非常好。她没有在飞机上吃东西，又或者说，离伽德勒斯越近，她就越不觉得饥饿。

当飞机在伽德勒斯的机场降落时，宫五也睁开了眼，有些期待地等着下飞机，期待尽快见到公爵。她把事先准备好的回安享小镇的路线和车次拿出来，认真地查看了一下，然后找到车，买票上车。

因为她铁了心先不联系公爵，所以在来之前，就把路线查得一清二楚，连怎么坐车都记录了下来。

她挑了个靠窗的位置坐下，手托腮看着外面的风景，等车出发，她可以看一路。

以前都是有现成的车接送，这是宫五第一次走这条路，这样看下来，她觉得伽德勒斯虽然小了点，但是景色却很美。

安享小镇的位置很特别，就是一座普通的小镇，如果不是公爵府坐落在那里，或许就连伽德勒斯的很多人也不知道有这么座小镇，山清水秀，充满了勃勃生机和绿色的气息。

宫五一路看着路边飞逝而过的树木和草地，心情都莫名地变得好了起来。

一般的车要两个多小时的车程，但是这种大巴车时间要长很多，足足花了三个小时才到安享小镇。

车到安享小镇的站牌前停下，司机帮大家把行李拿下来，宫五下了车，终于觉得舒服了。

她拖着行李箱，背着包，径直朝着公爵府的方向走去。

年前是住在旅馆，但是这都过完一个年了，总不至于还住在旅馆吧？

她拉着行李来到公爵府门口，发现原本包围着公爵府的黑色的巨大帷幔已经被摘下，外观看上去和以前一样，并没有太大差别。宫五站在门口，抬头看着公爵府巨大的建筑，心情突然好了起来，她终于回来了。

门口的守卫看到她，惊讶地开口："五小姐？"

宫五看向他："嗯，我提前回来。小宝哥呢？他在吗？"

守卫的表情似乎有点慌乱，立刻站直身体："请您稍等，我这就让人通知爱德华先生……"

他的话还没说完，宫五已经拉着行李箱进门："不用啊，我自己去找他就好。"她停住脚看向那个守卫，问，"难道不可以吗？小宝哥跟你们说不准我来公爵府了吗？"

"当然没有！"守卫立刻摇头，只是神情略有些紧张。

宫五疑惑地看了眼他的表情，立刻拉着行李箱进了大门。

她轻车熟路地到了屋门口，把行李箱提到台阶上，进屋："小宝哥！"

屋里站着不少人，个个西装革履或打扮端庄，有男有女有年轻有年老，三三两两地站在公爵府焕然一新的大厅里，正笑语盈盈地交谈，被宫五的一声"小宝哥"打断了。

人们纷纷扭头看过来，宫五风尘仆仆地站在门口，看着大厅内一看就是在举行宴会的场景有些发愣，喃喃开口："对不起……这里是在举行宴会吗？"

众人一个个以端着手里酒杯的姿势定格在原地。

其中有人突然认出了她："哦，原来是五小姐！"

立刻有女人掩嘴，和身边的人交头接耳。宫五不明所以，拉着拉杆箱走进去，开口："不好意思，请问，爱德华公爵在吗？"

换了风格和格局的大厅让她觉得有些陌生，那种淡淡的隔膜无形中让她有了距离感。

她习惯了之前的装饰，以致她站在这里觉得自己像个局外人。

她朝前走了两步，前方有熟悉的人影，正和一个上了年纪的绅士侃侃而谈，他的身后站着一个身材苗条的女士，他正用和老绅士谈话的间隙，低声和那个女人说着什么。

宫五觉察到周围的人在看笑话，她伸手把拉杆箱放到了角落，然后抬脚朝着公爵的方向走去。她在距他一步之遥的地方站住，开口："小宝哥！"

公爵的身影顿了下，慢慢转身。

不过是过了一个新年，宫五发现他似乎瘦了很多，可就算瘦了，他看起来还是像之前一样，英俊帅气，带着贵公子的气质。

宫五努力扯了扯嘴角，对他露出一个比哭还要难看的笑，说："小宝哥，我回来了。嗯，比原计划要提前两天……"

公爵沉默地看着她，然后对她笑了一下，说："没关系，回来就好。"他扭头对尤金说，"带五小姐去她的房间。"

尤金的脸上保持着他万年不变的表情，漠然地开口："五小姐，请跟我来，爱德华先生特地给您留出了房间，装修得很漂亮。"

宫五动了动嘴唇，视线从公爵身侧那个正和老绅士谈笑风生的女人身上扫过，去拉了行李箱，跟在尤金身后离开了宴会厅。

尤金接过宫五的拉杆箱，又偷偷看了她一眼，解释："五小姐，其实不是您看到的那样，爱德华先生和那位小姐……"

"嗯，我知道，小宝哥不是那样的人。"她这样说着，可是不知道为什么，她那么难过，那么伤心，眼泪在眼眶里打转，她违心地说，"我一点都不难过。"

可在说这话的时候，眼泪突然从眼眶里滚了下来，她自己都吓了一跳。

尤金张了张嘴，却什么话都没说出来："五小姐，这是为您准备的房间。"

很典型的女孩子的房间，温暖的色调，典雅又透着可爱的装修风格，可是她心情一点都不好。

她的眼泪吓坏了尤金，他紧张地开口："五小姐，真的不是您想的那样，爱德华先生只是为了局面需要……"

宫五点头，眼泪随着她的动作往下掉："尤金先生，我想休息一下，可以吗？谢谢！"

"好的五小姐，"尤金不安地点点头，"如果您有什么需要，请务必吩咐。"

宫五点头："嗯。"

尤金出门的时候，小心地把门关上。

宫五站在房间门口，眼泪在眼眶里直打转，好一会儿后，她把眼泪擦了，去卫生间洗了下脸，把手机卡换成伽德勒斯这边的，给岳美娇打电话报了平安后，脱鞋躺到了床上，闭着眼睡觉。

其实她有些鸵鸟心态，总觉得自己一觉睡醒后睁开眼，一切都会恢复原样，之前的种种不过是她做的一个梦而已。

可现实和梦境的差别是那么残酷。

宫五正迷迷糊糊的时候，突然听到有人敲门，她伸手拉起被子捂住耳朵，觉得真是太吵了，她很烦。

"小五。"公爵的声音在门外响起。

宫五伸手掀开被子，一骨碌坐了起来，怔怔地看着门的方向。

"小五，是我，开门。"公爵还在轻轻敲门。

宫五立刻从床上跳下来，光着脚，披头散发地冲过去，伸手拉开门，一下子扑到了他怀里，哭着说："小宝哥，我以为你不理我了……呜呜呜……"

公爵站在原地，被她牢牢地抱住，他没有顺着她的话说："尤金说怎么都叫不醒你，吃饭了吗？"

宫五哭得更大声了："呜呜呜，小宝哥你不理我，我好伤心啊！"

公爵的手轻轻落到她的肩膀上，拍了拍："别耍脾气，赶紧吃饭。"

宫五不撒手，哭着说："人家早早回来，你都没有表扬我，我担心你，怕你一个人孤单，就提前回来了……呜呜呜呜……"

"抱歉小五，你看到了我很忙是不是？对不起，我恐怕在很长一段时间里都会很忙……"他声音低沉，很平淡地说着。

他这个反应让宫五从他怀里抬起头，泪汪汪地看着他，为什么他就像没有听到她那么伤心地哭着似的？

还是说，她一直哭让他厌烦了？

宫五开始反省自己，是不是变得像恋爱里的很多女孩子一样恃宠而骄了，如果是这样的话，她要反省一下，有些时候她确实会有点过头，但是小宝哥可以跟她说呀，而不是这样冷冰冰的。

她吸了吸鼻子，努力让自己看起来没有那么委屈，赶紧伸手把眼泪擦了，认真地说："小宝哥我是真的不饿。我可能是坐车时间太长了，颠得不舒服，所以不想吃东西。"

公爵静静地看着她，她努力对他笑，眼眶还是红的，泪水还没散去，她认真地让他知道她不是好好的不吃饭，而是真的不饿。

公爵对她笑了笑，慢慢地拉开她搂着他的腰的胳膊："那小五继续去休息，我外面还有很多客人。"

宫五慢慢地后退一步，乖乖地点头："嗯。"

她仰着小脸，睁着泪汪汪的眼睛，两只白皙的小脚踩在冰凉的地板上，披散着头发，站在原地看着他。

见他站着没动，她对他挥挥手："小宝哥你去忙吧。说不定等你忙完了，我就饿了，我们还可以一起吃晚饭啊！"

公爵的视线落在她的脚上，出声提醒："去穿鞋。"

宫五低头一看，动了动脚趾，发现原来她是光着脚丫子的，她有些不好意思地拿一只脚在腿上蹭了蹭，说："我知道啦，小宝哥你去忙吧！"

然后她转身跑进屋，穿上拖鞋又快速跑出来，对他说："我今天回来得不是时候，样子太难看了，小宝哥，下次我打扮得漂亮一点，这样就不会给你丢脸了。"说完，她仰起漂亮的小脸，笑得有些讨好。

公爵张了张嘴，垂在身侧的手动了动，最终什么都没做，点点头："我先去忙，小五好好休息。既然回来了，歇好了就准备开学去上学。"

宫五点头："嗯，好！"

公爵转身，慢慢地抬脚离开。宫五站在原地看着，等看不到他的身影，才慢慢回屋。

他离开，她脸上的笑容逐渐淡了下来，木然地坐在床上，终于承认了一个事实，小宝哥真的变冷淡了，不是她的错觉。

第九章

公爵府在精修过后，开始了夜夜笙歌的快生活节奏，每到傍晚，就会有来自四方的贵族男女准时赴约，来的宾客太多，就连楼上靠近楼梯口的卫生间都特地对外开放，以便女客使用。

楼下的喧嚣传到了楼上，宫五安静地蹲在地上剪花枝，突然楼梯口的方向两个女人嬉笑的声音传来。

"爱德华先生怎么会和那样的女人结婚？你看到她的样子没？真是太可笑了，竟然穿着那样的衣服出现在爱德华先生的宴会上，好丢脸。"

"我就知道当初爱德华先生说她是未婚妻，不过是为了方便她入学，可笑的是她还真当自己是爱德华先生的未婚妻了，听说在学校里的时候，她就是以爱德华先生的未婚妻自居的……"

宫五蹲在地上没动。

她不是故意偷听的，而是她们说的时候，她刚好听到。

其实这样的话以前在学校的时候她没少听，她那时候都习惯了，因为她知道他们说的不是真的。

可现在她实在不知道她们说的究竟是真是假。

最起码小宝哥的态度让她没了当初那份自信。

她可以不在乎什么未婚妻的名声，但是她在乎小宝哥。

这种感觉真的很不好，她越听越觉得难过。

公爵府那么热闹，可是跟她没有丝毫关系。

以前她在的时候，公爵府从来没有这么热闹过，他说不喜欢太吵的环境，只想安静地跟她待在一起。

以前她深信不疑，可现在她已经不敢信了。

宫五深呼吸一口气，强迫自己心情好一些。实在采不到多少花了，她站起来，捏着手里的花朝着卧室走去。

她无意中一低头，看到人群中站着的公爵正抬着头看她，她愣了下，对着公爵摇了摇手里的花，转身进了卧室。

她坐在房间窗边的椅子上，修剪着花朵，一枝一枝地插到花瓶里。

她神情有些漠然，心情酸涩到了极点。

这个时候，她就是一心一意地想把花摆得漂亮一点。

等她把所有采回来的花错落有致地摆放好后，终于觉得满意了。

她脑袋靠在墙上，透过玻璃看着窗外，脑子里乱糟糟的。不要用这样的氛围来欺负她，她必须说清楚才行。

她等啊等，终于等到宴会结束。

喧嚣的动静弱了不少，她伸手拉开门，走了出去。

她走到尤金面前，看着他，尤金立刻站直身体："五小姐……"

她依旧看着他，问："我能见小宝哥吗？"

"我要跟爱德华先生请示一下，请您稍等……"

宫五："我在这里等你，你去吧。"

她站在走廊的一头，安静地站着，像个木偶似的一动不动，公爵来的时候看到她仰着脸，发梢还有些潮湿，身上带着股沐浴后的清香，神情有些倔强，眼神直勾勾地盯着他看。

公爵沉默地看着她，她也不说话，一直盯着他。

终于，宫五问："是不是过年的时候，有人跟你说我的坏话，所以你一整个过年期间都不跟我联系，其实是心里偷偷摸摸在跟我生气，是不是？"

公爵站在原地没动："不是，小五别乱想……"

"我就是要乱想！"她抿着嘴，瞪着眼，"我要说清楚，我最烦这种不清不楚含含糊糊的状况。有什么事摊开说，我承得了。我宁肯一刀断得彻底，一次性伤心，也不要这样钝刀割肉地痛。我明明很难过，还要假装不难过，我明明很伤心，还要假装不伤心，凭什么呀？"她直着脖子，眼泪在眼眶里打转，狠狠地伸手抹了把脸上的眼泪，抽噎着说，"小宝哥你告诉我，你是不是不喜欢我了？你要是不喜欢我了，要是想分手，你就干干脆脆地说，我绝对不会缠着你。"

公爵突然上前一步，直接把她搂到了怀里，慢慢缩紧胳膊，缓缓低下头，开口："不是。"

宫五抿嘴，眼泪打着转。

他说："我从来没觉得小五笨，也没觉得小五好欺负。"

"那你是什么意思？"宫五突然挣扎起来，"你告诉我你是什么意思！你以为我感觉不到吗？你疏远我、冷淡我，你凭什么要控制我的情绪？你就是仗着我喜欢你，仗着我爱你，所以我才会难过，我才会伤心……"

公爵再次固定她的身体，说："不是！"

宫五停下挣扎的身体，哭着说："这世上那么多男人，我不是非你不可，我可以这样告诉你，为什么你不能大大方方地告诉我？你可以不喜欢我，可以不爱我，但是你不能耍着我玩，我告诉你……"

"不是的！"公爵强行搂住她，"不是的……"

宫五抽噎着，等着他接下来的话。

见他没有开口，她抽噎了一下，提醒他："说话……"她瞪着他，眼睛红通通的，含着泪水，她大吼出来，"让你说话听到没！"

公爵慢慢松开她，伸手摸她的脸："我爱小五。"

宫五打了他一下，哭着说："不是说这个！呜呜呜……你就告诉我，你为什么要这样对我？"她泪汪汪地瞪着他，"我告诉你我现在很伤心，你今天要是不说清，我就权当你在跟我提分手，我也同意分手，以后你爱干吗干吗，我保证不会管你、不会打扰你，你也别觉得跟我有什么关系……"

"我不想失去小五。"他突然出声打断她的话，"我更不想小五因我受到任何伤害……"

"我不害怕呀！"她抽噎着，大声说，"我一点都不害怕呀！如果我害怕，在我第一次被人绑架的时候，就不会找你！我被人带到鬼山角，面对占旭，我被米典推入陷阱，差点死在里面，那样我都没有想过放弃小宝哥。我那么害怕，可是我还是没有放弃……我如果害怕，就不会等到现在这么难过，我早就不要你了！你怎么可以这样对我？我就是想跟小宝哥在一起，可是你现在这样……"

她大声哭着："小宝哥你怎么能这样？我那么难过你看不到吗？你还敢说你爱我？你一点都不爱我，你就爱你自己，你说你爱我，你觉得你是在保护我，可是你考虑过我心里是怎么想的吗？小宝哥我讨厌你！我讨厌你这样……不就是分手吗？你大大方方说出来，我一点都不会怪你，但是你这样磨磨叽叽不说。你要跟我分手，干脆点不好吗？我也想假装自己很贤惠的样子，假装可以忍着，可是我心里真的很难过……呜呜呜……"

公爵沉默地看着她，摇摇头，捧起她的脸，拇指揩在她脸上，抹去她脸上的眼泪："我看得到，对不起小五，是我考虑不周，没有顾及你的想法。我知道小五不害怕，是我认识的最勇敢的女孩，我一直以为这世上没有我做不到的事，可是我认识小五以后才发现，原来我有很多事都无能为力，比如占旭可以在我的眼皮底下劫持走小五，我没有自己以为的那么强大，我保护不了小五……"

"我可以保护我自己啊！"她抹着眼泪说，"我也是人啊，我可以保护我自己，为什么非要小宝哥保护呢？如果小宝哥觉得自己不够强大，那就让自己变得更强大，这是你教我的呀！"

公爵安静地看着她，眼神中透出让她害怕的决绝，他摇摇头，说："我无能为力。我一直以为这世上没有什么东西能难倒我，但是现在我发现很多事不是努力就能改变的。对不起小五，我一直在找用什么样的办法能把对小五的伤害降到最低，但是现在我发现，不管我用什么样的方法，对小五的伤害都在所难免……"

宫五哭出声来："为什么呀？我在伽德勒斯三年都好好的，为什么到了现在小宝哥要这样？我不害怕呀，我想陪着小宝哥不行吗？"

"不行的小五，"他缓缓摇头，说，"伽德勒斯的现状，三五年都改变不了，我需要……王权之下我需要心无旁骛，我处在伽德勒斯政权的核心地位，小五的存在会影响到我的思考，也会成为我被人攻击的弱点，我不能再和小五保持以前的关系，我甚至需要在很多人面前让他们看到我和小五的关系不是那么和谐……"

宫五呆呆地听着："小宝哥的意思，是我会影响到小宝哥和国王的争斗，我会成为小宝哥的累赘或者别人利用我要挟小宝哥，这样小宝哥就会很被动，是吗？"

公爵点头："是。虽然我爱小五，但是爱德华家族的立场和政治地位在当前更重要，小五的存在会影响到我对大局的思考，也会成为别人要挟的重点对象。我做不到对小五的生死无动于衷，我也不希望自己在任何时候变得被动，所以我要做一个取舍。对不起小五，我知道这样对不起你，所以我一直不敢开口，选择逃避，我为我的懦弱向你说对不起。"

宫五的哭声逐渐小了，良久过后，她喃喃开口："这样啊……"她用手使劲擦去脸上的眼泪，说，"小宝哥你这样说，我就能理解了，总比刚开始那样让我好受些。"

她慢慢地抬头看着他，后退一步："既然小宝哥做了决定，那我就不多说什么了。虽然还是有点难过，不过知道小宝哥还为我着想，我还是挺高兴的。"她红着眼眶，含着眼泪对他笑了下，说，"这样的话，我就知道原因啦！总比像个傻子强。"

眼泪顺着脸颊往下滚，她一边擦一边说："小宝哥要跟我分手，就是因为不想我成为别人要挟小宝哥的工具，我都付出了分手的代价，那就更加要让别人知道这一点，要不然我跟小宝哥分手了人家还来找我的麻烦，我多亏啊？"

说着说着，她一下子哭出声来："我不想都分手了还被人威胁到我的小命，那也……太亏了……事情已经到了现在这样，那就再彻底一点……让人家以为……我们完全决裂了，再也没关系，行吗？"

公爵直直地盯着她，深邃的眼眸倒映着她哭泣的脸，他喉结动了动，垂在身侧的手紧了又松开，缓缓地移开视线看向别处，长长地、暗暗地呼出一口气，点头："行。"

宫五伸手擦了下眼泪，努力让自己的声音清晰有力，点点头："好！但是需要小宝哥配合，我会挑一个合适的时间和场所……"

说完，她伸手抹了把眼泪："我先回去睡觉了，小宝哥再见。"

黄昏初来临，灯火未明时，他高高大大的身影站在欧式墙柱的后面，五官隐没在昏暗的光影后，他低着头，微微弯着腰，两只温暖的手捧着她的脸蛋，让她忍不住想要蹭蹭，多沾染一些他身上的温暖。

"小宝哥，我回屋睡觉去了，小宝哥再见。"她一边走一边哭，当年她妈妈败给了宫家的财势，现在她败给了爱德华家族的仕途和地位。

碰触着她的脸的手逐渐因她的离开失去了指尖的触感，他颓然垂下手："晚安小五。"

宫五后退一步，正要转身再次抬脚离开的时候，墙柱上的灯突然亮了。

灯光让所有带光泽的物体映上倒影，微亮的白点那么夺目，她在他脸上看到了液体的反光，那样真切，刺痛了她的双眼。

宫五快速转身，逃一样飞奔而去，就当是她成全了他对他家族的大义。

一大早起床，她没洗脸、没梳头，而是把房间里属于自己的东西都翻了出来，又找了几个大袋子，开始往袋子里装。学校那边申请的宿舍，终于派上用场了。

课间的时候，宫五把自己带过来的礼物分给班里的同学，从同学们嘴里侧面了解了下他们现在的说法。

果然伽德勒斯太小，公爵和她的事很快就传遍，本来同学们还将信将疑，结果一听宫五说要搬到宿舍去住，之前的传闻一下子就变得真实多了。

"小五，难道你和爱德华先生真的像外面说的那样？"

宫五扭头看着外面，沉默了好一会儿后才说了一句让人回味的话："门当户对这个东西，真的很重要。"

现在说出来还好，或许在她搬到宿舍之前的那段时间，传来的话更加让她难堪吧。

一个顶着爱德华的未婚妻名头入学的人，实际上不过是个名头，她还以爱德华的未婚妻自居。

衣服她只留了这几天换洗的，其他的都装了起来。

她没再执着于和公爵交流沟通，该说的已经说得很清楚了，她心里没有了一定要知道原因的执念，觉得磨磨叽叽藕断丝连不如断得干脆点，好歹还能让小宝哥觉得她没死缠烂打让他困扰。

她现在要做的，就是配合公爵把剩下的戏演足了，也能顺利把自己从公爵和国王的争斗旋涡中择出来。

已经没了男人，那她就要考虑留住自己的小命，让她现在放弃学业回青城也不可能，她出来这么久连张毕业证书都没混到的话，她妈这下肯定真要打断她的腿了。

所以，就算为了她自己，她也要撑到大学毕业。

整修过的公爵府比往日多了歌舞乐声，宫五的地位变得微妙异常，顶着爱德华的未婚妻的头衔出入校园，公爵府的聚会也没了她的身影。

宫五当然很难过，不过难得的是她会拼命调整自己的心态，比如找别的事做来分心，这样就不用想了。

其实她一点都不愿意待在公爵府，待的时间越长，她就越难受，但是为了不掺和公爵和国王的那些事，她逼着自己忍啊忍，忍着楼下大厅里的欢声笑语，忍着她被排斥在外孤零零的难堪。

她暂时还住在公爵府，上下学也依然有车接送，看起来一切都没变，不过学校的很多学生都发现了变化。

因为原本接送宫五的车是公爵的私人车，可现在接送宫五的车换了一辆，再也没有公爵府的车出现过。

她背着包，里面是她的书本和笔，车在公爵府的院子里停下，她下车，正门处是热闹的人群，贵族绅士和女士们身着华丽的礼服，穿梭在人群中。

宫五站在门口，深呼吸一口气，没有像之前一样从偏门进入，而是抬脚踏上了正门的大厅。

她出现在门口，立刻有人发现了她。

最靠近门口的两个女人偷眼看着，脸上带着嘲讽的笑，交头接耳。

宫五抬着下巴，手里提着包，踩着学生装平底皮鞋一步一步朝着公爵走去。

她走过的地方，人们自动让开了路。

与其说是避让，不如说是故意让开一条让他们围观看热闹的通道。

他们自然不是看公爵的热闹。这个社会，刻薄的人眼中永远都带着嘲讽，身边发生的任何一件事他们都习惯性地嘲笑，毕竟别人的痛苦对他们来说无足轻重。

在他们眼中，宫五犹如一个跳梁小丑，她之前站得越高，如今摔得就越痛。爱德华先生本来就不应该跟这样的平民女孩在一起，还是个来自异国的平民，更何况，这个来自异国的平民还有着糟糕的声誉。

宫五一步步走向公爵，在所有人的注视下，在他面前站定，她抬着下巴，直直地盯着公爵，道："小宝哥。"

公爵的视线慢慢从别处收了回来，应道："小五放学了，如果觉得累就去休息。"

周围的乐声都小了一些，更多的是围观者的窃窃私语。

宫五的视线从他身上挪到他身边的女人身上，女人挽着公爵臂弯的手臂让她觉得眼睛有点疼。

她抿了抿唇，看着公爵问："小宝哥，我能跟你说句话吗？"

公爵回答："可以，就在这里说就可以。"

她动了动唇，问："小宝哥，你能不能告诉我，你喜欢过我吗？"

她的眼睛直直地盯着他，眼眶里有泪水盈盈晃动，问完她抿着唇等着他回答。

公爵回视她，然后点点头："喜欢过。"

她又问："那你现在……不喜欢我了，是不是？"

她觉得真丢脸啊，要当着这么多人的面问这样的话，感情不应该是自己知道就行了吗？可是这些人喜欢看这些，那么她就把这样的话摊开在所有人面前，让他们看到，宫五相信几次之后，他们就会把她传得污浊不堪，就像她原本就污浊不堪一样。

公爵站在她面前，她还是很难过呀，这个原本应该是她想抱就抱、想亲就亲的男人，现在她什么都不能做，只能这样远远地看着，说着最矫情的话，做着最矫情的事，听他说最残忍的话。

他说："对不起。"

她突然不死心地追问了一句："小宝哥你现在真的不喜欢我了吗？"

为什么他看着她的眼神这么冷漠，为什么他的眼中一点感情都看不到？为什么他可以这么快就把她当成陌生人？可她还是这么难过！

"我很抱歉。"

她只是想要一个真实的，让她真正从心底放下的答案呀。

至少她不再会有期待，不再会有念想。

宫五有点失望，慢慢低下头："这样啊……"

公爵静静地看着她，机械似的开口："对不起……"

宫五转身，朝着后门走去，低着头，像个战败的士兵，萎靡地离开所有人的视线。

她木然地回到房间，伸手关门。

干巴巴的关门声让她觉得自己的心情也是干巴巴的。

还是很难过呀，人真是种讨厌的生物，明明是假装的，可是她还是很难过，这是为什么呀？

她慢慢蹲了下来，胳膊抱着膝盖，眼泪掉了下来。

她一点都不想哭，真的不想哭，可是眼泪怎么这么讨厌啊，自己一直往下掉。

她低着头，无声地抽泣，就算是假的，她也难过。

这天晚上的事很快很多人就知道了。宫五跌下神坛之后，终于让原本觉得她高不可攀的同学同情起来，她在班里也交到了几个关系还不错的朋友，在教室里也不再孤孤单单一个人。

她走在校园里，有认识她的人对她指指戳戳，说了什么宫五不知道，也不关心，她只是来上课的。

"嘿，小五！"宫五的邻桌跟她打招呼。

宫五对她笑笑："嘿，温妮。"

温妮是个活泼的姑娘，在众多淑女样的女孩里，算是跳脱的一个，关键是她为人很有正义感，也正因为如此，她才跟宫五逐渐认识玩到一起。

她看了看周围，把椅子往宫五那边拉了拉，压低声音说："昨天晚上的事我听说了，我知道肯定不是真的，那些女人就喜欢乱说话，巴不得天天看别人的笑话，你不要理她们。"

宫五笑了："嗯，谢谢。"

温妮看着她，抿了抿嘴，有些伤心地说："小五，我觉得你这学期脸上的笑容都少了。"

宫五伸手拍了拍脸："是吗？还好吧。"

"我觉得你不是他们说的那样，"温妮继续说，"我很失望爱德华先生竟然会因为有人恶意毁谤就选择跟你分手，明明以前他还一直来学校的，你惹了那么多祸他都维护你，现在为了一些莫须有的流言分手，我觉得他应该是有了更好的联姻对象，才找了这么个借口。对了小五，你说会不会是爱德华先生故意让人传出那样的流言，然后找一个跟你分手的理由啊？"

宫五一愣："什么流言？我怎么不知道？"

温妮叹气："我就知道你肯定还被蒙在鼓里。难道没有人告诉你，有人在谣传有关你的很多事？"

宫五追问："比如呢？"

温妮伸出手指一根一根掰下来："我听到的就有好几个版本，我记得有人说你偷了爱德华先生的图纸。"

宫五的脸当即就白了。

温妮没看到，继续说："我还听说你到伽德勒斯来是因为你在你的家乡做了不好的事，待不下去才来的这里。"

宫五打断她："你听说这些是什么时候的事？"

温妮回答："哦，圣诞节之前，那时候有一点风声，不过我们都不知道，之后就全面爆发了。"

宫五呆呆地坐着，真是时候啊，在伽德勒斯局势最微妙的时候，在她刚好离开伽德勒斯不能辩解甚至不知道的时候。

这是要趁机抹黑小宝哥吗？想要用这样的消息来打击小宝哥？

所以小宝哥才要跟她分手，是这样吗？

这是她能想到的，要不然呢？

温妮看她在发呆，一脸担心地说："小五，你被气到了吗？"

宫五扭头看着她："谢谢你温妮。我没事的，不管是谁都无关紧要，现在他对我很冷淡，这样的话，我也只能选择分手。"

"那你还爱他吗？"温妮手托腮好奇地问。

宫五怔怔地看着她，然后笑了下，说："慢慢就会不爱的。"

温妮伸手拍了拍她的肩膀，同情地说："加油。"

从同学嘴里听到流言的事，宫五的心情越发低落，当初小宝哥还说对方不敢拿出来，结果被逼到份儿上了，人家直接放了大招，这下他知道利害，只能选择分手来解决这样的流言。

怕她有危险可能只是公爵考虑的一小部分，担心她影响到爱德华家族的声誉，成为敌对方攻击的目标恐怕才是真的吧。

宫五越发难过，她靠在车上，眼睛直直地盯着某一点。她到哪都会有不好的事，到哪都不能安分地过日子，简直就是自带惹祸体质。

不过这事虽然传出来，但因为公爵和她现在的关系，她反而觉得轻松不少，她以后有再多不好的事，也不用担心会影响爱德华大公爵的声誉。

这样一想，她突然觉得轻松不少，原来身上少一份责任，人也会轻松起来。这也算是坏事中的好事吧。

今天是公爵府近来规模最大的化装舞会，伽德勒斯的很多年轻贵族都会来参加，宫五知道这是个千载难逢的机会。

化装舞会有很多人化得爹妈都不认识，是很多人混进来的最好机会，就是因为这样，她才更要珍惜这个机会，因为只有这样才能让更多的人知道她和公爵的决裂，如果有更多的人知道，就意味着她离危险的旋涡就越远，毕竟对她来说，分手已经在所难免，那么远离危险是她现在的目标。

在舞会的气氛最高潮的时候，宫五出现在宴会厅的门口。身后的人一看她的样子就知道她要干什么，公爵府的帮佣急忙拉她："五小姐，您还要进去？您之前闯进去两次，爱德华先生已经很不高兴了，您就别……"

宫五压根没等对方说完，直接把包往身上一甩，抬脚就闯了进去。

走到门口，她一脚踹开门，一副冷面杀神的模样。

咣当一声，巨大的声音吓了里面的人一跳，就连奏乐的乐队都吓傻在原地，一时间连针落地的声音都能听得清。她抬头挺胸站在门口，大声开口："爱德华！"

有很小的声音传来："她又来了……"

宫五直接走进去，看到有碍事的人毫不客气地伸手推开。她大步在人群里走着，每个人都戴着面具，把真实的面容装饰在面具后面，让她一时分不清究竟谁是公爵。

她接连拉住好几个酷似公爵背影的人，他们转过脸她才发现不是。

她站在奇装异服的面具人中间，到处寻找着公爵，可她眼前看到的都不是。

她站在原地，大声开口："凯尔特·爱德华，你出来！"

每个人都看着她，唇角带着嘲讽的笑，就像在看马戏团的小丑表演。

她大声喊："那些流言是不是你放出来的？你为了跟我分手，为了让我难堪，你故意让人放出那些流言，是不是？你说话！你出来！"

周围死一样安静，这里是爱德华的公爵府，爱德华先生的态度代表了他们的态度，只有爱德华表露出最终的态度，他们才知道用怎样的态度对待眼前的这个疯女人。

"你出来！你说话！"她大声喊着。在一个华丽的空间里，在一群穿着华丽服饰的人当中，她日常的打扮反倒显得另类又怪异。

依旧很安静，她到达的地方人们纷纷退避三舍，就像她身上带着毒气。

"爱德华你出来！"她大声喊着。

然后，二楼传来清晰的脚步声，鞋跟踏在光亮的地板上，一身吸血鬼打扮的公爵出现在二楼的栏杆处。

他居高临下地俯视着下方，犹如君临天下的帝王俯视着他的臣民一般，他的声音冷漠得没有一丝温度，冰冷地吐出几个字："难道不是事实？"

她站在下方，抬头看着他，在听到他的话时，整个人僵在原地。

"据我所知，流言说的是事实，不是吗？"公爵重复，低沉的嗓音带着一丝嘲讽，他抬脚，围绕着栏杆朝着楼梯的方向慢慢走来，视线落在宫五的身上，沿着台阶一步一步往下走，"如果没有人告诉我，或许我会一辈子被你蒙在鼓里。是流言吗？又或者是，被你当成流言的事实？"

宫五全身一阵阵发冷，脸色一片苍白，像被抽干了血一样，就连嘴唇都失去了鲜红的色彩。

她张了张嘴，用颤抖的声音问："这是你传出去的，是不是？你传出去……用这样的方式跟我提分手，让我无话可说……"

"你信吗？"他慢慢沿着楼梯走下来。

修长的身形，挺拔的身姿，古老宫廷的伯爵装饰穿在身上丝毫没有减损他的出众，贵公子的气质让他还原了神话中吸血鬼伯爵的精髓，他贵气逼人地走到她面前："你信，那便是，你不信，那便不是。你信吗？"

眼泪不争气地在眼眶里打转，宫五半张着嘴，一动不动地站着。

有人在低头掩嘴低笑，耳边是他们窃窃私语却又光明正大的声音。

"她也有脸说？这样的女人谁敢要……"

"不知分寸，不懂进退，真是荒唐。爱德华先生怎么会挑这样的女人？"

"我的天啊，她怎么会这么粗俗？自己做了那么多下作的事，还敢来责问爱德华先生……"

"这样的女人就应该用这样的手段对付她，换我也一样。她一定是用了欺骗手段一时迷惑了爱德华先生！"

……

耳边是嗡嗡的声音，她有些听不清，眼中含满泪水，颤抖着嘴唇，往后退了一步，一次次提醒自己，这是假的，这一定是假的，明明之前小宝哥还说爱她，因为怕她被人伤害才要分手的。

她慢慢后退，在一片嗡嗡声中转身，疯了一样冲出公爵府，在安静的小镇街道上拼命奔跑，要去哪里她不知道，她只知道她满脑子都是他刚刚那句没有温度的话："难道不是事实？"

宫五被草根绊倒，一下子趴在草地上，放声大哭。

为什么呀，为什么她这么难过啊？明明进去的时候都想好了，都是假的，都是演戏，但是为什么她这么难过呢？

她趴在地上号啕大哭。

周围太过安静，以致她的声音显得格外清晰响亮。

"小宝哥我讨厌你……我讨厌死你了……"她大哭着，语无伦次地喊着，"你怎么能这样？你怎么能说那样的话？我恨死你了……呜呜呜呜……"

她伸手使劲捶着草地，哭得毫无形象，拼命告诉自己，这下可以死心了，他说

360

了那么伤她心的话，这下她就不用有侥幸心理了。

但是，她就是很难过啊！

她也不知道过了多久，等到情绪冷静下来后，她起身走了回去。

公爵府的门大开着，已经少了之前的喧嚣和热闹，她沿着台阶上去，在房间门口看到了栏杆处站着的公爵。

她在楼梯口站住，穿着一身脏兮兮的衣服，顶着乱糟糟的头发，面无表情地看了他一眼。

公爵看着她："小五。"

她点点头："我出去转了一圈，现在回来了。"

说着她抬脚朝门走去，伸手拧开门，把手里摘的花插到窗台上的花瓶里，整理了一下，然后重新走了出来，在门口站住，看着公爵说："小宝哥，我明天早上会搬出去，估计还要麻烦你让司机送我一趟，以后都不会麻烦了。"

她依旧看着他，说："另外，我妈寄存你这边的生活费你直接扣下，直到扣完我欠你的钱为止，我不想背负着欠债离开，我一直有记账，这两三年的时间，我的生活费和省下的住宿费也攒了不少，你直接扣吧。我打听过了，学校提供三餐，也没有额外的费用要收，我不需要零花钱。"

她又跑到屋里，伸手从包里掏啊掏，掏了一张卡出来，又拿笔把密码写在卡背后，然后把卡递给公爵："这卡里有钱，你就从这卡里扣，直到结清为止。"

谢天谢地，步生偷偷塞给她的卡她收下了。她红着眼，使劲对他笑了下，说："放心吧，这是我继父给我的零花钱，你也知道我继父有钱又很大方。"

公爵的视线落在那张卡上，没有开口。

宫五红着眼睛，努力笑了笑，说："小宝哥你不用觉得有什么心理负担，我这个人其实很好说话，没想通的时候死活纠结，想通了什么都不重要。"她抿嘴一笑，虽然现在的样子笑起来一点都不好看，她还是努力让自己看起来是笑嘻嘻的，"我会很快忘了小宝哥，找不到比小宝哥帅的男朋友也没关系，我看着顺眼就行。"

她在门口动了动身体，说："小宝哥，你的消息我肯定可以从同学的嘴里听到，你以后就不用亲口告诉我了，我怕我好不容易忘了，哪天一听到你的声音又难过，我以后还打算一直高高兴兴地活下去。小宝哥，你加油。"

公爵安静地看着她，动了动唇："小五……"

宫五说完那些话，突然又像泄了气的皮球一样："其实我还是很难过。不过，我尊重小宝哥的决定！"她又努力扬起大大的笑脸，"我这个人最大的优点就是拿得起放得下，藕断丝连什么的对我来说太难受，我也不喜欢，所以我会在接下来的一年半时间里认真学习，保证不会让校长联系你。我还怕死，要是你出现的次数多，人家肯定还以为我跟你有关系，我不害你，但是也不会让你害我。"

她后退一步，进了屋，伸手握住门把手："小宝哥，这么长时间，多谢你照顾我，我会一直记在心里的，晚安！"

公爵的手卡在她要关的门上："小五……"

她低头，不去看他的表情，努力忽视他变了调的声音。

宫五沉默了一会儿，然后点头："人家说了，初恋就是用来失恋和怀念的，小宝哥，我们就这样刚刚好。"

公爵的手还卡在门上："小五……如果有一天我死了，小五也不会来看我，是吗？"

宫五抬头："不会的，小宝哥会长命百岁的。"

"小五会来吗？"他追问。

宫五认真地想了想："我现在不知道，我要看我以后的男朋友或者丈夫的态度，如果他介意，我要尊重他。"

既现实又残酷的回答，可宫五觉得以后肯定是这样的，毕竟前男友这个东西，就是个过去式，人放眼要看的当然是眼前人，现任的心情才要最先考虑。

公爵抓着门的手紧了紧。

"小宝哥，我有点累了，想休息了，晚安小宝哥！"她最后一次勇敢地抬起头，看着他的脸。

这是她的初恋，果然她的眼光比较好，颜值这么高的男人，睡了也不吃亏，都不知道她以后的男人会长什么样。

"晚安小宝哥！"她又一次开口。

公爵的手终于缓缓地松开，他后退一步，站到了她门外。

宫五伸手关上门。

一个门内，一个门外，宛如被隔开的两个世界。

时间是个神奇的东西，有时候让人欢喜，有时候让人头疼，想它快时它偏慢，想它慢时它却转瞬即逝。宫五一直觉得，总归会忘记的，结果她足足煎熬了三个月。

三个月后，她逐渐从失恋的阴影中走出，开始能和身边的朋友谈笑风生，提起公爵的时候，也不会再眼眶发红泪水涟涟，已经能坦然地面对别人口中吐出的"爱德华先生"。

她早已搬出了公爵府，和大部分学生一样搬进了学生宿舍，成为住校生中的一员。

大三的课程不再局限于教室，老师们教授他们更多的实践知识。比如他们开始接触各个不同的慈善组织，比如学校邀请了慈善组织带着他们去各个孤儿院、残疾人场所，又比如他们被带往医院，看望那些受伤的士兵，送上慰问。

作为一门课程，哪怕是做慈善，宫五的表现无疑是所有人里最好的。

做慈善的人去慰问，不是为了让别人看到他们害怕、恐惧的表情，哪怕是同情也不需要。

爱心这个东西很虚，可很多时候，一个友善的微笑，一个抚摸的动作，可以让他们心里好受一些，或许抚不平他们一辈子的创伤，但最起码这些人的心里能够得到暂时的慰藉。

宫五的射击成绩也是班里女生中最好的，她本身对射击的感觉比其他人好，再加上老师发现她有很好的基础，所以指点之后，她总能打出最好的成绩。

很多时候她不需要刻意表现，那是一种本能，曾经她在公爵府学过的一切，都成了她现在的优势。比如她在面对需要帮助的儿童时，比如他们在慰问受伤的士兵时，她会不自觉地去做，好或不好她那时候没想到，她更多的是想要体会他们的心情。

所有课外的实践中，宫五的表现都可圈可点，最起码所有的实践课老师不约而同地给了她很高的评价。

她的生活圈子逐渐扩大，和班里的同学融洽相处，并且有了关系良好的朋友。

她骨子里调皮的天性不会随着环境消失殆尽，她会偷偷摸摸采花园里各种颜色的花回宿舍，插在漂亮的瓶子里摆放在窗台上，说每天看到都会有好心情，后来学校的园丁发现，把她捉了个正着，她被罚义务帮园丁整理花园整整一个月，后来跟老园丁成了好朋友。

她闲来无事偷偷爬到学校的古树上摘下仅有的几个果子，结果果子又酸又涩，她咬了一口就吐掉，白白浪费了古树上的果子。

她周末一个人的时候还会挨个房间塞小纸条做恶作剧，希望能交到一两个宿舍里的好朋友，然而最终失败并被宿管员警告不能骚扰别人。

一个天性快乐的人，不会永远消沉下去，宫五就是这样的人。

周六，宫五和几个朋友驾车游玩。宫五坐在后面，闭着眼，享受黑暗中轻微的颠簸，说："伽德勒斯虽然很美，但我还是想回青城生活。"

她这话让其他人沉默，她来伽德勒斯是因为公爵，如今她和公爵分手，似乎也失去了待在伽德勒斯的理由。

"说起来……"宫五突然又开口，"我现在入学还是爱德华先生签的字呢。估计他自己也很苦恼，如果他收回了担保书，我就只能中途离开，如果他不收回，好像对他的声誉不太好。"

"你管他呢！"温妮突然出声打断，她是四个人中年龄最小的姑娘，长得圆润可爱，脾气也是直来直去，"都分手了，管他声誉好不好呢！"她雪一样白的小脸上带着微微的愤怒，"让女孩伤心的男人都是垃圾！就算是爱德华先生，也不例外！"

其他人都震惊地看着温妮，她当初可是爱德华先生的忠实拥护者。宫五小心地开口："温妮……你冷静点！"

"我就是生气！"温妮大声说，"为什么大多时候提分手的都是男人？为什么被分手的都是女人？为什么分手之后，伤心的都是女人？小五刚搬到宿舍的三个月，她那么伤心，爱德华先生呢？肯定是每天带着那些美丽的女人举办晚会、参加宫廷宴会，一转眼就忘了伤心的小五，多不公平！"

她气愤地说："我真希望爱德华家族那个诅咒是真的，这样就能惩罚到薄情的爱德华先生！"

宫五赶紧伸手拍了拍温妮的胳膊："温妮别激动，冷静冷静！我这不是好好的吗？失恋就要有失恋的样子，要不然怎么证明我谈过恋爱？对了，温妮还没初恋对象是吗？"

温妮顿时被气得哇哇大叫："小五你要是再这样，我就生气了，我是替你打抱不平。"

宫五赶紧岔开话题，好奇地问："爱德华家族还有诅咒？难道是爱德华家族的古堡……闹鬼？会死人？或者是曾经死过人？"

温妮翻了个白眼："传说爱德华家族的人死亡原因都是不明，每一代爱德华家族继承爵位的人，很多都是在壮年死于不明疾病，这种病听说世界上最先进的医术、最高明的医生都查不到病因，等到了一定时候，人就会死去。哦对了，听说爱德华家族的大公爵病到一定程度的时候，都会坐轮椅，因为特征太显著，所以外界才有这样的猜测。"

宫五想了想，笑着说："怎么可能？这世上的任何事都有原因。又不是拍鬼片，怎么会没有原因？怕鬼的人都是心里有鬼，所以才怕，你们见过一身正气的人怕鬼了？"

宫五翻了个身，侧躺在温妮的腿上，重新闭上眼睛休息。

到达城市，他们才知道赶上了一年一度的祭祀盛典海王祭。

穿过两条街，入眼的地方就是伽德勒斯最大的寺庙白龙寺，到处张灯结彩，一股隆重节日的气氛。

寺庙很大，相应地人也很多，一眼望去都是人头在晃动，穿着各式各样服饰的人都有，有的看起来像在旅行，有的则像商务出差，总之就是出现的人大多是世界各地飞过来参加海王祭的。

正跟着人流慢慢走，宫五手里拿着的手机响了，她急忙伸手接起来："喂？"

打电话的是岳美娇，她就是觉得小五很长时间没给她打电话，她一忙就想不起来，今天陪小八玩的时候就给宫五打了过来。

"小五？干吗呢？你这背景怎么这么吵？"岳美娇奇怪，这是学校有什么活动吗？

"我跟我同学在外面玩呢，伽德勒斯这边有个一年才一次的海王祭，有很多好吃的，我打算从头吃到尾！"宫五笑嘻嘻地说。

岳美娇愣了下，突然想起来，小五自从去伽德勒斯上学之后，在此之前从来没有提到过她的同学，今天她突然说到同学，岳美娇一下就放心了："呀！原来我们小五交到朋友了呀！"

宫五一愣，然后脸上不由自主地扬起大大的笑脸，点点头应了一句："是呀，我在这里有好多好朋友啊！"

岳美娇微笑着说："真好，小五终于有朋友了！"

宫五自己也想起来了，在此之前她好像就是围着公爵打转，以致她和班里的人关系淡薄，再一个是因为马修从而反感所有人，根本没有机会了解他们。可现在，她和班里的人关系更贴近了。

朋友在一块没有目的和利益冲突的时候，友谊才能真的开始。

现在，眼前的三个人很明了啊，他们都知道她和公爵没关系，甚至是被抛弃的，她有着很坏的名声，对于这些贵族小姐来说，她的坏名声无异于颜面尽失，可他们不在意，还是愿意跟她当朋友，那么她就愿意成为他们的朋友。

如果到了这个程度还是像马修那样玩弄她的友情的话，那只能说她真的没有交朋友的命了。

她拿着电话，笑眯眯地听电话里岳美娇的叮嘱，欢快地应道："知道了知道了！放心吧！"

岳美娇问："你要不要跟小八说话？他抱着我的腿要跟你说话呢。"

宫五立刻回答："好呀，我都想小八了！"

步小八终于拿到了电话，肉嘟嘟的小身体往沙发上一坐，自在地晃着小胖腿，说："姐姐……"

正是学说话喜欢啰唆的时候，小胖墩的小手抱着电话，跟宫五啰唆了老半天，结果宫五也不大听得懂，只能说："姐姐放暑假的时候回家，小八在家里要乖乖的呀，听爸爸妈妈的话，当个好宝宝。"

步小八又啰唆了好一会儿，然后姐弟俩才挂了电话。

宫五终于跟步小八打完电话，等她抬头，才发现那三个没良心的已经不见踪影了，她因为打电话走得慢，逐渐落在后面结果现在找不着他们三人了。

宫五："……"她气得原地吼了句，"你们好意思吗？把我给扔了！"

好在她身上带了钱，她一生气跑到边上排队，买东西吃。

宫五抓狂："我一个人有什么好玩的？人多才热闹嘛！气死我了！"

不过她也没怎么担心，因为她找得到酒店，大不了回头自己回酒店也没关系。正等着食物，冷不丁身后有人拍了下她的肩膀，宫五下意识地回头，立刻对上一双熟悉的眼睛，她一愣，随即眼睛一亮："占……"

"嘘——"眼前的人眉眼弯弯、笑容温和，他说，"好久不见，小五！"

红色的血液缓缓流出身体，慢慢积累在容器里，布满针眼的手背露出隐隐的青色，修长的手指随着血液的流出微微抓握。

公爵的视线看着前方，和煦站在他身侧密切关注着采血，等到量足够了，他拔下针头："情绪低落对你来说不是好事。"

公爵慢条斯理地放下衣袖，遮住满是针眼的手背："我觉得流出得越多，我的寿命就越少，我的身体也会越来越虚弱。"

和煦收拾着医药箱，把容器放进去，笑着说："你应该感谢自己病发得早，要不然过个三五年，你必死无疑。"顿了顿，看了他一眼，说，"其实我更想劝你趁现在还有能力，赶紧生个继承人，这样对你、对你们家族都好，毕竟已经找到源头，可以保证下一代的健康。"

公爵沉默。

"还有，你到底有什么事，弄得展小姐都给我打电话？展小姐说你不接电话，她很担心。有什么事需要我帮忙吗？"

结果公爵依旧没说话，只是缓缓闭上眼睛。

和煦讨了个没趣，摸摸鼻子，拉了把椅子过来坐下，慢悠悠地晃着腿，说："其实不用你说，这种情况大多是男女的事。我琢磨着吧，展小姐那样的人，肯定不会干涉你的私生活，那八成就是你自己搞砸了。"

他晃着腿，说："听说你之前有个漂亮可爱的小女友，整个公爵府上下都很喜欢，好像我来之后就没见过几次，这是分了？"

公爵还是没理他，和煦也不生气，自顾自说着："要是因为你快病死了你选择分手我能理解，但是也得看情况嘛。你这样干脆地分手，就是对我的不信任，我都这么拼了，一把年纪还在这边给你折腾，你竟然这么不相信我，对得起我吗？"

他喋喋不休："不是我说，你这就是自找的。这种事，你应该让对方选择，而不是你来做决定。"

公爵依旧不吭声。

他越沉默，就越显得和煦啰唆："对方不管怎么选择，你都不亏。如果她选择放弃你，是她的自由，她没错，不过更理智一些。如果她选择留下来，是你的福气，你遇到了愿意和你走到底的好姑娘。结果你呢？说句不好听的话，你这就是个二货！"

公爵还是不说话。

和煦自己接着说："不过没办法，你和燕爷是一个类型的，认定的事谁都劝不住，打死也要做。这就是典型的独断专行，你说要分，就必须分，你换个法子多好？就算想挽回也容易，现在好了，被动了吧？"

公爵突然发声："和医生你出去转转。"

"哎哟喂，这是赶我走呢？太欺负人了，怎么能这样呢？"和煦怒气冲冲，"我一把年纪了就啰唆两句都不行？你让我出去转转，就不怕我腿脚不好摔断了腿啊？欺负老年人，活该被女人甩。"

公爵："……"

结果和煦不但没走，还去倒了杯水坐下来喝："你让我走，我偏不走，你不让我说，我偏要说！"他喝了口水，清了清嗓子，说书似的开口，"接上回'活该被女人甩'这句话。据我所知，当年燕爷被展小姐甩了无数次，还跟苍蝇似的叮过去，一丁点机会都会围过去，人家这叫死缠烂打。甭管丢不丢人，管用的就是好招。"

"你要知道，女人这种生物，是世界上最神奇的存在，对你好的时候，那是真正的柔情蜜意，可一旦翻脸，那也是真正的无情，恨不得一刀砍死你。得罪什么人都别得罪女人，特别是受过情伤的女人，那简直就是小蜜蜂，哪怕蜇你一下她自己死了，她都愿意。"和煦一脸的惆怅，"女人这种生物，很可怕呀！"

公爵接下来一句话都没说，都是和煦一个人在啰唆："你要是喜欢就抢回来，不喜欢那就重新找个喜欢的，不能让她影响了你的情绪，这对你的病没有好处。"

对于一个打死不说话的人，和煦真是没辙了，看来展小姐给他的任务，他这嘴是没法说通榆木疙瘩了。

"和医生。"公爵突然出声。

和煦立刻打起精神，愿意开口说话就是好事："你说。"

"我母亲好吗？"他问。

"听电话里的声音觉得还不错，"和煦回答，"你燕叔陪着她在湘江散心，她的情绪好多了，就是你不接电话，她有点担心，我跟她说了之后才好点，她关照我多看着你。"

展小怜无数次想来伽德勒斯，可每次公爵都强硬拒绝，她倒是想直接来，可又怕自己什么忙都帮不上，反而让他更有负担。

她是母亲，她可以说自己是这个世上最担心公爵的人。

可惜她担心的那个孩子，说什么也不愿让她看到他现在的样子。

367

展小怜当然知道，她的小宝啊，只是不愿意让她看到他狼狈的样子，不希望他在母亲心目中的形象多了懦弱和狼狈，更怕她担心，怕她难过，怕她亲眼看到了更加心痛。

可对展小怜而言，不管有没有亲眼看到，她都心疼呀！

这就是个傻儿子，固执又倔强，他认定的事，一定会做到底，有着就算碰了南墙也不回头的顽固，就像他的父亲一样。

展小怜知道，关于和小五分手这件事，他一定会后悔。

当初她怎么说他都不听，怎么劝都不行，他决绝地认为自己那么做是对的，是对小五最好的选择，甚至没有给自己留一点退路。小五那么年轻，那么聪明，他的行为一定伤透了她的心，所以她离开得也是那么决绝。

天气从微微的寒冷逐渐有了温暖的气息，很多爱美的女孩脱下了厚厚的冬衣，换上了单薄的多姿多彩的漂亮服饰。

离开公爵府后，宫五依旧保持着良好的学习习惯，只是不像在公爵府时一样紧张，外界的风言风语依旧在，只是那些流言带来的利刃早就伤害不到她，她在不知不觉中养出了强大的心脏，犹如筑起的厚厚城墙，拦住各种流言，不去听不去想，认真地做好自己。

气候褪去寒意，带来初夏的第一波热浪，就连宫五都换下了厚厚的衣服，换上了凉快的衣衫。

宫五正坐在座位上和同学聊天，突然有个老师匆匆赶了过来："宫五小姐！"

宫五在人群中抬头："是！"

"校长办公室有您的电话。"老师指指后方，说，"是爱德华先生打给您的，说有重要的事要您接听！"

周围的眼睛齐刷刷地扫了过来，宫五一呆："什、什么事啊？"

"爱德华先生没说。"老师说，"现在电话还没挂，宫五小姐去接听下吧。"

大家都把耳朵竖了起来，宫五和爱德华公爵的事，早已传遍了贵族学院，现在爱德华先生突然给宫五打电话，是什么情况？还有，为什么打到校长办公室？

他毕竟是宫五的推荐人，某种程度上是宫五在伽德勒斯的靠山，宫五抿嘴，虽然一头雾水，还是在班里其他同学诧异的注视下走出教室。

校长室内的人看到宫五进去后都走了出去，留下一个安静的私人空间。听筒搁在话机旁，她把听筒送到耳边，开口："喂？"

电话另一端沉默着，宫五又喂了两声，拧眉嘀咕了一句："什么呀，没人啊。"

就在她打算挂电话的时候，公爵的声音在电话里响起，嘶哑又透着疲惫："小五。"

原本心情很平静，宫五觉得自己已经可以坦然地面对一切了，结果在听到他的声音的时候，宫五那颗平静的心突然像被尖刀狠狠地划过，把愈合的伤口划得鲜血淋漓。

她张了张嘴，好半天没说出话来。公爵的声音再次传来："小五？"

熟悉的声线一下一下地敲击着她的耳膜，她终于找回了自己的声音："爱德华先生……有什么事吗？"

他应道："今天帮佣在做清洁的时候，在你房间的床铺和墙壁的夹缝中发现了一个娃娃。"

宫五认真地想了想，问："什么娃娃？"

"小姑娘模样，扎了两条长长的辫子，穿的衣服……很奇怪……"公爵晃了晃手里捏着的娃娃，说，"你还要吗？"

宫五想起来了，是当初展小怜送给她的见面礼，一个扎着大辫子的小姑娘娃娃。

她立刻说："要。我周六的时候会抽时间过去，麻烦爱德华先生交给门卫就好，我会拿回来。"

公爵说："我可以给小五送过去。"

"不用！"宫五立刻回答，"这点小事不用麻烦爱德华先生。"

公爵沉默了一阵后，才说："那好……"

"谢谢爱德华先生，再见。"她伸手挂了电话。

公爵听着被挂断的电话里传来的嘟嘟声，对着被挂断的电话呢喃道："我等你……"

他缓缓挂上电话，认真地看着手里的娃娃。

他当然知道这个娃娃，这是他为大宝在青城建的那家玩具厂生产的玩具，是那家工厂建成后生产的第一个娃娃，还是燕回急吼吼地拿着一个设计图让生产的，说是他的一家奶糖厂的玩偶，名字叫小肥妞。他记得当时燕回把娃娃拿到他母亲旁边比画，问是不是一模一样。

他还记得小五说她小时候玩具不多，最多的就是存钱罐，每次她妈问她要什么礼物，她的回答都是存钱罐，这个娃娃是她从小到大收到的第一个玩偶礼物，所以她很宝贝。

公爵的手拽了拽娃娃的小辫子，发现很结实，他拿起来看了看，使劲一拽，直接把娃娃的小辫子拽裂了一个口子，里面的填充物都能看到了。

公爵赶紧伸手往下按了按，企图让娃娃看起来正常些。

娃娃上有灰尘，他故意没让拍掉，保留着有灰尘的状态，用手指抹了抹最外面的一层灰，顿时染得娃娃都脏了。

他认真地看着，伸手把娃娃放到桌子上坐着，然后手托腮盯着娃娃看。

敲门声响起，公爵抬头："进来。"

和煦出现在门口，手里举着托盘，里面摆放着几个针筒和药水。

他走进来："我看了前两天的体检报告，长时间的抽血你的身体吃不消，抵抗力明显不如之前，抽血暂时就停了，等你养好之后再抽。"

公爵没说话，眼睛还是落在娃娃上，伸出满是针眼的胳膊。和煦调好药水，给他打针。

药水推进去后，和煦拔出针，拿棉签按住针眼："你今天的情绪比前两天好一些，这是遇到什么高兴事了？"

公爵抬头看了他一眼。

和煦赶紧摆手："得，当我没说。你这孩子可真怪呀，你小时候我见过你几次，挺乖的老实孩子，这长大了怎么一点都不可爱呀。"

公爵不理他，不管他说什么都不吭声。

和煦已经领教了他一声不吭的本领，有种逼死人的节奏，瞅了他一眼，又瞅了一眼，又故意嘀咕一句："一点都不可爱。"伸手指了指旁边，"到那边躺着吧，歇会儿。"

公爵果真站起来走过去躺了下来。

"刚刚的药里有安眠的成分，你可以小睡一觉。"和煦说着在他身边坐了下来，"我把初期研制的解药按比例稀释在刚刚的药水里，要观察你三天之内的反应，如果有任何身体的不适你都要跟我讲。"

公爵蓦地睁开眼，问："会死吗？"

和煦翻了个白眼："死不了，会让你死的药，我敢乱打？当然，对解药来说，你就是小白鼠，只不过给其他病人的解药比例更多一些。"

世上所有新研制的药，都要经过无数次的试验，甚至要经过很多动物或者同类型病人的活体试验才有可能成功并投用。

和煦不是神，所以他也不敢保证现在初期的药究竟是什么样的。但是他这种人比一般人自负，所以在给公爵的药水中掺入解药的时候，他还是挺期待的，只是究竟会怎么样，要看公爵的身体反应。

公爵听到他的答案，慢慢地把头歪向一侧，说："不会死就好。"

他要是死了，身后会是无穷无尽的麻烦，甚至比当年他父亲去世时还要麻烦。

政局不稳的伽德勒斯，摇摇欲坠的皇室，居心叵测的国王，庞大的爱德华家族的资产，会成为暴乱的导火索，那些被占旭千方百计送回来的设计稿会成为暴乱的争夺对象，而爱德华家族甚至连合法的继承人都没有。

他安静地闭着眼，脑子有些迷糊，耳朵里听到的是和煦说话的声音，嗡嗡嗡的有些吵，他一句都听不清对方在说什么。

和煦跟他说话，结果他一点反应都没有，和煦过来一检查，发现他睡着了。

和煦快速地在本子上记录下入睡时间，观察着他的变化。他用手臂挡住了眼睛，只露出下半张脸，薄唇紧抿，脸上的表情有些紧张，就像正在经历着什么似的。

和煦小声唤了几声："爱德华先生？爱德华？小宝？"

和煦伸手拉下他挡着脸的胳膊，发现他的身体已经是沉睡状态，可眉头却紧锁着。

和煦无意中瞟了一眼，发现他眼角有清晰的泪痕没入发根。

和煦沉默着，好一会儿后，站起来伸手揉了揉太阳穴，长长地呼出一口气。

他们那代人多单纯，哪有这么多心思，现在的孩子可真复杂啊！

休息日的上午，宫五背上包朝着花园的方向拐去，远远地看到花坛里站了两个人，她对老花匠挥手："嘿！伯伯！"

跟老花匠打完招呼，她又龇牙对老花匠旁边站着的人挥了挥手。

占旭伸手压了压头上戴着的帽子，朝她走过来："小五要出去吗？"

宫五说："是的，我出去一下，占大哥你不要乱跑啊。"

占旭微笑着点头："我知道，我不会乱跑，小五放心好了。"

宫五赶紧左右看看有没有人，又伸手把占旭头上的帽子往下压了压："我先走了。"说完她背着包走了。

占旭站在原地看着她的背影，等她拐弯不见了人影，才慢慢走回去。

休息日学校门口的人不算很多，三三两两的学生正在校门口核实身份，宫五排在他们后面，保安室内有人看到宫五，立刻对她招手："爱德华先生已经通知过，五小姐您直接出去，那位就是司机。"

司机直接开车送宫五去了公爵府。

她下车后站在公爵府门口，仰着头看着曾经熟悉的地方，依旧高大巍峨，依旧雄壮威武，她久久未动，直到脖子累了，才抬脚朝着门口走去。

在大门口的位置，她走到安保室门口："你好，我过来拿东西，爱德华先生有放一个娃娃在这里吗？就是一个扎了两条小辫，有这么大的布娃娃。"她边说边比画。

结果两个保安一起摇头："抱歉五小姐，没有。"

宫五一愣："我跟爱德华先生说好的。"

其中一个保安赶紧说："五小姐请稍等一下，我去问一声。"

"好的，谢谢你。"宫五安静地等在门口。

不多时，那个保安跑了回来："五小姐，爱德华先生请您进去一下。"

宫五犹豫了一下，走了进去。在踏入那个大门的时候，她长长地呼出一口气，正要再次抬脚，眼角瞥见一个人影从里面走了出来。

高大，修长，一如她离开时见到的模样。

宫五垂在身侧的手慢慢握成拳。她以为自己做好了心理建设，再见到的时候可以平静，却没想到在看到他之后，依然那么难过。如果可以，她宁愿这辈子都不要再与他相见。

她就像是遇到了一个熟人，紧握的拳头慢慢舒展开来，脸上逐渐洋溢起淡淡的笑容："好久不见啊，小宝哥。"

"好久不见，小五。"他道，脸上的表情如看到陌生人。

他慢慢侧开身体，说："本来可以直接交给小五的，可是娃娃被什么东西钩坏了，我已经让人缝补，所以不能马上让小五带走。如果小五不介意，略等一下可以吗？"

宫五点点头："可以，谢谢。"她没有看公爵府的客厅，而是说，"我到外面等，过一会儿再来。"她点了下头算是打了招呼，转身朝着门外走去。

公爵站在原地，看着她的背影，突然开口："我有件事想跟小五谈，不知道小五方不方便？"

已经走到大门拐弯的位置，宫五又停下脚步，回头："小宝哥有什么事要谈？是有关我的推荐人的事吗？小宝哥想怎么处理都行，我都接受。至于其他的事，我最近都没有被要求带家长，所以我觉得没有谈的必要。"她再次点了下头，转身要离开。

"替我向占先生问好。"他的声音突然在后面响起。

宫五猛地停住了脚，转身看向他。

公爵面无表情地说："请转告他，我收到了他的礼物。"

她立在原地，目光带着审视盯着他，冷冷地问："你监视我？"

对于她眼中透露出的怀疑和冷漠，他的心似乎被什么狠狠地撞了一下，他说："我没有监视你，也没有跟踪你，我只是对所有无故接近你的人持怀疑态度，特别是占旭。小五一定不知道，他现在是被三国通缉的要犯，所有人都想要得到他和他手中持有的设计图，他出现在哪，哪里就有混乱……"

"设计图？"宫五的表情说明了她的态度，"小宝哥不是设计图的作者吗？小宝哥持有设计图这么多年，都没有人注意，为什么占大哥拿到了设计图，就成了众矢之的？这不是很奇怪吗？"

"小五确定要在这里和我谈论这个话题？"公爵后退一步，让出通往公爵府客

372

厅的通道，"或许我们该找个安全的地方。"

熟悉的地方，宫五的视线落在大厅里，当初她离开前的那晚那些刺耳的声音还历历在耳，她动了动唇，最终抬脚迈上了台阶。

她进了客厅，公爵跟了进来，动作依旧慢条斯理，或者说更加缓慢，走的每一步都带着他的特点。他们在客厅坐下，面对面坐着，中间隔了一个茶几。

一个带着敌意，一个透着平和。

"我没有监视你，"他突然强调，"但是我是伽德勒斯的大公爵，我的领地周围如果出现危险的陌生人，就算我什么都不做，也会有人通知我，更何况，他接近的人还是小五。"

"占大哥是我的朋友。"宫五说，"他说了，不过是鬼山角地带狗咬狗，有人陷害他，所以他暂时避开风口浪尖躲避一阵，很快就会离开。他不会伤害到任何人，我不觉得占大哥是危险人物。如果他要伤害我，当初我被带到鬼山角的时候，都死几百次了。"

公爵点头："是，我相信小五的话。但是或许占旭本身并不危险，他背后存在的危险却不能忽视，他是被人追杀的人，这世上那么多地方他不躲，偏偏来了伽德勒斯。小五刚刚问为什么设计图在我手上这么多年，我和我的图纸都安然无恙，到了占旭手里却引起那么大的风波，"他低了下头后，说，"一个人一直穷没关系，一个人一直富有也没关系，但是一个穷人一夜暴富，周围所有的人都会不甘。占旭突然得到那些原本不属于他的图纸，招来觊觎是必然的事，何况背后有人推波助澜，很快就尽人皆知。一张图纸的背后就是一个巨大的财富链，何况那么多图纸。"

他的比喻让她有了一丝明了，她抿了抿唇没有说话，只是慢慢低下头。

"小五以为占先生在那里没有人知道，现在或许是，但是以后呢？"公爵看着她继续说，"一旦被人发现占旭躲在伽德勒斯的皇家学院，小五帮助占旭进入皇家学院的事就会曝光，到时候不但占旭跑不了，就连小五也会受到牵连。小五因为我受到了牵连被占旭绑架，那么小五就有可能因为占旭被其他人绑架，小五觉得呢？"

这个理论让宫五脸上有了一些慌乱，她好不容易安稳下来，真的不想再因为任何人把自己害死，终于，她抬起头说："占大哥现在没地方去……"

公爵看着她："这是占旭的事，不是他牵连小五的理由。我不关心占旭，我只关心小五，我答应过岳小姐，不能让任何人牵连到小五。"

"那我现在怎么办？"宫五拧着眉，"我不能赶占大哥走，他没地方去。"

公爵安静地看着她，问："如果小五不知道怎么办，我可以去见一下占先生吗？"

宫五咬着下唇："我不知道占大哥会不会同意，我可以回去问他一下。"

"他会的。"公爵回答，"因为他选择到伽德勒斯逃难，就是希望利用小五，得到我的保护。"

宫五猛地抬头。

公爵笑了笑，说："所以他会见我。"

很快，宫五把消息传达给了占旭，占旭怔了怔，看了她一眼，点头："好。"

宫五认真地回视着他，忍不住问："占大哥，你其实不是在度假，你是逃难的，是不是？"

她这个问题问完，占旭的表情染上了笑："看来爱德华先生对我戒心很重，似乎并不愿意让你和我接触太多。"

"那他说的是真的吗？"宫五问。

占旭伸手把手里的花铲插到泥土里，顿了顿，视线落在她的脸上，回答："不全是。"

宫五拽着手里娃娃的小辫子，一脸的不解："什么意思啊？"

他没有回答而是低头笑了下，跳下花台，转身离开，一边走一边说："除了爱德华先生说的理由，我还想到这里来看望一下某人。现在，我已满足。"

宫五站在原地，喊："喂，占大哥，你现在去哪啊？"

前方的身影没有回头，像是没有听到一般，只是在宫五喊第二声的时候，背对着她挥了挥手，最后消失在转角。

公爵府的门庭对于初来乍到的人来说，显然被赋予了更多现代化的理念，却也和背后的古建筑相互映衬浑然一体，昭示了门庭背后百年建筑的主人显然是个与时俱进之人。

占旭站在门口，身后的人提醒："占先生，请！"

占旭不请自来，即便如此，公爵府上下也是极有风度，请他去了客厅。

见到公爵的第一眼，占旭便笑了一下："多谢爱德华先生照顾至今，若不然占某现在都不知道身在何处。"

"照顾谈不上，"公爵慢慢地走过来，在占旭对面坐下，"我不过是不希望小五因为你被牵连上任何麻烦。我一直以为占先生乃识时务者，却不想某些时候占先生行事也这般不严谨。"

占旭又是低头一笑："我理解爱德华先生的想法，只是占某来到此地，就是相信爱德华先生的能力，否则也不会冒险进入皇家学院。我原本倒是打算直接来此地找爱德华先生，却不想爱德华先生和小五早已分开，既来了，自然想见见故人，却没想到给爱德华先生添了麻烦，只此一次，下不为例，还请爱德华先生体谅占某对小五的一番情谊。"

公爵笑了一下："情谊？占先生和小五之间确实有些情谊，真要论起来，若不是占先生为了几份图纸绑架了小五，也没机会和小五有那样一番情谊。想来这世上，万事皆能论起一丝缘分了。"

占旭沉默了下，一时没接话，随后笑了笑，道："这事误会一场，说起来我到现在还很惭愧。只是，爱德华先生要见我，总不至于为了这点过去的事吧？我来伽德勒斯确实有寻求爱德华先生庇护的想法，只是我绝对没有挑衅爱德华先生的意思。再说了，"他清了下嗓子，伸手在鼻尖上挠了挠，"爱德华先生和小五，不是早就分开了吗？"

坐在沙发上的公爵腰杆笔直，笑得温文尔雅："所以，占先生就觉得自己有机可乘？"

"不敢。"占旭摆手，"只是小五是个自由人，总也要有自己的朋友。我不过是小五的一个普通朋友，爱德华先生这点自由总要给小五，何况，现在小五也有了自己交朋友的权利。"

对面坐着的人脸色似乎有点不好看，占旭紧跟着补充了一句："当然，在伽德勒斯自然是没人有权利追求小五的，毕竟小五的前任可是爱德华先生，伽德勒斯的大公爵。"

公爵脸上依旧挂着笑，伸手端起茶几上的茶杯，送到唇边抿了一口："言归正传，占先生来伽德勒斯的目的是什么？"

占旭看着他说："爱德华先生知道我的现状，内部出了叛徒，我遭人暗算，离开鬼山角是迫不得已，我希望爱德华先生能助我重返鬼山角。"

公爵笑了下："我为什么要帮占先生？"

占旭沉默了下，然后身体往沙发靠背上放松地一靠，说："知道是谁不惜一切代价想要得到那些设计图吗？"

公爵看着他的眼睛，占旭回视："又或者爱德华先生对这个并不感兴趣。但是，"他阴郁的眼微微眯起，带了几分傲气、自信，"爱德华先生总会顾及小五的安危，我不觉得小五在皇家学院比在公爵府更安全。"

闲适的姿态下，随意摆放的手动了动，不经意间被握成拳，公爵问："你知道？"

占旭一笑："否则我也不会来伽德勒斯寻求帮助，爱德华先生也不会明知我在学院待了五天，还能按兵不动，不是吗？"

话题到这里戛然而止，两人都没有再提及这个话题。

只是，占旭突然好奇地问："我在来伽德勒斯的路上听到一个传闻，说爱德华家族有个难以治愈的遗传病，莫不是真的？"

公爵慢慢抬起眼睛，似笑非笑地道："占先生一探究竟的好奇心值得嘉奖，可惜占先生该是没听过好奇心害死猫的话。"

这算是半威胁的话了，占旭摊摊手："当我没说。"

公爵慢慢地靠向后方，那个所谓的传闻很早之前就传遍了伽德勒斯，占旭就算听人说过也正常。只是，他的身体正一点一点应验着那个传闻，就算不停地用药，到如今也出行都需要轮椅代步。

曾经他的父亲、祖父、曾祖父……他们家族的每一代公爵，都会在某个特定时期以轮椅代步，到了他也不例外。

他不在意也不害怕死亡的来临，人都有一死，他不怕死，可他怕活着的人伤心。

伽德勒斯的现状不过是权势和金钱的争夺，这些东西对于他来说，都可以舍弃，如果说他非要守护的是什么，无非就是爱德华家族和身边的亲人，可如今，他要守护的人又多了一个，自己还有多少力量能消耗他不得而知。

国王觊觎的不是他，而是他的钱，公爵素来知道，国王对他的微笑不过是为了让他拿出更多的钱来供养他的挥霍无度，国王和去世的老国王，他和他去世的父亲，不过是又重复了伽德勒斯历史上君臣的关系。

皇室和爱德华家族的博弈是百年遗留下来的争端，越被压制，就越想反抗，这是皇室和爱德华家族博弈至今的结论。

皇室依赖爱德华家族，却又处处压制，那些毒草的来源追溯到了三百年前，而三百年间的事唯有靠蛛丝马迹和史料来判定，公爵有充分的理由怀疑，爱德华家族世代的遗传病，是和皇室争斗的结果。双方用尽方式维护自身的权益，这个斗争的过程，就是皇室敛财和翻身的时机，而接下来的漫长时间，则是爱德华家族重振的过程。

双方斗法的成败对于历史来说，就是朝代更替，这一轮皇室占据上风，下一轮爱德华家族崛起。

没有常胜的将军，没有不败的战绩。

这是爱德华家族历代公爵的命运，每一次的死亡，就是皇室重生，周而复始，轮回至今。

而现在，公爵知道，又一个轮回到来了，是重复父辈的命运，还是开拓一个前所未有的开始，一切都是未知数。

他微微抬眸，看向面前的占旭，开口："希望占先生的到来，带给我的是最好的消息！"

宫廷雄伟壮观的建筑让这些见多识广的皇家学院学生也大为赞叹，宫五跟在队伍后面，也是一路参观。刚来伽德勒斯的时候，她也来过这里，只不过那时候是被公爵带着来拜访伽德勒斯的国王陛下的。

如今来这里，却是以大四学生的身份前来参观，这是皇家学院的特别功课，不是人人都有这样的机会。

就在一群学生在老师和领队的带领下，听着一处由公爵捐赠的博物馆的讲解时，有人迈着高傲的步伐，在周围人的簇拥下走了进来。门口的人一看到，立刻高声提醒："尊敬的国王陛下来了！"

老师和领队急忙带领学生过来行礼，宫五站在后面，跟着大家的动作敷衍地行了个礼，透过人缝窥视着那个瘦高的国王。国王的视线在学生群中扫视一圈，热情地说："欢迎我未来的臣民来参观宫廷，我知道你们中的一半人将来会在宫廷工作，为国效力，我很高兴能在今天看到你们，伽德勒斯的未来因为有你们而辉煌，我为你们感到骄傲。"

漂亮的场面话谁都会说，可学生的认知里觉得这是国王，自然跟别人是不同的，一群学生很激动地聆听着国王的话，如果宫五没有跟公爵在一块过，自然也是跟大家一样的心情，可惜偏偏她知道眼前这个看似尊贵的国王陛下是什么样的人，所以和其他学生不同，她很冷静地站在后面。

国王满意地看着眼前年轻的学生们脸上踌躇满志的神情，被财政压得喘不过气来的压力终于小了一点。

他的视线扫过一众人，却透过人群的缝隙落在宫五的脸上，热情洋溢地开口："哦，我要是没记错，那位可爱的姑娘是爱德华的未婚妻，很高兴在这里看到你，美丽的东方姑娘。"

所有人齐刷刷地扭头看向宫五，宫五愣了下，之后发现他是在跟自己说话，她立刻从大家让开的通道中上前："您好尊敬的国王陛下，我也很荣幸能再次遇到尊贵的陛下。"

"我也一样。"笑容布满了整张脸，虚假又有些让人腻歪，国王说，"我很荣幸地邀请美丽的东方小姐和我共进晚餐，当然，我亲爱的爱德华先生也一定是要来参加晚宴的。"

宫五不明所以，扭头看到老师和领队赞许的目光，以及周围同学羡慕的眼光，就连温妮都是一副"你怎么这么幸运"的表情。宫五后来才知道，原来每一届参观

377

活动中，国王都会邀请两三个优秀学生在宫廷用餐。

很显然，这一次宫五成了唯一的幸运儿。

在大家羡慕的目光下，宫五跟着引路的仆从离开团队。

"现在请其他同学继续你们的行程。"国王彬彬有礼地示意，转身离开。笑容在他脸上绽放，他想要知道，尊敬的爱德华先生这一次会接受邀请进入宫廷吗？

一封精美的邀请函被塞入皇家信封，在加盖了金色密封印章后被快速地送到了公爵府。公爵坐在书桌后面，紧紧地盯着邀请函上的字，良久未发一言。

"爱德华先生，送信的人还等着回复，要让他回去吗？"

公爵的视线依旧落在邀请函上："请他转告陛下，感谢他的邀请，我会准时到达。"

书架被推得翻转过来，李司空站在后面，慢悠悠地走了出来："这可不是什么明智之举。"

公爵笑了笑，回答："我知道，但这是最让我心安的选择。"他慢慢扭头看着李司空，说，"小五在宫廷中。"

李司空挑眉："要挟你？"

公爵点头："当然，用小五换取些利益的事，那位尊敬的国王陛下当然做得出来。"

李司空的手在桌面敲了敲："我建议你不要去，你现在的身体不像以前，随时可能失去支撑的力量，你这样会让那位陛下一眼看出破绽，对之后的交锋无益处。"

公爵回答："顾不了那么多，我不能让小五卷入爱德华家族和皇室的纷争。"顿了顿，他又说，"就算她已经卷入，也是受我牵连，我不救她，还有谁会救她？"

"但是……"

"我知道你是为我着想。"公爵打断他的话。

李司空吐出一口气："多事之秋，先是占旭，再是那位国王，又碰上你的身体……之后还不知道有什么事。"

"对，多事之秋。"公爵点头，"只是顺序错了，因为我的身体，所以才有国王陛下的事，至于占旭的事，究竟是巧合还是刻意，还要继续查清楚。"

他轻咳两声，微微皱了皱眉头："让和医生过来一趟，我晚上去宫廷，暂时还不能让陛下知道我的状况。"

"你是不想让国王知道，还是不想让小五知道？"这句话问完，李司空自己摆了摆手，"算了，我也懒得管你。说吧，我能做什么？"

378

公爵抬头："什么都不用做，盯着占旭。"

李司空叹了口气，点头："好，我保证不让他在这里作乱。"

两人这边谈着话，那边和煦接到通知匆匆赶来："什么情况？你现在要去哪？你这身体要往哪去啊？"

"我去一趟宫廷，"公爵回答，"小五在那，我去接她。"

和煦差点跳脚："你去接？那还不如让馒头去，你这身体怎么接人？"

公爵笑了下："他去了接不回人，只有我去。"他试了一下，想要站起来，结果却没有成功，顿了顿，坐在原地抬头看着和煦说，"和医生，你想个办法，给我两个小时，让我能出入宫廷。"

这话说得和煦觉得这孩子可真是欠扁啊，他急得来回转圈："小子，你这是要逼死我是不是？展小姐把你交给我，我可是有责任的，你说你要是出点什么事，谁担得起？燕爷还不得把我撕了？"

"不会。"他微笑着说，"我死不了，最起码暂时死不了，我自己的身体，我最清楚。"

"我是医生我更清楚！"

他们俩吵架，李司空在旁边叹气，往后一靠，看着和煦说："和医生，你遂了他的愿吧，小五在宫廷，你就算不让他去，他在家里也待不安稳。你不是说情绪也很重要？与其这样，不如干脆想个法子让他直接过去，免得他一个冲动就这样走了，你说我们谁拦得住？"

和煦看着眼前的两个年轻人，长长地吐出一口气："我真是懒得管你们两个了！药确实有，不过我先说清楚，你平时的用药是为了解毒，用了药就类似增加你身体内的毒性，暂时稳定，但是后续的副作用会很大，你要想好，这样对你的身体没什么好处。"

公爵看着他说："我知道了，用药吧，小五还在等着我。"

和煦不懂了："不是都分手了吗？怎么还管她呢？这分了手的人，还有联系的必要？我觉得不用了吧？再说了，你不去，那个谁说不定还以为没什么事，你这一出现，人家就料定你是在乎，你这不是把把柄往他手里送吗？"

公爵回答："我赌不起。如果我不去，他要是发疯伤害小五呢？毕竟，他近来的情绪比之以往极为不稳定，我不能让小五处于险境当中。和医生，麻烦你了。"

再不想，这里也是公爵说了算，和煦叹了口气，点点头："好吧。"转身出去做准备了。

公爵低着头坐在那里，李司空问："你这一露脸，事情可就明摆着了，那之后你打算怎么办？"

他问完似乎也没打算听公爵回答，叹了口气，抬脚走了出去。

和煦端着托盘朝这边走来，李司空伸手一把抓住他："和医生，让他睡一觉吧。"

和煦一愣："什么？"

李司空说："我说给他打一针，让他睡一觉。"

和煦看着李司空，李司空说："要是出什么问题，我负责。"

视线落在手里的托盘上，和煦依旧没说话。李司空看着和煦说："和医生，我不能让他冒险，展姨让我过来，就是为了保证他的安全，我不能让他一意孤行。"

道理和煦都懂，但是这个决定会有什么样的后果，几乎是不能想象的："李二少，有些决定不是那么好下的，我受雇于展小姐，我不能……"

"你能！"李司空说，"我也是听展姨的吩咐，你觉得展姨让你来的目的是什么？不就是为了救他？如果他的一个决定，有可能让他陷入水深火热，甚至是提前死亡，你觉得你来的价值是什么？"

和煦闭了闭眼："我明白了。"

李司空松开拉着他的手："你知道怎么做就好。"

"那五小姐……"

李司空深呼吸一口气，说："我来解决。"

半晌，和煦点点头："那就好。"

他端着托盘，抬脚走了进去。

李司空站在门口，听到公爵和和煦的对话。

"……能支持两个小时？"公爵问。

"嗯，两个小时。"

……

李司空伸手点了根烟，缓缓吐出一口烟圈，抬脚朝外走去。

欢快的乐声伴随着来去匆匆的仆从，极具欧式风格的餐桌上，洁白的餐布带着精美的花纹，顺滑地垂落在餐桌周边，闪烁着美丽光泽的铜器餐具在灯光下闪闪烁烁，入目之处无不精致华美，宫廷的奢华让前来参观的人叹为观止。

宫五在仆从的引领下，穿过长廊，朝着宫宴的大厅走去，在此之前她已经学习了在宫廷用餐的基本礼仪。

其实她也不知道为什么自己会被选中过来吃饭，她有些疑惑，多少也有些高兴，毕竟自己比其他人更幸运。宴会还没开始，仆从们按部就班地布置，就连餐具摆放的方向角度都用标尺量好，看得宫五忍不住赞叹出声。

"五小姐，请您稍等，不要随意走动，晚宴很快就会开始。"引领她过来的仆从语气恭敬。

说完那仆从行了个礼后离开了，留下宫五一个人呆呆地站在原地，一时不知道该怎么办。

周围都是忙碌的仆从，宫五努努嘴，拍拍自己的衣服，百无聊赖地站在原地，不敢乱走。

她觉得自己等了很久，可一直没有人出现，宫五都不知道是不是晚宴取消了而没通知她，偌大的皇宫，没有一个人管她，她有种孤零零的恐慌感，就像是被人抛弃在陌生的地方，害怕又无助。

某个瞬间，她觉得自己好像是个笑话，大家羡慕她被留在宫廷用餐，可实际上这种干等着的滋味太难过，难道以前那些有幸留在宫廷用餐的人，也是经历了这样被人冷落的过程吗？

她抿着唇，心情也从开始的雀跃变为沮丧，还要等多久啊？

身边的仆从一个个都是眼高于顶的模样，似乎在宫廷当仆从比在外面更加高人一等。

她耷拉着肩膀，重重地叹了口气。还没抬头，就觉得自己面前站了一个人，她急忙站直身体抬头，以为对方是提醒自己站姿不雅的，不想对方说："请五小姐跟我来。"

宫五愣了下，吃饭的地方不是这里吗？短暂地愣了下后，她还是抬脚跟着那人走了过去。

似乎是沿着来路朝前走，宫五不明所以，只能跟着，随后朝着一条略显昏暗的花园小路走去，宫五忍不住开口："请问……"

带路的人突然停了下来，说："就在这里。"

"这里是？"

宫五还要开口，李司空突然出现在她面前："走了！"

宫五的眼睛猛地睁大："李二少，你怎么在这里？这里是……"

随后一声尖锐的哨声在高空响起，宫廷周围瞬间出现大批举着枪支的卫士："不许动！擅闯宫廷，就地枪决！"

李司空的身体刚动了一下，脚下的空地随着几声枪声瞬间增添了多个弹坑。

宫五快速地举起自己的手，李司空也跟着慢慢地举起了手，微微抬着下巴，眼角扫视着周围，寻找突破的时机。

警惕的宫廷卫队短枪齐齐瞄准过来，不让他们动一下身体，只要一动，就会直接开枪。

对峙的气氛瞬间紧张起来，李司空微拧着眉，宫五则是抿唇一言不发，动都不敢动。

空气中弥漫着火药的味道和让人窒息的气氛，在枪支的瞄准下，谁都不敢轻举妄动，原本制订好的计划瞬间被打破，甚至还有更糟的后果，这个认知让李司空的内心有些焦躁。

就在宫廷卫队打算有进一步行动的时候，卫队长突然从走廊那端朝这边走来："一场误会，不要紧张。请问这位先生是不是李先生？"

李司空上前一步，还举着手，承认："我是。"

卫队长态度恭敬有加，礼貌地说："爱德华先生刚刚还在说不知道李先生去哪了，猜测可能是来找五小姐了，没想到李先生真来找五小姐了。两位，爱德华先生已经到了，我这就带两位过去。"

听到公爵的名字，李司空怔了一下，宫五抬起一双充满疑惑的眼睛看向他，不明白究竟是什么情况。

"两位，这边请！"卫队长让开身体，伸手请他们过去。

"抱歉，给大家添麻烦了。"李司空略一点头，率先抬脚朝前走。宫五紧随其后，生怕被落在后面。

从花园小路穿过走廊，沿着来路朝前走去，终于回到了富丽堂皇的用餐大厅。

大厅内已经站了不少人，而那位瘦高的国王陛下正坐在主座上，坐在他正对面的正是公爵。

两人进来的脚步声传来，公爵慢慢地扭头看过去，对上李司空的视线，李司空走过去，慢慢站到了公爵身后，宫五则是被人引领着，坐到了公爵身侧。

公爵扭头看向宫五，对她微微一笑："就知道你看到他会很高兴，但是这是宫廷，以后不能擅自乱跑，知道吗？"

这话说得没头没尾，但是宫五很快就听明白了，她快速看了李司空一眼，脸上扬起笑容，回视着公爵说："小宝哥我知道了，我以后会注意。"

公爵握了下她的手，说道："知道就好。"扭头微笑着看向国王的方向，"很抱歉给陛下造成了不必要的紧张，小五有些时候就是淘气了些，但从来没有恶意。"

"当然，我可是对五小姐的事有所耳闻，我听别人讲过五小姐真的是个很特别的可爱姑娘。"说着，国王对宫五露出了一个看似温和的微笑。

宫五赶紧回礼，端正地坐好，目不斜视，耳边是公爵和国王你一言我一语的君臣寒暄。

气氛很美妙，乐声很悦耳，可不知道为什么，宫五总觉得气氛带了些诡异的异

382

常，但她又说不出来异常在哪里，这种气氛让她不由自主地安静下来，不去插入自己听不懂的话题。

最终，晚宴在友好的氛围下结束，公爵立刻提出离开宫廷，不打扰国王的休息，国王微笑着说："去吧我亲爱的爱德华，听闻你最近身体抱恙，希望你多多保重身体，毕竟，我真心地希望看到你重回健康。"

"陛下的慷慨和仁慈我十分感激，我一直很健康我的陛下，同样祝您安康，福泽臣民！"

直到迈出宫廷的大门，宫五才感觉不到那种说不清道不明的紧张气氛，松了口气。

车里的三人谁都没有开口，宫五坐在公爵身侧，李司空坐在副驾驶的位置，宫五扭头看着窗外，不去注意身侧的公爵，而公爵则是安静地看着前方，昏暗中看不清他脸上的表情，唯有路边的灯光照亮他深邃的眼。

车径直开过皇家学院，宫五立刻说："我要回学校！"

司机似乎没有听到，依旧朝前开去，宫五再次开口："我要回学校！"

"小五，太晚了。"公爵突然开口，"明天再回也不迟。"

宫五摇头："不行，我要回学校！"

这次公爵没有开口，李司空突然冒出一句："你给我老实点！就这么不怕死？回什么学校？你以为我们不想把你丢下？"

他伸手狠狠地扯了下衣领，重重地吐出一口气。

他刚刚那话说得一点都不客气，宫五自认没对他怎么样，有点不高兴地说："你被人拿枪指着又不是我害的，凭什么对我发火啊？跟我有什么关系？要不是你让人莫名其妙地带我去那个鬼地方，我也不会被人拿枪指着！"她拿脚踹了下车门，"停车，我要下车，我要回学校！"

她越说越气，拿脚使劲踢着车门，拽着门把手晃，李司空坐在前面没说话，身侧的公爵同样没说话。宫五正气急败坏的时候，身侧的人突然伸手轻轻圈住了她的身体，拉下了她拽着车门的手。

不知道为什么，宫五一下就安静下来，身体绷得很直，像是受了惊吓的小动物，一动不动。

"小五，乖一点。"他终于开口，嗓音像是午后的阳光，懒懒的，暖暖的，瞬间安抚了她烦躁和委屈的心。

她终于乖乖地坐着不动了，而他圈着她身体的手臂也没有拿开。

车开进了公爵府的大门，在门口停下，司机过来拉开车门，公爵坐在车里没动，司机看向公爵，公爵回视着他："请五小姐去休息，她受了点惊吓，务必照顾好她的情绪。"

"是。"司机接收到公爵眼中的信号，轻轻关上门，绕到另一边，拉开车门，"五小姐请。"

宫五用眼角的余光看了公爵一眼，抿着唇下车，跟着司机进了客厅。

公爵依旧坐在车里，半晌，李司空推开车门下车，绕过来打开车门，伸出双臂扶着他慢慢下车，身后一辆轮椅跟进，公爵顺利坐到了轮椅上。

李司空推着轮椅："马上请和先生过来。"

在公爵府的整个晚上，宫五都没再看到公爵，她也不知道自己究竟是什么样的心情，更加不知道自己是想看到还是不想看到他，她有点后悔，刚刚应该坚持回学校才对，她现在在这里算什么？

她站在当初她住过的那个小卧室里，除去被她搬走的东西，里面的摆设还是原来的模样，显然房间一直有人打扫。她坐在床铺上，伸手在软软的床垫上按了按，往后一倒，躺下就迷糊了，有点犯困，也没洗漱就早早进被窝里睡觉了。

书房内，公爵面无表情地看着李司空，李司空嬉皮笑脸："这眼神是要吃了我？就算这样我也不后悔。你自己什么身体不知道？逞什么能？"

"所以你选择让自己被那些卫队士兵打成马蜂窝？"公爵冷冷地开口，"你不怕死，我怕你死。我更怕没办法跟我母亲和穆姨交代。"

李司空往桌子上一跳，坐了上去："你以为我愿意啊？老子是怕你死在那里头。"他伸手指指楼上，"你觉得她领情吗？她绝对以为你坏了她的好事。"

"我不需要她领情，我要她安全。"公爵回答，"我不能因为我牵连到她，她在伽德勒斯一天，我就要保证她的安全一天。"

这话说得李司空一时不知道该怎么应，他长长地吐出一口气，说："好了好了，随你，我也懒得跟你说了。"顿了顿，又看了他一眼，"你现在打算怎么办？"

现在？公爵没有回答，只是慢慢地扭头看向一侧，思绪飘远。

半夜，若有似无的青草味儿从半开的窗棂间飘了进来，这种久违的味道让宫五依稀觉得自己回到了公爵府。学院的绿色十分繁茂，可每天早上醒来她却很少闻到青草的味道。

蒙眬中她睁开眼，眼前似乎坐了个模糊的人影，她迷迷糊糊地开口："小宝哥……"

"嗯，"那个人影轻轻应了一声，然后低头在她额前落下一吻，"该起床了小五。"

再然后，宫五睁开了眼，明亮的光线从窗外折射进来，让眼前的一切洒上朦胧的美丽光晕，她呆呆地躺着，直到脑子一点一点回到清醒。

她猛地从床上坐了起来，低头拽了拽身上的衣服，已经被换成了睡衣，她隐约记得自己好像没有换衣服，她抓抓头，掀开被子起床，换好衣服，背上自己随身的包，拉开门下楼。

楼下忙碌的仆从看到她，纷纷对她抱以热情的微笑："欢迎回家，五小姐。"

宫五只是看着他们："我只是暂时过来一下，现在要回学校了。"

她本来想向公爵感谢一下，但是不知道他在哪里，在楼下犹豫了一下，抬脚朝着门走去。

她已经走到了门口，楼上突然有人冲着她说话："喂，那个没良心的。"

宫五回头，李司空趴在栏杆上说："就这样走了？好歹说句感谢收留的话吧？"

"我找不到人说，"宫五慢慢走回来，仰头看着他，"那个……你替我跟小宝哥道声谢。"

"道谢？"李司空笑着说，"这要你亲自道谢才有诚意。"

宫五有点生气："但是其实我有什么好道谢的？我又没要你去找我，又没要小宝哥去找我，还把我莫名其妙地带到这里来，我本来可以直接去学校的。"

李司空看她的眼神就像在看一个白痴，然后他点点头，说："你说得好像也对哦，不过学校你暂时肯定是不能去了。"

宫五瞪大眼看着他："骗人，我还要上学呢，我当然要去。"说完她转身气呼呼地抬脚就走。

结果走到院子里，紧闭的大门阻挡了她的去路，她呆呆地站在门口，一时不知道该怎么办。

李司空慢悠悠地晃了出来，对她招手："回来，他要见你。"

宫五回头看着他。

古朴典雅的书房，有些熟悉又有些陌生，宫五站在门口，抬眼看到书桌后面坐着的公爵。

屋内的灯光有些暗，暗色的窗帘半掩着，透进来些初升太阳的光芒，书房的灯发着莹白的光，像被蒙上了浅浅的白布，照得他的脸都跟着带着不正常的白。

"小五，进来。"他坐在椅子后面，微笑着看着她。

宫五在门口略一停顿，然后抬脚走了进去，看着他的脸色："小宝哥你还好吗？"

公爵依旧微笑着，就像他们从未分开过，笑容温暖又动人："我很好，小

385

五呢？"

宫五也点头说"好"，她没有坐，站着说："我要回学校了，跟小宝哥道个谢。"

"小五，"他开口，视线落在她的脸上，说，"我送小五回国，给你签署回国同意书，好吗？"

当初她吵着闹着要回国，他不允许，如今她在伽德勒斯过得很好，有自己的生活、自己的朋友，他凭什么要她回去？

宫五脸上的表情慢慢淡了下来，说："谢谢小宝哥关心，我现在很好，不管是生活还是学习，都很适应，没打算回国。谢谢小宝哥昨晚的收留，我该走了，再见。"

她转身走了出去，一步都没有停顿。

公爵依旧坐在原地，半晌，缓缓地摁住眉心。

外面传来车辆启动的声音，不多时尤金跑进来："爱德华先生，五小姐没有用早餐就离开了。"

"我知道了。"公爵点点头，依旧坐着没动。

李司空朝门框上一靠，说："看，人家根本不领情。你不说，她怎么会懂？"

"我说了，她也未必听我的。"

车辆快速地驶离公爵府，宫五坐在后面，面朝着车窗，呆呆地看着越来越远的公爵府，直到最后公爵府变成一个小小的黑点，被两旁茂密的树木遮盖。

宫五慢慢地缩回头，沉默地到了学校。

班里的同学一看到她纷纷围了过来，询问昨天晚上在宫廷的晚宴，宫五说了个大概，最后笑着说："还好啦，吃起来味道还不错，毕竟是与国王陛下和爱德华先生一起用餐的嘛。"

大家一起笑了下，温妮听到爱德华的名字，瞅了她一眼，担心地问："小五，你还好吗？"

知道温妮担心什么，宫五对她笑了笑："我很好啊，别担心。"

可宫五嘴上这么说，心里还是很难受，她都一个人乖乖待在学校了，也没给他添麻烦，凭什么让她离开伽德勒斯？她在这里，没有妨碍任何人，没有牵连任何人，他凭什么替她做主？

占旭似乎消失了，完全消失在宫五眼前，自打那天离开学院后，就再也没有回来，宫五都有点怀疑他是不是被人抓了起来。

近来外界有些传闻，宫五从班里其他人的口中再次听到了有关爱德华家族遗传病的事。

"骗你干什么？我有个远房亲戚亲眼看到他出入乘坐轮椅……"

宫五抿着嘴，一时有些回不过神，趁着人少的时候，拉着那个同学说："不是说那只是个传闻，不是真的吗？"

同学回答："这个不好说啊。别的人家就没有这样的传闻，只有爱德华家族，我听家里的长辈说，反正爱德华家族的历代公爵都死于同一种症状，而且在某个阶段一定会坐轮椅，因为他们的腿慢慢就没有知觉了……"

同学这话一说，宫五突然想到公爵那次从车里出来却一下跌倒在她身上的画面，那一次她明显感觉到公爵的腿是真的失去力量，否则以他的性格，绝对不会把那么大的力量加在她身上。

腿的问题吗？

而且，这样的画面不是一次，最起码宫五能想到的，就有两次。

还有从宫廷离开的那个晚上，司机拉开了车门，可他一直坐着不动，她以为他是不愿跟自己一起进出，现在突然联想到，是不是因为腿的关系他动不了？

宫五有些失神，同学之后再说了什么她也没听清楚，回到座位上发了好长一会儿呆。

她不知道该相信谁，也不知道从哪里得到更多的消息，所以在多个人有板有眼地说出关于爱德华家族的各种传闻后，她的脑子已经蒙了。

如果传言是真的，是不是说，其实公爵的命运和他父亲一样，英年早逝？

她记得公爵曾经提到过有关他父亲的事，说他的父亲在他很小的时候就去世了，留下他和母亲承担爱德华家族的责任和重担。所以，他父亲的命运要在他身上重演了吗？

宫五后来又找了其他几个人询问这件事，结果每个人都告诉她传闻的事，真真假假没有一个人说得清。

当然，除此之外，关于公爵的各种传闻也陆续传出，版本各不相同，但最终的结果都是爱德华家族的遗传病。

对于这件事，宫五想了很久，然后在一个周六的上午去了公爵府。她原本是想见到公爵的，却没想到只看到了李司空。

"哟，这谁啊？怎么在这里？"李司空靠着墙抱着胳膊，一副吊儿郎当的模样看着她，"这是有什么事啊？"

宫五抿着嘴，看了眼公爵府大门的方向，视线重新落在李司空身上，问："小宝哥在吗？"

李司空笑："都分手了还来找他什么事？跟我说也成，我不介意转达。"

"也好。"认真地想了想，宫五说，"李二少，我在学校的时候听到一些有关小宝哥的传闻，你是他最好的兄弟，我想求证一下。"

她说完就仰着脸看着李司空。

李司空伸手抓了下鼻子："那位国王陛下召见，他去了宫廷。所以你来得不是时候啊。"他突然朝她走了过来，站在她面前，脸上带了些嘲讽的笑，"再说了，都分了手的人，就算求证了又能怎么样？你说呢？"

一个人影出现在大门口，和煦手里提着药箱，大步走了出来，宫五和李司空同时看向他，和煦的脚步顿了一下。

宫五的视线慢慢地落在他手里的药箱上，重新看向李司空问："李二少，小宝哥是不是生病了？"

李司空笑了下："他有没有生病，我怎么知道？"

她没有生气，依旧看着他问："如果你为难不能回答，你能不能告诉我，他的腿是不是最近很不舒服？"

"你觉得有就有，你觉得没有就没有，这种事，找当事人求证不是更好？"

"如果他愿意告诉我，当初就不会赶我走了。"

和煦从他们身边走过，坐到停在门口的车上，离开之前他扫了眼李司空，李司空没看到他似的，在车开出去之后，对宫五开口："既然知道，为什么还要问我？"

他这话一出，宫五立马知道了答案，不知道为什么，宫五的鼻子突然开始发酸，眼泪已经在眼眶里打转，她转身朝着来路走去，一边走一边眼泪吧嗒吧嗒往下掉，那就是说，其实公爵和他父亲一样，是个短命鬼。

她恶狠狠地抹了一把眼泪，大步走在林荫道上。

身侧有车队经过，她无心查看，抹着眼泪继续朝前走。

已经经过的一辆车在不远处停了下来，有人下车朝着宫五小跑过来，惊讶地叫住她："五小姐？您……怎么在这里？"

宫五红着眼眶看着那人，视线看向他的身后，其他车辆已经离开，宫五失望地低下头。

那人小心地说："爱德华先生让我送五小姐回去。"顿了顿，他又补充了一句，"爱德华先生让我转告五小姐，请五小姐以后不要过来了。"

宫五沉默地看向远去的车队，没有开口。

第十章

公 ｜ 爵

青城郊外的燕家别墅，展小怜正准备拉灯睡觉，手刚落到开关上，冷不丁放在电视柜那里的手机响了起来。

展小怜看了眼已经睁开眼的燕回，知道把这人给吵醒了。

从年轻到老，燕回都比一般人怕死，有一点风吹草动立马就醒，生怕他那宝贵的小命随时被人给咔嚓了。他不高兴地问："哪个不要命的？弄死！"

展小怜瞪他一眼，拿过手机看着上面的号码，面色沉了沉，然后点了接听，脸上堆起笑，开口："小五？阿姨都好久没听到小五的声音了。"

"我也是，很久没听到阿姨的声音了。"宫五在电话里礼貌地说，"阿姨，很抱歉这么晚打扰您，其实没什么事，就是想听听阿姨的声音。"

展小怜依旧笑着说："嗯。我也没睡呢，知道小五功课忙，都不敢随便给小五和小宝打电话。我也想听小五的声音呢。"

很奇怪，她们这么长时间才通一次电话，竟然谁都没提起宫五和公爵的关系，不是有意回避，而是都不愿开口说破。

她们都知道，一旦说破了，一切都会变得微妙和尴尬起来，与其那样，不如顺其自然，或许到了那一天，一切都会变得顺理成章。

宫五靠在靠垫上，软软的垫子在后面，她努力放松身体，让自己的语气轻松起来："阿姨，我今天看到和医生了。"

展小怜只沉默了一秒，便回答："是吗？我很久以前就认识和煦，那时候他还不算有很深的造诣，现在的和煦可是今非昔比。小五遇到他了？真是有缘。"

宫五笑了一声："我也觉得真是有缘。阿姨，和先生来伽德勒斯很长时间了吧？他不忙吗？"她的声音带着笑，说，"我以前在青城的时候听人说，他很难请，是极少数的全科人才。"

展小怜顺着她的话说："是呀，和医生确实是极少数的全科人才。"

宫五又说："嗯，我也觉得他应该很有本事，因为阿姨您这么聪明的人，不会白白花冤枉钱请他的，阿姨花的钱，一定和得到的成正比。"

展小怜的眼眶有些湿润，她努力平复呼吸，没让自己的声音有变化："对，我不会让我的钱和收获不成正比的。"

她说完这句话，电话那端的宫五没有再问什么，只听得到话筒里传来轻轻的呼吸声。

展小怜张了张唇，却什么话都没说出来。

电话两端皆是静默。

不知过了多久，宫五慢慢地抬起头，重新把电话放到耳边，声音冷静又清晰地问："阿姨，他……会死吗？"

她没说这个"他"是谁，可展小怜知道她问的是谁。

眼泪唰的一下从眼眶流了下来，顺着脸颊滚落到地上，展小怜哽咽着回答："会。就像当年他父亲一样……"

宫五突然很难过。她问："和先生会改变他的命运吗？"

展小怜回答："或许会……"

宫五红着眼眶沉默着，良久之后才开口："对不起阿姨，我没想让您伤心。"

展小怜伸手捂住眼睛，温柔地说："没关系。"顿了顿，又开口，"小五，他很蠢是不是？自以为聪明的蠢，和他父亲一模一样……"

宫五回答："他做的是顺从他心意的事，他觉得好，就好。"

"对不起小五，我有个傻儿子……"她伸手接过燕回递过来的纸巾，捂在眼睛上，"他让小五伤心了，是吗？"

宫五努力让自己的声音平缓："开始有一点，后来就好了。阿姨您不用替他道歉，真的，我能理解的，不管是他，还是展小姐的心情，我都能理解。"

展小怜擦着眼泪，平复着心情，说："小五，你能答应我一件事吗？"

宫五开口："展小姐您说，只要我能做到的，我一定答应您。"

展小怜握着电话，说："如果他死了，小五要开开心心地活下去，长命百岁，把他的那份一起活下去，可以吗？"

宫五回答："好！"

"谢谢。"展小怜轻声说了句，"晚安，小五。"

宫五道："晚安，阿姨。"

然后她们各自挂了电话。

温柔的午后阳光落在玻璃窗上，她坐在玻璃的后面，认真地看着外面，脑子里回想的却是她和公爵的过往。

那些点点滴滴细细碎碎的回忆早已被她封存在某个记忆的角落，却在这个午后一点一点地涌上心头。

她不过是个还没出校园的大四学生，却有种自己早已经历了沧桑岁月的感慨。

其实，她不过就是想要和一个喜欢的男人平平安安地生活，按照生命的轨迹延续千百年来人类的生活方式，直到终老，可老天偏偏跟她开了那么大的玩笑。

或许是因为心情，晚上她比平常更早入睡。半夜的时候，宫五突然被外面巨大的砸门声吵醒："起来！都起来！"

她迷迷糊糊地揉着眼睛，听到外面走廊里满是尖叫和喧嚣，一激灵坐了起来。

也不知道发生了什么事，她伸手开灯，发现灯没有亮。

停电了？她来这伽德勒斯这么长时间，还是第一次遭遇停电。

她摸黑挪到窗户口，想看看发生了什么事，意外地发现不停地有人从宿舍里往外冲，外面的路灯亮着，隐约可以看到跑出去的人衣服、鞋都没来得及穿，还有男生只穿了裤衩，这对于注重礼仪的皇家学院的这些贵族学生来说，显然是不正常。

与此同时，宫五终于发现宿舍楼的不同位置有滚滚浓烟冒出，伴随浓烟的还有黑暗中越发明亮的跳动着的火光。

失火了！

宫五仅剩的那点睡意瞬间消散，做的第一件事就是摸到她的几个存钱罐往背包里塞，又把自己平时藏起来的钱翻出来，一起背在身上往外跑。已经跑到宿舍门口她又跑了回去，打开柜子摸到她放护照的盒子抱在怀里就往外冲。

走廊的另一头，宿管员用湿毛巾蒙住嘴，正挨个房间敲门："里面还有人吗？快起床，着火了……"

宫五心里慌得厉害，赶紧对自己宿舍两边的邻居的门砸了起来："着火了，里面还有人吗？快起床逃命啦！"

浓烟太大，就算火烧不死人但是烟能呛死人，宫五跑回宿舍拿了毛巾打湿，捂在脸上，找到逃生口往下跑。

另一头火势汹涌，浓烟快弥漫了整个走廊，还在往楼上蔓延。

宫五跟着人流冲出宿舍楼，就被带着去体育馆避难。

391

她怀里抱着个盒子，身上背着背包，因为离开之前她分析了一下，没第一时间就往外跑，还有时间收拾自己，差不多算是逃出来的人里装备最齐全的一个，跟好多只穿着裤衩和睡衣的人比，她这模样极为罕见。

体育馆内都是三三两两依偎在一起的学生，大家的脸上都带着惊魂未定的恐慌。宫五的鼻尖上全是汗，乖乖地坐着，身边的一个女生突然小声问："你带手机了吗？我能不能借用你的手机打个电话？"

所有人中，只有宫五穿得最齐整，身上还背了包，带手机的真没几个人。

"带了。"宫五拿下背包，把里面的几个存钱罐拿出来，翻出最下面的手机借给那女生。

那女生给自己家里打了个电话，联系家长过来接她。

"谢谢你。"女孩的眼神落在那些存钱罐上，有点不知道该说什么。

宫五又把存钱罐塞到包里，重新背在身上，靠着墙抱着膝盖，一句话都不说。

最早出来的学生中有几个女生因为穿得少被优先安排，其他人只能排队等待。宫五算是很晚才过来的，登记被排在后面，学校的领导忙着救火，安顿学生的老师不多，清点人数后，不停地跟学生说："大家请尽量联系自己的家里人来接，在学校调查出原因之前住在家里，学校将会酌情调整上学时间！大家尽量联系自己的家人……"

避难的学生们听到后大多跟家里联系了，陆陆续续有家人来接。宫五靠着墙壁，安静地看着周围来来往往的人，抱着怀里的盒子，把脸蛋贴在盒子上，慢慢闭上眼睛休息。

她是肯定不会给岳美娇打电话的，不会让她妈在万里之外平白担心她，更何况她一点事都没有。她觉得自己好歹也算外国人，学校最后肯定会有安排，只不过现在顾不上而已。

她正靠在角落里低头打盹，冷不丁有人过来叫她的名字："五小姐！"

宫五迷迷糊糊地抬头，一脸茫然。负责安抚学生的老师身后跟着不少人朝这边走来，她一眼就看到公爵，她从地上爬了起来，表情有些呆，一时不知道该怎么反应，主要是她没跟任何人说，不知道他为什么来了。

她还没来得及说话，公爵已经走到了她面前："小五，有受伤吗？吓到了是不是？"

他很自然地对她伸出手，小心地在她后背上顺了顺，似乎在安抚她的情绪。她看起来还不错，最起码跟他一路看过来的人比还不错，穿戴整齐，身上还背着个背包，怀里还抱着个大盒子。

关于这一点，公爵是真心佩服眼前的姑娘，她似乎什么时候都有本事把自己照顾得很好。

宫五不着痕迹地让了让身体，避开公爵的手，淡定地点头："嗯，我挺好的，谢谢小宝哥关心。"

"学校给所有住宿的学生家里都发了通知，爱德华先生过来接五小姐回去暂住。"老师热情地说。

宫五慢慢低下头，瓮声瓮气地说："不用，我反正也没什么急事，学校总会安排，就不麻烦爱德华先生了。"

老师恭敬地看向公爵，也不知道该说什么。

公爵对宫五说："小五，等学校调查清楚恢复秩序，宿舍重新整理出来之后，你再回来住也可以。只是现在情况特殊，还有这么多学生要照顾，万一顾不到你岂不是很麻烦？"

宫五抿着嘴没有说话。老师在一旁说："五小姐，爱德华先生一接到通知就赶了过来，你看学校现在的状况也确实不适合让大家一直在这里耗着，深更半夜的对大家的身体也不好。不过是暂时的，我们会尽快通知大家搬回来的。"

公爵和宫五的事差不多人人都知道，老师自然知道是什么原因，但是现在也是没办法的事，多一个学生就要多操一份心，何况公爵亲自赶了过来，总不能让他就这样回去。

宫五心情有点惆怅，如果她要去住酒店的话，隔壁就是宫廷，附近的酒店都是针对国家级别的贵宾的，那价格肯定一下就能把她击倒。

其实公爵一出现的时候，她就有点动摇，宿舍着火不知道原因，万一是人为纵火呢？公爵府省钱又安全，这两点是其他地方不具备的。另外一个原因，公爵是她的推荐人，就算她被公爵接走也是顺理成章，只是她心里有点小骄傲，总觉得要是去了，她心里的那点小骄傲就一下被冲淡了似的。

大家你一言我一语地劝慰着她，宫五终于觉得面前的台阶可以下了，一副勉强同意的模样，点点头："那好吧。"

宿舍楼周围的明火已经被扑灭，浓烟滚滚遮蔽了大半个天空的星辰，多辆消防车正对着宿舍楼喷洒着巨大的水柱，浇灭最后的火花。

宫五一边走一边回头看，公爵接过她怀里的盒子，握着她微凉的手，说："小五别怕，我们很快就回家。"

她没应话，只是扭过头朝前走去。

深夜，通往公爵府的路上人烟稀少，三辆车按序行驶在路上，宫五靠窗坐着，低着头一句话都不说，公爵坐在她身侧，车里安静得让人觉得呼气的声音都很清晰。

"小五困吗？困的话先睡一会儿，到了我叫你。"

公爵的声音在耳边响起，宫五应了一声，歪着头靠到一边睡觉，努力忽略身侧的人那强大的存在感。

不知眯了多久，宫五一下被巨大的震动撞醒，睁开眼就看到前方刺眼的灯光直直地照过来，车不知道撞到了什么，车头正在冒烟，而她被公爵死死地搂在怀里，他坚实的胸膛充当了肉垫，替她承受了外力的撞击。

她迟钝的神经瞬间被刺激得清醒，公爵侧抱着她的身体半天都没有动一下，宫五问："小宝哥，你没事吧？"

公爵缓缓睁开眼："我没事！"

周围枪声四起，宫五急忙查看公爵的身体："小宝哥……"

公爵冷静地回答："我很好，别担心。"

副驾驶座上的保镖开口："爱德华先生，我们遭遇了埋伏！"

不知道为什么，宫五的心里竟然没有一丝害怕的感觉，她扭头看向公爵，公爵原本摸向座位下的手突然停了下来，而前方刺眼的灯光也瞬间转换为近光，让人一下看得清前方的场景。

李司空高举着双手站得笔直，几支黑洞洞的枪口抵在他的脑门上，一群全副武装的人拉开阵势，正对着公爵的座驾。

公爵摸到了枪械的手又慢慢缩了回来，他伸手摸到车门上，副驾驶座上的人开口："爱德华先生，您不能下车……"

车是防弹的，只要等到增援，对方一时半会儿也攻不进来。

公爵没有回头："小五待在车上不准下来！"

就在他要开门的时候，一只小手突然死死地拽住他的衣角，他回头，宫五抿着嘴红着眼圈，看着他不说话，却也不撒手。

李司空站在灯光集中的位置，四面八方的枪支对准他，他吊儿郎当地站着，微微歪着头，似笑非笑地看过来。

公爵的视线落在她的脸上，豆大的泪珠在她的眼眶里打转，她赌气似的不撒手，死死地拽着，就像她一松开，他就会不见了似的。

她骨节发白的手落入他的视线，他突然笑了下，伸手摸了摸她的脸："乖乖待在车上，他们的目标是我，只要我出去，小五就不会有事。"

他一点一点掰她的手，结果那只小手抓得更紧，眼泪一滴一滴往下掉。她坚决不撒手，公爵的脸上带着温柔的笑容，说："小五听话。"

她摇头。他终于不再开口，而是坚定地一点一点地拉下她的手，她倾着身体扑过去想要抓住他，他快了一步，下车。

深夜的乡间小路，荒无人烟的偏僻之地，聚集了一帮来路不明的枪手。

车头引擎盖上靠坐着一个人，看到公爵下车，他嗤笑一声："没想到那丫头还真有用，不过是个宿舍着火的把戏，就让伽德勒斯的大公爵在深更半夜兴师动众亲自接人。"他高大强壮的身体站直，转动了一下脖子，发出咯吱的声音，"早知道这么轻而易举就能得手，也不用我们这么多人这么大阵势。"

周围的人发出放肆的笑声。公爵安静地站在原地，开口："不知远道而来的朋友有何目的，不妨直言。既然落到诸位手中，自不会存有侥幸心理，不妨让在下当个明白鬼。"

那些人顿时又爆发出得意的笑声，领头的人从引擎盖上跳下来，手里晃着一把手枪，脸上的面罩遮住了面孔，只露出一双阴狠的眼睛："这倒是个新鲜词。传闻爱德华大公爵是现今世上仅有的外姓公爵，我还听说爱德华设计出的图纸一稿难求……"他伸手挖了挖耳朵，笑着说，"现在看来传闻就是传闻，想要得到一箱图纸并不难。"

说着，他身后有人炫耀似的抬出一个箱子，正是盛放设计图的那个。

公爵的视线慢慢看向那个领头人，开口："所以，阁下是为了这些设计图而来？"

"设计图是任务的一部分。"领头人微笑着说，"我们真正的目标是你！"说着他举起手中的枪对准公爵，"权势再大又如何？不过是被人觊觎的对象。财富和权势有时候不是好东西，有人拿两千万美金要你的项上人头，现在看来，我赚了。"

那些蒙面人爆发出嘲讽的笑声。公爵笑了下："所以，要我命的人，其实是觊觎我的权势和财富的人，是吗？"

领头人顿了下，又抬了抬手里的枪："保密是佣兵团对客户的承诺，我是不会告诉你的。明白鬼？你还是当个不明不白的鬼吧。"

公爵的脸上依旧带着笑，点点头："我的国王陛下用我的钱请佣兵团来杀我，真是一个悲伤的故事！"

他的话音落地，领头人一怔，随后恼羞成怒地抬起枪对着公爵扣动扳机："太聪明的人命都很短！"

一声枪响，领头人保持着举着枪的动作僵在原地，一动不动，然后扑通一声倒在地上。紧接着另外一人随着枪响倒了下来。

藏匿在某个地方的狙击手连击两人。

与此同时，李司空突然动了，以极快的动作横扫身后的人，抬脚踢起一把枪飞向公爵的方向。

枪声四起，乱成一团，公爵府的援军尽数出现。

宫五仓皇地坐在车里，她想要出去，却发现自己被锁在车里，而司机和副驾驶座上的保镖已经开门出去加入混战。

宫五小心地到前排开了后车门的锁，却在枪声中不敢贸然出去。

不多时，混乱的枪声减弱下来，活着的蒙面人都被活捉，公爵站在原地，有人过来跟他汇报情况。李司空正在不远处踹着一个被绑住的人："我说你一个做雇佣兵的怎么不找个脑子好使的老大？找个那么啰唆的，话多害死人啊……"

他眼角的余光看到有什么东西动了一下，下意识地看去，突然发现原本中枪倒在地上的领头人挣扎着抬起头，对着公爵的方向举起枪，用最后的力气扣动扳机。

李司空想扑过去抢枪，却赶不上，对着公爵大喊一声："宝——"

公爵回头，对上一张满是鲜血的面孔。

"去死吧！"

啪！枪声响起，公爵身侧的保镖甚至来不及挡到他面前。

领头人手里的枪一下掉在地上，他恨恨地看向公爵身后，闭上了眼睛。

公爵回头，看到宫五一脸惶恐地站在车门旁边，颤抖的手里举着她变形过的红色手机，全身都在瑟瑟发抖。

李司空愣在原地，看向完好无损的公爵。

公爵抬脚朝宫五走过去，伸手把她搂到怀里，搂得紧紧的，一点都不想松开。

宫五的脸上满是眼泪，她闻到了熟悉的味道，感受到了熟悉的气息，那颗拼命跳动的仓皇的心得到了暂时的安抚，她一句话都说不出来，被他搂在怀里，手里的枪掉在地上。

有人朝这边走来，占旭一边摆弄手里的东西一边说："这是新型的？不错，红外线的镜头就算在黑夜里也看得一清二楚……"抬头看到被撞毁了车头的车旁拥抱的身影，他顿了顿，脸上放松愉悦的神情逐渐淡了下来，沉默地看着这边。

李司空掉头吩咐人收拾残局，先回公爵府再谈其他的。

惊心动魄的一晚，宫五一直靠在公爵怀里，睁着眼，脑子里一幕幕回想着那些满身是血的人，整个人控制不住地发抖。

公爵紧紧地把她抱在怀里："别害怕小五，没事了，我们什么事都没有，别害怕，都过去了。"

宫五小心地说："我杀人了……"她抽噎了一下，把头埋到他怀里，重复，"小宝哥，我杀人了……"

公爵回答："小五没有杀人，那个人没有死，小五的变形枪中装的不是子弹，而是即时麻醉剂，只会让人沉睡，不会死人。"

不知道她听进去没有，她没再说话，而是紧紧地、牢牢地抱住他的腰，怎么都不松手。

深夜突袭在最短的时间内结束，短暂的喧嚣后，荒野再次恢复了宁静。

公爵府的地下室内，陈旧的长廊中，脚步声踏在地上，像是有了回声，一下一下灌入耳中。

一扇铁门被打开，公爵站在门口，门内的李司空摊手："他们招了，结果正如你推断的那样。"

"那，真是遗憾。"公爵淡淡地开口。

他一直以为，即便不算志同道合，即便算不上亲如手足，最起码也有几分兄弟情谊，却不想，爱德华家族尽心尽职换来的，不过是那位尊贵的陛下对于爱德华家族庞大产业的觊觎，多年的情谊抵不过几张设计图的诱惑。

用他上缴给皇室的钱雇佣人来杀他，这世上最悲哀的事莫过于此吧。

公爵深思间，占旭慢悠悠地晃了过来："现在，需要我出马的时候到了。"

当初他义父在世时就组建了佣兵团，义父死了，占旭作为养子自然就继承了义父的一切，既然他们消灭了那位陛下雇佣的佣兵团，现在自然要还他一个。

公爵慢慢转身看向占旭，开口："不用伤他的性命，国家会给他应有的惩罚。"

"知道。"占旭慢悠悠地摆摆手，转身离开。他现在所做的一切不过是为了重回鬼山角。

清爽明媚的早晨，宫五从安逸的梦境中醒来，她这一觉睡得很沉，像被施了魔法的睡美人，不停地做梦，不停地在梦里梦到和公爵府相关的人和事。

马场、草坪，一望无际的大海，广袤无垠的沙漠……

梦真长。

梦里太美好，所以她会忍不住发出笑声。

公爵轻轻地拍着她的脸，好不容易把她叫醒："小五！小五……小五……"

"小五！"看到她睁开眼，他长长地舒了口气，谢天谢地她平安无事。

昨天夜里太折腾了，她吓坏了，暂时的忘却让她睡得不知今夕何夕，以致她睁开眼的一瞬间，看到公爵的脸后，隐藏在潜意识里的习惯一下被激发出来，她用迷糊的声音说："小宝哥早安……"她半睁着眼，对他伸出胳膊，想要搂他的脖子。

公爵看着她脸上傻乎乎有些可爱的表情，在听到她用迷糊又温顺的腔调对他喊

"小宝哥早安"的时候，眼圈突然一下红了，他张了张嘴，用哽咽的声音回应她的话："小五早安……"

宫五的手落在他的耳朵上，捏住，轻轻晃了晃，又重新闭上眼睛，可爱地说："小宝哥你起得好早啊……"

耳朵被一双软软的、暖暖的手捏住，有点痒，有点暖，像是在故意撩拨他的心，又像是在用最亲昵的方法对他展现最温柔的信任。

他哽咽着回答："嗯……"

她只醒了一会儿，还像只迷糊的小猫，所以分不清现实和梦境。

捏着他耳朵的手随着她的重新入睡，缓缓滑了下来。

公爵半蹲在她床前，伸手握住她的手，轻轻拉起，送到唇边，低头吻了一下。

他知道，那个让他的世界充满了美丽色彩的姑娘回家了。

房间里的一切如旧，宫五彻底清醒之后逐渐回过神，卧室里只有她一个人，她抓起衣服套上，刚下去就看到公爵坐在落地窗的位置，刚好避开外面的日光，手里拿着一本书，正低头姿态随意地翻着书。

听到脚步声，他回头看到她，微微一笑："小五，早！"

这句熟悉的话让宫五顿了一下，她点点头，说："早。"

吃完早餐，宫五一时不知道该怎么办，昨天夜里发生的事一点一点涌上心头，她不由自主地打了个寒战。

她一个人待在卧室，低着头抱着膝盖，窝成小小的一团，一动不动。

门口响起了轻轻的敲门声，宫五还是没动，公爵的声音从门外传来："小五，是我。我可以进去吗？"

宫五慢慢地抬头看向门口，依旧没开口，门把手被轻轻拧动，公爵出现在门口，走到她身侧，轻轻握住她的手。

那只覆盖在手上的大掌温暖又宽厚，就像他的胸膛一样，她的视线不由自主地挪动，落到他的手臂上，他随意挽起的袖子像是覆盖住秘密的面纱，却在不经意间露出冰山一角，验证了她所有的猜想。

密集的针眼新旧交叠，让他那只手臂看起来让人觉得毛骨悚然。她突然伸手推起他的袖口，看到更多针眼，她抬头对上公爵的视线。

公爵没有动，只是沉默地看着她。

她慢慢地放下手，恢复了刚才的模样，抱着膝盖，歪着头坐着不动。

公爵握着她的手的力气松了松，然后慢慢地缩回自己的手，就在他的手指即将从她手上离开的时候，她突然说："我以后的丈夫，必须健康，他不能比我早死，不能比我虚弱，不能为我带来灾难，不能让我陷入险境。他必须给我全心全意的信任，我的和他的。哪怕是刀山火海，只要他跟我说会保护我，我就会相信。如果我以后的丈夫不能给我安全感，不能给我活下去的信心和勇气，不能让我变得更好、更强，不能和我风雨同舟患难与共，不能跟我有福同享有难同当，我宁肯不要。"

她慢慢从膝盖上抬起头，拿起手机，无意识地在手中摆弄着。公爵安静地看着她，她仰着光洁的小脸，漂亮的脸蛋上没有一丁点瑕疵，说话的时候用居高临下的眼神看着他，清清楚楚地告诉他她对未来丈夫的要求。

她说："我的丈夫不能用自以为是的好要求我、对待我，我的丈夫不能以他自己为中心，不能随便决定伴侣的将来。我病了，他会照顾我、陪伴我，他病了，我会照顾他、陪伴他，彼此成为对方的依靠。哪怕有一天真的死了，我们都不会后悔。如果做不到，我不要。"

公爵依旧看着她。

她突然一骨碌站了起来，举起手里的变形枪指着他，大声说："费小宝，我给你最后一个机会，你到底还要不要当我的男人？！"眼泪在她的眼眶里打转，她吼道，"我只要你一句话，如果你的选择还和从前一样，我绝对不会为难你，但是从此以后，请你再也不要出现在我身边，再也不要对我有一丁点关心，我不稀罕！你说！"

眼泪噼里啪啦从眼眶里落了下来，她用一种气吞山河的气势对他吼了出来，低着头瞪着他，似乎只要他说错一个字，她手里的东西就饶不了他。

她哭着说："我不嫌弃你短命，我原谅你用最蠢的办法推开我，我也不在乎因为你带给我任何危险。现在你说话！"

他仰头看着她，眼圈微微发红，半晌后说："我会长命百岁，我会健康，我会比我未来的妻子晚死，因为我不想让她伤心地送我离开这个世界。我会有强壮的体魄，会保护我的妻子，不给她带来任何危险，不让她陷入险境，我会给她全心全意的信任，我的和她的。不论刀山火海，不需要她开口我就会保护她。我会和我的妻子相互扶持，相互帮助，让我们彼此变得更好、更强，我会和我的妻子风雨同舟患难与共。我不会用自以为是的好对待我的妻子，不以自我为中心，我和她会彼此照顾、陪伴，不管健康和生病，都会成为对方的依靠。哪怕有一天我抗争不过命运死了，也绝对不会后悔。"

然后他对她伸出手："小五，对不起，我爱你，你愿意回到我身边吗？"

她用手背狠狠地抹了下眼泪，什么话都没说，丢掉手里的东西，一头扎到了他怀里，紧紧地抱着他，哽咽着说："小宝哥，我回来了！"

公爵一手抱着她的腰，一手摁着她的后脑勺，低头堵住她的唇。

绵长而不容抗拒的吻。

最初的温柔到拼尽全力的攻城略地。

他的手又大又温暖又有力，强硬却又温柔地托住她的身体，不让她在缺氧的缠吻中往下滑。

良久，从她的唇上品尝到每一丝甜蜜后，他缓缓地抬起头，离开她的唇，碎发落在她的脸颊、额前，让她的眼睛落入一片阴影当中："欢迎回家，我的姑娘！"

学院的秩序第二天已经恢复，离得近的学生已然复学，宫五早上赶去学校上课。

课间的时候，她突然说："我给你们宣布一件事。"

几个正在说话的好朋友纷纷抬头看着她，宫五清了清嗓子，说："那个……我跟小宝哥和好了。"

集体震惊。

温妮忍不住问："小五，你之前不是咬牙切齿地说再也不会理他吗？怎么这么快就忘了？你的铮铮铁骨呢？"

宫五理所当然地回答："我能怎么办啊？谁让我身边就是找不着比他更帅更有钱的男人啊？但凡能有一个，我也转投别人的怀抱了。你们说，我要是换个不如小宝哥的，那我不是打自己的脸吗？"

几个人集体鄙视她："你就是找借口！"

宫五龇牙一笑，对他们比画了一个V的手势，让原本有些幸灾乐祸的几人郁闷了，说好分手了，怎么宿舍着了一次火后，就突然复合了呢？

朋友们发现宫五这几天心情明显很好，就算一个人坐着看书脸上也带着笑，每天放学之后也不会在学校留很久，早早就跟大家挥手告别。

学校的宿舍短期内肯定没法住人了，很多路程远的家长不惜来回接送，宫五也自然地在公爵府驻留。

至于那场深夜突袭，似乎没有给宫五留下什么过深的印象，又或者，身边更大的惊喜冲淡了那夜的恐惧，让她沉浸在幸福当中。

"小宝哥！"宫五伸手推开书房的门，脸上大大的笑容还没来得及收回去，就看到书房里坐着另外的人。

占旭坐在沙发上，正跟公爵面对面坐着，听到动静他的视线落在宫五身上，短暂地顿了下，脸上随即漾起笑容，对她抬手打招呼："小五放学了？"

宫五立刻跟他打招呼："占大哥！"

她的态度太过热情又自然，让公爵不自觉地皱了下眉头，眼波淡淡地扫过占旭，看着宫五的脸，对宫五微笑着伸出手："小五。"

宫五立刻朝他跑过去，问："你有没有好好休息啊？按时吃饭没有？和医生说了，你一定要保证休息，知道吗？"

　　一把握住她柔柔的小手抓在掌心里，拉着她到自己面前，公爵微笑着说："知道了，我很听话。"

　　宫五看看占旭，对公爵说："你跟占大哥有事情就先忙吧，我要去练钢琴了。"

　　公爵握着她的手没有松开，脸上依旧带着微笑，嘴里却说："好。"

　　还被他拉着手，宫五眨巴眼。

　　公爵还是微笑着看着她，于是宫五低头亲了他一下："那我先出去啦。"

　　因为旁边还有占旭，宫五有点害羞地捂住脸，一溜烟跑了出去。

　　门被关上之后，公爵和占旭的视线对到了一起。半晌，占旭嗤笑一声："想不到爱德华先生这么幼稚。"

　　公爵回答："想不到占先生这么见不得别人夫妻恩爱。"

　　"夫妻恩爱？"占旭觉得听到了天大的笑话，"我要没记错，之前小五可是哭着跟我骂得你狗血淋头，小姑娘不定性，今天她被你暂时哄住，隔天说不定就能跟你反目成仇，说不定遇到更好的男人后，掉头就有了新欢。"

　　"我不会给她这个机会，"公爵脸上带着淡淡的笑，"我也不会在同一个地方跌倒第二次。"

　　"要是同一个地方的那个坑始终没有修好，那可就由不得你跌不跌倒了。"占旭笑得肆意，"更何况，有些坑再怎么修，也不容易修好。"

　　公爵搭在椅子扶手上的手动了下："我坚信可以。"

　　"那就别让旁观的人等到机会，只要你跌倒了，你就完了。"说着占旭站起来，"既然事情已经讨论完，那我就先走了。我暂时不适合露面，这阵子的伙食还要麻烦爱德华先生继续提供了。"

　　公爵没说话，目送占旭离开。

　　他沉默地坐在书房，外面隐约传来宫五练琴的声音，叮叮当当连贯成曲，他可爱的姑娘真是不管什么时候都能让自己调整到最佳的状态。

　　按在椅子上的手试探地撑着身体，就在他要缓慢地站起来的时候，桌子上的电话突然响了。

　　他重新坐下，伸手接起电话："喂？"

　　"儿子。"展小怜的声音在电话里响起，"是妈咪。最近好吗？"

　　公爵微笑着回答："我很好，妈咪不用担心我。"顿了顿，他重复，"我和小五都很好，她现在在弹琴。"

展小怜的眼眶一下就湿了，她含着泪花，声音带着笑，说："小五真是个好姑娘，妈咪真庆幸我的儿子有个那样的好姑娘陪伴在身边。"

"是，"他回答，"小五是个好姑娘，我也庆幸我遇到了她。"

展小怜张了张嘴，想要开口，然后她听到公爵的声音从话筒里传来："妈咪，我想要活下去，不求长命百岁，只要能让我不遗憾来过这世上一趟的时间，就足够了。"

眼泪顺着脸颊往下流，展小怜含着泪微笑道："等你活下来的时候，你就会发现时间永远都不够，你身边会有更多让你想要珍惜和守护的东西。当死亡真的来临，你一定会觉得遗憾，为什么还有那么多事没有做，为什么时间不能再多一点……"

"这世界对于我无足轻重，但是这世上值得我留恋的人却那么多。"公爵说，"妈咪，我现在体会到当年父亲是怎样的一种心情，他一定非常强烈地希望自己活下来，却熬不过死神来临，他心不甘情不愿地离开，却要做出一副让你放心、没有遗憾的模样……"

沉稳的呼吸声从话筒中传来，展小怜张了张嘴："儿子！"

"我也是！"他说，"妈咪，我也一样。我写好遗嘱，安排好后事，把家族所有的生意和人员都布置好，不至于我突然病发离开的时候让活着的人手忙脚乱。但是妈咪，我想好了一切，却不知该怎样安排你的心情，不知该怎样让大宝永远待在她的童话王国，不知该怎样让我在意和想要保护的人不那么伤心……我知道，只要我死了，我所珍爱的人就一定会伤心、会难过、会痛不欲生……所以我不能死！"

展小怜紧紧地握着话筒，抿着唇，死死地压抑着声音，无声地哭泣。

"妈咪你放心，我不会死，我不允许自己就这样死了。"他说，"我希望大宝还和以前一样无忧无虑，什么都不需要考虑，甚至都不需要做任何事，只需要是我的妹妹，就足够她一生无忧。我希望燕叔能永远这样张扬肆意，围着开心的大宝转，为大宝奉献一切才是他的心愿。我也希望妈咪不用再像以前那样不得安宁，时时刻刻都在担心我什么时候病发，时时刻刻都在为了治疗我的病而努力。"

展小怜脸上带着笑，伸手遮住滑过脸颊的泪痕，声音带着笑意，说："我会的……"

"我又让妈咪落泪了是吗？这是最后一次。"公爵说，"我会让妈咪有一天能真正放下心来，真正放松下来，而不是像曾经的二十多年一样，一边希望，一边失望。"

展小怜点头，她哭着高兴，笑着落泪："好！我要小宝健康平安，娶妻生子，儿孙满堂，寿终正寝。我要小宝和其他人一样，在最好的年华活得肆意，而不是战战兢兢胆战心惊，甚至因为身体放弃心爱的女孩……"

公爵回答："是，我会活下去，直到我寿终正寝的那一天！"

伽德勒斯皇室近来风波不断，先是传出那位美丽的王后被国王现场捉奸，随后又传出皇室开支过大，擅自挪用国库用于挥霍。如果说国王捉奸是让百姓看八卦的，那么挪用国库挥霍无异于一石激起千层浪，激起了百姓的巨大愤慨，等于是把纳税人的钱私用，而不是用于王国建设。

这些日子国王有些焦头烂额，原本挪用国库一事是计划好的，只要爱德华公爵一死，国王也就失去了顾忌，却不想竟然让他侥幸逃脱。

国王实在没想到下了那么大一盘棋，布了那么大一个局，最终功亏一篑。

历史上，爱德华家族之人的发病时间极为统一，大多是在公爵这个年岁前后，国王可谓从登基之初就开始盘算，原本根本不知道如何算计，却不想爱德华带了个东方女孩来了伽德勒斯，简直是送给国王的把柄。虽然他们中途分手是意料之外的，但是爱德华对女孩的重视却足以让他充分利用。

国王想用那个女孩牵制公爵，却又不能让爱德华和她结婚，因为一旦公爵结婚，就意味着那个女孩成为公爵府的合法继承人，皇室也就不能顺理成章地接手爱德华家族的资产，所以才有了马修诱骗宫五偷窃公爵的设计图的事情发生。伽德勒斯怎么可能允许一个有盗窃前科的人成为爱德华大公爵的夫人？

当然，公爵更不能有子嗣，一旦公爵有了子嗣，按照伽德勒斯的律法规定和世袭制度，公爵的子嗣一定会继承爵位和家族资产。爱德华家族捐赠的资产已经不能满足皇室的需求，获得全部才是国王的根本目的。

黑煞是国王从那么多推荐名单中精挑细选的合作对象，一个因为天价佣金，一个想要爱德华家族的资产，再加上占旭想要得到公爵的设计图，合作就这样达成，最终却因黑煞的死亡而导致合作半途夭折。

计划夭折，国王只能孤注一掷，既然等不到公爵自然死亡，那么就人为制造事故，反正爱德华大公爵这么多年惹下的仇家多到数不清，只要人死了，剩下的什么都好说。

之前的试探证明了公爵对他那位已经分手的小女友旧情难忘，千载难逢的机会摆在国王面前，他利用公爵当初带回宫五捐赠给皇室的钱，招揽到了最好的佣兵团，却不想再次错失良机。

已经打草惊蛇，再想找到这样的机会根本不可能，好在佣兵团的首领还算守信，任务失败后也退回了资金，自行承担任务失败的损失。

国王并不知道公爵对于这次事件的最终调查结果是什么，听传来的消息似乎并没有太大的进展。但是，国王知道这件事迟早会被爱德华发现，与其被他发现之后处于被动地位，倒不如快刀斩乱麻一次性解决。

如今国库的事曝光，皇室必须在最短的时间内填补这个窟窿，放眼伽德勒斯，能让皇室在最短时间内获得财富的只有爱德华家族。

国王不觉得用点国库的钱是多严重的事，只要以后他想办法补起来就行，何况他是国王，是伽德勒斯王国的国君，整个王国都是他的，何况那点钱。

"我尊敬的陛下，如果您确认要给予不忠之人严厉惩罚的话，那我们就要趁早做出决定，拖延的后果将会是难以收场。"马修的叔叔哈尔先生恭敬地对犹豫不决的国王提议，"根据马修提供的信息，爱德华短期内似乎不会有什么问题，因为他的那位未婚妻在学校会透露爱德华的信息。"

没落的哈尔家族为了能重振家族，这么多年费尽心思，终于跟皇室攀上关系，试图利用这次为皇室效命的机会重新被伽德勒斯的贵族圈接纳。

国王阴沉着一张脸，过高的身形让他大多时候都佝偻着背，和身高不成比例的体重让他看起来瘦得可怕。他慢慢地开口："这一次，我一定要成功。爱德华家族的气数早该过了，他逃不了！"

"只是尊敬的陛下，上一次的动作只怕会让爱德华心怀警惕，不知这次他还会不会上当。"

国王慢慢抬起眼，冷笑一声，说："只要那个女人在，只要爱德华还在意她，就会有办法。能利用她第一次，自然就能有第二次！"

身侧的人堆起脸上的皱纹，露出讨好的笑："是，我尊敬的陛下，这一次您一定能得偿所愿。"

爱德华家族有遗传病的消息再次在各大家族流传，似乎在为公爵最终的病逝率先做出铺垫，至于这则早已不是新奇传闻的流言突然再次兴起，着实让人觉得惊讶。

宫五在学校期间，周围的人也来问："小五你不是和爱德华先生和好如初了吗？那么爱德华先生近来有生病的迹象吗？"

正趴在桌子上预习下一节课内容的宫五头也没抬地说："挺好啊，我没发现他生病啊，我就说你们之前说的那些都是胡编的，我从来没觉得有什么问题。"

最后排坐着的马修靠在椅子背上，冷眼看着前面的人。

大四的课程跟之前比轻松了很多，不过即便如此宫五还是很认真地配合学校的节奏做自己的事，当然，她淡定的外表下，有一颗忧心忡忡的心，毕竟公爵的身体现在才是她最需要考虑的，只是这些都不能让外人知道罢了。

流言传得越发广，伽德勒斯似乎人人都知道爱德华家族的那位大公爵有家族遗传病，说不定什么时候就逝世了。

作为公爵的未婚妻，宫五俨然是很多人关注的对象，也正因为如此，宫五才要坚持按时上下学，努力让自己看起来淡定无比，用"事实"来证明公爵并非外界传闻的那样。

宫五放学归来，进门就觉得公爵府的气氛有些压抑，年迈的尤金从书房走了出来，看到宫五的时候他愣了下，随后对宫五恭敬地说："五小姐。"

尤金的脸色有些苍白，虽然努力挺直身板，但还是能看出他的背微微有些弯。宫五乖巧地打了招呼，尤金就那样低着头走了出去。

宫五不知道发生了什么事，在她印象中，尤金从来都是精神抖擞、嗓门洪亮又忠诚的老管家。

他在公爵府的地位仅次于公爵，多年打理公爵府让他在这里积下了威严，也让爱德华家族的其他帮佣对他无比尊敬，宫五印象中的尤金不是今天这样的，所以她有几分担心。

就在尤金快要走出公爵府的大门的时候，宫五忍不住开口："尤金先生！"

尤金慢慢回身，他脸上带着浓浓的疲惫和颓废，他慢慢地抬起混浊的眼看向宫五，声音有气无力的："五小姐，我从今天开始不再是公爵府的管家，我退休了，我的儿子亚伯是公爵府的下一任管家，他在今天正式接手这个职位。以后，如果您有任何事都可以找他，他会像我一样全心全意为五小姐服务的。"

亚伯是尤金的小儿子，是个正直帅气的年轻人，已经在公爵府实习了半年，终于在今天正式接手尤金的职务，而这也是尤金的心愿，宫五一直都知道。她立刻对尤金微笑着说："尤金先生您终于可以休息了，谢谢您一直以来的照顾，还给了我很多帮助。"

她站在门厅口，尤金站在大门口，他认真地看着宫五，然后对她扬起笑脸，说："爱德华先生能够认识五小姐真好。真高兴五小姐重新回到爱德华先生身边，他是个值得尊敬的人，而五小姐也是个很好的姑娘。"

一直以来尤金都很严厉地要求宫五，很多时候宫五都觉得是不是对于尤金来说自己配不上公爵，要不然为什么那么凶？这是尤金第一次当着宫五的面夸奖她，她顿时有些不好意思："谢谢您尤金先生，我会继续努力的，而且我以后一定会陪在小宝哥身边，请放心好了。"

尤金站在原地看着宫五，点点头："那真是太好了，这样我就放心了。"说着，尤金转身要朝大门外走。

宫五突然又叫住他，尤金回头，听到她说："尤金先生，您退休了我以后能去看望您吗？"

尤金怔了一下，随后微笑着点头："当然。"

他略显萧索的身影就这样慢慢地从宫五的视线里消失。

对宫五来说，尤金不过是暂时退休，以后还是会有很多机会再相见的，这不是什么让人伤感的事，何况继承了尤金事业的还是他的儿子亚伯。

书房隐约传来谈话声，宫五没有去打扰，而是做自己的事去了。

近来公爵都很忙，宫五自然知道，今天晚饭的时候公爵甚至没有露脸，宫五有点失落，但还是自己乖乖地用餐、学习，最后一个人爬到床上睡觉。她帮不了他什么忙，就努力不让自己给他添乱。

她睡得迷迷糊糊的时候身边的床垫被人压了下去，熟悉的气息灌入她的鼻中，她迷蒙中睁开眼："小宝哥……"

她被搂到一个宽阔又温暖的胸膛中，公爵在她额头轻轻亲了一口："睡吧小五。"

"嗯……"她小猫一样轻轻嗯了一声，往他怀里钻了钻，继续入睡。

她有件事忘了跟他说，她觉得退休的尤金先生看起来似乎很失落。

窗外的鸟鸣把宫五从睡眠中惊醒，天刚蒙蒙亮，带着些许凉意，半掩的窗外不知名的鸟儿粗嘎的叫声跟往日那种清脆的鸟鸣完全不同，宫五气呼呼地爬起来，推开窗户，对着窗外枝头上的鸟儿一阵撵，等到鸟儿飞走了，她才重新倒在床上，磨叽着不想起来。

难得的周六休息，少了尤金的监督，她总想着偷懒一会儿。

她正要赖不想起来，卧室的门被人推开，公爵走了进来，他面色沉重地看着宫五，宫五抬头就看到他的脸色，愣了愣，立刻站起来："小宝哥，怎么了？"

她扑到公爵怀里，公爵安静地看着她，半晌后回答："有件事我想告诉小五，小五能答应我保持冷静吗？"

宫五顿了顿，然后点头："可以。"

"尤金先生去世了。"

宫五清晨迷蒙的双眼猛地一下睁大："什么？"

"尤金先生去世了，昨天夜里。"公爵盯着她。

宫五维持着抬头看他的姿势，愣了好一会儿才说："小宝哥你是不是在跟我开玩笑？我昨天还看到尤金先生，还说他退休之后会去看望他……"

公爵表情凝重："是真的。这样的事，怎么可能用来开玩笑？"

她呆呆地抓着他的胳膊，一脸的难以置信："怎么可能？昨天还好好的人，怎

406

么过了一天就突然……"

公爵伸手把她搂到怀里，小心地安抚她的情绪："尤金先生……是自杀的，他自己放的火，反锁了门，把自己烧死在了他的小木屋里。"

"不可能啊！"宫五的眼泪噼里啪啦往下落，"为什么呀？尤金先生怎么可能会自杀？他明明之前还好好的，一点都看不出来……"她抬头，泪眼模糊地看着公爵，问，"小宝哥，你知道为什么吗？好歹有个原因啊！我来伽德勒斯这么长时间，如果不是尤金，我现在肯定还是个一无是处的人……都是他在帮我……教会我利用时间，教会我怎么学习才最有效……教会我……"她不懂，"为什么呀？"

"因为我一直在查爱德华家族遗传病的成因……"公爵回答，"事情牵扯到尤金的家族。"

宫五依旧呆呆地看着他。

公爵说："尤金家族是爱德华家族遗传病的帮凶之一，现有的证据足以证明尤金的家族确有参与其中。"

"怎么……怎么可能？"宫五一脸震惊地说，"尤金先生明明那么忠心，他的父亲、他的祖父、他的曾祖父……他们家族的忠诚都是他引以为傲的品质，甚至现在的亚伯也完全遵循了他家族的这种美德，为什么……"

"公爵府的中心卧室发现了三百年前可以积累毒性的干枯毒草，和皇室有关。"公爵说，"近来已经查到了伽德勒斯几个家族曾是公爵府的帮佣家族，后来因为某种机缘巧合从现有家族分离出去。知道秘密的人都去世了，几百年的变迁，早已物是人非，唯一不变的就是隐藏其中的秘密一直在继续。"他紧了紧胳膊，搂紧她，说，"我一直以为，我一定要弄清爱德华家族的遗传病究竟是怎么回事，弄清我的祖辈究竟是死于什么样的遗传病，可是小五，我不想再查下去了，再查下去或许会牵扯到更多的家族、更多的人。曾经尤金的家族做的事跟尤金没有关系，可他却因为祖辈的事而自责……"

"不行！"宫五抓着公爵的手猛地握紧，仰头看着他，说，"不行！小宝哥一定要查下去。我们不会让后人为他们的先人埋单，但我们要知道真相，否则爱德华家族历代公爵的死就不明不白！已经查到现在，尤金先生因此而死，如果小宝哥现在放弃，就是让尤金先生一个人背负了所有的责任，那样对他不公平，对尤金家族活着的人都不公平，而其他牵扯其中的家族也会因此惶惶不安。"

她看着公爵，认真地说："尤金先生只是想要减轻尤金家族的罪过，也证明了尤金认可他的家族确实参与毒草的事。但这不代表尤金先生该死，先人的错，后人明明什么都不知道，却要替他们还债，他们没这个义务。尤金先生死了我很难过，很伤心，因为我知道尤金先生对小宝哥真的很好，恨不得把世上所有好的东西都给小宝哥，恨不得把小宝哥说的每一句话都执行到底，他不会有害小宝哥的心思，他想要对小宝哥证明的东西太多。正因为如此，我们才要查下去，才要找到原因，让那些想要害你的人知道，爱德华家族不是好欺负的，就算是过了三百年，我们也查得清楚！"

她说这些话的时候，眼神坚定有力，一字一顿，抓着公爵的手紧紧地握着，拽得他的衣服都斜了，揉起了层层叠叠的褶皱。

"小宝哥，我陪你一起查。有人害了一个家族一代又一代无辜的人，我不能忍受这样一个天大的秘密却被遮掩得不见天日。"她说，"我们不需要偿命、不需要补偿，只要真相！"

公爵紧紧地盯着她，半晌后，捧着她的脸的手轻轻蹭了蹭，点点头，说："好！"

既然要查，那就查到底，不让真相被黑暗遮掩。

尤金的儿子亚伯第二天就回到公爵府，尤金的葬礼定在第三天。

亚伯神情有些悲戚，他做事的风格和尤金极为相似，干脆利索又极有条理，公爵看到他的时候愣了下："亚伯，你不必这么着急过来工作，你的父亲需要你。"

青年摇摇头："不，爱德华先生，我的父亲更希望我回到岗位上来。"

他抬头看向公爵："我很抱歉爱德华先生，我从未想过我的家族会是其中的帮凶。"

他一脸哀伤地说："我很小的时候，父亲就一直跟我说，爱德华先生对家族太重要，他是公爵府的管家，要承担起公爵府的所有事务，让您有足够的时间和精力去应付其他更多的事。他说他开始并不觉得您会是最优秀的公爵大人，但是后来……他说您真的很了不起……"

对尤金来说，照顾年幼的公爵，一点一点地扶持他学习、长大，给他教育和生活上的安排，是自己的责任。小小的少年经历了被刺杀、被下毒、被偷袭等一系列匪夷所思的事之后，依旧保持着他的节奏，在刺杀的人还在跟保镖搏斗时，小小的公爵已经慢条斯理头也不回地坐到了车上，扬长而去，这样的画面出现得太多，以致公爵身边的人都习以为常。

如果说有什么奇迹的话，那一定是爱德华先生在遭遇了那么多年、那么多次被人暗杀后，依然安然活到了今天。

尤金对公爵的感情，不比他对自己的儿子亚伯的感情少，这种感情除了忠心之外，更多的是父子之情，是对去世的老公爵的缅怀之情，这种复杂的感情让尤金对公爵的关怀从未变过。

他一直以来都坚定地觉得就算这世上所有的人都有愧公爵，尤金家族也绝对不会。

结果呢？得来的答案犹如自打了一巴掌。

爱德华家族的遗传病是人为的，是和尤金家族密切相关的，而且三百年前尤金家族就参与其中，这等于是从一开始就参与了对爱德华家族的背叛。

亚伯一直想，如果自己那天早上没有求助父亲，如果自己那天顺利地解决了遇到的难题，是不是父亲就不会回公爵府了？

可是他从电话里听出了父亲的激动，父亲一定在暗暗高兴自己又有了用武之地。

亚伯见到父亲的时候，他特地换了干净整洁的正装，头发打了头油，梳得一丝不苟，又弯下腰拿布擦拭皮鞋上的灰尘，一遍又一遍地擦，直到鞋面光亮如初。他一定一次次地照着镜子，就像是曾经那样看自己的装扮，确认没有不得体的地方才出现在公爵府。

如果他没来，他也就不会听到爱德华先生和哈尔家族那位老人的对话，也就不会知道爱德华家族遗传病的真相，也就更加不会自责到自杀身亡。

他还记得父亲当时脸色灰白得犹如遭遇了人生中最重大的厄运一般，整个人都在发抖，嘴里不停地念叨着："不可能的……不可能的……"

他以为自己晚上再去安慰也不迟，却不想那成了父子之间的最后一面。

小木屋是他特地在父亲退休前替父亲打造的，距离公爵府没多远，走路也就十几分钟的路程，距离河边很近，位置是尤金亲自挑选，方便钓鱼，还能随时随地抬头看到公爵府的屋顶。

他一路轻快地朝着那里走去，还没看到小木屋的时候，就闻到了浓烟呛鼻的味道，紧接着是突然发作的冲天大火，就像是冒出来的火蛇，一下子吞噬掉了猎物，照亮了半个天空，小木屋被烈火包围，火焰混合着汽油的味道，浓郁刺鼻。

等到众人带着灭火的工具赶来已经迟了。

小木屋被大火包围，门窗紧闭，尤金穿戴整齐，安详地坐在椅子上，老泪纵横。

尤金家族的先祖，故意把公爵的卧室安排在公爵府最中心的位置，故意跟他们强调那是最好的位置，可以福泽子孙、绵延后代，可以保爱德华家族的人、财长盛不衰！

这样的话从他们这样的家族传出来，必然让爱德华家族深信不疑，以致到今天，爱德华家族的历代公爵，依旧是入住那个在风水学上最让人赞叹的绝佳位置。

同时，也一代一代断送了爱德华家族的历任公爵的性命，让他们原本可以活到寿终正寝，却提前结束了生命。

尤金在烈火中知道自己无颜面对爱德华公爵，无颜面对爱德华家族历代公爵。他的父亲明明跟他说，公爵府内爱德华先生的卧室是最佳的位置，绝对不能转移爱德华先生卧室的位置，这样会造成爱德华家族时运不济。所以，爱德华家族的遗传病，根本就是他们这些人故意制造的。

他还有什么脸见爱德华先生？他还有什么脸见展小姐？明明……明明他们那样信任他，信任尤金家族，可结果呢？他们最信任的人，最信任的家族，偏偏给他们带来毁灭性的灾难。如果三百年前的老爱德华公爵还活着，该是怎样痛心疾首？

如果有先人提前告知，或许爱德华家族历代公爵就不会有那样的厄难。

不可原谅！这是不可原谅的罪！整个尤金家族的人都不可原谅！

他已无颜再见任何人，唯一的解脱只有死亡。

只是尤金至死都不明白，自己家族为什么会选择背叛爱德华家族。

清晨，电话从伽德勒斯打到了青城郊区燕氏别墅，展小怜接起电话："喂？"

在听完电话里的内容后，她脸上的表情逐渐凝重起来，半晌才开口："我知道了。"

尤金的自杀，更多的是接受不了自己家族对爱德华家族的背叛，他的自杀有懦弱、有逃避，但是更多的是自责，尤金家族的人都有一种刻入骨子里的固执和倔强，尤金的自杀，其实就是以死谢罪的意思。

心里恨吗？展小怜知道自己嘴上说不恨，可心里还是会怨，是不是没有尤金家族，对于爱德华家族三百年的计谋会失败一半？是不是爱德华家族一半的子孙就不会早逝？是不是小宝的父亲也就不会早逝？

可是再怨又有什么用呢？事已至此，后人子孙并不知道这个秘密，说白了，他们也是无辜的，甚至比别人还不清楚。

展小怜长长地出了一口气，她现在要的是真相，她想要知道现在的皇室对爱德华家族的遗传病了解多少。

公爵知道，她也知道，他们都知道。

"我会前往参加尤金先生的追悼会。"她对着电话轻轻地说道，然后挂了电话。

葬礼如期举行，悲伤凝重的气氛在人群中蔓延，展小怜久久地站着，神情带着悲伤，尤金啊，这位一辈子服侍爱德华公爵府的管家用他自己的方式证明了他的忠诚。

公爵看着远方，上前一步，弯腰放下一朵白色的花在棺木上，慢慢地扭头看向展小怜，伸手扶住她："妈咪。"

展小怜长长地吐出一口气，点点头，拍了拍他的手让他放心，同样放下手里的花，让开位置。

悲恸的亚伯脸上有些木然，一直以来父亲就是他的目标，他以为自己会在父亲的教导下成为一个合格的管家，可他的管家生涯还没正式开始，父亲就用那样极端的方式从他的身边离开了。

葬礼过后，一切如常。

这就是生活，一个人的来去，一个人的生死，影响不到其他人的人生。

一个大家族的年迈管家突然去世并没有引起什么人的注意，毕竟这样的死亡几乎每天都有，生老病死，不过是人活在世上必须经过的历程。

展小怜来到伽德勒斯参加葬礼后，并没有马上离开，她在留下来的当天晚上出了一趟海，公爵强烈要求陪同前往，却被展小怜拒绝。

她看着公爵身边的宫五，微笑着摸了摸她的脸，说："我呀，要去吐槽一下，顺便夸一下我漂亮可爱的儿媳妇，你们要是跟着去了，我就不知道怎么夸了。"

宫五乖乖地站着："阿姨，那我就不陪您去了，您要小心一点啊。"

展小怜对她笑着说："我记住啦，大宝和她爸还在家里等着呢，我去一趟就回来。"

宫五不知道未来婆婆出海干什么，反正公爵没有反对，她也只能顺着公爵的意思。

等展小怜离开后，公爵对宫五解释："我父亲是海葬，母亲是想去跟他问声好吧。"

宫五仰头看着他，眼中带着他一眼就能看出的怜惜，公爵笑着说："我没事，别担心我。"

她呆呆傻傻的模样，乖巧地点头："嗯。"

没事的时候，展小怜翻出以前的相册给宫五看："这是小宝和大宝小时候的模样，小五你看看，可爱吧？"

宫五在相册中看到了年轻的展小怜牵着小公爵，小时候的公爵长得一点都不显眼，不是那种让人一眼看上去就会惊呼"可爱"的小孩，很普通的模样，不丑，但是也不帅，不变的是那双带着异域色泽的漂亮眸子。他小小的个子，被展小怜牵着手，站着的时候两条小腿规规矩矩地并拢在一起，绷着严肃的小脸，就像是缩小版的绅士。

再往后翻几页出现了燕大宝，最早的一张是燕大宝坐在儿童推车里，小公爵推着她，小小的孩子，穿着笔挺的定制服装，发型都是被精心打理过的，努力地推着

411

肉乎乎的燕大宝，在林荫大道上朝前走。

小时候的燕大宝简直是希腊宗教油画里肉乎乎的小爱神，小胳膊、小腿上的肉褶子一截一截的，肉乎乎胖嘟嘟的脸蛋上两只圆溜溜的大眼睛，可爱得无以复加，圆圆的小脑袋上只有稀稀拉拉一点头发，勉强扎了两条小辫子，分别挂了两朵漂亮的莲花。

宫五看着他们的样子，越看越觉得可爱，脸上忍不住挂上了笑容。

展小怜笑着说："小五也觉得可爱是吧？"

宫五使劲点点头："我觉得超级可爱。"

宫五继续朝后翻，大多是展小怜和燕大宝的照片。

展小怜顺手拿起一本新的相册翻开，看着上面的照片，她突然笑了下，然后把相册送到宫五面前："小五看看这张。"

照片上是宫五的单人照，她不记得自己拍过这样的照片，没有看镜头，笑得肆意又张扬，更像是被人偷拍的照片。

这本相册中大多是宫五的单人照，她翻动的时候无意中把照片甩了出来，捡起来一看，后面有公爵用笔写的字，摄于某年某月某日，并注明照片中的人是宫五。

宫五忍不住龇牙笑，没想到小宝哥这么细心啊！这年头，还有几个人会把相片打印出来，还塞到相册里啊？现在大家都用电子的，很少有人打印出来，更别说还写字做标记什么的。

虽然一边看一边嫌弃的模样，但是她心里还是很高兴的。

她在那边笑，展小怜坐在旁边安静地看着她，脸上也带着淡淡的笑。

两天后展小怜归国，临走之前她拉着宫五的手，认真地看着这个年轻的姑娘，真心地拥抱了她："小五，谢谢你愿意留在他身边，愿意给他留下最美好的回忆。"

"阿姨，您不要这样说。"她说，"我留下来不是为了小宝哥，是为了我自己。因为我要遵从我自己的本心啊，这样我才能活得更快乐。小宝哥答应我了，他会好好地活下去，我们以后还要生一堆小孩来养呢。"

眼泪差点就流了出来，展小怜强行忍住，微笑着说："好，到时候你们到哪游山玩水都行，我舍出老命帮你们带孩子，当个好婆婆、好奶奶。"

小姑娘笑出声来，说："好呀！"

公爵带着宫五从送行的机场回到公爵府，刚进门就看到李司空急匆匆地进来，他看了宫五一眼，然后对公爵说："老哈尔死了。"

老哈尔是马修的父亲，也是那日和公爵谈话的人，正是因为他和公爵的对话，才让尤金听到了内容愧疚自责最终自杀。

这个消息在事情的真相还不明朗的情况下，显然不是个好消息。

宫五站在公爵身侧，突然说："我到外面摘些花回来。"

她怕自己的存在会影响公爵和李司空交流，选择主动留给他们空间。

等宫五离开后，公爵问："死因？"

李司空回答："哈尔家族对外宣布是死于心脏病。但老哈尔素来对自己的身体十分在意，随身携带药品，他死亡的时候，长子马修在他身边。"

公爵点头："这就容易理解了。接下来跟马修接触，他或许是捕捉到了什么信息，才孤注一掷下了狠手。"

"人心真是难测。"李司空丢下这么一句，快速地离开了。

老哈尔的死亡，断了仅有的线索，让原本终于找到了线索的调查陷入停滞，所以马修成了事件的关键点。

即便哈尔家族对外宣布老哈尔是正常死亡，但作为一家之主的老哈尔突然死亡还是引起了不少人的怀疑，一时间，最后接触过老哈尔的马修被送上风口浪尖，家族内部的人甚至起了内讧。毕竟，一家之主暴毙，下一任家主的位置落在谁头上就显得极为重要。

原本和自己的叔叔是同一战线的马修，瞬间就和叔叔成了竞争家主的对手。

来自公爵府的橄榄枝一递过来，马修就接住了。

他如今的衣着打扮都和之前不同，效仿着自己父亲的老绅士风格，努力朝着真正的贵族发展。他在一个傍晚出现在公爵府的会客厅。

仆佣送上茶水，马修伸手端起茶水，端杯的姿态也努力地体现贵族的优雅，却因为少了长年累月积累起的自然，显得刻意了几分。

他喝了一口茶水后，开口："爱德华先生，感谢您还惦记我父亲的葬礼，我铭记于心，今天特地前来对爱德华先生表示感谢。"

公爵慢条斯理地放下手里的杯子，笑了笑没有说话，半晌之后才说："不必感谢我，那不过是我和令尊的交情。想必你也知道，令尊前些日子还来叙旧了。"

他眉眼间带着浅浅的笑意，看着眼前的年轻人："今天小哈尔先生过来应该不是单纯为了道谢。我们开门见山，小哈尔先生不妨直言，如果条件合适，我们各取所需，小哈尔先生觉得呢？"

到底还是个没经历过事情的年轻人，马修对于自己的筹码的信心一目了然，他在公爵的注视下回答："爱德华先生真是爽快，既然这样，那我就直说。我父亲去世之时，我的叔叔想要抢夺家族下任家主的位置，我势单力薄，在家族的威信不如他，我希望得到爱德华先生的支持，而我则提供爱德华先生想要的东西。"

公爵低头一笑："小哈尔先生知道我想要什么？"

马修立刻回答："当然，我也不敢对伽德勒斯的大公爵信口开河。我父亲临终之时，交给我一本手抄本，里面记载的是我的家族迄今为止发生的巨大变迁，我想爱德华先生一定很感兴趣。"

公爵脸上含笑："这么一说，令尊原本打算给我的东西，已转移到了小哈尔先生手上。成交。"他又问，"东西在哪？"

"我没有那么傻，能让爱德华先生重视的东西，我自然不会随身携带。我放在了安全的地方。"马修说，"我相信爱德华先生言出必行，既然我们达成了协商，我会亲自送来。"

"静候佳音。"

在马修离开后，李司空从外面进来，往桌子上一坐："那小子的话能信？"

公爵笑了笑，回答："他走投无路，那是唯一能为他换来支持的筹码，他自然会当成救命稻草。只是，他的那位叔叔也不是等闲之辈，坐山观虎斗不是欣赏闹剧的最佳途径吗？他们双方，不论是哪一方赢了，都需要外力的支持。这么大一个助力在他们面前，没有不抓住的道理。"

听了这话，李司空笑道："那就看哪条狗能咬赢了。"

公爵的手轻轻动了动，又道："别忘了，宫廷里还有一位盯着呢，那是事关爱德华家族遗传病的至关重要的东西，宫廷里那位只要目的没达成，绝对不会让我得到那个东西。看来，这戏有的看了。"

他幸灾乐祸的语气让李司空翻了个白眼："那麻烦你这一阵就好好养你的身体，我可不希望哪天说了一半话，你突然就站不起来了。你吓不死我，但会吓到你家那个小抠门。"

"什么小抠门？"宫五的脑袋突然从门口探进来，"我看到马修乘车离开了。小宝哥，他有没有说什么气人的话？我下次看到他帮你揍他！"

屋里的两个人同时笑了起来，公爵对她招招手："我每次看到小五的时候，心情就特别好。刚刚在外面数蚂蚁了吗？"

宫五立刻对他龇牙笑起来："小宝哥我跟你说，我刚刚在外面看到一只特别奇怪的虫子，我以前没看过，走走，我带你去看看。"

她伸手拉着公爵的胳膊拽他站起来，公爵顺势扶着椅背想要站起来，却在起身的一瞬间一顿，宫五使劲拽都没拽动，他原本要起身的姿态又重新坐了回去，宫五瞪圆了眼："小宝哥，走呀！"

公爵只是坐在椅子上看着她，脸色在一瞬间变得苍白无比。

李司空原本是看笑话的神情，一看到他的脸色，突然严肃起来："小五，去找和煦！"

气氛一下变得十分沉重，宫五立刻转身跑了出去，找到和煦，拽着他就跑，嘴里只来得及说："小宝哥……小宝哥那里……"

这是宫五第一次在面对公爵的时候，深切地感受到他真的生病了，真的有那种不知什么时候就会发作的病。

她焦急又不安地站在旁边，白着一张满是恐惧的脸，眼泪在眼眶里打转，一点忙都帮不上，只能眼睁睁地看着和煦对着公爵注射各种药水。

整个过程公爵一声没吭，视线直直地盯着宫五。半晌，他突然开口叫了一句："小五……"

听到他的声音，宫五抽噎了一下，上前一步抓住他的手："小宝哥。"

"我没事。"他安抚地说，握了握她的手。

宫五伸手抹了把眼泪，说："我能不能提一个要求？"

"只要我能做到。"他应道。

"你一定要活着。"她说，"你拐了、瘸了、腿不能走路了，都没关系，但是请你活着，行吗？只要你活着，我以后一定什么都听你的，不惹你生气，不惹祸让你操心……"

公爵沉默地看着她，然后忍不住笑了下，说："好。"

她被人拉开站到旁边，和煦和工作人员围了过去，公爵躺了下来，被送到了地下室，任凭工作人员在他身上连接各种数据线，他歪着头看着玻璃窗外的宫五，宫五红着眼圈看着他。

两人四目相对，宫五抽噎了一下，终于对公爵露出了一个大大的笑脸，虽然眼泪一下滚了下来。

一切就绪后，和煦把药注射到了公爵体内。

所有人员密切观察着公爵的身体数据的变化。

和煦来到宫五身后，在她肩膀上拍了拍："原本一周前就应该用药了，可那时候展小姐在，所以他拒绝，这次攒到一起，自然身体就不容易承受得住。他刚用了药，估计要睡上几天。但是不用担心，死不了人。"

他最后一句话说得宫五快要气死，但是又不能说什么，只能站在隔离室外抹眼泪。委屈得要死，她不理和煦，使劲砸了砸玻璃，对着里面大声喊："小宝哥，你要快点好起来！"

里面的人早已陷入沉睡，药量的加大加速了他身体的变化。

宫五站在外面看着屋里，不时听到里面有人在大声说着什么。

宫五有点紧张，小心地看向第二道门，无意中听到其中有个人惊慌失措地呼喊："心跳过快！快检查脉搏！"

"不行了……"

"检查眼睛！"

"心跳……"

身后不断有人冲到里面，宫五被穿白大褂的人挤到了最后，直到她听到有人说了一声："呼吸停止了！"

宫五眼前一黑，直接摔倒在了地上。

四十秒后，公爵的生命体征逐渐恢复，宫五也被人送去急救。

她睁开眼的第一件事就是问："小宝哥是不是死了？"

"没有，爱德华先生很好，已经恢复了生命体征。"

宫五伸手抹了把眼泪："骗我！带我过去看看我才相信！"

医生只能带她去看公爵，在外面看还不行，她非要进去，她一边哭一边伸手在他鼻子下面试了试，发现真的有微弱的气息，这才相信公爵真的还活着。

之后她跟学校请了三天病假，因为后脑勺摔出了个贼大的包，一碰就疼，晚上睡觉都是趴着。

这三天里，她有事没事就往地下室跑，开始和煦不让她进去，她就搬个凳子隔着玻璃坐在外面盯着，后来和煦觉得她眼巴巴的模样太可怜了，就让她穿着防护服进去陪着。

宫五坐在他身边，手托腮，已经知道那些仪器上出现的数字是一个沉睡的人应该有的数值。

沉睡的公爵身上多了些温馨的气息，轻浅的呼吸让她知道他还活着。

她歪着脑袋端详他的面容，笑眯眯地说："小宝哥，你说你醒了以后要是知道自己呼吸停止了四十秒，会不会还记得啊？回头让你描述一下停止呼吸后的感受，你还能说出来吗？你到时候给我讲得玄幻一点啊！我喜欢听玄幻一点的故事来着。"

她一个人坐在公爵旁边絮絮叨叨一说就是半天，连续两天都是这样，外面值班的医护人员都习惯了，她在那边说话，外面的人连偷听情话的欲望都没有了，就是一个傻姑娘天天跟昏迷的未婚夫自言自语打发时间的话而已。

她只要有时间就过来，有时候晚上睡不着了，说不定也会过来陪一阵子，还坚定地相信公爵睁开眼睛后，看到的第一个人一定是她。

对于宫五这种迷之自信，大家也不打击她，她说什么就是什么。

她吃完饭又过来，看着公爵说："小宝哥，你要快点醒啊，你要是再不醒，我觉得我需要发泄一下，你说我找谁帮忙好呢？我想找我们班的班长帮忙，他长得又高又帅，对我一直很殷勤，我觉得他应该会很乐意的。"

她刚说完没多久，外面的医生突然探头过来，说："五小姐，你刚刚说了什么？我看刚刚的数据波动非常剧烈，他好像对你的话有反应呀！"

宫五一呆，吐了吐舌头："我没说什么啊，我就是发发牢骚啊！"

外面的医生默默地把脑袋缩回去，悄悄开了内置的喇叭，想听听宫五说什么。

宫五见人走了，继续说："他们说你对我的话有反应，我之前说了那么多都没反应，我说什么了你突然有反应了呀？奇怪。哦，对了，接着刚刚的话说。你要是觉得班长不好，那你觉得我找谁帮忙比较好啊？哎，实际上还是李二少不错对不对？还是你打小穿开裆裤一起玩的哥们，肥水不流外人田嘛。李二少身材好，一看就是练过的，身体素质高，找他帮忙最妥当了，小宝哥你说呢？"

外面偷听的两个医生目瞪口呆，这……这说的什么呀？

但是意外的是，公爵好像对她这些话的反应特别大，哎呀，这脑部红色块活动得那么频繁，面积那么大，好像在生气啊！

"唉，还是算了，我觉得谁都不如小宝哥好，我还是老老实实等小宝哥吧，小宝哥你可要争点气啊。"

外面两个医生眼睁睁地看着原本剧烈起伏的数据逐渐恢复了正常，面面相觑，无言以对。

第五天，宫五放学回来，第一件事就是去找公爵。

宫五熟练地穿上防护服："小宝哥，我来看你啦！"

她刚说完，观察室内的医生突然冲了进来："人醒了吗？"

在沉睡了将近五天后，公爵终于醒来。

宫五高兴地低下头，把脑袋埋到了他的手心："小宝哥，你醒了，我晚上终于可以睡得踏实一点了。"

公爵说不出话，也动不了，任由她把脸蛋埋在他手心。

宫五说："小宝哥，你都瘦了很多，好像也没什么力气，你说你的其他功能会不会受损啊？"

公爵被她气得抓着她的手拼尽了力气捏了两下。

宫五感觉到了公爵的愤怒，她觉得公爵肯定是自尊心受伤了。

她觉得公爵能醒过来，完全是自己的功劳，和医生的话有道理啊，多气气，容易激发公爵的脑部活跃程度，有助于他尽快恢复，所以她觉得就算公爵醒过来了，也要恰当地气一气。

于是，她伸出另一只手，对着公爵脐下三寸的位置使劲一弹，说："我来检查

417

一下，看还能不能站起来！"

公爵被气得差点吐出一口老血，差一点直接背过气去。

宫五弹完，目光就往那个位置瞟，然后一脸紧张："小宝哥，好像没反应！"

公爵口不能言，气得抓着她的手不撒开，瞪着她。

宫五知道他生气，可这不就是她要的效果吗？她嘴里继续说："小宝哥，要不然我脱下来看看吧！"说完就要把她的另一只手从公爵手里抽出来，打算脱了公爵的裤子检查一下。

公爵拼死没让她抽出去。

宫五咂嘴："哎呀，不让看算了，那下回吧。"说完傻笑两声，无视公爵的愤怒。

生病的人真是案板上的鱼肉，任人宰割，公爵算是彻底见识到了。

外面的医生看着变幻的数据，赶紧探头进来问："五小姐，您跟爱德华先生说了什么？爱德华先生这愤怒值有点高啊，对他这刚刚醒过来的身体不好呀！"

宫五一呆："上次是谁说小宝哥被多气两回身体会好的？"

"那是昏迷的时候，需要他的脑波有活动，现在人醒了，要保持心情愉快放松才行！"

宫五震惊："你们不早说！害我白气小宝哥了！"

公爵："……"

她有点讨好地把脸蛋凑到他的手心里蹭了蹭。

面对终于清醒过来的公爵，宫五叽叽喳喳地把他昏迷期间的事叙述了一遍，嘴里还说："小宝哥我告诉你哦，那个马修真的把东西送来了，一个笔记本。"

这边他心里还被气得发堵，那边宫五已经又温柔地把脑袋蹭了过来，腻腻歪歪地说："小宝哥，对不起啊，其实我之前跟你说的都是故意让你生气的，和医生说让你生气有助于你的脑部运动，保持身体的活力，唉，都怪我没问清楚来着。"

公爵瞪她一眼。宫五龇牙，继续说："小宝哥不要这么小气嘛，人家都说了是故意的。"她撒娇似的摇晃着小脑袋，"罚我以后一直在小宝哥身边陪着你，好不好呀？"

他有一双色泽非常漂亮的眼眸，看人的时候总有种深情款款的感觉，让人忍不住沉溺其中难以自拔，宫五一看他那样的眼神，就想要亲几口，觉得他根本就是在故意勾引自己。

"小宝哥，你别这样看着我嘛，我都知道错了，在跟你解释呢。"宫五鼓起脸蛋，说，"你看我这么温柔可爱善良纯真，你应该大方地原谅我，这样才能显示出你男子汉的风度，知道吗？"

公爵还是看着她，只是握着她的手的动作轻柔了不少，指腹轻轻地摩挲着她的掌心。宫五觉得心中有一点小小的甜蜜荡漾开来，在他柔情似水的眼中看到了自己的倒影，他身上的每一处都像是在诱惑自己。

于是，宫五扑过去啊呜一口啃在他的嘴巴上，一边啃一边哼哼唧唧地说："小宝哥，你不要怪我，我也是忍不住才这样的，我都让你别那样看我了你还看，这能怪我吗？不怪我是吧？……"

啃完了，她有点满意，抬起头，咂咂嘴，对着瞪着她控诉的公爵说："这是我陪你这么多天的福利，小宝哥你也知道，我年轻气盛，有时候控制不住我的手，这一不小心就摸过去了……"

公爵气得要死，就啃一下就算了？这么不负责任，是个好姑娘应该做的事吗？难道不应该多摸摸、多亲亲？他是病人！躺了这么多天，什么都不能动，她竟然还不主动点！

他的表情太明显了，在生气啊，宫五顿时一脸惆怅："小宝哥你这就不对了，我都说我是控制不住我自己，你还瞪我，你应该体谅我的心情，知道吗？"又讨好地伸手摸摸他的脸，说，"好了好了，我们不说这个让我们不高兴的事。我来念笔记本的内容给你听吧，那本笔记本我提前看过，我觉得我能念出来。万一我不认得单词的话……"她掏出手机放在旁边，"我就上网查一下。"

公爵紧了紧她的手，表示自己听到了。

宫五翻开笔记本的第一页，使劲盯着那玩意看也没看懂，最后只能说："呃……签名写得太有特点，我完全认不出来签名是什么。那就直接从第一节开始吧。"

这是一个古老也是所有国家历史上都并不陌生的故事。

如果非要归为一句话的话，无过于"飞鸟尽，良弓藏"来得贴切。

古今中外的国君皆如此，功高盖主是王权大忌，爱德华家族的忠诚没有让国王觉得这个家族是同盟，反而激起了国王的猜忌。

深受百姓爱戴的爱德华先祖是立下赫赫战功的武将，身体强健头脑睿智，坚定不移地维护皇室的权威，是皇室最忠诚的伙伴，更何况，皇室需要爱德华家族的支持。在这样的前提下，国王对于爱德华家族的态度很是复杂，又爱又恨。

皇室需要支持，却也需要压制属下。爱德华家族不可能一夕覆灭，怎样的途径才能持续爱德华家族的忠心又能不因被打压而覆灭？

皇室的权势素来是贪恋权力之人心中的圣地，于是皇室的一个医师跟当时的国王提出了一个大胆的建议，让伽德勒斯王国的所有臣民都知道国王除了赐予爱德华家族姓氏之外，还有更多的额外赏赐，比如赐予当时的公爵一块广袤的封地修建公爵府，并提供皇室最优秀的建筑师协助这项工程。

公爵府的位置是经过千挑万选的宝地，在动工之前，皇室的建筑师频繁地和爱德华家族主管此事的尤金家族的家主接触。

在被皇室威逼利诱之后，最终尤金家族当时的家主接受了国王的秘密指令，在修建公爵府时，利用手中的权力阻止了对那一批石头的检查，甚至在有人发现里面的东西时，还隐瞒了过去。

当时爱德华家族的第一代大公爵对风水学极为信奉，挑选了极佳的位置和位于中心的卧室，留给爱德华家族的继承人入住那个卧室。而他们不知道的是，墙壁的钻孔缝隙里放置了几百株含有发散放射性物质的毒草，会一点一点地吞噬入住中心卧室的历代公爵的健康。

公爵府落成之后，原本一心一意为公爵府服务的尤金家族爆发内乱，最终分成了几个大小不一的支系。

其中一个力量微弱的支系在一个深夜逃离安享小镇，远走他乡以逃避灾难，改名换姓隐没世间，如今已很难找到。

第二支是当时人数最多、力量最强大的，也就是尤金父子这一支，他们坚守着那个天大的秘密，服侍着爱德华家族的子孙后代。

第三支当初在和第二支争斗的时候失败，最后被赶了出去，不得不自寻生路，后来改头换面，更换了名字，在历史的更迭中努力朝着上流社会发展，虽然始终没有像其他家族那样混入伽德勒斯的贵族圈，但也逐渐有了事业，一度做得风生水起，直到近代才因各种原因走向衰败，这一支正是马修的家族。

笔记本里以哈尔家族的立场记录了三百年前那场天大的阴谋。

从尤金家族分离出去的哈尔家族，是当初拒绝接受胁迫的最大的团体，可终究抗衡不过另一方。即便他们拒绝和恐惧，可没有人敢和皇室作对，一旦泄露，恐怕皇室会第一个要了尤金家族的命，最终不管是离开的还是留下的，都没有人敢吐露半个字。

这个秘密在哈尔家族中代代流传，直到马修这一代……

宫五抿着嘴，死死地盯着笔记上的内容，啪的一下合上笔记本，绷着脸，怒气冲冲地说："所以，马修和亚伯，包括死去的尤金先生，他们都知道小宝哥的情况，然后就这样等着你死掉吗？"

她被气得瑟瑟发抖，一下站了起来："尤金先生怎么能这样？口口声声说忠诚，他就是这样表达对你的忠诚的吗……"

公爵躺在床上，想要开口说什么，却发不出声音，最后他抓住宫五的手，然后对她摇了摇头。宫五赶紧重新坐下："小宝哥，你别着急，我绝对饶不了他们……"

公爵给了她一个安抚的笑容，再次摇了摇头，努力清了下嗓子，宫五赶紧站起来倒水喂他喝。喝了水之后，公爵清了清嗓子，终于发出了一点声音："不……急……"

宫五的心一下软了下来："小宝哥，你可以说话啦！"她用脸蛋在他手上蹭了蹭，说，"我不急，小宝哥你别担心，我就是生气说两句气话来着。"说完对他一笑，"我刚刚读的是不是有很多错别字？回头我再查查资料。"

公爵笑着点点头："好。"

到了晚上，公爵终于可以开口说话，说完嗓子有些哑，不过能发出声了。

病房里，李司空坐在旁边，正低头翻着那本笔记本，嘴里说了句："这些都是不同的人手写的，真的假的谁知道啊。"

宫五皱着小鼻子点头："就是。"

公爵回答："这是哈尔家族历代家主临终前记录下来的。"

坐着的两人同时扭头看向他："你怎么知道啊？"

公爵慢慢地开口："只有临死的人才有勇气记录下他心中隐藏的秘密。"

他半靠在床头，接过李司空递过来的笔记本，随手翻了翻，说："不同的人，不同的笔迹，随着时代变迁不同的用词用句和语言习惯。"他翻到最后一页，没有在上面发现马修的父亲的笔记，"可怜的老哈尔恐怕死都没想到，自己会死在亲生儿子手里。"

宫五抿着嘴没说话，满心的震惊。

李司空问："需要把你那个年轻的管家先关起来吗？"

公爵抬眸看着他，轻轻摇了摇头："不用，他什么都不知道，否则尤金也不会遭受那样的刺激自杀身亡。"

"他不知道？"

"不但亚伯不知道，恐怕连去世的尤金，尤金的父亲、祖父、曾祖父……都不知道。"公爵慢慢地说，"如果这样的秘密一代一代地传下来，他们的后代还怎么能在这个世上活得问心无愧？"

宫五握着他的手，安静地看着他。公爵说："秘密应该在尤金家族的某一代终止，为了不让子孙后代背负背叛者的内疚和不安，尤金家族的某位先人独自将这个秘密带到了天堂。"

百年过去了，曾经的是是非非历史过往根本无从考证，尤金家族如今只剩下亚伯一人，至于这个背叛者家族的秘密，只能是永远都不能解开的谜。

只是，这场盛宴般的阴谋背后的主角皇室，是否也把这个涉及一个家族几百年生死存亡的秘密延续到了如今？

随着公爵的清醒，宫五的心情也跟着变得明朗起来。只是在她不知道的时候，身边的保镖人数更多了。

"小五，你又要这么快回去啊？"温妮跟在她后面喊。

宫五龇牙，对她摆摆手："我要回家见我亲爱的啦！"

温妮瞪着眼，一句话都说不出来，自打小五跟爱德华先生复合，就满脑子都是爱德华先生，完全把朋友们给忘了。

宫五本来是想着，现在不管什么事都放到一边，她每天只要认真地上学、放学，不给公爵添麻烦，可是天不遂人愿，总有人打破她的各种设想。

贵族学院在宫廷的一侧，绕个圈就能走到，宫五来到学校门口，有车等在那里。公爵府的司机看到她，本以为她会直接过来，突然发现宫五身后跟了陌生面孔的人，同时校门口的卫队士兵也跟着走了过去，团团将宫五围住。

宫五看了司机的方向一眼，坐到了另一辆车里，那辆车朝着皇宫的方向开了过去。

司机和保镖都没有动，在宫五离开后，司机启动车辆，发动机的响声一下让人注意，卫队突然掉转方向，直接朝着公爵府的车走了过来，手中端起了枪。

保镖们条件反射地拔枪，但是双方都没有开枪，在他们围过来的前一刻，司机一脚油门踩到底，车像离弦的箭一样飞了出去。

宫五坐在车里听到了枪声，但是她假装没有听到。

消息很快传到了公爵府，公爵坐在轮椅上，怔了怔，说："这么快就来了。"

李司空抬眸看向他："这事我去办，你好好养身体。"

公爵的脸色还没有恢复之前的血色，他笑了下，笑容浅浅的，流于表面，眼底是一片阴霾："他的目标是我，见不到我，他怎么会甘心？何况小五还在他手上。"

"你这个样子，现在能干什么？"李司空问。

公爵低头扫了眼自己的腿，回答："我现在这副模样，完全符合那位陛下的期待，不是更好吗？"他扭过头说，"通知和煦，干活的时候到了。"

李司空看了他一眼，知道肯定说服不了他，点点头："回头展姨问我，我就说是你自找的。"

公爵微微一笑，说："等我带回小五，你想说什么都可以。"

宫廷内，宫五站在镜子前，身上穿着一套极具伽德勒斯风格的长裙，低胸的设计让她的胸脯露出一片耀眼的白皙。宫五对着镜子左看右看，最后伸手使劲把胸往中间挤了挤，努力挤出一道深沟，她终于觉得自己和这套衣服搭配了。

身后有侍女走近："五小姐，您非常漂亮，爱德华先生看到一定会很惊艳的。"

宫五没说话，她知道自己现在就是个人质，这一次和上次参观宫廷宴会的性质不同，甚至连手机都被没收了。

她一点都不害怕自己会发生什么，在经历过那么多的事后，她真的不觉得自己有什么好害怕的，但是她担心公爵，怕他着急，怕他不顾自己的身体来找她，怕他中了国王的计成为被迫害的对象。

"五小姐，陛下说，待会儿的晚宴只有您和爱德华先生……"

宫五点点头，她当然知道，这是那位瘦竹竿国王设下的鸿门宴。

她不想公爵冒险，可她又知道他一定会来，甚至还充满着将要见到他的喜悦。这种矛盾的心理支撑着她一点一点地看时间流逝，直到所谓的晚宴正式开始。

侍女引领着她走向晚宴厅，华丽的灯光，奢华的装饰，宫五以前觉得这是宫廷的奢华，但是现在她觉得这里的一半都是爱德华家族提供的，微妙的心情让她脸上的神情多了严肃。

国王坐在主座上，身后站着马修的叔叔哈尔先生。哈尔有一个硕大的鹰钩鼻，混浊的眼和满脸的皱纹让他看起来多了几分阴险。

周围站满了等候吩咐的服务生，有人拉开座椅让宫五坐下，公爵还没到，国王手里举着刀叉，正切着一块牛排。

"五小姐，希望你喜欢这套服装，这是宫廷最流行的礼服，很适合你。"国王吃完嘴里的食物，用餐巾擦了擦嘴角。瘦长的身形让他的身体始终呈佝偻状，和他的身形成正比的是他那张较常人相比过长的脸，他的脸有些浮肿，泛着犹如在福尔马林中泡过一般的尸白，总让人觉得他的身上有股腐朽的味道。

"谢谢国王陛下。"宫五坐了下来，完全没有动面前的食物。

她发现了，国王已经不在乎应该等候公爵一同用餐的礼仪了，对宫五来说，这就是国王和公爵处于对立，又或者说是不把公爵放在眼里的信号。

对他来说，公爵恐怕已经不是一个让他忌惮和恐惧的对象了。

宫五沉默地坐着，国王继续说："我刚刚听说我亲爱的爱德华出门的时候坐的是轮椅。"他的脸上带着微笑，看向宫五，"这么说的话，爱德华先生似乎病得不轻啊，这个消息真让我伤心。"

可他的表情根本看不出任何伤心，甚至还带着蠢蠢欲动的高兴。

那位哈尔先生则是脸上带着讨好的笑，微微弯着腰站在他身后，满脸崇敬地听着国王说话。

国王喋喋不休地跟宫五说他和公爵的交情，说和公爵一起学习时的事，宫五只是沉默地听着，直到国王说完，用一脸期待的神情看着她，宫五才说："想不到陛下和爱德华先生有这样深厚的情谊，真是让人感动。"

"是的，我也这样觉得。"国王似乎有些伤感，"可是后来我们各自有自己的事要做，我和爱德华就没办法像以前那样亲密无间了。"

正说着话，一个侍从进来："陛下，爱德华先生到了。"

国王立刻问："几个人？"

"只有爱德华先生一个人。"

国王整理了下服饰和发型，努力挺直腰杆，摆出国王的威仪来："让他进来。"

公爵的轮椅是电动的，不需要别人操控，他一个人坐着轮椅过来了。

国王没有了往日看到公爵的热情，他威严地坐着，视线中带着几分怜悯："亲爱的爱德华，看到你这样我真的很痛心。"

公爵的视线从宫五身上扫过，宫五乖巧地坐着，像个漂亮的玩偶娃娃。他看向国王："接到陛下的邀请我便赶了过来，抱歉以这样的姿态来见陛下，近来身体略有抱恙，让陛下见笑了。"

国王听到他的话后，眉眼都舒展开来："希望你能尽快好起来，毕竟你是我重要的伙伴。来，坐下吧，不用客气，亲爱的爱德华，你知道宫廷就像是你的家一样。"

听到这话的宫五抬眸看了国王一眼。

公爵笑了下："真是个愉快的夜晚，陛下对美食的追求真是永无止境，美妙的食物总让我想念。"

他到了餐桌旁，侍从送上食物。

国王吃了两口，看向公爵："亲爱的爱德华，你的身体是什么样的状况？我真的很担心，需要我提供宫廷医师吗？"

"多谢陛下。"他回答，"已经检查了，并没有什么大问题，只说是疲劳过度。"

"是不是觉得腿上无力？我亲爱的爱德华，这是小问题，我也会有这样的情况……"国王微笑着说，"多吃一点，我们碰个杯吧，已经很久没有这样和你一起用餐了。"

过多的寒暄让人觉得空洞，宫五这个被国王挟持来的人似乎被遗忘了一般，她安静地坐着，听着那两人你一言我一语地说着不着边际的话。

终于，无意义的寒暄过后，国王表露出了他的最终目的："我亲爱的爱德华，你的身体出现状况，精力恐怕难以再支撑家族产业，如果是这样的话，作为多年的兄弟，我真的很担心你。我愿意提供皇家经济团队给你帮助，分担你的压力，这样，在你生病的时候，也不用担心家族资产被有心人侵吞，你说是吗？"

宫五的脸上露出诧异的神情，没想到一个人竟然可以把无耻说得这么冠冕堂皇。所谓的皇家经济团队要真那么厉害，怎么没把皇室的资产做得翻倍而是一直打着别人家产的主意？

面对这样的国王，公爵的脸上依旧带着微笑："恐怕要辜负陛下的好意。按照爱德华家族的资产分配，只有在我去世之后资产才会另行分配，那时候恐怕陛下不想要也无法拒绝，那是爱德华家族对皇室忠诚的捐献。"

国王的语气带了几分愤恨，不知是自言自语还是豁出去的态度："那得等到什么时候？"

"我以为陛下会期盼我长命百岁。"

国王顿了一下，犹豫过后随即变得决然，他猛地提高声音："难道不是？我亲爱的爱德华，你明知皇室的经济状况，还不愿意提供帮助，你口口声声的忠诚在哪里？爱德华家族的存在，就是为了在皇室危难之时提供帮助，可是你呢？你手握庞大的家族资产，却吝啬对你宣誓效忠的陛下提供帮助……"

"我的陛下。"公爵开口打断他的话，"爱德华家族提供给皇室的帮助有数据支撑，每一次的捐赠都有陛下签发的文件，不计其数的金钱进了您的口袋，您这是要否认这么多年以来爱德华家族对皇室的援助吗？从古至今，爱德华家族对皇室的资金提供从未停过，每一次的继承人更迭都会捐赠大半的资产给皇室。陛下挥霍了金钱，享受了人生，如今却翻脸不认，我尊敬的陛下，您是要逼死您忠诚的朋友吗？"

"你要是忠诚，就把你的钱全给我！"国王大吼道，惨白的脸上因为激动多了几分红晕，反倒显得有了几分生气，"我给了你机会，可是你不珍惜！"

公爵的神情失去了最后的笑意："我活着一天，陛下就不会得到爱德华家族的资产。我的家族有无数的人要吃饭生活，如果都给了陛下，他们怎么生活？"

国王嘶吼道："那你就去死吧！"他猛地站起来，整个人陷入狂热的癫狂当中，表情扭曲狰狞，像是受到了什么刺激一样，"去死吧……反正，你也活不了多久……"

这话公爵听到后一怔："所以，陛下是相信爱德华家族遗传病的传说，我会和我的父亲一样英年早逝？"

国王的身体一直在发抖，随后他慢慢地抬起头，眼睛带了几分猩红，露出一个让人不寒而栗的笑，惨白的脸色配上他白色的牙齿，像是久不见光的吸血鬼突然暴露在人前："遗传病？"

他哆嗦着身体，一只手扶着桌子，慢慢地绕过餐桌朝公爵走了过去，与此同时，餐厅的各个门外涌进来大批的侍卫和蒙面的雇佣兵团队，将公爵几人团团围住。

志在必得和掌控全局的志得意满让国王的张狂到了顶点："直到今天，你们依然相信爱德华家族的人短命是因为遗传病？"

他阴森地笑出声："我亲爱的爱德华，那可不是遗传病，那是皇室掌握爱德华家族生死的机关，就像对蝼蚁生死的掌控。所有人都说伽德勒斯爱德华世家所有的人都智慧超群，为什么我看到的都是愚蠢至极的人？"

他的笑声逐渐加大："最聪明的不是爱德华家族的人，而是我皇室的先人，就知道你们是这样不知好歹的东西，所以我的先祖才会让你们一个个不得好死！"

瞳孔微微一缩，眼中一闪而过的失望让公爵的脸色有些苍白，就像遭受了什么重创，他说："所以，皇室的先祖为了遏制爱德华家族人丁兴旺，势力强大，就在我家族的公爵卧室的墙壁里偷放有毒的植物，导致历代爱德华家族的大公爵慢性中毒，在痛苦和绝望中死亡，让他们英年早逝，让他们不能享受完整的人生，让他们一代代地品尝白发人送黑发人的痛苦，是吗？"

国王诧异地大笑："原来你已经发现了？"他点头，说，"我就说公爵府重修会不会是发现了什么，可是想到以前公爵府也重修过，似乎并没有什么发现，还以为你也没发现。你果真没有让我失望，我亲爱的爱德华，最起码和你的先辈们比，你还是最聪明的。这个办法真是绝佳，为了让你们家的人像狗一样听话又不能壮大，所以让你们拥有家族遗传病是最好的说辞。"

他兴奋得手都在哆嗦："你是你的家族中最聪明的，我是我的家族中最聪明的，我们最后的较量是我赢了。我不会让你有机会泄露这件事，过了今晚，伽德勒斯所有的人只会知道，他们尊敬的、爱戴的、让无数女人心生幻想的爱德华大公爵死于家族遗传病。而你这位美丽的未婚妻，"他看向宫五，脸上带着绅士般的虚假笑容，"将伤心过度殉情而亡。你放心，我会把你们合葬。至于你那庞大的家族资产，你放心，我已经替你拟好了遗嘱，你没有妻子、儿女，没有指定的继承人，所以你会全数捐赠给你效忠的皇室，而我会是你庞大家族遗产的继承人！"

哈尔先生殷勤地递过一份文件："我尊贵的陛下，遗嘱已经按照您的吩咐准备好了。"他抬头看了公爵一眼，"这上面也列明了爱德华家族的所有资产，只要爱德华一死，这些就全是您的。"

"你做得很好，哈尔先生才是我忠诚的奴仆。"国王满意地接了过来，"我亲爱的爱德华，就连印章我都替你盖好了，不用疑惑，只要你死了，还有谁会在意这些是真是假？"

公爵的脸上露出几分悲哀，那种痛彻心扉让他的眼眶微红："所以我的陛下，其实从一开始，哪怕是从我们的少年时代开始，你就知道我的家族发生的一切，你知道我会英年早逝，你知道我甚至不会有子孙后代，你支持我对外发展，因为你知道我的资产最后都会成为你的东西，是吗？"

"当然。"国王的视线盯着手中那份列着密密麻麻的资产名称的遗嘱，兴奋得血液都在沸腾，"这是皇室一代一代流传下来的秘密，我的父亲告诉了我，而我的祖父告诉了我的父亲，这是一个制度，而你和我，将会成为这个制度的终结者，我的父亲说爱德华家族要留存，因为你们会替我们赚钱，可我为什么不能自己拥有这些东西？"

"我的陛下，"公爵的手摸在轮椅的一侧，神情有些哀伤，语气平淡又带着几分怜悯，"您要如何终结这一切？伽德勒斯不需要一个利欲熏心的国王，不需要一个偷挪公款的国君，更不需要一个吸毒的陛下，不是吗？"

国王不明所以，慢慢地抬头看向公爵，眼中有短暂的茫然，随即猛地睁大眼，愣了愣，把手中的遗嘱递给身后的人，又换上冷笑："死到临头还不知死活。我亲爱的爱德华，这些话，你去对死人说吧。"

他伸手，身侧一个蒙面的雇佣兵递给他一把手枪，国王笑着说："你真是好运，有我这样英明的国王亲自送你上路。"

他举起手枪对准公爵，身后给他递手枪的蒙面人慢悠悠地往后退了一步，国王脸上的笑意扩大，黑洞洞的枪口对准公爵，然后他扣下扳机，咔——

一个浅蓝色的身影扑向公爵，似乎想要阻挡子弹，伴随着一声惊呼："……小宝哥！"

轮椅被她的力量扑得往后滚去，撞到了一个蒙面的雇佣兵身上，雇佣兵抬手止住了轮椅。公爵的手紧紧地抱着怀里柔软又温暖的身体。

国王愣在原地，茫然地看着眼前完好的人，脸上一阵懊恼，又对着他们的方向扣动扳机，然后他发现，枪里根本没装子弹。

他猛地扔了枪，对着那个蒙面雇佣兵说："浑蛋，你给我的是空枪！"他伸手指着公爵的方向，对周围全副武装的人说，"杀了他们！杀了他！快点。"

然后那个蒙面的雇佣兵慢慢地走上前，他整个人只有一双阴郁的眼露在外面，拔出身上的枪，慢慢地抬起对着公爵，耳边是国王咆哮的声音："杀了他！快开枪！杀了他！"

他的视线慢慢看向公爵，对上公爵的眼神，随后又转到公爵搂在怀里的宫五身上。宫五还在抽噎和后怕，她顺着公爵的视线看向那人，看到他的眼睛后她先是愣了下，随即满是泪水的眼睛猛地一亮，似乎看到了光和希望，她脸上带着泪痕，使劲抹了一把眼泪，然后对他粲然一笑。

蒙面人慢慢上前，手里的枪突然掉转方向指向国王，对周围的侍卫说："放下武器！"

他身侧的哈尔先生一愣："你弄错了，你……"

那人抬手直接把他拨到一边，手中的枪指着国王，对惶恐的侍卫说："放下武器！"

"你们……你们……我花钱是让你们杀了爱德华，不是让你们对付我的！你们当场反戈，有违你们的职业道德……你们不讲信誉……"这种掌控了一切却又突然失控的场景让国王大惊失色，他大喊着，"我付了你们那么多钱……"

门前的雇佣兵头领说："我们可没拿你一分钱，不存在雇佣关系，你说的那些人，早在第一次执行任务时就被爱德华先生一网打尽，我们是受雇于爱德华先生的私人保镖，可惜被你当成花钱雇来的杀手。我们的职责是保护爱德华先生的安全，我们不杀人。"

公爵扶起宫五，轮椅缓缓地朝前行驶，在国王面前停了下来："陛下刚刚的话早已通过无线电散播出去，传得尽人皆知。伽德勒斯所有的子民都会知道陛下的计划和打算，包括试图杀死我侵占爱德华家族资产的事。"

国王瘫坐在地上，这一次全身的哆嗦不是因为兴奋，而是因为恐惧，他哆嗦着唇："你……你故意的……你故意引我说出那些话，你故意让我以为胜券在握，故意让我承认那些事……是假的，是污蔑，你们都听到了吗？爱德华要杀我……他故意这样骗我说那些话……"

"我不会杀您，伽德勒斯的子民和您亲自颁布的律法会给您最公正的惩罚。至于你，"公爵看向瘫在地上的哈尔先生，"你的家族会因为你遭受厄运和灾难，你错误的选择会让你受到应有的惩罚，跟你的哥哥比，你真不是个聪明人。祝你好运哈尔先生！"

他抬头看向周围战战兢兢的侍卫："你们以后会庆幸今天晚上你们的明智选择，这才是宫廷侍卫对伽德勒斯律法和公正的维护。"

公爵慢慢地退开，然后慢慢地从轮椅上站起来，一步一步走到宫五身边，握住她主动伸过来的小手，离开。

第十一章

公 | 爵

　　次日，整个伽德勒斯都沉浸在愤慨当中，国王天大的阴谋被暴露在子民面前，群情激愤，国王在内外强大的压力下宣布退位。根据顺位法则，下任国王的重担落到了长公主海伦娜的身上，她在多方拥护下，顺利加冕成为伽德勒斯王国的女王。

　　退位的国王被宣判了多种罪名，最终沦为阶下囚，而国王的那些同党和帮凶则先后被审判，一场事关多个大家族生死存亡的阴谋在三百年后终于平静下来。

　　马修在他的叔叔自杀身亡后顺利成为新任家主，仍旧为复兴家族而努力。

　　占旭在这场风波过后重新出现在公爵府，跟宫五做最后的道别。

　　宫五抿着嘴看着他，心里满是感激："占大哥，我就知道你跟别人不一样。我一看到你就知道，我安全了。"

　　脸上泛起淡淡的微笑，他回答："是，我看到小五我就知道，就算是为了小五，我也要让所有人都安全。"

　　宫五忍不住龇牙笑："小宝哥说你要回去了，是吗？"

　　"是，我要回去了。"他说，"当初我跟爱德华做了交易，我听他调遣，而他帮我重回鬼山角。现在轮到他兑现承诺。"

　　公爵慢慢地朝着这边走过来。外面的车已经启动，车里的人就等着他过去，占旭眼角的余光瞟到公爵，他突然展开双臂，对宫五说："小五，我们做一下离别的拥抱吧。"

　　宫五愣了下，随后嘻嘻笑着，也展开双臂朝他走过去，想要给他一个大大的拥抱。结果她刚走了两步，还没走到他面前，就被人一把拉住，公爵顺势上前，拥抱了一下占旭后快速松开："慢走不送。"

宫五："……"

占旭笑着说："小五，这么小心眼的男人你确定他是你的意中人？要不要考虑下我？"

旁边的眼刀一下一下飞过来，占旭笑得肆意，视线落在宫五身上，宫五不好意思地动了动身体，说："那我也没办法啊，我就是喜欢他这股小心眼的劲。"

公爵一时不知道该得意还是该生气，平和地看了她一眼，没有说话。

"大哥！"外面的人对占旭喊道。

占旭回头看了一眼，脸上的笑容逐渐淡下来，深深地看了宫五一眼："我走了小五，以后……恐怕就没有机会再见了。"

宫五点点头："再见占大哥，一路平安。"顿了顿，又说，"你以后，不要被人追得到处跑啦，很惨的。"

占旭："……"最后看了她一眼，无奈地笑了笑，几步出门跳上车，背朝着她，随意地举了举手，车开了出去。

直到车看不到影子了，宫五才惆怅似的叹了口气，说："终于走了。"一切都恢复平静，真好啊。

她正要转身回屋，公爵突然伸手一把圈住她，下巴搁在她的肩膀上，笑着说："来说说我的小姑娘为什么愁眉苦脸地叹气。难道走了一个占旭，心情就不好了？"

宫五刚要开口，公爵又说："我这个人心眼很小的。"

宫五顿时大笑起来："小宝哥真是小心眼！"

他作势凶起来，宫五赶紧挣脱他，朝着屋里跑去："小心眼，就是小心眼！"

公爵身上短暂的健康总让宫五有种他已经痊愈的错觉，可在此后的时间，和煦接二连三地让他服用大量的药剂，注射各种药水，每次都会让他沉睡几天，而且随着次数的频繁，药水的量也在增加，与此同时公爵沉睡的时间也随之延长。

等待的过程漫长又煎熬，宫五在等待中顺利从伽德勒斯皇家学院毕业，拿到了毕业证，岳美娇在电话中几次三番催她赶紧回青城，宫五每次都含含糊糊地答应，然后赖在伽德勒斯，她不能走啊，公爵还需要她啊。

又一次用药后，公爵在沉睡了六七天之后，终于醒来。宫五站在房子外面，透过玻璃朝里看去，公爵的身边围了几个穿着防护服的医生、护士，其中一个就是和煦，正查看各种仪器的数据，公爵按照他们的要求做出各种反应，无意中看到门口的玻璃后出现宫五的脸，他立刻对着宫五展开笑脸。

宫五龇牙，对着公爵笑得花儿一样灿烂，使劲对他挥了挥手。

公爵想要跟她挥手，没能成功，只能对宫五笑了下。

宫五在门外蹦跶，兴高采烈地欢呼，犹如公爵从远方归来一般："小宝哥醒了！小宝哥醒了！"

虽然不能进去看，不过知道他没事她还是很高兴。

公爵的眼睛频频朝外看去，和煦回头看了眼门口，面无表情地说："让外面那个套上防护服进来，别弄得我们好像银河似的，隔开了牛郎、织女呢。"

公爵："……"

宫五被通知到的时候很高兴："真的？真的吗？我真的可以进去？"

怕对方反悔，她赶紧跑过去换衣服，连头发都扎起来盘在头上塞到帽子里。

和煦和几个医生还没走，宫五小心地出现在最后一道门后，抿着嘴不说话，怕和煦反悔不让她进去。

公爵看到她，急切地望着她。

"就这么急？我们还没走呢，想赶人啊？"和煦冷飕飕地开口，"再说了，急也没用，只能看不能摸，得恢复几天才行。还有，短期内没办法像正常人一样说话，要慢慢适应，平常多喂点水。"

宫五赶紧点头："和医生你说了算，你是医生你最大。我就是想过来看看小宝哥，看到小宝哥没事我就放心了，呵呵呵……"

她一阵傻笑，最后在和煦的注视下收声。

宫五跑进去，给他看自己的毕业证书和学位证书："看到了吧？我毕业啦！我能结婚啦！"

公爵："……"

她得意地仰头大笑："小宝哥，你愿意跟我结婚吗？"

可爱的姑娘，什么时候都保持最好的状态，他看在眼里，热在心里，努力干咳清了下喉咙，吐出三个字："我、愿、意。"

她更得意了："我这么聪明美丽漂亮上得厅堂下得厨房还滚得了床的姑娘，你当然要愿意啦，嘎嘎嘎。"

听他嗓音嘶哑，宫五赶紧拿了水杯过去："小宝哥来，含着这根吸管，吸一口，这是医生给你准备的营养水，还稍微有点甜，你喝一口，对嗓子很好的……"

她在这个屋子里很小心翼翼，生怕自己不小心扯断了哪根管子让公爵陷入危险，给他喂水的时候，她都警惕地不让自己乱碰任何东西。

公爵喝完了，宫五又把水杯放回去，跑回来乖乖坐着陪他。

后来医生提醒，探视时间结束，宫五只能出去，临走前还跟公爵摆了摆手：

"小宝哥，我晚上看能不能争取再来看你一次！"

公爵点头。

晚上的时候，宫五抱着一本睡前读物去找和煦，跟他说想要进去看看公爵。

和煦用眼珠子扫了她一眼："白天不是看过了？还要去啊？"

宫五点头："嗯，我是有事的。"

"哦，有什么事啊？"和煦看了眼她手里捧着的书，"还带着书呢？"

"小宝哥每天晚上睡觉的时候，都要读睡前故事的，要不然他睡不好。虽然现在他没办法捧着书看，不过我可以读给他听，让他睡个好觉，和医生你觉得这样是不是对小宝哥的睡眠更有帮助？"她说得理直气壮。

和煦又看了她一眼，老头子对小姑娘的内心世界了如指掌，装模作样地思考后，说："既然你都这么说了，那你就进去吧，记得别待太久，不能影响他休息。"

"嗯嗯，我知道。"宫五跑去换好防护服后，带着书进去，小心地问，"小宝哥，你睡觉没有啊？"

公爵抬眸看向她，摇了摇头。

"我跟和医生摆事实讲道理，他就让我进来了。"宫五自顾自解释，在椅子上坐下来，把椅子朝床边拉了拉，低头翻着书，嘴里说了句，"哦，小宝哥我们读到哪了？啊，这里。小宝哥，我们接着上次的继续读呀，上次读到他们要进森林里。"

公爵微微扭头看向宫五，没说话。宫五捧起书，认真地读起来："他们一行人看到森林的时候，还是很害怕……"

她捧着书，坐得很端正，姿态像是可爱的小学生。

公爵没听清她在读些什么，只是盯着她的小脸看。

她脸蛋上被蚊子咬了个包，以致她一半的脸蛋看起来胖胖的。漂亮的姑娘，就算脸蛋上有个蚊子咬的包也丝毫不影响她的漂亮。

他还记得她扑过来的模样，她的眼中有害怕，有恐惧，有绝望，可她还是勇敢地朝他扑了过来，试图用她瘦瘦弱弱的小身板替他挡下子弹。

他可怜的小姑娘根本不知道他事先就知道枪里根本没有子弹。

"就算没有怪物，也会有拦路的劫匪……"她读书的语调很认真，偶尔带着不标准的咬字，但是总体来说发音很好。

他很认真地看着，对于她全程都在认真读书，没有看他一眼，有些许委屈。

于是，公爵咳嗽了两声。宫五瞬间收声，一脸紧张地抬头看着公爵："小

432

宝哥，你是不是不舒服，想要睡觉了？那你睡吧，我明天晚上再来给你读故事行不行？"

公爵微微拧着眉，一看表情就是不满意。

宫五想了想，觉得应该把他读到睡着才对，但是，他就是不睡，她也没办法啊！

看了公爵一眼，她点头："好，那我继续，小宝哥你要是困了，就闭上眼睛睡觉，我走的时候会轻手轻脚的，保证不吵醒你。"

公爵终于点点头，表示同意。

宫五又拿起书，认真地念着。

开始公爵是睁着眼听，后来他主动闭上眼睛。

宫五念了好几个大章节，抬头看了一眼，发现公爵终于睡着了。

她长长地舒了口气，然后笨笨地拉了拉被角掖好，偷偷摸摸在他唇上亲了一口，合上书，蹑手蹑脚地出去了。

时间如白驹过隙，她当初认识公爵的时候，刚刚上大一，如今四年过去，她已毕业。

宫五这一阵醒得特别早，她现在不用上学，平时除了想着法子应付岳美娇的电话，其他时间都往公爵那边跑。一大早她过去的时候公爵已经醒了，一个医护人员正端着一碗粥进去打算喂他吃饭，宫五立马自告奋勇："我来喂小宝哥吃饭！"

医护人员巴不得，一口答应："行！"

摇起床让公爵半坐着，宫五还贴心地在他后脑勺的位置塞了好几层枕头："小宝哥，吃饭啦！"

公爵的眼珠子盯着她，提醒："水……"

宫五端了水过来喂他，等他喝得差不多了，宫五灵机一动，想到电视剧里那些惯常的喂水戏码，正是亲吻的好时候啊！

于是她对公爵说："小宝哥，你看看你这么大的人喝水还要流出来，多浪费水资源啊！我们要节约用水对不对？快快，不能这样浪费，我会良心不安。谁让小宝哥是我的未婚夫呢，我在刚才想到了一个好办法，这样就不用浪费水了！"

公爵略显担心地看着她，不知道她要用什么东西来喂水，吸管好像更方便一点，他手上扎了针，用杯子确实不大方便。

然后，在公爵的注视下，宫五跑去漱口，回来后喝一口含在嘴里，伸手捏着公爵的嘴，低头就堵了过去。

她这一口水灌下来，公爵："喀喀喀……"

宫五赶紧拿了纸擦："哎呀，你怎么这么不小心啊小宝哥？都说要节约用水了！"

公爵："喀喀喀……"

宫五怕外面的人听到，把门关上，跑回来紧张地坐在床边，给他擦呛出来的水，讪讪地说："哎呀小宝哥，这次是我不好，我应该一点一点地喂你喝，好像一下子喂太多了。"她挽了挽袖子，深呼吸，"重来一次！"

公爵……真是又期待又担心，他的姑娘能做好这种事吗？

药物的后遗症，他暂时手脚无力，喝了一点水稍稍缓了缓，身体还是没什么力气，就等着喝点水、吃点东西，结果这姑娘非要来这么一出，那就来呀，发什么愣啊？袖子都挽起来了，别说反悔呀！

宫五挽了袖子后，又喝了一口水，不咽下去，嘬着一张红艳艳的唇，朝着公爵的唇再次堵了过去。这次吸取了教训，她不敢一下子喂下去，而是一点一点地喂他，一边喂一边得意，看，照顾病人也有便宜可以占，多好呀！

一口水喂完，她抱着公爵的脑袋就是一通亲，亲完了咂咂嘴，心情一下子好了起来："小宝哥，喝完水了，现在我们来吃饭吧。"

公爵看了她一眼。他作为病人，这一眼的杀伤力太大，以致宫五有点分不清他是生气还是怎么着。

公爵愤怒，就亲了一会儿就完了？都开头了，怎么不多亲一阵？这傻姑娘没救了，长点心吧，他这眼神这么明显，怎么就没默契？

宫五小心地看了他一眼，揣测他的心思："小宝哥，我就是一时没控制住自己体内的兽性，你别跟我生气啊，我这归根结底还不是喜欢你？再说了，你是我男人，你要是不让我亲，那我只能找别人了……"

公爵原本只能搁着的手因为她这话，气得顿时抬起来，捶了下床面，眼睛都瞪圆了。

话暂时说不出来，他只能用表情表示愤怒。

宫五抿嘴，赶紧往他嘴里塞了一勺粥："小宝哥吃饭！"

公爵："……"

果然人不能生病，生病了谁都能欺负，公爵真是气得要死。

宫五也不管，只管往他嘴里塞吃的，多吃一点身体才好，其他的等以后再说。

小半碗粥一会儿就吃完了，宫五把碗拿出去，知道他肯定没吃饱，但也不敢再给他吃的，嘴里说了句："和医生说了不能多吃，只能吃一点，你最近几天要少吃多餐，知道吗？不是不给你吃饭，是为你好。"

公爵："……"

宫五拽了拽小凳子，朝他身边靠了靠，手托腮，看着他说："小宝哥，你睡着的时候，有没有做梦啊？"

　　公爵看了她一眼，对她点了点头。

　　"做梦了呀？"宫五龇牙，"做坏梦了吗？"

　　公爵又点了点头。

　　宫五笑道："早知道我应该让人搬张小床进来陪你，这样你就不会做噩梦了，躺了这么多天都没睡好，唉，好可怜啊。"

　　公爵："……"

　　宫五继续嘀咕："小宝哥，你自己躺一会儿行吗？我出去转转，马上就回来……"

　　公爵一听，眼睛瞪得老大，明明是没力气的人，结果手一动，一把就握住了她的手，不撒手。

　　宫五擦汗："小宝哥，我就是去看一眼，问一下医生情况……"

　　手握得更紧了，公爵差点被气死，哪都不许去！

　　宫五只能瞪着一双眼睛看着他，不知道该说什么了。

　　最后宫五给公爵读了一段故事，公爵昏昏欲睡，宫五想要趁机溜走的时候，他又醒了，就睁着一双眼睛盯着宫五看，愣是把宫五盯得重新坐下。宫五讪讪地说："其实我是想去换本书读给你听的，呵呵。"

　　公爵的身体略略动了动，似乎是挪了下位置。宫五这下看明白了，很兴奋，很干脆地脱了鞋，手脚并用地往床上爬："小宝哥，其实你是害怕一个人睡觉是吧？害怕做噩梦是吧？别害怕，我陪你！"

　　说话间，她已经爬到了公爵身侧空位置大的那一面，掀起被子，往被窝里一钻，在他旁边躺下。

　　想了想，她又说："对了小宝哥，我忘了跟你说，我最近几天一个人睡觉，养出了一个间接性坏毛病，就是喜欢动手动脚，我要是睡着之后不小心碰着你哪了，你可千万不要生气，我肯定不是故意的。"

　　公爵："……"

　　果然，宫五在床上睡了一晚上，把身边躺着的那个人从头摸到了脚，还在几个重点位置停留了数分钟，她自己玩得不亦乐乎，把身边那位折磨得死去活来，好几次挣扎着想要起来，结果身体不争气，怎么都没能如愿。

　　第二天一大早，公爵黑着脸，顶着黑眼圈，早早就醒了。

　　宫五迷迷糊糊地爬起来，对公爵笑得花儿一样："小宝哥早啊！"

　　公爵："……"

"你昨晚睡得好不好啊？有没有做噩梦啊？"

公爵："……"根本没办法睡好吗？她摆弄完了，睡得跟小猪似的，睡就睡，还一个劲地往他怀里钻，生怕他不够难受似的。

宫五爬起来，第一件事就是检查公爵的腿："小宝哥你的腿能走吗？"

公爵看了她一眼，宫五明白了，肯定不能走，赶紧跑出去找人询问能不能推他出去晒太阳，得到和煦肯定的答案后，她兴高采烈地张罗了轮椅过来。

"小宝哥，给你准备好了！我让他们进来抬你到轮椅上。"宫五说着就要去叫人。

公爵的喉咙在被水和食物滋润了一夜后，终于缓了过来，只是声音的嘶哑还在，还会发不出声："不用……"

宫五瞪眼："啊？那小宝哥，你自己能起来吗？"

公爵看了她一眼，说："不是，换件衣服。"

宫五点头，一脸兴奋地自告奋勇："小宝哥，你不方便动，我来帮忙！"

公爵："……"

她跑出去让人准备衣服，然后兴致勃勃地抱了公爵的贴身衣物回来，伸手就扒公爵的衣服，公爵吃力地抓住自己的衣襟，提醒："关门！"

宫五抿嘴，郑重地点头："我知道了，差点忘了这么重要的事！"

关上门后，宫五又跑回来，继续动手扒他的衣服："小宝哥，你早饭还没吃，肯定饿了，很虚弱，没关系，我帮你换衣服，我有力气！"

不等公爵说话，她已经动作麻利地把他的上衣给扒了。

公爵："……"

公爵抬眸看了她一眼，宫五正兴奋呢，没发现，伸手又要脱他的裤子，公爵开口："先穿上上衣再说。"

宫五一脸遗憾，要是能看个透彻就更好了，可惜了。

公爵无语地看着她，嘴里说了句："小五……喀喀……要是再磨蹭，感冒了就麻烦了……喀喀喀……"

虽然她这么积极主动又兴致勃勃是好事，但是这种感觉怪怪的，公爵咽了下口水，看了她一眼，又说："回头等我好了，再看也不迟。"

宫五涨红了小脸，给他穿衣服，算了算了，不让看就算了，有什么大不了啊，又不是没看过，鸳鸯浴都洗过，还在乎这个啊，不给看就算了。好多天没洗澡的小宝哥，她还不乐意看呢。

她不高兴的模样被公爵看在眼里，他伸手拽住她的手，一把按在自己胸口，抬头看着她说："晚上小五帮我洗澡，好不好？"

436

宫五一听，兴奋了，重新生机勃勃起来："好呀！小宝哥你放心，我这个人心眼最好，最乐于助人了，呵呵呵……"

公爵："……"

随着岳美娇的电话越来越频繁，宫五总觉得自己实在找不到拖延下去的理由了，所以这几天情绪有点低落，她不想离开，但是又没办法跟妈妈说更多。

公爵这次用药过后恢复得差不多了，在下一次用药的空当，刚好有时间找他的小女友。

一截树枝一下一下地戳着地面，一支蚂蚁大军正挨个从她面前路过，宫五蹲在地上，百无聊赖地玩蚂蚁。

身后有人走近，她也没回头。

公爵慢慢蹲了下来："我找了一圈，终于找到你了。"

宫五小螃蟹一样蹲在地上挪了下位置，歪着脑袋看他："刚刚我妈又给我打电话了。"说完，表情有些委屈地噘起嘴，说，"老催我回去……"

公爵蹲在她面前，认真地看着她，想了想，说："小五回家吧。"

他这话一说，宫五一下回过头，眼眶里含着泪，怒目而视："你说什么？"

公爵认真地看着她，说："我让小五回家，别让岳小姐担心。"

"你又想赶我走？"宫五忽地一下站起来，"你又想把我赶走是不是？你之前就赶过我一次，我回来你就变脸，这次你又想这样？我告诉你，没那么容易！"

她恶狠狠地抹了把眼泪，说："我是不会走的。"

越想越伤心，一边抬脚就走，一边大声哭起来。

公爵在后面叫她，她假装没听到，满心委屈："我再也不理你了……"

"哎哟！"后方传来公爵的惊呼。

已经跑了好几十米远的宫五一下停住脚，回头看了一眼，发现公爵蹲在地上起不来，她心里一慌，赶紧又朝他跑了过去："小宝哥！小宝哥你没事吧？"

把公爵扶起来，她一脸愧疚地说："对不起小宝哥，我不应该跟你发脾气，和医生跟我说不要惹你生气，可是我还是让你生气了，对不起小宝哥……"

公爵看了她一眼，宫五低着头，只给他一个圆圆的头顶，她抽噎着说："都是我不好，我以后再也不跟你吵架了。"

公爵顺手把她搂到怀里："我骗你的，我很好。"

她顿时破涕为笑："真的？"

"嗯。"

她用手轻轻地在他身上打了两下，把脑袋埋在他胸口，眼泪汪汪的，没再

437

说话。

公爵知道她是担心了，摸摸她的头："对不起，我不该骗你。"

她抬头看着他道："那你不许赶我走，我就原谅你。"

公爵一下笑了出来，点点头，说："我不赶小五。"

听到这话，她脸上的神情有些好转，她跟他吐槽妈妈打电话催她，是希望他和她一样立场坚定，结果他竟然让她回青城，她当然要不高兴。

"小五不回去，那么岳小姐怎么办？"公爵低声问，"她会不会生气？"

宫五回答："我妈肯定会生气，不过反正已经生气了，再生气一下也没关系啊。"

公爵忍不住笑："岳小姐知道了会更生气。"

他想了想，突然说："我们给岳小姐打个电话吧。"

宫五："……"她从他怀里抬起头看着他。

他说："我们给她打电话，告诉她我们在恋爱的事，不管她是生气还是高兴，我们总要面对这一次，是不是？迟早都要面对，为什么不趁现在告诉她呢？小五你说呢？"

"我妈妈生气起来可是很吓人的。"宫五鼓起脸蛋说，"你不怕她揍你啊？我妈真的会打断你的腿的。她那么信任你，结果你把她闺女给睡了。"

公爵顿时哭笑不得："小五，我们是两情相悦，对吗？"

她点头，表示赞同。

"这世上，任何两情相悦的事都不该有罪，如果岳小姐非要惩罚，就让她惩罚我好了，不要伤害我的小五。"

男人的甜言蜜语总容易让人头昏脑涨，宫五就觉得自己被他说得有些飘飘然，她问："小宝哥你是说真的吗？你真的决定打电话过去吗？"

公爵说："现在就打。"

宫五抿着嘴，把手机掏出来，本来是递给公爵的，公爵真的伸手接的时候，她又赶紧缩了回去："还是我来打。"

电话响了好几声才有人接，电话里传来的声音一点都不温柔："喂？！"

宫五："……"这声音一听就知道她妈的情绪不太好，宫五没说话，把电话递给公爵，抬抬下巴，示意：你接。

"阿姨您好，我是爱德华。"公爵的声音在话筒里响起。

岳美娇一听不是宫五，还真温柔了几分："哦，原来是爱德华先生。"

岳美娇对他的印象是真的好，一张英俊的脸，温雅的性格，虽然是混血血统，不过说着一口流利的中文，沟通起来也轻松。

只是，宫五被他那声"阿姨"叫得起了鸡皮疙瘩，以前不都是喊"岳小姐"的吗？怎么突然改口了？

宫五心里正疑惑，就听公爵继续说："阿姨您不用这么客气，您可以和我母亲一样，叫我小宝就行。"

岳美娇打了个激灵，觉得好像有什么地方不对。

这个人在岳美娇心里，地位和宫五肯定不同，一个是女儿，一个是有很大利用价值的人，怎么说呢，不管啥时候，遇到的时候会自然而然地多一分客套和尊重。

宫五对岳美娇来说是孩子，公爵则是个思想完全成熟的青年人。虽然他和宫言庭没差几岁，宫言庭是她的孩子，对公爵她就没办法往这上面想。

岳美娇觉得自己还真没本事生出他那样优秀的儿子，不敢高攀。

按常理来说，哪个当妈的不是盼着闺女能嫁得好？结果岳美娇就是不想宫五跟他搅和到一起，实在是差距太大，对宫五没好处。

他用宫五的手机打了电话，还叫得这么亲热，直觉上来说，岳美娇觉得有点不妙，什么情况？为什么突然说这样的话？

她还没想明白，对方已经再次开口："阿姨，我是用小五的手机给您打的电话，希望没打扰您。"

岳美娇终于问了句："爱德华先生是不是有什么事？"这分明是求人的态度，岳美娇听着他的声音，觉得是不是她要是站在他面前，他都要跪下抱大腿了？

公爵手里拿着电话，腰杆挺得笔直，态度毕恭毕敬，对着电话说："小五拿到证书之后想在这里玩几天，玩够了就会回去，所以没有经常打电话……"

岳美娇眯眼："她之前忙毕业的事，我没怪她。"

宫五蹲在旁边，手托腮，挤得脸蛋都变了形，就这样斜眼看着公爵，还时不时拿手戳戳公爵的腿，想要试试看他到底有没有反应，结果戳了半天公爵都没动一下。

岳美娇这会儿一头雾水，就等着听公爵能说出什么米。公爵在电话里的态度那是真的好，岳美娇都能想象到这要是站在她面前，他脸上的表情是什么样了。

毕竟见过本人，平时就是一副温和的笑脸，这会儿态度更恭敬，那笑容自然更温柔。

"阿姨，其实我给您打电话，是因为我跟小五有事想要征求您的同意。"

岳美娇警惕，果然有事，什么事是那死丫头不敢说还非要征求她的意见的？肯定不是好事。

公爵说："是好事。"

呸！岳美娇心里狠狠地唾了一口，绝对不是好事，最起码对她来说不是好事，

439

打她女儿的主意是不是？

公爵还在那边笑盈盈地说话，宫五歪着脑袋凑过去听。

"真的是好事，"公爵说，"我和小五在一起了，很相爱。如果可以，我们希望能在伽德勒斯这边举行一场伽德勒斯的婚礼，希望能征得阿姨的同意。"

岳美娇快要气死，就知道是这样，她冷声说："把电话给小五！"

公爵没给，而是继续说："阿姨，我知道我们要是擅自做决定，您一定很生气，所以我们有了这个想法之后，想争取您的同意，毕竟有双方父母祝福的婚礼才是最完满的。当然，如果您不同意，我们也绝对不会违背您的意思偷偷结婚，毕竟婚姻大事不能儿戏，否则我母亲也绝对不会饶了我。当然，这事还没有跟我母亲说，小五怕您会不高兴，所以在我们有了想法之后，就第一时间给您打电话想要征求您的意见……"

反正，他说了一堆，岳美娇是听出来了，把她捧得特别高，高得手一松就能掉下来摔得半死。

两个小兔崽子算计她。

她深呼吸，毕竟不是自己的孩子，不能想打就打想骂就骂，她只是说："我明白你的意思，你们征求我的意见我确实很高兴，不过我有几个问题想问问小五，你把电话给小五，我有话跟她说。"

宫五一直凑在旁边听，听到岳美娇要她接电话，顿时小脑袋摇得跟拨浪鼓似的，坚决拒绝！

她妈绝对是要把她骂得狗血淋头，她才没那么傻。

公爵微笑着对岳美娇说："阿姨，您想打想骂对我就好，这些事是我的提议，如果不合理您跟我说，我一定听取您的教诲。您有问题我会转达给小五。当然，如果阿姨不同意也没关系，我以后会努力争取改进我身上的缺点，当个让阿姨满意的女婿……"

他又是一大堆好听的话，反正捧得岳美娇都觉得自己快飞上天了，她气得要死，这是拿她当三岁孩子哄呢？

结婚？就这样在一个她都不知道的地方结婚？同意？同意个鬼！

她直接说："我不同意！结婚哪有这么草率的？这稀里糊涂的死丫头是结婚的料吗？自己都没长大，还想充大人结婚！我先说了，我绝对不同意，你们要敢在那边偷偷结婚，那丫头我也不要了。你把电话给她！"

公爵还是不给："阿姨，小五不是当年十八岁的傻姑娘了，她长大了，何况就算她还没长大，我也可以照顾她，男人不就是照顾女人才存在的吗？阿姨您别生气，别气坏了身体，我听小五说您又有了身孕？小五很高兴，觉得要有个小妹妹了。至于我和小五的事，您不同意我们绝对不会违背您的心意胡来，所以您不用担心。"

不管岳美娇怎么说，公爵就是温柔又微笑地跟她说话，她说什么都是对的，但就是不把电话给宫五，什么错都往自己身上揽。

宫五站在旁边，咬着嘴唇斜眼看着公爵。

最后岳美娇终于挂了电话，公爵扭头看向宫五，说："还好，好像没怎么生气，不高兴是肯定的，别气坏了身体就好。"

宫五蹲在地上，手指在公爵腿上画圈圈："我妈竟然没怎么生气？她不是应该气得火冒三丈吗？"

公爵微笑着说："因为更有冲击力的问题取代了她本来应该关注的恋爱问题，贸然结婚和谈恋爱，她肯定是拼命阻止结婚。"

宫五震惊："小宝哥，你这样有点阴险哦。"

公爵笑着说："不是，这是我们为我们的爱情做的努力和争取。"

他们是有目的打的电话，挂了电话没事人一样闹腾去了，这边岳美娇可闹心了，自己翻来覆去地乱想，好好的为什么突然打电话说要结婚？难道是有什么情况？难不成……怀上了？

岳美娇打了个激灵，别真是怀上了吧！

她想给宫五打回去，又觉得真要是这么严重的事，刚刚电话里应该会说，没说的话，肯定就是没那么严重。

怀孕不是小事，也不是任性的事，宫五不敢说遮遮掩掩岳美娇相信，但是她觉得爱德华那么稳重的一个人，应该不会做这种事。

可是她这心里就是不踏实，好端端的提什么结婚？要是订婚，她也能接受啊！

想到这个岳美娇才发现，结婚？他们什么时候好上的呀？

中午岳美娇还在家里犯愁的时候，燕大宝突然带着她妈上门，说是来看步小八的，岳美娇有些诧异："大宝啊，这是……"

燕大宝往地上一坐，逮着步小八拉到旁边去玩："她过来看看你，顺便问问是不是哥哥惹你生气了，过来赔个不是。"

展小怜神情淡淡的，微笑着在岳美娇旁边坐下来："我听小宝说，他昨天给你打了电话，好像惹你不快了，托我过来看看你，赔礼道歉呢。"

这话说得岳美娇顿时不好意思起来："没有的事，爱德华先生是紧张过度了。"

"叫什么爱德华先生，你叫他小宝就行。"展小怜说，"他父亲是有个祖姓费，但是国王那边赐了姓，所以回到国内一般都说家里的姓，在外头还用另外的名

441

字。那是对外人的，咱们一家人，不用那么客气。你看大宝多喜欢小八。小五和小宝，说实话，我之前有点猜测，总觉得小宝对小五的态度让我疑惑，到确认双方心意互通，也没多长时间，倒不是故意瞒着你的。"

岳美娇只能客气地说"不是"，把昨天的那通电话说了一遍："这好好的提什么结婚，小五才多大啊？我说说是不是怀上了啊？"

耐心地听岳美娇说完，展小怜觉得不是那么回事啊，小宝一个字都没提小五怀孕的事，八成是他们两就想给岳美娇打个预防针，怕她到时候反对激烈。

展小怜笑眯眯地听岳美娇说完，点点头笑着说："小宝这孩子，别的我不敢说，就是实诚这一点是肯定的，绝对不会说虚的。不瞒岳小姐你说，我那个傻儿子实心眼，还不爱说话。他这辈子跟外面所有人说的话，都不如跟小五在一块的时候说得多。当初我第一次听到他对小五一口气说那么多话的时候，我就觉得这孩子可能挺喜欢小五，要不然，他哪会把时间浪费在一个无关紧要的人身上，是吧？"

岳美娇坐在沙发上，背后垫了一个垫子，半趴在扶手上，展小怜脱了鞋，屈腿坐在另一边，刚好跟岳美娇头顶着头。

听到展小怜的话，岳美娇也不知道该说什么，其实她一开始就没想过两个孩子有什么，主要是差距太大，这个差距让她觉得他们完全不是一个世界的人，所以当初才脑子一热，同意了公爵的那个建议，让小五以他未婚妻的名义去伽德勒斯念书。

结果……

现在岳美娇认真想想，都怀疑当初那小子是不是故意这样做的，可真说起来，事情也是有起因的，这起因实在是让她没办法怀疑那么多，当初那新闻报道闹得那么大，她也是无奈之举，步生说的那个培训机构又不可能一直等在那，说是巧合吧，这也不可能什么都是刚刚好，可要说不是巧合吧，各种事情搁一块也太离奇了吧？

但是这种事岳美娇肯定不会随便说出来，自己心里想想就好，权当是命中注定的总该行了吧？

只是现在这事情的发展已经不是她所能控制的，两个孩子真要好？

她看了展小怜一眼："展小姐，不瞒你说，我不是对爱德华先生不满意……"

"哎哟，这都什么时候了，还叫爱德华先生呢？你也不怕折了他的寿啊？叫小宝，我都是叫小宝，小五也是叫他小宝哥，咱们一家人不说两家话，叫得那么见外干什么？"展小怜笑眯眯地说，"再说了，之前咱们不熟，叫个展小姐、岳小姐什么的正常，这现在两个孩子都处上了，虽然没结婚，但是这电话打得明摆着就是希望朝结婚这路子上走的，还那么见外，我们这是打算拆孩子们的姻缘啊？来来，我比你年长，就厚着脸皮当这个姐姐了，你比我小，我叫你声妹妹也正常。"

岳美娇："……"

她还能说什么呢？话都被她一个人说了，还让她说什么呀？

她抿着嘴，无言以对，沉默了下才重新开口："展姐，不瞒你说，我不是对小宝不满意，实在是小宝太优秀，我是怕小五和小宝在一块没共同话题，一个说高大上的国际经济、政治形势，一个天天说她的小龙虾、小螃蟹，你说这……我自己的孩子，我当然盼着她好，但是我怕自己盼着她太好结果反倒害了她。小宝的身份、地位，还有家庭这些，我都了解，就是因为了解，所以担心才多……"

展小怜赶紧往岳美娇边上挪了挪，一双非常漂亮有神的眼睛，和她女儿燕大宝的眼睛很像，不同的是燕大宝的眼睛里透出的光更纯粹也更单纯，就像没有见过这世上任何恶毒、污浊的事一般干净，而展小怜的那双眼睛刚好相反，她的眼睛里透出的神采，分明就是见过世上最美的风景，看过世上最黑暗的角落，也看透了世上各种各样的人心，所以显得波澜不惊，透着睿智、智慧，和睥睨天下的骄傲。

一样漂亮的眼睛，完全不同的灵气汇集眼中。

看着展小怜的眼睛，总会让人有一种愿意无条件给予她信任的感觉，总会觉得她说出的话必然一诺千金。

展小怜说："我能理解你的心情。你的心情其实就和当年我父母对我的心情一样，他们希望我幸福、快乐，希望我找一个经济条件好、背景单纯、脾气温柔的男人，结果我遇到的男人和他们希望的不一样。我遇到小宝的父亲的时候，他们觉得很不安，觉得双方差距太大，哪怕那个人符合了他们十个设想中的九个，可他们还是会因为最后一个而不安。所以我理解你的心情，也知道你的担心。"

她伸手按在岳美娇的手背上，笑着说："但是啊，你担心的事根本不存在，你觉得两个孩子不般配，觉得小五会不幸福，不就是因为家庭吗？难道你没有想过，小五没有公公烦心，我这个恶婆婆又不跟他们一起住，就算以后我心里扭曲变态、张牙舞爪，努力当恶婆婆摆威风，可是小五看不到啊。嫁入豪门的女孩过得不好，不就是因为家里的公婆苛刻，立下的规矩太多？可是小五是立规矩的人啊，她的家里她最大，谁给她气受啊？"

岳美娇顿了顿，看着展小怜的时候脑子里全是她说的那些话，听起来好像有点道理。

那些嫁入豪门的女孩，过得不好真的是因为家里公婆挑剔，要求特多，希望女孩子为老公做牛做马，小五这要是嫁过去，家里没公公，展小怜他们也不在一起住，燕大宝和小五关系还好，这以后的姑嫂关系就不用担心。

再一个，公爵的家庭和展小姐现在的家庭还是分开的，就算是争家产什么的，好像也是两家的事，完全不搭边。

已经到了这个地步，岳美娇再想的时候就会冷静很多，想得也更实际一些，真要实际地想一想，岳美娇突然发现好处貌似比担心更多，更何况现在的情况，分明就是小五那丫头被洗脑，劝也劝不住。

展小怜继续说："当然，要是小五和小宝在国内结婚，遵循的就是国内的婚姻法，如果是在国外结婚，遵循的就是国外的婚姻法。我听说伽德勒斯那边的婚姻法也挺有意思，这结了婚的男女，可不像我们国内的还谈什么婚前财产、婚后财产的，他们都是一股脑儿搁一块算的，万一要是双方离婚了，财产就跟一个西瓜似的，一刀切两半，一人一半抱着啃……"

展小怜最后这句话扎心了，正好扎到了岳美娇的心坎里，那就随便他们折腾吧，反正当妈的心里，再多的外在条件都不如孩子生活得幸福愉快让她放心。

岳美娇觉得展小怜可真厉害，因为她被说动了，怎么说呢，就是她觉得展小怜说的话完全正确，让她没有理由反驳，甚至觉得太有道理了。

于是两个妈妈谈论得热火朝天，岳美娇终于在愉快的交谈中接受了这个事实。

展小怜和燕大宝离开的时候和来的时候一样愉悦，之前和煦从来没有跟她说过公爵的病能不能治好，他不给承诺，只说自己尽力而为，而这一次，和煦告诉她，公爵身体内的毒素大幅度降低，他体检反常的那个数值也在逐渐回落，或许会有后遗症，但不会像公爵的父亲那样仓促离世。

这是让展小怜松了一口气的一句话。

终于，她不用白发人送黑发人了，不用再担负那样沉重的心理负担，觉得对不起小五了，不用随时随地提心吊胆她的儿子突然有一天离开她了。

死亡终究会来临，可是她希望自己的子女比她活得久。

她已经答应了老公爵，活得久一点，把本该属于他的时间延续到她身上，她在朝着这个目标努力。

可是不能太久，因为她身边还有个老家伙要陪呀，要是太久了，身边那个人不在了，好像也没有什么意义了。

所以，差不多就行，不能太久，她怕身边的那个人不能陪她到最后。

终于呀，她没有了那样的顾虑和心理负担。

她的儿子，身边会有一个陪他到老、到死亡的人，她的女儿身边会有一个牵着女儿的手、陪女儿到最后的人，而她的身边有一个愿意陪着她走向死亡的人，这就足够了。

公爵隔了几天后重新给岳美娇打电话过去，这次岳美娇的态度跟之前比有所委婉，虽然没明说同意还是不同意，但不反对就是最大的进步。只是之后岳美娇又说："不过，小五毕业了吧？既然小五毕业了，就让她先回来。等你以后回青城了，再说结婚的事。"

"好的阿姨，我记住了，请您放心，我会跟她说。"公爵微笑着应下。

他挂了电话，才发现宫五蹲在他面前，手托腮，睁着一双漂亮的大眼睛一眨不眨地盯着他看。

公爵忍不住笑了下："小五在看什么？"

宫五回答："我看我的男人啊！为什么我的男人长得这么好看啊！"她站起来，手掐腰有点得意地说，"我同学里面，我找的对象最好看！"

说完，她脸上的笑意淡了下来，一步扑到他怀里，说："小宝哥，我妈最后跟你说的话我听到了，她让你劝我回国是不是？"不等公爵回答，她说，"我会回去的，我不让小宝哥为难。"

公爵看着她的表情，没有说话。宫五说："我不想走，我想陪着小宝哥，但是我怕我妈说你故意不让我走，她对你的印象就会更坏。"

公爵宽大的手摸在她的脸上："小五，谢谢你一直替我着想。我总是害怕我不能给你更多……我爱你，可我总是自私地辜负你。我的身体，我的国家，我总是牵连到你，我以为我足够强大，以为我可以让你平安无事，可一次又一次……"

宫五仰着光洁的小脸，脸上的笑容灿烂得像是追逐太阳的向日葵，她说："我爱你啊，所以我愿意承受爱你带来的所有后果。小宝哥，我长大了，我已经不是当初那个不懂事的小女孩。我以后会努力当你的贤内助，虽然现在我还帮不了你什么忙，但是以后我会很厉害的，真的。"

他忍不住笑，点头："是，我相信我的小五以后会非常厉害，会成为我的贤内助。"

她紧紧地抱住他，说："我就算要回去，时间也是我定，我想什么时候走是我的事，小宝哥不许赶我，知道吗？"

他回答："好。"

之后的几天，宫五去跟自己的朋友们做了道别，她在学校孤立无援的时候，是他们出现在她身边，成为她的好朋友，让她终于慢慢找回了自己。

然后她去了学院老花匠那边，折下一朵花，故意跑到老花匠面前显摆："花匠爷爷我折了你的花，你来罚我呀！"

知道她要回国所以来道别，老花匠在不远处看着她调皮的身影，不知道为什么，眼眶有些潮湿。

当初刚来的时候，这姑娘可没现在的模样。

最早的时候，老花匠经常看到这个姑娘一个人摇摇晃晃地在周围转，孤孤单单的模样，一看身边就没有朋友。没办法，学校这么多人里，东方面孔并不多，何况这姑娘还长了一副漂亮的面孔，所以她出现第三次的时候，他就记得了。

那时候她不偷花，而是想要找个人少的地方站一会儿，偶尔会揪下一地的花瓣，整个人有些消沉，就像经历了一场生死浩劫，一副心灰意冷的模样，虽然外表看上去很热情、很开朗，可一个人的眼睛骗不了人啊。

后来她逐渐开朗起来，时不时过来偷花，被他捉到被罚的时候嬉皮笑脸，干起活来却很卖力。

一个人好不好，相处最重要，老花匠慢慢地发现了她真是个心思纯良的姑娘，又可爱又善良，每次笑起来的时候特别灿烂，比花园里开的那些花都要好看。

学校里这么多学生，可愿意跟他这个老头接触的，只有这个姑娘，她的眼中没有贵族和平民之分，每次都很讨好地喊他"花匠爷爷"，希望能尽快结束惩罚。

可是他怎么舍得那么快让她离开啊，他孤单了这么久，一直盼着有个人来陪他说说话聊聊天，终于来了一个小话痨，他多高兴啊！

惩罚终于结束了，他的失望写在脸上，可这个姑娘还会经常过来，时不时跟他说话，时不时给他讲个小故事，哪怕他一直冷着脸，她都嬉皮笑脸地赖着不走，非要吃他的烤鱼。

鱼在伽德勒斯不是什么好东西，这里四处靠海，很多穷人一日三餐都是鱼，吃到最后都会吃吐，可她喜欢，每次来都要吃，他说没有她自己还会跑去翻。

他后来准备了很多鱼，就是怕哪天来了没有鱼吃会失望。

她又过来要鱼吃，年迈的老花匠花白的头发上落了一片花瓣，宫五伸手摘下来，大笑着说："花匠爷爷你开花啦！"

老花匠坐在躺椅上，灿烂的日光照耀在脸上，舒适又温暖。

在他工作了一辈子的花园木屋门前，在一个美丽的姑娘叽叽喳喳的笑声中，他安详地离开了这个美丽的世界。

离别又重聚。

现在的离别是为了更好的重聚。

这样的循环如活扣，又如死结，周而复始，生生不息。

回到公爵府，宫五满含泪水地抬头看向公爵，哽咽着说："我又送走了一个老爷爷……"

公爵把她拥到怀里，她伸出胳膊紧紧地拥着他，说："小宝哥，我要回青城了……"

446

他温柔地抚摸她的头，说："好。"

晚饭的气氛有些沉重，宫五一直低着头吃饭，公爵表情略显担心地看着她，但是没有开口，倒是李司空用一脸嫌弃的表情看着两人，问："你们两个人……不就是回青城吗，又不是生离死别，有必要这样吗？"

宫五看了他一眼，说："'单身狗'是不懂我跟小宝哥要分开的心情的……"说完这句话，眼泪已经含在眼里了，她委屈得不行，"我不想跟小宝哥分开，你怎么懂我这种心情？"

公爵慢慢地站起来走过去，问："还要吃吗？"

"我吃不下……"宫五哭着说，然后抬头看了公爵一眼，说，"我有话跟小宝哥说，你跟我来……"

她一边抽噎，一边拽着公爵离开。

李司空在后面脸抽了抽："喂，有话说去书房啊，往卧室跑干什么呀？"

没人搭理"单身狗"的叫声，宫五拽着公爵跑进卧室，咣当一声把门撞上。

刚刚还哭唧唧的宫五进了屋之后就破涕为笑，她吸了下鼻子，搓着手说："小宝哥你今天跑不了啦，我告诉你。"

公爵："……"

宫五朝他冲过去，一下跳到他身上，把公爵扑倒在大床上："小宝哥小宝哥，别害羞嘛，我们都这么熟悉了，你干吗这么害羞啊？哎哟，小宝哥……"

窸窸窣窣的动静不停地传出，时不时从被窝里扔出件衣服，满足又兴奋的声音一阵阵传出来，一直折腾到大半夜才消停。

公爵伸出胳膊，把她搂到怀里，亲了亲她的额头，宫五一骨碌滚到他怀里，迷迷糊糊地说："小宝哥晚安。"

公爵闭着眼，抱着乖乖蜷缩着身体的小人儿，低声回道："晚安。"

不管怎么不愿意，最后还是到了出发的日子，公爵送她去机场，宫五趴在公爵怀里哼唧着说："不想离开，可是又不能不离开，哎呀，小宝哥，你到时候一定要早点来找我呀！"

"好！"他回答。

宫五龇牙，说："其实，小宝哥，晚一点也没关系，我知道你要是晚了，肯定是有原因的，我能理解，所以小宝哥，就算事情没有完成你没办法很快回来也没关系，通知我一声就行，知道吗？不要强迫自己，做你自己想做的事情就好，好不好小宝哥？"

公爵点点头："好！"

他知道她愿意理解，就算伤心，她也理解。她不该有这么大的包容心，她不过是个年轻的姑娘，她不该在这个年纪理解太多的东西，可是她说她理解。

他知道她其实并不能真正理解，那不过是她因为爱他而做出的妥协。

他握住她的手，轻轻抬起，送到唇边："小五，这一次过后，一切都会好起来的，你相信我吗？"

宫五大声回答："我信啊！我当然相信，我从来都是相信小宝哥的！"说完她故意把脸对着他，让他看到她脸上的笑容。

可是笑着笑着，她突然没忍住眼泪落了下来。

她说："我讨厌自己老是哭，我不想哭的，但是不知道为什么，眼泪老是自己往下掉。"

公爵低着头，轻轻擦去她脸上的眼泪，擦去一点，却冒出更多，她干脆伸手一把抱住他，靠着他的衣服，让他的衣服擦去她脸上的眼泪。她无声地抽噎着，像受尽了委屈的小孩。

公爵沉默地看着她，手落在她的后脑勺，轻轻地摩挲着。

宫五一边哭一边说："我不是伤心哭的，也不是难过哭的，也不是舍不得小宝哥哭的，我是高兴哭的……我是高兴我终于可以回青城了，然后……我们以后终于不用像现在这样分开了……呜呜呜……"

公爵依旧沉默着，然后缓缓低下头，弯下腰伸出双臂，抱住她的身体。

怎么办啊？他舍不得这个姑娘，可是她的存在确实会影响到他的思考，他会不由自主地想起她，不由自主地想要去看她、摸她，想要听到她说话的声音，想要看到她笑起来的样子，想要她死皮赖脸地过来缠着他，缠得他没办法工作，让他既甜蜜又无奈地放弃所有的工作陪着她。

他愿意舍下一切陪伴在她身边，可前提是让他解决完现如今伽德勒斯的一切。

怎么办啊？她的存在影响了他的专心，会让他分心，让他挂念，让他不能专心地制订所有的计划，会降低他的效率，会拉住他的脚步，让他想要放弃一切就为了跟她拥抱在一起。

她真的是个甜蜜的负担，让他满心喜悦却又无可奈何。

他的好姑娘这么伤心，他知道她不想走，可是她现在不走，以后怎么才能安心地在一起，不再有现在这样的负担？

怎么办呢？他闭着眼，听着小声抽噎的声音，想说不要走了，留下来吧，就这样甜甜蜜蜜地留下来陪着他。他慢慢地抬起头，说："小五……"

"好了！"宫五突然大声喊了一句，然后从公爵怀里抬起头，红着眼睛，却对他露出大大的笑容，说，"我好了！我哭完了，心情一下子好了！"

喊完，宫五爬起来，坐正身体，扭头看着他，兔子一样红通通的眼睛和鼻子让她看起来既可怜又可爱。

她继续大声说："小宝哥，你看，我哭一下就好了！"

公爵伸手摸着她的脸："小五！"

宫五龇牙，然后朝他靠过去，伸手捧着他的脸，在他的脸蛋上使劲亲了一口，说："小宝哥，你不用安慰我，我说了，我哭完了就好了！我在青城等你呀，要是过了三五年你还不来，我就要来找你了，记住呀！"

车在机场门口停下，宫五一下从车上跳了下去，把包往自己身上一背，其他东西也不拿，一个人噌噌跑进机场，头都没回一下。

安检之前，一直没回头的宫五终于回头看了一眼，没有在人群里看到公爵，她抿了抿嘴，慢慢地转过身，眼泪在眼眶里打转，没吭声，抬头看着前方。

飞机顺利在青城机场落地。脚踏在地面上的时候，宫五长长地舒了口气，然后掏出手机换了卡给公爵发了条信息："小宝哥，我平安到青城了！"

公爵回复得很快："好，小五在家玩得高兴。爱我的好姑娘。"

她的嘴角不由自主地扬了起来。

有车来接她，步氏别墅门前，她下车看着熟悉的建筑，不知道为什么眼眶红了。

门里有动静，她听到步小八的声音，她立刻上前，大喊："妈，我回来啦！"

岳美娇赶紧打开门，挺着大肚子出现在她面前，宫五上前一步，一把抱住她，不知道为什么，眼泪就跟拧开的水龙头似的，哗哗往下流。

岳美娇一愣，随即伸手抱住她，没说话，轻轻抚摸她的后背。

步小八迈着小短腿从屋里跑了出来，仰着胖乎乎的小脸，拧着眉毛，一脸担心地看着。

宫五哭了一会儿，声音逐渐变小，松开岳美娇，红着眼眶一边笑一边说："我就是突然想妈妈了……"吸了吸鼻子，"我都好长时间没看到妈妈了。"

岳美娇伸手捧着宫五的脸，认真地看了看："还好，没胖也没瘦。这样我就放心了。"

步小八走到宫五面前，问："姐姐你爱小八吗？"

宫五忍不住蹲下来，把他搂到怀里亲了又亲："我爱小八，你是我弟弟，我当然爱你。"

步小八拥抱她："小八也爱姐姐。"

也不知道他还记不记得，最起码嘴里说是记得，也可能是经常视频的缘故，所以他很亲热地对宫五。

他又指着岳美娇的肚皮对宫五显摆："姐姐，妈妈的肚肚有小妹妹在里面。"

为了不要这个孩子，岳美娇没少跟步生闹，到底拗不过步生。

宫五摸了摸她的肚皮，笑着说："小宝宝就在肚子里，真是难以想象啊。"宫五咂咂嘴，低头，把耳朵贴到她肚皮上，认真地听了听，说，"好像在里面咕咕叫。"

步小八一听，也过来趴着听："我也要听，我也要听！"

岳美娇本来是一点都不想要这个孩子的，后来孩子已经这么大了，不喜欢也得喜欢了，现在看到宫五和步小八这个样子，她心里倒是有了喜悦，问："想要妹妹啊？"

"妹妹！"步小八喊，"要妹妹。"

岳美娇笑着摸了摸他的小脑袋："那要看生出来是不是妹妹才行啊。"

房间还跟当初她离开时一样，宫五看着房间里熟悉的一切，心里有种怅然的感慨，她摸着房间内熟悉的东西，慢慢在床铺上坐了下来。

她看着手中红色的漂亮手机，这部多灾多难的手机最后还是回到了她的手里，就像她在外面流浪了那么久，终究还是回到了青城一样。

她给燕大宝发短信："大宝，猜猜我在哪？"

燕大宝没耐心发短信，一个电话就打了过来："小五！"

她的声音大得让宫五耳朵都有点疼，宫五赶紧把电话拿远一点，等她的话音落了才拿回来："猜我在哪里？"

燕大宝认真地想了想，然后尖叫一声："小五！你在青城！"

宫五龇牙："猜对啦！没奖励。嘎嘎嘎！"

电话里传来燕大宝人仰马翻的声音："你等着，我要去找你！"

半个小时后，燕大宝出现在客厅里，像只美丽的蝴蝶一样，朝宫五飞过来，一头扎到了她怀里："小五，我好想你啊！"

宫五搂着她，说："我也是。"

燕大宝大声嘎嘎地笑，笑声一如既往地纯真娇憨，还带着点得意："小五你以后还要回去吗？"

"我也不知道。"顿了下，她才说，"短期内应该不会回去。"

燕大宝高兴地点头，突然想起什么似的问："那哥哥怎么办？"

宫五笑眯眯地说："小宝哥啊？小宝哥在那边有很重要的事，我在的话会影响到他，所以我就赶紧回来了，这样小宝哥就不会被影响啦。他让我在青城等他，说他处理完那边所有的事，就会来找我的。"

燕大宝点点头："原来是这样啊！"她又高兴起来，"那我们以后，就可以一直在一块玩啦！"

宫五龇牙："是啊！一起快乐地玩耍吧！"

步小八不甘示弱地说："小八也要一起快乐地玩耍！"

两人一起点头："好！"

客厅里太吵了，步生和岳美娇被吵得脑仁疼，出来一看，果然看到了叽叽喳喳的燕大宝和宫五坐在一块说话，步小八太小，想插话插不上，只能眼巴巴地看着。

燕大宝和宫五各自说着身边的事，总之好多天没见面的好朋友在一块，好事、坏事一股脑儿全跟对方说，恨不得时间变得多一点，好让她们把这么长时间没见面发生的事都说上一遍。

宫五笑眯眯地看着燕大宝说话，燕大宝呱呱说个不停，这脾气和性格真是一点都没变啊。

她认真地看了看燕大宝的脸，突然伸手捧着燕大宝的脸蛋说："燕大宝啊，你是不是长了一点肉啊？"

燕大宝一呆："啊？！"

宫五捏了捏她粉嫩的脸蛋上的肉，说："我看着你脸上的肉好像多了一点。"

燕大宝颤抖着嘴唇，伸手捂住自己的脸蛋，都快哭了："我真的长胖了吗？"

宫五一看她的样子，不敢说了："那个……倒不是胖了，就是感觉脸蛋上的肉好像多了一点。"

燕大宝："……"耿耿于怀她的胖脸蛋，她不停地用手捏着蹂躏着，问，"脸蛋胖怎么办呀？"

宫五竖起大拇指，说："脸蛋上有肉的人，说明年轻，胶原蛋白多，你看很多老头、老太太，大多都是很瘦的，脸蛋上干巴巴的，胶原蛋白流失严重，那样不好，看着显老知道吗？你看看你妈咪，她都那么大岁数了，可是脸蛋上还是肉肉的，比同龄人年轻多了，你说是不是？"

燕大宝正伤心，宫五说完，她捧着脸认真地想了想，觉得非常有道理："小五，你怎么这么厉害啊？我觉得你说得很有道理。"然后她看看左右，偷偷摸摸地问，"小五，哥哥的身体好一点了吗？"

宫五一愣，压低声音问："谁告诉你的？"

燕大宝撇着小嘴，眼圈红红地说："没有人告诉我，我偷偷听妈咪讲电话听到的……大家都不告诉我，我知道的时候可伤心了，哥哥明明身体看起来那么好，竟然生了很严重的病，我愁了好多天吃不下饭，还一个人偷偷哭了好长时间。我怕哥哥哪天突然就没了，妈咪、爸爸还有我，肯定会特别伤心，我光想想就要哭了……"

宫五伸手把她按到自己肩头，拍了拍她的后背，说："已经好了。燕大宝，小宝哥的病已经好了，虽然折腾了很长时间，但是他的病真的好了，所以你不要担心，也不要哭，没问题了，小宝哥现在已经是个正常人了，真的。"

燕大宝抽噎了一下，问："真的吗？妈咪从来不跟我说，我不敢问她，怕问了她之后，她会更伤心，我问爸爸，爸爸说我不用知道。我不知道还要问谁，我以为你不知道，我怕告诉你了你害怕哥哥死掉不要他，他那么喜欢你，一定会非常伤心……所以我不知道该跟谁问，我就一个人偷偷藏在心里……"

宫五小心地摸摸她的脑袋，说："燕大宝啊，你这伤心可多余了，真的，小宝哥要是知道，肯定要嘲笑你。他真的没事，要不然我怎么这样回来啊？我知道他生病，不过他一直都在积极地治疗，和煦和医生你知道吧？多厉害的医学界救死扶伤的回春圣手啊！他一直跟着小宝哥呢，他要是治不好，他好意思在医学界混吗？肯定被人嘲笑死。"

燕大宝吸了吸鼻子，说："小五你不能骗我，你骗我我会很伤心。"

"不骗你。"宫五笑着说，"我怎么会骗你呢？燕大宝你别忘了，小宝哥是你哥哥，他也是我男人，以后我是要跟小宝哥结婚的，要跟他生活一辈子的，你说我会骗你吗？我骗你就是骗我自己，你说是不是？"

燕大宝鼓起脸蛋，然后点点头："小五，我觉得你说得对。"

宫五龇牙："可不是，我说的一直都是对的！"

国内的学期比国外的要晚一些，宫五毕业回来，燕大宝他们才忙着期末考试。周一的时候燕大宝带宫五去教室转了一圈，班里有个学生在看书，看到燕大宝带着宫五过来，惊奇地道："哎？宫五你回来啦？"

宫五龇牙，点点头："对啊，我回来啦！回来看看能不能参加考试，出去三年半，时间一到就回来了。"

班里几个同学都围过来，围着她七嘴八舌地问东问西，宫五笑嘻嘻地回答，三年多的时间足够长，长到很多人快忘了当年宫五离开时传出的那些猎奇传闻，长到很多人开始懂得为自己的未来和前程做打算，长到懵懂的学生开始面对现实，为迈入社会做最后的努力。

从学校离开去了燕大宝家，展小怜看到宫五热情地打招呼："小五！怎么也不在家歇歇就出来了？"

宫五对展小怜龇牙一笑，说："我是想在青城大学复学，这样不至于这一阵闲得慌。小宝哥也说让我回来找点事，不然肯定天天胡思乱想。"

展小怜笑眯眯地看着她，一双很漂亮的眼睛，睫毛又长又黑，就算是上了年纪，也挡不住那双眼睛下的智慧和善意。她对宫五说："小五，我们去楼上吧，楼上展姨种了一排花，这时候正是好看的时候，走，展姨带你去看看。"

到了楼上，果真在二楼的阳台上看到排满了可爱的花花草草。

欣赏完花花草草后，展小怜带着宫五坐了下来，闲谈中问起伽德勒斯的事。宫五老老实实地回答："我要回青城是我自己要求的，小宝哥什么都没说，但是我在伽德勒斯的时候他一直陪着我，我觉得很多事的进度特别慢，我也确实影响到了他，而且我妈一直催我回来，所以我思来想去，应该是回来对他最好。何况我也确实应该回来了，我在伽德勒斯的学业结束，青城这边还应该继续，刚好我们分开，他做他的事，我做我的事，多好呀！"

展小怜伸手把她脸颊边的头发撩到耳后，笑着说："小五做的事，一定是经过深思熟虑的，而且一定很慎重，不是赌气的那种，所以我觉得小五这样做没错。如果是我发现我的存在影响了对方，我或许也会选择暂时避开，这样对方才会更有精力和心思去完成他当下的工作。谢谢你小五，总是给我意外的惊喜，让我每一次都要重新审视你。"

宫五龇牙："阿姨是不是觉得我的形象比以前更加高大威猛了？"

说这话的时候，展小怜看到她逐渐红了眼圈，她努力地笑着，想要不动声色地把眼泪逼回去，结果眼泪还是掉了下来。

展小怜伸手擦去她脸上的眼泪："没关系，我不能完全感同身受你现在的心情，但是我知道思念一个人的滋味。小五，相信我，他很快就会回来找你的，相信我好吗？"

宫五点头，眼泪扑簌簌落下，说："我相信啊！我相信小宝哥。就算他没有很快回来也没关系，肯定是因为他有重要的事情要做，所以才耽搁了。没关系，只要最终的结果是他回来就没关系。"

展小怜伸手把她搂到怀里："对不起啊小五，我知道所有的女孩子都想谈一场平平淡淡不要分离的恋爱，可是你却要承受一次又一次的分离，对你那么不公平，我竟然还要支持他那样的决定。对不起小五，我现在完全是站着说话不腰疼，因为那是我儿子，却要你一个小姑娘承受痛苦……"

"别这样说展姨，如果我不愿意，谁都强迫不了我，但是现在我愿意，所以没关系。"她说，"好歹我知道小宝哥是真的很忙，而不是在外面花天酒地呀！不需要愧疚的，因为这是我自己的选择啊！"

展小怜闭了闭眼，慢慢地松开手，伸手擦去她脸上的泪痕，说："好，展姨不愧疚，展姨觉得很高兴，高兴我那个傻儿子命真好，找了小五这样的好姑娘。如果换一个人重演一遍小五经历过的事，我想一定找不到第二个人会像小五做得那么好。"她说，"小五是我见过的最勇敢、最冷静，也最聪明的姑娘，天下一定找不出第二个小五，我真荣幸小宝能遇见你。"

宫五虽然红着眼圈，脸上依旧带着笑："阿姨您不要再夸我了，再夸我，我夜里做梦都要笑了。"

展小怜道："不，小五担得起这样的赞赏。"

一老一小坐在二楼的阳台处，懒洋洋地晒着太阳，有一句没一句地聊天。

宫五回到青城的生活安逸又充实，她恢复了在青城的课，积极地复习准备考试，每天忙里忙外，偶尔闲时和朋友聊聊天说说话，带着步小八出去逛逛。

休息日要是复习累了，她就去宫家探望宫传世，没有多深的感情，但是为人子女最基本的事还是要做的。

听说四哥宫言庭交了女朋友，宫五还特地打电话让他把人带回来，宫言庭笑呵呵地说"好"，就是不带人回家。

宫五回国的一个半月后，岳美娇产下一个男婴，宫五又多了一个小弟弟。

第二个儿子的出生，俨然让岳美娇在步家的地位坚不可摧，虽然就算没生孩子也没人敢对她怎么着，但是生了之后待遇确实是不一样了，如今有了两个孩子，以后估计没人敢对岳美娇指手画脚了。

宫五第二天一早就去医院，看到步小八眼泪汪汪地站在婴儿小床旁边，直勾勾地盯着小婴儿看，宫五问："小八这是怎么了？哭什么呀？看到弟弟不高兴吗？"

步小八抽噎："小妹妹变成小弟弟了……"他把手里抓着的玩具给宫五看，"小八给妹妹准备的玩具没办法给了，弟弟要来抢小八的玩具了……小八好伤心啊！"

步生冷眼看着，然后过来，伸手一把提溜着步小八到一边，嘴里说了句："怕什么，你把旧玩具给弟弟，爸爸给你买新的，你不停地给弟弟，爸爸就不停地给你买新的，这样你和弟弟就会一直有玩具，这是该高兴的事，哭什么？"

步小八想了想爸爸的话，突然发现要是这样好像也不错，立马停下哭声，抬头问："真的？"

步生应了一声，步小八终于消停了。

病床上的岳美娇看了他一眼，她现在没力气骂步生，他要是真逮着步小八欺负，她还真没办法保护，估计会被步生气死，算他识相。

不多时燕大宝也跑来，跟宫五弯腰盯着小婴儿看。小家伙和步小八小时候长得很像，还更胖一点，估计长大了也不会难看。

尽管如此，燕大宝还是很嫌弃地说："小五，你的小弟弟很难看呀！"

宫五抿嘴，扭头瞪了她一眼，说："燕大宝啊，你小时候绝对更难看，不信你回去问展姨。"

燕大宝鼓着脸蛋说："我爸爸说，我一出生就是全世界最漂亮的小孩！"

宫五眯眼："怎么可能？所有刚出生的小孩都不好看，你相信我，绝对是真的。燕叔的眼睛里，你小时候拉的便便都是香的，我能理解燕叔当时初当爸爸的心情。"

步小八在旁边纠正："小孩子拉的屁屁也是臭的，真的，妈妈说的。"

被步生说完，步小八的心情明显好了不少，也不哭了，还有心情纠正宫五呢。

步小八惆怅地看了宫五一眼："姐姐，小八要是把弟弟的'小鸟'剪了，弟弟是不是就会变成妹妹？"

宫五震惊："小八啊，这事可不能做啊，你要是真把弟弟的'小鸟'剪了，弟弟到时候就既不是弟弟，也不是妹妹了！"

燕大宝在旁边笑得前仰后合，说："到时候弟弟就变成公公了，哈哈哈哈……"

宫言庭刚好进门，听到了，叹气："小八过来，哥哥跟你聊聊天。"

他把步小八牵出去开导，这小破孩什么心眼，想要妹妹竟然要把弟弟的"小鸟"剪了，这还得了？

生步小九这几天，家里人仰马翻，一周过后才消停。

宫五突然想起她从她妈开始生到步小九出生后的现在，都没碰手机，去医院的时候就直接扔在家里没拿，最主要的原因是她怕自己忍不住又给公爵发短信，她觉得自己应该控制一下自己，所以这一阶段有意不去碰手机。现在小九出生，一切都很顺利，报个平安还是可以的。

她回到自己的卧室，拿起手机，然后按亮屏幕，手机显示有一条未读短信，发件人是公爵。

宫五的小心肝一跳，突然后悔自己这几天的有意逃避，原来小宝哥给她发信息了呀！

她忍不住龇牙，赶紧点开，然后公爵发的那条短信一下就跃入她的眼帘，她从第一个字开始看起，一个字一个字地看，看完了直接整个人滚到了床上。

那种从心底溢出的幸福，用言语难以形容，她突然觉得，这世上所有的甜言蜜语都抵不过他的三言两语。

她一点都不怪他忠于自己的使命，毕竟她喜欢的不就是有那样一份雄心壮志和才能的大公爵吗？

她一点都不怪他说不能来找自己，因为她也怕自己看到他之后，再也不想让他

455

离开。

她当然喜欢找个地方和他安安静静地待一辈子，但是她更加不愿他舍弃他的责任和理想，为了她选择当一个凡人。

他本该是天上的雄鹰，她不能因为自己让他成为栖息在枝头的麻雀，那样他就不是她心目中的那个人了。

如果有一天，他真的放下了一切，真的想要和她携手到白头了，那时候她才会真正愿意看到功成名就后退隐的大公爵。

她点开草稿箱，慢慢地按着键盘打字："小宝哥，我也一样，我很想念小宝哥，我忍着不去找你，我怕我去了就会赖在你身边，你赶我我都不走，这样就不好了，你一定很为难。我知道小宝哥那么喜欢我，我在你身边的话，你肯定会受到影响，所以我不去，我等小宝哥来找我，我知道你一定会来找我的。"

她打完，点了"保存"，放在草稿箱。

她眼里含着泪，脸上带着笑，在草稿箱打第二段话："小宝哥，今天小九出生了，很健康的一个小胖子。哦，对了，小九是弟弟。是不是不习惯我们又多了个那么小的弟弟？小宝哥要是努努力，说不定我们的小娃娃也像小九那么大了。小八很伤心，因为他惦记小妹妹已经惦记快一年了，最后生出来是小弟弟，害得他买的洋娃娃只能送给了对面病房一个生了女娃娃的人家，可爱吧？"

打完字，她再一次点了"保存"，让信息安静地躺在草稿箱。

她很高兴自己对他的影响力那么大，大到他害怕他会沉浸在她的温柔乡中，难以自拔。她真的不能再打扰他，她相信，如果他有一点空闲的时间，一定会告诉她的，如果他没有消息，一定是因为他真的太忙。

之后的生活中，她会时不时地调出那条短信，虽然只有简单的问候，几句思念的话，但她每次看了，都会觉得浑身充满力量和信心，生活中又多了一份期待。

回来两个月的时候，宫五跟燕大宝在青城大学图书馆翻书，她正在书架前看书，不知为什么突然觉得一阵头晕眼花，接连碰掉了好几本书，然后她蹲在地上。

这边的动静被人看到，立刻有人过来扶她："同学你怎么了？"

燕大宝听到动静，低头一看是宫五，立马冲过来："小五！"

最后宫五被燕大宝强行送到了医院检查，医生问了基本情况，最后建议："你去妇产科看看吧。"

两个姑娘一听，顿时瞪大眼睛，对视一眼，宫五的视线慢慢地落在自己的肚皮上，燕大宝看她看肚子，也低头看自己的肚子，宫五伸手把她的脑袋扭得朝着自己的肚子："看我这里。"

燕大宝："……"

结果出来了，宫五和燕大宝蹲在地上看着检测报告，面面相觑，好一会儿后，燕大宝发出一声尖叫："小五，你要生小宝宝啦！"

两人去的是曹家的私人医院，结果出来的第一时间就通知到了展小怜那里，展小怜坐在椅子上半天没起来，就要哭出来了。

汇报的人问："这件事要告诉爱德华先生吗？"

展小怜伸手抹去脸上的眼泪，微笑着说："这件事让小五做决定，她的任何决定我都尊重。"

公爵是真的很忙，他的身体又不允许他像正常的人那样加班加点地熬夜，他有限的时间还被和煦和李司空严格控制，所以忙得像陀螺似的，甚至没空思念远方的姑娘。

宫五在复习考研资料的时候，刚好翻到了新旧政体交替的相关内容，她特意认真地看了一遍，在纸上做了笔记，随后又特意翻查了一些资料，突然发现伽德勒斯的情况三五个月根本不可能处理好。

宫五努努嘴，突然很悲惨地觉得，她要想和公爵结婚，好像还要等待三五年才行。

这样一想，宫五突然觉得考研更有动力了，万一第一年考不上，那她就第二年接着考啊，反正他短期内也回不来。

她气呼呼地想：小宝哥这个大骗子，还说很快就回来，根本就是先骗她离开再说的。

没办法，谁让她喜欢的就是那样的公爵呢？

公爵当然知道根本不可能在三五个月就回去找他的姑娘，所以他满心愧疚，也愿意尽自己最大的努力来尽快实现伽德勒斯的未来发展规划。

他一直记着的远方的姑娘，甚至怕影响他，从开始的一周一条短信，变成了默默地思念。

他从未想过那个姑娘会对他变心，就像他从未想过自己会变心一样，他深信不疑地认定她也在默默地想念他。

他时时刻刻挂念的人在这漫长的时间内独自忍耐着寂寞，他从母亲那里得到她的只言片语，他忍着不去问、不去看，强迫自己不要想，他坚信，当他真的离开伽德勒斯的时候，一定是他可以放下一切去找她的时候。

时间这个东西残酷又神奇。

他以为时间会冲淡那份思念，却没想到，当他终于可以放松地一个人安静的时候，思念便如潮水般涌来，让他的心隐隐作痛。

他忍不住开始想，她现在在哪？在干什么？她有没有因为想他哭过？她有没有因为他长时间的杳无音信而灰心丧气？

他走到保险柜前，弯腰蹲下，通过层层密码，打开保险柜，从里面取出手机，装上电池，开机。

他知道，这不过是他自欺欺人的一个手段罢了。什么样的手机都挡不住他脑子里记住号码，可他还是选择用这样一个方法来遏制对她的思念。

不是说时间可以消磨一切吗？为什么他的心里始终在惦记她？

真好，他没有被时间打败，他相信她也没有。

他调出号码，手指轻轻摩挲在按键上，他在思考究竟是现在打，还是再忍耐一段时间，冲到她面前给她一个大大的惊喜呢？

就在他的手指就要按下去的时候，门外亚伯的声音传来："爱德华先生，有客人拜访！"

公爵的手指蓦然缩回，他把手机放到抽屉里，站起来，拉开门出去。

公爵在送走客人之后，终于可以安静下来，他坐在书房的椅子上，微微拧着眉想着各种可能，最后重新回到卧室，拿出手机拨号。

拨通，他把电话送到耳边，等着里面的声音，几秒钟后，他听到电话里传来："对不起，您拨打的电话已关机，请稍后再拨！"

公爵愣了，关机？

他拿着电话，确认那个号码，重新拨过去，电话里又一次传来："对不起，您拨打的电话已关机，请稍后再拨！"

宫五的电话关机，她是伤心了吗？还是不想接他的电话，关机了？

公爵又拨了一次，电话里那道声音又一次响起，公爵终于相信她关机了。

他认真地想了想，把电话拨给了展小怜。

展小怜很快接了电话："小宝！"

"妈咪！"公爵开口，"我很想你。"

展小怜忍不住笑："我也想我儿子。最近忙吗？"

公爵回答："忙，很忙。今天是最清闲的，想给妈咪打电话问候一声。"

展小怜的声音轻快又愉悦："你要是担心妈咪那就免了，妈咪好着呢，大宝也很好，你燕叔更是生龙活虎，一把老骨头了，天天惹是生非，完全不用担心。"

公爵忍不住笑："好，那我就放心了。"

展小怜笑着说："你的身体好好的，妈咪也就放心了，和煦跟我说，你最近太过操劳，这样不行，你不能太操劳，知道吗？还是要注意休息。"

公爵回答："是，我会注意的。"顿了顿，他终于忍不住问了，"妈咪，小五最近好吗？"

展小怜笑着回答："小五挺好的。对了，就是她问你什么时候回来，我要怎么跟她说呀？"

公爵沉默了下才说："我想亲自跟她说，可是我打不通她的电话，妈咪知道为什么吗？"

"哦，小五暂时换了手机号。"展小怜说，"说怕会忍不住给你打电话，换了手机号她就能控制自己了，你联系不上也正常。"

公爵沉默，原来他们用了一样的办法来控制对对方的思念，他突然觉得真好，那么有默契。

"我想跟小五联系，妈咪能告诉我她新的联系方式吗？"公爵问。

公爵问完，等着展小怜回话，展小怜想了下说："那我得问问小五，她之前跟我们说了，不让我告诉你号码，就怕你分心。"

公爵应了一声，说："我知道。我现在不忙，我很想她，妈咪，你让我跟小五联系下好吗？"

展小怜翻了个白眼，说："我问问，稍晚些时候给你打过去。"

"好！"公爵趁她没挂的时候赶紧又补充一句，"小五要是不同意也没关系，妈咪你把她的号码给我，我跟她解释。"

展小怜应了一声，然后就挂了电话。

公爵捧着电话，认真地等，心情竟然十分忐忑和急切，就像是害怕她会拒绝一样。

不知道等了多久，展小怜还没把电话打过来，公爵终于按捺不住，又拨了过去。

电话很快被接起，展小怜说："喂？小宝，我刚刚去吃了点水果，给忘了，小五不让我把号码给你，不过她说她可以给你打过去，你等着就行了。"

公爵一愣："小五为什么不给我号码？"

展小怜回答："这个我也不清楚，她就是这么跟我说的，我挂了啊！"说完展小怜又挂了电话。

公爵瞪着手机，一头雾水，怎么回事？为什么他母亲都不愿意跟他说话，难不成因为他太久没联系他们，都跟他生气了？

这样一想，公爵想给燕大宝打电话，又担心小五的电话过来的时候他没接到，于是继续捧着电话等。

终于，公爵等了一个多小时之后，电话响了起来，是国内的号，陌生的号码，之前没见过。

他接起来："小五！"

宫五的声音在电话里响起，带着点鼻音，不像是在外面，背景很安静，隐约有什么东西在挪动，她说话的声音还有点闷闷的，带着些惊喜："小宝哥！"

公爵听到她的声音之后，悬着的心终于放了下来，"小五，是我！我打不通你的电话，很担心，你是不是生病了？感冒了？"

宫五吸了吸鼻子，说："嗯，有一点……"然后说，"不过不要紧，快要好了，就是不想出去，在家里躺着看书呢！"

"如果觉得不舒服就去医院，不要硬撑。"公爵有点不放心，"阿姨呢？她在吗？"

宫五点点头："在，好着呢，放心吧。小宝哥，你是不是还没忙完啊？"她有点感伤地问，"你什么时候才能回来呀？"问完又觉得自己这话好像是给他压力似的，又赶紧说，"你再不回来，我就要去找你啦！"她的声音带着笑，"我好想你啊！

不知为什么，公爵在听到她说这句话的时候，眼眶一下就红了，他回答："我也想你，很想。"

宫五鼓起脸蛋，问："小宝哥你还要多久？这样我有个数，还想给你准备一个惊喜呢。"

公爵回答："很快，应该看得到头的快，小五再忍一忍，等我回家，好不好？"

宫五点头："好呀，但是小宝哥不能太晚，太晚的话，我会发脾气的。"

"好！"公爵说，"我一定尽快……"

究竟能快成什么样，他也不知道，但是事情正如他说的那样，是看得到尽头的等待，而不是遥遥无期。

"小八呢？小八还好吗？"他怕她觉得没话说挂断电话，所以尽量找她喜欢的话题，"小九呢？小九好吗？"

宫五回答："好着呢，燕大宝也好，所以你不要担心，我们在青城天天既安心又自在，什么都好，你不要把精力分在我们身上。我们有事没事就一块吃大餐，小宝哥，你要早点回来，这样我和燕大宝就可以时不时蹭你的饭吃，现在我们都是蹭李一狄李先生的……"

她一个人絮絮叨叨说了好半天，这么久没见，虽然她已经极力不让自己显得是要催他回来，可话里话外还是忍不住透露出她很想他快点回来的意思。

公爵的内心无比愧疚："对不起小五，我没能像别人那样陪在心爱的人身边。尽管我无比思念你，我却不得不留在伽德勒斯，和你过着分居两地的生活，甚至不能每天都给你打电话问候……"

宫五抱着电话，脸蛋贴在枕头上，说："没关系啊小宝哥，我也很想你，不过我不想成为你成长的绊脚石。所以我现在也是一种牺牲，对不对？为了小宝哥，我做出了牺牲，我要是告诉小宝哥，其实我心里还有点悲壮感，你会不会笑话我啊？我真的有啊，我觉得我很伟大，为了小宝哥做出这样的牺牲……"

说了一半她自己不好意思地笑出声，然后问："小宝哥会嘲笑我吗？"

"不会，"公爵回答，"我怎么会嘲笑小五？我很羞愧，因为我才让小五做出这样的牺牲，是我的错。我发誓我会补偿小五的，我发誓！"

宫五龇牙："真的呀？那……我就原谅小宝哥吧，提前原谅小宝哥。所以小宝哥也要好好的，特别是身体要好好的，这样到时候就能好好地补偿我，知道吗？"

公爵应道："好！"

宫五得意扬扬："小宝哥，你记得让亚伯安排厨房给你多炖点汤，就是补那个……补肾的汤，鹿茸啊、人参啊、虎鞭啊什么的，多补补，万一到时候体虚，你还怎么补偿我啊？"

公爵："……"

本来好好的气氛，他差点被她气吐血："小五，边上还有别人吗？"他怕让人听到，万一别人误会了还以为他差了哪呢。

宫五摇头："没有别人，放心吧。"

公爵气道："没有别人也不能这样说。"

宫五抿嘴，顿了顿才说："我这不是怕你之前用的药会有后遗症吗？你说哪天你回了青城，结果站不起来，明明是久别重逢干柴烈火，结果只能干蹭，多痛苦啊？"

公爵深呼吸，憋了半天才憋出一句："不会的。"

宫五察觉到了对方的低气压，赶紧点头："这样啊，那就好，呵呵呵……小宝哥，今天不忙啊，我觉得你今天好像不是很忙啊，真好，我终于可以和小宝哥好好说说话了，呵呵呵呵……"

公爵点点头："嗯，我也很高兴。今天不忙，因为今天有点高兴，所以神经绷得没有那么紧，听到小五的声音觉得更放松了，真好！"

宫五抱着电话，贴着枕头，脸上不由自主地带了笑，也说："真好……"

就算不说话，就这样听着他呼吸的声音，她都觉得幸福，如果能等到他回来，那应该会更高兴吧。

"小五，"公爵又开口，"你再陪我说说话好吗？我很长时间没看到小五，很想念，我想听到小五的声音，这样会让我觉得很安心。"

宫五笑了一声，说："好呀，我陪小宝哥说话。小宝哥，在那边有人欺负你吗？你有没有按时锻炼身体啊？你有没有乖乖吃药啊？和医生说你最不喜欢吃药，别的什么都好，就是不喜欢吃药，这个习惯真不好，小宝哥就跟小孩一样，不喜欢吃药来着。"

公爵把自己的身体陷到了沙发里，说："嗯，我讨厌吃药。小时候看到燕叔生病吃药的时候，就跟要杀他似的，那时候我就觉得药肯定特别难吃。后来有一次我生病了，妈咪喂我吃药，果然很难吃……后来我就很讨厌吃药……"

公爵其实不常对宫五说他小时候的狼狈事，他说的时候，宫五就在那边笑："这样啊，我小时候也不喜欢吃药，因为苦啊，不过后来长大了我发现我妈喂的时候，我吃的药都是捣碎的，所以才苦，长大后我只要整粒使劲吞下去，压根尝不到里面的苦味……"

她笑嘻嘻地说："小宝哥你说，我是不是比你更勇敢啊？"

"是，小五比我更勇敢。"他笑着说，"我都要妒忌小五了……"

"对了小宝哥，我现在在读研，没跟你说，本来步生都帮我选好了外面的学校，不过后来我还是留在了青城。最高兴的人是燕大宝，因为她跟我一起读。"她笑着说，"小宝哥你要不要夸我两句？我是自己考上的。"

"小五真棒！"他说，"我的小五一直都很棒，我很早之前就知道。"

两个人抱着电话说了很久，直到宫五那边传来一点动静，好像有个什么东西哼唧了两声，然后宫五快速地说："小宝哥，我有点事，先挂了……待会儿给你打！"

不等公爵回话，她已经快速地挂了电话。

公爵看着被挂断的电话，愣了好一会儿，小五那边是什么情况？

他想打过去，又怕影响到宫五那边的突发状况，给她添乱，可是不打他又一直提心吊胆，小五是不是养了个小宠物？像是小奶狗的声音。

半个小时后，公爵的电话突然又响了，他急忙接起来："小五！"

宫五龇牙笑："没事了，嘻嘻！"

公爵问："小五是不是养了小狗？我听到小狗的声音了。"

宫五抿嘴，沉默了好一会儿后才说："不是小狗，是小猪！是粉红小猪！燕大宝还给小猪烫了头发，扎了蝴蝶结。"

公爵有点不能理解宫五的爱好："原来是养的小猪啊，难怪我刚刚听到了哼唧声。"

宫五应了一声，又问："小宝哥，那你什么时候回来看看小猪啊！小猪还有名字呢。"

462

公爵顺着她的话问了句："小猪叫什么名字？"

宫五回答："小猪叫小白菜啊！"

公爵沉默了下，忍不住问了句："为什么叫小白菜？你以前不是说小白菜很可怜吗？没有爹没有娘什么的。"

她唱的歌里是这么说的。

宫五点点头："对啊，小白菜就是没有爹啊，有娘没有爹，还是很可怜啊，像根草似的。小宝哥你快点回来，小白菜就有爹啦！"

公爵笑着点点头："好，我快点回去，让小猪不可怜。"

宫五应了一声，又说："小宝哥，你要是觉得小白菜的名字不好，那等你回来给小白菜改名好不好？"

公爵说"好"，又说："我们到时候一起给小白菜起个好听的名字。"

宫五问："那跟你的姓还是跟我的姓啊？"

公爵想了想，说："到时候让小白菜选，它喜欢跟谁的姓就跟谁的姓，好不好？"

宫五觉得这主意也不错，点点头："好吧，这样好像也挺好的。"她傻笑出声，"小宝哥我觉得……哦，小宝哥，我还有事，先挂了！"说完又挂了电话。

公爵皱了皱眉头，突然觉得小五是不是太孤单，所以养了一只猪？现在他发现那只猪好像比他更重要，小五竟然在通话的过程中挂他两次电话，不就是一只猪吗？

好一会儿后，宫五的电话又打了过来："小宝哥，好了，我让小八牵着小白菜去看她养的鸡了。"

她说这话的时候，声音带着轻快愉悦，就像是做了什么大事似的。

公爵清了清嗓子，说："小五，那只猪很可爱吗？"

宫五点头："可爱啊，我觉得是我见过的所有小猪里最可爱的一只。自己养的小猪怎么看都好看，长得肉乎乎的，还会流口水，还要拉屎撒尿，这个有点烦人，要是光吃不拉就好了。"

公爵："……"一只猪还这么麻烦。

"小五要是喜欢就养着，等我回去了，我帮小五一起养。"公爵说，"要是现在觉得烦，就请个人帮忙养着。"

宫五摇摇头："不行，这只猪一定得自己养，是我养的第一只小猪，我还指望长大了可以卖个好价钱呢。"

公爵纳闷，难道养的不是那种宠物小香猪，是可以养大杀了吃的猪？亲手喂大的猪，以后小五肯定不舍得杀了吃的，他说："那就自己养，不过不要让它进卧室之类的，弄脏卧室容易生病。"

宫五叹气："不行啊，有时候还要爬我的床，还吐口水在床上，我也不能不让爬，谁让是我养的第一只小猪呢？"

公爵突然觉得这只猪以后可能是个大麻烦，养得越久越有感情，小五以后肯定就越舍不得，都让爬床上了，小点没所谓，以后长大了就是一只大猪，难道还让往床上爬？

"小五，要科学养猪，你没经验，还是请个人帮忙一起养，环境、气氛、对习性的了解，总之各种情况结合到一块，要综合考虑，要不然小猪养不好……"他就是想哄她别惯着小猪。

宫五翻了个白眼："哦，再说吧，要不然还是等小宝哥回来之后再说。反正，我等着小宝哥回家。"

公爵一口应承下来："好，等我回家，我们一起商量那只小猪的事。"

总之，不能因为一只小猪影响到他们的感情，听小五的意思，肯定舍不得送走小猪，他还得想想怎么哄她听话又不生气又不养小猪，随便养什么别的宠物都行，就是养小猪的话……他总觉得小猪喜欢脏兮兮的地方。

两人围绕小猪的话题说了半天，最后宫五主动说："哎，小宝哥算了，我们不说小白菜了，我们换个话题。小宝哥你猜我现在学的是什么专业吧！"

终于，话题从养猪转移到了宫五的学业上，这么长时间没有机会通话，两人几乎有说不完的话要说给对方听。

等电话挂了之后，再看通话时间，前前后后加起来，有三个多小时。

公爵看着电话，长长地呼出一口气，放松的神经不能一直保持放松状态，通话结束之后，他必须把状态重新调整回来，毕竟还有很多事等着他去做。

伽德勒斯新任女王发表公开演说，向伽德勒斯的民众宣布，伽德勒斯的历史将会翻开新的篇章，逐渐实现伽德勒斯的民众平等和民主，最大限度地给予民众保障等措施。

女王颁布新的宪法，在身后众多支持者的努力下，新宪法顺利通过全国公民投票生效，宪法规定伽德勒斯王国成为社会与民主的法制国家，实行君主立宪制和议会民主制，从此皇室退居二线，拥有王权而不直接治理国家，主动放下实权，顺应当今世界的民主趋势。

李司空伸手把没有镜片的眼睛摘下来，嘴里说了句："终于结束了，老子终于可以回家了。我都两年多没看到我爸妈了……"

公爵的眼睛看着前方，说："我都两年没看到小五了……哦，她还养了一只小猪，还打算让小猪叫我爸爸。给猪当爸爸……"沉默了一会儿，他嘀咕了一句，

"不如自己生一个当爸爸……"

李司空翻了个白眼："你回去之后才能生得出来啊！她一个人怎么生？再说了，还养小猪，就她那样，她会养猪吗？抠门得要死，猪饲料也是要花钱买的，她养猪，谁信啊？只要是花钱的东西，她就不会养！"

公爵冷飕飕地看了他一眼，说："小五养了一只，叫小白菜！"

懒得跟他吵架，公爵站起来，直接进了书房，关上门。

公爵在书房里翻开文件，刚想要看，结果因为刚刚跟李司空提到宫五，这心思就没法静下来，果然是越往后越思念，他都找不到转移注意力的办法了。

冷不丁抽屉里的手机突然响了，他拿出来接通："喂？阿姨！"

岳美娇冷冰冰的声音在电话里响起，她说："你什么时候回来？！"

公爵一愣："还要一个月左右……"

岳美娇打断："如果你现在不回来，以后都不用回来了！她们谁都不需要你！"说完，咔嗒一声挂了电话。

公爵看着被挂断的电话，立刻找到和煦："我必须马上回去！"

"什么情况？"

公爵转身朝卧室走，给和煦扔下一句话："我岳母给我下了最后通牒，我必须回去。"

和煦吐血："你服完最后一次药再走行不行？"

"我岳母这么长时间都没给我打过电话，现在突然打来电话说让我回去，一定是小五那边出了什么事，我必须回去！"公爵看向他，"和医生，当我求你，我一定要回去。"

门后李司空探头，翻了个白眼："能有什么事啊？人好好的就行了……"

这句话突然提醒了公爵，他立刻停住脚，给岳美娇回拨过去。电话好一会儿才有人接通，岳美娇的声音还是刚刚那样硬邦邦的："说。"

公爵的语气变得小心翼翼："阿姨，我想问下，小五还好吗？"

岳美娇回答："还活着。"

公爵："……"顿了顿，又问，"她还好吗？"

"都说还活着，还要怎么好？"岳美娇的语气多了几分不耐烦，"你快点回来就行，其他废话少说，我受够了！你到底是什么意思？拖着小五是什么意思？你觉得她嫁不出去还是怎么着？一个两个的，打算气死我是不是？我告诉你，你再不回来，以后都别想见小五！"

说完，她再次挂了电话，留给公爵嘟嘟的忙音。

以前岳美娇对公爵绝对没这样，突然这样，公爵一下感到不安："我必须马上回去！”

李司空吸了吸鼻子："怎么着？你现在要是不回去，小抠门还能改嫁啊？"

公爵微微拧着眉，想了下，小心地说："听岳母那意思，不改嫁也差不多了！"

这一想，他更加着急了，等收拾东西的时间都免了，转身上车："去机场！"

和煦傻在原地："哎？我说！那药……"

公爵抛下一句："等我回来再说！"

等了这么长时间，现在这时间却不能等，绝对不能等，公爵觉得这要是等下去，小五就真的跑了。

公爵坐在回青城的飞机上，抬手看了看时间，计算到达青城的时间。

他开始冷静下来思考青城的情况，小五没给他打电话，岳美娇打了电话，这就说明小五很可能还不知道她妈妈给他打电话这件事，他希望他突然出现能给小五一个惊喜。

公爵设想得很美好，对于两年没见的心上人，突然要见到了，他心跳加速，很激动。

原来久别重逢是这样的心情。

飞机的升空和降落，都没有影响到他的心境，随着距离越近，这种激动的心情越强烈。

时隔两年，他终于又要见到他可爱美丽的姑娘。

下飞机后，他坐到车上，给岳美娇打电话，想要去找小五，突然出现在她面前，给她一个大大的惊喜。

结果，岳美娇压根没接电话，给他发了一个地址，意思很明显，爱来不来，不来的话以后都不用回来了。

公爵当然什么话都没说，直接让司机把他送到那个地址，家都没回去。

在车上的时候他又认真看了眼岳美娇发过来的地址，赫然发现那是家医院，公爵的心一下就提了起来，为什么地址是医院？小五出什么问题了？小五生病了？

公爵原本激动的心情一下跌入谷底，变得忐忑不安起来，小五怎么了？

他来的时候就什么都没带，就连登机证件都是让人送来的。他对司机说了句："尽快赶到！"

司机只能尽量快地开车，毕竟，车上这位的身份不一般。

一路奔驰，车终于在青城的一家医院门口停下，公爵知道，这是曹康的医院。

他站在医院门口，看着医院的招牌，下车的时候发现自己的腿有些发软。如果不是小五生病了，为什么会到医院？

他努力调整呼吸，然后抬脚进了医院，前台的小护士笑容甜美："先生您好，请问有什么能为您服务？"

公爵看到一张涂得红通通的嘴巴，小护士长什么样他完全不在意，他脑子里把能想到的事都想了一遍，还不停地给自己心理暗示，都是他瞎想出来的。

曹康的医院跟和煦的医院一个德行，医院从上到下都是用钱砸出来的，公爵的脚踏到二楼地毯的时候，就觉得地毯都是新的。

引导员带着公爵去病房区，走到一段地毯前，她弯腰从走廊边的柜子上取下一双拖鞋，说："这段地毯是最好的，刚清洗过，您得换鞋。"

公爵没说话，换了拖鞋。年轻的引导员边走边说："最近这个楼层来了个小姑娘，挺金贵的，就喜欢不穿鞋跑，咱们曹院长就把这一截路的地毯换成了最好的，光脚丫踩着、光屁股坐着、打滚都没关系。"

公爵没说话，沉默地跟在引导员身后，完全配合医院的所有规章制度。

拐过弯，公爵远远地看到走廊上坐着个粉红色的小姑娘，肉乎乎一团，坐在地上的时候，小裙子窝在一起，露出的一段白嫩嫩的小腿藕段似的可人，粉红色的小袜子还带着透明的蕾丝边，肉嘟嘟的小脚抵在一起，眼巴巴地看着一个病房，呆呆地坐着。

小姑娘的脸蛋小小的、圆圆的，一双眼睛倒是很大，黑溜溜的，眼角微微上翘，忽闪的睫毛像个洋娃娃，头上挂了两个最小号的卷发器，稀稀拉拉的几根头发被卷发器卷着，也不知道取下来是什么样，身上的衣服是小号的大人装，可爱得让人看到就想尖叫。

引导员指着那个小姑娘小声说："就是那个小姑娘，漂亮吧。"

公爵看着那个小姑娘，不知道为什么，那种让他想要亲近的冲动有点难以自控，他努力站着才没让自己上前，看着那双漂亮的眼睛，他真的忍不住想要亲亲、抱抱。

那小姑娘听到脚步声，立刻扭头看了一眼，然后从地毯上爬起来，眼看着他们走近，她噌噌噌爬进了开着门的房间。

引导员带着公爵走过那个房间，走到重症病房，探头问："宫悟小姐的家属是哪位？请问你们认识这位先生吗？"

重症病房还有外间，公爵一眼看到岳美娇，一愣："阿姨！"

岳美娇听到声音，站起来，对引导员点点头："认识。谢谢了。"她看向公爵，十分不悦，脸上一点表情都没有，态度依旧不友善："坐吧。"

公爵不坐，他非常不安，问："阿姨，小五在哪？"

岳美娇指了指凳子，说："坐。"

"小五在哪？"公爵固执地重复，从刚刚，他的手脚就开始发软，那种不好的预感马上就要将他吞噬，他问，"小五怎么了？"

"你坐下。"岳美娇还是那副表情和态度，"既然回来了，总要听一下我的话。"

公爵问："小五有事吗？"

岳美娇不耐烦地道："都说了还活着，难不成我还要诅咒我女儿？"

公爵这才慢慢地坐下。

岳美娇看了他一眼，在他对面坐下，然后开口："小五做了个手术。做手术之前，她许了个愿望，说希望醒来之后能见到你。"

她没好气地看了公爵一眼，说："我想好了，我给你打电话，你要是再不回来，说什么过几个月或者过几天的，小五醒来我就给她找个对象，她要你这个男人有什么用？有跟没有似的，我好好的女儿，我无忧无虑什么都不用操心的女儿，我宁肯她像个孩子，也不要她像个懂事的妻子，替你担惊受怕，替你着想，连个电话都不敢打，怕你因为她分心。别的女人，要是男人敢一天不联系，早就闹得天翻地覆，她倒好，一天不联系、一周不联系、一个月不联系……甚至一年不联系，她还高高兴兴地跟人家说，说明她对你重要，说明她对你的影响太大，所以她不伤心，而是高兴……她能不伤心吗？"

岳美娇越说越气，眼泪都在眼眶里打转："我是女人，我能不知道女人对男人的期待？人家逢年过节成双成对，她一个人窝在家里，她要是没有男人，要多少我都给她介绍，偏偏她说有你，你就是这样给人当男朋友的？我女儿找你这样的，还不如不要！"

"对不起阿姨，我是个浑蛋！"公爵说，"我让小五伤心了，我甚至没能在重要的日子给她一句问候……"

"你也知道？"岳美娇冷笑，"既然你也知道你不是东西，你为什么不干干脆脆地告诉她，让她别等了，让她找个没那么忙、没那么多事、有时间陪她的男人。你知道你不是个东西你还吊着她，让她傻不拉叽地等你两年？我要是早知道你是这么个东西，我绝对不会同意小五跟你处什么对象谈什么恋爱！我好好的女儿，就这样被你白白耗费了两年青春！"

公爵沉默地听着，等岳美娇说完，他才开口："对不起阿姨，我爱小五，我知道我很自私，但是我做不到您说的那样，做不到大大方方地让她找别的男人，接受不了她真的不再属于我、跟我没有关系的局面。阿姨，请您再给我一次机会，我发誓我不会再让您和小五失望，我发誓，我已经错过了那么多，我不想接下来的人生继续错下去，相信我阿姨，我不会再犯错，请您原谅我，我会用我的余生补偿小五。"

岳美娇红着眼眶，眼泪从眼眶里滚下来，她冷笑一声，深深地吸了一口气，平复了下心情，说："算了，不用说这么多，我不能替小五的人生做主，如果是现在，我绝对不会让小五选择你这样的男人，但是小五喜欢，我不能不顾小五的心意，我的傻孩子非要等，我阻止不了。我忍耐了这么久，我受够了。"

公爵沉默地递过纸巾，岳美娇没接，公爵早已从坐着的姿势变成站着。

岳美娇自己伸手扯了几张纸擦眼泪，说："一年半以前小五查出来脑部长了个东西，她非要等到你回来再做手术，一个月前上课的时候晕倒了，医生说等不了了，昨天下午做的手术，医生说手术挺成功，人醒了就没事了。到现在还没醒……"

岳美娇说得轻描淡写，只是说到一半的时候眼泪又冒了出来，她一边擦眼泪一边说："她手术之前说醒来想要看到你，我琢磨那就让你回来，最好她睁开眼的第一眼就能看到你，这样说不定对她的恢复也有好处……"她伸手指了下门，说，"你自己进去等吧，我也不知道她什么时候能醒。"说着，她伸手恶狠狠地把手里的纸巾扔到垃圾桶里。

门口有哼哼唧唧的声音，刚刚看到的小胖妞爬到了门口，流着口水看着岳美娇，嘴巴吧唧吧唧的也不知道在说什么。

岳美娇擦了擦眼泪，把小胖妞抱起来，头也不回地走了。

第十二章

公爵站在原地，视线不由自主地落在萌萌的小姑娘身上，一直努力充当背景的医生轻咳一声，从柜子里掏出防护服："这位先生，您要是进去的话，麻烦穿上这个，防止您从外面带细菌进去，对病人的伤口恢复不好。"

公爵深深地呼出一口气，点点头："谢谢。"

他穿上防护服，推开厚重的重症病房的门，抬脚走了进去。

因为是头部手术，所以宫五的头发被剃光，公爵进去之后，看到的就是她被剃光头的模样。

公爵想要伸手摸摸她，伸出的手却悬在半空，又慢慢缩了回去。

以前她说他是科学怪人的模样，现在她的模样也是。

公爵坐在床边，病床上的人一动不动地躺着，还是那样的眉目，还是那样的面孔，一切都是他熟悉的样子。

终于，公爵小心地伸出手，轻轻碰了碰她的手指头，接触到的瞬间，那种突然刺激到心底的触感让他的鼻子有点发酸。

这就是他的姑娘，他傻傻的姑娘，一个人在青城等了他两年，不吵不闹不声不响，甚至连电话都没打一个。

眼眶在不知不觉中湿润，他轻轻地蹭着她的指尖。

醒来吧，好姑娘！

他低下头，他应该再早一点的，最起码不让她空等。

他碰触着她的指尖，然后，看到她的手指动了动。

公爵猛地抬头，一下站了起来："小五！"

宫五的手指又动了动，公爵提高声音："小五！小五！"

外面的医生听到里面的动静，立刻查看数据，发现病人有要醒的迹象，赶紧通知主刀医生："二号重症病房的病人有知觉了！"

医生冲了进来，公爵慢慢地退到后面，他的心里就像被压了一块石头，有一股气堵在喉咙口，让他差点窒息。躺在床上的人动了动，他听到有人大喊："醒了！醒了！"

周围太吵，吵得她头疼，宫五努力想要清醒过来，却怎么都没办法醒过来。

然后那阵吵闹声逐渐在耳边消失。

她走在宫城山上，宫言清的脸从车里一闪而过，她挑衅着，宫五想要揍她。

有个人影出现在她面前，看不清五官，挺拔、高大，就那样直直地站在她面前，浓雾渐渐地散开，一个俊美儒雅的男人站在她面前，目光沉沉的，一双深邃的眼像是要看穿她的灵魂。

不知为什么，一种微妙的情绪逐渐上涌，然后她觉得委屈，眼泪一点一点地流下，就像是她遭受了天大的委屈，她开始在他面前放声大哭："你为什么还不回来？你为什么还不回来……"

他始终没有开口，只是慢慢地上前，伸手把她搂到了他温暖的怀抱。

一股熟悉的气息灌入她的鼻中，让她的心逐渐平静下来。

她的呼吸逐渐变得平稳，长长地呼出一口气，然后慢慢地睁开眼。

入眼处是一片白茫茫，灯光下，一群陌生的脸映入她的视野，用一种奇怪的视角看着她。

宫五眨了下眼，想要开口说话，结果发不出声。

有熟悉的声音从后面传来："小五！"

她的视线逐渐从模糊变为清晰，然后她看清那个人的面容。

那种熟悉感油然而生，她短暂停顿后，眼泪慢慢地从眼角流下，她死死地盯着那张脸，开始安静地哭泣。慢慢地，她伸出手探向他，视线从清晰变得模糊，又从模糊变得清晰，她慢慢地碰触到他的手，看着那双熟悉的眼睛，她用嘶哑的嗓音哽咽着说："小宝哥……我终于等到你回来啦！"

无菌室内宫五安静地躺着，紧紧地握着公爵的手，麻药的作用还没完全过去，所以她的意识不是很清楚，她微眯着眼，小猫一样，问："小宝哥……你看到我们的小猪小白菜了吗？"

他的眼眶一下湿润了，说："看到了，我们可爱的小猪姑娘。"

宫五笑了下，慢慢地重新陷入沉睡。

似乎她醒来，就是为了看一看他似的。

医生提醒公爵出来，外面展小怜正抱着胖嘟嘟的小可爱，忍着亲她一大口的冲动，说："我们家小白菜今天还是很漂亮。"

小白菜伸出肉乎乎的小手，圈着展小怜的脖子，乖乖的不吵人。展小怜抬眼看到他，没有激动也没有兴奋，而是抱着小姑娘送到他面前："你闺女你不抱抱？"

公爵紧紧地盯着小姑娘白嫩嫩的胖脸蛋，她正挥舞着小手，一脸懵懂地看着他，可爱的粉色小嘴不停地吐出透明的泡泡，打湿了前面围着的兜兜。

他慢慢地抬起手，手指碰到了小白菜带着蕾丝边的小衣服，又触电似的缩了回来。

内心涌动着一股奇怪的情绪，就像世界都变得柔软起来，曾经他脑子里重于一切的东西，都在看到这个小东西之后变得无足轻重，似乎在一瞬间，他的世界充满了美好的色彩。

视线逐渐模糊起来，他张了张嘴，盯着眼前的小东西，一句话都说不出来。

他该想到的，他早该想到的，小五已经告诉他了，可是他太蠢，蠢得无药可救，他以为小五真的养了一只叫小白菜的小猪，结果她说的是他们的女儿。

白白胖胖，肉乎乎，小猪一样可爱的女儿。

小白菜被奶奶举着，肉肉的小腿悬在半空，时不时缩起来踢腾两下，晶莹的口水顺着粉嫩的小嘴往下滴，脸上的笑容可爱得他眼中再看不到任何东西。

他的女儿，她的女儿，他们的女儿。

她一个人产检，一个人勇敢地生下他们的女儿，他本该在旁边陪伴的，可他没有做到一个丈夫应该做的任何一件事，他这样的人，配当一个父亲吗？

父亲，他现在是一个孩子的父亲。

燕大宝跑过来，好奇地看着公爵，说："哥哥你怎么不抱抱我们的小白菜啊！"说着，她从展小怜手里接过小白菜，往公爵怀里一放，说，"你抱一抱呀！"

公爵条件反射地伸手托住小白菜往下滑的小身体，热乎乎的小东西趴在他怀里，小小一团，柔软得不可思议，像一只散发着奶香味的汤圆，烫到他心底。

公爵不敢发出一点声音，怕自己吓到她，这小小的东西在他的怀里挥舞着小胳膊，发出咯咯的笑声，那么神奇。

公爵小心地捧着她，胸前的衣服被她的口水打湿，他竟然一点都不嫌弃，他女儿的口水，他怎么舍得嫌弃？他紧紧地盯着这个小东西，他和小五的女儿，小小的、漂亮的女儿。

展小怜看了他一眼，知道他还没从突然成为父亲的震惊中缓过神来，跟阿姨说了一声后，去找岳美娇。

其实展小怜还是很心虚的，没办法，儿子不争气啊，虽然岳美娇从来没问过展小怜有关公爵的任何一点事，作为正常的亲家来说，这肯定不正常。

展小怜知道岳美娇肯定很生气，这当然不能怪她，她是一个母亲，换成展小怜自己，自己也气啊。宝贝女儿就这样被耽误了两年，关键是还不能联系，怀孕生孩子这么大的事，还要瞒着，还是宫五自己主动要求瞒着的。

宫五来找展小怜的时候，说是要给公爵惊喜，可是展小怜知道，那不过是因为她不想这件事让公爵分心罢了。

对她来说，等待过后的团聚是她等下去的信念和动力，如果没有期待的团圆，她怎么会有那样执着的信念？信任支撑下的信念，让宫五义无反顾地等到了今天。

手术过后，宫五一直在医院养伤，慢慢地从无菌室搬到普通病房，公爵几乎是寸步不离地陪在身边，小白菜从开始对公爵抗拒，慢慢地也接受了他。

两年的时间，他们有无数的话想要跟对方说，宫五询问伽德勒斯的事，得知他已经提出辞职卸下重任，成为只有公爵名头的自由民众后，她还是很高兴的："小宝哥，那是不是说，以后你不用去伽德勒斯了？"

公爵摸摸她的头，笑着说："伽德勒斯还是要去的，毕竟家族生意还要管，不过再也不用像以前那样，必须在规定的时间赶回去了。"

这个消息也让宫五觉得很满足，她看他一眼，伸出胳膊搂住他的脖子："真好……"

公爵轻轻地抚摸着她的背，道："是啊，真好。我终于可以这样毫无顾忌地陪在小五身边了。"

她的眼睛笑成了弯弯的月亮，问："小宝哥的身体好吗？"

"好。"他说，"和医生管我管得很严格，每次喝药和工作的时间，都有很严格的规定……"

门口传来小奶娃咯咯的笑声，小白菜麻利地爬到门口，仰头看着他们傻笑，公爵和宫五对视一眼，宫五重新躺好，他去抱了小家伙过来。

岳美娇听到声音走到门口看了一眼，一家三口坐在病房小小的房间里，说话聊天，偶尔还有小白菜的打岔，画面温馨又动人。她什么话都没说，又悄无声息地退了回去。

两个半月后，宫五恢复得不错，终于可以出院，公爵所有的时间都用来陪伴这一大一小，每天准时从燕家出发去步家找母女俩，有时候宫五也会带着小白菜去看望爷爷奶奶。偶尔妈妈和女儿还会吵架，虽然完全听不懂小白菜在说什么，但是公爵还是要挨个哄，哄好了大的还要哄小的。日子就这样一天一天地过去。

这两日阴雨天气，小白菜在燕家留宿，宫五第二天中午过来看她和公爵，发现公爵站在小床边，轻轻地摇着小床，小白菜睡得跟小猪似的。

"睡着了。"宫五提醒。

公爵点点头，然后两人轻手轻脚地走出来。

到了外面，宫五瞅了公爵一眼，说："我过来跟你说一声，我妈让你这两天过去一趟。哦，对了，记得提前通知一下。"

公爵诧异地看了她一眼："提前通知？"

宫五点头："嗯，我妈是这样说的。"

公爵一口答应，慎重对待。

等天气放晴之后，他跟宫五打了招呼就过去看望他可爱的女儿。

车在步家别墅门前停了下来，公爵刚下车就听到宫五的惨叫，他顿了下，然后急忙朝着屋里冲了过去，刚进门就看到岳美娇手里拿着鸡毛掸子，正用没有鸡毛的那头追着宫五抽，宫五被抽得哇哇叫："妈，你干吗呀？好好的你真抽啊！哎哟……疼死我了！妈，都抽红了……哎呀！嗷——"

宫五被岳美娇追得满屋子跑，绕着客厅跑了一圈又一圈，她穿着短裤，小腿上被抽出左一条右一条的红印子。

"妈——"她气急败坏地对着岳美娇喊，"你干吗呀？！"

岳美娇冷着脸："我干什么你不知道？当初我怎么跟你说的？未婚先孕！你以为我能饶了你？我之前没抽你，是因为你怀着孩子，小白菜生出来我没抽你，是因为你又要做手术，你现在好了，你自己也说好了是吧？看我不抽死你，我得抽得你长记性！"

说完，那鸡毛掸子一个劲地往宫五身上招呼，宫五被抽得大呼小叫，就差跳脚了。

"妈——"

岳美娇哪里理她，抽下去的力道毫不留情，一下下落在她身上，让她嗷嗷叫。

宫五气死了："妈……哎呀！"

一掉头就看到有个人影飞快地翻过沙发，一下落到她面前，一把抱住她。岳美娇不敢抽宫五的上半身，怕伤到她的后脑勺，就专门抽她的腿，公爵过来一把抱住宫五，岳美娇那鸡毛掸子继续往公爵身上抽。

宫五被公爵挡着，鸡毛掸子抽不到她身上，但是她嘴里还在叽里呱啦叫，总之被吓得不轻。

岳美娇伸手搡了公爵一把："你让开！让我好好教训我女儿。看我今天不打断她的腿！把我以前的话都当耳边风了是不是？怎么想的，你还给我未婚先孕，你还弄大肚子？！我一再叮嘱，你就是这样听我的话的？"

她嘴里恶狠狠地说着，手里的动作也没停，一下一下抽过去。

宫五被公爵搂在怀里，他怕岳美娇再抽到她，赶紧把她护在墙角，拿自己和墙面组成了一个三角形，刚好把她护在中间，岳美娇在外围，手里的鸡毛掸子不管怎么变换角度，都是抽在公爵的腿上。

宫五嗷嗷叫："妈——"

"你给我闭嘴！"岳美娇一下一下抽着，"当初我是怎么跟你说的？！你刚毕业就给我弄个孩子出来，到现在人家的孩子忙着工作，你呢？你忙着生孩子？！你怀孕就算了，我当你不懂事，你还要生下来！把你的肚子弄大的男人连个鬼影子都看不到，你倒是能干，单亲妈妈好当是不是？要是没有我，你现在都饿死街头了！"

她左一下右一下地抽着，跟刚刚抽在宫五身上的力气比，现在用的绝对是十成力气。

"瞎了眼的东西！什么样的男人你找不到，非要当个单亲妈妈？人家两句情话一说，你就昏了头是不是？生孩子，你非要生孩子，你以为生个孩子就那么好玩啊？你是愿意生，你想过我这个当妈的心情没有？我看着你一个年纪轻轻的女孩子带着一个孩子，跟我当年瞎了眼找了宫传世那畜生有什么区别？"岳美娇抓着鸡毛掸子的一头抽着，一边说一边开始抽噎，"我提醒你是为了什么？是为了不让你走我的老路，不让你未婚先孕带着一个小奶娃受苦，我图你什么呀？"

她哭着说："不长记性的东西！你拿你自己当什么了？混账东西！没良心的东西！你一个女孩子带个孩子容易吗？人家像你这个年纪的女孩子，在外面又是玩又是交朋友，人家谈个恋爱风花雪月，你呢？你挺着个大肚子，干什么都是自己一个人，就连产检都没人陪，你非要生……瞎了眼的东西，你拿你自己当什么了？你……"

她狠狠地抽着："我不打你……我不打你对得起谁？你见过几个女人怀孕生孩子是自己一个人的？你还这么年轻，你男人也死了是不是？！死丫头……我不打你打谁？！"

她每抽一下，声音就大一圈，鸡毛掸子一下一下落在公爵的腿上、后背上，发出沉闷的声音，他紧紧地把宫五搂在怀里，一动不动地任由岳美娇抽打。

他低着头，宫五被他搂在胸前，宫五的手抓着他的衣襟，原本高亢的叫喊声随着岳美娇的话逐渐消失，抓住公爵衣襟的手越来越紧，她微微蹙眉，耳朵里似乎又响起了小白菜哇哇的哭声。

小白菜刚出生的时候，她在筋疲力尽中听到的也是小白菜洪亮的哭声，丑巴巴的小人儿，小鼻子、小眼睛皱皱地挤在一起，像个小皮猴似的。

她是个新手妈妈，什么都不懂，岳美娇和请过去的月嫂每次都要教她，直到她完全学会，她也逐渐不让人插手。

最后一次产检的时候宫五一个人低着头坐在走廊里抹眼泪，那时候她就在想，为什么小宝哥还不回来呢？别人产检都有人陪着，而她是一个人，后来她妈出了月子才抽出时间陪她，请再多的阿姨也抵不住宫五心里的寂寞。

她也会难过，也会伤心，也会哭啊！

她不知道自己还能坚持多久。负面情绪来临的时候，她心里满满的怨念，再爱一个人，在长久的失落之后，也会心生怨念，那时候她是真的怨，可心里还是存着几分希望，又带着几分赌气，又或者还怀有给他惊喜的念头。

曾经所有的怨念，在看到孩子出生的那刻都烟消云散。

孩子化解了她所有的怨恨，看着可爱的小白菜笑着或哭着的小脸，她发现原来自己曾经遭受的一切都值得，或许她一直以来等待的就是这个小可爱的降临。

她清楚地知道自己内心当时那种对公爵的怨念，她怨他，或者她的这种情绪岳美娇早已发现，岳美娇不说是出于一个母亲对另一个初为人母的女人的怜惜。

可岳美娇记在心里，也恨在心里，她恨的不是自己的女儿，而是那个让自己的女儿怀孕、却始终不见踪影的男人。

她心里有多心疼自己的女儿，就有多恨那个男人。

她的女儿啊，她刚刚出了大学校园的女儿，她那还是个孩子的女儿，却在独自一人的时候，要承担起母亲的责任，就像当年她带着宫五独自生活一样。

那种滋味她知道，心里的萧索、悲凉，偶尔冒出的绝望，生活的压力，随时跟随而来的流言蜚语……岳美娇什么都知道。

她越是知道，就越恨，抽下去的力道也越狠。

可终究是女人的体力，在狠命的抽打过后，她终于累了，扶着墙大口喘着气，额头满是因为刚刚的动作而沁出的细密的汗珠。

她伸手擦了把眼泪，狠狠地把鸡毛掸子砸到了地上，说："都给我到沙发上坐下！"

公爵护着宫五的动作终于动了一下，他僵直着腿，用手撑着墙面，慢慢站直身体，低头看着宫五，问："小五腿还疼吗？"

宫五看了他一眼，然后赶紧摇摇头："不疼了……"

"那就好。"他应了一声。

"过来坐下！"岳美娇已经坐到了沙发上，面无表情，眼圈还有点红，抱着胳

476

膊等他们过来。

公爵的腿动了一下，顿时握了下拳头，他闭了闭眼，终于拉着宫五的手，抬脚朝着沙发走去，然后在沙发上坐了下来。

宫五谨慎地看了岳美娇一眼，也小心地坐下，垂着眼眸伸手揉着腿，哼哼唧唧说了句："有话好说嘛，干什么动手打人……"

她还敢嘀咕，岳美娇立刻扭头瞪过去。宫五赶紧闭嘴，一副蔫蔫坐在一边的模样，低着头，开始假装抠自己啥问题都没有的指甲，一句话都不说。

公爵坐在宫五身边，坐姿端正笔直，神情有些严肃，抿着唇，抬眸看向岳美娇。

岳美娇冷冷地回视他，也不说话。

一时间客厅里安静得掉根针都能听到。

宫五时不时伸手揉自己的腿，她的小腿上有几道红印子，还略有些肿，她说疼肯定是真的，好好的皮肤肿起来那么大的印子。

公爵身上穿的是长裤，被挡得严严实实，啥都看不到，宫五心里有点不平衡，皮厚的人就是不一样啊，挨了那么多下，看起来还挺正常的。

她撇撇嘴，觉得这沉默让人压抑，刚想开口说话，身侧的人已经率先开口："阿姨，是我的错，和小五没关系，小五不过是受我蛊惑，真的跟她没关系，您不要再打小五。"

宫五看了他一眼，慢慢地垂下眼睛。

公爵继续说："我知道我让阿姨失望了，对不起，我会弥补这一切，弥补我对小五、对小白菜的亏欠。我没有尽到作为一个丈夫和父亲的责任，我不知道该用怎样的话来形容我的心情，但是阿姨，我请求您给我一次机会，给我一次让我能照顾小五和小白菜的机会。"

"我爱小五。"他说，"我很爱她，在她为我牺牲了这么多之后，我更加不可能离开她。阿姨，请您相信我，我绝对不会第二次抛弃她。我已经完成了所有的事，我现在足以承担一切，不管是作为子女，还是作为丈夫和父亲，我都承担得起。阿姨，我请求您，我真心请求您，我会弥补我所犯的所有错。"

他看着岳美娇，说："阿姨，我想和小五结婚，在青城结婚，我希望阿姨同意。"

宫五在旁边偷偷地抬眼看向岳美娇，岳美娇冷着脸，脸上还是没有什么表情。

她又看向公爵，却发现公爵已经掉转了脸，看向她的方向，盯着她的眼睛说："小五，请你相信，我们一直很相爱，我爱你，你也爱我，我们曾经的五年多时间都彼此相爱，就算你现在对我有很多误解、对我怀有戒心，我依然爱你，爱你和我们的女儿，我相信你是爱我的，否则你不会独自一人生下我们的女儿。"

他顿了顿，然后慢慢地从沙发上站起来，伸手从口袋里掏出一个红色的盒子，在宫五越睁越大的眼睛的注视下，在她面前单膝跪下，打开盒子，露出里面一枚璀璨生辉的戒指，他看着她说："我亲爱的女孩，我知道你勇敢、聪明、善良，你是我心中最特别的存在，你生下了我们的女儿，而且还把她养得那么好，我没有经历你独自怀孕、生育、养大她的过程，但是我愿意参与到你和我们的女儿接下来的生命当中，珍惜和爱护你们每一天，我会承担起作为丈夫的责任、会当一个合格的父亲，我会像天下所有的父亲一样，当为你和我们的女儿遮风挡雨的大树，成为你生命当中不可或缺的部分。"

他红着眼圈，注视着她的眼睛，问："小五，嫁给我好吗？从此以后，我们就是一家人，我再也不会离开你，好吗？"

宫五站在他面前，盯着他的面容，盯着他的眼睛，眼泪从眼角大颗大颗滚落下来，她蹙着眉，泪水模糊了视线，让她看不清眼前的人。

她别过脸，看向一边，任由眼泪落下，然后突然对着他大喊道："两年！两年！你去哪了？你答应过我的！你答应过我会很快回来的……结果呢？两年，两年你都没有回来。这就是你说的很快吗？你这个浑蛋！"

她哭着说："我怀孕的时候你在哪里？我晚上睡觉难受的时候你在哪里？我生孩子疼得要死的时候你在哪里？你现在回来有什么用？我最需要你的时候，你在哪里？！我爱你，但是你欺负人！"

他猛地站起来，上前一步，伸手把她搂到怀里："对，我是浑蛋。"

宫五伸手狠狠地捶在他身上，她哭着，打一下吼一句："你就是浑蛋！就是！我那么想你，我那么思念你。我什么都不敢说，我怕说了会影响你。我怕你死了，我怕你病了，我怕我一丁点的消息都会打乱你的计划。你怎么能真的一点消息都不给我？怎么可以……"

他紧紧地拥抱住她，听着她歇斯底里地号啕大哭，任由她在他身上拳打脚踢，始终一动不动。

宫五趴在他的肩头，哭得伤心欲绝："我妈让我把孩子打掉，我身边所有的同学、朋友都让我不要生。可是，我怕你死了……我就一点念想都没有了。"

岳美娇坐在对面，别过头看向一边，随着宫五撕心裂肺的哭声无声地流着泪。

她长长地呼出一口气，在那边的两人没有发现的时候站了起来，抬脚走了出去。

宫五抱着他放声大哭。

"我不会死。"他说，"我会陪着小五，我发誓我绝对不会死。我现在有了小五，有了小白菜，我绝对不会死，相信我小五，请你相信我。"

"呜呜呜。"她发泄似的哭着，"你一直不回来，我等啊等……每一天都在想，或许你明天就回来了，或许你不跟我说是为了给我一个惊喜，可是我没有等到……"

她放声大哭："我一直没有等到你，你知不知道我有多伤心？我不敢让我妈发现，我怕她会担心我。可是，我妈还是知道我难过……"

她用拳头重重地捶在他的肩头，眼泪打湿了他的衣衫。

他说："对不起，真的对不起，请让我用一辈子来补偿。"他抽噎着说，"嫁给我，小五，请你带着我们的女儿嫁给我，好不好？"

宫五使劲哭着，呜咽着应了一声："嗯……"

公爵把她更紧地搂在怀里："谢谢……谢谢我可爱的姑娘……"

阳光透过玻璃窗洒进来，折射出无数的光晕，就像此刻屋内人的心情，有种豁然开朗的喜极而泣。

宫五抬头看着他，红肿着眼睛，伸手捧着他的脸，说："小宝哥，你是不是真的可以用一辈子来补偿我和小白菜？"

公爵点头，说："是，我可以！"

宫五没说话，只是重新靠到他怀里，伸出胳膊紧紧地搂住他，轻轻闭上了眼睛。

良久过后，她才开口说了句："……真好！"

公爵轻轻应了一声："是，真好！"

可以抱着她，可以这样跟她说话，可以听到她在自己怀里放纵地哭，真好！

她抽噎着，在静谧温馨的气氛中，又开口："小宝哥。"

"我在。"他说。

她的心情好了一点，刚刚畅快淋漓地哭过之后，压抑的情绪得到释放，她的心情放松不少，她说："没事，我就是想叫你一声，让我知道我经历的一切不是梦。"

"不是梦。"他闭着眼应了一声，闻着她身上熟悉的味道，说，"谢谢小五，小五的身上才是我怀念的味道。我真高兴，终于可以重新拥小五入怀了。"

宫五龇牙笑了下，脸在他肩头上蹭了蹭，说："我也是。"

等到两人想起岳美娇的时候，才发现她已经不在客厅里了。

宫五有点不安，赶紧绕到沙发后面，把鸡毛掸子捡起来，抿嘴左右看了看，然后伸手把鸡毛掸子折成两半，偷偷摸摸地塞到了桌旁的花瓶里。

公爵安静地看着她做坏事，似乎又回到了当年她总是给他惹事的时候：

479

"小五。"

宫五头也没回地说："你别跟我妈说，我妈短时间内不会发现的，只有她要找鸡毛掸子打人的时候才会发现这玩意丢了。"

塞完她拍拍手，掉头看向公爵，发现公爵正看着她。宫五吸了吸鼻子，突然有点不好意思："小宝哥，你刚刚是不是跟我求婚了？"

公爵手里还捧着打开了盒子的戒指，点点头："是。"

宫五走回来，两只手背在身后，就跟小学生被罚站似的，然后大喇喇地抬起一只手，伸到他面前，说："喏，要戴戒指才作数。"

公爵看着她，然后重新单膝跪在宫五面前，取出戒指，小心地戴在她的手指上："嫁给我吧亲爱的姑娘。"

宫五抿嘴，有点想笑，然后故作镇定地点点头，说："好！"

公爵握着她的手站起来，慢慢地把她拉到自己怀里，低头吻住她的唇："我爱你小五。"

宫五眼角的余光看到她妈从门口进屋，来不及跟公爵说，她已经伸手一把把公爵推开，公爵愣了下，眼睛直勾勾地盯着她，震惊加失落，眼中情绪复杂，一脸的不敢相信。

宫五已经掉头朝岳美娇故意一瘸一拐地走过去："妈，你回来啦？"

岳美娇的情绪已经冷静下来，显然刚刚出去是平复心情的，也是给他们空间，看了她一眼："好好走路，你瘸子啊？"

宫五立马恢复正常，就是时不时揉揉腿，哼唧着不敢吭声。

岳美娇看了眼宫五手上戴着的戒指，重新在沙发上坐下来："话说清楚了，就都过来坐下。"

妈妈要求重新坐下，宫五赶紧过去坐下，公爵也在她身边坐下，刚才还隔开一段距离的两人，这次坐下之后手是握在一起的。

岳美娇面无表情地问："你们俩现在怎么说？"

她的眼神没有看任何人，也不知道是问谁的，公爵回答："阿姨，我爱小五，我真诚地用我的真心希望您能同意把小五嫁给我。"

宫五在旁边小声说："小宝哥刚刚跟我求婚，我答应了……"说着故意把自己手上的戒指在岳美娇面前晃了下。

岳美娇瞪了她一眼，又看向公爵："我暂且相信你是诚心跟小五求婚，不是耍着小五玩的，既然这样，那我们就丑话说在前头，免得以后闹出矛盾。"

公爵恭敬地坐着，急忙点头："是，阿姨您说，我在听。"

岳美娇说："既然你今天过来直接掏了戒指，说明你多少也知道今天来的目

480

的，你在我的家里跟我女儿求婚，肯定想到了结婚的基本步骤。"

她抱着胳膊，说："我女儿出嫁，陪嫁不会少，她在宫家也有股份，我刚才跟宫家小五的那位小叔叔电话确认了小五的股份和收入，先说好，这些是小五的婚前财产，到时候我会让小五去做个公证。这个，没问题吧？"

公爵点头："阿姨您说得对，我没问题。"

岳美娇又问："我在造星有一半的股份，我的这一半股份也是打算留给小五的，这个也算小五的婚前财产，这个也没问题吧？"

"是，完全没问题。"公爵继续点头。

"小五的陪嫁我有一套三居室房，一辆五十万元的车。"岳美娇说，"这是我个人能给小五的所有东西，她是我女儿，我能给她的一定是我能力范围内最好的。但是，我对你也是有要求的。"

公爵看着岳美娇："阿姨您只管说。"

岳美娇看着他："在青城定居，婚前房、车一样都不能少，至于彩礼……"她笑了下，"给多给少全看你们家的心意，多少我都无所谓，反正这笔钱最后我还是会让小五带走的。实话跟你说，我对你一点都不满意，不是你配不上我女儿，而是小五从你身上没得到安全感，如果现在坐在我面前的是一个条件不如我们家的男人，小五的这些东西就是小五的护身符，哪怕以后日子过不下去离了婚，小五也有保障，还能让对方后悔得要死，但是对你，我给小五的这些东西无足轻重，从我的方面也就少了一份让女婿安分的筹码。但是小五喜欢，我尊重我女儿的选择，我希望你不要让我失望，我不说彩礼多少，满意了我自然什么话都不会说，要是不满意，下次你别想登我家的门。"

宫五鼓着脸蛋，看看公爵，又看看岳美娇，本来想开口说话的，结果看到岳美娇的表情，还是聪明地没有开口。

岳美娇看向公爵："我说这些，你听到了？"

公爵点头："我听到了。我知道该怎么做，阿姨您放心，我不会让您失望。"

岳美娇站起来，脸上一点笑意都没有："看你的表现吧。"又瞪了宫五一眼，"想说什么话给我闭上嘴，你以为我不知道你想说什么？你懂什么？蠢货！"

宫五伸手指着自己，一脸震惊，她蠢？宫五觉得自己不能说聪明绝顶吧，但是肯定和蠢不沾边，她撇撇嘴，到底没敢开口。

公爵握住她的手，两人的视线对在一起，终于忍不住红着眼睛对着傻笑。

晚上洗漱完躺在被窝里，小白菜一个人睡在小床上，外间住着阿姨，小白菜睡着了大家都没事。

这会儿宫五身后垫着枕头，靠在靠垫上，跷着二郎腿，自在地晃着脚，举着手机低头翻着，翻了一会儿，突然收到短信提示。

她点开一看，是公爵发过来的："小五，腿还疼吗？"

宫五盯着短信，想了想，回复："还好，不疼。小宝哥呢？"

本来她就被打得不是很严重，她妈打她从来都是高举轻落，哪里舍得真打。

当然，宫五只知道岳美娇舍不得真打她，却不知道她舍得真打公爵。

跟宫五那白嫩嫩的小腿上的几道红痕比，公爵的腿上、身上绝对是一条条发青、发紫，甚至是发黑的痕迹。

岳美娇绝对是下了重手在打，对于她来说，宫五是她的女儿，她真正心疼的从来都是自己的女儿，何况宫五真的受了很多委屈，而公爵呢？在岳美娇眼里，如果说一开始的公爵是个宫五配不上的贵公子，那么现在的公爵诚然是不适合宫五的男人。

可惜，不管她怎么反对、怎么不赞同，都架不住女儿的心意。

她喜欢比什么都重要，何况，小白菜都那么大了。

公爵："不疼。阿姨没舍得下重手。"

打电话怕吵醒小白菜，宫五调了无声，文字沟通。

明明天天见面的人，分开一会儿就会忍不住想念，同城相隔不过四十分钟路程的两个人，竟然要靠手机联系，甚至还聊到很晚，外间的阿姨觉得也是稀奇了，现在想来是年轻人的世界老年人看不懂了。

公爵求婚成功，婚礼立马提上了日程。

展小怜站起来，在屋子里走了好几个来回："那要准备起来了。首先得挑个好日子，这样，我自己其实是不信好日子坏日子的，但是我们要尊重一下小五家，最起码要有个表示，我明天请大师给我们挑个好日子，房子我想想哪套适合……"

公爵忍不住笑："妈咪，你帮我们问个适合的日子，其他方面我来准备。我的婚礼，我想亲自操办，我已经错过了很多东西，婚礼我想亲自参与进来。放心，我会带着小白菜一起，让她也参与进来。"

展小怜微微拧着眉，想了下，然后点点头，说："也行，你已经让小五和她妈妈不满意了，确实要好好扭转一下形象。这样，我从旁协助你，你需要什么想要什么，只管开口，我儿子的婚礼，我这个当妈的肯定也要积极参与，就算我帮不上别的，最起码平常的时候我还能帮着带带小白菜呀。"

她笑着说："我可不想我还没老到不能动的时候，就被我儿子嫌弃没什么用呀。"

482

公爵低头笑了下："好，谢谢妈咪。"

母子俩在屋里商量着婚礼的大概情况，外面小白菜正跟燕回玩捉迷藏。

曾经叱咤青城的燕回此时正趴在地上，躲在沙发后面，流着口水的小白菜小小的一团，正快速地挪动着小胳膊小腿，绕着沙发使劲爬，想要追到爷爷。

噌噌绕过一圈，小白菜一眼看到燕回的半截身体，顿时发出清脆的、带着奶气的笑声："咯咯咯……"

展小怜和公爵从屋里出来的时候，看到的是燕回趴在地上，小白菜刚刚追到他，老家伙一把老骨头爬起来还真不如小奶娃利索，被小白菜追到之后，小白菜已经顺利爬到了他的背上。

这眼看着就要把燕回当马骑了，展小怜和公爵显然出来得不是时候，所以在看到这画面之后，母子俩几乎是同时后退一步，轻手轻脚地把门关上。

那是谁啊？那是燕回，那是青城燕回啊。那位即便到了这把年纪也绝对是风云人物的燕回，竟然像平常人家的爷爷一样趴在地上给孙女当马骑。

这画面哪怕是拍下来让人看，恐怕也没几个人相信。

新房是从几个备选区域挑出来的，位置经过了岳美娇的点头。

作为新娘子的宫五显然不像其他新娘对自己一辈子只有一次的婚礼有多憧憬，她把时间更多地花在了学习上，因为手术浪费了不少时间，她正借了同学的笔记在复习。所以婚礼的各种布置和安排，都是公爵在做。

下午宫五坐在房间的桌子旁边复习，卧室的门被人敲了敲，她说："门没锁。"

公爵出现在她眼前，对她微微一笑，迈步进来："小五很忙？能不能给我两个小时？"

不知道他要干什么，所以宫五斜着眼睛看他："小宝哥要干什么呀？"

他在椅子旁边蹲下来，微笑着说："我想要接小五去看看我们的新房。我能想到的都在那里，那是我们以后的房子，所以我希望小五也能提提意见。"

宫五抿嘴一笑，推开手里的书："遵命！"

房子是新的，里面所有的布置都挑了最好的，特别是里面还布置了很大一个儿童房，有神奇小屋，有帐篷，还有很多稀奇古怪的东西，一看就是给小白菜准备的房间。

宫五在里面看了一圈，忍不住哇了一声："小宝哥，我要是小白菜就好了。"

公爵叹气："我不希望小五是小白菜，小白菜是小白菜就好，小五只能是小五。"

宫五也不理他，还在小白菜小小的沙发上坐了坐，一坐下就陷了进去，软得一塌糊涂。她顺势在上面打了个滚，觉得舒服得要死。地上铺着厚厚的地毯，她光着脚在上面跑来跑去，脚底下软软的，犹如踩在云朵上。

她撇嘴，一脸忌妒地说："我小时候要是我爸给我一个这样的房间，我肯定要感动死。"

可惜她小时候没爸爸，连问都不敢问，后来有爸爸了，可是她也不稀罕了。

公爵弯腰把她拉出来："现在去看看我们的房间，我和小五的。"

听到这话，宫五一下想歪了，斜眼瞅了他一下，问："小宝哥，你不会是想把我骗过去，睡个午觉的时间顺便滚个床单吧？我告诉你，我是不会上当的。我这个人，很有原则！"

公爵叹气："只是去看看我们的房间。"

宫五磨磨蹭蹭地跟他过去，走到门口还扒着门框，嘴里说："小宝哥，我就这样看看就好……"

结果到门口一探头，她立马走了进去，如果说小白菜的儿童房是小奶娃的童话王国，那么这个房间就是成人版的童话王国。

房间的基调是很能让人静下心来的米白色，偌大的床上，华丽的床幔被挽成一个漂亮的圆弧形状。

厚实的床垫一下摁不到底，她哇的一声跳了上去，柔软得像跳进了棉花堆。

房间里的装修是欧式宫廷风，就连衣柜都带着浓浓的公主风。

宫五在屋子里转了一圈，嘴巴完全就是O形的，她回头看着公爵，问："那你也要住在这个房间里吗？"

公爵笑着说："这是我们两个人的房间。"

宫五一脸坏笑："可……这是公主的房间呀！"

公爵笑着说："我爱小五所爱。"

宫五对他的回答很满意，龇牙，笑得像朵灿烂的喇叭花。她看了他一阵，突然想到了什么，说："小宝哥，其实我心里一直压着一件事，我记起来了，但是我没人可说，也不敢跟我妈说，只能憋在心里。"

公爵道："我在听。"

宫五想了想，然后走到他面前，抬起头看向他，问："小宝哥，你老实告诉我，你的身体……好了吗？"

她站在他面前，仰着脑袋，睁着一双水灵灵的桃花眼，一眨不眨地盯着他，强调："这件事你不能骗我！小宝哥，你看着我的眼睛，告诉我，你的病好了吗？"

公爵僵在她面前，抿着唇，完全没想到她说的是这件事，他伸手想要摸她的

484

脸，结果宫五快速地后退一步，睁大眼睛，说："停！不许碰我！回答我的问题，你的病好了没？"

"小五……"

"回答问题！"宫五瞪着眼说，"你求婚那天说了，你说你不会死的对吧？你会陪着我到最后，我没死你不能死，小白菜没长大你不能死，没生一窝小崽子你不能死。但是我知道你生病了啊，你在伽德勒斯两年，你告诉我，你的病好了吗？"

公爵抿着唇，然后回答："还差一点。"

宫五直接冲着他吼了一句："你这个骗子！又骗我！"

她气势汹汹地走了。

公爵追出去："小五！"

宫五回头，指着他："不准跟过来，你要是敢跟过来，我就取消婚礼，我说到做到！"说完出门，坐上车，对着司机喊道，"我们走！"

司机急忙问："那爱德华先生……"

"走！"宫五伸手抓着头，闭着眼靠在后面，满腔怒火，两年，两年啊，两年的时间都没好，这是要气死她吗？

她心里越想越怕，越想越觉得眼泪要往下掉。

她去了燕家，门口的大白鹅还丑巴巴地矗立着，宫五心情有点低落，但是这个事她真的不能跟岳美娇说，要是她告诉她妈说公爵的身体有病，甚至危及到他的性命，她妈绝对不会同意他们结婚。

但是宫五心里又不得不找一个人来说，她给自己挑的倾诉对象是展小怜。

宫五进门的时候，展小怜正在跟小白菜说话，小白菜站在沙发旁边，乖乖地看着奶奶手里的折纸，肉肉的小脸蛋上满是崇拜，觉得奶奶真厉害。

展小怜一边折纸，一边回头看了一眼，一眼看出宫五情绪低落："小五！"

小白菜啊了一声，小手突然离开沙发，然后一摇一摆地朝着宫五走去，宫五抬头就看到小白菜小企鹅一样朝她走过来，一边走一边流着口水看着她，好像在显摆她会走路似的。

宫五低落的情绪瞬间好了些："小白菜会走路了，小白菜会走路啦！"

展小怜一看真的是，顿时激动地站起来："哎呀，刚刚还不会走呢，怎么一眨眼就会走路了呀！"

小白菜自己一个人走了十几步，肉肉的小脚上穿着可爱的小袜子，那么小的脚竟然走了十几步，直接走到了宫五面前："麻麻……"

宫五激动得眼圈都红了："我家宝贝会走路了！我家小白菜会走路了呀！"

小家伙的一点进步都让人觉得新奇，比如她会走路了，会喊爸爸妈妈了，甚至笑一下都让人觉得神奇。

宫五高兴地抱起她，在她的小脸蛋上使劲亲了好几口："小白菜，妈妈的好宝贝，你怎么这么棒啊！"

她的脸色不好，展小怜看出来了，她伸手把小白菜抱了过去，对着楼上喊了几声"燕回"，让他带小白菜玩一会儿。楼上燕回探出脑袋："爷凭什么带小胖妞？谁给你的勇气？爷看起来是带小孩的人？拉屎撒尿，嫌弃！"

虽然嘴上说着嫌弃，不过他已经噌噌噌下来，用胳膊夹走了小奶娃。

宫五被展小怜拉着坐下。

"来，现在过来跟我说说怎么了？别有心理负担，我这个人别的优点没有，不过保守秘密还是很好的。"她挨着宫五坐下，拉着宫五的手，试探地问，"是因为小宝吗？他是不是又惹你生气了？"

宫五委屈地看着她，眼泪开始噼里啪啦往下掉，说："阿姨……"

喊了一声后，她就哭出了声，展小怜探身从茶几上拿了抽纸过来，给她擦眼泪，嘴里说道："哭一会儿，哭一会儿心里就会舒服，什么事都会过去。"

宫五使劲深呼吸两口气后，才说："我在伽德勒斯的时候，小宝哥每次吃完药打完针的样子都很吓人。"她低着头，"他每次都是沉睡不醒，最开始是三两天，后来是五六天，再后来是十天半个月。"

她哭着说："好好的一个人，那么长时间醒不过来，每次……我都特别害怕，我怕他再也醒不过来……"

展小怜脸上原本淡淡的笑容逐渐消失，她蹙眉，安静地看着宫五，然后伸手摸着她的脸，轻轻抬起来："小五，我能理解你的心情。"她顿了顿才说，"我也怕！"

她是母亲，她的心情和宫五又不相同。如果说宫五是害怕他长眠不醒，那么她则是恐惧，那种来自内心深处的恐惧。

如果可以，她愿意用自己的余生来换取他长命百岁，可是老天没有给她这样的机会，她只能眼睁睁地承受随时可能到来的失子之痛。

她更害怕啊！

所以她理解眼前这个年轻姑娘的心情。

未来的路那么长，要是失去了爱人，她甚至不知道该怎么走。

她看着宫五的眼睛，说："小五，我也怕。我怕他一觉不醒，怕我一觉醒来失去儿子。我知道小五的情况，其他的我不敢说，但是在恐惧失去小宝这件事上，我和小五一样。"

宫五抽噎着说："我回青城的时候……是带着内心的恐惧和逃避离开那里的。

486

我怕我影响到他做事，影响到他的情绪，这些是我为他考虑的地方，但是阿姨，我回青城的时候，其实……我更希望他回来的时候可以告诉我他什么都好了，再也不用担心他的身体了。我知道那个规律，一次比一次昏睡的时间长，我每天能做的就是坐在他旁边自言自语，就像在唱独角戏，我不怕一时的独角戏，可是我害怕他一直不给我回应……"

展小怜眼圈通红，眼泪在眼眶里逐渐汇聚，随着她眼睫的眨动，珍珠一样滚落下来，她轻轻擦了下脸上的眼泪，说："小五一定绝望又无助，本来最该给你力量的人，却需要你的力量去温暖他。"她强颜欢笑，"我真高兴，在他最无助的时候，是小五一直陪在他身边，是小五不断给他力量，让他知道有人一直在等着他，等着他醒来。"

宫五抽噎着说："我以为他已经治好了身体的病，清除了身体里的毒，可是，"她哭着说，"小宝哥没有。阿姨，我真的很害怕，我不敢面对以后未知的事，我怕小白菜来到这个世上没多久就失去爸爸……"

展小怜伸手把她搂到自己怀里，轻轻拍着她的后背："我们两个，都是爱他的人。如果连我们都害怕了，小宝一定更害怕。毕竟，他也不想离开这个世界，是不是？别怕，哪怕我们真的恐惧未知的事，但是在他面前我们也不能害怕。我知道我这样有点强人所难，我不该用我此刻的心境要求小五做到，但凡我能想到一点办法，我都不会束手无策到今天……"

"我从来都不愿意让任何女孩来承担小宝所承受的痛苦，可是我又不愿意让他独自一人甚至连精神支柱都没有地承担所有的痛苦。"展小怜松开她，看着她说，"人都是自私的，我也一样，我曾无数次地想过，不要告诉任何人，包括小宝本人也不能让他知道，为此我不惜破坏了爱德华家族的传家族谱，只要瞒住他，他就可以有自己的正常生活。"

"只要不让他知道，他就会毫无顾虑地追求自己喜欢的女孩，结婚、生子……"她的眼睛含着泪，笑着问，"我这样是不是很自私？可是我不后悔，就算知道我对你不公平，但为了小宝我真的不后悔，良心的债我来背，反正我也活到了今天，不亏了。只要他好好的，什么样的惩罚我都接受……"

宫五哭着给她擦眼泪："阿姨您别这样说。我没怪您，也没怪任何人，是我自己愿意的。"

展小怜流着泪微笑，说："我知道，我知道小五不怪我，可小五越是不怪我，我就越觉得是我对不起你。如果不是我，小五现在就不会这么难过，这么担心，这么恐惧，这么不知所措，小五现在应该是沉浸在结婚的快乐里，而不是担心着未知的未来。"

"阿姨你不要哭啊，你一哭，我就后悔不应该来找你诉说，"她擦着眼泪说，"可是我找不到别人啊！我不能跟我妈说，不能跟我哥说，甚至不能跟我的朋友说，我身边没有可以说的人了，我只能来找你。我没想让你跟我一起难过，可是我真的很害怕，我需要一个倾诉对象……"

展小怜点头："我就是，我愿意做你的倾诉对象，我以及爱德华家族都亏欠了你很多。只要你不怪他。"

"他一开始什么都不知道，我什么都没有告诉他，所以他看到你、喜欢你，有勇气对你示好，希望得到你的好感，他没有任何负担地爱你。等他知道了……他……他就想着找一个让你毫无所知的理由断了，这样……你才会重新有自己的生活。可是他高估了他自己的心……他是我儿子，我对他那么了解，他也在努力积极地想要活着，可是他更恐惧让你亲眼看到他死亡，他在逃避自己所恐惧的……说到底，他也不过是个傻子。"

宫五呜呜哭出声："阿姨你别说了，我也不说了，好不好？"

展小怜擦拭她脸上的泪水，轻轻摇头："我不知道用什么办法消除小五的恐惧，我也不知道怎样才能让他彻底好起来，但我知道小五选择我倾诉而不是岳小姐，说明小五就算恐惧、难过，依然做出了自己的选择。"

"我这辈子最庆幸的事，就是我儿子遇到了像小五这样的女孩。我不知道换了别人会是什么样的结果，但是小五对所有事情的反应，远远超出了我的预期。"她说，"谢谢小五，让他死气沉沉的生活有了斑斓的色彩。"

她含着泪，深呼吸一口气，说："相信我，曾经的二十年我没有放弃他，以后的岁月里我依然不会放弃，不管发生什么样的事，我都不会放弃我儿子，我会尽我所能地保证他的身体。我还在，我知道小五的恐惧之源，我也知道小五的心意。没有关系，所有的事都会有解决的方法，最起码，最坏的结果我们都预料到了，这中间还有什么能让我们更恐惧？小五你说呢？"

宫五使劲点头："嗯！我哭完了，觉得心里舒服多了，但是我现在还有点生气，小宝哥回来我也不会理他的，然后一直到结婚前三天我再理他。"

展小怜红着眼睛笑着点头："好，我支持小五不理他，他那么不懂得保护自己的身体，就应该让他也难受一点，要不然，太便宜他。"

宫五破涕为笑："阿姨您是亲妈吗？"

展小怜回答："是亲的，不过我不能让我儿媳妇难过，我儿媳妇难过了，我儿子的日子会长久不好过，为了他的以后，我当然要站在小五这边。"

宫五忍不住哭着笑了，伸手擦眼泪："阿姨，谢谢小宝哥有一个您这样的妈妈……我觉得我已经没有那么难过了……"

楼上小白菜发出一阵阵鞭炮似的笑声："啊——咯咯咯……"

奶声奶气的腔调，让听到的人心情莫名地好了起来。

婚礼的日子近了，宫五这一阵果真没有搭理公爵，每天都沉浸在自己的书本里。在岳美娇的监督下，她很乖巧地在婚礼前敷敷面膜、做做按摩，争取当个最好的新娘子。

伴娘团和伴郎团都是她的好友，小花童人选也是现成的，小白菜都订了一件跟妈妈的婚纱同系列的小裙子。

婚礼前三天，宫五顺利拿到了研究生毕业证书，还特地跟燕大宝拍了照片庆祝。

中午她去燕大宝家蹭饭，顺便看看这一阵一直在讨好她的未婚夫。

宫五走进公爵的房间，门半掩着，他站在窗户口，手里拿着电话在讲，听到脚步声他转身，看到宫五，脸上的表情从诧异瞬间转为惊喜，快速地对电话那头说了句："暂时先这样，挂了。"

他两步过来，把她搂在怀里，半天没说话。

宫五抿嘴，淡定地问："我听到你打电话，在跟和医生通话？"

搂着她的人动作顿了下，然后应了一声："嗯。"

一点一点地掰下他搂着她的手，宫五后退一步，抱着胳膊说："小宝哥，我们的婚礼临近，你可不要节外生枝，要是这时候了还想瞒着我，你信不信我分分钟悔婚？"她抬起下巴，说，"我这个人，可是很骄傲的，绝对不在一棵树上吊死，整片的森林等着我呢。我的男人，绝对不能欺骗我，明白吗？"

公爵叹气，走近想拉她，结果宫五又后退一步，说："慢着，先说清楚再动手，要不然禁止碰触。我这个人，可是很有原则的。"

她绷着脸，认真地看着他。

公爵点点头，说："嗯，我知道。"他略微沉思了一下，才说，"电话确实是和医生打过来的。"

宫五抿着嘴不说话，公爵对她伸出手："这下，我可以好好抱抱你了吗？"

她主动走过去，到他的怀里，双臂环在他的腰上，长长地吸了一口气，她终于又感受到了让她分外安心的气息。

他的声音在她头顶响起："和医生说药物有很大的进展，药性正是最佳的时候，他希望我能提前回去，以便能达到最好的效果。"

从他怀里仰起头，宫五有点委屈地说："我们还有三天就是婚礼了，你准备了那么长时间。"

公爵微笑着说："我知道。所以我跟他说我下周才能回去，我不能在我们的婚礼上失约。"

宫五没说话，重新把头靠在他胸前，脸蛋搁在他薄薄的衣衫上，闷声闷气地说："小宝哥我很爱你，你知道吧？"

"我知道。"他说，"我知道小五很爱我，就像我很爱小五一样。"

宫五笑了下，点点头确认似的说："我爱小宝哥。"

公爵低头在她头顶亲了一下，闭着眼："我爱小五。"

宫五的手臂抱得更紧，问："小宝哥，现在几点钟？"

公爵看了下时间："下午三点。"

宫五立刻抬头："现在民政局还没关门。"

公爵一愣。她又说："你的结婚材料都准备齐全了吧？我听阿姨说，大使馆那边都搞定了。"

不等他回答，她又开口："小宝哥我们先去把结婚证扯了吧。"她从他怀里出来，拉住他的手朝外走，走了两步又停下，"小宝哥拿着你的证件，然后在这里等我，我半个小时后回来！"

"小五！"

松开手，她快速朝外跑去："小白菜在家里，你不用担心，阿姨照看着呢。我半个小时就回来！"

差不多四十分钟后她才回来，回来的时候怀里还抱着小可爱，她笑着说："我们俩领证的重要时刻，女儿不能不在。她是我们的见证人。"

她把所有证件都递到他手上："我把我和小白菜交给你啦。"

公爵抬头，认真地看着她。

宫五笑得放肆："我妈没在家，我自己猜保险柜的密码猜到的，我厉害吧？"她对他龇牙笑了下，"小宝哥我跟你说，你错过这个村就没这个店了，你要是答应我抓紧时间，这个时间民政局肯定没关门。"

公爵接过小白菜抱在怀里，另一只手搂着她，哽咽似的吐出一个字："好！"

一家三口去登记。

他们到那里的时候还有二十分钟下班，人家让他们明天过来，宫五坚持要今天："现在还没下班呢，你们这磨叽的时间事情已经办完一半了，我就觉得今天是个好日子，今天是登记的黄道吉日！"

最后没办法，本来已经准备下班的人只能打起精神给他们办理，拍照的时候小白菜不愿意被拉下，非要抱着妈妈的腿，好在她小，镜头不对准她也不知道，最后就是被小白菜抱着大腿拍了照片。

因为资料齐全，要什么都有，虽然是两个国籍的人，不过还是很顺利地拿到了红本本，宫五举起来放在眼前认真地看着，说："从今天开始，我们家小白菜就是合法的小孩了！"

公爵担心地问："你母亲那边呢？"

宫五大手一挥，豪放地说："大不了再抽我一顿呗！再抽也是最后一次，我以后不但是小白菜的妈妈，也是小宝哥的媳妇，我妈打完这次，就不能再打我了！"

她说得豪情万丈，一点都不害怕，一会儿后又有点担心，她把家里翻得乱七八糟，她妈会不会以为是遭贼了？

晚上宫五要回家，这次公爵没说别的，不过要抱着小白菜跟宫五一起回去。

岳美娇果然发现家里的异样，被翻过的和没翻过的肯定不一样，再听阿姨说宫五回来过，忙忙活活的不知干什么，岳美娇正纳闷呢，就看到宫五一家三口过来了。

"妈，我回来了！"宫五笑嘻嘻地打招呼，笑容谄媚得不像话。

岳美娇看了她一眼，问："今天回来翻什么了？"

公爵也在，她也不好多说别的，再说还有小白菜呢。她对小白菜拍拍手，小白菜果然伸出小胳膊要外婆抱。

宫五对岳美娇笑得小心，然后清了清嗓子，小心翼翼地把两份结婚证掏出来放在桌子上，说："妈，那个，反正我跟小宝哥都要结婚了，我觉得今天是个黄道吉日，所以就选在今天把结婚证先给办了……"

岳美娇的眼睛一下瞪得老大："什么时候的事？这么大的事，你怎么都不说一声？这就把证给领了？"

宫五觉得她妈的怒火没有她以为的那么大，小心地松了口气，说："妈，都要办婚礼了，早拿晚拿不都一样吗？"

岳美娇真是要被她气死了，这孩子脑子是怎么长的？这急吼吼就拿证，也不怕人家男方家里有什么别的想法？什么原因非要早早就拿证？

见她还要说话，宫五赶紧说："哎呀，妈，我们家小白菜今天可配合了，拍照片的时候非要跟我们一起拍，呵呵呵，是不是啊小宝哥？"

公爵安静地坐在一边，等宫五那边说完了，他才开口："这件事是我和小五一起决定的，既然我们领了证，那我们就是一家人了。叫阿姨太见外，我以后会和小五一样，喊妈妈。请您允许，也请您相信，我会尽我所能地给小五和小白菜一个温暖安全的家，不让您失望，也不让您担心。我和小五一定会白头偕老。"

岳美娇其实就是觉得宫五连个招呼都没打就领了证，该打，其他的倒是没什么，确实是早领晚领都一样，婚礼都要办了，也不在乎早一天还是晚一天。

听到公爵的话，她点点头："嗯，你们现在连孩子都有了，都是大人了，我以后也不会再说什么，只要你们觉得好，那比什么都重要。"

宫五点点头，说："嗯嗯，我也是这样觉得的，我们觉得好，才是最好的。"

岳美娇瞪了她一眼，宫五立马抿嘴不说话。

公爵在旁边笑了笑，说："是，妈妈说得对，我和小五现在就觉得很幸福。"说着，他和宫五对视一眼，两人都从对方眼中看到了幸福的色彩。

"我和小五会一直很好，不让您操心。"公爵慢慢地说着，"妈妈您只要身体好好的，我们也会很高兴。另外，妈妈，既然我和小五已经结婚，那么今天我能带小五去我们的新房住吗？结了婚的姑娘，还待在家里似乎有点不大好，您说呢？"

岳美娇这才发现这小子前面说的那么多都是客套话，他过来的真正的目的是这个。

公爵看着岳美娇，脸上的笑容还是淡淡的："我很爱小五，我一直渴望跟她有一个家，今天我的愿望实现，我希望能带着小五和小白菜一起住到我们的新家去，就像妈妈和步先生有了这样一个温暖的家一样。"

宫五在旁边抿嘴，斜眼看着这边，不说话。

岳美娇真是服了他，这是死活要今天让小五搬出去？她这个当妈的还没做好准备，女婿就急吼吼地要跟她抢人？

她想了想，才说："要不然再让她在家里住一晚吧，她说不定还没习惯呢。"

结果宫五说："妈，我早习惯了，我在外面上学待了四年呢，你以为我在外面待着是闹着玩吗？"

岳美娇差点被气死，她是图什么呀？还不是想让宫五在家里多待一晚上，结果这坑妈的闺女，胳膊肘往外拐，难怪人家说女生外向，这领了证，跟别人是一家人了，她这个当妈的就被撇下了？

不知道为什么，她有时候看宫五也烦，结果呢？等到孩子真的领了证结了婚，这心里竟然不好受。

以前上学离家，是觉得她肯定还要回来的，但是这一次不一样，这一次是她出嫁，嫁了人，她就有了自己的家，这里的家，只是次要的。

她心情说不出地惆怅。

闺女都不向着她，岳美娇的鼻子有点发酸，这是留也留不住的丫头啊。

她长长地呼出一口气后，说："算了。你们都愿意，那就去吧，反正离得也不远，什么时候回来都行。"她看了公爵一眼，"展小姐那边你们也要说一声，这事做的，两个人偷偷摸摸就把证领了。"

她想了想算了，也不是什么大事，再多说就没意思了。

她一点头，宫五立马就站起来朝自己的房间跑："妈，我去收拾两件换洗衣服带着啊！"

小白菜一看到妈妈跑了，顿时咧着小嘴哭："麻麻……"

岳美娇发笑："宝贝啊，妈妈那是去收拾东西跟你一起走，你是害怕妈妈走了呀？不会的，妈妈那么喜欢小白菜，肯定舍不得丢下小白菜的。"

小白菜的小脸蛋上挂着大泪包，一个劲地朝宫五跑过去的方向看，可怜巴巴的小模样。

公爵忍不住伸出手："宝贝，爸爸抱抱好不好？"

小白菜果然伸手要抱。

宫五很快就下来了，手里提着个大袋子，喜笑颜开地跑下来："我好了！"

岳美娇越看越心塞，她养了这么多年的闺女，就这样被一个死小子给勾搭走了，走的时候还那么高兴，一点依依不舍的表现都没有，这都什么事啊！

他们临走的时候岳美娇关照一句："小五，你以后就是个大人了，也成了一个家的女主人，以后说话做事要稳重，想着说，别着急抢着说，好好照顾自己和孩子，凡事别逞强，实在有搞不定的事，记得回家来找我。"越说鼻子越酸，说到最后，岳美娇都说不下去了。

宫五有点傻眼，没想到她妈竟然要哭的样子，她赶紧过去伸手抱了抱："妈，就二十分钟的路程，我这抬脚就来抬脚就走的，你这样干什么呀？再说了，我明天回来蹭饭找小八、小九，你这样，弄得我鼻子都发酸……"她吸了吸鼻子，真的是被感染到了。

岳美娇又哭又笑的，一脸的嫌弃："好了好了，你这小坏蛋终于走了，我这个当妈的也松了口气，要不然天天得操心你……"在她身上拍了一下，"赶紧走吧，待会儿小九出来你想走都走不掉。"

步小九差不多算是宫五带的，所以特别黏宫五，他要是看到姐姐要走，能哭得半死不让走。

宫五一想也是，赶紧跟公爵带着小白菜走了。

从步氏别墅离开，公爵一家三口回到燕家那边，正式宣布他们领了证，从此以后小白菜就是合法的宝宝了。

展小怜先是震惊，随后是高兴："太好了！原来已经领证了呀！早就该领了，都要办婚礼了，这证还没领不像话。"

宫五龇牙："阿姨……不对，老妈，从今天开始，我也是你半个闺女，你以后要对我好一点啊！"

展小怜笑着说："那是，小五这闺女跟燕大宝可不一样，一半亲，一半宾，对小五肯定要比对燕大宝好！"

宫五握拳："老妈，我喜欢你这个说法，哈哈哈！"她对坐在沙发上瞪眼睛看她的燕大宝说，"燕大宝，我以后是你嫂子，你要对我好一点，要不然我就告状！"

燕大宝大怒："小五，你怎么可以这样？"

宫五抬着下巴说："我这样怎么了？我这样不是挺好的吗？燕大宝啊，我跟你说，识时务者为俊杰，你以后只有对我好一点才是王道，我可是有小白菜这个护身符，按照你的行事风格，不时需要抱着小白菜自保，你说我是借给你呢，还是不借给你呢？"

燕大宝："……"

展小怜那边已经招呼人晚上加餐了："你们这俩孩子，领证都不知道提前说一声，不声不响就自己领了，我们都不知道。对了，跟小五的母亲说过没？"

"说了，"公爵回答，"没有生气，就是有点舍不得小五。"

展小怜点头："那是，舍得才怪呢，自己好不容易养大的闺女，眨眼就被人抢了，换谁都舍不得。"

那边燕大宝趴在沙发上，瞪着眼看着宫五，又看看她哥，半晌，问："妈咪，我要是偷偷摸摸结婚的话，你会生气吗？"

展小怜头也没抬地说："不生气，我种的白菜这么长时间都无人问津，眼看着就不新鲜了，好不容易有猪拱，我巴不得呢，生什么气啊？"

展小怜说不生气，燕大宝就开始自己盘算了，小五都能偷偷摸摸领证，她是不是也可以啊？

宫五斜眼看过去："燕大宝，你打什么主意啊？"

燕大宝摇头否认："我才没有呢，我就是问问来着。"

一家三口吃完饭要回家，宫五笑嘻嘻地站在公爵旁边，展小怜皱着眉头，有点不大放心小白菜："你们要去就去，小白菜让她留在这里，你们头一个晚上过去住，又没准备好，这么早带她过去，万一她不适应怎么办？明天，明天小白菜过去。"

她笑呵呵地说："好歹不让孩子打扰你们俩的二人世界，是不是啊？"

宫五还是笑呵呵的，不说话，反正她怎么样都行，在婆婆面前嘛，乖巧一点就好，其他的交给公爵去做就行。

公爵想了想，看了看趴在妈妈怀里一脸幸福的小白菜，说："还是带着吧，一会儿看不到妈妈会哭。"

宫五把小白菜往怀里搂了搂。

展小怜心酸，这孩子真是有了媳妇就忘了娘呀，非要把老婆、孩子带走，这算什么？就一个晚上都不行啊？

燕大宝听到要把小白菜抱走，有点傻眼："小五，你和哥哥去住就好，为什么还要把小白菜抱走啊？这样不好，我觉得你还是把小白菜留下来比较好。"

宫五抱着小白菜，歪头朝公爵看了一眼，说："我听小宝哥的，小宝哥说什么我就听什么，我妈说了，我以后嫁了人，就不能闯祸也不能捣乱，要乖乖的。我要听小宝哥的话，小宝哥说什么都是对的。"

展小怜："……"

燕大宝："……"她不相信小五会那么听话，肯定是装样子的。

宫五就是乖乖抱着小白菜站在公爵身边，公爵坚持要带小白菜一起走，展小怜能怎么办啊？她只能点点头："也行，随便你们，你们觉得能照顾就带着吧，实在照顾不好就送回来啊。"

她舍不得小可爱，把小白菜接过来在怀里抱了抱，肉乎乎的小胖娃，小胳膊小腿都露了出来，藕段似的可爱，看得人心都化了。

小白菜的小胳膊碰到展小怜的脸，她在小可爱乱挥舞的小手上蹭了蹭："宝贝啊，今天你就跟爸爸妈妈一起住啦，我们家小宝贝以后就是大孩子了是不是啊？嗯，一岁的大孩子，我的心哦……"

宫五在旁边笑眯眯地看着，手背在身后，不说话。

展小怜最后把小白菜送到了宫五手里："好了，带着吧，说得也对，小白菜要是看到爸爸妈妈都不在身边，肯定要难过的。"

燕大宝撇着嘴问："那小白菜以后就不在这里住了？"

展小怜点头："嗯，不在这里住了。不过肯定会经常过来玩的，放心吧。"

燕大宝过去，拿脸蛋蹭了蹭小白菜的脸蛋，说："小白菜，你回家要听话，要不然你妈妈肯定会打你的屁股。哥哥，你要看着小五，不让她打小白菜的屁股啊！"

宫五斜眼看着她："我什么时候打过小白菜？燕大宝你这是危言耸听。"

燕大宝抿嘴，不理她："小白菜，跟姑姑拜拜，你要记住，姑姑是最爱你的人哦！"

宫五鄙视："你也敢说是最爱小白菜的？哼！"

她把小白菜抱在怀里，乖乖巧巧的小可爱，被人抱来抱去也不生气，谁抱了都高兴，当然，妈妈抱了她最高兴。

一家三口正式入住新家，负责看门的人早已得知主人家要回来，院子里灯火通明，各个房间都被打扫一新，各种东西每一样都是拿起来就能用。

到了一个新环境，关键还有小白菜喜欢的玩具，她新奇无比，刚被放到地上，就嗷嗷地冲到了玩具堆里，抓起这个又抓起那个，一看就很高兴。

宫五探头看了小白菜一眼，回头对公爵说："小宝哥，小白菜好像很喜欢这里啊！"

公爵笑着说："嗯，就是照着她的喜好来的。"

儿童房里的各种玩具堆满了大半个屋子，当初燕大宝听说要给小白菜弄房间的时候，那是拼命把各种她觉得小白菜会喜欢的东西往房间里堆，后来还是公爵不让她送了才停下来，要不然现在都不知道有多少呢。

玩具太多，小白菜看得眼花缭乱，不知道该先玩哪个才好。

宫五看着她的时候说了句："玩具太多，可怜的小白菜，现在心里肯定纠结死了。"

公爵伸手圈住她的肩膀，从后面亲了一下她的耳朵："她喜欢就好。"

宫五缩着脖子躲："小宝哥，痒……"

公爵低笑，把下巴搁在她的肩窝，看着小白菜忙碌得跟大人物似的，小手都不知道摸哪里。

"小五，我们俩也有家了。"他说。

宫五愣了下，随后脸上扬起大大的笑容，说："对啊，我们俩也有家了。"

有爸爸，有妈妈，有孩子，他们也有了一个完整的家。

宫五长长地呼出一口气，笑嘻嘻地说了句："我们俩以后就是要担起家里的重任的人了，我们还要养小白菜呢。"

公爵点头："嗯，小白菜我们养得起。"

宫五龇牙，顿了顿又说："不过啊，在我们正式开始养家之前……"她在公爵的胳膊圈抱下慢慢转身，看向他，说，"我们需要好好沟通一下。"

"沟通？"公爵看着她。

他比宫五高出那么多，所以需要低着头看着她说话。

宫五点点头，说："是啊，我们需要沟通一下。"

沉默了下，公爵的手往她衣服里摸了摸，求证似的问："是我理解的那个沟通吗？"

宫五："……"

她一脸嫌弃地把公爵的手从衣服里拽了出来："小宝哥，你什么时候变得这么不纯洁了？我说的沟通，是语言上的沟通。"

公爵呆了下，不是他理解的那个意思？他有点失落，看着宫五又问："小五要沟通什么？"

宫五伸出手指在他胸前使劲戳了戳，说："这还用问吗？当然是昨晚上和医生的电话！"她问，"和医生是说这几天回去，越快越好，是吗？"

公爵看着她，然后点头："是。"

"既然这样，那我们回去吧。"见他要说话，她立刻伸手盖在他的唇上，仰着脸蛋，认真地看着他，"婚礼很重要，但是在我心里，小宝哥的身体比这世上的任何事都重要，让小宝哥长久地陪伴在我们身边，陪着我一起到老，比什么都重要。所以，我不要婚礼，我要小宝哥身体健康，可以陪着我一起送小白菜出嫁，看着她高高兴兴地进入到她的幸福世界。"

公爵的手不由自主地落在她的脸上："我希望能给小五一个盛大的婚礼，有花有酒，欢声笑语，有亲朋好友，有兄弟姐妹，我希望能给小五一个终生难忘，就算我们老了，也能让小五高兴的婚礼！"

宫五摇头："我只要想到小宝哥以后能陪着我到老，能看着小白菜长大。小宝哥，我不要你的婚礼，我要你好好的，健健康康的，我要你能活着陪我到老……我只要这个……"

她吸了吸鼻子，说："如果说我一个人的分量不够让你醒过来，那么这一次，就加上小白菜。我和她天天看着你，陪着你，我看你还会不会偷懒，还会不会不快点醒过来。"

"小五！"

她反手抱住他："你不答应也不行，我就是要让你有压力，让你知道除了展小姐、燕叔叔、燕大宝，除了你的那么多好兄弟以外，还有我和小白菜看着你。我是你的妻子，小白菜是你的女儿，你有本事就不要醒，有本事就一直看着我们受煎熬，看着小白菜成为一个没有爸爸的孩子。"

她不让他说话，自顾自继续往下说："我就是这样想的，你不愿听也没办法。我已经决定好了，这次你说服不了我。从我跟你领证的时候，我就下了决心，谁来说什么都没用。"

公爵依旧看着她，她拉下公爵的手，又歪头看了看公爵的模样，拍拍他的胸，说："我老公真是穿什么都很帅。不过还是要换件衣服，才会更帅！"

说完她龇牙对公爵笑了下，说："来，小宝哥你过来！"

公爵看向小白菜，宫五说："没关系，小白菜阿姨会看着的，你跟我来！"

她拽着公爵出去，有人抬了几个大箱子进入一个房间，宫五等那些人放好了，又拉着公爵进去。

公爵看着她："小五！"

497

这些是他们结婚时需要的礼服、婚纱。

宫五不管他，把他推到一个房间，说："这是你的，这是我的。我们来换上，好歹穿上站一块臭美一下啊！"她伸出大拇指朝另一边指了指，说，"我在这边换，你在那边换，要乖乖听话哦。"说着她已经闪身进去。

公爵站在门口，身后已经有人过来恭敬地说："爱德华先生，我来帮您更换礼服。"

公爵点点头，转身走了进去。

大约半个小时后，公爵在造型师整理又整理后走了出来，隔壁化妆间的门紧闭，公爵站在门口，安静地等着里面的人出来。大概等了四十分钟，门终于响了一声，宫五出现在门口，漂亮的脸蛋上化着精致的妆容，以致她那张本就漂亮的脸蛋呈现出让人惊艳的效果，灵动的眼，小巧的鼻子，樱花般娇艳的唇，无不昭示着她无与伦比的美丽。

洁白的婚纱带着华贵的钻石装饰，精致的花纹让她白皙修长的脖颈下那颗美丽的红宝石项链格外璀璨，巨大的裙摆让她的腰肢越发显得纤细。

额头两缕碎发垂下，她噘着小嘴使劲吹着，华丽精致的婚纱也没让她老实下来。

她走到公爵面前，问："小宝哥，我漂亮吗？"

公爵看着她，伸手摸向她的脸，点头："我的小五，从来都是这么漂亮。"

宫五努力让自己看起来文雅一点，抿嘴笑："我也觉得我很漂亮。"她扭捏了一下，又伸手拽着公爵的手说，"小宝哥，你来！我给你看个东西！"

说完，她使劲拽着公爵的手，进了小白菜那个五颜六色的漂亮房间。

等公爵进去了，才发现他可爱的小公主被打扮得像朵小花，身上也穿着蓬蓬的小纱裙子，稀稀拉拉几根头发的小脑袋上还戴了发箍，发箍上面是头纱，披在身后。儿童房里除了小可爱，还有一个造型师和一个摄影师，正笑眯眯地等在里面。

见公爵犹豫，宫五大声说："小宝哥，我们不能让我们的婚礼上没有主角，所以我决定这次的婚礼我们不能缺席，但是那时候我们人又在伽德勒斯，这样的话可怎么办呢？我决定我们还是出镜一下，给大家一个交代好了。"

她对小白菜招招手："小白菜，到妈妈这里来！"

小白菜愣了好一会儿才发现那是妈妈，立刻朝她爬过去，爬到一半又站起来摇摇摆摆地走路，一下子扑到了宫五蓬蓬的婚纱下摆里，宫五伸手把她抱起来。

"小白菜，我们一起来出个镜好不好？跟参加爸爸妈妈婚礼的客人们打个招呼啊，要说'你们好'！"宫五看着小白菜，小白菜啥都不知道，就知道抓着手里的娃娃高兴，上下挥舞着肉乎乎的小胳膊。

宫五笑得前仰后合，对公爵说："小宝哥你看，我们小白菜都知道高兴啊！"

公爵什么话都没说，只是伸出胳膊，把她们搂进怀里。

摄影师已经举起了摄像机："宫小姐，现在可以开始了吗？"

宫五说："可以了！"

她规规矩矩地走到镜头前，先是对着镜头笑了一下，然后说："尊敬的各位来宾，我亲爱的家人、朋友们，大家好，我叫宫悟，是这次婚礼的新娘子。然后，"她赶紧把往下滑的小白菜又捉了回来，举起来送到镜头前，说，"然后这是我和我先生的女儿小白菜，她是这次婚礼的第二女主角。我身边这位是我最最亲爱的老公，也是婚礼的新郎，帅吧？"

她得意地笑了一下："嗯，那个……我其实有话跟大家说，是这样的，我突然意识到语言对我家小白菜的重要性，她到现在连中文都不会说，我太着急了，所以呢，我决定尽快带她到国外去学一门语言，你们说在国内连普通话都不会说的小孩，以后有前途吗？所以我决定这周就带她去国外待三五个月，什么时候学会了什么时候回来。小宝哥十二万分不赞同我的意见，他甚至还想参加完婚礼再走，这怎么行啊？婚礼能有小孩的前途重要吗？"

她晃了晃手里的小白菜，举累了，只能用胳膊弯抱着，小道具小白菜一脸无辜，被妈妈的胳膊勒得小裙子皱起来，尿不湿都露出来了，公爵不动声色地伸手往下拽了拽，不让自己的宝贝女儿的尿不湿都让人看到。

宫五继续说："反正，一切都是小白菜的错，我是个当妈的，我相信家里有孩子的都能理解我的一片苦心，望子成龙望女成凤，可怜天下父母心，这是所有家长的心愿。我对我们家小白菜是高要求，希望大家理解，所以，嗯，我想说的是，这次婚礼，我和小宝哥就不参加了。但是大家来都来了，就好好吃一顿，权当是我和小宝哥的一片心意。至于我们一家三口，在你们看到这段录像的时候，已经在春风和煦阳光明媚的地方享受异国他乡的美妙情调。"她扭头问公爵，"小宝哥，你有什么话要说吗？算了，不让你说了，万一你说得太好抢了我的风头怎么办？"

宫五霸占镜头的话语权，继续说："哦，对了，我有话跟我妈说。全世界最美丽动人青春永驻的岳美娇女士，我本来还想找个安静的地方跟你说的，可镜头里面没办法偷偷摸摸说，只能在这里跟你说了。我知道你要是看到录像肯定气得要死，不过没办法啊，谁让你女儿我就是这么特立独行呢？你是不是想用鸡毛掸子把我抽一顿？来呀来呀，你抽我呀，你抽不到！"在小白菜脸蛋上亲了一口，她说，"再说了，我有小白菜当护身符，你抽我，我就揍她。你看着办啊！"

说完，她讨好地对着镜头笑了下。

公爵看到女儿的小肚皮又露出来，实在忍不住，伸手把小白菜抱到了怀里。

宫五继续说："还有，我要跟我第二个妈妈说话，就是小白菜的奶奶，我最最尊敬的展小怜女士。亲爱的老妈，你别生小宝哥的气啊，这是我闹腾的，他也很绝望，他也很无奈啊，可惜我们家我当家，小宝哥拗不过我，你别生气，生气老得快，老了就不漂亮了，老妈你那么好看千万别把脸上气出皱纹来。"

说完她又讨好地龇牙笑了下。

然后宫五又说："还有我美丽的伴娘和英俊的伴郎们，虽然我不在现场，但是你们抢不走我和小宝哥天下无双的风头，你们不要企图让自己成为全场的焦点，我就一个露脸就可以秒杀你们一片，明白吗？"

公爵在旁边抱着小白菜低声说了句："小五是我眼中最美的，谁都抢不走我家小五的风头。"

宫五得意，立马说："听到了吧？都听到了吧？娃她爸都说了，我是最美的。还有，小白菜的姑姑燕大宝小姐，请你不要气鼓鼓地看着我，我知道你肯定是气鼓鼓的，觉得被我耍了，没办法，谁让我这么聪明呢？最威武霸气英俊潇洒玉树临风的青城好公民燕叔叔，您也别瞪我，更别说我抢走了小白菜，您就把小胖子借给我几个月嘛，回来之后说不定她就能说一口流利的英语给您长脸呢！到时您带出去遛遛，可以秒杀一大片小孩啊！"

说到最后，她嬉皮笑脸的表情终于严肃下来："最后，言归正传，很抱歉身为婚礼的新娘和新郎却没能参加婚礼，虽然我也很希望自己有个盛大的婚礼，但是我有不得不离开的理由。"她沉默了几秒，直直地看着镜头，然后一把抱过小白菜，把小白菜重新举了起来，喜笑颜开，漂亮的眼睛都成缝了，说，"我是为了小白菜啊，身为这片土地出生的人，她竟然不会说普通话，我都不好意思带她出门，你们要怪，就怪她吧！"

小白菜踢腾着肉乎乎的小腿，一脸无辜地看着镜头，可爱的小胖脸在镜头里粉嫩得像是年画里的娃娃，看得摄影师心都化了。

录影结束。

宫五扭头看向公爵："小宝哥，我表现得好不好？"

公爵看着她温柔地笑："好。"

摄影师和化妆师跟宫五打了招呼后，带着团队先后离开了。

宫五抬头看着公爵，笑眯眯地说："我们把锅推给小白菜，刚好她还不会说话，不会反驳。"她低头看着小白菜，"小白菜啊，你这样可不对啊，你得赶紧会说话，要不然妈妈以后天天欺负你。"

小白菜晃着小脚丫，完全不知道妈妈在说什么，一脸无辜。

宫五笑得半死。

公爵轻轻地把宫五搂到怀里，轻声说了句："我真幸运，有生之年遇到小五。"

宫五回答："我也是啊！多谢遇到你，要是我遇到的是别人，真不知道现在会是什么样的情况……"

她仰着头，笑眯眯地看着公爵，小白菜也学着妈妈的样子，对公爵露出可爱的笑。

公爵低头碰了碰她的额头，没再说话。

晚上一家三口在一张床上睡，小白菜十分喜欢这种睁开眼睛就看到妈妈，翻个身就看到爸爸的模式，兴奋得大半夜没睡着，把宫五愁死了，这是打算第二天睡得昏天暗地吗？

最后公爵还是把她送到她自己的房间，小丫头才很快睡着，阿姨就睡在旁边的床上看着她。

等把小家伙送出去，宫五坐在床上等公爵，等他回来，她往前一蹦，跳到他怀里，大声说："小宝哥，我们俩要不要来个提前的洞房？"

公爵走到她面前，伸手抱住她，捕捉她的唇："好！"

提前洞房的结果就是，第二天宫五和小白菜一样，太阳都晒屁股了，还在床上睡觉。

中午的时候她才急急忙忙爬起来洗脸刷牙，然后一家三口去展小怜那边吃饭。

饭桌上，宫五自己跑去开了一瓶红酒，给每人都倒了一点，然后端起杯子，恭恭敬敬地对展小怜说："老妈，燕叔叔，来，我跟小宝哥一起跟老妈和燕叔叔喝一杯，这是我跟小宝哥领了证成为一家人之后第一次给老妈和燕叔叔敬酒，祝我聪明智慧的老妈美貌长存成为万年不老的老妖精，祝燕叔叔……一直这么貌美如花英俊潇洒威武霸气！还有，祝我家小白菜的姑姑一直这么机灵好看又富有正义感！"

她用胳膊推了公爵一下，公爵什么话都没说，郑重地举杯，又放低酒杯轻轻碰在了展小怜和燕回的酒杯上。

燕回嫌弃地睨了他们一眼。

宫五笑眯眯地说："妈，这杯酒要喝啊，这是我们成为一家人后第一次喝酒来着，喝了之后，我们都会变得长长久久的。"

展小怜脸上带着笑意，有些动容，她看着宫五，然后仰头把酒喝了下去，喝得有点急，呛得眼泪都流了出来。

燕回嫌弃得要死，眼睛看着天，手在展小怜的背上拍了拍，道："老太婆就是老太婆，这么笨！"

展小怜气死："你能别说话吗？"

燕大宝抿着嘴说："爸爸，妈咪很年轻的，你不要这样说她。我也会不高兴的，妈咪不是老太婆！"

宫五笑呵呵地说："我妈才不是老太婆呢，我妈年轻貌美着呢。"

燕回撇嘴，反正就是一脸的嫌弃。

小白菜坐在儿童椅上，晃着小腿儿，笑呵呵的模样，小手抓着饭往小嘴里塞。

宫五笑眯眯地看着她，说："宝贝啊，不可以这样啊，你这样妈咪还要给你洗衣服。"

那边燕大宝正小口喝着酒，还提醒燕回："爸爸你要喝酒，不能说话不算话。"

展小怜喝完酒后，对宫五说："小五，我真幸运我有个你这样的儿媳妇，谢谢你啊小五，谢谢你来到了我们的世界，让我们都对这个世界充满希望。"

宫五摇摇头："妈，我们要相互感谢，谢谢你生下这么棒的小宝哥，然后还让我遇到啦！"

中午在展小怜这边吃饭，晚上一家三口去了岳美娇那边，同样的话他们又说了一次。

虽然展小怜和岳美娇都有些奇怪宫五突然一下这么懂事，还正儿八经地敬酒，但是都没想到是为什么。

当天夜里，一家三口趁夜上了航班离开青城，飞往伽德勒斯安享小镇。

青城迄今为止规模最大的一次新人婚礼在一天后如期举行，这场婚礼的来宾阵容堪称豪华，伴娘、伴郎团队的颜值之高让人叹为观止。这场震动青城黑白两道的盛大婚礼的主角是一对不在现场的高颜值新人。

这对新人留下一家三口的影像，早已离开青城，出国度假去了，新人不参加婚礼现场的黑锅被这对新人一岁多的小女儿背了，因为新娘嫌弃小女儿不会说话，所以要带着她去学习其他语言，好歹让她学会说话了才甘心。

生活就是如此，每个人都有自己活着的理由，每个人都有自己行事的理由，古老的伽德勒斯埃德城堡的地下室，年轻的母亲带着年幼的女儿长久地等待着沉睡的丈夫，直到他醒来的那一天。

至于那场没有新人的婚礼最后如何收场，已经不是她关心的了，她现在唯一要做的，就是等到她的丈夫睁开眼，看到她们为止。这样的等待，是开始，也是结束。

青城、伽德勒斯，不同的人怀有不同的期待。

不管结果如何，生命都会有人延续下去。

生机勃勃、绿意盎然的草地上，宫五牵着小白菜的手慢慢走在路上，安享小镇的居民热情地跟她打招呼，年轻美丽的公爵夫人来自遥远的东方，是位平易近人喜欢微笑的人。

小白菜还是胖乎乎的，会奶声奶气地喊"麻麻"，会摇摇摆摆小企鹅一样走路，喜欢咧着小嘴露出可爱的笑容。

每天清晨早餐后，公爵夫人会带着可爱的小姑娘散步，会在太阳散发出暖光的时候回去。

公爵府会在傍晚时分传出优雅的琴声，会在晚饭后传来小姑娘欢乐的笑声，会在月升后回归宁静。

镇上的人都知道，爱德华先生生病了，一直在治疗，美丽的公爵夫人独自带着孩子，等待爱德华先生康复。

只有在小白菜睡着之后，宫五才会去陪公爵，剂量最大一次的药剂注射带给他后遗症，他已经昏迷了一周，依然没有要醒来的迹象。

宫五手里捧着一本书，坐在床边，慢慢地读着书里的故事，读完了把书合起摆放到一边，微笑地看着他，说："小宝哥，今天我跟小白菜去马场让她摸了摸妮妮，她好像很喜欢，我决定明天带她挑选一匹温驯的小马，让她学骑马。教练我都找好啦，又高又帅，小白菜好像很喜欢呢。"

她手托腮，坏坏地一笑，说："她真的很喜欢哦。"顿了顿，她伸手小心地在他脸上摸了摸，说，"小宝哥，你要快点醒哦。和医生不让我在这里待太久，说也要让你休息，这个时间可是我努力争取来的。我也要去休息了，小白菜现在精力特别旺盛，好不容易她睡着我才能歇一会儿。小宝哥，我明天再带她来看你啊！"

躺着的人依旧没有任何回应，只有周围各种仪器上起伏的数据才让她知道人还活着。

她弯腰小心地在他额头亲了一下："小宝哥晚安。"

这就是她每天的生活，在照顾小白菜和探望公爵中度过，偶尔还会有爱德华家族的事要向她禀报。

虽然公事不多，有协助的团队在，但是宫五为了防止突发事件，还是充分利用空闲时间把爱德华家族的生意查看了一遍，并不能很明白其中的缘由，但却能在提起哪个名称的时候知道是什么类型的产业。

按照以前李司空的话说，宫五对钱特别敏感，知道那些产业都是赚钱的之后，学习的速度也是咻咻往上升。

她看资料的时候，小白菜在外面跟人家玩，别看小奶娃小小的，但是已经能听懂外面那些说着古老伽德勒斯方言的帮佣的话。

宫五平常是用英语和中文，小家伙都能听懂，宫五发现自己当初让小白菜背的锅，她好像真的顶下了，而且还挺争气。

"麻麻……"小家伙一下从外面跑进来，抱住了宫五的大腿，仰着胖嘟嘟的可爱小脸跟她说话。

她后面的话作为妈妈的宫五都听不懂，只能根据她的表情和动作来猜测，问了一连串问题，宫五发现她在告状，还拽着宫五的大拇指拉到外面，气呼呼地指着亚伯说着大家都听不懂的"婴语"。

很显然，公爵府的人都很喜欢这位可爱的小公主，所以时不时会逗逗她，小白菜已经学会告状了。

一周过去了，十天过去了，半个月过去了。

宫五表面上依然每天带着小可爱做自己的事，可她的内心都要被熬干了。

她每天带着希望去看他，却又一次次带着失望离开。

和煦和蕾拉的话已经安慰不了她，她不管是什么原因，她只想要他醒过来，跟她说话，对她微笑，看着小白菜健康地长大。

她承受得了外界的压力，却因为内心的煎熬快要崩溃。

她捧着书，翻到固定的那页，深呼吸一口气，开始读书上的故事："他伤得很重，医生甚至建议她放弃，可她每天都向上帝祈祷，希望他能醒来。上帝终于听到了她的呼唤，在一个阳光明媚的早晨，他终于睁开眼……"

声音越来越小，她读不下去了，眼泪一滴一滴地落在手里的书上，她压抑着哭了起来。

故事里的主人公醒了，可他还没有。

她慢慢地抬头看着他，哽咽着说："小宝哥，快点醒过来好不好？都二十天了，故事里的男主角都醒了，你也该醒了……和医生说你这次的药剂量是最大的，只要醒过来就好了，你快点醒呀，我和小白菜都很担心你……"

监控室内的值班人员开了麦克风，对她说："五小姐，跟他说话，他的意识有了一点反应。"

宫五满脸是泪地抬头看向声音的方向，点点头，伸手抹了把眼泪，继续说："小宝哥，我说话你能听到吗？你能听到是不是？我之前说话，他们说你一点反应都没有，今天晚上说你有反应了。"

她深吸一口气后，继续说话："小宝哥，我们家小白菜现在能听懂大家说的话了，不管是什么语言。她来了才没多久呢，我想着她应该比我聪明。对了，她会喊妈妈了，但是不会喊爸爸。你要是不加油，她以后会说话了都不会喊爸爸。我是不会帮你教她的，我们可是说好的，你教她喊爸爸，我教她喊妈妈……"

她慢慢地说着他昏迷期间的事，从小事到大事，从开心的事到伤心的事，每一件都说给他听。

"小宝哥，你要快点醒，我真的很想你！"她第一次知道什么叫真正的度日如年，这种交织在希望和失望中的复杂情绪，让她心力交瘁，"小宝哥，真希望我明天再来的时候，你已经醒了，可以微笑地看着我，告诉我再也不会离开我和小白菜了。"

值班医生默默地关了听筒，记录仪器上的数据。

秋高气爽的时节，宫五带着小白菜吃完早饭，牵着她的手出门散步，小家伙已经可以自己跟跟跄跄地跑了，被妈妈打扮得像朵可爱的小花，一个人在前面快乐地跑着，宫五跟在后面，抬头看了看不再炎热的太阳，深深地吸了一口清新的空气。

"麻麻！"小白菜胖乎乎的小手里捏着一朵皱巴巴的黄色小花，举给她看，"花花。"

"嗯，漂亮的花花。小白菜真棒，摘了漂亮的花花给妈妈看。"她弯腰笑眯眯地说，"真漂亮啊。"

小白菜高兴了，小短腿一蹦一跳地跑去，小腿不稳，差点摔倒。

宫五坐在草地上，小白菜在不远处，蹲在一片黄色的小花丛里，正用小手儿使劲扯着小花，身边已经放了好几朵，也不知道想干什么。

不多时，小白菜两只小胖手抓着好几朵小黄花，跌跌撞撞地朝妈妈跑过来，咧着小嘴给她花："花花……"

然后她用有限的词汇嘟哝着什么，宫五听不懂，只能一手捧着花，一手把她拉到腿上坐着，问："宝贝是要把花花送给妈妈吗？"

小东西拿起一朵小花举到她面前："麻麻。"

"这是给妈妈的吗？"

小丫头噘起小嘴在她脸上亲了一下，又比画起她手上的小花。

宫五猜测了半天，突然发现，原来剩下的那几朵花是小白菜要送给爸爸的。

她捧着花，说："我们去把花花送给爸爸，好吗？"

小姑娘果然牵着她的手，蹦跶着回走。

走廊上，远远地看到不断有穿着白大褂的人来回穿梭在病房里，宫五停住脚，被她拉着的小白菜一脸茫然："麻麻。"

宫五的眼神有些空洞，不知道为什么心一下提了起来，呼吸都显得有些沉重，她看到那些人的脸上带着焦急的神色，匆匆忙忙的，像是在应对突然的状况。

"麻麻。"小白菜晃了晃她的手，一双大大圆圆的眼睛里满是好奇。

宫五顺手拉住身边的人："看着我女儿……"

她有些神志不清，不知道自己要面对的是什么样的局面，一步一步走过去，明明只有十来步的距离，她却每走一步都用尽了全身的力气。

手里握着的小黄花一朵一朵地掉在地上，耳边只有嗡嗡的声音，她看到晃动的画面，听到自己沉重的呼吸，却不知道周围的人嘴里喊着什么。

她终于走到了玻璃墙的那面，病房里围满了人，和煦正在大声说着什么，她矗立在玻璃墙的后面，看不到他的身影。

里面有人发现了她，那人拉了拉和煦，和煦转身看向她，对上她的视线，一张满是皱纹的脸，表情那么严肃认真，然后他突然对她绽放了一个欣慰的笑，笑容扩散开，就像在告诉她，他作为医生的任务，终于完成了。

和煦慢慢地让开身体，围着病床的医生陆续朝两边让开，病床上躺着的那个人慢慢地扭动脖子，看向她的方向。

她的眼泪终于忍不住落了下来，她紧贴着玻璃墙，似乎想要透过玻璃更加靠近他，她大喊："小宝哥！"

周围的声音瞬间回来了，来来往往的医生的交谈声，小白菜的哭闹声，她终于听到了。

小白菜哇哇哭着找妈妈，她回身从对方怀里把小白菜抱了过来，含着泪，让孩子面朝公爵，她终于可以笑了。

小白菜委屈地张开肉肉的小手，把里面已经抓得变形的小花给她看，控诉她刚刚丢了小花，宫五依旧笑着，她抓着小白菜的小手，让他看，这是他女儿送给他的礼物呀！

他终于醒来。

药物的后遗症极为严重，公爵的腿在很长一段时间内都没有知觉，两个月后，他终于从满怀期望的等待变为沉默。

他看着自己的腿，甚至会用力捶打，希望能让自己有痛感，有知觉。

宫五都看在眼里。

一个清晨，她把小白菜抱到他怀里坐着，然后推着父女两人出门散步，走到一条河边停下，她说："你没有醒的时候，我跟小白菜天天来这里看风景。我跟小白菜说，等哪天我们跟爸爸一起来看风景。"

他轻轻摸着小白菜的小脸蛋，小白菜扭着小身体要下来，宫五伸手把她抱下来，说："宝贝自己去玩吧。"

小丫头又自己跑去摘花玩了。

公爵沉默地看着远方，宫五伸手捧起他的脸，说："今天小宝哥都没跟我说话。"

他依旧沉默着，轻轻把她搂到胸前，开口："和医生说，我的腿可能会留下永远的后遗症，我可能一辈子都不能再走路……"

宫五蹲在他面前，说："小宝哥，你坐轮椅我帮你推，我推累了还有小白菜呢。你要是以后不能走路，我就当你的腿。"她看着他的眼睛，说，"你不要放弃我，我不管你能不能走路，只要你活着，我就愿意跟你在一起。如果你觉得我以前是因为年轻，不懂感情冲动行事，那么现在，我的女儿都快两岁了，我也成了妈妈，我对我说的每一句话都负责。"

公爵缓缓地闭上眼，一直没有说话。

小白菜咧着可爱的小嘴，摇摇摆摆地朝这边跑过来，跑到轮椅旁边，举起肉肉的小手，把两朵皱巴巴的小花放到轮椅的扶手上，眯着漂亮的大眼睛看着爸爸笑。

这样可爱的孩子，真是谁看了都忍不住喜欢，公爵轻轻靠着她的额头："谢谢我的小宝贝。"

小白菜又跑去采花了。

宫五靠着他，脑袋歪在他腿上："我们的小白菜都这么大了，你要是想甩掉我，没那么容易哦。"扭头看了他一眼，"再说了，我现在可是全能女神，我听说当初咱老妈也这么牛，我是打算向她学习的。我这么能干，你不赶紧好起来帮我，还要拖我的后腿，我是绝对不会同意的。"

见他一直没开口，她有点不高兴，瞪着他说："小宝哥，你看着我跟我说，我们会一直在一起，还会生一堆小孩。"

她漂亮的眼睛一直盯着他。他的手落在她脸上，良久，说："我们会一直在一起，会生很多小孩。"

她终于满意了，顺势往草地上一坐，对小白菜招招手："宝贝，到爸爸妈妈这里来。"

小白菜蹲在地上摘小花，听到声音好不容易站起来，小手抓着新摘的小野花，朝这边摇摇摆摆地跑来："粑粑……"

公爵僵住，眼睛瞬间睁大，看着朝他越跑越近的小可爱，视线都模糊起来。

小白菜又喊："粑粑，麻麻。"

他不由自主地伸出胳膊，身体往前倾去，想要抱住他生命中多出来的奇迹。小白菜笨笨地绕了个圈，扑到妈妈的怀里，宫五得意地扭头看他："小白菜跟我时间长，更喜欢我，小宝哥你要努力哦。"

他讪讪地缩回手，含着泪笑道："好，我会努力。"

为了防止腿部肌肉萎缩，公爵开始接受理疗，在医生的建议下加入锻炼，通过各种方式刺激腿部神经，希望能恢复知觉。

他一次又一次摔倒在地，一次又一次跌伤自己，即便坚持了两个月都没有效果，他也始终没有放弃，因为他生命中最重要的两个女人正坐在旁边给他加油鼓劲。

和煦请了一位自己的老朋友来到伽德勒斯，协助公爵做康复训练。

官五听到这个消息后，立刻赶了过去，刚进门就听到身体摔在地上的声音，她停住脚，微微缩了缩身体。她看到公爵趴在地上，手臂撑着身体，手握成拳，重重地捶在地上，她知道他心里的绝望和不甘。

身边的医生和助手扶他起来："不要灰心爱德华先生，我检查了你的肌肉力量和弹性，只要你坚持下去，一定会有机会康复。你要对自己有信心，你的妻子和孩子还在等着你陪她们散步呢。"

他慢慢地爬起来，汗滴顺着脸颊往下落，没有支撑力的腿一下滑了下去。

官五无声地退了出去。她在门口站了一会儿，然后给展小怜打了个电话："妈，我能把小白菜送回去几个月吗？她现在天天黏着我，别人带我不大放心，让她先回去一段时间，回头我跟小宝哥一起回去，行吗？"

展小怜没有问原因，说："好。"

晚上的时候她跟公爵说了这个想法，公爵握着她的手说："小五，我会想她，让她在我身边。"

官五坏坏地歪头一笑，说："不行，不可以给你幻想，我要你有一天自己走着回去见你的宝贝。"

然后她拥抱着他，说："小宝哥，我要送她回去，我要你把这个当成你努力的目标，就像你当初因为想要看到我和小白菜，所以才会醒来一样。我要你努力地康复，我不知道有多苦多难，我不知道需要多长时间，我也不能帮你分担你身体的痛苦，但是我要你像天下所有的爸爸一样，可以把小白菜抱在怀里，扛在肩膀，骑在头上。你想要找回自己的女儿，就亲自拥抱她、亲吻她，让她知道自己的爸爸是天下最勇敢的人。"

她问："你能做到吗？"

他缓缓地闭上眼睛，感受到来自她的力量，点头回答："我能！"

"谢谢……"她忍不住流着泪说，"谢谢你总是给我力量。"

他没有回答，因为释放能量的人从来都是她，他只是源源不断地从她身上汲取

508

力量，让自己坚持到了现在。

宫五在第二天跟小白菜做了一次沟通。

小丫头刚来伽德勒斯的时候，还是个什么都不会说的小奶娃，而如今，她已经能咿咿呀呀说出很多简单的话，她会自己挑选漂亮的衣服，会自己搭配好看的头饰。

宫五跟她说了爸爸的情况，其实她也不知道小白菜听懂没，但是她觉得她要尊重小白菜，并希望她能理解。

结果小白菜在听完后，眨巴着大眼睛点头，说："好。"

宫五一愣："宝贝你听懂我在说什么了吗？"

小白菜奶声奶气地回答："捉迷藏……"

"小白菜躲起来，爸爸会去捉小白菜，是吗？"宫五用自己的理解问她。

小白菜点点头，一双圆溜溜的大眼睛忽闪忽闪的，像天上的星辰。

离别的日子，小白菜用自己肉肉的小胳膊拥抱着爸爸，柔软的小手落在公爵的脸上，让他的心都化成了一汪潭水。

宫五一个月后回到伽德勒斯，康复训练的日子枯燥、单调又痛苦，失败和跌倒，各种意外时有发生，这样的康复似乎遥遥无期，可谁都没有说过放弃，身边有个可期盼之人的陪伴，比任何话语鼓励都来得让他满怀信心。

细小的溪流在时间的积累中汇集成了江河，付出的回报来得猝不及防，一个冬季的早晨，不知道是和煦后期康复的药跟进得及时，还是原本药性的后遗症在逐渐消失，公爵的两条腿终于有了知觉。

宫五喜笑颜开："小宝哥你看吧，我就知道你是最棒的！"

公爵微笑着伸出手，紧紧地抱住她："现在，我可以去见我的女儿了。"

从他们离开青城到现在，漫长的等待后，他们终于迎来了曙光。公爵销毁了他所有的枪械设计图，捐献了爱德华家族的大半资产支持改制后的伽德勒斯，然后携妻重回青城。

青城机场外，人流中一对出众的人儿缓慢地走着，修长挺拔的和臃肿蹒跚的。展小怜的眼睛瞬间睁大。

挺着大肚子的宫五一手扶着腰，一手抬起来对着接机的大家挥手："哟！"

走近了，她大喇喇地伸手拍了拍圆滚滚的肚皮："惊喜吧？"

燕大宝目瞪口呆："小五，你吃什么好吃的了，怎么变得这么胖啊？"

宫五斜眼看她："燕大宝你傻啊？我肚子里有你的侄子！"

燕大宝震惊：“你要生小孩啊？”

宫五得意扬扬地说：“可不是，我跟小宝哥早就说好，回头要生一窝小崽子。”

小白菜牵着姑姑的手，蹦蹦跳跳的，一双漂亮的大眼睛看看宫五，又看看公爵。她抬头看了姑姑一眼，跟姑姑对视一眼后，迈开小腿跑过去，热情地举起小胳膊：“爸爸！”

她在公爵的脸上亲了一口，这热情的劲儿让宫五很怀疑她是真心还是假意。小白菜又要热情地朝宫五身上扑，被公爵伸手拉住：“宝贝……”

小白菜一见，一扭头跑到燕大宝身边，举起胖乎乎的小手，脆生生地说：“姑姑给钱！”

公爵感动的热泪还没来得及擦去，就呆在原地。

宫五：“……”她就知道啊，不过没关系，他们回来啦，有大把的时间陪她成长。

展小怜红着眼眶，微笑着看着眼前的两人：“欢迎回家！”

“我回来了。”公爵道，“对不起，让您担心了。”

他弯腰抱起小白菜，小白菜没有抗拒，只是抿着小嘴一脸严肃，宫五偷亲了下她小可爱的脸蛋，小白菜捂住胖胖的小脸，愤愤地说：“爷爷说女孩子不可以让人亲脸蛋，我要发飙啦！”

宫五不理她，伸手蹂躏她的胖脸蛋：“妈妈喜欢你才蹂躏你。还有，不要跟姑姑学发飙。你不上学的好日子没了，从明天开始，你要乖乖上幼儿园了。”

“爷爷说不上学。”小白菜气得哇哇哭。

宫五不为所动，公爵一脸心疼地哄着小胖妞，但始终不答应她不去幼儿园。

小胖妞的哭声惊天动地，在偌大的机场内格外引人注目，一行人慢悠悠地朝机场大门走去，小胖妞委屈的哭声还在持续。所有人都像没听到一样，直到她自己也觉得没滋没味自动收声。

宫五一家三口上了车，虽然小胖妞嗷嗷叫要跟姑姑一起，但是完全没机会，最后还是被爸爸妈妈带走。

她气鼓鼓地问：“是不是以后我只能跟爸爸和妈妈在一起了？”

公爵补充：“还有妈妈肚子里的小宝宝，我们四个人在一起。”他把她抱到腿上，问，“小白菜在生爸爸妈妈的气吗？”

小白菜一扭小脖子：“哼！”

公爵毕生的温柔都用在这一刻，他轻轻地捧着女儿软软的小身体，温柔地碰了碰她的额头：“对不起小白菜，都是爸爸不好，如果爸爸能早一点回来，我们相处得会很愉快。但是爸爸发誓，以后不管发生什么事，我们都不会丢下小白菜。我的宝贝愿意给爸爸一个补偿的机会，让我成为合格的爸爸吗？"

小白菜鼓着小嘴，说："还有妈妈。"

他点头，微笑着说："好，还有妈妈。我们一家人，一直在一起，好不好？"

胖胖的小丫头用眼角看了公爵一眼，大大的眼睛里突然冒出大颗大颗的泪珠，她一下扑到公爵怀里，说："说话不算话，屁股当嘴巴。你们以后不能不要我！"

公爵抱着她，无比愧疚："我们从来没有不要小白菜，不管是爸爸还是妈妈，我们都永远爱你，爱我可爱的女儿。"

小白菜哇哇大哭，宫五在旁边看得跟着内疚："宝贝，都是妈妈不好，妈妈以后改正，再也不丢下小白菜一个人。"她伸手，小心地把小白菜抱到怀里，使劲蹭了蹭小白菜的脸蛋，"妈妈以后会做个合格的好妈妈。小白菜明天不上学，后天再去，你能原谅爸爸和妈妈吗？"

可爱的小姑娘抽噎着，然后点头："嗯。"抽噎了一下后又说，"后天也不上学……"

红着眼眶的宫五一下笑出声来："你就是不想上学对吧？"

小白菜："……"

新的生活即将拉开帷幕，过往的经历会成为时间的沉淀，在岁月的长河浪涛中起起伏伏，带走轻浮，留下沉重。

汽车行驶在路上，迎着阳光，隐没在过往的车流中。

宫五在颠簸中把头靠向公爵的肩头，闭目养神，趴在公爵怀里的小白菜也不知什么时候睡着了，公爵一手托着小白菜，一手搂着宫五，慢悠悠地扭头看向窗外。

这样就很好，不急不躁，不紧不慢，岁月如歌，现世安好。

（完）

番外

公 | 爵

　　"燕大宝小朋友！"老师微笑着在门口喊道，"燕大宝小朋友，你哥哥来接你了。"

　　燕大宝从小桌子旁站起来，手里拽着小书包撒腿朝着门口跑去，头上一高一低两条小辫子随着她的跑动一抖一抖的，漂亮的小书包被她拖在地上，发出难听的声音，她的小短腿高频率地迈动着，朝着门口一个人影奶声奶气地喊："包子哥哥！"

　　幼儿园门口，一辆黑色的轿车旁站着一个英俊的少年，也就十岁的模样，黑色的长风衣包裹着修长的身形，高于同龄人的身形让他身上多了几分沉稳。

　　少年看到矮胖的小丫头一颠一颠地跑来，跑到门口的时候，她手里的小书包已经扔在了地上，隔了老远就伸出小手："包子哥哥，要吃糖糖！"

　　李一狄叹了口气，转身从身后的司机手里捏了根棒棒糖，剥掉了糖纸递到她手里，提醒："宝宝，你再这样吃下去，牙齿会坏掉的。"

　　燕大宝不管，吃到糖就高兴。

　　他过去捡起她的小书包，里面什么都没有，他不明白她为什么每天还要背着小书包上学。

　　燕大宝抱着棒棒糖不声不响地吃，李一狄问："宝宝要去哪里，回家还是找馒头哥哥玩？"

　　"馒头哥哥。"

　　李一狄自己先上车，又把她拉上去，摁到儿童座椅上，给她系好安全带，整顿好了才提醒司机："走吧。"

车径直开往绝地，小小少年像个小大人一样又把燕大宝从车上抱下来，别看燕大宝小，可她胖，李一狄每次抱她下来的时候，都是用了吃奶的劲。

没办法，燕大宝不让别人抱，爸爸说了，女孩子不能让男人抱，在她心里李一狄是哥哥，只有哥哥可以抱。

她兴高采烈地跑进绝地的大门："馒头哥哥！"

小馒头一听到燕大宝的声音，赶紧躲了起来，他不喜欢和小屁孩玩，他和宝才是好朋友。

燕大宝找不到小馒头，撇着小嘴要哭，原本李一狄以为自己解放了，结果一看到燕大宝咧着小嘴要哭的模样，只能过来，拉着她的小手带到一边陪玩。

李一狄一点都不喜欢跟小孩子玩，毕竟玩不到一块去，可是没办法，总不能放着她不管吧，何况还是他带过来的。其实他很少去接燕大宝，但是有时候架不住他妈妈想要见可爱的燕大宝，他就只能去接，谁让家里他最大呢？

燕大宝撅着小屁股趴在摇摇车上，一摇一摇地晃着身体，仰着小脸跟李一狄说："包子哥哥，明天你还来接大宝吗？"

李一狄暗自翻了个白眼，文质彬彬的小少年脸上带着无奈："嗯，明天我还去接你。"

燕大宝小手小脚踩在摇摇车上，又奶声奶气地说："馒头哥哥来玩。"

"嗯，明天馒头哥哥来玩。"

"哥哥来玩。"

"行，哥哥来玩。"

这过程中燕大宝要是拉了尿了摔了跌了哭了闹了，他都要管，明明他还是个小孩，却要管另外一个更小的小孩吃喝拉撒的事。

小丫头抱着摇摇车，使劲晃着，高兴地咯咯笑。

李一狄一脸生无可恋地陪着。

这算是小少年李一狄童年生活里最痛苦的事，明明他应该和一帮差不多大的孩子一起玩乐，偏偏天天被燕大宝赖着，一个小尾巴，怎么甩都甩不掉。小馒头每次看到燕大宝来都溜之大吉，完全不愿意陪燕大宝一分钟。

当然，李一狄一直觉得燕大宝是他见过的最漂亮的小姑娘，虽然是不情不愿地带她玩，但也仅限于带燕大宝，其他小孩他从来不愿意带。

"包子哥哥，"燕大宝站在路边，眼巴巴地看着路边摊上的烤串，"要吃。"

李一狄皱了皱眉头："宝宝不吃，那个东西很脏，回头哥哥带你去绝地吃又好吃又干净的。"

"要一只猫猫！"燕大宝指着卖小奶猫的人要买。

李一狄皱眉："这是普通猫，宝宝要养名贵品种，回头哥哥给你物色一只最漂亮的。"

隔天燕大宝就忘了，完全是一时兴起。

因为经常去绝地，所以燕大宝那张胖乎乎的小脸蛋就是招牌，往绝地一站，多少人都知道这是青城燕回的掌上明珠，偶尔有人想要向前靠近逗逗她，也会被推开，那简直就是个到哪都不能有闲杂人等靠近的小霸王。

她想玩什么，其他人就必须让开，在幼儿园是这样，在绝地更是这样，何况身后还有个绝地第一公子李一狄保驾护航。

玩累了燕大宝倒头就睡，完全不分地点，要是她爸不来接，她能睡到第二天一大早。

今天眼看着燕大宝已经打盹了，李一狄给展小怜打电话，展小怜问："大宝睡着了？晚点让她爸去接。他要是不去就找个地方让她睡。"

李一狄抱着电话，小小的人儿，一张满是稚气的脸上带着几分无奈："好的。那展姨再见，我想办法让大宝吃点东西再睡。"

展小怜挂了电话，忍不住笑着说："我怎么觉得小包子小小年纪那么老成呢，以后大宝就应该找个这样的对象。"

那边燕回炸毛："不准！爷弄死他！"

"你行了啊，你家闺女被你惯成什么德行你自己不知道啊？"展小怜没好气地说，"配得上人家小包子吗？"

燕回更气了："哪里配不上？爷的燕大宝，是世界上最漂亮、最可爱的小孩！"

无辜的李一狄努力想要哄燕大宝，但是又不忍心直接叫醒，所以纠结半天，还是没动手。结果李司空过来，几下把燕大宝吵醒，燕大宝张大小嘴使劲号："哇——爸爸！"

"小馒头！"李一狄气死，揍了李司空两下，李司空扭着屁股唱着歌跑走，留下李一狄手忙脚乱地哄哇哇大哭要找爸爸的燕大宝。

燕回来接的时候，就看到他的心肝宝贝被李一狄像勒了只小青蛙一样抱在腿上吃糕点，一只小袜子也不知道跑哪里去了，光着小脚，脸蛋上还挂着豆大的泪珠，满脸都是糕点的残渣，鼻涕都快流到嘴里了。

"爷可怜的燕大宝啊！"燕回的心都碎了，把李一狄揍了一顿，"你敢欺负爷的燕大宝，看看她都成什么样了！"

拿了毛巾给燕大宝擦脸，毛巾用了十来条，燕回还在擦。

李一狄被揍得鼻青脸肿。

燕大宝抽噎了一下，说："爸爸不打包子哥哥。"

燕回睨眼说瞎话："没打。"然后抱着燕大宝回家。

晚上穆曦看到儿子满脸的青紫,震惊:"儿子,你脸上这是怎么了?"

李司空幸灾乐祸:"欺负大宝妹妹,被燕叔叔揍了。"

李一狄一道眼光转过去,差点让李司空吓尿。

李晋扬跟没看到似的,放低声音温柔地问漂亮的女儿:"饭团宝贝,今天的广告拍得顺利吗?有没有人欺负你?"

饭团摇摇头,青春靓丽的美少女,光坐那就耀眼得让人移不开视线:"没有,大家对我都很好,郭导让我跟你和妈妈问好。"

李司空恶狠狠地拿叉子戳了下碗里的米饭,不服气:"凭啥爸爸每次跟姐姐说话都捏着声音,跟我和哥哥就那么凶?老子不服!"

李晋扬抬头:"不服就打到你服。你有本事把自己变成女孩子,爸爸也对你温柔。"

李司空认真地想了想,觉得当女孩子扭扭捏捏还爱哭,他最受不了女孩子。

指望不上爹妈,李一狄垂眼吃饭,争取下次不挨燕叔的揍。

其实李一狄不是经常有机会接燕大宝,大多都是展小怜接,偶尔展小怜临时有事才会轮到他去接燕大宝去他家吃饭,主要是他妈妈想燕大宝了。

在他的印象里,幼儿园里的燕大宝就是班里的小霸王,她可以一个人坐一张完整的小桌子,其他小朋友则挤在一起,吃饭的时候她会从其他小朋友的碗里抢肉,午睡的时候她要挑选最喜欢的小床。

在这样的情况下,李一狄竟然好几次看到燕大宝哭着告状,说有人欺负她。

这次她说的是邻桌的小胖子。

李一狄看着燕大宝委屈的小脸,牵着她的小手进幼儿园,问:"今天谁欺负我家宝宝了?"

老师惊讶:"今天燕大宝小朋友跟大家玩得很好,没有人欺负啊。"

燕大宝指着一个小胖子说:"他欺负我。他说我不漂亮,说我胖。包子哥哥,我胖吗?"

李一狄看了看燕大宝肉嘟嘟的小胖脸,手里软绵绵像捏了QQ糖一样的小胖手,抿了抿嘴,坚定地摇头:"大宝最可爱、最漂亮,刚刚好,一点都不胖。"

燕大宝就跟一下找到了别人的什么把柄似的,松开李一狄的手,朝着小胖子冲过去,挥起小巴掌打了小胖子一下:"你这个小胖子!"

老师目瞪口呆,好一会儿才反应过来,赶紧过去把两个孩子拉开。

小胖子哇哇哭,燕大宝势头正足:"包子哥哥说了,我不胖,我最漂亮!"

小胖子哭着说燕大宝胖,燕大宝说小胖子胖,最后两人决定称体重看看究竟谁是小胖子。

看了看两个人的体形和分量，李一狄其实有点担心，但是架不住燕大宝自信啊。

在两个小朋友非要一决高下的决心面前，老师只能搬了秤出来，经过反复对比，最后发现小胖子比燕大宝重二两半，燕大宝一下高兴了，指着小胖子说："你胖！"

小胖子哭着走了。

李一狄："……"

幼儿园时期的燕大宝其实总体还好，毕竟人小，想得也少，周围的人个个宠她，所以大多时候，燕大宝都是个快乐的小胖妞。

上了小学的燕大宝忧伤了一阵子，因为哥哥被妈妈送去伽德勒斯，家里就剩她一个人了，平常没人陪她玩。

燕大宝依然是学校的小霸王，闲来没事就把学校周围的一些不学好的小混混揍得满地找牙，直接把学校里一部分小学渣打得乖乖学习。

至于校外还有些坏孩子，燕大宝原本蹦跶着要会一会人家，结果她利用放学的时间找了一圈，愣是没找到人，只好放弃。

李一狄听人回来汇报，不由得叹了口气，得亏提前处理了，要不然还让她真的跟人家打啊？

美少女燕大宝是学校有名的暴力小萝莉，同时还是个小学霸，所以老师对她又爱又恨，当然，燕大宝人缘最好的时候是李一狄偶尔来接她放学的时候。

高高大大的美少年往学校门口一站，就是道亮丽的风景线，在小学生的眼里，那简直就是王子一样的存在。

每当这个时候，燕大宝班里的同学就会主动跟她打招呼，顺便多瞧两眼李一狄。真的是那种罕见的俊美，小女生们都不知道这样的人为什么会出现在学校门口。

燕大宝蹦蹦跳跳地出去，一下扑到李一狄怀里，像个树袋熊一样挂在他身上，大眼睛眯成了弯月亮："包子哥哥！"

李一狄眉眼弯弯，微笑的样子像是画里的人："大宝，今天我来接你。"

爬到车上，燕大宝就得意扬扬地跟他讲自己在学校的丰功伟绩，正常情况下，能被燕大宝拿出来炫耀的，一定不是什么好事。

听她讲完，李一狄长叹了口气，才说："我们大宝是乖巧的淑女，可不能随便动手打人。"

燕大宝说："他欺负人，拽我同桌的小辫子，我揍他，他为什么不拽我的小辫子啊？难道我不可爱吗？"说完一双大眼瞪着他。

李一狄有点无语，总觉得现在的小学生心思难以捉摸，后来又一想，应该不是小学生的心思难以捉摸，而是大宝的心思难以捉摸。

于是李一狄伸手拽了下燕大宝的小辫子，说："大宝最可爱。"

燕大宝终于满意了。

燕大宝的小学生活和幼儿园时一样，打打坏学生，揍揍捣蛋鬼，最关键的是，依旧是个不爱学习但是考试成绩呱呱叫的小学霸。

后来燕大宝上了初中，李一狄也在这期间去了国外两年，初三也在燕大宝没心没肺的玩闹中度过。

李一狄从国外回来第一次见到燕大宝差点没认出来，曾经胖乎乎动不动就抱他大腿的小姑娘，就像突然绽开的小花朵，脸蛋上的婴儿肥也不像以前那么明显，个子抽条似的拔高，整个人也逐渐有了少女的雏形。

燕大宝是个自来熟，完全没意识到和以前有什么不同，就跟小蝴蝶一样朝着李一狄扑过去："包子哥哥！"

他的模样没多大变化，只是从曾经的稚气少年成长为俊朗的青年，身上褪去了青涩，多了儒雅和贵公子的气质。

燕大宝的小脸蛋长开不少，就是脸颊上的肉还是软软的，让人忍不住想要捏一下。

燕大宝扑完了李一狄，又照例朝着李司空扑过去："馒头哥哥！"

李司空一下跳到旁边，指着她说："燕大宝，老子告诉你，男女授受不亲，你可不能靠近老子，老子是正经人。"

燕大宝瞪圆了大眼睛，扭头看向李一狄："包子哥哥，馒头哥哥一直坏，你会不会也不理我？"

一双水灵灵的大眼睛，里面带着盈盈的湿润，就像是满了水的温泉，看得李一狄有些不忍，他瞪了眼李司空，摸摸燕大宝的小脑袋说："包子哥哥永远不会不理大宝。"然后塞给燕大宝一个小玩偶。

燕大宝皱着小脸说："我喜欢大的。"

李一狄深呼吸，微笑着说："那包子哥哥下次就给大宝大的。"

后来李一狄认真地想了想，可能就是他这句话让燕大宝缠着他了，反正，以后不管有事没事，燕大宝只要蹦跶出来，就会习惯性地找包子哥哥。

最坏的结果就是燕大宝这个小丫头的存在，非常影响李一狄身边的异性缘。

有一次燕大宝去绝地玩，看到李一狄跟一个女人在一块，她跑到人家姑娘面前，握起拳头，摆出一个加油的姿态，大喊："包子哥哥加油！姐姐，你快点生一个小孩出来给我玩好不好？"

结果那女人就是李一狄的一个客户，原本确实有这方面的小心思，毕竟都是单身，想要勾搭一下绝地的第一大少，燕大宝这样一吼，直接让那女人落荒而逃了。

李一狄："……"

他艰难地对燕大宝说："大宝，她就是普通姐姐。"

燕大宝原本兴奋的小脸一下蔫下来，噘着小嘴说："怎么可以这样呢？包子哥哥你不能欺骗纯洁姐姐的心灵。"

李一狄无言以对，他就算要孩子，也不是为了给她玩好吧。

但是不能这样跟她说，燕大宝差点失望地化成地上的一摊泥，李一狄不忍心了，赶紧带着她去吃好吃的。

显然，燕大宝对男女之事一直懵懵懂懂，后来只要看到李一狄跟年轻漂亮的女人在一起，她就会追问什么时候才能生一个小孩出来，吓得很多小萌芽都被浇灭在她的加油声中。

高中时候的燕大宝，比初中更加惹人瞩目，如果说初中时候的她是含苞欲放的花骨朵，那么高中时候无疑是逐渐向世界展示她的美丽，她的周围逐渐多了年轻的男孩，其中不乏个人和家庭优秀的类型。

班里有个男孩周末过生日，生日宴会的地点定在摆宴的绝地，男孩邀请了班里的几个同学，燕大宝是重点邀请对象，她这个傻大姐，听说有人过生日请她，还是去绝地，高高兴兴地去了。

原本李一狄以为这丫头是来找他的，结果燕大宝摇摇摆摆地跟他打了招呼，跟着一帮男孩子进了一个包间。

最开始燕大宝来烦他，李一狄很无奈，后来就成了习惯，这突然之间燕大宝不找他了，他在某个瞬间还有点失落。

随后他震惊，回头看向包厢号，急忙找来服务员让人进去看看是什么情况。服务员进去后出来，跟他说："大少，那些是燕大小姐的同学，其中有个男生过生日，她是受邀对象。"

"现在里面是什么情况？"李一狄问。

"在唱情歌呢。"服务员说，"大家起哄燕大小姐和过生日的男孩子唱情歌……"

隔音效果一等一的好，外面听不到里面的动静，李一狄有点急，在他心里，燕大宝那是单纯的一张白纸，就算被人骗了她也不知道被骗。

燕大宝在里面玩得嗷嗷叫，高兴得跟什么似的，李一狄在外面徘徊了一阵，反正怎么都不放心。

他正想要进去看看情况的时候，门咔嗒一声打开，出来的刚好是燕大宝，她抬眼看向李一狄，龇牙对他笑："包子哥哥！"喊完了，抬脚跑去厕所。

李一狄等在外面，不多时燕大宝跑出来，又喊了一声要往包厢里钻，被李一狄一把拉住："宝宝，今天跟同学一起来的？"

燕大宝说："对。我还要进去唱歌呢。"

"宝宝，燕叔知道这件事吗？"李一狄问。

燕大宝赶紧伸出食指放在小嘴边，噘着红艳艳的唇，说："嘘——千万不要让爸爸知道。"

"宝宝这样不好，应该让燕叔知道，要不然他不放心。"

燕大宝坚决摇头："不可以不可以，我好不容易可以和同学一起玩，不可以让他知道。我走啦，包子哥哥再见！"

有了新的玩伴，就完全不理他了，李一狄站在外头，眼睁睁地看着燕大宝重新跑进包厢。

他愣了愣，给燕回打电话。

半个小时后，燕回杀了过来，一脚踹开包厢的门："燕大宝！"

燕大宝一呆："爸爸！"

最终，好好的生日宴被闹得鸡飞狗跳哭喊连天。

燕大宝蔫蔫地被捉了回去。

再之后，李一狄发现燕大宝有三个月没去绝地，这种突然少了一个小姑娘蹦跶在他面前、娇声娇气喊他"包子哥哥"的情况，让他很不习惯。

终于，一个周五的下午，他去学校门口等人。

一直等到最后，终于等到了燕大宝。

小姑娘怀里抱了个巨大的玩偶熊，正在一个男孩子面前蹦跶，手里的书包也被对方提着，摇头晃脑地跟人家说着什么，漂亮的小脸蛋上带着笑，这副模样，俨然是恋爱中的小姑娘。

李一狄站在原地，觉得自己就是咸吃萝卜淡操心，人家大宝好着呢。他背过身去，燕大宝和同学从他身边走过，他听到燕大宝跟对方说："那明天呢？"

"明天也开房吧。"

"好哦！"燕大宝完全没发现他，直接跟着同学走了。

李一狄看着他们走过去的背影，给燕回打电话，然后发现，燕大宝跟家里说，最近都是包子哥哥接，去他家吃饭。实际上，压根没这回事，这小丫头这是撒谎吗？燕叔竟然也信了？！

他一路跟着她，发现那个男生带她进了一家酒店，还跟前台拿了一个房卡，两人一起进了电梯，又进了房间。

李一狄什么话都没说，冷着脸让服务员打开那个房间一看，发现燕大宝和男同学坐在桌子边，开着台灯，正在写作业，那只熊被扔在床上。

李一狄："……"

燕大宝惊奇："咦？包子哥哥你怎么在这里啊？"

李一狄问："大宝宝，你在干什么？"

仔细一问，李一狄才知道，原来是为了学习互助。

班级成立了学习互助小组，燕大宝被指派为一组的小组长，专门负责辅导这个男生的物理。男生其他科目都特别好，就是物理拖后腿，燕大宝作为小组的核心人物，专门负责优秀同学的偏科项目。

原本放学后一小时是互助时间，结果两人一小时用完了还有题目没讲完，燕大宝怕被她爸发现，两人商量后就去酒店开个房间继续学习。

李一狄："……"

燕大宝眨巴着大眼睛："包子哥哥，你为什么在这里啊？"

"我听说有人跟燕叔说我天天去接她，但是我从来没去过，所以来看看。"李一狄瞅着她说。

燕大宝龇牙讨好地笑："包子哥哥你是不是告状了啊？你不要告状，爸爸会生气的。"

李一狄回答："我就是想来看看宝宝天天在干什么，你都很长时间没去绝地找包子哥哥玩了。"

燕大宝伸手一拍胸脯："我是小组长，我要起带头作用。"

男同学怯怯地看了李一狄一眼，这种直接被碾压的挫败感，让自诩在学校算得上帅哥的他自尊心受到了大大的挫败，他本来还想追求燕破晓同学呢。

今天的辅导提前结束，燕大宝被李一狄提溜走了，临走前燕大宝还抱走了熊。

路上，她有点愤愤不平地说："包子哥哥，我们说好在酒店额外学习一个小时的。"

"让燕叔知道了，你以后都不用参加什么互助小组了。"李一狄提醒，又看了她一眼，说，"宝宝，以后不能随便跟男生去酒店，不管是干什么都不行。万一遇到个心术不正的，到时候你怎么办？"

"不怕。"燕大宝说，"他们都打不过我。"

"……"李一狄叹气，"宝宝你要记住，人外有人天外有天，你肯定不是天下无敌。所以一定要有这样的警惕心。"

燕大宝认真地想了想，点头："好吧。"

李一狄又提醒："另外，宝宝你不喜欢来绝地玩了？包子哥哥都想宝宝了。"

燕大宝说："我忙啊。"

这个从小到大因为她爸身边没一个朋友的姑娘，难得能在团体活动中体现自己的价值，所以她抓住这个机会，尽心尽力地完成老师布置的工作，务必要把偏科的同学培养成物理优等生。

到了绝地，李一狄带着她去办公室，把燕大宝摁到沙发上，上下打量了一番，认真地问："大宝宝，来，老实告诉包子哥哥，那个男同学有没有碰过你？"

燕大宝睁着一双漂亮的大眼睛，脆生生地回答："有啊！"

李一狄震惊："宝宝！"

燕大宝眨巴着眼说："写作业挨一块，怎么会没有碰过啊？"

李一狄觉得自己的小心脏真是忽上忽下，自己现在就跟燕大宝的爹似的，不对，比她爹还操心，这日子这样下去怎么行？

"包子哥哥，"燕大宝抱着巨大的熊，嘴里说了句，"你今天好奇怪啊。我要回家啦。"

李一狄拉住她："宝宝，这个熊是谁送给你的？"

"我同学啊。"她说，"他说感谢我帮他辅导，送给我的。"龇牙，高兴地说，"好看吧？"

李一狄看了眼熊，说："大宝，这熊质量不太好，包子哥哥送你个质量好又不怕生螨虫的。这种东西里面很多都是'黑心棉'，对人的身体也不好……"

燕大宝一听，吓得赶紧扔掉："好脏啊！"

第二天李一狄抱着个大熊，去学校门口等她，燕大宝出来一看，果然高兴了。

在这样的前提下，李一狄决定买一家玩具厂，专门给她造好看可爱的玩偶，这样她就不会被那些不知什么心思的早熟孩子一个玩具就哄骗了。

结果燕大宝的哥哥费小宝无意中听说了这件事，回头就把李一狄打算收购的玩具厂给收购了，为了大宝的健康，还从普通的玩具厂升级成了高端玩具厂，厂里的员工进行培训，通过考核才能留用，考核不通过的全部辞退，只要高端人才。

李一狄知道后："……"

慢慢地，李一狄发现，燕大宝喜欢可爱的猛兽类型，就是玩偶一定要可爱，同时必须是猛兽，老虎、狮子之类的，要是温柔的兔子、小猫之类的，她不是很喜欢。

高考过后的燕大宝，玩得昏天暗地，当然不是去绝地，而是去了伽德勒斯她哥哥那里。

李一狄有三个月没看到她，给她打电话，她敷衍两句就挂了，再打就嫌烦。对此，他的心情有点惆怅，觉得自己被嫌弃了。

燕大宝的大学生活显然比以前都要精彩，因为大学打破了她从来没有朋友的魔咒，她终于找到了一个志同道合的好朋友，开启了她丰富多彩的大学生活。

她更加不想去绝地了，因为很多时候，她跟身边的朋友在一块比去绝地更让她高兴，找到了新的乐子，自然就会抛弃过去的生活。

于是，李一狄接二连三听到她在学校的事，先是砸了她那个好朋友的家，然后是揍了个变态暴露狂，之后宿舍不知为什么着火了，再之后……总之，身边的各种事不断。再一个,十八岁少女的美丽容颜吸引了太多的狂蜂浪蝶。

这是一个让人愤怒的发现,最起码李一狄很愤怒,自己精心呵护着长大的姑娘,那些家伙凭什么围着打转?他真心觉得自己比燕叔还要盯得紧,那些毛孩子想抢人,怎么可能!

他给燕大宝打电话,燕大宝时常接不到,因为她跟好朋友一块,经常不带手机,给她发短信,燕大宝要跟好朋友一块,经常不看。

李一狄对此很郁闷,还是小时候可爱,天天抱着他的腿、拉着他的手奶声奶气地喊"包子哥哥",现在呢?长大的小姑娘有自己的想法,再也不用依附在他身上求关注了。

这就是成长的代价啊,越长大,越独立。

最起码,他的小姑娘就是如此。

周五晚上,李一狄突然在绝地看到了燕大宝,美丽的少女一出现在绝地,立刻引起了周围人的关注。李司空带着另外一个姑娘参观绝地,燕大宝在旁边龇牙,一脸崇拜地盯着那姑娘,完全就是个小迷妹的神情。

"大宝!"李一狄微笑着走近。

燕大宝一回头:"包子哥哥!"

宫五扭头看过来:"燕大宝,你认识啊?"

燕大宝说:"这是包子哥哥。"

见她要跟着那姑娘走,李一狄立刻开口:"大宝宝,我有东西送给你,你肯定喜欢。"

燕大宝一脸好奇:"真的吗?什么东西啊?"

李一狄笑着说:"大宝来了就知道。"

燕大宝立刻蹦跶过去:"要去!"

到了办公室,李一狄顺手关上门,燕大宝已经扑到了沙发上的一个大鳄鱼玩偶上,蹂躏了好一会儿才松手:"包子哥哥,我好喜欢啊!"

她一下扑到李一狄身上,就像小时候一样。

李一狄身体一僵,少女身上特有的馨香在某个瞬间灌入他鼻中,让他整个人有短暂的眩晕。那不是经常闻到的香水味,也不是任何外来的香气,而是她身体上原本就有的味道。

燕大宝就是抱一下,又快速地撒手,重新扑在大鳄鱼身上:"我好高兴啊!"

李一狄还站在原地,抬眸看了她一眼,可爱的姑娘显然什么都不知道,也并没有觉得她刚刚的举动对成年人来说不合适。

"包子哥哥,你怎么知道我喜欢大鳄鱼啊?"她自在地坐在沙发上,抱着鳄鱼晃着腿，一双水灵灵乌溜溜的大眼睛看着他，"我最喜欢鳄鱼了。"

李一狄慢慢抬脚朝她走去，然后在她身边坐下："大宝宝高兴吗？"

燕大宝使劲点头："高兴！"

李一狄笑了起来："看到大宝宝高兴，我也很高兴。"

他的视线落在她抱着玩偶的胳膊上，白白嫩嫩的胳膊，圆润滑腻，像抹了一层淡淡的荧光，覆盖着一层浅浅的绒毛，漂亮得让人忍不住想要咬一口。

"宝宝在学校，是不是有很多男孩子追？"他微笑着问。

燕大宝立刻抬起脖子，骄傲地说："我有收到很多情书哦。小五说他们写得不好，不让我看来着。包子哥哥，你说我是不是很漂亮，才有人写情书的？"

"当然，"他说，"我们宝宝当然是非常漂亮，所以才有人给宝宝写情书的。但是宝宝不能随便答应别人，如果你随便答应别人，那就意味着别人会觉得你是很随便的人，明白吗？"

燕大宝瞪圆了眼，眨巴了两下："哦。小五说了，这是证明我魅力的地方。"

"对，小五说得很对。"他顿了顿，又问，"小五是刚刚那个漂亮的女孩子吗？"

燕大宝立刻点头："就是，包子哥哥，你看小五有意思吧？"

刚刚李一狄就看了一眼，还是李司空带着的缘故，没有仔细看，她一问，他点头："对，很有意思的女孩子。大宝很喜欢小五吗？"

燕大宝握拳："小五是我的偶像，我以后要跟小五学习，她干什么我就干什么！我的生活会变得多姿多彩！"

李一狄："……"

他总有种大宝被那个叫小五的女孩子洗脑了的感觉，这样长期下去怎么行？

好在，他的这种担心没持续多久，他突然在某天接到了燕大宝的哥哥的电话，目标正是小五。

李一狄也不知自己是出于什么目的，总之，他配合了费小宝。半年后，小五离开青城，去了伽德勒斯，而可爱的燕大宝又变成了一个人。

从她垂头丧气的小模样可以看出，她非常沮丧，对于小五的转学也很伤心，甚至有些愤愤不平。

对她来说，小五转学就是对她的背叛。

终于，燕大宝又主动往绝地跑了，虽然次数不如以前多，但是最起码不像之前那样半年时间完全不想去。

这个状况让李一狄略好受一些。他摸摸她的头，安慰："没事，小五还会回来的，她也没办法啊，是去学习，又不是去做别的事，是不是？再说了，小五身边出现那么多事，她也需要静心调节一下自己的心情，要不然她一直难过，大宝也不会高兴，对不对？"

燕大宝撇着小嘴点头："嗯。我以后只能跟缨缨她们玩了。"

李一狄猜测是她的其他宿舍同学，但总比她一天天痴迷地盯着小五强。

大学四年，燕大宝有三年半的时间都没有最好的朋友在身边，李一狄的频繁出现终于让燕大宝重新对他产生依赖，这种依赖导致她有事没事、大事小事都给他打电话，第一个想到的人终于不是别人，而是他。

显然，燕大宝并不觉得自己的这种反应有其他意思，她单纯地觉得那是包子哥哥，她还一度打算自己为自己找对象，虽然最后都无疾而终。她的这种行为让李一狄意识到，燕大宝似乎从未将他列为丈夫的人选。

于是，在一个恰当的机会，他跟燕大宝最喜欢、最崇拜的姑娘做了简单的沟通："我希望我能成为大宝心目中最适合和她结婚的人选，而不是让她肆无忌惮地找些阿猫阿狗来当她的未婚夫，他们不配。当然，我也愿意为宫五小姐提供我力所能及的援助。"

宫五显然比他预料中还要聪明，她上上下下仔仔细细地打量了他一番，直接对他比画了个OK的手势，摆摆手，扬长而去。

偶像的力量让李一狄始料未及，燕大宝不知道是突然开窍，还是受了偶像点拨，她终于第一次跟李一狄说了"约会"两个字，虽然过程和以前一样是带着她玩，但是那可是她的小嘴里说出的"约会"。

"大宝！"李一狄来学校门口接她。

燕大宝蹦蹦跳跳地过去："包子哥哥，你今天怎么来了呀？"

她身边的同学自觉地跟她摆摆手离开，完全没有要掺和的意思。

李一狄笑眯眯地看着她，最美的年华里漂亮的脸蛋让人心醉。他花了很长时间说服自己，这就是个小妹妹，别把心思放在她身上，何况燕叔还是个疯狂的宠女狂魔。可怎么办呢？他试过无数次，再也找不到比她更可爱的姑娘。光是看着她，他就心满意足，心情顺畅，从心里感觉到那种喜悦，那种称之为幸福的东西。

或许，这就是青梅竹马带她长大的感情，是其他任何人都不能比拟的。任何一个女人在他的心中，都不如眼前的这个姑娘让他心情愉悦。

漂亮的姑娘总有吸引人的资本，光是一张小脸就让他心情激荡，更何况他还那么喜欢她，喜欢到不能忍受她身边出现任何异性。

燕大宝坐到车上，自在地晃着小脚丫，说："小五说她要回来了，放假我要跟小五一起玩。"

李一狄正要启动车的手顿了下："小五和小宝相处得是不是非常好？她会有自己的生活，大宝难道不考虑下自己的生活？"

燕大宝使劲想了想，当时没说话，但是后来李一狄发现了自己这句话对她的影响——宫五回来后没多久，燕大宝突然去他家跟他爸妈提亲，说要娶他。

李一狄："……"

他看着严肃认真的燕大宝，她漂亮的小脸蛋一本正经，完全不像是开玩笑地对李晋扬夫妇说："姨姨、伯伯，我真的想好了，我会对包子哥哥好，我会努力赚钱养家……"

李家人集体石化，李司空笑瘫在门口。

其实李一狄有点高兴，也有点惆怅，虽然他的姑娘把他的台词抢走，但这丝毫不影响他理解为她在表达自己的心意。

他的大宝还没完全长大，他有点头疼，看来只能慢慢等到她长大的时候。

绝地的诱惑真多，漂亮的女人、英俊的男人，在绝地随便拽出一个人都能秒杀一大片人，李一狄显然是绝地最出众的那个，所以很多女人千方百计想要靠近，就为了能找一个金龟婿。

燕大宝一个人进去，老远就看到一个女人对着李一狄笑，她在旁边观察了一阵，发现两人在谈墙上的艺术品，这不就是小五说的那种深入浅出的勾搭戏码吗？先从艺术品说起，然后深入到生活。

燕大宝大怒，以横扫千军的姿态张牙舞爪地走过去，大吼一声："包子哥哥！"

李一狄一回头，就看到他可爱的姑娘怒气冲冲地朝他扑过来，满脸都写着"我很生气快哄我"，一双圆溜溜的大眼睛瞪得跟猫眼似的，恨不得咬他一口。

李一狄微笑着看着她："宝宝怎么了？"

燕大宝说："你在干什么？"视线落在那女人身上，燕大宝一下冲过去，一把抱住李一狄的胳膊，对那女人说，"姐姐，包子哥哥是我男朋友，你不能当小三哦，会被社会和人民鄙视的。"

女人一脸错愕，随后涨红了一张脸，对李一狄说了声："抱歉。"然后快速地离开。

燕大宝气得直蹦跶："包子哥哥你以后记住哦，不能随便跟女人聊天，她们都是狐狸精，会勾引你。"

李一狄的心里似乎被蜜糖填满，他笑盈盈地看着她，乖巧地点头："好，我记住了。"

大宝终于大学毕业，李一狄觉得有必要提醒下大宝结婚的事，结果还没来得及提醒，回到青城的宫五被查出怀孕，肚子里多了一个小孩，这个发现让燕大宝无比兴奋，甚至都不来找他了，天天跟宫五窝在一块。他打电话，发现她在学校，说要跟宫五一起考研。

李一狄："……"

他叹了口气，去学校找她，先送宫五回去，然后带她出去约会，燕大宝一脸兴奋地说："包子哥哥，小五很快就会生一个小娃娃出来给我玩。"

李一狄回答："小五生的小宝宝不会让大宝玩，那是小朋友，会生病、会哭、会闹，还会拉便便撒尿，大宝宝真的要跟这样的小朋友玩？"

燕大宝鼓起脸蛋，一脸惆怅："那怎么办？"

李一狄快速地在她唇上亲了一口，笑着说："我们可以结婚，然后自己生一个啊。自己的宝宝，总不会嫌弃的。再说了，就算大宝宝嫌弃，我不嫌弃啊，回头我在旁边换尿不湿，大宝宝在旁边看着，好不好？"

燕大宝眨巴着眼，想想好像也对，点点头："那好吧。"然后正襟危坐，眼睛瞪着前方，一脸大敌来临的模样。

李一狄笑："怎么了？"

燕大宝说："小五说生小孩特别疼，我突然有点紧张。"

这八字还没一撇的事，她就紧张成这样，李一狄想笑，又怕她不高兴，伸手摸摸她的脸蛋："我家大宝怎么这么招人喜欢呢？"

"因为我漂亮啊。我爸爸说了，我一出生就是世界上最漂亮的小孩。"燕大宝得意扬扬地说，把爸爸的话奉为圣旨。

李一狄第一次找燕回说结婚的事，被燕回揍了一顿，揍得有点狠，他连续一周没冒头。燕大宝去找他，他也不见，把燕大宝委屈坏了，一个人偷偷摸摸哭鼻子。

后来李一狄出现，她哇哇大哭，说李一狄肯定是不想跟她结婚，他花了九牛二虎之力才把小祖宗哄好，决定以后再也不做躲起来这事，看她哭的可怜样，他的心都跟着碎了。

李一狄第二次找燕回，又被揍了一顿，不过跟第一次比，显然不是什么大问题。

后来他又找了燕回两次，每一次都被揍，没办法，谁让那是燕叔呢？他要是干干脆脆地答应就不是燕叔了。总之，燕大爷千方百计费尽心思就是不想让燕大宝结婚，一会儿说要让她三十五岁结婚，一会儿说要让她五十岁结婚，条件一次比一次苛刻，简直就是逼他不准跟燕大宝结婚。

好在，第五次过后，李一狄去找展小怜，几乎没有什么悬念就谈成了这事，不过要等燕大宝研究生毕业之后。

以前，燕回是嫌弃展小怜的高学历，结果现在他死活要让燕大宝继续读书，又说要读完博士，过后还要读之类的。

燕大宝眯着眼，看着燕回："爸爸，博士读完还有什么要读啊？没有啦！"

燕回大怒："燕大宝，反正爷不准你结婚！"

展小怜气死："你是留着咱们大宝在家当老姑娘啊？她又不是'不婚族'，你非不让结婚，她跟小包子认识这么长时间，感情那么好，你图什么呀？"

燕回怒气冲冲地说："反正，就是不准结婚！"

展小怜笑眯眯地说："所以，你就是想要告诉外面的人，你燕回的女儿长得再漂亮都没用，就连李晋扬家的长子都不敢娶，让人家说大宝是母老虎，说你的女儿嫁不出去，没人敢娶，你就高兴？"

燕回："……"

李一狄顺势带着燕大宝出门："宝宝，我们出去转转，让展姨跟燕叔说会儿话。"

两天后，燕回终于不情不愿哼哼唧唧含含糊糊地应了一声。这一声，让两家人都松了口气，连带着宫五都念叨了一句："燕大宝，你终于嫁出去了！"

燕大宝得意扬扬："爸爸肯定最爱我。"

即便在燕回答应的前提下，燕大宝的婚礼也是在三年后，也就是燕大宝研究生毕业一年后，因为在原定期间，燕大爷用尽了办法捣乱，总之最终又多拖延了一年。

不愁嫁的小公主也被她那个费尽心思不想嫁女儿的爸熬成了晚婚，青城燕爷家的小公主终于在二十五岁的时候顺利出嫁。

婚礼无比盛大，新郎是摆宴李晋扬家的长子，两个城市里最大家族的结合无疑是一场盛宴。听说去参加婚礼的人无不惊叹，新人的颜值秒杀所有人，伴郎、伴娘团的阵容空前绝后，婚礼的场面更是恢宏。

当然，最为人津津乐道的，是婚礼上燕大爷哭得眼泪、鼻涕一起往下流，他那位传奇的夫人对他的嫌弃之情溢于言表。

新婚当晚，新郎的弟弟李司空带着一帮狐朋狗友蹦跶着要闹洞房，甚至预先安排了各种计划，就是怕新人逃跑，结果最终还是扑了空。

看着空空如也的新房，一群人气呼呼地到处找人，愣是没找到。

躲在暗处的新人终于等到那帮小子离开，关门上锁，开始了他们新生活篇章的第一页。

新房内，新人正在交流。

"包子哥哥，小五说第一天晚上会很疼。"

"大宝宝，我温柔一点好不好？"

"好吧。"燕大宝哼哼唧唧地答应，动作麻利地配合着脱新娘装，钻到弥漫着芬芳的被窝里，笑嘻嘻地等他过来。

贴近，拥抱，温暖得不可思议。

新婚夜少了些许浪漫，多了几分激情。

看起来极为娇气的燕大宝愣是没哭一声，第二天一早醒来就扑到他怀里邀功："包子哥哥，我昨天晚上一点都没哭。"

李一狄忍不住在她唇上亲了一口："所以我的大宝是最勇敢的。"

燕大宝得意扬扬："我是最勇敢的新娘子！"

回娘家的时候，岳父眼里飞出无数把尖刀，刀刀想割李一狄的肉，结果因为眼刀杀不了人，李一狄毫发无损，还竭尽全力地讨好岳父大人，他老人家说什么都行。

燕回忍着不哭，身旁坐着小白菜和她的弟弟小豌豆，结果他一个没忍住，眼泪哗哗往下流，连带着把小豌豆也带哭了："哇——"

小白菜本来好好的，不属于哭鼻子，结果一看爷爷和弟弟都哭了，她也张大嘴巴，哇的一声哭了出来。

一时间家里充斥着震天的哭声，那几个人哭得要死，剩下的人笑得前仰后合。

李一狄伸手扶额，一时不知道该说什么好。燕大宝在旁边笑得不行，然后把小豌豆抱在怀里哄，李一狄过去哄小白菜，燕回一把老骨头没人搭理，最后还是宫五看不下去，在旁边开解了一下。

一年后燕大爷终于不再伤心闺女被李一狄抢走这件事，因为一年后他怀里抱了个白白胖胖的小男婴，燕大爷给他取名燕来宝，那种被抢走闺女的憋屈感燕大爷终于报复回来了。

他直接带着孩子逃跑，不知躲到哪去了。

燕大宝很惆怅，李一狄简直要被气死，当然，最生气的还是李晋扬，孙子被燕回抢了，最关键的是，他的孙子绝对不能叫来宝，又土又难听，一听就是没文化的人起的名字。

这样的戏码在以后的日子里不时发生，两个一把年纪的老头为了孩子的名字打得头破血流，小辈们的和睦也没能感化他们的针尖对麦芒，年轻时的争斗因为下一代的出生继续。

展小怜和穆曦抱着燕来宝坐在阳台上喝茶，楼下是两个老头争吵的声音，穆曦问："会不会有事啊？"

展小怜喝了口茶："能有什么事啊？喝茶喝茶，只要打不死，就不用管他们。傻妞，你没觉得你们家李晋扬跟燕回待的时间久了，脑子都跟着弱智了？"

穆曦一呆："没、没有吧？"

展小怜："呵呵。"

穆曦："……"

小白菜带着小豌豆跑上楼："奶奶，爷爷和李爷爷又打架了。"

展小怜笑眯眯地说："没关系啊，两个爷爷那不是打架，那是锻炼身体，他们年纪大了，要经常活动，要不然啊，老得快。"

小白菜似懂非懂，拉着小豌豆坐下来，惆怅地说："爸爸妈妈早上出去，到现在还没回来，小白菜都有点担心了。"

展小怜把小豌豆抱到怀里，摸摸小白菜的小脑袋，笑着说："小白菜不用担心，妈妈一会儿就回来了。"

穆曦怀里的小来宝吐了个泡泡，穆曦惊喜地说："咦？！来宝会吐泡泡了！"

小白菜和小豌豆围过去看他吐泡泡，咯咯笑起来。

宫五和公爵站在山顶，两人用手比画了一个小心形，燕大宝举着相机咔嚓一下："好了小五，轮到我和包子哥哥了！"

因为他们比画了小心形，于是燕大宝拉着李一狄，用胳膊和身体比画了一个大心形："比你的大！"

宫五气坏了："小宝哥，我们重新来一次，比个大的！"

两个人干什么都要争一争，吃东西都要比赛谁吃得多，这让两个男人十分无语。

下山的时候燕大宝说："我比你快！"

宫五大怒："我追！"

公爵急忙开口："小五，大宝，慢点！"

两人不听，你追我赶地跑了下去。

被剩下的两人只能跟过去。

山上的风伴随着绿色的气息吹过，带起满天落叶，宫五伸手捏住一片树叶，拿给燕大宝看："大宝你看，星星的形状！"

燕大宝跑过来："哇！"伸手抢过去，跑走。

宫五刚要去追，冷不丁身后一只手捏着一片树叶递过来："星星的形状。"

她回头，公爵微笑着看着她："送给小五。"

宫五终于满意了，转身牵着公爵的手，慢慢地朝山下走去。前方李一狄追到燕大宝，把她训了一顿，然后拉着她慢慢下山。

背着小可爱们偷偷出来郊游一天，该回家啦！